BASTEI
LÜBBE

JERRY COTTON

Blinder Zorn

Schuldig, Euer Ehren!

Das Ziel heißt Überleben

Drei Kriminalromane

BASTEI LÜBBE

BASTEI LÜBBE TASCHENBUCH
Band 31 983

Erste Auflage: Oktober 2009

Lektorat: Rainer Delfs
Titelbild: defd
(Die abgebildeten Schauspieler stehen in keinem Zusammenhang
mit den Romantiteln und dem Inhalt der Romane.)
Umschlaggestaltung: Rainer Schäfer
Satz: Wildpanner, München
Druck und Verarbeitung:
Norhaven A / S
Printed in Denmark
ISBN 978-3-404-31983-1

Sie finden uns im Internet unter
www.luebbe.de
oder
www.bastei.de

Der Preis dieses Bandes versteht sich einschließlich der gesetzlichen Mehrwertsteuer.

Inhalt

Blinder Zorn

Prolog

Manhattan, Ende Oktober

Ein Dunstteppich lag über dem Hudson. Als würde das Wasser kochen. Aber es kochte nicht. Es war kalt. Eiskalt.

Langsam glitten wir durch den nächtlichen Fluss. Keine heftigen Schwimmstöße, kein kraftvolles Rudern mit den Beinen – bloß nicht das Wasser allzu sehr bewegen, nur kein Plätschern verursachen. Die Konturen des Schiffsrumpfs vor uns schälten sich immer deutlicher aus Dunkelheit und Dunst.

Es ging nicht nur darum, die Yacht möglichst schnell zu erreichen – es ging vor allem darum, sie unentdeckt zu erreichen. Jedes Geräusch konnte ein Todesurteil bedeuten. Ein Todesurteil für die Menschen im Rumpf des Schiffes …

Phil schwamm an meiner rechten Seite. Die Kälte des Wassers kroch durch meinen Tauchanzug. Meine Fingerspitzen schienen sich bereits in Eiszapfen zu verwandeln. Dabei trugen wir Handschuhe und eine zweite Haut aus nicht leitendem Spezialkunststoff. Angeblich konnte man damit bei Wassertemperaturen knapp über dem Gefrierpunkt zwei Stunden lang überleben. Wir hatten nicht vor, das zu testen.

Ich blickte mich um. Hinter uns, etwa vierzehnhundert Yards entfernt, ragte die nächtliche Skyline Manhattans in den dunklen Himmel. Ein Dschungel aus glitzernden Säulen unter einer matten Lichtkuppel. Keine Spur mehr von dem Kajak, das uns vom Battery Park aus bis auf dreihundert Yards an die Yacht herangebracht hatte. Dunst und Dunkelheit hatten es längst verschluckt.

Der Schiffsrumpf vor uns war jetzt deutlicher zu erkennen. Kein Motorengeräusch, kein aufschäumendes Wasser unterhalb des Hecks über der Schraube. Die Yacht trieb ohne Fahrt auf dem Hudson. Aber nicht ohne Besatzung. Das wussten wir.

Der Dunst kam uns entgegen. Mit ein bisschen Glück würden sie uns nicht entdecken. Den Kajak oder sonst ein Boot hätten sie längst gesichtet.

Vor mir schaukelte ein aufgeblasenes Kunststoffkissen. In ihm, geschützt vor der Nässe, ein Funkgerät, zwei Maschinenpistolen, ein Nylonseil und ein paar Blendgranaten.

Schweigend glitten wir durch Wasser und Dunst. Noch knapp fünfzig Yards bis zur Yacht. Wir steuerten ihr Heck an. Ein Lichtfleck schob sich aus ihrem Schatten in unser Blickfeld. Die Statue of Liberty im Schein der Strahler. Etwa eine Meile entfernt. Und dahinter, im Dunst kaum noch wahrnehmbar, die Skyline von Jersey City.

Phils Arm hob sich aus dem Wasser. An der Yacht vorbei deutete er nach Süden in den Himmel. Ein Band verwaschener Lichtflecken schimmerte über der nächtlichen Upper Bay. Als würde ein Fackelzug dort oben flussaufwärts schweben. Mit ein bisschen Fantasie konnte man sich auch den Anflug einer UFO-Flotte vorstellen. Oder noch exotischere Erscheinungen.

Es war natürlich kein Fackelzug. Und schon gar keine UFO-Flotte. Es war das Ergebnis eines organisatorischen Meisterstücks der Zentrale. Dort, an der Federal Plaza, saßen Zeerookah und Steve Dillaggio. Und John High, unser Chef. Sie leiteten den Einsatz. Und sie legten ein perfektes Timing hin. Das Lichtband am Himmel war der Beweis.

Wir erreichten das Schiff. Eine Hochsee-Yacht von gut dreißig Yards Länge. Ich schob das Lastkissen an den Schiffsrumpf, Phil griff nach dem Nylonseil und legte den Kopf in den Nacken. Fünf Fuß über uns die Heckreling der Yacht.

Wir lauschten. Eine Stimme drang aus der Dunkelheit. Eine Männerstimme. Irgendwo am Bug des Schiffes redete jemand. Und zwar ziemlich laut. Wir wussten nicht, mit wem der Mann sprach.

Die erste größere Klippe unseres Einsatzes lag vor uns. Mein Partner nahm den Widerhaken am Ende des Seils und wog ihn in der Hand. Eine dicke Gummischicht überzog das faustgroße, stachlige Teil. Ganz würden sich Geräusche nicht vermeiden lassen.

Mit einer Spezialpistole, vergleichbar mit einer Mini-Harpune, schoss Phil den Widerhaken lautlos zur Reling hinauf. Er fiel über den Brüstungsholm der Reling, schlug dumpf gegen das Gestänge.

Atemlos lauschten wir.

Keine Schritte, nichts. Nur die Stimme von der anderen Seite der Yacht.

Phil zog am Seil, bis sich der Widerhaken in der Reling verfing.

Ich kletterte als Erster an Bord. Meine klammen Finger schlossen sich um die Reling. Ohne die genoppten Innenflächen der Handschuhe wäre ich abgerutscht. Ich zog mich hoch, schwang mich über die Reling und drückte mich flach aufs Deck.

Wieder lauschen, wieder nach allen Seiten sichern. Rechts die glitzernden Konturen des Big Apple, links, undeutlich, die Statue of

Liberty im Scheinwerferlicht. Und über dem Hudson waberte der Dunst.

Nacheinander reichte Phil mir die Ausrüstungsstücke hinauf.

Es passierte in dem Augenblick, in dem Phil über die Brüstung kletterte – ein seltsames Fauchen vom Bug her, ein dumpfer Knall, und plötzlich lag flackernder Lichtglanz über dem Dunst rechts und links des Schiffes.

Wir rollten uns dicht an die Deckaufbauten. Die Maschinenpistolen im Anschlag, spähten wir zum Bug. Von dort kam das Licht. Wir sahen seine lodernde Korona, aber den Blick auf die Feuerquelle selbst verstellten uns noch die Deckaufbauten.

Ich fröstelte.

Phil deutete hinauf zum Kajütendach. Wir kletterten hoch. Yard um Yard arbeiteten wir uns Richtung Bug voran. Es stank nach Benzin und verbranntem Haar. Behutsam schoben wir uns am Rettungsboot vorbei bis auf das Dach der Brücke.

Und dann sahen wir das Feuer. Zwischen dem spitzen Winkel der Bugreling brannte es auf einer Art Tisch oder Podest. Es sah aus wie ein Scheiterhaufen. Grelle Flammen loderten und schickten schwarzen Qualm in den Nachthimmel. Und in diesen Flammen – die Umrisse eines menschlichen Körpers!

Eine Frostschicht überzog mein Zwerchfell und das Innere meines Brustkorbs. Der Atem stockte mir. Ein menschlicher Körper, ohne Zweifel – aus seinem Kopf ragte ein langer Gegenstand.

Ein Mann stand unter uns auf dem Vorderdeck zwischen Feuer und Brücke. Wir konnten keine Waffe in seinen Händen erkennen. Er trug einen hellen Trenchcoat, blickte in den Himmel, der heranschwebenden Lichterkette entgegen, und breitete die Arme aus. Unverständliche Worte stieß er aus, beschwörend, flehend. Worte, die ich nicht begriff.

Wir wussten, dass wir keinen gewöhnlichen Verbrecher jagten. Wir wussten, dass wir dem Wahnsinn auf der Spur waren. Ja, dem Wahnsinn. Aber etwas mit dem Kopf zu wissen und etwas mit allen Sinnen zu erleben – das sind zwei Paar Stiefel …

Als hätte der Mann in dem hellen Trenchcoat meine Gedanken gespürt, drehte er sich um.

Ein paar Tage später an der Federal Plaza. Schneeregen klatschte gegen die Fensterscheibe. Ich saß allein in unserem Büro. Der Stuhl hinter Phils Schreibtisch war leer. Ich starrte in den bleigrauen Herbsthimmel. Die Spitzen der Hochhaustürme vor dem Fenster verschwanden in dichten Wolken.

In allen Knochen hing mir die Erschöpfung. Und die Trauer. Vor mir auf dem Schreibtisch stapelten sich Papiere: Verhörprotokolle, Laborberichte, Aktennotizen, Personendossiers, Berichte des Erkennungsdienstes und so weiter und so weiter.

Die Unterlagen mussten gesichtet und in eine sinnvolle Ordnung gebracht werden. Die Staatsanwaltschaft wartete auf unseren Bericht. Ich wusste nicht, wo ich anfangen sollte. Und alles in mir sträubte sich dagegen, überhaupt anzufangen.

Weniger, weil ich die Arbeit für sinnlos hielt – nach meiner Einschätzung würde es nie zum Prozess kommen. Aber das war es nicht. Ich wollte mit dem Fall einfach nichts mehr zu tun haben. Das war es. Ich wollte ihn so schnell wie möglich vergessen. Aber die erschütternden Bilder und Eindrücke hatten sich in den letzten Wochen zu einem klebrigen Netz verdichtet. Wie ein Krake lag es auf meinem Hirn, sonderte Erinnerungen ab und raubte mir den Frieden.

Den Bericht für den Staatsanwalt zusammenstellen und dabei noch einmal alles mit meinem Partner durchsprechen – vielleicht hätte mir das geholfen. Vielleicht. Aber Phils Stuhl war leer, wie gesagt. Ich hatte Sehnsucht nach ihm.

Ich schaltete meinen PC ein. Das Laufwerk tickte, der Bildschirm flammte auf.

Ich blickte auf den Aktenstapel auf meinem Schreibtisch. Zuoberst lag ein umfangreiches Dossier über den Mann, der uns so viele schlaflose Nächte bereitet hatte. Vor allem Krankenberichte.

Ich griff danach und schlug das Dossier auf. Eine üble Geschichte. Vermutlich hatte sie schon vor vielen Jahren angefangen. Aber wenn man den Akten glaubte, begann sie erst vor wenigen Monaten …

1

Manhattan, SoHo, 27. April

Ein Mädchen kletterte die Feuertreppe hinauf. Mickey zog den Vorhang noch ein Stück weiter zurück. Das Mädchen hatte hellblondes langes Haar.

Er blinzelte über die Green Street hinüber zur gusseisernen Fassade auf der anderen Straßenseite. Das Mädchen kletterte auf die Gitterrostplattform des dritten Stockwerks. Es trug ein ärmelloses weißes Kleid, das ihm bis zu den Knöcheln reichte.

Normalerweise hätte Mickey sich darüber gewundert. Immerhin war es Ende April und ein nasskalter Wind fegte seit Tagen durch Manhattan. Aber Mickey wunderte sich nicht. Fast war ihm, als hätte er nichts anderes zu sehen erwartet, als er sich wenige Augenblicke zuvor aus dem Bett geschoben und zum Fenster geschleppt hatte. Nichts anderes als dieses Wesen in dem ärmellosen Kleid und mit dem blonden Langhaar.

Das Mädchen trat an die Brüstung. Seine Hände schlossen sich um die Aluminiumholme der Rettungsplattform. Es stützte sich auf und sah zu Mickey herüber.

Mickeys Apartment lag ebenfalls im dritten Stock. Sie befanden sich also auf gleicher Höhe. Er winkte. Das Mädchen reagierte nicht. Eine Windböe wehte ihm das Langhaar ins Gesicht. Das Mädchen machte nicht einmal Anstalten, sich die Strähnen aus Augen und Stirn zu streichen.

Mickey schob das Fenster hoch. Er beugte sich hinaus. Es stank nach Abgasen und Ozean. Unten auf der Green Street wälzte sich eine Blechschlange nur langsam vorwärts. Lauter Pendler, die versuchten, den Stau auf dem Broadway zu umfahren. Die abendliche Rushhour hatte die Stadt bereits im Griff. Mickey hatte lange geschlafen.

»Hi!«, rief er laut. Er winkte noch einmal. »Wie geht's so?«

Das Mädchen reagierte nicht. Reglos stand es an der Brüstung und sah zu ihm herüber.

Mickey kniff die Augen zusammen. Er hatte bis gegen Morgen gearbeitet, dabei viel zu viel Gras geraucht und sich danach schlaflos auf der Matratze gewälzt. Sein Kopf dröhnte, das Bild des Mädchens verschwamm vor seinen Augen. Er hätte gern sein Gesicht gesehen.

»Moment – nicht weglaufen!« Er ruderte mit beiden Armen. »Ich komme gleich zurück!« Über Bücher, Magazine, leere Flaschen, Kleider, Schuhe und CD-Hüllen hinweg stolperte er zu seinem Kleiderschrank. Er riss die rechte Tür auf. Seine Hand tastete sich durch das Chaos im obersten Schrankfach. Zwischen Tabaksdosen, Pistolen, Wasserpfeifen und Campingausrüstung fand er endlich seinen Feldstecher.

Er stürzte zurück ans Fenster, setzte das Glas an die Augen und spähte hinüber zur gusseisernen Fassade.

Das Mädchen war weg.

So begann der Tag, an dessen Ende Jefferson Michael Archer begreifen würde, dass er dazu ausersehen war, die Welt zu retten.

Bis zu dieser Einsicht war es noch ein Weilchen hin. Noch begriff Mickey gar nichts. Vor allem begriff er nicht, wo das Mädchen geblieben war.

Jedes einzelne Fenster der gegenüberliegenden Hausfassade suchte er mit dem Feldstecher ab, jede Treppe des Feuerleitersystems, jede Plattform, die Dachkante, auch den Bürgersteig vor dem Haus. Nichts.

Ratlos blickte er noch ein Weilchen hinüber. Dann warf er seinen Feldstecher auf die Matratze und zog das Fenster herunter.

»Schade«, murmelte er.

Das Ticken seines altmodischen Weckers drang in sein Bewusstsein. Ein golden glänzendes Ding mit römischen Ziffern und zwei Glocken rechts und links des Bügels. Mickey bückte sich und fischte ihn aus dem Durcheinander von Büchern und Kleidern neben seiner Matratze. Kurz nach vier. Um fünf hatte er ein Date im »Actor's Studio« am Washington Square. Fechtunterricht war angesagt.

Er nahm ein paar Äpfel und eine Flasche Wasser mit ins Badezimmer. Während das heiße Wasser in die Wanne strömte, betrachtete er sich im Spiegel. »Morgen, Mickey. Alles klar?«

Er drückte die Zahncreme auf seine Zahnbürste. Die Zahnbürste war schwarz, genau wie die Kacheln des Badezimmers und das Kunststoffregal hinter der Badewanne. Hingebungsvoll putzte er sich die Zähne. Dabei beobachtete er sein Spiegelbild. Etwas daran verwirrte ihn. Etwas war anders als sonst.

Er zog die Zahnbürste aus dem Mund und beugte sich über das Waschbecken dem runden Spiegel entgegen.

Ein schmales, hohlwangiges Gesicht blickte ihm entgegen. Große, leicht gebogene Nase, breiter Mund mit farblosen, rissigen Lippen, ein kleines Kinn mit einem kurzen Ziegenbärtchen. Das Gesicht eines

Halbwüchsigen. Dabei stand Mickeys sechsundzwanzigster Geburtstag ins Haus. Am zweiten Mai. Er hatte eine Fete geplant.

Als wollte er die Wirklichkeit des Spiegelbildes überprüfen, strich er sich über sein dunkles Stoppelhaar. Die Hand, die im Spiegel das Gleiche tat, kam ihm fremd vor. Hatte er schon immer solch große, langgliedrige Hände gehabt?

Neben Mickey plätscherte das Wasser in die Wanne. Wasserdampf stieg auf. Der Spiegel beschlug. Das Gesicht darin verschwand hinter einer Nebelwand. Mit der flachen Hand wischte Mickey über die feuchte Schicht auf dem Spiegelglas. Ein bogenförmiger, breiter Streifen entstand. Braune Augen blickten ihm daraus entgegen. Braune Augen unter schwarzen Brauen und einer hohen Stirn.

Die Augen waren es. Der gehetzte Ausdruck war aus ihnen verschwunden. Seit Wochen gehörte dieser Ausdruck zu Mickey wie die Krümmung seines Nasenrückens oder sein kurz geschorenes Haar. Jetzt war er verschwunden.

Sanft und ruhig lächelten ihm die Augen aus dem wasserdampffreien Streifen im Spiegel entgegen. Friedlich wie die Augen eines Menschen, der ganz und gar in sich selbst ruhte.

Selten hatte Mickey so etwas wie Frieden empfunden. Und schon gar nicht ruhte er in sich selbst. Noch nie. Sein ganzes Leben lang nicht.

Staunendes Lächeln flog über das Gesicht im Spiegel. »He, Mickey«, murmelte er, »du bist ja tierisch gut drauf heute …«

Noch etwa zwei Stunden trennten ihn von der Schwelle zu seiner wahren Existenz.

Später in der Badewanne – Mickey nahm täglich ein heißes Bad, selbst im Hochsommer – versuchte er sich an seine Träume zu erinnern. Irgendetwas war da gewesen, während der wenigen Stunden Schlaf. Irgendetwas Bedeutungsvolles. Ein Bild, ein Gesicht, Bruchstücke eines Satzes. Das Bild des Mädchens auf der Feuerleiter drängte sich in seine Grübeleien.

Je länger er grübelte, desto gewisser glaubte er sich zu erinnern, von dem Mädchen geträumt zu haben.

Er trank Wasser und aß drei Äpfel. Seit sieben Tagen ernährte sich Mickey nur von Obst. Ohne besonderen Grund, einfach so. Seine Gedanken kreisten um das Mädchen. Er fragte sich, ob der ungewohnte Ausdruck in seinen Augen mit dem weiß gekleideten, blonden Wesen zusammenhing.

Nach dem Bad zog er sich an. Schwarze Polycotton-Hose, schwarzes

Muscleshirt, schwarzes Leinenhemd, schwarzes Jackett, dunkelrote, knöchelhohe Turnschuhe. Mickey liebte Schwarz.

Während er in seine Klamotten stieg, wanderte sein Blick zum Fenster. Wieder und wieder. Über die Green Street zur gusseisernen Fassade auf der anderen Straßenseite. Keine Spur mehr von dem Mädchen. Aber es war da, Mickey spürte es, irgendwo, ganz in seiner Nähe …

Der Wecker – Mickey fragte sich, ob er nicht gestern noch leiser getickt hatte. Kurz vor fünf, es wurde knapp. Yoshiro, sein Fechtlehrer, verabscheute Unpünktlichkeit. Mickey warf sich seinen schwarzen Wildlederrucksack über die Schulter, verließ sein Apartment und lief die Treppe hinunter.

Vor den Briefkästen stand Larry Plymouth, der Freak, der seit zwei Monaten über ihm wohnte. Ein Afro. Er grüßte und lächelte dabei sogar. Das hatte er noch nie gebracht.

Zwei Briefe im Briefkasten. Einer von seinem Vater und einer vom »Actor's Studio«. Vor dem Haus blieb Mickey einen Augenblick stehen und schaute noch einmal hinüber auf die andere Straßenseite. Das Mädchen war nirgends zu sehen.

Im Dauerlauf lief er die Green Street bis zur Spring Street hinunter. Und dann die Spring Street bis zur Sixth Avenue. Dort hinunter in die Metro-Station. Die Bahn fuhr in dem Augenblick ein, als er den Bahnsteig erreichte. Mickey hielt das für ein gutes Zeichen. Auch dass er einen freien Platz fand, hielt er für ein gutes Zeichen.

Die Bahn fuhr an. Mickey dachte über die merkwürdige Häufung guter Zeichen an diesem Tag nach. Erst das blonde Wesen auf der Feuerleiter, dann seine Augen im Spiegel, dann Plymouth so freundlich und jetzt die Bahn und der freie Platz. Das musste etwas zu bedeuten haben, ganz sicher hatte es etwas zu bedeuten. Mickey vermutete, dass es mit dem Mädchen zusammenhing. Ganz stark vermutete er das. Warum sonst spürte er die Gegenwart des Mädchens, obwohl der Zug ihn längst aus SoHo hinaustrug?

Er blickte sich um. Das blonde Wesen in Weiß saß nirgends. Fast war er enttäuscht.

Blicke trafen ihn. Er glaubte zu sehen, dass einige Fahrgäste rasch die Köpfe drehten oder senkten oder hinter Zeitungen verschwinden ließen. Als hätten sie ihn zuvor die ganze Zeit beobachtet. *Sie schauen mich an*, dachte er, *sie beobachten mich – irgendwas ist an mir, das sie fasziniert, das sie beeindruckt …*

Noch knapp vierzig Minuten trennten ihn von seinem wahren Leben.

Er öffnete den Brief von der Schauspielschule. Sie wollten Geld von ihm. Auf über neunhundert Dollar waren seine Schulden bei der Schule inzwischen gewachsen.

Mickey finanzierte seine Ausbildung als Schauspieler hauptsächlich durch Thekenjobs. Seit Anfang des Jahres bediente er hinter der Theke des »Substages«, einer Diskothek in der White Street. In letzter Zeit häuften sich auch die Anfragen kleinerer Theater. Obwohl er seine Ausbildung erst im Sommer abschließen würde. Mickey war einfach gut. Und so etwas sprach sich herum.

Während er den Brief von seinem Vater öffnete, wunderte er sich über die Ruhe, die ihn ausfüllte. Kein Knoten im Bauch, keine Enge in der Brust wie sonst, wenn er Post von seinem Vater bekam oder gar mit ihm telefonierte. Ganz entspannt fühlte er sich.

Mickey entfaltete den Brief. Wie immer benutzte sein Vater auch diesmal den offiziellen Briefkopf des Senats. Mickey las:

Lieber Michael,
danke für Deinen Brief. Schade, dass Du nur dann schreibst, wenn Du Geld brauchst. Du weißt, dass ich Dir nicht nur das Studium, sondern auch das Leben in Boston oder Washington finanziert hätte. Für die Ausbildung in New York City musst Du selbst aufkommen. Du kennst mein Prinzip: Wer sich gegen besseren Ratschlag für den falschen Weg entscheidet, muss auch die Konsequenzen tragen! Mum geht es gut. Mir auch. Wir melden uns an Deinem Geburtstag.
Gruß
Dein Vater

Mickey blickte in die dunkle Scheibe des Zugfensters.

Dein Vater. Michael …

Sein Vater war der einzige Mensch auf der Welt, der ihn noch immer Michael nannte. Selbst seine Mutter hatte in der vorletzten Highschoolklasse angefangen, ihn Mickey zu nennen. So wie seine Freunde ihn nannten.

Die Finger seiner Rechten zupften kleine Fetzen aus dem Brief. Sie fielen an seiner schwarzen Hose entlang und landeten zwischen seinen Turnschuhen auf dem Boden.

Mickeys Vater hätte gern gesehen, dass Mickey Jura oder Volkswirtschaft studierte. Die Schauspielerei war ihm suspekt. Er verachtete sie sogar. Mickey glaubte nicht, dass es an der Schauspielerei lag. Er glaubte, dass es an ihm lag. Sein Vater verachtete ihn, glaubte er. Er glaubte das schon lange.

Der Zug bremste ab, Mickey stand auf. Sein Blick fiel auf den Boden. Lauter kleine Papierfetzen. Nur noch die Hälfte des Briefes hielt er in der Hand. Er faltete ihn zusammen und steckte ihn in sein Jackett.

Im Laufschritt jagte er die Treppe hoch. Und dann am Washington Square Park entlang. Das »Actor's Studio« lag zwischen der New York University und dem Washington Square Village. Er lief in das Grundstück hinein und vorbei an der großen Jugendstil-Villa in den Hof, wo die kleine flache Sporthalle der Schule stand.

Er kam fast zehn Minuten zu spät. Sechs meist junge Männer und Frauen hockten in einem weiten Kreis am Boden um den Fechtlehrer herum. Yoshiro Obaiyoshi, ein drahtiger, knapp vierzigjähriger Japaner, bedachte ihn mit einem finsteren Blick. Mickey nickte nur stumm. Obwohl er wusste, dass Yoshiro eine Entschuldigung erwartete.

Er zog Jacke und Hemd aus und setzte sich wortlos in den Kreis.

Yoshiro räusperte sich, bevor er den Faden wieder aufnahm.

»Also weiter. Beim Sportfechten kommt es darauf an, den Gegner zu treffen. Anders gesagt, du musst dir Bewegungsabläufe und Schlag- und Stoßtechniken aneignen, mit denen du den Gegner überraschen kannst. Du musst seine Reaktionszeit unterschreiten, du muss ihn täuschen.«

Zwei Jahre lang stand Bühnenfechten auf dem Unterrichtsplan der vierjährigen Ausbildung. Mickey nahm seit einem halben Jahr an dem Kurs teil. Zweimal in der Woche fand er sich mit den sechs anderen hier in der Halle zusammen, um bühnen- und filmreifes Fechten zu lernen.

»Ganz anders das Bühnenfechten – ich kann es euch nicht oft genug sagen«, fuhr Yoshiro fort. »Hier kommt es genau auf das Gegenteil an: Dein Partner muss deine Bewegungsabläufe und deine Hiebe kennen und vorausahnen. Es ist ein Tanz, den ihr beide auf der Bühne oder vor der Kamera tanzt. Ein Tanz, bei dem jede Schrittfolge festgelegt ist. Ein Tanz mit dem Degen!«

Der japanische Fechtlehrer sprach schnell. Er spuckte die Worte geradezu aus. Seine Miene aber und sein Körper blieben dabei vollkommen unbewegt. Mickey betrachtete das breite, harte Gesicht des Mannes. Wie eine Maske kam es ihm vor. Wie eine steinerne Maske, hinter der sich ein Unbekannter verbarg.

Zum ersten Mal kam Mickey der Gedanke, Yoshiro wäre womöglich gar nicht Yoshiro.

Der Japaner bückte sich nach einem der acht Kurzdegen, die in einem Halbkreis zu seinen Füßen lagen. Zweimal ließ er die Klinge durch die Luft sausen. Das pfeifende Geräusch ließ Mickey erschauern.

»Ihr versteht«, sagte der Japaner. »Ihr kämpft nicht wirklich. Aber wenn ihr kämpft, müsst ihr dem Zuschauer die Illusion vorgaukeln, ihr würdet kämpfen. Der Zuschauer muss davon überzeugt sein, dass ihr um euer Leben kämpft. Oder dass ihr um jeden Preis töten wollt.«

Mit einer herrischen Handbewegung wies Yoshiro Obaiyoshi auf die Degen vor ihm am Boden. Die Schüler standen auf. Jeder griff sich eine Waffe. »Ihr habt inzwischen gelernt, den Schwerpunkt eures Körpers stabil über der Standfläche eurer Füße zu halten und euch gemeinsam mit dem Partner auf einer gemeinsamen Gefechtslinie zu bewegen …«

Das Mädchen von der Feuertreppe tauchte auf Mickeys innerer Bühne auf. Er glaubte, ihre Nähe zu spüren. Unwillkürlich sah er sich um.

»Bist du bei der Sache, Mickey?«, schnarrte Yoshiro. Mickey nickte. Der Japaner winkte ihn zu sich. Breitbeinig nahmen sie zwei Schritte voneinander entfernt Aufstellung. Die Degen in den Händen, die Oberkörper leicht nach vorn gebeugt, standen sie sich gegenüber. Ohne Vorwarnung ging Yoshiro auf Mickey los. Leichtfüßig tänzelte der zur Seite, zog die Klinge hoch, fing den Hieb des anderen ab und griff selbst an.

Yoshiro parierte, die Degen klirrten aufeinander.

So ging das ein Weilchen hin und her, der eine griff an, der andere wehrte ab. Alles mit genau einstudierten Schrittfolgen, und alles von einer geraden Gefechtslinie aus. Mickey war es meistens, mit dem der Fechtlehrer die Paraden und Schritte demonstrierte. Auch im Fechtunterricht war Mickey der Beste.

Yoshiro ließ den Degen sinken. »Und nun ihr!«, befahl er. Paare bildeten sich, Degen prallten aufeinander, die einstudierten Paraden wurden ausgeführt. Der Japaner, mit ausdrucksloser Miene, ging von einem Paar zum anderen, kritisierte, zeigte, wie man es besser machte. Er lobte nie.

Wer ist dieser Mann wirklich?, fragte sich Mickey.

»Letzte Woche haben wir gelernt, die Gefechtslinie zu verlassen«, sagte Yoshiro. »Drehungen, ausweichen, antäuschen, unter den gegnerischen Hieben wegtauchen.« Wieder demonstrierte Yoshiro mit Mickey die Schlag- und Schrittkombinationen und die Bewegungsabläufe. »Und jetzt alle!«, rief der Fechtlehrer, ohne von Mickey abzulassen.

Vier Kampfpaare bewegten sich durch die Halle. Die Klingen zischten durch die Luft, metallenes Klirren und Kampfgeschrei.

Wie immer schrie Yoshiro am lautesten. Viel lauter als sonst, fand Mickey. Es ging ihm durch Mark und Bein. Er parierte die Hiebe des Lehrers, drehte sich, tanzte vor und zurück, duckte sich, sprang hoch, schlug zu und wehrte die gegnerische Klinge ab.

Das steinerne Gesicht des Japaners verschwamm plötzlich vor Mickeys Augen. Mickey drosch auf seine Deckung ein, dass die Degen sich bogen. *Was ist das für ein Gesicht?* Yoshiros Miene verzerrte sich zur grimmigen Maske. *Wer ist dieser Mann?* Mickey wich zurück, drehte sich, tanzte auf die linke Seite des Japaners. *Wie ein Dämon sieht er aus, wie ein Teufel, wie ein Alien …*

Yoshiro griff an, Mickey riss den Degen hoch, drückte die Klinge des Gegners zur Seite – und dann fiel sein Blick auf die Tür der Sporthalle.

Dort sah er eine weiß gekleidete Gestalt mit blondem Haar. Das Mädchen von der Feuertreppe. Wie eine Statue stand es vor der verschlossenen Tür und deutete mit ausgestrecktem Arm auf Yoshiro Obaiyoshi.

»Schlaf nicht ein!«, fauchte Yoshiro. Er stach nach Mickeys Bauch. Die Klinge berührte den schwarzen Stoff seines Muscle-shirts. »Abwehren, drehen, angreifen!«, schrie der Japaner.

Er will mich töten …! Mickey sprang zurück, drehte sich einmal um die Achse, legte eine Angriffsparade hin und führte drei heftige Hiebe gegen Yoshiros Degen. *Er will mich töten …*! Wieder und wieder schlug er zu. Noch immer die weiße Gestalt an der Tür, ihr blondes Haar, ihr ausgestreckter Arm. *Etwas Böses beherrscht ihn! Etwas, das dein Feind ist! Etwas, das dich töten will …!*

Yoshiro brüllte und riss den Degen hoch, doch statt auf die Deckung zu schlagen, führte Mickey einen Stoß unter der Deckung des Lehrers hindurch. Mit aller Kraft stach er zu.

Yoshiros Schrei gellte durch die Halle. Die anderen sechs fuhren herum. Mit aufgerissenen Augen und offenen Mündern sahen sie ihren Fechtlehrer rückwärts durch die Halle taumeln.

Sein Schrei ging in röchelndes Gurgeln über. Er strauchelte und schlug lang hin. Ein paar Sekunden hielt er noch die gespreizten Hände über seinen Kopf, bevor sie leblos neben seinen Körper fielen. Mickeys Degen ragte aus seinem linken Auge.

Für Sekunden herrschte Totenstille in der Halle. Dann ließ eine der

Schauspielschülerinnen ihren Degen fallen, schlug die Hände auf den Mund und schrie hysterisch …

Washington, D.C., 29. April

»Gute Nachricht, Billy!« Der hagere Mann trug dunkelblauen Nadelstreifen-Zwirn und eine breite, bordeauxrote Krawatte. Sein braun gebranntes, jugendliches Gesicht strahlte, als er in das Büro des Senators stürmte. »Der Termin mit Giuliani steht!« Triumphierend schwenkte er ein Papier. »Eben kam das Fax mit der Bestätigung.«

»Prächtig, Tom, prächtig!« Senator William Archer erhob sich aus seinem ledernen Schreibtischsessel. Er wies auf die Sitzgruppe um den Konferenztisch. »Wann?«

»Ende September.« Thomas Barnfield ließ sich in einen der niedrigen Sessel fallen und legte das Fax auf den ovalen Tisch. Er organisierte den bevorstehenden Wahlkampf des Senators. William Archer hatte es sich in den Kopf gesetzt, im nächsten Jahr Präsident der Vereinigten Staaten zu werden.

»In fünf Monaten also«, murmelte er und setzte sich Barnfield gegenüber. »Zeit genug, um die Wahlschlacht vorzubereiten.«

»Ein genialer Zug, in New York City zu beginnen.« Der knapp vierzigjährige Barnfield machte ein zufriedenes Gesicht. »Giuliani hält große Stücke auf dich. Er wird ein paar Zweifler unter den Wahlmännern von dir überzeugen.«

»Ich weiß, Tom, ich weiß.« Der Bürgermeister von New York City war ein alter Freund von Archer. Ein Law-and-Order-Mann, aus dem gleichen Holz geschnitzt wie er selbst.

Der Senator drückte den Knopf der Gegensprechanlage. »Bringen Sie uns doch bitte Kaffee, Rita!«

William »Billy« Archer war einen halben Kopf größer als sein Wahlkampfmanager Barnfield. Und er wog vermutlich vierzig bis fünfzig Pfund mehr. Der Stoff seines anthrazitfarbenen Dreiteilers spannte sich über Schultern und Brustkorb. Silbergraues Haar bedeckte seinen großen Schädel, kurz geschnitten und akkurat frisiert. Er hatte breite, sinnliche Lippen und eine große Hakennase. Hinter vorgehaltener Hand nannten ihn seine Gegner »Geier«. Man munkelte, dass sich Archer diesen Spitznamen nicht nur wegen seiner krummen Nase eingehandelt hatte.

Er lehnte sich zurück und schlug die Beine übereinander. Für seine achtundfünfzig Jahre sah er erstaunlich gut aus. Auch wenn sich unübersehbar ein Bauchansatz unter seiner Weste wölbte. »Ist die Kriegskasse gefüllt?«, erkundigte er sich.

»Wir nähern uns der Zwanzigmillionengrenze«, verkündete Barnfield stolz. Archer nickte zufrieden. Er wusste, dass er die hohe Summe zum größten Teil seinem rührigen Manager zu verdanken hatte. Nur dreißig Prozent des Geldes stammten aus dem persönlichen Vermögen des Senators. Barnfield scheute keine Mühe, bei Konzernen und Prominenten um Spenden zu bitten.

»Fast so viel wie Mercury«, sagte Barnfield. »Und zehn Millionen mehr als Baker.«

Henry Mercury und Frederic Baker gehörten zur Republikanischen Partei. Genau wie Billy Archer. Und genau wie er wollten beide als Präsidentschaftskandidat der Republikaner im übernächsten Herbst gegen den Kandidaten der Demokraten antreten.

»Na prächtig«, brummte der Senator. »Dann kann der Krieg ja losgehen!«

Die Vorwahlen würden im September beginnen. Ein Marathon von zahllosen Terminen und öffentlichen Auftritten. Zwei würden auf der Strecke bleiben. Den Industriellen Frederic Baker fürchtete Archer nicht. Doch Henry Mercury war Gouverneur von Texas. Er hatte viele Freunde in der Partei. Trotzdem war der Senator zuversichtlich, ihn bei den Vorwahlen schlagen zu können.

Billy Archer erkundigte sich nach den Kontakten zu Presse und Fernsehen, ließ sich Wahlwerbekonzepte präsentieren und beriet mit Barnfield personelle Fragen. Das Wahlkampfteam war noch nicht vollständig.

Seine Sekretärin brachte ein Tablett mit Tassen und einer Kanne Kaffee. Rita Narrow war eine blasse, unscheinbare Endvierzigerin. Ziemlich dürr und mit dunklen Ringen unter den Augen, wirkte sie erschöpft und kränklich. Insgeheim rechnete Archer damit, dass sie bald kündigen würde. Er hielt schon Ausschau nach Ersatz für seine langjährige Sekretärin.

»Danke, Rita.« Er bedachte sie mit einem gönnerhaften Lächeln. »Eine Bitte noch. Anfang Mai hat mein ältester Sohn Geburtstag. Der Termin müsste im Kalender stehen. Erinnern Sie mich einen Tag vorher daran, damit ich ihm rechtzeitig schreibe.«

Sie nickte und verließ das Büro.

Tom Barnfield zog den Entwurf der Rede aus der Tasche, die der Senator ab Herbst bei seinen Wahlkampfauftritten halten wollte. Nur Stichpunkte standen auf dem Papier, das Barnfield auf den Tisch legte. Statements zur Familien- und Steuerpolitik, Thesen zu Todesstrafe, Außenpolitik und Abtreibung und ein paar Formulierungen über William Archer als Privatmann.

Barnfield hatte vorgeschlagen, die robuste Gesundheit, das kirchliche Engagement, die harmonische Ehe und die Kriegserfahrungen des Senators in den Mittelpunkt zu stellen. Archer war vollkommen einverstanden. Natürlich brauchte ein künftiger Präsident ein Image, mit dem sich der durchschnittliche amerikanische Wähler identifizieren konnte.

Ein Redenschreiber würde die Rede im Laufe der nächsten Monate zu Papier bringen. Eine Art Wahlprogramm und persönliche Propaganda. Die Munition gewissermaßen, die Billy Archer auf den vor ihm liegenden Auftritten zu verschießen gedachte.

Sie stimmten ein paar Einzelheiten ab, sprachen einige Pressetermine durch und berieten über eine Autobiografie, die Barnfield in groben Zügen skizziert hatte. Archer beauftragte ihn, einen Ghostwriter zu finden, der das Werk bis zum Frühsommer schreiben sollte.

Danach verabschiedeten sie sich.

Archer sah auf die Uhr. Kurz vor sechs. Er griff zum Telefon und rief seine Frau an. »Ich bin's, Billy – wie geht's, Darling?«

»Gut, Billy. Wann kommst du?« Edith Archers Stimme klang kühl und sachlich. Und das war sie auch. Sie hatte das Hauspersonal und den Haushalt tadellos im Griff, sie konnte repräsentieren wie sonst niemand, sie konnte Ausstellungen, Hauskonzerte und Sektpartys auf die Beine stellen, von denen die Leute noch wochenlang sprachen. Aber Wärme und Geborgenheit zu vermitteln, das war nicht ihre Stärke.

Am Anfang ihrer Ehe hatte Billy Archer das vermisst. Aber jetzt nicht mehr. Schon Jahre nicht mehr.

»Wann ich nach Hause komme? Kann sich hinziehen, Darling.« Er schlug einen gestressten Ton an. »Wir müssen noch ein paar Sachen wegen des Wahlprogramms abstimmen. Tom hat nur heute Abend Zeit. Es kann also spät werden.«

»Schade.« Es klang nicht so, als würde sie es wirklich schade finden. »John und Miriam haben sich für heute angemeldet. Sie hätten dich sicher gern gesehen. Aber wir werden wohl mit dem Essen nicht auf dich warten.«

Billy Archer war einverstanden, natürlich. Er legte auf und wunderte sich, dass zwei seiner drei Kinder heute Abend zum Essen kommen wollten. John und Miriam studierten beide hier in Washington. Trotzdem kamen sie nicht öfter als höchstens einmal im Monat zu Hause vorbei. Sein ältester Sohn Michael so gut wie gar nicht. Zuletzt hatte er sich Silvester blicken lassen.

Archer glaubte, dass es an seiner Frau lag. Ihre gefühlskalte Art stieß die Kinder ab. Davon war er überzeugt.

Er wählte eine andere Nummer. Wieder meldete sich eine Frauenstimme, tiefer und rauer als die seiner Frau.

»Ich komme vorbei, Julia. In etwa anderthalb Stunden. Ist das okay?«

Es war okay, und eine Stunde später saß Billy Archer hinter dem Steuer seines dunkelgrauen Buick Park Avenue. Die abendliche Rushhour hatte Washington, D.C., längst wieder aus ihrer Umklammerung entlassen, und der Senator konnte seine zweihundertdreißig PS starke Luxuslimousine über die Pennsylvania Avenue Richtung Südosten jagen.

Kurz nach halb acht hielt er in einem Parkhaus in Boulevard Heights. Über Handy bestellte er ein Taxi. Das chauffierte ihn zu einem achtstöckigen Apartmenthaus am Rande der Vorstadt. Seine Geliebte wohnte in der siebten Etage.

Während er mit dem Aufzug zu Julias Apartment hinauffuhr, fragte er sich, was er während der heißen Phase des Wahlkampfes mit seiner Geliebten anstellen sollte.

Das Risiko, auf die Titelseiten der Skandalblätter zu kommen, war ihm zu hoch. Der politische Gegner lauerte auf jeden noch so geringfügigen Fehltritt.

Die Aufzugstüren schoben sich auseinander. *Ich muss mir etwas einfallen lassen*, dachte er, *bald …*

Julia Rosen stand im Türrahmen ihres Apartments. Eine hoch gewachsene Frau, schlank, mit rotem langem Haar und grünen Augen. Ein verträumter, fast wehmütiger Zug lag auf ihrem ungewöhnlich schönen Gesicht.

Sie zog ihn ins Apartment, schloss die Tür und fiel ihm um den Hals. »Endlich, Billy …« Sie küsste ihn stürmisch.

Archer drückte sie an sich. Seine Hände glitten über ihren schlanken Körper und schoben sich unter ihre Bluse auf ihren Rücken.

»Du musst dir mehr Zeit für mich nehmen«, flüsterte sie.

»Das werde ich tun, versprochen …«

Sie hatten sich in einem Fernsehstudio in New York City kennengelernt. Archer hatte dort an einer Talkshow teilgenommen. Und Julia war Schauspielerin. Die Folge einer Serie, in der sie eine Hauptrolle spielte, wurde an genau dem Tag abgedreht, an dem Archer zum ersten Mal in seinem Leben freiwillig vor eine Kamera trat.

Es war eine zufällige Begegnung. Archer hatte sich aus dem Stand in die dreißig Jahre jüngere Frau verguckt. Genau elf Monate war das her. Seitdem sahen sie sich fast jede Woche.

Sie zog ihm das Jackett aus und hängte es an die Garderobe. Während er ihre Bluse aufknöpfte, löste sie seinen Krawattenknoten. Atemlos vor Begierde vergrub er sein Gesicht zwischen ihren spitzen Brüsten.

»Mein wilder Stier.« Sie bog den Kopf in den Nacken und seufzte. »Mein wilder, geiler Billy …«

Archer drängte sie zu einem der Sessel ihrer Sitzgruppe.

Sie ließ sich darauf fallen und lachte. »Ich liebe es, wenn du so ausgehungert hierher kommst …«

In kürzester Zeit hatte er sie vollständig ausgezogen.

Er bedeckte ihren nackten Körper mit Küssen, seine Hände strichen gierig über ihre Schenkel, ihr Gesäß und ihre Brüste. Und Julia genoss es.

Er streifte Hosen und Wäsche ab, zog sie hoch und setzte sich auf den Sessel. »Komm zu mir, Honey …«, knurrte er. Mit gespreizten Beinen rutschte sie auf seinen Schoß und …

Ein Handy orgelte los. Archer stutzte und spähte zur Garderobe, wo sein Jackett hing. Irgendjemand versuchte, ihn anzurufen.

Julia nahm seinen Kopf zwischen ihre Hände und wandte sein Gesicht weg von der Garderobe. »Wozu hast du eine Mailbox?«, flüsterte sie. »Vergiss jetzt alles, denk nur an mich …«

Sie küsste ihn, wiegte sanft ihre Hüften und drückte seinen Mund zwischen ihre Brüste. Das Gedudel des Handys rückte in den Hintergrund. Ihr Duft, ihre Hitze, ihre Bewegungen überfluteten ihn wie eine gewaltige Brandung. Er überließ sich dem Hunger nach ihrem Körper …

Später entkorkte Julia eine Sektflasche. Sie trank Sekt für ihr Leben gern. Archer hatte sich um ihretwillen an das Zeug gewöhnt. Sie schenkte ein und stieß mit ihm an.

Archer trug einen blauen Morgenmantel aus Seide. Den hatte seine Geliebte ihm geschenkt.

Julia war noch immer nackt. Archer hatte darauf bestanden. Er konnte sich nicht satt sehen an ihrem Körper.

Während sie tranken, schielte er hinüber zur Garderobe. Mit dem Glas in der Hand ging er hin und zog sein Handy aus dem Jackett.

Sein Sohn John hatte ihm auf die Mailbox gesprochen. Archer solle zu Hause anrufen. Johns Stimme klang alarmierend heiser.

Archer ging zur Sitzgruppe zurück und stellte sein Glas auf den Tisch.

»Ist was passiert?« Die Sorgenfalten auf seiner breiten Stirn beunruhigten Julia.

Er hob ratlos die Schultern, ließ sich in den Sessel fallen und wählte seine Privatnummer.

John war am Apparat. »Du musst kommen, Dad, wo steckst du?« Der aufgeregte Unterton in der Stimme seines jüngeren Sohnes trieb Archers Blutdruck in die Höhe.

»Ich bin mit meinem Wahlkampfmanager unterwegs. Was gibt's denn?«

»Mickey …« Dem kaum Zwanzigjährigen brach die Stimme. »Wir haben einen Anruf aus einer New Yorker Klinik bekommen. Mickey liegt auf einer geschlossenen psychiatrischen Abteilung. Schon seit zwei Tagen. Er hat – er hat einen Menschen getötet …«

Manhattan, Eastside, 30. April

Seite an Seite mit dem Arzt betrat William Archer das Krankenzimmer. Die Beleuchtungsbalken über den vier Betten streuten gedämpftes Licht auf die Wände und Kopfenden der Betten. Der Arzt, ein Afroamerikaner namens Simson, führte Archer an das Bett seines Sohnes.

An fahrbaren Metallrahmen aufgespannte Leintücher schirmten es vor den Blicken der anderen drei Patienten ab.

Zögernd nur näherte sich Archer dem Bett. Er hatte die Zehnuhrmaschine genommen. Direkt vom La Guardia Airport war er hierher an die Eastside ins New York Hospital gefahren. Es war lange nach Mitternacht.

Edith hatte mit einem Weinkrampf im Bett gelegen, als er nach Hause gekommen war. Der Hausarzt hatte ihr eine Beruhigungsspritze gegeben. Sie hatte ihn nicht begleiten können. Vollkommen ausgeschlossen.

Mit einer Kopfbewegung bedeutete ihm der Arzt, näher zu treten. Ein Infusionsständer stand hinter dem Bett zwischen Kopfbrett und Beleuchtungsbalken. Am Bettrand entlang schob sich Archer Richtung Kopfende. Als würde er fürchten, ein fremdartiges Tier, ein wildes, womöglich, in seiner Höhle aufzuscheuchen, so vorsichtig beugte er sich über das Bett.

»Michael?«, flüsterte er.

Sein Sohn wandte den Kopf. Stumpfe Augen, rissige, trockene Lippen, bleiches, eingefallenes Gesicht, fettiges Haar, das in der Stirn klebte. Archer erschrak. »Michael? Ich bin's, dein Vater – erkennst du mich?«

Sein Sohn gab ein undeutliches Krächzen von sich. Archer beugte sich über ihn. Sein Blick streifte die Infusionsflasche. Ein Etikett mit einem Medikamentennamen klebte auf ihr – *Haldol*, las er.

Seine Augen wanderten den Infusionsschlauch herab. Der verschwand direkt vor ihm am Bettrand unter der Decke. Die Schlaufe eines senffarbenen Kunststoffgurts hing dort. Archer hob die Decke ein wenig an. Der Arm seines Sohnes war mit dem Gurt gefesselt. Er blickte zum Fußende. Auch dort ein Gurt. Auf der anderen Bettseite vermutlich das gleiche Bild.

Archer wandte sich zu dem Psychiater um und runzelte die Stirn. Das schwarze Gesicht sah ihn gleichmütig an. Wieder ein Krächzen. Archer schluckte und beugte sich tief über den Kopf seines Sohnes.

»Ich verstehe dich so schlecht, Michael – rede deutlicher.« Er neigte sein rechtes Ohr zu den aufgesprungenen Lippen seines Sohnes. Ein unangenehmer Geruch ging von ihm aus.

»Wer – schickt – dich …?«

Archer richtete sich überrascht auf. Aus schmalen Augen musterte er das schmale Gesicht. Wie fremd es ihm plötzlich war. »Wer mich geschickt hat? Wie meinst du das?«

»Haben – sie dich – geschickt …?«, flüsterte sein Sohn.

Archer verstand nicht. Wieder beugte er seinen Kopf über den Mund des Kranken.

»Auf wessen – Seite – stehst du, Dad …?«

Archer wandte den Kopf. Mit offenem Mund starrte er das eingefallene Gesicht an. Ein fiebriges Feuer lag in den Augen seines Sohnes. Ein Feuer, das ihm Angst machte.

»Ihr habt keine Chance …« Die krächzende Stimme wurde lauter. »Wir werden euch besiegen – niemand kann mir schaden – ich bin unverwundbar – ich bin auserwählt …«

Archer wich zurück. Er stieß gegen die spanische Wand hinter sich. Langsam drehte er sich zu dem Arzt um. Hilflosigkeit und Entsetzen lagen in seiner Miene. Nichts begriff er, absolut nichts.

Der Arzt trat auf die andere Seite des Bettes. Er drehte das Rädchen der Infusionsklemme auf. Die Tropfenzahl erhöhte sich. Mit einer Kopfbewegung gab er Archer zu verstehen, ihm aus dem Zimmer zu folgen.

Sie gingen ins Arztzimmer. Archer ließ sich auf den nächstbesten Stuhl sinken. Er schüttelte den Kopf. »Ich bin fassungslos …«, stöhnte er.

»Ich weiß, wie Ihnen zumute ist, Mr. Archer«, sagte der Psychiater. »Es ist immer ein Schock für die engsten Angehörigen, einen geliebten Menschen plötzlich in solch einem Zustand zu erleben.«

Einen geliebten Menschen …

Die Worte hallten in Archers Kopf nach. Er fragte sich, wann er zum letzten Mal ein vertrautes Gespräch mit seinem Sohn geführt hatte. Er konnte sich nicht daran erinnern. »Was ist das für eine Krankheit? Ist er – ist er schizophren?«

»Das muss der weitere Verlauf zeigen.« Der Arzt setzte sich Archer gegenüber an seinen Schreibtisch. »Bis jetzt halte ich es für eine akute paranoid-halluzinatorische Psychose.«

»Hat er denn – ich meine – hat mein Sohn Halluzinationen gehabt?«

»Er hat eine Art Engel gesehen. Und sein Fechtlehrer verkörperte für ihn plötzlich eine böse Macht.«

Ich hab es gewusst, dass es kein gutes Ende nimmt, dachte Archer. *Diese verdammte Schauspielerei!* Er sprach den Gedanken nicht aus. »Der arme Mann«, flüsterte er stattdessen.

»Der Staatsanwalt gibt ihm eine gewisse Mitschuld. Er hat sich gewundert, dass der Lehrer ohne Schutzmasken Fechttraining erteilte. Die Staatsanwaltschaft hat Ihren Sohn übrigens sofort zu uns bringen lassen, als es passiert war. Er musste also nicht ins Gefängnis. Wir haben nur zwei Tage benötigt, um die Identität Ihres Sohnes und Ihre Adresse herauszufinden.«

»Wird es denn – wird es denn zum Prozess kommen?« Vor seinem inneren Auge tauchten die Schlagzeilen auf. *Senatorensohn tötet im Wahnsinn!*

»Da müssen Sie den Staatsanwalt fragen.« Dr. Simson zuckte bedauernd die Schultern.

»Gibt es Heilungschancen? Wird mein Sohn je wieder normal?«

»In fünfzig Prozent aller Fälle klingen solche psychotischen Schübe ab, ohne Folgen zu hinterlassen. Manchmal kehren sie wieder, manchmal werden sie chronisch. Aber es gibt heute gute Medikamente. Man kann sogar mit einer chronischen Psychose leben.«

Der sachliche Ton des Arztes dämpfte Archers Erregung. Er stand auf, um sich zu verabschieden. »Ich danke Ihnen, Dr. Simson.« An der Tür drehte er sich noch einmal um. »Eine Bitte«, sagte er. »Sie wissen, dass ich als Politiker im Blickpunkt der Öffentlichkeit stehe. Ich meine – also, wenn Sie diesen Fall mit äußerster Diskretion behandeln würden, wäre ich Ihnen sehr verbunden.«

»Ich verstehe.« Der Arzt nickte. »Sie können sich auf uns verlassen, Mr. Archer.«

»Danke.«

Archer nahm ein Taxi und fuhr zur Grand Army Plaza. Dort mietete er sich im Plaza Hotel ein. Er rief seine Familie in Washington an und brachte ihr schonend die schmerzhafte Wahrheit bei.

Später ging er in eine Bar in der 58th Street. Er verkroch sich an den hintersten Tisch. Bei drei oder vier Whiskys dachte er nach. Er würde mit Tom Barnfield darüber reden müssen, was diese familiäre Katastrophe für seinen Wahlkampf bedeutete.

Am nächsten Tag besuchte er den zuständigen Staatsanwalt. Sie sprachen lange miteinander. Am Ende des Gesprächs fand der Staatsanwalt eine Reihe von Argumenten, mit denen er sich selbst davon überzeugte, dass ein Prozess gegen einen kranken Mann nicht infrage kam.

Der Senator flog zurück nach Washington. Dort beriet er sich mit seiner Familie und seinem Wahlkampfmanager.

Drei Tage später wurde Jefferson Michael Archer aus dem New York Hospital in eine kleine Klinik südöstlich von Georgetown, South Carolina, verlegt. Eine Privatklinik für psychisch Kranke. Edith Archer war einst mit dem leitenden Psychiater auf die High School gegangen.

Senator William Archer war hochzufrieden mit dieser Lösung. Die Privatklinik war relativ unbekannt. Keine Medienleute würden hier herumschnüffeln. Er musste seinen Wahlkampf nicht abblasen.

2

Manhattan, 24. September

Es war ein Freitagnachmittag. Ein milder, sonniger Spätsommertag. Ich erinnere mich genau an diesen Tag. Bis in das Foyer der City Hall schickte die Sonne ihre Lichtstrahlen.

Unter der Kuppelrotunde, zwischen den zehn Säulen, drängten sich gut dreihundert Menschen. Fernsehkameras ragten links und rechts des Podiums aus der Menge. Hin und wieder zuckten Blitzlichter auf. Phil und ich standen auf der untersten Stufe der geschwungenen Treppe, die hinauf zu den Tagungsräumen und dem *Governor's Room* führte. Wachsam spähten wir in die Zuhörerschaft.

Mehr oder weniger aufmerksam lauschte sie den Worten des Mannes hinter dem Rednerpult. Ein großer, massiger Mensch mit silbergrauem Haar. Eine scharf geschnittene Raubvogelnase dominierte sein breites Gesicht. Er hieß William Archer und war Mitglied des amerikanischen Senats. Unser Bürgermeister hatte ihn in seiner Begrüßungsrede mit Billy angesprochen. Und der Senator unseren Bürgermeister mit Rudy.

Der Mann sprach vom Wert intakter Familien, warnte vor Steuererhöhungen, bekannte sich zur Todesstrafe, forderte ein stärkeres Engagement der amerikanischen Außenpolitik in Fernost und so weiter, und so weiter. Ich glaube, er wetterte auch gegen Abtreibung und die lasche Haltung der Demokraten in Sachen Drogenbekämpfung. So genau hörte ich nicht hin.

Manchmal blieb mein Blick an der Statue neben mir hängen.

Das Bildnis von Nathan Hales. Über zweihundert Jahre war es her, dass ihn die Briten gehängt hatten. Während des Unabhängigkeitskrieges. Hales war Spion gewesen. Seine letzten Worte lauteten angeblich: *Ich bedaure, dass ich meinem Land nur dies eine Leben anzubieten habe.*

Ein Satz, der mir seit der Schulzeit vertraut ist. In keinem unserer Geschichtsbücher fehlt er.

Die vielen Sätze, die der Mann hinter dem Rednerpult produzierte, würde vermutlich nie jemand auswendig lernen. Außer den sechs Männern vielleicht, die sich seit einigen Tagen als mögliche Präsidentschaftskandidaten in den Medien präsentierten. In etwa sagten sie nämlich alle das Gleiche.

In der New York Times dieses Tages hatte ich gelesen, dass Senator William Archer gute Chancen eingeräumt wurden, Präsidentschaftskandidat der Republikaner zu werden. In den Umfragen lag er im Augenblick gleichauf mit dem Gouverneur von Texas. Aber die Vorwahlen hatten erst begonnen. Ich persönlich konnte mir nicht vorstellen, dass die Wahlmänner und -frauen einen Mann mit einer derart auffälligen Raubvogelnase zum Präsidentschaftskandidaten küren würden.

Die Federal Plaza war an diesem Nachmittag für die Sicherheit zuständig. Zu zehnt überwachten wir die Veranstaltung. Dazu natürlich ein paar Dutzend Cops und die persönlichen Leibwächter des Bürgermeisters und des Senators.

Die Räume der City Hall durchsuchen, die Monitore der Überwachungskameras im Auge behalten, die Gäste im Foyer beobachten, die Umgebung kontrollieren – den City Hall Park, die angrenzenden Straßen und so weiter. Das etwa war unser Job an diesem Nachmittag. Ein Routinejob.

Der Senator sprach etwa eine Stunde lang. Es gab eine Menge Beifall. Danach trat Rudolph Giuliani noch einmal ans Rednerpult. Er dankte dem Vorredner, wünschte ihm Glück für seinen Wahlkampf und streute ein paar persönliche Anekdoten aus William Archers Leben ein. Kriegserlebnisse in Vietnam, familiäre Ereignisse, Erlebnisse aus der gemeinsamen Studienzeit.

Archer hatte wohl den Vietnamkrieg nur mit knapper Not überlebt und war – behauptete er – seit fast dreißig Jahren glücklich verheiratet. Ein kerniger Mann, ein Amerikaner aus echtem Schrot und Korn, ein zäher Kämpfer, hart, aber gerecht – ungefähr das kam rüber.

Danach war Schluss. Unser Job neigte sich dem Ende zu. Flankiert von sechs Leibwächtern geleitete der Bürgermeister seinen Gast aus dem Foyer hinaus auf die Vortreppe. Phil und ich hinterher. Draußen, zwischen den beiden Mittelsäulen, noch einmal Shakehands und das unvermeidliche Blitzlichtgewitter.

Und dann tauchte plötzlich dieser seltsame Vogel auf. Wie aus dem Nichts. Niemand schien ihn bemerkt zu haben. Auch Phil und ich nicht. Er stieß zwei Pressefotografen zur Seite, streckte ein großes Holzkreuz in die Luft und schrie: »Gott segne Amerika!«

Sein Mantel glitt von seinen Schultern und fiel auf die Erde. Darunter trug er ein langes gerade geschnittenes Kleid aus grobem Sackstoff. Graues Haar hing ihm wirr ins Gesicht und auf die Schultern.

Ich musste an einen alttestamentarischen Propheten denken, während ich Seite an Seite mit Phil die Vortreppe hinunterstürmte.

»Gott segne Amerika!«, brüllte der Mann. Wir schoben uns zwischen den Verrückten und die vielen Mikros und Kameras, die sich auf ihn richteten.

»Kommen Sie, Sir!«, fauchte Phil. »Wir gehen im Park spazieren ...«

Der Mann stemmte sich uns entgegen. »Gott sieht das Herz eines Menschen!«, ereiferte er sich. Wir drängten ihn an Medienleuten und Zuschauern vorbei. »Und dich hat er nicht zum Präsidenten erwählt!« Er schwenkte das Kreuz über unseren Köpfen und deutete damit auf den Senator. Phil nahm es ihm weg. »Dich nicht! Er hat mir gesagt, was er in deinem Herzen gesehen hat ...!«

»Beruhigen Sie sich, Mister!« Ich packte ihn am Arm und zog ihn von der City Hall weg. Phil hatte den anderen Arm des Mannes ergriffen. Wir versuchten, möglichst wenig Gewalt anzuwenden.

Vier Cops nahmen uns den Wunderling ab. Handschellen klickten, sie brachten ihn zu einem Patrolcar, um die Personalien aufzunehmen.

»Was sagst du dazu, Partner?« Phil sah kopfschüttelnd zu den Cops und dem Pseudopropheten hinüber.

»Was soll ich sagen?« Ich zuckte mit den Schultern. »Langweilig war er jedenfalls nicht.«

Als wir am Abend im »North Star Pub« unser Feierabend-Bier tranken, dachten wir schon nicht mehr an den Mann im Sackkleid und mit dem Kreuz. Auch der Senator und seine Rede waren nur blasse Tageserinnerungen unter vielen anderen. Noch waren wir bester Stimmung. Dabei sollte der Name Archer schon in wenigen Wochen zu unserem Albtraum-Inventar gehören.

Der Verrückte mit dem Kreuz hätte uns das eventuell voraussagen können. Aber vermutlich hätten wir ihm nicht geglaubt.

Los Angeles, 25. September

Sie lagen am Manhattan Beach, eine halbe Autostunde südlich von Santa Monica. Andrew Page hielt die zierliche Marguerita Vasques so fest umschlungen, als wollte er sie nie wieder loslassen. Und Marguerita rieb ihren halb nackten Körper an seinem nicht unerheblichen Bauch. Sie küssten sich bis zur Atemlosigkeit.

Der Sand war warm, viele Menschen tummelten sich in der Brandung, und die Sonne prallte auf den Strand, als hätte sie sich in der Jahreszeit geirrt.

Tatsächlich lag ein Hauch von Hochsommer über dem Treiben am Strand – Kinder jagten Bällen hinterher, Männer und Frauen spielten Beachball, auf improvisierten Volleyball-Plätzen tobten Teenies herum, und im Wasser tanzten Surfer auf ihren Brettern. Unzählige Menschen hatte die Sonne an diesem Samstag aus Los Angeles an die Küste gelockt.

Andrew und Marguerita störten sich nicht an den vielen Leuten. Sie hatten einen Windschutz um sich herum aufgebaut und seine offene Seite mit Liegestühlen und Handtüchern abgeschirmt. Ihre Hände flogen über die Haut des anderen, ihre Münder suchten einander, ihre Körper drängten sich stürmisch aneinander.

Sie machten ganz den Eindruck eines Paares im Rausch des noch zauberhaft frischen Verliebtseins. Und genau das waren sie.

Marguerita drückte Andrews Arme neben seinen Kopf in den Sand. Kurze, muskulöse Arme. Sie schob ihren zierlichen, schokofarbenen Körper auf seinen bulligen, haarigen Leib und lächelte ihn an. Andrew hob den Kopf und versuchte, ihren unglaublich großen Mund zu küssen. Sie wich ihm aus und lachte.

Marguerita war gebürtige Mexikanerin. In früher Kindheit war sie mit ihrer Mutter nach Kalifornien eingewandert. Mehr als zwanzig Jahre her. Sie hatte glühende Mandelaugen, fast schwarz. Ihr blauschwarzes Haar bedeckte ihren schmalen Kopf wie ein kunstvolles Gesteck aus Tausenden von Rastalocken.

Das Lächeln wich plötzlich aus ihrem Gesicht. Ihre Lippen öffneten sich leicht. Ihre schönen, perlweißen Zähne wurden sichtbar. Etwas wie Furcht trat in ihre Augen. »Willst du mich heiraten?«, fragte sie leise.

Andrews Unterkiefer sank nach unten. Sein Doppelkinn war jetzt überdeutlich zu erkennen. Er schluckte. »Was hast du gesagt?«, krächzte er.

Andrew Page war ziemlich genau fünfundzwanzig Jahre älter als Marguerita, nämlich zweiundfünfzig. Und auch sonst gab er nicht gerade den Mann ab, der Marguerita zu einem Traumpaar vervollständigen würde. Andrew war nicht besonders groß, dafür reichlich korpulent, und von seiner einst üppigen blonden Haarpracht existierte nur noch ein jämmerlicher angegrauter Kranz, der seine leer gefegte Glatze betrauerte.

Marguerita schluckte. »Ob du mich heiraten willst.« Ihre Stimme war jetzt unsicher.

»Das hat mich noch nie eine Frau gefragt«, flüsterte Andrew. Er war Chef einer großen Filmproduktions-Firma in Hollywood.

»Du warst doch schon dreimal verheiratet.«

»Aber da hab immer ich gefragt.« Er versank in ihren Augen und wusste kaum, was er redete. Ihre Frage hatte ihn vollkommen ausgehebelt.

»Deswegen ist es auch nie was geworden.« Zärtlich küsste sie seine fleischigen Lippen. »Diesmal fragt eine Frau dich, und diesmal wirst du glücklich werden.«

Eine Zeit lang blickte er sie einfach nur an. Hin und her gerissen zwischen dem Gefühl zu träumen und der Freude, die in seiner Brust schwoll wie Hefeteig in der Sonne.

Dann brach der Jubel aus ihm heraus. »Yeah!«, schrie er. »Yeah! Ich will!«

Er sprang auf, packte Marguerita, nahm sie auf seine Arme und tanzte um den Windfang herum wie ein Indianer mit seiner Kriegsbeute. »Yeah!«, brüllte er. »Yeah! Yeah!«

Marguerita lachte laut, und die Leute um sie herum am Strand sahen ihrem Tanz zu und feixten.

Viele der Menschen, die der Filmproduzent und die Schauspielerin kannten, würden sich in den nächsten Tagen das Maul zerreißen. *Sie heiratet sein Geld*, würden sie sagen.

Aber das stimmte nicht. Marguerita liebte Andrew – er war für sie wie ein Vater, der Schutz und Geborgenheit gibt. Nichts davon hatte sie in ihrem siebenundzwanzigjährigen Leben je genossen.

Und Andrew liebte Marguerita – sie war für ihn wie der sagenhafte Jungbrunnen aus dem Märchen.

Noch am selben Abend fuhren sie nach Los Angeles hinein. In der Innenstadt klapperten sie die Schaufenster der Juweliere ab, um sich Ringe anzuschauen.

Zu diesem Zeitpunkt hatte Andrew noch genau dreizehn Tage zu leben. Und Marguerita zwölf Tage …

Staten Island, 26. September

Timothy Wolfe trat auf die Terrasse seiner Villa. Die Morgensonne hing noch tief über dem östlichen Horizont. Er kniff geblendet die Augen zusammen, gähnte herzhaft und streckte sich.

Er schirmte die Augen mit den Händen ab und blickte über die Lower Bay. Ein funkelnder Lichtschleier lag über dem Meer. Die Westküste von Coney Island schien an diesem Morgen zum Greifen nahe, so klar war die Luft. Der Sommer hatte sich freundlich verabschiedet, und der Herbst zeigte sich von seiner angenehmsten Seite.

»Ein schöner Sonntag wird das, Sweety!«, rief er über die Schulter durch die offene Terrassentür ins Haus hinein. Er trat an die Steinbalustrade der Terrasse, stützte sich mit den Händen darauf ab und blickte über die leicht abschüssige Küste aufs Meer hinunter. »Verdammt gutes Wetter!« Der Strand war nicht weiter als vierhundert Yards entfernt. Ein Fußweg führte aus Wolfes Grundstück hinaus, schlängelte sich durch einen von Büschen bewachsenen Grasstreifen und mündete in dem schmalen Sandstrand.

Links des Strandes eine Bucht. Ein kleiner Yachthafen. Zwei Dutzend Schiffe lagen an den Anlegestegen vor Anker. Segelboote und Yachten.

Noch etwas mehr als eine Meile weiter links schoben sich die Küsten von Staten Island und Brooklyn auf weniger als sechzehnhundert Yards aneinander heran. Deutlich war die Verrazano Narrows Bridge zu sehen.

»Was willst du zum Frühstück?« Rachels hohe Stimme aus dem Haus.

Wolfe stieß sich von der Balustrade ab. »Cornflakes!«, rief er. »Joghurt und Orangensaft!« Die erste Tageshälfte pflegte er einigermaßen gesund zu leben. »Und stell schon mal Sekt kalt!«

Er streifte seinen weißen Morgenmantel ab und warf ihn auf die Hollywoodschaukel neben der Terrassentür. Nur mit einem Slip bekleidet, begann er mit seinem täglichen Gymnastikprogramm – Dehn- und Streckübungen, Kniebeugen, Bauchmuskeltraining und vierzig Liegestützen.

Timothy Wolfe war über sechs Fuß groß. Ein schlanker Mann mit kräftigen Gliedern. Der leichte Bauchansatz machte ihm zu schaffen. Hartnäckig achtete er darauf, die Hundertachtzig-Pfund-Marke nicht zu überschreiten. Wolfe fand, dass man mit dreiundvierzig Jahren noch nicht unbedingt Fett ansetzen musste. Er kämpfte verbissen gegen diese Entwicklung an. Nicht erst, seitdem er mit Rachel zusammen war.

Kein leichter Kampf, wenn man monatelang zehn Stunden am Tag vor dem Monitor saß. Und dabei noch vor Sonnenuntergang anfing, flüssige Kalorien in sich hineinzugießen. Spaßeshalber hatte Rachel mal ausgerechnet, dass er für zwei Seiten eines fertigen Drehbuchs im Schnitt eine Flasche Sekt brauchte. Eine Rechnung, die Wolfe beruhigt hatte. Er schrieb Drehbücher von etwa neunzig Seiten Umfang und brauchte zwei Monate für ein Drehbuch. Und fünfundvierzig Flaschen Sekt in sechzig Tagen hielt er noch für vertretbar.

Mit den Liegestützen schloss er seine Gymnastik ab. Danach fünf Minuten Atemübungen vor der Balustrade. Wolfe hatte ein jungenhaftes, rundes Gesicht. Die glatten schwarzen Haare reichten ihm bis zu den Schulterblättern. In der Regel trug er sie zu einem Zopf gebunden. Der kräftige Dreitagebart milderte den knabenhaften Zug in seinem Gesicht ein wenig.

Rachel erschien in der Terrassentür. »Frühstück!« Sie war eine schlanke Frau von neunundzwanzig Jahren mit einem hübschen, stupsnasigen Gesicht. Der Gürtel ihres hellblauen Morgenmantels hing lose herab.

Der hellblaue Seidenstoff rahmte einen braun gebrannten, straffen Körper ein. Sie trug einen schwarzen Tangaslip. Massen blonder Locken hingen ihr bis auf den drallen Busen herab. Wolfe spitzte die Lippen und warf ihr einen Handkuss zu. Arm in Arm verschwanden sie im Haus.

Während des Frühstücks schaute Wolfe die Post durch. Stapel von großen und kleinen Kuverts häuften sich auf der Anrichte neben dem Tisch. Das Paar war erst am Vormittag des vergangenen Tages von der Westküste zurückgekehrt. Vier Wochen Urlaub nach anstrengenden Drehtagen.

Die meisten der Briefe waren Glückwunschschreiben für Timothy Wolfe. Er hatte eine neue Serie in die Fernsehwelt gesetzt und die Hälfte der ersten zwanzig Drehbücher selbst geschrieben.

Amtrak-Team hieß die Serie. Die Geschichten spielten in einem Hochgeschwindigkeitszug zwischen Chicago und Los Angeles. Im Mittelpunkt stand das Zugteam – Zugführer, Schaffner, Sicherheitsleute und das Personal des Speisewagens. Eine scharfe Mischung aus Sex, Verbrechen, Intrigen und Schicksalsschlägen. Rachel Burgh spielte eine der weiblichen Hauptrollen.

Die Serie lief seit Mai wöchentlich im Spätprogramm. Ein Volltreffer.

Die Gratulationsbriefe waren voll des Lobes. »Das Jahr hört so gut auf, wie es angefangen hat«, strahlte Wolfe. »Wenn *Amtrak-Team* weiter so läuft, kann ich bald von einem Drehbuch im Jahr leben.«

Später saßen sie in der Hollywoodschaukel und tranken Sekt. Wolfe war in Gedanken schon bei seinem nächsten Drehbuch. Eine dramatische Geschichte mit viel Action sollte es werden. Er dachte an eine Zugentführung.

Während sich Rachel der Pflege ihrer Nägel hingab, tigerte Wolfe mit einer Schreibkladde über die Balustrade. Hin und her, hin und her. Er grübelte über den Bösewicht in seiner neuen Geschichte nach, den Mann, der den Zug entführen sollte.

Auf seiner inneren Bühne erschienen die Gesichter männlicher Schauspieler, die er kannte. Wolfe neigte dazu, die wichtigsten Gastrollen zu besetzen, bevor er das Drehbuch verfasste. Das Schreiben fiel ihm leichter, wenn er sich konkrete Gesichter vorstellen und eine Rolle einem ganz bestimmten Schauspieler auf den Leib schreiben konnte.

Irgendwann, nach dem zweiten Glas Sekt, kreisten seine Gedanken nur noch um ein Gesicht. Ein junges Gesicht – schmal, fast hohlwangig, mit einer Hakennase und einem auffallend sinnlichen Mund. Auch die unruhigen braunen Augen hatten sich ihm eingeprägt. Er hatte den Mann im vergangenen Winter zweimal auf der Bühne eines Off-Broadway-Theaters gesehen. Ein guter Schauspieler. Vermutlich ohne größere Berufserfahrung, aber ein guter Schauspieler. Und genau das richtige Gesicht für einen kriminellen Zugentführer.

Wolfe durchwühlte sein Gedächtnis nach dem Namen des Mannes. Als er ihn hatte, ging er ins Haus und griff zum Telefon. Er wählte die Nummer von Jonathan Kovac. Kovac war Leiter des »Actor's Studio«. Wolfe war sich ziemlich sicher, dass der Mann, dessen Gesicht er im Kopf hatte, noch die Schauspielschule in Greenwich Village besuchte.

Eine hohe Männerstimme meldete sich. Kovac und Wolfe hatten sich lange nicht gesprochen. Sie tauschten ein paar Freundlichkeiten aus, pflegten Small Talk, und Kovac gratulierte dem Drehbuchautor zu seiner Serie.

Wolfe bedankte sich. »Eine Frage, Jonny«, sagte er dann. »Ich will einem deiner Schüler eine Rolle anbieten. Und zwar dachte ich an diesen Mickey Archer. Kannst du mir seine Nummer geben?«

Sekundenlanges Schweigen am anderen Ende der Leitung. Dann räusperte sich Kovac. »Der ist nicht mehr hier«, sagte er mit Grabesstimme, »der ist durchgedreht.«

»Durchgedreht? Was ist passiert?«

»Der Mann hatte plötzlich Halluzinationen, sah Dämonen und Aliens und solches Zeug. Von einem Tag auf den anderen. Armer Hund – tja – und dann hat er einen unserer Lehrer getötet, Yoshiro Obaiyoshi. Ich weiß nicht, ob du ihn kanntest ...«

»Das ist nicht wahr!« Wolfe war plötzlich wie elektrisiert. Haarklein ließ er sich den haarsträubenden Zwischenfall erzählen.

Nach dem Telefonat stand er mit einem Glas Sekt in der Hand an der Balustrade und blickte auf die Upper Bay hinab. Die Sonne stand mittlerweile am Zenit. Noch erstaunlich kräftig für die Jahreszeit brannte sie aus dem Mittagshimmel herab.

Wolfe merkte es kaum. Wie die Wespen auf dem Honigbrot klebten seine Gedanken an der Geschichte von dem durchgedrehten Schauspieler. Seine Idee für eine neue Folge von *Amtrak-Team* verblasste langsam.

»Ein Mann dreht durch, sieht plötzlich Dämonen und Aliens in ganz normalen Menschen und tötet sie ...« Er drehte sich um und betrachtete seine hübsche Freundin. Rachel blies ihre lackierten Fingernägel an. »Wäre das nicht Stoff für eine gesalzene Story?«

»Weiß nicht.« Rachel zog den linken Mundwinkel hoch. »Klingt irgendwie langweilig ...«

Los Angeles, 27. September

Andrew Page schloss Marguerita in die Arme. »Ich werde sterben ohne dich, Baby«, seufzte er ihr ins Ohr.

Sie küsste ihn noch einmal und machte sich dann von ihm los. »Die zwei Wochen halten wir durch!« Sie stieg in ihren weißen Thunderbird. »Und danach wird geheiratet!«

Marguerita musste nach Arizona fahren. Dreharbeiten in der Wüste waren angesagt. An den Tafelbergen. Sie spielte eine Hauptrolle in einem Western.

Und danach wollte sie ihren jüngeren Bruder besuchen. Er war Mariner und zu der Zeit in der Twentynine Palms Marine Corps Base stationiert. Sie würde in einem nahe gelegenen Hotel absteigen. Ein In-Hotel-Geheimtipp in Filmkreisen.

»Wir telefonieren heute Abend, Andy.« Sie schlug die Fahrertür zu und senkte das Seitenfenster herunter.

Er beugte sich zu ihr ins Auto. »Wir telefonieren jeden Tag«, flüsterte er. »Und sobald ich den neuen Film unter Dach und Fach habe, komm ich zu dir nach Twentynine Palms.«

Noch ein letzter Kuss – Marguerita startete den Thunderbird und fuhr los. Andrew winkte ihr hinterher.

Er hatte noch etwas mehr als elf Tage Zeit. Marguerita etwas mehr als zehn Tage ...

Washington, D.C., 27. September

Der Spätsommer wollte kein Ende nehmen. Strahlend blauer Himmel über Washington. Und noch immer fast zwanzig Grad. Die Passanten auf dem Bürgersteig trugen T-Shirts, die Kinder liefen noch in Shorts herum.

William Archer hatte keinen Blick für solche Nebensächlichkeiten. Er steuerte seinen dunkelgrauen Buick Park Avenue über die Connecticut Avenue Richtung Süden. Den halben Tag hatte er zu Hause in seinem Haus am Rock Creek Park verbracht. Heute Abend würde er mit seinem Wahlkampfteam nach Minneapolis, Minnesota, fliegen.

Seine Sekretärin, Rita Narrow, hatte ihn angerufen. Akten stapelten sich auf seinem Schreibtisch. Er musste ins Büro, um wenigstens einen Teil davon abzuarbeiten. Die nächsten vier Wochen waren vollgepfropft mit Wahlkampfterminen. Doch deswegen konnte Archer sein Amt als Senator nicht einfach auf Eis legen. Eine rote Ampel flammte auf. Archer trat auf die Bremse, der Buick stoppte mit schreienden Bremsen. Er bog die Halterung des Handys zu sich und tippte eine Nummer in die Tastatur. Eine kalifornische Nummer. Eine Frauenstimme mit spanischem Akzent meldete sich aus der Freisprechanlage. »Twentynine Palms Inn?«

Seit zwei Wochen hatte Archer seinen älteren Sohn Jefferson Michael in dem kalifornischen Hotel einquartiert. Das ehemalige Kurhotel für Kriegsveteranen lag zweieinhalb Autostunden östlich von Los Angeles. Kriegsveteranen stiegen allerdings schon lange nicht mehr im »29 Palms Inn« ab. In den letzten Jahren war das Hotel zum Insider-Tipp unter Schauspielern und Models geworden. William Archer hatte keine Ahnung davon.

»Geben Sie mir Mr. Leroy, Haus Nummer vier.« Der leitende Psychiater der Privatklinik in Georgetown hatte Archers Sohn für geheilt erklärt. Er wollte allerdings nicht dafür garantieren, dass Jefferson Michael nie wieder von einem psychotischen Schub heimgesucht würde.

Archer wurde verbunden. Kurz darauf eine heisere Männerstimme. »Leroy!«

»Billy Archer hier, alles klar bei euch, Dave?«

»Alles bestens, Sir – ich hab die Sache im Griff.«

»Was macht Michael?«

»Mickey geht's gut, Sir. Er rudert fast jeden Tag auf den See hinaus, schwimmt sogar manchmal und angelt stundenlang. Gestern hat er bis spät in die Nacht in der Bibliothek rumgehangen.«

Die Ampel sprang auf Grün. Archer fuhr an und bog nach links in die Massachusetts Avenue ein. »Bibliothek?« Er runzelte die Stirn. »Früher gab's mal Tanzveranstaltungen in dem Hotel.«

»In die Disco geht er auch – klar«, sagte der Mann am anderen Ende der Leitung. David Leroy war seit fast acht Jahren Leibwächter des Senators. Archer vertraute ihm rückhaltlos. Deswegen hatte er ihn auch beauftragt, seinen Sohn unter die Fittiche zu nehmen. »Und Frauen gibt es hier auch jede Menge.« Leroy feixte – der Senator hörte es seiner Stimme an.

»Hat er Kontakte zu Frauen?«

»Das will ich meinen, Sir.«

Die Antwort beruhigte Archer. Zerstreuung brauchte sein Sohn. Zerstreuung und wieder Zerstreuung, ganz egal durch was. Das hatte der Arzt William Archer und seiner Frau eingeschärft. Und das war die Strategie, die der Senator verfolgte. Alles, was Jefferson Michael davon abhielt, seinen Wahnideen nachzuhängen, war gut. Und Sex hielt Archer für die beste Zerstreuung schlechthin.

»Nimmt er seine Medikamente?« Auch das hatte der Psychiater ihnen eingeschärft – solange Jefferson Michael sein Neuroleptikum einnahm, hatte die Psychose keine Chance.

»Was denken Sie, Sir«, knurrte Leroy. »Ich hab schon kapiert, worauf es ankommt.«

»Ich weiß doch, Dave, ich weiß – ich verlass mich auf dich.«

»Das können Sie, Sir.«

Archer beendete das Gespräch. Während der ersten Phase des Wahlkampfes wollte er seinen Sohn erst einmal im »Twentynine Palms Inn« wohnen lassen. Dort, in der tiefsten Provinz und weit vom Schuss, war er sicher untergebracht. Sicherer sogar als in der teuren Privatklinik. Und unverfänglicher war dieser Ort ebenfalls. Falls einer der Pressegeier ihn aufstöbern sollte. Bei den Medien musste man mit allem rechnen.

Archer machte sich keine Sorgen. David Leroy war ein guter Mann. Er hatte Jefferson Michael unter Kontrolle, ohne Frage. Und wenn im Frühling nächsten Jahres die heiße Phase des Wahlkampfes losging, würde sich etwas Neues finden. Archer spielte mit dem Gedanken, seinen Sohn in dieser Zeit bei Verwandten in Brasilien unterzubringen.

Ein paar Minuten später bog er in die Independence Avenue ein. Dort, in unmittelbarer Nähe des Kapitols, lag sein Büro.

Er parkte seinen Buick in der Tiefgarage und fuhr mit dem Aufzug in den vierten Stock hinauf.

Mit großen Schritten hastete er durchs Vorzimmer. »Liegen die Akten auf meinem Schreibtisch, Rita?«

Seine Sekretärin blickte ihn aus ihren dunkel geränderten Eulenaugen an. Vorwurfsvoller als sonst, wie Archer fand. »Ich hab alles vorbereitet, Sir«, sagte sie spitz. Archer horchte auf. Etwas stimmte nicht. »Die Unterlagen warten in Ihrem Büro auf Sie. Und sie befinden sich in interessanter Gesellschaft.« Ihr giftiger Unterton war nicht zu überhören.

»Was soll das heißen?« Archer belauerte sie aus schmalen Augen. Ihm schwante Übles. Seit Ende August hatte er sich nicht mehr bei Julia Rosen gemeldet.

»Dass nicht nur die Akten in Ihrem Büro auf Sie warten.« Rita Narrow blitzte ihn an. »Die Lady ließ sich nicht abwimmeln. Sie behauptete, einen Termin mit Ihnen zu haben.« Abrupt wandte sie sich ihrem Monitor zu und hämmerte auf ihre Tastatur ein.

Archer wusste Bescheid. Er ging in sein Büro. Nicht zu schnell – die Narrow brauchte seine Erregung nicht mitzukriegen. In seinem Ledersessel hinter dem Schreibtisch saß Julia Rosen.

Der Senator schloss die Tür hinter sich. »Bist du denn von allen guten Geistern verlassen?« Mit großen Schritten lief er zu seinem Schreibtisch. »Wie kannst du es wagen, hierher in mein Büro zu kommen?« Er stützte sich auf die Schreibtischplatte, sein Gesicht lief rot an. »Du weißt doch genau, dass ich im Blickpunkt der Öffentlichkeit stehe! Eine Negativschlagzeile, und ich kann meinen Wahlkampf vergessen!«

Ihre grünen Augen ruhten auf ihm. Traurig, aber gelassen. Schweigend blickte sie ihn an. Ihr schönes Gesicht hatte nichts Verträumtes, nichts Weiches heute. Etwas Hartes lag darin. »Ich dachte immer, du würdest mich lieben, Billy …«

»Ich bitte dich, Julia!« Wie flehend hob er die Arme und drehte sich von ihr weg. Als würde er ihren Blick nicht ertragen. »Du bringst hier was durcheinander! Ich bin in erster Linie Politiker!« Die Hände in den Hosentaschen vergraben, begann er, zwischen Schreibtisch und Konferenzecke hin- und herzutigern.

»Ich dachte immer, ich sei deine Geliebte und …«

»Begreif doch endlich!«, unterbrach er sie. »Ich stehe in der Öffentlichkeit, ich bin mitverantwortlich für unser Land, ich kann nicht tun, was meine Gefühle …«

»… und jetzt muss ich einsehen, dass ich nur deine Mätresse war. Weiter nichts als eine Hure. Eine Hure für einen kostenlosen Fick einmal pro Woche.« Sie hob die Stimme nicht, sie wurde nicht heftig – ganz ruhig sprach sie, wie jemand, der gefasst einer schmerzlichen Wahrheit ins Auge sieht.

»Ich bitte dich, Julia – so darfst du das nicht sehen!«

»Wie dann?«

»Ich habe eine Menge Arbeit, ich habe einen Wahlkampf vor der Brust, ich hatte ein Problem mit meinem Ältesten – hier!« Er lief zu ihr an den Schreibtisch, zog seinen Taschenplaner aus dem Jackett und knallte ihn vor sie auf die lederne Schreibunterlage. »Schau dir den Kalender an – Termine, Termine, Termine!«

Julia würdigte den Planer keines Blickes. »Ich hab dir geschrieben – du hast nicht zurückgeschrieben. Ich hab dir gemailt – du hast nicht geantwortet. Ich hab dir auf den Anrufbeantworter gesprochen – du hast nicht zurückgerufen …«

»Da siehst du mal, wie wenig Zeit ich habe!« Wieder lief er zwischen Konferenzecke und Schreibtisch hin und her.

»Ich habe in deinem Vorzimmer angerufen, du hast dich von deiner Sekretärin verleugnen lassen.«

»Ich weiß nicht mehr, wo mir der Kopf steht vor lauter Terminen, Julia!« Er sprach laut und gestikulierte erregt – ganz anders als Julia. »Ein Mann wie ich, der Verantwortung für sein Land trägt, der sich darauf vorbereitet, seinem Land als Präsident zu dienen …«

»Ich kotze gleich!«, fauchte sie plötzlich. »Belüg, wen du willst, von mir aus auch dich selbst – aber nicht mich!« Sie stand auf. »Ich will die Wahrheit wissen! Was wird mit uns beiden? Haben wir eine Zukunft oder nicht?«

Archer blieb stehen. Ohne sich nach ihr umzudrehen, verschränkte er die Arme vor der Brust. Ein paar Mal wippte er auf den Schuhspitzen auf und ab. »Wir müssen vernünftig sein, Julia«, sagte er mit deutlich gesenkter Stimme. »Ich muss mich jetzt ganz auf meine Aufgaben konzentrieren. Wir können uns vorübergehend nicht sehen.«

»Wie lange?«

»Ein paar Wochen, ein paar Monate ...« Er zuckte mit den Schultern. Noch immer wandte er ihr den Rücken zu.

»Oder bis die Vorwahlen im nächsten Frühling abgeschlossen sind! Oder die Präsidentschaftswahlen in einem Jahr!« Julia lief um den Schreibtisch herum und stellte sich vor ihn. »Und dann wirst du wieder für einen kostenlosen Fick vorbeischauen, hab ich recht?« Er antwortete nicht. »Wenn du zu feige bist, die Wahrheit zu sagen, sag ich sie: Es ist vorbei mit uns beiden. Du hast mich ausgenutzt. Und ich war dumm genug, mir das gefallen zu lassen!«

Sie lief zur Tür. »Selbstverständlich werde ich deine Frau informieren! Und vielleicht sogar die Presse!« Julia griff nach der Türklinke.

»Bitte nicht!« Er rannte ihr hinterher, nahm ihre Hand von der Klinke. »Das darfst du nicht tun, Julia!« Aschfahl war Archer plötzlich. »Ich zahle dir jeden Betrag! Ich biete dir fünfzigtausend Dollar!«

»Um aus einer unbezahlten eine bezahlte Hure zu machen?« Sie stieß ein bitteres Lachen aus. »Das ist der Unterschied zwischen uns beiden, Billy – ich bin ehrlich. Vielleicht zu ehrlich. Aber dafür kann ich mir ins Gesicht schauen, wenn ich morgens in den Spiegel sehe.« Sie stieß seine Hand von der Klinke weg. »Steck dir dein Geld in den Arsch! Ich rufe deine Frau an ...«, sie riss die Tür auf, »... noch heute!«

Twentynine Palms, Kalifornien, 29. September

Das blonde Mädchen mit dem weißen Kleid stand neben seinem Sessel. Aber es war kein Mädchen mehr. Es war größer und kräftiger geworden. Jedenfalls wollte es Mickey so scheinen. Auch das Haar war eigentlich nicht richtig blond – es hatte die Farbe sehr heller Asche. Und vor allem das Gesicht – keine Spur von mädchenhaften Zügen. Hart war es und kantig.

Seit etwas mehr als zwei Wochen sah er die Gestalt wieder. Seit er mit David Leroy in eines der kleinen Holzhäuser des »Twentynine Palms Inn« gezogen war. Fast jeden Tag besuchte sie ihn. Es war ihm angenehm in ihrer Gegenwart – gut gelaunt und zuversichtlich fühlte sich Mickey, wenn die rätselhafte Gestalt ihn besuchte, fast euphorisch.

Mickey machte sich eine Menge Gedanken, wer diese Gestalt sein könnte. Er neigte dazu, sie für einen Engel zu halten. Aber er wagte nicht zu fragen. Da er sie aber irgendwie ansprechen musste – wenn er über sie nachdachte oder wenn sie ihn besuchte –, musste er sich einen Namen für sie ausdenken. Er trat ihr einfach einen Teil seines eigenen Namens ab und nannte sie Jefferson.

An dem Tag, an dem Mickey sich wieder daran erinnerte, dass er ausersehen war, die Welt zu retten, schauten er und Jefferson sich einen Film im Fernsehen an. Einen Thriller, in dem es von Leichen, korrupten Bullen, gerissenen Huren und geldgierigen Mafiosi nur so wimmelte.

»Sieh dir das an!«, sagte Jefferson plötzlich. »Sieh es dir genau an, Mickey!« Die Stimme des Engels erinnerte Mickey entfernt an die Stimme seines Vaters. »Was siehst du? Sag es mir!« Eine strenge Stimme, die keinen Widerspruch duldete.

»Schweinehunde und Schlampen sehe ich«, sagte Mickey. »Eine Menge verkommener Leute, die sich gegenseitig das Leben zur Hölle machen.«

»Richtig«, lobte die Stimme. »Niedertracht, Gewalt, Geldgier, Ungerechtigkeit, Leid – ist unsere Welt nicht voll davon, Mickey? Komm, sag es mir!« Jefferson blickte auf ihn herab, und Jeffersons Augen schienen zu glühen. Der große Mund war plötzlich ein farbloser Strich.

»O ja.« Mickey nickte eifrig. »O ja – sie ist voll davon.«

»Eine Welt voller Dreck!« Jefferson deutete auf das TV-Gerät. »Und wo kommt der Dreck her? Aus diesem verfluchten Kasten. Millionen von Menschen sitzen Tag für Tag davor und füllen sich ihre Hirne mit diesem Dreck, stehen auf und tragen ihn in die Welt hinein. Ist es nicht so, Mickey?«

Die Worte der weißen Gestalt leuchteten Mickey ein. Er wunderte sich, dass er nicht schon längst selbst darauf gekommen war.

»Sieh sie dir an, diese Dreckschleudern!« Noch immer deutete Jefferson auf die Mattscheibe. Eine Bettszene. Ein Mann und eine Frau liebten sich. Der Mann war Polizist, ein guter Polizist. Die Frau war eine Hure – sie spielte dem guten Polizisten die zärtliche Liebhaberin vor, um ihn zu umgarnen. In Wirklichkeit wollte sie ihn umbringen. Zusammen mit einem bösen Polizisten hatte sie diesen teuflischen Plan ausgeheckt. »Sieh sie dir an!«

Mickeys Hände krallten sich im Plüsch des Fernsehsessels. Wut kochte in ihm hoch. Wut und Ekel. Er hasste diese Frau im Fernsehen. Er hasste den bösen Bullen, die Mafiosi und die Huren. Er ekelte sich vor ihnen.

»Niedertracht, Gewalt, Geldgier, Ungerechtigkeit, Leid – wer bringt all den Dreck in die Welt?«, wollte die weiße Gestalt wissen. »Sind es nicht die Leute, die solche Filme produzieren? Sag selbst, Mickey! Sind es nicht Regisseure, Schauspieler und Produzenten?«

Die Frau wurde jetzt in Großaufnahme gezeigt. Eine Latinofrau, zierlich, mit gierigem Riesenmund und etlichen Pfund Rastalocken auf dem Kopf. »Ich – ich bin selbst Schauspieler«, gestand Mickey. Er war sich nicht sicher, ob Jefferson das wusste.

»Du warst Schauspieler, Mickey.« Die Stimme der weißen Gestalt nahm plötzlich einen feierlichen Klang an. »Wir haben dir verziehen. Jetzt bist du dazu auserwählt, die Welt von all dem Dreck zu befreien.« Jefferson ließ den Arm sinken, blickte wieder auf Mickey herab. Im Geist buchstabierte Mickey die Worte nach. *Auserwählt – auserwählt, die Welt zu befreien – von all dem Dreck zu befreien …*

Er dachte über die Worte nach, dachte und dachte, und je länger er über sie nachdachte, desto selbstverständlicher erschienen sie ihm. *Auserwählt, um die Welt von all dem Dreck zu befreien …*

Ganz normal eigentlich, dachte er, *gar nichts Außergewöhnliches eigentlich …*

Die weiß gekleidete Gestalt stand die ganze Zeit neben ihm und blickte ihn an, während er nachdachte. Mickey wusste nicht zu sagen, ob Minuten oder Stunden verstrichen, während er über die einleuchtenden Worte Jeffersons nachdachte. Auf einmal war der Film zu Ende. Der Abspann flimmerte über die Mattscheibe.

Mickey sprang zum Regal, kramte hektisch nach Stift und Papier. Mit beidem bewaffnet, kehrte er zum Fernsehgerät zurück.

Kurz darauf Schritte auf der Veranda. David Leroy betrat das Haus. Ein Baum von einem Mann – einen halben Kopf größer noch als Mickey selbst. Breite Schultern hatte er und einen gewaltigen Brustkasten, den er wie einen Schutzschild vor sich her zu schieben pflegte. »Was schreibst du da?« Er blieb hinter Mickey stehen und schaute ihm über die Schulter.

»Ein paar Namen«, sagte Mickey gleichgültig. »Leute aus dem Filmgeschäft. Interessieren mich einfach.«

Leroy runzelte seine Stirn. Es gefiel ihm nicht, dass Mickey sich mit seinem Beruf beschäftigte.

»Ich muss mit dir reden, Mickey.«

Mickey stand auf. Erstaunt blickte er den ehemaligen Mariner an. Die weiße Gestalt stand noch immer neben ihm. Aber Leroy schien sie nicht zu sehen. *Ganz klar*, dachte Mickey, *er ist nicht auserwählt, also kann er Jefferson auch nicht sehen …*

Leroy trug ein Kakihemd und weiße Leinenhosen. Er griff in seine Hosentasche und zog einen Plastikbeutel heraus. Einen kleinen Plastikbeutel voller kleiner Pillen. Stumm hielt er sie Mickey vor das Gesicht.

»Oh!«, machte Mickey. Seit einer Woche wollte er die Tablettensammlung die Toilette hinunterspülen. Und Tag für Tag hatte er es vergessen, einfach vergessen.

Ein jungenhaftes Grinsen flog über seine Miene. »Du musst das verstehen, Dave …« Er deutete auf die Pillen. »Die machen den Sex kaputt, weißt du? Seit ich sie nicht mehr nehme, kann ich wieder vögeln …«

Manhattan, 2. Oktober

Wir lernten sie im »North Star Pub« kennen. Es war ein Samstag. Einer der ersten freien Abende seit Wochen. Phil gab mir ein Bier aus. Und wir hingen einfach mal ein bisschen ab.

Ich sah sie lange nicht – dabei saß sie zwei Barhocker weiter an der Theke. Phil und ich sprachen über unseren letzten Fall, den wir erfolgreich abgeschlossen hatten. Ein paar üble Burschen waren von der Straße verschwunden und würden die nächsten fünfzehn bis zwanzig Jahre auf Riker's Island verbringen.

Ich merkte schon seit ein paar Minuten, dass Phil nicht mehr richtig bei der Sache war. Ständig blickte er an mir vorbei, ständig lächelte er. Dabei hatte ich nichts besonders Witziges von mir gegeben.

Endlich drehte ich mich um. Und dann sah ich sie. Schwarzes, glänzendes Haar, schulterlang. Bronzefarbene Gesichtshaut, Mandelaugen. Eine Chinesin. Sie trug ein leichtes Jackett, schwarz, darunter ein rotes Shirt. Und schwarze Wildlederhosen. Und sie lächelte.

Ich weiß nicht mehr, warum ich sofort mein Glas nahm und vom Barhocker rutschte. Ich tat es einfach.

Sie war verdammt attraktiv. Und ihre Schönheit strahlte einen exotischen Zauber aus. Aber eigentlich bin ich kein Draufgänger, was Frauen betrifft. Und schon gar kein Aufreißer. Phil schon eher, unter uns gesagt.

Vielleicht lag es an ihrem Lächeln. Es hatte etwas Einladendes.

Wie dem auch sei – ich ging zu ihr und fragte, ob einer der beiden Barhocker neben ihr noch frei sei. Sehr höflich, übrigens, fragte ich das.

»Nehmen Sie Platz.« Sie wies auf den Barhocker auf ihrer linken Seite. Das Echo ihres Lächelns perlte warm durch meinen Brustkorb. Ich stellte mein Glas ab und schwang mich auf den Barhocker neben ihr.

Jetzt erst reagierte Phil. Ich schätze, mein spontaner Entschluss hatte ihn reichlich verblüfft. Er bedachte mich mit einem befremdeten Blick, als er an mir und der unbekannten Frau vorbei den Barhocker rechts von ihr ansteuerte.

»Phil«, stellte ich ihn vor. »Und mich nennen meine Freunde Jerry.«

»Susan«, lächelte sie.

»Nett, Sie kennenzulernen, Susan«, sagte ich. Und dann redete ich einfach drauf los. Über New York, über die enormen Vorteile, in einer so großen, herrlichen, lebendigen Stadt zu leben, die niemals schläft, die der Schmerztiegel der Welt ist und wo man in jeder Straße, an jeder Ecke Neues entdecken kann.

Ich fühlte mich verpflichtet, ein Gespräch in Gang zu bringen. Immerhin ging es auf mein Konto, dass wir plötzlich zu dritt an der Theke saßen.

Die schöne Asiatin namens Susan stimmte mir voll zu. Und noch immer war ihr Lächeln zauberhaft.

Nach etwa zehn Minuten tauchte ein Mann von etwa vierzig Jahren auf. Ein großer Kerl in Nadelstreifenzwirn und mit kahl geschorenem Schädel. Er wirkte mürrisch und drängte sich zwischen Phil und Susan. »Du sitzt auf meinem Platz«, knurrte er meinen Partner an. In seinem linken Ohr baumelte ein Kreolenring.

»Oha«, grinste Phil, »deswegen war der Hocker noch so warm.« Jetzt erst bemerkte ich das einsame, halb volle Bierglas zwischen Phils Budweiser und Susans Weißwein.

Phil machte Anstalten, vom Hocker zu rutschen. Aber der Kahlkopf winkte ab. »Wollte sowieso gehen.« Er wandte sich an Susan. »Soll ich dich nach Hause fahren?«

»Nicht nötig«, lächelte sie mit einem Seitenblick auf Phil und mich. »Ich nehme mir ein Taxi.« Sie umarmte den Mann und gab ihm einen Kuss auf jede seiner stoppelbärtigen Wangen. Zugegeben: Besonders erbaut war ich nicht davon.

Ohne uns noch eines Blickes zu würdigen, schaukelte der Kahlkopf aus dem »North Star Pub«. Für einen Augenblick herrschte verlegenes Schweigen. Susan schien unsere Gedanken zu erahnen. Kein Kunststück. Sie lächelte. »Das war Louis Reynolds, mein Agent.«

»Ihr Agent?«, staunte Phil. »Sind Sie Künstlerin?«

Es stellte sich heraus, dass Susan Schauspielerin war und erst seit Kurzem in New York City wohnte. Natürlich wollte sie auch wissen, womit wir unsere Dollars verdienten. »Lassen Sie mich raten«, sagte sie. »Sie beide sind Kollegen.« Wir nickten. Sie musterte uns. »Vermutlich sitzen Sie nicht den ganzen Tag an einem Schreibtisch.«

»Nicht schlecht.«

Phil bestellte noch zwei Bier und einen Weißwein für Susan.

Wieder prüfende Blicke auf unser Outfit. »Sie verkaufen teure Autos.«

»Sorry, Ma'am.« Phil setzte eine tadelnde Miene auf. »Viel weiter können Sie nicht daneben hauen.«

»Immobilienmakler?«

»Die sitzen doch so manche Stunde in ihren Büros«, gab ich zu bedenken.

»Vielleicht leiten Sie eine kriminelle Organisation.« Sie klatschte in die Hände. »Genau! Sie sind Mädchenhändler!«

»Jetzt kommen wir der Sache schon näher«, lobte Phil.

Susan betrachtete uns von den Scheiteln bis zu den Schuhspitzen und dachte nach. »Ich hab's!«, sagte sie dann. »Sie sind Journalisten!«

Das war gar nicht mal so schlecht. Trotzdem mussten wir sie wieder enttäuschen.

Schließlich blickte sich Phil verschwörerisch um, legte den Zeigefinger auf die Lippen und griff in seine Brusttasche. Er zog seine Dienstmarke zur Hälfte heraus und ließ sie dann gleich wieder verschwinden.

Susan schlug mit der flachen Hand auf die Theke und lachte laut.

Es war ein spaßiger Abend mit ihr. Wir kamen uns näher, und irgendwann fiel mir ein, dass ich am Wochenende noch nichts Besonderes geplant hatte.

Ich nutzte eine kleine Gesprächspause. Dummerweise hatte mein Partner dieselbe Idee. Ich hätte mir denken können, dass er in Gedanken ebenfalls mit dem Wochenende beschäftigt war. Jedenfalls sagten wir fast gleichzeitig: »Hast du eigentlich am Wochenende schon …?«

Weiter kamen wir nicht, denn Susan brach schon wieder in ihr helles

Gelächter aus. Phil und ich betrachteten uns gegenseitig halb vorwurfsvoll, halb resigniert.

»Also«, sagte Susan. »Ich gebe euch jetzt ein Rätsel auf, und wer es löst, dem verrate ich, ob ich am Wochenende schon etwas vorhabe oder nicht?«

Eine selbstbewusste Frau, dachte ich, und eine, die Rätsel liebt …

»Warum nicht?«, sagte Phil.

Die Sache kam mir langsam albern vor, aber ich wollte kein Spielverderber sein.

»Ein Rätsel für echte Detektive.« Sie hob den Zeigefinger. »Achtung, gut aufpassen: Du gehst am Strand von Coney Island entlang. Im Wasser liegen ein paar Sandsäcke. Du gehst weiter – triffst auf Schuhe, alle zehn Schritte einen, vier insgesamt. Du gehst weiter und findest Kleidungsstücke – Hemd, Hosen, Socken …«

»Von einer oder mehreren Personen?«, wollte ich wissen.

»Kleider von mindestens zwei Menschen«, erklärte sie. »Inzwischen bist du schon fast eine halbe Stunde unterwegs. Und plötzlich fällt dein Blick auf ein Streichholz. Du bückst dich, hebst es auf, und siehe da: Der Zündkopf ist abgebrochen. Du wunderst dich, und ganz in Gedanken versunken, gehst du weiter. Und auf einmal stockt dir der Atem – halb im Wasser, von der Brandung überspült, liegt eine Leiche, vollkommen nackt. Was ist passiert?«

»Eine männliche oder eine weibliche Leiche?«, wollte Phil wissen.

»Ganz egal – sagen wir: eine männliche.«

»Schussverletzungen?«, fragte ich. »Schnittwunden? Würgemale? Stichwunden?«

»Gehört schon fast zum Rätsel dazu.« Sie hob bedauernd die Schultern. »Wird also nicht verraten.«

Wir rätselten ein Weilchen herum, kamen aber nicht drauf. Susan amüsierte sich köstlich. Doch die gute Stimmung hielt sie nicht davon ab, ihr Handy aus dem Jackett zu ziehen und sich ein Taxi zu bestellen.

»Gib mir wenigstens deine Karte«, forderte Phil, »damit ich dich anrufen kann, wenn mir die Lösung einfällt.« Er hätte das diplomatischer anstellen können, fand ich.

Sie lächelte. Mir fiel auf, dass sie den ganzen Abend nur gelächelt hatte. Zum ersten Mal fragte ich mich, ob es vielleicht doch weiter nichts als das obligatorische asiatische Lächeln war. »Ich bin öfter hier. Wir sehen uns sicher wieder.« Sie rutschte vom Barhocker, winkte und lief zum Ausgang.

»So galant hat mich noch nie jemand abblitzen lassen«, brummte Phil und bestellte noch ein Bud.

»Du hättest dich ruhig ein bisschen mehr anstrengen können.«

Er sah mich vorwurfsvoll an. »Du auch.«

»Ich wollte nicht in Konkurrenz zu dir treten.«

»Du kennst also die Lösung des Rätsels?«

»Natürlich kenne ich sie«, log ich. »Ist doch ganz einfach.«

»Raus damit.«

»Streng dich ein bisschen an, dann kommst du selbst drauf!«

Phil zuckte lustlos mit den Schultern. »Was weiß denn ich – Kleider, eine nackte Leiche, ein abgebrochenes Streichholz – jemand hat den Kürzeren gezogen, schätz ich mal, genau wie wir eben …«

Wochen später, als Phil und ich fürchteten, Susan könnte gegenüber ihrem Mörder den Kürzeren ziehen, dachten wir an diesen Augenblick zurück.

Washington, D.C., 3. Oktober

Der Brief war mit der Hand geschrieben. Eine klare, mädchenhafte Schrift. Schwarze Tinte auf hellem, türkisfarbenem Papier. Kein billiges Papier.

Edith Archer faltete ihn zusammen. Ihre Hand zitterte. Minutenlang fand sie nicht die Kraft, sich aus dem schweren Ledersessel zu erheben. Sie starrte in das farbenprächtige Blumengesteck vor ihr auf dem niedrigen Rauchglastisch. Ihr Mann hatte es vorgestern von einem Boten bringen lassen. Es lag Jahre zurück, dass sie Blumen von ihm bekommen hatte.

Sie atmete ein paar Mal tief durch.

Du musst es klären, sofort…

Sie stand auf und ging die Treppe hoch ins Schlafzimmer, wo die Telefonkonsole auf ihrem Nachttisch stand. Sie setzte sich aufs Bett und betrachtete das Telefon. Das Herz schlug ihr bis zum Hals.

Du darfst es nicht auf die lange Bank schieben! Jetzt muss das geklärt werden, jetzt …

Sie griff zum Telefon und tippte eine Nummer in die Tastatur. Eine Nummer aus Minneapolis. Ein Blick auf den Digitalwecker, während das Freizeichen ertönte. Halb zehn Uhr vormittags.

Billy müsste noch im Hotel sein …

»Archer?«, meldete sich der Bass ihres Mannes.

»Hallo, Billy – ich bin's, Edith.«

Sie musste tief Luft holen, damit ihr die Stimme nicht versagte.

»Darling! Schön, dass du anrufst! Wie geht es dir? Du klingst so – so merkwürdig?«

»Wer ist Julia Rosen, William?«

Schweigen am anderen Ende der Leitung. Sekundenlang hörte Edith nur seine Atemzüge.

»William? Bist du noch dran?«

»Dieses Luder!«, donnerte Archer los. »Dieses verdammte Luder! Hat sie dich belästigt, Darling?«

»Sie hat mir einen Brief geschrieben und ...«

»Unglaublich! Seit Wochen terrorisiert sie mich mit Telefonaten und Briefen! Ich hab dir nichts davon erzählt, um dich nicht zu beunruhigen. Was schreibt sie?«

»Sie schreibt, dass sie deine Geliebte war, bis vor wenigen Tagen ...« Ediths Stimme brach. »Und sie schreibt, dass du ihr versprochen hattest, sie zu heiraten ...« Tränen liefen ihr über die Wangen.

»So eine Unverschämtheit! Ich werde sofort Burt anrufen! Die Sache hat ein juristisches Nachspiel!« Burt Hellman war Archers Anwalt.

»Sag mir die Wahrheit, Billy!«, schluchzte Edith. »Bitte sag mir die Wahrheit!«

»Ich habe die Frau ein- oder zweimal gesehen«, rief Archer. »Auf irgendeiner Pressekonferenz! Seitdem geht sie mir mit Briefen und Anrufen auf die Nerven und ...«

»Warum tut sie das, Billy?«, unterbrach Edith. »Warum, warum?«

»Wahrscheinlich eine Verleumdungskampagne. Ich hatte schon den Verdacht, dass Mercury oder Baker sie bezahlen. Vielleicht auch einer der demokratischen Kandidaten.«

Die Erklärung war einleuchtend. Begierig griff Edith Archer nach ihr. Einer der Konkurrenten ihres Mannes im Kampf um die Präsidentschaftskandidatur versuchte, Billys Ruf zu ruinieren – nichts anderes konnte dahinter stecken.

»So eine Gemeinheit!« Ediths Stimme fand langsam zur gewohnten Sachlichkeit zurück. »Glaubst du das wirklich, Billy?«

»Was denkst du, Edith? In diesem Ring wird mit harten Bandagen gekämpft.«

»Wann kommst du?« Der Schock wich von ihr, die innere Lähmung fiel von ihr ab.

»In drei Tagen. Dann reden wir in Ruhe über alles und schauen, was wir gegen diesen Rufmordversuch unternehmen können …«

3

Twentynine Palms, Kalifornien, 6. Oktober

»Schluck sie, Mickey.« David Leroy stand hinter ihm. Mickey sah sein Gesicht im Spiegel. Das quadratische Gesicht des Leibwächters glänzte vor Schweiß. Leroy hatte schon seinen morgendlichen Dauerlauf hinter sich. Eine Stunde, jeden Morgen. Er trug einen schwarzen Jogginganzug. Zwischen den Fingern seiner Rechten klemmte eine Tablette.

Mickey nahm die Zahnbürste aus dem Mund, beugte sich über das Waschbecken und spuckte den Zahncreme-Schaum hinein. Er selbst war nackt bis auf weiße Boxershorts. Keine zehn Minuten her, dass er aus dem Bett gekrochen war. Er drehte den Wasserhahn auf und spülte sich den Mund aus.

»Muss das sein, Dave?«, sagte er mit weinerlicher Stimme, während er sich die Hände abtrocknete.

»Es muss, Mickey. Du willst doch nicht wieder krank werden, oder?«

»Gib her«, seufzte Mickey. Er nahm Leroy die Tablette ab und steckte sie in den Mund.

Der große Mann in dem schwarzen Jogginganzug nahm ein Glas von der Konsole unter dem Spiegel und ließ es mit Wasser vollaufen. »Runter mit der Pille!« Er reichte Mickey das Glas. Der leerte es halb. »So ist brav, Mickey.«

Mickey stieg in die Duschwanne und zog den Vorhang vor. Er hörte, wie Leroy das Bad verließ. Mickey drehte das Wasser auf. Mit der Zunge schob er die Tablette auf seine Unterlippe und spuckte sie in die Duschwanne. Der Wasserstrahl aus dem Brausekopf spülte sie in den Abfluss.

Seit Leroy die Pillensammlung unter Mickeys Matratze gefunden hatte, kontrollierte er die Tabletteneinnahme. Jeden Morgen und jeden Abend. Und jeden Morgen und jeden Abend trank Mickey ein halbes Glas Wasser. Die Tablette klemmte er vorher unter die Zunge. Und spuckte sie aus, sobald Leroy außer Sichtweite war. Meistens in die Toilette.

Ein paar Minuten später betrat er den Wohnraum des Holzhauses. Der Frühstückstisch war gedeckt. David Leroy stand an der Anrichte und briet Eier. Während er sich die Haare frottierte, trat Mickey durch die offene Haustür auf die kleine Veranda der Hütte. Eine weiß gekleidete Gestalt saß dort auf der Holzbank. Jefferson.

Mickey fand es normal, Jefferson dort sitzen zu sehen. »Morgen«, sagte er.

»Kriegen wir Besuch?« Leroy drehte sich um und runzelte die Stirn.

»Hank hat aus seinem Wohnwagen gewinkt.« Hank war der Hausmeister des »Twentynine Palms Inn«. Ein chronisch gut gelaunter Handwerker. Er hauste in dem silbernen Airstream-Wohnwagen, der schon seit Urzeiten auf dem großen Gelände des Hotels stand. Er hatte aber keine Zeit, aus dem Wohnwagen zu winken. Er hielt sich nicht einmal darin auf. Seit dem frühen Morgen arbeitete er auf der Pferdekoppel.

Die weiß gekleidete Gestalt stand auf, stellte sich vor Mickey und deutete in den Wohnraum der Hütte hinein. Sie deutete auf David Leroy. »Er gehört nicht zu uns.«

Mickey begriff sofort. *Er war Mariner, ein Nahkampfspezialist*, dachte er. *Ich hab keine Chance gegen ihn …*

»Niemand kann dich besiegen«, sagte Jefferson. »Du bist wie ich. Niemand kann dich aufhalten. Denk an Yoshiro. Ein Fechtlehrer – du hast ihn besiegt.«

Mickey ging in seinen kleinen Schlafraum. Er zog eine schwarze Bundfaltenhose und ein weites schwarzes Hemd an. Das inzwischen nackenlange Haar band er sich mit einem weißen Halstuch aus der Stirn.

Zurück am Frühstückstisch, beobachtete er Leroy, wie er die Eier auf die Teller schob. »He, Mickey! Du siehst ja aus wie Geronimo in seinen besten Tagen!« Er feixte, aber Mickey sah das Misstrauen in seinen grauen Augen aufblitzen.

»Nenn mich nicht mehr Mickey«, sagte er.

Leroys Augen wurden schmal. »Wie soll ich dich sonst nennen?« Er stellte die Pfanne zurück auf den Herd. Ohne den Blick von Mickey zu wenden. »Jefferson Michael etwa, wie dein alter Herr?«

»Er hat mir den Namen gegeben, weil er davon träumte, dass einmal ein großer Politiker aus mir wird«, erklärte Mickey. »Einer wie Präsident Jefferson. Aber ich heiße nicht Jefferson.«

»Und wie hättest du's gern?« Noch immer der lauernde Blick. Mickey wusste genau, dass Leroy Verdacht schöpfte.

»Nenn mich Michael.«

»Wie der Erzengel ...«

Mickey antwortete nicht. Sie setzten sich an den Tisch und aßen schweigend. David Leroy beobachtete seinen Schützling. Er beschloss, ihn keinen Moment mehr aus den Augen zu lassen.

Am Nachmittag aber döste der Leibwächter beim Angeln am Seeufer ein. Mickey ging durch das Hotelgelände zu ihrer Wohnhütte.

Vor dem Wohnwagen des Hausmeisters auf einem Tisch lagen zahllose Werkzeuge. Zange, Hammer, Nägel, eine Säge und so weiter. Mickey wusste, dass Hank den Zaun der Pferdekoppel ausbesserte. Er nahm einen Hammer und drei große Nägel und steckte sie unter sein Hemd.

In der Hütte zog er die Schublade der Anrichte auf. Er suchte ein scharfes, spitzes Gemüsemesser aus dem Messersortiment aus. Im Bad steckte er es in den Stapel frischer Handtücher, die in einem schmalen Regal neben dem Waschbecken aufeinandergeschichtet waren ...

Mit fast hundert Meilen pro Stunde jagte Marguerita ihren weißen Thunderbird über den Highway 62 durch die kalifornische Mojave-Wüste. Die Sonne stand im Zenit des wolkenlosen Himmels. Der lang gezogene, dunkle Fleck am Horizont nahm allmählich Konturen an, und bald konnte Marguerita Palmen und Hausdächer erkennen. Nur noch ein paar Minuten, dann würde sie endlich die Oase von Mara erreichen.

Eine anstrengende Woche lag hinter ihr. Dreharbeiten für einen Western in der Wüste von Arizona. Marguerita war erschöpft. Sie sehnte sich nach Ruhe, nach geregelten Mahlzeiten, nach faulen Stunden am Seeufer.

Sie ging vom Gas. Die ersten Häuser glitten an ihr vorbei. Dann das Ortsschild: *Welcome to the City of Twentynine Palms – the city with a future.* Sie schmunzelte – *Stadt mit Zukunft.* Und sie musste an Andrew denken. *Eine Frau mit Zukunft in einer Stadt mit Zukunft.* Kurz darauf ließ sie ihren Thunderbird auf den Parkplatz des Hotels rollen.

Ihr fiel auf, dass nicht viele Wagen dort parkten.

Das »Twentynine Palms Inn« galt als Geheimtipp in Hollywood. Seit Michelle Pfeiffer und Diane Keaton dort mehr oder weniger regelmäßig abstiegen. Es war Margueritas dritter Aufenthalt im »Twentynine Palms Inn«. Wenn sich der neue Film als Kassenschlager entpuppen sollte, würden die Leute sagen: »Ihr müsst mal Urlaub im ›Twentynine Palms Inn‹ machen – Michelle Pfeiffer, Diane Keaton und Marguerita Vasques steigen dort mehr oder weniger regelmäßig ab ...« Der Gedanke gefiel Marguerita. Sie lachte leise in sich hinein.

Ihre Sachen ließ sie noch im Wagen. Erst mal ankommen. Alle Zeit der Welt hatte sie – jedenfalls während der nächsten Wochen. Also schlenderte sie durch das weitläufige Gelände. Ein paar Minuten blieb sie am Ufer des Sees stehen. Ein Hausboot ankerte dort. Ruderboote auf dem Wasser. In einigen saßen Angler und hielten ihre Ruten fest.

Am großen Gemüsegarten vorbei steuerte Marguerita das Haupthaus an. Überall Palmen und Kakteen. Ein Granatapfelbaum hing voll mit knallroten Früchten. So groß wie Pampelmusen. Ein Mann machte sich am Zaun der Pferdekoppel zu schaffen.

Pferdenarren, die sich während ihres Urlaubs nicht von ihren Gäulen trennen mochten, konnten ihre Tiere mitbringen und in der Koppel abstellen. Marguerita konnte kein Pferd entdecken. Kein Pferdenarr also zurzeit im »Twentynine Palms Inn«. Schade. Marguerita liebte Pferde.

Im Haupthaus, an der Rezeption, checkte sie ein. Sie stieß einen Freudenschrei aus, als sie erfuhr, dass Andrew telefonisch umgebucht hatte. Er hatte eine der kleinen Wohnhütten gemietet. Für drei Wochen.

Sie ging ins Restaurant und bestellte Kaffee und Kuchen. Während sie wartete, zog sie ihr Handy heraus und wählte Andrews Nummer in Hollywood.

»Danke, Andy«, sagte sie, »es ist wunderschön hier. Ich freu mich so!«

Sie turtelten ein paar Minuten – Andrew Page plante, Mitte nächster Woche zu kommen.

Nach dem Kaffee ließ sich Marguerita ihre Sachen in die Hütte bringen. Zufrieden sah sie sich in ihrer vorläufigen Residenz um – Wände und Decken waren mit Holz ausgekleidet. Eine kleine, moderne Küche, falls man selbst kochen wollte. Ein rustikaler Kamin und gerahmte Kunstdrucke an den Wänden.

Später stellte sie sich einen Sessel vor die Hütte und ließ sich von der Abendsonne bescheinen. Sie schlürfte einen Cocktail und hatte ein noch zugeklapptes Buch auf den Schenkeln liegen. *Die Verschwörung* – der neue Thriller ihres Lieblingsautors David Baldacci.

Das Gefühl, beobachtet zu werden, veranlasste sie, den Kopf zu wenden und zur Nachbarhütte hinüberzusehen. Ein Mann saß auf den Stufen der Vortreppe seiner Hütte. Schwarz gekleidet war er. Um die Stirn trug er ein weißes Tuch. Völlig reglos saß er da und beobachtete sie. Wie ein Indianer kam er ihr vor.

Marguerita kümmerte sich nicht um ihn. Völlig entspannt lehnte sie sich zurück, schloss die Augen und lauschte dem Rauschen des Abendwindes in den Palmwipfeln. Sie hatte noch ungefähr zweiunddreißig Stunden zu leben.

Staten Island, 6. Oktober

Es war merklich kühler geworden. Der Wind blies frisch vom Atlantik her, und ein Dunstschleier lag über der Upper Bay. Am östlichen Horizont färbte sich der Himmel tiefviolett. Die Nacht schob sich träge auf das Meer.

Timothy Wolfe knöpfte seine Jacke zu und zündete sich eine Zigarette an. An den Säulen der Terrassen-Balustrade raschelten die Blätter des Efeus in der Abendbrise. Er griff über den Tisch und zog den Aschenbecher neben seinen Laptop.

»Es wird langsam kühl – willst du nicht ins Haus kommen?« Rachel trat durch die Tür auf die Terrasse. In jeder Hand ein volles Sektglas. Sie reichte ihm eines. »Außerdem wollten wir tanzen gehen heute Abend.« Sie trug Jeans und einen Wollpullover.

»Bis es richtig dunkel wird, halt ich's noch aus.« Wolfe prostete ihr zu und trank. »Und dann fahren wir hinüber nach Manhattan. Ich hab keine Lust, noch was zu tun.« Wolfe stellte sein Glas auf den Tisch. »Was hältst du von der Geschichte?« Er wandte sich zu seinem Laptop und bog den Bildschirm ein Stück zu sich her. »Ein Irrer steigt in Chicago in unseren Zug nach Los Angeles. Ein Mann, der vollkommen durchgeknallt ist. Er hört Stimmen, sieht Gespenster und so weiter …«

»Gibt es das denn?« Rachel setzte eine ungläubige Miene auf.

»Ach, mein kleines, naives Häschen.« Er schlang die Arme um ihre Taille und zog sie zu sich auf den Schoß. »Was glaubst du, was es alles gibt …« Sie ließ sich von ihm küssen.

Seit knapp zwei Jahren war sie mit Wolfe zusammen. Die Anziehungskraft, die er auf sie ausübte, schien mit jedem Tag zu wachsen. Manchmal, wenn sie mit Freundinnen über ihre Beziehung sprach, sagte sie sogar: »Ich bin glücklich.«

»Ich hab mir ein paar Bücher besorgt«, erzählte Wolfe. »Wenn jemand eine ausgewachsene Psychose hat, wenn er so richtig volle Kanne schizophren ist, dann hört er die Posaunen des Jüngsten Gerichts, die Stimme Adolf Hitlers oder den Kanonendonner von Valley Fort. Und zwar so deutlich, wie du jetzt meine Stimme hörst.«

»Ach?«, staunte sie.

»Oder er sieht Abraham Lincoln auf der Straße, wie er den Zylinder vor ihm lüftet. Oder er sieht den Leibhaftigen. Oder einen Tyrannosaurus Rex ...«

»Unglaublich!« Rachel richtete sich auf seinem Schoß auf und nippte an ihrem Sektglas.

»Und zwar so plastisch, wie du mich jetzt siehst.«

Rachel schüttelte fassungslos den Kopf.

»Oder er glaubt, Jesus oder Mahatma Gandhi zu sein und die Welt retten zu müssen. Oder er hält sich allen Ernstes für Ludwig van Beethoven und tut den ganzen Tag nichts anderes, als Notenblätter vollzukritzeln.«

»Ich kann mir das einfach nicht vorstellen.« Rachels Miene war ernst geworden. Sie griff nach Wolfes Zigaretten auf dem Tisch und zündete sich eine an.

»Es ist aber so.« Wolfe saugte an seiner Zigarette und zog den Laptop ein Stück näher heran. »Also – so ein Wahnsinniger steigt in Chicago in unseren Zug. Er hält sich für James Bond und glaubt, dass irakische Agenten an Bord sind, die einen Atomsprengkopf nach Los Angeles transportieren wollen, um die Stadt in die Luft zu jagen ...«

Rachel runzelte die Stirn. »Und dann?« Sie liebte es, wenn Wolfe ihr die Geschichten erzählte, die er gerade ausbrütete.

»Er hält den Lokführer für den Chef der Agenten und die Zugbegleiterin für seine Geliebte.«

»Mich?«, kicherte Rachel.

»Dich«, bekräftige Wolfe. »Lach nicht, das ist ein todernster Thriller.«

»Und wie geht's aus?«

»Er nimmt ein paar Geiseln, dich zum Beispiel, vielleicht erschießt er sogar eine Geisel – jedenfalls zwingt er den Zug anzuhalten. Der Lokführer, also der vermeintliche Chefagent, muss sich ihm stellen. Der

FBI ist natürlich längst informiert, und einer der Beamten mimt den Lokführer. Oder du entdeckst plötzlich deine Qualitäten als Hobby-Psychologin und kannst den Mann unschädlich machen.«

»Ich werde einfach sagen, ich sei eine Doppelagentin und würde in Wirklichkeit für die CIA arbeiten.«

»Nicht schlecht.« Er nahm einen Schluck Sekt. »Mal sehen, ich hab da schon ein paar Ideen …«

»Eine verrückte Geschichte.« Ein zweifelnder Unterton mischte sich in Rachels hohe Stimme. »Meinst du nicht, dass sie zu verrückt ist?«

Wolfe war mit seinen Gedanken schon längst woanders. »Man muss sie natürlich möglichst realistisch aufbauen. Man brauchte eine Rolle, in der ein Fachmann den Wahnsinn erklärt. Und man müsste mit jemandem sprechen, der ganz persönliche Erfahrung mit dem Wahnsinn hat …«

»Kennst du jemanden?« Auf der Verrazano Narrows Bridge flammte die Straßenbeleuchtung auf.

»Nur vom Sehen.« Wolfe schabte sich nachdenklich seinen Dreitagebart. »Einen Schauspieler.«

Er drückte seine Zigarette aus. Sein Blick schweifte über die Balustrade der Terrasse aufs Meer hinaus. Wie eine gewaltige dunkle Mauer stand die Nacht über dem Atlantik. Lichter funkelten drüben an der Küste von Coney Island und Brooklyn.

»Ich hörte, er sei wiederhergestellt. Wenn ich nur wüsste, wo ich ihn finde. Vielleicht könnte er sogar die Rolle übernehmen …«

Twentynine Palms, Kalifornien, 6. Oktober

Mickey stand im Bad vor dem Spiegel. Stimmen drangen durch die offene Tür aus dem Wohnraum. Stimmen aus dem TV-Gerät. David Leroy sah sich einen Film an.

Er lässt sich mit Dreck vollstopfen, dachte Mickey. Bitterkeit und Wut stiegen in ihm hoch. Er fixierte die braunen Augen seines Spiegelbildes. Fast schwarz kamen sie ihm vor. Und viel größer als sonst. Etwas schien in ihnen zu brennen. Etwas, das ihm fremd vorkam. Aber es gefiel ihm.

Niemand kann dich besiegen, Mickey! Du bist wie Jefferson! Niemand kann dich aufhalten! Denk an Yoshiro! Du hast ihn besiegt …

Er zog das Messer aus dem Handtuchstapel und steckte es in seinen

Gürtel. Das lange Hemd hing darüber und verbarg das Messer. Dann ging er hinaus in den Wohnraum. Leroy saß im Fernsehsessel. Die Beine auf dem niedrigen Couchtisch. Eine Dose Bier in der Hand.

Angewidert blickte Mickey auf die Mattscheibe. Menschen in einem Zug. Ein Mann mit einer Pistole drängte eine Schaffnerin in ein leeres Abteil. Die Schaffnerin war sehr hübsch. Sie hatte lange, blonde Locken. Der Mann mit der Pistole wollte sie vergewaltigen.

»Kennst du die Serie?«, fragte Leroy. »*Amtrak-Team* – gar nicht schlecht. Gibt's noch nicht so lang.«

Mickey wandte sich schweigend ab. Er ging in seinen Schlafraum und kramte sein Angelzeug unter dem Bett hervor. Zurück im Wohnraum ging er zur Veranda. Draußen wurde es gerade dunkel.

»Was hast du vor?«, wollte der Leibwächter wissen.

»Ich fahre auf den See raus. Nachts beißen sie am besten.«

»Ich komme mit«, sagte Leroy.

Damit hatte Mickey gerechnet. Leroy ließ ihn kaum noch aus den Augen.

»Wart noch ein paar Minuten. Der Film ist gleich zu Ende.«

Mickey lehnte sich gegen die Anrichte. Er zog den Stift und den Notizblock aus der Hemdtasche.

David Leroy hing wie gebannt in seinem Sessel. Der Showdown flimmerte über die Mattscheibe und fesselte ihn.

Danach der Abspann. Mickey schrieb mit. Schauspieler, Regisseur, Produzent, Drehbuchautor – alle Namen, die seine Augen aufnehmen konnten, notierte er.

»Was soll das, Mickey?« David Leroy schaltete die Glotze aus. »Willst du dir etwa von all diesen Leuten ein Autogramm besorgen?«

»Warum nicht?«

Der große Mann holte seine Angel aus dem Schlafraum. Mickey lauschte seinen Worten nach – *ein Autogramm besorgen – eine gute Idee …*

Seite an Seite gingen sie durch das nächtliche Hotelgelände zum See. Es war kurz vor Mitternacht. Die dunklen Umrisse der Palmen wiegten sich sanft in einer leichten Brise.

»Ziemlich kühl plötzlich«, sagte Leroy. Er lief zurück, um eine Jacke zu holen.

Mickey fror nicht. Ihm war eigentümlich warm.

Er ging voraus, während Leroy seine Jacke holte.

Am Ufer angekommen, machte er eines der Boote los und legte sein

Angelzeug hinein. Er ging vor dem seichten Uferwasser in die Hocke. Seine Hände tasteten das feuchte Gras und den Seegrund ab. Er fand einen großen Feldstein. Mit Nägeln und Fingerkuppen kratzte er den Boden um den Stein herum auf. Er rüttelte an ihm, bis er sich in der Erde lockerte. Dann zog er ihn heraus und legte ihn ins Boot.

Leroys Schatten tauchte aus der Dunkelheit auf. Er stieg zu Mickey ins Boot. »Lang halte ich es nicht aus«, sagte er. Der Reißverschluss seiner Lederjacke war bis zum Hals geschlossen. »Man merkt nun doch, dass der Sommer vorbei ist.« Er schüttelte sich, als würde er frösteln.

»Geh doch schlafen«, sagte Mickey, und sein Herz klopfte dabei.

Leroy sah ihn kurz an, antwortete aber nichts.

Sie ruderten auf den See hinaus. Dort warfen sie ihre Angeln aus. Leroy hatte den Stein noch nicht bemerkt.

»Was ist los mit dir, Mickey?«, fragte er irgendwann. »Irgendwas stimmt doch nicht.«

»Alles bestens«, versicherte Mickey.

Der Leibwächter beobachtete ihn von der Seite. »Hörst du Stimmen? Siehst du wieder Erscheinungen?«

»Blödsinn.« Mickey schüttelte den Kopf. »Ich würde ja gern mal wieder – du weißt schon, was.« Er lachte meckernd. »Aber wie denn? Du zwingst mich ja, dieses beschissene Neuroleptikum zu fressen.«

»Du solltest mir dankbar sein«, knurrte Leroy.

Danach schwiegen sie eine Zeit lang. Leroy hing seinen Gedanken nach, und Mickey zwang sich zur Ruhe. Er versuchte, seine Atemzüge zu drosseln, und kämpfte gegen die aufbrandende Erregung an.

Enten quakten im Schilf. Ein kleines Raubtier auf Beutejagd schlich dort im Uferbereich herum. Im Schilfrohr raschelte es. Mondlicht lag auf dem See. Die Wasserfläche war spiegelglatt. Sie konnten ihre Schwimmer gut beobachten.

Der Griff des Messers in Mickeys Gürtel drückte in seine Bauchhaut. Mickeys Herz schlug ihm bis in die Kehle. Er glaubte, Leroy müsste es hören. Er konnte sich einfach nicht vorstellen, dass Leroy diesen Trommelwirbel nicht hörte und …

Ohne Vorwarnung warf Mickey seine Angelrute über Bord. Sie landete vor Leroy im Wasser.

»Bist du übergeschnappt?«, bellte der. Er legte seine eigene Rute ab, beugte sich über den Bootsrand und griff ins Wasser nach Mickeys Angel.

Mickey riss das Messer heraus. Mit der Linken packte er seinen Leibwächter am Nacken und drückte ihn mit der Brust auf den Bootsrand. Mit der Rechten schlitzte er David Leroy die Kehle auf.

Mickey presste sein linkes Knie auf den Rücken des schwer verletzten Mannes. Es sprudelte aus Leroys Hals in den See. Leroy röchelte und schlug um sich. Das Boot schaukelte. Für einen Moment fürchtete Mickey, es würde kentern.

Doch es kenterte nicht. Leroys Körper erschlaffte schließlich. Seine Stirn berührte das Wasser, seine Hände und Arme waren hineingetaucht, sein Oberkörper hing reglos über dem Bootsrand. Der Kahn hatte Schlagseite.

Mickey holte Leroys Schwimmer ein. Er schnitt ihn von der Leine und knotete diese am rechten Handgelenk des Toten fest. Knapp zwei Yards Nylonschnur zog er von der Rolle und schnitt sie ab. Er arbeitete hastig und atemlos. Aber jeder Handgriff saß. Sorgsam schnürte er die Leine um den Feldstein. Dann versenkte er den Stein ins Wasser.

Der rechte Arm der Leiche wurde unter Wasser gerissen, ein Ruck ging durch den toten Körper, das Boot neigte sich gefährlich zur Seite. Mickey setzte sich schnell auf die andere Bootsseite, um Leroys Gewicht auszugleichen. Mit den Füßen schob er die Leiche Stück für Stück über den Bootsrand, bis sie schließlich im Wasser versank.

Mickey blieb auf der Ruderbank sitzen und schnappte nach Luft. Seine Augen folgten den Wellen, die sich kreisförmig über den See ausbreiteten. Von der Stelle aus, wo Leroy versunken war.

Dort, wo der Mond sich im See spiegelte, stand Jefferson auf dem Wasser. Stand einfach nur da und schaute herüber zu ihm. Mickey atmete tief durch. Er wurde ruhiger. Seine Pulsfrequenz sank in normale Bereiche. Er winkte der weißen Gestalt zu. »Alles okay«, murmelte er. »Alles wird gut …«

Mickey ruderte zurück ans Ufer. Er machte das Boot fest, ging in die Wohnhütte und legte sich ins Bett. Tief und fest schlief er, als wäre nichts geschehen …

Manhattan, 7. Oktober

Der Nachtklub lag im Battery Park. Nur zwanzig Minuten vom Pier entfernt, an dem Timothy Wolfe mit seiner Yacht vor Anker ging. Erst vor einem halben Jahr hatte er sich die Hochsee-Yacht zugelegt.

»Seagull« hieß sie. Bis in die Morgenstunden hinein blieben sie in der Diskothek. Rachel tanzte die meiste Zeit. Wolfe traf eine Menge Bekannte und stand fast nur an der Theke. Viele der Leute hatte er lange nicht gesehen, und es gab eine Menge zu erzählen.

Auch Louis Reynolds traf er. Ein alter Freund aus Tagen, in denen sie sich ihr Geld noch in Bars oder als Taxifahrer hatten verdienen müssen. Reynolds war ein elegant gekleideter, großer Mann mit kahl rasiertem Schädel. Er hatte ein Casting-Büro und managte ein paar Schauspieler, die Wolfe kannte. Susan Wang zum Beispiel. Sie spielte eine Hauptrolle in seiner *Amtrak-Team*-Serie.

»Kennst du zufällig einen gewissen Michael Archer?«, erkundigte sich Wolfe bei Reynolds.

»Nicht besonders gut«, sagte Reynolds. »Ich hab ihm mal eine Rolle an einem kleinen Off-Broadway-Theater vermittelt.« Er kramte ein Adressbuch heraus. »Ich glaub, ich hab sogar noch seine Adresse. Aber ich hab gehört, er lebt zurzeit nicht in seiner Wohnung in SoHo. Ein Freund von ihm hat sich dort einquartiert, ein Musiker.«

Wolfe notierte sich trotzdem die Adresse.

Kurz nach sechs verließen sie den Nachtklub. Zwei Stunden lang schlenderten sie eng umschlungen durch den Battery Park und genossen den Sonnenaufgang.

Gegen halb neun bestellte Wolfe ein Taxi. Sie fuhren hinauf nach Chelsea und frühstückten in einem Bistro. Rachel gähnte ständig. Wolfe zeigte keinerlei Anzeichen von Müdigkeit.

Auch nach dem zweiten Glas Sekt nicht. Und das, obwohl er die ganze Nacht gebechert hatte. Er vertrug Unmengen von Alkohol.

Kurz nach halb zwölf bestiegen sie wieder ein Taxi und ließen sich in die Green Street chauffieren. Zu der Adresse, die Louis Reynolds ihm gegeben hatte.

»Warten Sie einen Moment«, sagte Wolfe zu dem Fahrer, bevor er ausstieg. »Kann sein, wir fahren gleich weiter.«

Der Fahrer nickte.

Rachel stand schon auf dem Bürgersteig und bewunderte die gusseiserne Fassade auf der anderen Straßenseite.

»Gehst du mit hoch?«, fragte er sie.

Sie folgte ihm ins Treppenhaus.

Vor der Tür im dritten Obergeschoss hingen zwei Namensschilder unter der Klingel. »Neil Osborn« stand auf dem einen, »Jefferson Michael Archer« auf dem anderen. Saxofonklänge drangen aus dem Apartment.

Wolfe klingelte. Die Musik verstummte. Ein etwa dreißigjähriger Mann öffnete – mittelgroß, kurz geschorene schwarze Haare, und Ringe in Ohren, Brauen und Nasenflügeln. »Was gibt's?«

»Ich suche Mickey Archer.«

»Der wohnt zurzeit nicht hier. Sind Sie ein Freund von ihm?«

»Ich mach Filme, und will ihm 'ne Rolle anbieten.« Wolfe fragte sich, ob der Musiker die Ringe im Gesicht zum Schlafen ablegte.

Die Miene des Burschen hellte sich auf. »He – da wird er aber einen Luftsprung machen, schätze ich.« Er zuckte mit den Schultern. »Weiß aber leider nicht, wo er gerade steckt. Ich glaub, er genehmigt sich irgendeine Kur oder was.«

»Ruft er denn nicht manchmal an?«

»Selten eigentlich.« Der Mann namens Osborn tippte sich an die Stirn, als wäre ihm eine Erleuchtung gekommen. »Moment mal!«, rief er. »Eine Handynummer kann ich Ihnen bieten – die hat er mir hier gelassen, falls mal irgendwas Wichtiges in der Post liegt …«

Twentynine Palms, Kalifornien, 7. Oktober

»Sie reisen schon ab?« Die Afroamerikanerin an der Rezeption machte ein erstauntes Gesicht. »Sie wollten doch den ganzen Oktober bei uns verbringen, Mr. Archer!«

»Familiäre Probleme, Madame.« Mickey machte eine Geste des Bedauerns. »Ich muss heute Abend in Washington sein, sorry.« Er trug eine weiße Leinenhose und ein schwarzes Jackett.

»Dann bin ich leider gezwungen, Ihnen Stornierungsgebühren zu berechnen, Sir.«

»Selbstverständlich. Schicken Sie die Rechnung bitte an meinen Vater nach Washington.« Er schob seinen Schlüssel über den Tresen.

Die Eingangstür öffnete sich, Mickey hörte rasche Schritte hinter sich. Er drehte sich um.

Die Frau aus der Nachbarhütte. Zierlich, dunkle Haut, schwarze Rastalocken. *Das ist sie doch …*, dachte Mickey. *Dieser große Mund, diese schwarzen Mandelaugen. Das ist sie doch, oder?*

Die Frau trat neben ihn an die Rezeption. Sie würdigte ihn keines Blickes. »Ist Post für mich gekommen?«

»Ja, Miss Vasques.« Die Afroamerikanerin an der Rezeption drehte sich um und zog einige Kuverts aus einem der Postfächer. »Vier Briefe.«

»Danke.« Die Frau mit den Rastalocken nahm die Briefe entgegen und verließ das Hauptgebäude.

Mickey sah ihr hinterher. Er versuchte sich die Schauspielerin in Erinnerung zu rufen, die er ein paar Tage zuvor im Fernsehen gesehen hatte. Diese Hure, die den guten Cop ins tödliche Netz gezogen hatte …

»Brauchen Sie Hilfe mit dem Gepäck, Mr. Archer?«

Mickey fuhr herum. Dunkle Augen aus einem schwarzen Gesicht schauten ihn an. »Nein, nein, sehr freundlich von Ihnen. Mr. Leroy hat das schon erledigt.« Er verabschiedete sich und verließ das Hauptgebäude.

Draußen sah er die zierliche Lateinamerikanerin zwischen den Palmen verschwinden. Er zog seinen Notizblock aus der Hemdtasche und überflog die Namen, die er sich aufgeschrieben hatte. Jefferson trat neben ihn. »Das ist sie, Michael. Du weißt genau, dass sie es ist.«

Mickey fand den Namen – Marguerita Vasques. »Ja, das ist sie«, murmelte er.

»Dann weißt du, was du zu tun hast, Michael.« Die weiß gekleidete Gestalt begleitete ihn zum Parkplatz. »Sag, dass du weißt, was du zu tun hast, Michael. Sag es!«

»Ich weiß, was ich zu tun hab, ich weiß es …«

»Sie tragen den Dreck in ihren Köpfen mit sich herum und schleudern ihn über das verdammte Fernsehen und die verdammten Kinoleinwände in unsere Welt!«

»Weiß Gott, das tun sie«, murmelte Mickey, »das tun sie, diese verdammten Dreckschleudern …«

Hank, der Hausmeister, schob eine Schubkarre zur Pferdekoppel. Dreißig, vierzig Schritte entfernt lief er vorbei. Er stellte die Schubkarre ab, als er Mickey sah. »Bye, Mr. Archer!«, rief er. »Gute Fahrt wünsch ich!«

»Danke! Wir sehen uns!« Mickey winkte zurück.

Hank sah Jefferson nicht. Natürlich nicht. Auch der Hausmeister gehörte nicht zu den Auserwählten.

Jeffersons Gegenwart beflügelte Mickey ungemein. Er fühlte sich beschwingt und tatendurstig. Bäume hätte er ausreißen können. Aber es ging nicht darum, Bäume auszureißen – es ging darum, all diesen Dreck aus der Welt zu bringen. »Ich bin bereit«, sagte Mickey. »Ich bin bereit …«

Er stieg in einen roten Geländewagen, einen Chevrolet Blazer, Baujahr

1993. David Leroys Chevrolet Blazer. Er steckte Leroys Zündschlüssel ins Schloss und startete den Motor von Leroys Wagen. Jefferson stand reglos neben der Fahrertür.

Mickey hatte es nicht eilig. Langsam ließ er den Wagen über die Inn Avenue in den Ort hineinrollen. Die Häuser von Twentynine Palms liegen weit verstreut über die Oase von Mara verteilt. Mickey wusste, dass der Ort fast dreizehntausend Einwohner hat. Trotzdem kam er sich vor wie in einem Dorf.

Er hielt vor einem Friseur und ließ sich die Haare abrasieren. Später, in einem kleinen Supermarkt, kaufte er Wasser und Obst. Danach erst fuhr er aus dem Ort hinaus. *See you in Twentynine Palms – our desert paradise*, verkündete das Schild am Ortsausgang.

Über den Highway 62 fuhr er etwa eine halbe Stunde lang nach Norden. Auf einem Parkplatz hielt er. Er ging spazieren, grübelte, aß Obst, trank Wasser, sprach mit Jefferson und schlief auf dem Fahrersitz. So verbrachte er den Rest des Tages.

Mit Einbruch der Dämmerung fuhr er zurück nach Twentynine Palms …

Vollmond. Der Himmel war so hell, als wollte es gar nicht Nacht werden. Dabei war es schon nach elf Uhr. Marguerita hatte mit dem Gedanken gespielt, hinüber ins Restaurant zu gehen. Dort wurde eine Party gefeiert. Die Reggae-Beats donnerten über das ganze Gelände. Vermutlich amüsierten sich alle Hotelgäste in dieser Nacht an der Theke und auf der Tanzfläche.

Ihr momentaner Widerwille gegen Menschenansammlungen hatte sich schließlich durchgesetzt. Während der anstrengenden Drehtage in Arizona war sie keine Minute allein gewesen. Abgesehen von den wenigen Nachtstunden. Sie brauchte noch ein, zwei Tage, bis sie wieder die Alte war.

Andrews Brief fiel ihr ein. Romantisch wie ein Siebzehnjähriger schrieb er. Sehnsucht nach ihm überfiel sie. Marguerita ging in den Wohnraum ihrer Hütte. Sie kramte ihr Handy und ihr Adressbuch aus ihrer Tasche.

Er war nicht zu Hause, das hatte er geschrieben. Irgendein Essen mit irgendeinem Regisseur in Frisco. Andrew hatte seit ein paar Tagen ein neues Mobiltelefon. Marguerita hatte sich die neue Nummer noch nicht eingeprägt. Immer rutschten ihr die Ziffern der alten dazwischen.

Sie blätterte in ihrem Adressbuch. Schritte ließen sie aufhorchen. Sie blickte durch die offene Tür in die Dunkelheit.

Eine Gestalt löste sich aus dem Halbdunkel zwischen den Palmen. Ein Mann. Er winkte von Weitem.

Marguerita legte Handy und Adressbuch auf den Tisch und ging nach draußen auf die Veranda. »Wer sind Sie?« Eine steile Falte erschien zwischen ihren schwarzen Brauen, die sie zusammengezogen hatte.

Der Mann kam näher. Er war nicht älter als sie selbst. Weiße Hose, schwarzes Jackett, fast vollständig kahl geschorener Schädel. »Ein Fan von Ihnen, Miss Vasques.« Er lächelte.

Marguerita erkannte ihn trotz der veränderten Frisur – einer der beiden Männer, die in der Nachbarhütte wohnten. Sie entspannte sich etwas.

»Ich wollte Sie fragen, ob ich ein Autogramm von Ihnen bekommen könnte«, sagte der Mann.

Marguerita verdrehte die Augen. Autogrammjäger hier in der Oase von Mara – das war das Letzte, womit sie gerechnet hätte. Aber als Schauspielerin mit aufsteigender Karrieretendenz konnte sie es sich nicht leisten, dem Mann einen Korb zu geben. Zumal er sehr freundlich zu sein schien. Lächelnd stand er vor der Brüstung ihrer kleinen Veranda.

»Okay«, sagte sie. »Warten Sie einen Moment, ich hole eine Autogrammkarte.« Sie drehte sich um und lief zurück in die Hütte. In ihrem Koffer lag ein Stapel Autogrammkarten. Etwas mehr als ein Dutzend. Im Schlafraum holte sie den Koffer vom Schrank.

Als sie mit der Autogrammkarte zurück in den Wohnraum kam, stand der Mann mitten im Zimmer. Die Eingangstür hatte er verschlossen.

»Was fällt Ihnen ein?«, brauste Marguerita auf.

Sie sah, wie er einen Nagel und einen Hammer auf den Tisch legte. Eine Faust schien sich aus ihrer Brust in ihren Bauch zu schieben. Eine Faust, die ihre Eingeweide zusammendrückte.

Und dann ging alles sehr schnell: Ein wuchtiger Fausthieb traf Marguerita am rechten Auge. Sie taumelte zurück in den Schlafraum. Schon war der Fremde über ihr. Ein zweiter Schlag gegen den Kopf raubte ihr für Sekunden die Besinnung.

Als sie wieder zu sich kam, merkte sie, dass kein Licht mehr im Haus brannte. Sie wollte schreien, aber ein zusammengeknülltes Stück Stoff steckte in ihrem Mund. Ihre Hände wurden auf den Rücken gerissen und zusammengebunden. Sie hörte keuchende Atemzüge über sich. Ein Eissturm tobte durch ihren Körper – Panik trieb ihr das Wasser in die Augen. Sie spürte, wie ihr die Kleider vom Leib gerissen wurden …

Mickey zitterte am ganzen Körper, als er die Fahrertür des Chevrolet öffnete. Sein Atem flog. In seinem Brustkorb schien eine große Pauke zu dröhnen. Die dunklen Umrisse des Wagens verschwammen vor seinen Augen.

»Das hast du gut gemacht«, sagte eine Stimme neben ihm. Metallen und tonlos klang sie. Die weiße Gestalt stand neben ihm. »Das hast du gut gemacht, Mickey. Sag selbst, hast du das nicht gut gemacht?«

»Doch«, flüsterte Mickey. »Doch, das hab ich verdammt gut gemacht.«

»Eine Dreckschleuder weniger, Mickey, sag selbst.«

»Korrekt, eine Dreckschleuder weniger.« Mickey kletterte hinter das Steuer.

Jefferson blieb vor der offenen Fahrertür stehen. Die Augen waren schwarz. Aber die Haut und das Haar glänzten. Jefferson schien von innen zu leuchten. Ein kaltes Lächeln lag auf Jeffersons harten Gesichtszügen. Die krumme Hakennase wirkte viel größer als sonst. Wie ein riesiger Raubvogel sah er aus. Mickey wunderte sich, weil sich das lange Haar im Nachtwind nicht bewegte. Wie angeklebt lag es auf den weißen Schultern.

Mickey schlug die Wagentür zu. Er fühlte sich besser. Wie weggeblasen die Panik. *Das hast du gut gemacht, Mickey* – ausgelassene, zuversichtliche Stimmung erfüllte ihn. Jeffersons Gestalt schimmerte auf, wurde durchsichtig und verschwand.

Mickey startete den Wagen und steuerte ihn vom Straßenrand weg. Noch ein Blick durch das Seitenfenster. Ein Feuerschein glühte über den Palmen. Das Häuschen brannte lichterloh. Mickey hatte es angezündet. Alle sollten sehen, wie das brennt, was Niedertracht, Gier und Mordlust in die Welt brachte. Alle sollten es sehen, alle.

Sirenen näherten sich. Ein Löschzug aus vier Feuerwehrfahrzeugen raste an ihm vorbei, als er sich dem Ortsausgang näherte.

Er fuhr über den Highway 62 Richtung Westen. An einer Tankstelle ließ er den Tank vollaufen. Bevor er weiterfuhr, schaltete er die Innenbeleuchtung ein. Er blätterte in dem Notizbuch, das er in Marguerita

Vasques' Wohnhütte eingesteckt hatte. Viele Namen, Adressen und Telefonnummern. Einige kannte Mickey. Aus seiner Zeit als Schauspielschüler. Und aus den beiden Filmen, die er teilweise gesehen hatte.

Er stieß auf einen mit rotem Stift eingekreisten Namen – Andrew Page. Auch diesen Namen kannte er. Der Produzent dieses Dreckfilms mit dem korrupten Bullen und der gerissenen Hure. Er wohnte in Hollywood. Mickey schaltete die Beleuchtung aus und fuhr Richtung Los Angeles …

4

Washington, D.C., 8. Oktober

Archers Rechtsanwalt verklagt Schauspielerin wegen übler Nachrede!

Nur acht Spalten widmete die »Washington Post« der Angelegenheit.

»Na also!«, knurrte William Archer. Er schob seine Kaffeetasse zur Seite und breitete die Zeitung auf dem Tisch aus. Seine Frau beugte sich über das Blatt und las:

Empört über die Gerüchte einer angeblichen Liaison mit einer Schauspielerin, hat Senator William Archer seinen Anwalt beauftragt, Anzeige gegen unbekannt wegen Rufmordes zu erstatten.

Gestern berichtete die Boulevardpresse von einem Verhältnis zwischen dem Senator und der Schauspielerin Julia Rosen (»Amtrak-Team«).

Edith Archer, die Ehefrau des Senators, bekräftigte, dass derartige Gerüchte sie kaltließen: »Eine seit Jahrzehnten glückliche Ehe hält solche Verleumdungen aus.«

Archer selbst äußerte sich fassungslos über diesen »niederträchtigen Versuch, einen anständigen Mann und Familienvater mit Schmutz zu bewerfen«, wie er sich ausdrückte. Als Anwärter auf die Präsidentschaftskandidatur der Republikanischen Partei fürchtet er natürlich einen Schaden für sein Image …

»Wer hat das mit dieser Schauspielerin nur an die Presse lanciert?«

Edith Archer legte die Zeitung zusammen. Nicht der geringste Zweifel an der Treue ihres Mannes plagte sie mehr.

»Ich weiß es nicht, Darling«, seufzte Archer. Er sah nur zwei mögliche Informationsquellen – entweder Julia selbst oder Rita Narrow, seine Sekretärin. Aber darüber sprach er natürlich nicht mit seiner Frau.

»Die Leute werden sich den Mund zerreißen«, sagte er. »Du weißt ja, dass sich angebliche Skandale hartnäckiger in den Hirnen festsetzen als gute Nachrichten.«

»Und was willst du dagegen tun?«

»Begleite mich auf den Wahlkampfreisen!« Er nahm ihre Hand. »Wir müssen uns gemeinsam zeigen. Jeder soll sehen, dass wir eine Ehe führen, die von gegenseitiger Treue und Achtung geprägt ist.«

»Das ist eine gute Idee.« Edith lächelte dankbar. »Ich werde dich begleiten, so oft ich kann!«

»Ich danke dir, Darling.« Er stand auf und hauchte ihr einen Kuss auf die Stirn. »Tom holt mich gleich ab.« Er blickte auf die Uhr. Kurz vor vier. In Kalifornien würden sie jetzt gerade Mittag essen. »Ich ruf noch schnell bei Dave an.«

Er ging zum Telefon und wählte die Nummer des »Twentynine Palms Inn«.

»Archer hier – ich möchte mit Mr. David Leroy sprechen, Haus Nummer vier.«

»Mr. Leroy?« Die Frauenstimme am anderen Ende der Leitung klang überrascht. »Aber der ist gestern abgereist!«

»Erzählen Sie keinen Unsinn!«, blaffte Archer. »Wenn er abgereist wäre, wüsste ich das! Also verbinden Sie mich!«

»Wenn ich's Ihnen sage, Mr. Archer. Es tut mir leid, aber ...« Die Frau an der Hotelrezeption kam ins Stammeln. »Ihr – Ihr Sohn hat gestern bei mir persönlich den Schlüssel abgegeben. Ich – ich bin gerade dabei, die Rechnung für Sie fertig zu machen und ...«

Archer nahm den Hörer vom Ohr. Aus schmalen Augen starrte er ihn an. Als sei ihm das Ding, das er da in der Hand hielt, plötzlich unheimlich ...

Hollywood, 8. Oktober

Andrew Page ging hinaus auf den großen Balkon seines Hauses. Er zündete sich einen Zigarillo an und setzte sich an den Gartentisch. Dort lag sein Handy. Zum fünften Mal an diesem Tag tippte er Margueritas Nummer in die Tastatur. Und zum fünften Mal an diesem Tag hörte er die Konservenstimme der Mailbox. Er möge seine Rufnummer und eine Nachricht hinterlassen, forderte sie ihn auf.

Andrew stieß einen Seufzer der Enttäuschung aus. Dass seine so viele Jahre jüngere Freundin gestern Abend nicht mehr angerufen hatte, hatte ihn weiter nicht beunruhigt. Er wusste, dass sie erschöpft von den Dreharbeiten war. Und jemand, der erschöpft war, ging eben früher schlafen als sonst. Aber dass Marguerita sich heute noch nicht gemeldet hatte – immerhin war es schon fast zwei Uhr. Und sonst hatten sie jeden Tag telefoniert. Manchmal zweimal und dreimal am Tag. Sein Blick fiel auf die Straße. Eine typische Villenstraße – große Grundstücke, weit voneinander entfernt stehende Häuser, zumeist Hanglage, hohe Hecken. Ein Radfahrer bog eben um die Ecke. Rote, eng anliegende Biker-Montur, auf dem Rücken eine Art Tornister.

Ein Expressbote, dachte Andrew. In Los Angeles gab es eine ganze Reihe dieser Boten-Dienste auf Fahrrädern. Andrew Page stand auf und trat an die Brüstung des Balkons.

Der Fahrradbote radelte die Straße herunter und hielt vor dem Hang, an dem Andrews Haus lag. Er schnallte seinen Tornister ab und blickte zum Balkon hinauf. »Mr. Page?«, rief er.

Andrew nickte. »Richtig.« Der Biker war groß und schlank, sein Schädel kahl geschoren. Die Hakennase fiel Andrew auf. »Was haben Sie denn für mich?«

Der Bote zog ein großes, weißes Kuvert aus seinem Tornister. Statt zu antworten, winkte er damit. Drei Stufen auf einmal nehmend, lief er die Treppe durch den Garten hinauf.

»Moment, ich öffne Ihnen!« Andrew ging ins Haus und stieg die Treppe ins Erdgeschoss hinunter. Hinter dem Bleiglas seiner Haustür sah er schon die Umrisse des Boten. Er zog die Tür auf.

Die großen, braunen Augen funkelten eigentümlich. Drogen, schoss es Andrew durch den Kopf. Der Mann putscht sich mit Drogen auf, um den harten Job zu ertragen …

Der Expressbote reichte ihm das Kuvert. Andrew Page blickte auf den Absender und runzelte die Stirn.

Marguerita Vasques

Twentynine Palms Inn …

Washington, D.C., 8. Oktober

Krisensitzung in Archers Villa am Rock Creek Park. Thomas Barnfield war inzwischen eingetroffen. Sie saßen im großen Salon. Edith Archer händeringend und mit hochgezogenen Schultern, Barnfield mit Pokerface und lässig übereinandergeschlagenen Beinen. Archer selbst hielt es keine Sekunde auf seinem Sessel. Er tigerte zwischen Kamin und Musikschrank hin und her.

»Du solltest dich beruhigen, Billy«, sagte Barnfield. »Mickey hat eine schwere Psychose hinter sich, okay, aber er ist als geheilt entlassen worden. Und nun sind sie abgereist, Dave und er. Sie werden sich schon melden.«

Archer blieb stehen. »Ich habe dir nur die halbe Wahrheit gesagt damals, Tom.« Sorgenfalten türmten sich auf seiner Stirn. Sein Blick wanderte zwischen seiner Frau und seinem Wahlkampfmanager hin und her. Edith Archer senkte den Blick. »Jefferson Michael hat in seinem Wahn einen Menschen getötet«, sagte Archer. »Seinen Fechtlehrer auf dieser dämlichen Schauspielerschule.«

Barnfield bedeckte seine Augen mit der rechten Hand und stöhnte. »Jesus …!« Er schüttelte den Kopf. »Das wusste ich nicht.«

Betretenes Schweigen entstand. Archer und seine Frau warfen sich bekümmerte Blicke zu.

Dann setzte der Senator seine ruhelosen Runden durch den Salon fort. Eine Zeit lang sprach keiner ein Wort.

»Aber«, brach Barnfield das Schweigen schließlich, »letztlich ändert das nichts an meiner Einschätzung.« Er nahm die Hand von den Augen. »Mickey ist als geheilt entlassen worden. Was macht dich so furchtbar unruhig, Billy, was?«

»Ich weiß es nicht«, knurrte Archer und blieb wieder stehen. »Irgendwas kann da nicht mit rechten Dingen zugehen. Dave hätte angerufen. Er reist nicht einfach ab, ohne mich zu informieren.« Energisch schuttelte William Archer den Kopf. »Ausgeschlossen!« Er setzte seine Runden durch den Salon fort. »Er hätte angerufen, ganz sicher!«

»Du glaubst also, dass etwas passiert ist?«, fragte Barnfield. »Dass Mickey eventuell einen – einen Rückschlag erlitten hat? Aber dann hätte Dave dich doch erst recht angerufen!«

»Weiß der Kuckuck …!«

»Lass uns noch mal beim ›Twentynine Palms Inn‹ anrufen«, schlug Edith Archer vor. »Vielleicht erfahren wir Einzelheiten.«

Archer sah Barnfield an. Der nickte. Der Senator schnappte sich das drahtlose Telefon und ließ sich auf einem der Ledersessel nieder. Dann wählte er die Nummer des »Twentynine Palms Inn«.

Wieder die Lady von der Rezeption, deren Stimme er schon kannte.

Er erfuhr nichts Neues von ihr. Archer bestand darauf, mit der Hotelinhaberin verbunden zu werden, einer gewissen Jane Smith. Wenige Augenblicke später hatte er sie am Apparat.

»Ihr Sohn ist meines Wissens gestern abgereist, Mr. Archer.« Die Frau gab sich verbindlich.

»Das weiß ich bereits«, knurrte Archer. »Aber ich …«

Plötzlich fiel ihm ein, dass allzu hartnäckiges Bohren für Gerüchte sorgen könnte. Noch mehr Gerüchte im Zusammenhang mit seinem Namen war aber das Letzte, was er in der Startphase des Wahlkampfes gebrauchen konnte.

»Es ist nichts Besonderes eigentlich«, sagte er deshalb ruhiger. »Ich wusste ja, dass Mr. Leroy und mein Sohn abreisen wollten. Nur war noch nicht klar, ob sie nach Washington oder Chicago fahren. Und jetzt habe ich einen dringenden Brief hier für meinen Sohn. Ich weiß nicht genau, wohin ich ihn senden soll.«

»Verstehe, Mr. Archer«, sagte Jane Smith. »Aber leider hat Ihr Sohn keine Adresse hinterlassen. Ich werde noch mal persönlich recherchieren. Vielleicht ist auch irgendetwas untergegangen. Wir hatten eine Menge Aufregung in der vergangenen Nacht und …«

»Aufregung?« Archer runzelte die Stirn.

»Ja, leider – eine unserer Wohnhütten ist in Flammen aufgegangen.«

Archer wurde blass. »Ist – ich meine – ist jemand zu Schaden gekommen?«

»Darüber darf ich leider keine Auskunft geben«, sagte Jane Smith. »Die Polizei ermittelt noch. Aber keine Sorge, Ihr Sohn ist ja abgereist.«

Archer stammelte einen Dank und beendete das Gespräch. Aus müden Augen sah er erst Barnfield und dann seine Frau an. »Es hat gebrannt im ›Twentynine Palms Inn‹. Heute Nacht.«

Edith Archer legte die Fingerspitzen der rechten Hand vor den Mund. »Um Gottes willen! Ist Mickey etwas zugestoßen?«

»Unsinn!«, blaffte Archer. »Er ist doch am Tag zuvor abgereist!«

Er stand auf und trat ans Fenster. Die Arme auf dem Rücken verschränkt, blickte er in den Rock Creek Park. Er dachte nach.

»Ich verstehe nicht ganz, Billy«, sagte Barnfield. »Glaubst du etwa, dass Mickey etwas mit dem Brand zu tun hat?«

Archer antwortete nicht. Ganz in seine Grübeleien versunken, blickte er über die Baumkronen des Parks. Gelbe und rote Flecken überzogen das Laub. Birken und Pappeln bogen sich im Wind. Dunkle Wolkenfetzen schwebten über den Himmel. Die Schönwetterperiode schien vorbei zu sein.

Archer drehte sich um und fixierte Barnfield. »Treib einen guten Privatdetektiv auf! Wir müssen Jefferson Michael finden. Unbedingt!«

Hollywood, 8. Oktober

Mickey taxierte den Mann. Er war untersetzt und ein bisschen stämmig, fast dick. »Ich brauch eine Unterschrift von Ihnen, Sir.« Er hielt Andrew Page eine Liste unter die Nase und deutete auf eine freie Tabellenzeile neben dem Namen Page. »Hier.« Er reichte ihm einen Stift.

Andrew Page klemmte sich das Kuvert unter den Arm. Die Verblüffung stand noch in seiner Miene. Mickey sah es genau. Es war erst der Anfang. Der Verblüffung würde der Schock folgen. Auch das wusste Mickey genau.

Andrew wollte unterschreiben. Der Stift versagte. Nichts anderes hatte Mickey erwartet. »Oh, Shit!« Er grinste und nahm Andrew den Stift ab. »Haben Sie vielleicht so 'n Ding?«

»Moment.« Andrew drehte sich um und schaukelte ins Haus hinein. Dabei riss er das Kuvert auf.

Mickey wartete, bis er durch die Tür eines anderen Raums getreten war, dann huschte er auf leisen Sohlen ins Foyer. Leise schloss er die Haustür hinter sich. Er zog sich den Tornister von der Schulter und schlich dem Filmproduzenten hinterher.

Auf der untersten Stufe der Treppe ins Obergeschoss hockte Jefferson, beobachtete Mickey aus starren Augen. Mickeys Rechte tauchte in den Tornister und zog einen Hammer heraus.

Er spähte um die Ecke des Türrahmens. Eine große Küche. Page stand wie festgewachsen vor der Theke, die den großen Raum in zwei Hälften teilte. Das weiße Kuvert lag neben ihm auf den Marmorfliesen. Bleich war er, und seine großen Augen starrten einen Büstenhalter und einen Slip an. Beide schwarz. Margueritas Unterwäsche. Blutkrusten klebten am BH.

Mickey ließ den Tornister fallen und stürzte in die Küche. Ungläubige Augen blickten ihm entgegen.

Andrew unternahm nicht mal den Versuch, sich zu wehren. Schon der erste Hammerschlag streckte ihn zu Boden.

Mickey überzeugte sich davon, dass der Mann bewusstlos war. Dann begann er, alles Papier unter dem Küchentisch aufzuhäufen, was er finden konnte. Aus seinem Tornister holte er einen großen Nagel und eine Aluminiumflasche mit Schraubverschluss. Benzin. Er schraubte die Flasche auf und leerte das Benzin über den Papierhaufen unter dem Tisch.

Danach zog er dem Bewusstlosen die Kleider aus und warf sie auf den Papierhaufen. Es kostete Mickey alle Kraft, den Mann auf den Tisch zu zerren. Andrew Page war schwerer, als er erwartet hatte …

Los Angeles, 13. Oktober

Sirenenlärm näherte sich. Mickey ging vom Gas. Er steuerte Leroys Chevrolet Blazer an den Rand der Montana Street. Ein Löschzug bog vom Glendale Boulevard in die Montana Street ein. Vier Fahrzeuge.

»Sie sind schnell«, sagte Jefferson neben ihm auf dem Beifahrersitz. »Aber sie kommen zu spät.« Jeffersons Stimme klang, als würde ein Scheintoter seine eigene Grabrede verlesen – tonlos und monoton.

Die Feuerwehrfahrzeuge rasten vorbei. Mickey gab wieder Gas. Er fühlte sich sehr ruhig. So ruhig, dass er über sich selbst staunte. Vielleicht lag es an Jeffersons Gegenwart. Vielleicht an der Kraft, die ihm mit jedem neuen Sieg zuwuchs.

Den Mann eben hatte er ohne besondere Leidenschaft vernichtet. Er war Schauspieler, der in diesem Dreckfilm den bösen Bullen gemimt hatte. In seiner Villa am Echo Park hatte er ihn getötet. Der sechste Tote, wenn man David Leroy mitrechnete.

Mickey rechnete ihn nicht mit. Leroy hatte seiner Mission einfach nur im Weg gestanden. Also hatte er weg gemusst. Weiter nichts. Seine Mission hatte genau genommen erst mit der Hinrichtung dieser Hure begonnen.

Dessen Adressbuch war eine Fundgrube. Namen über Namen.

Es war nicht schwer herauszufinden, wer von all ihren Namen im Filmgeschäft tätig war. Mickey verglich die Namen einfach mit denen, die er aus dem Nachspann der Filme abgeschrieben hatte.

Quer durch Los Angeles fuhr er nach Südosten zum Vermont Square. Als er vor dem schmuddeligen Hotel hielt, in dem er sich einquartiert hatte, war der Beifahrersitz leer. Mickey hatte sich längst daran gewöhnt, dass Jefferson einfach kam und ging.

Später saß er in seinem schäbigen Zimmerchen. Er ging die Namen auf seinem Notizblock durch. Fünf waren schon durchgestrichen. Ein Stadtplan lag ausgebreitet vor ihm auf dem Tisch. Sein Handy dudelte. Er wartete, bis der Signalton verstummte und danach noch einmal ein paar Minuten. Dann erst wählte er die Nummer seiner Mailbox.

Drei Anrufe seiner Mutter. Er würde sie nicht beantworten. So wie er auch die vielen anderen nicht beantwortet hatte. Dann eine Männerstimme, die er nicht kannte. »Mein Name ist Timothy Wolfe. Ihr Freund Neil Osborn hat mir freundlicherweise Ihre Nummer gegeben …«

Mickey schrieb mit.

»Ich mache Filme und schreibe Drehbücher. Würde mich gern mal mit Ihnen unterhalten. Eventuell hätte ich eine Rolle für Sie. Rufen Sie mich doch bitte zurück …« Es folgte eine Nummer. Eine Nummer aus Staten Island.

Mickeys Finger glitt über die Namen in seinem Notizblock. »Timothy Wolfe«, murmelte er, »Timothy Wolfe …« Endlich fand er den Namen. Es war der Mann, der für diesen Dreck verantwortlich war, der im Zug zwischen Chicago und Los Angeles spielte. Drehbuchautor und Regisseur.

Mickey überlegte nicht lange – er blickte auf die Uhr: halb fünf nachmittags. Also war es an der Ostküste halb acht abends. Er wählte die angegebene Nummer.

Eine gleichgültig klingende Männerstimme meldete sich. »Wolfe!«

»Michael Archer – Sie haben mich eben angerufen.«

»He! Was für eine Überraschung!« Die Stimme klang nun überhaupt nicht mehr gleichgültig. »Hätte nicht gedacht, dass Sie so schnell reagieren!«

»Was kann ich für Sie tun, Mr. Wolfe?«

»Nun, wie soll ich sagen – das ist am Telefon schwer zu erklären. Ich hörte, Sie seien ein paar Wochen lang nicht ganz gesund gewesen. Ich schreibe ein Drehbuch über einen Mann mit – nun ja, mit ähnlichen Beschwerden wie Ihren, und ich brauchte Ihren Rat. Natürlich soll sich das für Sie auch lohnen.«

»Meinen Rat also …« Mickey wollte Zeit gewinnen. Das Ansinnen dieses Schreiberlings verwirrte ihn. Er konnte sich an keine Beschwerden erinnern. Außer an seine Impotenz nach den Unmassen von Tabletten, die sie ihm eingetrichtert hatten. Die von der anderen Seite.

»Genau, Mickey – ich darf doch Mickey sagen, oder? Nennen Sie mich ruhig Timmy! Alle meine Freunde tun das.« Mickey spürte, wie sich der Mann auf der anderen Seite des Kontinents, fast zweieinhalbtausend Meilen entfernt, entspannte. »Ich brauch Ihren Rat – und vielleicht können wir uns sogar über eine Rolle einigen.«

Jefferson saß plötzlich mit am Tisch. Das Kleid war nicht mehr hundertprozentig weiß. Mickey entdeckte ein paar graue Flecken. Jeffersons schmale Augen funkelten. Sein Mund war farblos und schmal. Für einen Augenblick glaubte Mickey, einen grausamen Zug um diesen breiten Mund zu erkennen. Aber nur für einen Augenblick.

Mickey schaute die weiß gekleidete Gestalt fragend an, und Jefferson nickte.

»Wo kann ich Sie treffen, Mr. Wolfe?«, fragte Mickey.

»Timmy«, korrigierte Wolfe, »nennen Sie mich Timmy. Kommen Sie zufällig in nächster Zeit nach New York City?«

Jefferson nickte heftiger. »Er gehört zu diesen verdammten Dreckschleudern«, zischte er.

»Glaube schon, Timmy«, sagte Mickey. Zum ersten Mal fiel ihm auf, dass Jefferson kaum Zähne im Mund hatte. Große Lücken klafften zwischen seinen Schneidezähnen. Er fragte sich, warum er das noch nie bemerkt hatte.

»Na wunderbar, Mickey!« Wolfe war begeistert. »Wo stecken Sie im Augenblick, wenn ich fragen darf?«

»In Vancouver«, sagte Mickey, ohne nachzudenken.

»Oha! Das ist natürlich eine ganze Ecke entfernt. Und für wann haben Sie die Reise an die Ostküste geplant?«

»Ich hab noch ein bisschen was zu erledigen hier. Ich melde mich, wenn ich so weit bin.«

»Wunderbar!«, tönte Wolfe. »Ich freue mich, Mickey!«

Sie verabschiedeten sich. Mickey ließ das Handy sinken.

Jefferson war gegangen. Aber Mickey wusste auch so, was er zu tun hatte. Er ging das Adressbuch der gerissenen Frau aus dem »Twentynine Palms Inn« durch. Alle Namen, unter denen eine New Yorker Nummer oder Adresse stand, kreuzte er an.

Er schätzte, dass er noch drei oder vier Tage brauchen würde.

Dann bin ich mit den größten Dreckschleudern in dieser verfluchten Stadt fertig. Und dann geht's an die Ostküste …

5

Manhattan, 22. Oktober

Wir lasen Zeitung. Phil den politischen Teil, ich den Sportteil. Es war noch nicht besonders spät – vielleicht acht Uhr, vielleicht auch später, genau entsinne ich mich nicht mehr. Ich glaube, es war ein Freitag. Der »North Star Pub« war jedenfalls gerammelt voll. Und das ist meistens dann der Fall, wenn das Wochenende vor der Tür steht.

»Unser Senator tritt jetzt nur noch mit Gattin auf«, sagte Phil.

Ich ließ den Bericht über den Abstiegskampf der Chicago Bulls sinken und beugte mich zu meinem Partner hinüber. Wir saßen an einem Tisch neben dem Eingang.

»Hier.« Phil deutete auf ein Foto. Es zeigte den bulligen Senator Arm in Arm mit seiner Frau. Beide strahlten, als wollten sie gerade in den Honeymoon aufbrechen, und winkten von einem Podest herab. *William Archer wieder im Aufwind*, lautete die Schlagzeile unter dem Foto.

»Wieso wieder im Aufwind? Hat er Gegenwind gehabt?«

»Jemand wollte ihm eine Affäre mit einer Schauspielerin anhängen«, erzählte Phil. »Sein Anwalt hat sogar Anzeige wegen Rufmords erstattet. Seither zeigt sich Archer auf Wahlkampfveranstaltungen fast nur noch mit seiner Gattin.«

Mein Partner hatte die Zeitungen der letzten Wochen aufmerksamer gelesen als ich. »Damit ganz Amerika sehen kann, was für eine glückliche Ehe er führt«, vermutete ich. Ich werde nie begreifen, wie man sein eigenes Privatleben vor die Kameras zerren kann, nur um Wählerstimmen zu erobern. Ist Macht tatsächlich so berauschend? Ich kann es mir einfach nicht vorstellen. Entweder fehlt mir die Fantasie dazu oder der Ehrgeiz. Wahrscheinlich beides.

Phil blätterte um. Mein Blick wanderte über die verschiedenen Schlagzeilen. *Nagelkiller schlägt zum siebten Mal zu!*, lautete eine davon. »Unsere Kollegen in Kalifornien scheinen noch immer im Dunkeln zu tappen«, sagte ich zu meinem Partner.

Ich wusste von meinem Neffen Will Cotton von der Sache. Ein Serienkiller versetzte die Filmbranche an der Westküste in Angst und Schrecken. Der Mörder überfiel ausschließlich Schauspieler, Regisseure oder Filmproduzenten und tötete sie.

Ich betrachtete das Bild und fragte mich, woran es mich erinnerte. Ein

Weilchen grübelte ich herum, dann hatte ich es. »He!« Ich riss Phil die Zeitung aus der Hand und hielt ihm das Bild des Fesselballons unter die Nase. »Der Ballon!«

»Ja, und?« Er machte ein verblüfftes Gesicht.

»Erinnerst du dich an den Abend, als wir diese Schauspielerin hier kennengelernt haben? Susan – drei Wochen her. Sie hat uns doch ein Rätsel aufgegeben!«

»Ich entsinne mich.« Phils gelangweiltes Gesicht hätte mich warnen müssen. »Ganz genau erinnere ich mich.«

»Ich hab die Lösung!«, verkündete ich. »Zwei sind in einem Fesselballon unterwegs, der Ballon verliert an Höhe, sie werfen erst Sandsäcke ab, dann ihre Kleider, und als der Ballon noch immer sinkt, losen sie mit Streichhölzern, wer abspringen muss!«

Phil grinste. »Du bist ein Schnellmerker, Partner. Aber kein ganz so flotter wie ich – ich kenne die Lösung schon seit drei Wochen.«

Nun war die Verblüffung auf meiner Seite. Mir fehlten die Worte.

»Das abgebrochene Streichholz war der Schlüssel. In dem Moment, als ich mir klarmachte, dass jemand den Kürzeren gezogen hat, wusste ich Bescheid.«

»Warum hast du mir nichts davon gesagt?«

»Du hast behauptet, du kennst die Lösung. Ich musste mich beeilen, damit du mir bei Susan nicht zuvorkommst.«

»Soll das heißen, du hast sie angerufen?« Ich konnte es einfach nicht glauben. »Du hast hinter meinem Rücken …?«

»Ja, klar!« Phil setzte sein unschuldigstes Gesicht auf. »Ich hab einfach mit ihrem Agenten telefoniert, diesem Reynolds, und schon hatte ich ihre Nummer.«

»Und darauf bist du auch noch stolz, was?« Meine Feierabendlaune verflüchtigte sich. »Und seit drei Wochen triffst du dich mit ihr, ohne mir etwas davon zu sagen?«

Das Grinsen fiel meinem Partner aus dem Gesicht. Er merkte jetzt erst, dass ich mich nicht recht mitfreuen konnte.

»Wo denkst du hin, Jerry?«

»Gib es wenigstens zu!«

»Ehrlich nicht! Wir haben zwei-, dreimal telefoniert, weiter nichts, ich schwör's. Sie war für ein paar Wochen in Florida – heute oder morgen kommt sie zurück.«

»Aber dann hättest du dich mit ihr getroffen, ohne deinem besten Freund ein Sterbenswörtchen davon zu sagen!«

Wir stritten ein Weilchen herum. Halb ernst, halb spaßig. Irgendwann machte Phil ein Friedensangebot. »Ich lad dich zu einem italienischen Essen ein, und du verzeihst mir, dass ich schneller denken kann als du.«

Ich war einverstanden. Wir zahlten und verließen den »North Star Pub«. In meinem Jaguar fuhren wir nach SoHo hinauf. Italienisches Essen heißt für Phil und mich: in unsere Stammpizzeria gehen, ins »Mezzogiorno«.

Wir standen schon am Rand der Spring Street, und ich zog gerade den Wagenschlüssel ab, als mein Handy losorgelte. Ich drückte es ans Ohr. »Cotton!«

»Susan Wang hier. Erinnerst du dich, Jerry?« Ihre Stimme klang nicht besonders entspannt.

»Und ob. Wir haben erst vor ein paar Augenblicken von dir gesprochen.« Ich suchte Phils Blick. Er begriff sofort, wer am Apparat war.

»Ich brauch deinen Rat – euren Rat.«

»Was ist passiert? Bist du im Fesselballon unterwegs?«

Ein müdes Lachen drang aus dem Handy. »So ähnlich«, sagte Susan. »Ich habe Angst.«

»Du rufst einen Polizisten an, weil du Angst hast? Kann ich daraus schließen, dass du Angst vor einem Verbrechen hast?«

»Vielleicht. Das lässt sich am Telefon nicht mit ein paar Worten erklären. Können wir persönlich darüber sprechen?«

Der gedämpfte Ton ihrer Stimme alarmierte mich. Ich hatte sie nur einmal getroffen, aber ihre lockere, offene Art hatte sich mir eingeprägt. Die Frau, die ich an diesem Abend am Telefon hatte, war nicht mehr die Frau, mit der ich drei Wochen zuvor in der Bar am Seaport geflirtet hatte.

»Natürlich können wir persönlich sprechen. Wann?«

»So schnell wie möglich.«

Ich erklärte ihr, wo sie Phil und mich finden konnte.

Jazz-Rhythmen schwirrten durch den Raum. Ein Bassist und ein Saxofonist flankierten den Afroamerikaner am Piano. Rauchschwaden hingen unter dem träge kreisenden Deckenventilator. Das Klacken von Billardkugeln mischte sich in die Musik.

An den kleinen, runden Tischen steckten die Leute die Köpfe zusammen. Die lange Theke des »Cornelia Street Cafés« war nur halb besetzt. Drei Paare und ein einzelner Mann in einem langen Trenchcoat.

Susan steckte das Handy in ihren kleinen, schwarzen Lederrucksack zurück. Sie stieß einen erleichterten Seufzer aus.

»Und?«, knurrte Louis Reynolds. »Ist dir jetzt wohler?« Er trug einen schwarzen Anzug. Ein Stoff, dem man ansah, dass er mindestens vierhundert Dollar gekostet hatte. Darunter ein graues T-Shirt. Das Licht der niedrig gehängten Lampe spiegelte sich auf seinem Kahlkopf und seinem goldenen Ohrring.

Susan nickte. »Ein bisschen schon.«

Sie saßen an dem Tisch rechts neben dem Ausgang. Der Tisch neben ihnen war frei. Dahinter belagerten zwei Männer und zwei Frauen den Billardtisch. Susan war das erste Mal im »Cornelia Street Café«. Reynolds verkehrte öfter in der bekannten Künstlerkneipe in Greenwich Village.

»Dann soll es mir recht sein.« Reynolds setzte sein Bierglas an den Mund und leerte es. »Auch wenn ich's übertrieben finde. Ich kenne dich lange genug, Susan.« Er knallte das Glas auf den Tisch. »Du neigst dazu, Phantome zu sehen. Und du neigst dazu, Angst vor Phantomen zu haben. Die Bullen werden dir das Gleiche sagen.«

»Ach, Louis, lass es gut sein!« Susan schüttelte ärgerlich den Kopf. »Ich bin immer gut gefahren, wenn ich auf mein Gefühl gehört habe.«

»Als ob es nicht genügend reale Gründe gibt, Angst zu haben ...« Reynolds zog ein silbernes Zigarettenetui aus der Innentasche seines Jacketts. Gleichzeitig fingerte seine Linke eine schwarze Zigarettenspitze aus der Brusttasche. »Misserfolg, Karriereknick, Wirtschaftskrise, Krebs, Atomkrieg ...«

Er war nie ein Mann vieler Worte gewesen. Aber wenn Louis Reynolds einmal anfing zu reden, dann hörte er erst wieder auf, wenn er das Gefühl hatte, alles gesagt zu haben. Er steckte eine filterlose Lucky Strike in die Zigarettenspitze und zündete sie sich an. »Da muss man sich nicht auch noch um einen wahnwitzigen Killer sorgen, der an der Westküste sein Unwesen treibt.« Er rutschte mit dem Stuhl vom Tisch ab und schlug die Beine übereinander. Seine schwarz-weißen Turnschuhe wurden sichtbar. »Nur weil er zufällig Kollegen auf seiner Checkliste stehen hat.«

»Ich will jetzt zahlen«, sagte Susan knapp. Sie griff nach ihrem Rucksack.

»Lass nur, ich mach das schon.« Reynolds zog seine Brieftasche. »Aber wie gesagt – wenn es dir besser geht nach dem Date mit den

Bullen, bin ich zufrieden.« Er winkte der Kellnerin. »Soll ich dich in diese Pizzeria fahren?«

»Lass mal – ich nehme mir ein Taxi.«

Für einen Moment traf sich Susans Blick mit dem des einzelnen Mannes an der Theke. Ihr fiel auf, dass er eine große Kaffeetasse vor sich stehen hatte. Niemand im »Cornelia Street Café« sonst trank um diese Zeit Kaffee. Seine eigenartig dunklen Augen hatten etwas Stechendes.

Er war ähnlich gekleidet wie Reynolds. Abgesehen von dem Trenchcoat. Auch seine Frisur unterschied sich kaum von der ihres Agenten. Beide hatten nämlich nichts auf dem Kopf, aus dem man eine Frisur hätte stylen können.

Der Mann – Susan schätzte ihn auf Ende zwanzig – sah öfter zu ihr herüber. Susan hatte es gemerkt, dachte sich aber nichts dabei. Sie war es gewohnt, dass sich Männer nach ihr umsahen.

»Verstehe«, knurrte Reynolds. »Die Cops könnten sonst auf die Idee kommen, wir hätten was miteinander.«

»Du bist eifersüchtig, das ist alles«, sagte Susan.

»Na und?« Reynolds' Blick glitt über ihre feinen asiatischen Züge, über ihr langes seidiges Schwarzhaar und dann ganz ungeniert hinunter zu den sanften Wölbungen unter ihrer bordeauxroten Bluse bis zu ihren schmalen Schenkeln. Susan trug einen Minirock aus schwarzem Leder. »Jeder würde mich verstehen, wenn ich eifersüchtig wäre.« Er breitete die Hände aus, als wollte er sich entschuldigen.

Susan musterte sein kantiges Gesicht. Das Gesicht eines harten Mannes. Sein Lächeln berührte sie. In letzter Zeit kam es nicht häufig vor, dass er lächelte. Sie fragte sich, woher die Trauer in seinen Augen kam.

Der Kellner trat an den Tisch, und Reynolds bezahlte ihre gemeinsame Rechnung.

Susan kramte ihr Handy aus dem Rucksack und bestellte ein Cabbie. Sie beobachtete Reynolds – seine Augen hingen jetzt am Körper der Kellnerin.

Die studentische Aushilfskraft trug eng anliegende Stretchhosen und ein bauchfreies Top. Man brauchte nicht viel Fantasie, um zu ahnen, was in dem großen, eleganten Mann vor sich ging – er zog das Mädchen in Gedanken aus.

Susan hatte ihm beruflich viel zu verdanken. Er war ein Spitzenagent. Trotzdem hatte sie sich nie von ihm ins Bett locken lassen. Sie hasste das Gefühl, eine von vielen zu sein.

Reynolds steckte seine Brieftasche ein und erhob sich. Susan schlüpfte in ihre Lederjacke und warf sich den Lederbag über die Schulter. Gemeinsam verließen sie das »Cornelia Street Café«. Zum letzten Mal …

Washington, D.C., 22. Oktober

Das Telefon läutete. Zum zehnten oder elften Mal heute. Julia ging nicht an den Apparat. Schon seit Wochen nicht mehr. Sie nippte an ihrem Gin und blickte lustlos auf die Mattscheibe. Sie hatte sich durch die Programme gezappt und war bei einem alten französischen Krimi hängen geblieben.

Ein paar Schritte hinter ihr, auf dem Telefontisch, forderte ihr Anrufbeantworter den Anrufer auf, Namen und Telefonnummer zu nennen. Kurz darauf eine Männerstimme. Julia griff nach der Fernbedienung und stellte den Ton des TV-Geräts ab.

»… von der ›Los Angeles Times‹. Wir bieten Ihnen 2.500 Dollar für ein Interview. Bitte rufen Sie mich an …« Es folgte eine Telefonnummer.

»Scheißkerle!«, zischte Julia. Sie stellte den Ton des Fernsehers wieder an. Seit Wochen versuchten die Mediengeier, ein Statement von ihr zu ergattern. Wollten um jeden Preis ihre Beziehung zu Billy Archer vor der Öffentlichkeit breittreten. Von Julia hatten sie kein Wort erfahren.

Nicht, dass die Schauspielerin ihren ehemaligen Lover schonen wollte. Im Gegenteil – Julia brannte auf Rache. Aber eine Mischung aus Scham und Stolz hatte sie bisher davon abgehalten, Archer über die Medien die Karriere zu vermasseln.

Es war ihre Geschichte. Ihre ganz persönliche Liebesgeschichte. Niemanden ging diese Geschichte etwas an. Sie hatte einen älteren Mann geliebt, sie hatte sich Hoffnungen gemacht – und sie hatte sich die Finger verbrannt. Punkt. Eine schmerzliche Geschichte. Und ziemlich niederträchtig dazu. Aber sie gehörte zu ihrem Leben. Und Julia widerte es an, wenn Leute ihre intimsten Geschichten in der Presse verbrieten. Für ein paar Dollars und die Illusion, eine wichtige Person zu sein.

Nichts für eine Frau von Julias Kaliber. Bisher hatte sie es geschickt verstanden, ihr Privatleben aus ihrer Karriere als Schauspielerin herauszuhalten. Selbst unter den Kollegen und Kolleginnen wussten die wenigsten, dass sie vor zwei Jahren eine Scheidung hinter sich gebracht hatte.

Dazu kam die Anzeige gegen unbekannt wegen Verleumdung. Panik ergriff Julia bei dem Gedanken, ihrem Ex-Liebhaber vor dem Richter gegenüberstehen zu müssen. Es reichte, sein Gesicht im Fernsehen und in den Zeitungen zu sehen.

Julia würde sich auf ihre Weise an dem Mann rächen, der sie gedemütigt und betrogen hatte.

Sie trank den Gin aus und stellte das Glas auf den Couchtisch. Ein Nachrichtensprecher erschien auf der Mattscheibe. Julia hatte das Ende des Krimis nicht mitbekommen.

Sie stand auf und ging zur Schrankbar neben der Fernsehkonsole. Mit dem Finger strich sie über die vielen Flaschenhälse. Kein Gin mehr. Dafür Martini, eine noch unangebrochene Flasche. Leider viel zu warm.

Julia zog die Flasche aus der Bar und ging in die Küche. Dort öffnete sie den Kühlschrank und legte den Martini ins Eisfach. Sie trank zu viel in den letzten Wochen. Natürlich. Es waren schwere Wochen gewesen. Schlaflose Nächte auf nass geweintem Kopfkissen. Noch nie hatte ein Mann ihr angetan, was Archer ihr angetan hatte.

Sie trug eine weite Hose aus dunkelgrüner Viskose, darüber ein weißes Hemd mit Spaghettiträgern. Ihre roten Haare hatte sie sich mit einer Haarklammer hochgesteckt. Ein paar Strähnen fielen ihr auf die nackten Schultern.

Ihr Gesicht war blass. Julia war nicht viel aus dem Haus gegangen in den letzten Wochen. Sie bedauerte es nicht, den Spätsommer verpasst zu haben. Das freundliche Wetter hätte sie nur noch trauriger gemacht.

Dunkle Schatten lagen unter ihren grünen Augen. Bitterkeit und Härte hatten sich in ihrer Miene eingegraben.

Neben dem Telefontisch blieb sie stehen. Ein Zettel lag neben dem Apparat. Darauf eine New Yorker Nummer. Julia hatte sie sich gestern bei der Auskunft geholt. Die Nummer von Jefferson Michael Archer, William Archers ältesten Sohn. Sie brauchte noch einen Gin, dann würde sie anrufen.

Oder nein – einen Martini, der Gin war ja leer. Schade. Julia sah hinüber zum Tisch, wo die leere Flasche stand.

Sie öffnete die Balkontür und trat an die Brüstung. Die Lichter von Boulevard Heights breiteten sich unter ihr aus. Im Nordwesten die nächtliche Skyline von Washington. Ein rauer Wind fegte vom Atlantik her über das Land. Julia fröstelte. Unten auf der Straße sah sie Laubblätter durch die Lichtkegel der Straßenbeleuchtung tanzen. Sie hatte nicht bemerkt, dass der Herbst ausgebrochen war.

Julia drehte sich um und wollte zurück in ihr Apartment gehen. Ihr Blick fiel auf zwei Plastiktüten in der Ecke zwischen Balkonverblendung und Türrahmen.

In einer steckte der blaue Seiden-Morgenmantel, den sie Billy Archer geschenkt hatte. In der anderen ein paar Hausschuhe von ihm, ein Buch über Wirtschaftspolitik, das er bei ihr liegen gelassen hatte, Rasierzeug, Zahnbürste, Nagelschere und eine angebrochene Packung Kondome.

Spuren von Tagen, die unwiederbringlich vorbei waren. Und die es angeblich nie gegeben hatte. Julias Herz krampfte sich zusammen. Sie atmete tief durch und schluckte den Kloß im Hals hinunter. Auch nach Wochen hatte sie noch lange nicht alle Tränen geweint.

Sie nahm die Tüten, trat wieder in ihr Wohnzimmer und zog die Balkontür hinter sich zu. Vor dem Telefontisch ließ sie die Sachen ihres Ex-Lovers fallen. Lange starrte sie die Tüten an.

Musik, dachte sie, ich brauche Musik …

Sie ging zur Schrankwand. Der schwarze Musikturm stand neben der Bar. Eine CD mit Klaviermusik fiel ihr in die Hände. Robert Schumann. Als sie auf der Couch saß und sich eine Zigarette ansteckte, bereute sie, die Scheibe aufgelegt zu haben. Viel zu traurig. Sie weinte.

Später holte sie den Martini aus dem Eisfach. Er war zu kalt geworden. Aber besser als zu warm. Julia setzte sich in den Lehnstuhl neben dem Telefontisch. Dort schlürfte sie das eiskalte Getränk. Und betrachtete die Tüten mit den Relikten der Vergangenheit.

Edith Archer hatte ihren Brief nicht beantwortet. Julia hatte ein-, zweimal versucht, telefonisch mit der Senatorengattin zu sprechen. Vergeblich. Die Rivalin hatte jedes Mal den Hörer aufgeknallt.

Danach hatte Julia es bei den Kindern versucht. Billy hatte wenig von ihnen gesprochen. Trotzdem kannte sie ihre Namen.

Julia wollte, dass sie die Wahrheit erfuhren. Die Wahrheit über den Mann, der ein Frauenherz in den Abfalleimer warf, wenn es sich nicht mehr benutzen ließ. Über einen Mann, der von Liebe und Ehe gesprochen hatte und nun nichts mehr davon wissen wollte. Die Wahrheit über einen Lügner. Also hatte sie die beiden Studenten angerufen. Miriam und John Archer hatten genauso reagiert wie ihre Mutter. Die ganze Familie schien sich unter der Flagge des Wahlkampfes miteinander verschworen zu haben.

Oder nein – nicht die ganze Familie. Fast die ganze. Julia wusste, dass es da noch den ältesten Sohn gab. Von ihm hatte Billy Archer nur ein- oder zweimal gesprochen. Wortwahl und Tonfall waren deutlich gewesen. Deutlich genug, um Julia eine Ahnung zu vermitteln, was den Senator mit seinem Ältesten verband – nichts.

Sie griff zum Telefon und wählte die New Yorker Nummer …

Manhattan, 22. Oktober

Mickey legte zwei Münzen neben seine halb volle Kaffeetasse. Mit einem Nicken verabschiedete er sich von der hübschen Kellnerin. Ohne Eile schritt er an den kleinen Tischen der Bar vorbei. Ein paar Blicke trafen ihn. Er blickte in neugierige Frauengesichter und lächelte.

Auf dem Bürgersteig vor dem »Cornelia Street Café« sah er sich um. Das Paar stand ein paar Schritte rechts von ihm am Straßenrand. Der athletisch gebaute Kahlkopf und die kleine Chinesin. Ein Taxi hielt neben ihnen. Die Frau stellte sich auf die Zehenspitzen, küsste den Hünen auf beide Wangen. Dann stieg sie ins Cabbie.

Mickey kannte die Frau. Sie hatte in diesen beiden Dreckfilmen mitgespielt. Die Kellnerin im Zugbistro. Eines dieser Luder, das allen Männern den Kopf verdrehte und von Bett zu Bett stieg. Und in dem anderen Film, dem mit der gerissenen Hure und dem bösen Bullen, hatte Mickey sie als Bardame gesehen. Jefferson hasste sie. Und Mickey hasste sie auch.

Das Taxi fuhr an. Der Kahlkopf kam auf ihn zu. Mickey wandte sich ab und schlenderte zu dem dunkelblauen Golf, den er gemietet hatte. Er wollte nicht, dass der Mann sein Gesicht sah. Vielleicht würde er ihn wiedererkennen. Louis Reynolds hatte ihm im vergangenen Jahr einmal eine Rolle in einem Theaterstück vermittelt.

Mickey öffnete die Beifahrertür des Golf, Reynolds ging hinter ihm vorbei. Aus den Augenwinkeln beobachtete Mickey, wie der andere seinen Autoschlüssel aus der Tasche kramte und auf einen silbergrauen Mercedes SL richtete. Die Blinker des Wagens leuchteten auf, Mickey hörte das Schnappen der Verriegelung. Reynolds trat zwischen seinen Benz und den davor parkenden Wagen, ging zur Fahrertür und stieg ein.

Über den Beifahrersitz kletterte Mickey hinter das Steuer. Er wartete, bis der Mercedes an ihm vorbeirollte. Dann steuerte er seinen Golf aus der Parklücke und folgte ihm.

Reynolds fuhr über den Washington Square South, überquerte den Broadway und bog kurz darauf rechts in die Bowery ein. *Es ist gut, was du tust, Michael,* sagte eine Stimme in seinem Kopf. Eine tonlose, beschwörende Stimme – Jeffersons Stimme. *Es ist gut, ihn zuerst dranzunehmen …*

Jefferson zeigte sich seltener in den letzten Wochen. Seit Mickey vor vier Tagen in New York City gelandet war, nur ein einziges Mal. In seinem Apartment in der Green Street. Als er im Bad vor dem Spiegel gestanden und sich rasiert hatte.

Wie immer war Jefferson wie aus dem Nichts aufgetaucht. Sie hatten geplaudert, und Neil Osborn war ins Bad gekommen, um sich über Mickeys Selbstgespräche lustig zu machen.

Neil hatte Jefferson nicht gesehen. Seitdem wusste Mickey Bescheid – auch Neil war nicht auserwählt.

9 Uhr 34 zeigte die Borduhr seines Wagens, als der Mercedes vor ihm in ein Parkhaus an der Ecke Delancey, Ludlow Street einbog. Mickey ging vom Gas. Seine Hände begannen zu schwitzen. Er setzte den Blinker und fuhr die Rampe hinauf. Die Rücklichter des Benz verschwanden eben in der Kurve.

Fiebrige Erregung ergriff Mickey. Er sah den Mercedes in eine Parkbucht einrangieren. Sein Herz schlug wild gegen sein Brustbein. *Wie fühlst du dich, Michael? Sag, wie du dich fühlst,* raunte die Stimme in seinem Kopf.

»Gut fühle ich mich, richtig gut«, murmelte Mickey. Er fuhr an Reynolds' Wagen vorbei und steuerte seinen Golf aufs nächste Parkdeck. Dort stellte er den Mietwagen ab. Er stieg aus.

Schritte hallten aus dem unteren Deck. Reynolds lief zum Treppenhaus. Mickey wusste, dass er in Chelsea wohnte und nicht hier in der Lower Eastside. Vermutlich wollte er eine Bar aufsuchen. Oder eine Nutte. Seine Schritte verhallten.

Mickey hatte Zeit. Er setzte sich wieder in den Mietwagen. Und wartete …

Ganz locker waren wir nicht, als Susan im »Mezzogiorno« auftauchte.

Wir hatten Bier bestellt und uns ein wenig gefetzt. Ich glaube, meinem

Partner hat es nicht geschmeckt, dass Susan mich und nicht ihn angerufen hatte. Ich dagegen hielt das für den Beweis, dass die Welt nicht ganz so ungerecht ist, wie man manchmal zu glauben geneigt ist.

Phil stand plötzlich auf. Ein Schleier legte sich auf seinen Blick, und er schaute so andächtig zum Eingang, als würde Pamela Anderson oder unsere Außenministerin die Pizzeria betreten. Beide schätzt er nämlich außerordentlich. Wenn auch aus sehr unterschiedlichen Gründen.

Ich drehte mich um – klar – und sah Susan. Selbstbewusst, fast würdevoll schritt sie durch das Lokal. Sie trug ihre schwarze Lederjacke und einen Minirock aus ebenfalls schwarzem Leder. Und unter der Jacke eine weinrote Bluse. Sie sah hinreißend aus.

Phil und ich waren nicht die Einzigen, denen das auffiel. Luigi, der Wirt, spitzte die Lippen. Vermutlich erinnerte er sich im letzten Moment an seine Repräsentationspflichten als Geschäftsführer, denn er stieß den anerkennenden Pfiff dann doch nicht aus.

»Hi, Susan!« Wir standen auf und reichten ihr nacheinander die Hand. Wie Highschool-Absolventen auf dem Abschlussball. »Wie geht's so?« Phil setzte sein charmantestes Lächeln auf. Es wirkte ein wenig verkrampft.

»Hallo, Phil! Hallo, Jerry! Lieb von euch, dass ihr euch Zeit nehmt.«

»Kein Problem.« Phil rückte ihr den Stuhl zurecht, und sie nahm Platz. »Ich freue mich. Wir freuen uns, dich endlich mal wieder zu sehen.«

Auch Phil und ich setzten uns. Eine Verlegenheitspause entstand. Die verliebten Blicke meines Partners klebten an der schlanken Gestalt der Asiatin. Ich musste innerlich lachen und verzieh ihm alles.

»Tja, Susan …« Ich räusperte mich. »Du warst in Florida, erzählt Phil?«

Sie nickte.

Ich hatte den Eindruck, dass auch sie nicht ganz unbefangen war.

»Inzwischen hatte ich ja Zeit zum Nachdenken«, fuhr ich fort. »Also – zwei sind im Ballon unterwegs, der verliert an Höhe, sie werfen vergeblich Sandsäcke und Kleider über Bord, schließlich wird gelost, einer zieht den Kürzeren und muss in den Tod springen.«

Sie machte ein erschrockenes Gesicht. »Das ist ja eine schreckliche Geschichte!«

»Schreckliche Geschichte?« Entweder stand sie auf dem Schlauch, oder sie hatte den Abend im »North Star Pub« vergessen. »Das ist die Lösung des Rätsels, das du uns gestellt hast!«

Ein verblüffter Blick – und dann lachte sie. »Ach so – genau, das ist die Lösung! Aber ich glaub, Phil hat sie mir vor drei Wochen schon mal durchgegeben …«

Luigi kam an unseren Tisch. Er genoss es sichtlich, Susans Bestellung entgegenzunehmen. Sie verlangte einen Rotwein, und er beschrieb ihr sämtliche Rotweine, die er auf der Karte hatte. Das waren nicht wenige. Schließlich empfahl er ihr einen Chianti. Für den entschied sich Susan auch.

Höchst zufrieden verneigte sich der alte Charmeur und zog ab.

»Ihr müsst entschuldigen – ich bin ein bisschen durcheinander«, begann Susan. »Ich hab da – ich hab da ein Problem. Ich hoffe, ihr werdet mich nicht auslachen.«

»Wir hätten viel zu viel Angst, du würdest uns dann mit deinem Chianti allein lassen«, lächelte Phil.

»Angst – du gibst mir das Stichwort, Phil. Ich hab Angst vor einem Mörder, der an der Westküste herumläuft und Leute umbringt.« Sie versuchte zu grinsen. Es wirkte ziemlich gequält. »Ist das nicht verrückt?«

»Kommt drauf an.« Ich zuckte mit den Schultern. »Wenn du vor allen Mördern, die in unserem Land herumlaufen, Angst hättest, würde ich dir einen Psycho-Onkel empfehlen, wie die meisten besser verdienenden New Yorker einen haben.« Man soll sich nie zu viel auf seine Menschenkenntnis einbilden, sonst fällt man irgendwann auf die Nase, aber Susan kam mir nicht vor wie eine Hysterikerin. »Du aber hast Angst vor einem einzigen Mörder, einem ganz konkreten Menschen also. Und ich gehe mal davon aus, dass du dafür auch einen ganz konkreten Grund hast.«

»Richtig, Jerry.« Sie atmete hörbar auf. Mir wurde klar, dass es sie einige Überwindung gekostet hatte, mich anzurufen. »Ja, das hab ich – einen ganz konkreten Grund.«

Luigi tänzelte an unseren Tisch. »Signora …« Er stellte ein Glas vor Susan auf den Tisch. Aus einer hohen, schlanken Karaffe goss er den Rotwein ein.

Abwartend blieb er neben ihr stehen. Seine braunen Augen ruhten lächelnd auf ihr. Das Wohlgefallen der ganzen Welt lag in seinem Blick.

Susan kostete den Wein. »Wunderbar«, sagte sie dann. »Danke.«

Galant deutete Luigi eine Verbeugung an. Er zwinkerte Phil und mir zu und trollte sich.

»Wir waren bei den konkreten Gründen stehen geblieben«, sagte Phil. Luigis Auftritt hatte ihn nicht ganz so amüsiert wie mich.

»Habt ihr von diesem Monster gehört?« Susan senkte die Stimme. »Von diesem ›Nagelkiller‹? So nennen sie ihn inzwischen ...«

»Ja.« Phil nickte. »Wir haben von ihm gehört. Unsere Kollegen in Los Angeles widmen ihm seit Wochen ihre ganze Arbeitskraft.«

»Wie tröstlich.« Sie seufzte. »Er tötet Leute aus der Filmbranche, ausschließlich! Habt ihr das auch gehört? Schauspieler, Regisseure, sogar einen Produzenten ...«

»Dass die Opfer aus der Filmbranche stammen, wissen wir«, sagte ich. »Kanntest du den Produzenten, der ermordet worden ist?« Ihre Stimmlage hatte mich aufhorchen lassen.

»Ja.« Die Blicke ihrer dunklen Augen wanderten zwischen Phil und mir hin und her. »Andrew Page. ›Page Pictures‹ gehörte ihm. Er hat den ›Cop ohne Skrupel‹ produziert. Ein ziemlich harter Actionfilm. Die Hauptdarstellerin wurde auch ermordet – Marguerita Vasques. Page und sie wollten heiraten.«

Phil und ich warfen uns einen Blick zu. Der Weichfilter war meinem Partner aus dem Gesicht gefallen. Wenn es drauf ankommt, ist Phil hundertprozentig FBI-Agent – und sonst nichts. »Schätze, du hast noch die eine oder andere Katze im Sack«, sagte er zu Susan.

»Margueritas Filmpartner ...« Susan flüsterte jetzt fast. Ihre Angst war mit Händen zu greifen. »Er spielte einen korrupten Polizisten in dem Streifen. Auch ihn hat dieser Wahnsinnige getötet und verbrannt ...«

Beide saßen wir da, und Phil war wie ein Spiegelbild von mir: schmale Augen, angespannte Gesichtszüge, den rechten Arm betont lässig über die Stuhllehne gehängt, das rechte Bein über das linke Knie gelegt. Vollkommen reglos saß er da. Genau wie ich. Und als könnte ich Gedanken lesen, ahnte ich, was Susan als Nächstes sagen würde. Und ich wusste, dass auch Phil es ahnte.

»Larry Christianson, der Drehbuchautor ...« Ihre Schultern zuckten, sie war hochgradig erregt. »Der Killer hat ihn nackt auf sein Motorrad gefesselt, ihm den Nagel in den Kopf getrieben und dann die Maschine angezündet ...«

Sie schob das Weinglas in die Tischmitte, stützte die Arme auf die Platte auf und verbarg ihr Gesicht in den Händen.

Wir ließen ihr Zeit.

»Und du hast auch in dem Film mitgespielt«, sprach Phil es schließlich aus.

Sie nickte heftig. Dann nahm sie die Hände von ihrem Gesicht und trank einen Schluck Chianti. »Ja. Eine Nebenrolle. Eine Prostituierte, eine Bardame.« Sie nahm ihren kleinen Lederrucksack von der Stuhllehne, zog den Reißverschluss auf und holte eine Schachtel Zigaretten heraus. Ihre Hände zitterten ein wenig, als sie sich eines der Stäbchen anzündete.

»Okay«, sagte ich. »Das nenne ich einen konkreten Grund, sich zu fürchten.«

»Louis sagt, ich sei hysterisch, ich würde Phantome sehen. Vielleicht hat er ja recht …« Ihre Stimme brach. »Aber ich hab einfach Angst – Angst, Angst, Angst …«

Der Tisch war kaum kniehoch. Zwei dreiarmige Kerzenleuchter standen darauf. Die Flammen brannten ruhig. Es roch nach Zitrone und Zimt. Flöten- und Gitarrenklänge perlten durch das Halbdunkel des schmalen Raumes. Leise und unaufdringlich. Als wären sie klingende Moleküle der verbrauchten Luft in dem kleinen Zimmer.

Louis Reynolds hörte die fremdartige Musik kaum. Auch der Geruch war ihm nicht mehr bewusst. Mit gekreuzten Beinen hockte er auf einem Kissen. Seine Augen hingen an dem Gesicht zwischen den beiden Kerzenleuchtern. Alle seine Sinne konzentrierten sich darauf. Ein bronzefarbenes Männergesicht. Zahllose Falten durchzogen es in alle Richtungen. Das schüttere weiße Haar hing strähnig in das Gesicht mit der ledrigen Haut und den hellblauen Augen hinter den dicken Gläsern einer Hornbrille.

Wer Azim Narayana zum ersten Mal sah, mochte ihn für eine Mischung aus Buddha und Zwerg Nase halten. Für einen Kobold, für eine lächerliche Figur.

Der einen Kopf größere Reynolds hielt ihn für einen Weisen. Für einen Gelehrten der Upanischaden. Für einen Mann, der das Chaos des Lebens, das Auf und Ab von Sieg und Niederlage, von Lust und Schmerz, von Verlieren und Finden längst hinter sich hatte. Für einen Mann an der Schwelle zum Nirwana.

Azim Narayana war Louis Reynolds' Guru. Schon seit acht Jahren. Ihm verdankte der Künstler-Agent seinen Erfolg. Jedenfalls war Reynolds davon überzeugt.

Mindestens einmal im Monat besuchte er den Inder in der Lower Eastside. Holte sich Rat, ließ sich Tarot-Karten legen, meditierte unter Anleitung seines Gurus oder lauschte Narayanas nuschelnder Stimme.

»Gut und böse?« Der Weise blickte ihn unverwandt an. »Was ist das, Louis? Links und rechts, schwarz und weiß, oben und unten – du kannst es unterscheiden? Wunderbar – dann ziehe deinen Business Dress aus, wickle dich in meinen Sari und setz dich an meiner Stelle hinter diesen Tisch.«

Louis Reynolds nickte langsam. Ein ehrfürchtiger Ausdruck lag in seiner Miene. Als würde er gerade eines der Weltgeheimnisse erkennen.

Seit zwei Stunden saß er in Narayanas Zimmer. Der alte Inder hauste in einem heruntergekommenen Souterrain-Apartment in der Broome Street. Seinen ganzen Überdruss hatte Reynolds vor dem Guru ausgeschüttet – seine wachsende Erbitterung gegen das knallharte Filmgeschäft, seinen Ekel vor sich selbst, seine verzweifelte Einsamkeit, seine Müdigkeit dem Leben gegenüber. Was er falsch mache, hatte er von Narayana wissen wollen.

»Frage also nicht, was gut und schlecht ist«, nuschelte der Guru. »Frage nicht, was du richtig und was du falsch machst.«

»Was dann?« Reynolds sprach leise. Es klang wie das Knurren eines erschöpften Hundes. »Wonach soll ich dann fragen? Wenn du es weißt, sag es mir, Azim.«

»Frage dich: Will ich das – oder will ich das nicht?« Die großen Augen hinter den Brillengläsern standen plötzlich ganz still. Als wollten sie die Wirkung der Worte überwachen. »Frage dich: Will ich weiterhin die Rolle des abgebrühten Agenten spielen oder will ich das nicht? Frage dich: Will ich der gefühlskalte Macho sein, der sich nicht für Frauenherzen, sondern nur für Frauenkörper interessiert, oder will ich das nicht? Will ich hinter meiner Fassade aus Luxuskarosse und Edelzwirn allein bleiben oder will ich das nicht? Will ich …«

»Ich will es nicht!«, zischte Reynolds. »Verdammt noch mal, Azim, du kennst mich doch – ich will es nicht!«

Der Guru musterte ihn ohne sichtbare Gefühlsregung. Die qualligen Augen hinter den Brillengläsern begannen wieder zu zucken. »Dann kennst du den Weg.«

»Was soll ich denn machen?« Reynolds wurde lauter. »Ich hab zahllose Verträge laufen! Ich hab geschäftliche Verpflichtungen ohne Ende!« Er gestikulierte aufgeregt mit den Armen. »Soll ich mir vielleicht die Kugel geben? Oder mich auf eine Karibikinsel verkriechen?«

»Das entscheidest du«, sagte der Inder. »Du ganz allein. Wenn du die Kugel willst, gibst du dir die Kugel. Wenn du die Insel willst, verschwindest du in die Karibik.«

Reynolds schwieg. Nachdenklich blickte er in die Flammen der Kerzenleuchter auf dem Tisch. Die letzten Sätze des Inders hatten ihn tief getroffen.

Narayana beugte sich zum rechten Rand des niedrigen Tisches und zog eine Wasserpfeife heran. Ein Schmuckstück aus grünlichem Kristallglas und mit einem breiten, ovalen Bauch. Zwei Mundstück-Schläuche führten aus dem langen Pfeifenhals unterhalb des Messingkopfes. Narayana stellte die Wasserpfeife zwischen die beiden Leuchter und zwischen seinen Schüler und sich selbst.

Alles tat er ohne Eile. Mit einem langen Streichholz zündete er den Tabak an. Er gab schmatzende Geräusche von sich, während er schmauchte – wie ein exotisches Tier. Der kleine Raum füllte sich mit Rauch. Und mit süßlich schwerem Haschischduft.

»Danke für deine Worte, Azim.« Reynolds rutschte näher an den Tisch und griff nach dem zweiten Mundstück. Tief saugte er den kalten Dampf in seine Lungen und blies ihn über Narayanas Graukopf hinweg gegen eine Buddhafigur, die über dem Guru in einem Regal stand. »Ich glaube, du hast mir sehr geholfen.«

»Nur einer kann dir helfen – du selbst.«

Später husteten sie sich aus. Ein paar Minuten streckte sich Reynolds auf dem Teppichboden aus und schloss die Augen. Dann stand er auf.

Sein linker Unterschenkel war eingeschlafen. Fast drei Stunden hatte er auf dem Kissen verbracht. Eine lange Sitzung. Er holte seine Brieftasche aus dem Jackett und zog zwei Geldscheine heraus. Zwei Hundertdollarnoten. Narayana hatte keinen festen Stundensatz. »Gebt mir, was ich euch wert bin«, pflegte er zu sagen.

Reynolds ließ meistens einen Betrag zwischen fünfzig und hundert Dollar auf dem niedrigen Tisch liegen. Diesmal war er der Meinung, die Sitzung mit seinem Guru sei unbezahlbar gewesen.

Reynolds schwebte fast, als er aus der Broome Street in die Ludlow Street einbog. Der milde Rausch kroch wohltuend durch seine Hirnwindungen. Seine Stimmung war locker wie lange nicht.

»Ich werde einen Schlussstrich ziehen«, murmelte er. »Ich werde den ganzen Mist hinter mir lassen.« Er lächelte in sich hinein. »Ich werde ganz neu anfangen …«

Baltimore, 22. Oktober

Mitternacht war lange vorbei. Justin LaRoche kannte keine geregelten Arbeitszeiten. Manchmal arbeitete er die ganze Nacht durch, und das manchmal wochenlang, und manchmal jagte er schon am frühen Nachmittag mit seinem Schnellboot die Küste entlang, weil er nichts Besseres zu tun hatte.

Er schätzte diese abwechslungsreiche Seite an seinem Job. Schon früher, als er noch Detective beim Baltimore Police Department gewesen war, konnte er sich nie vorstellen, acht Stunden am Tag in einem Büro zu sitzen. Und seit er als Privatermittler seine Dollars verdiente, war sein Tagesablauf noch unregelmäßiger geworden. Und noch abenteuerlicher.

Justin LaRoche war ein stämmiger, etwas untersetzt wirkender Mann von achtunddreißig Jahren, nicht besonders groß, aber auch nicht auffällig klein. Er begann keinen Tag ohne ein ausgedehntes Krafttraining am Heimtrainer. Oder mit Hanteln und Expander, wenn er auf Reisen war.

Sein Gesicht war ähnlich unauffällig wie sein Körperbau, nichts sagend fast. Rund und glatt, mit leicht fliehendem Kinn und kleinem Mund. Er hätte auch Busfahrer sein können. Oder Verwaltungsangestellter. Ein dünner hellbrauner Haarkranz lag um seine Glatze herum.

LaRoches Unauffälligkeit war eine der Stärken, die ihn für seinen Job qualifizierten. Schon früher, als er noch für den Staat gearbeitet hatte, war das so gewesen.

Die ersten drei Oktoberwochen hatte er in Los Angeles verbracht. Ein Fall, der zunächst nach reiner Routine aussah – Personensuche. Ein Vater vermisste seinen Sohn. Kein Problem eigentlich. Doch der Fall war komplizierter. Wesentlich komplizierter.

Justin LaRoche saß in seinem Büro. Nachdenklich betrachtete er die Fotos, Zeitungsberichte und Landkarten an der Wand.

Er wünschte, er könnte den Senator anrufen und sagen: »Bingo, Mr. Archer – Ihr Sohn hat sich einen Urlaub am Strand von San Diego gegönnt. Im Augenblick liegt er mit einer Strandnixe in der Koje. Holen Sie ihn ab, ich bewache ihn, bis Sie hier sind …«

Aber das würde er dem Senator nicht sagen können. Er würde ihm etwas anderes sagen müssen. Etwas, das dem guten Mann nicht gefallen konnte …

Nicht nur, weil es mitten in der Nacht war, zögerte LaRoche den

Anruf hinaus. Als Cop hatte er gelernt, wie man Leuten schlechte Nachrichten beibrachte. Als Privat-Cop legte er Wert darauf, seine Kunden mit guten Nachrichten zufriedenzustellen.

Also rief er den Senator nicht an – noch nicht –, ging in Gedanken zum x-ten Mal alle Fakten durch, setzte die Puzzleteile zum x-ten Mal zu einem Bild zusammen. Überprüfte seine Schlussfolgerungen. Das Ergebnis blieb immer dasselbe.

Sein Schnüfflerinstinkt hatte schon im »Twentynine Palms Inn« angeschlagen. Als er niemanden fand, der David Leroy zusammen mit Archer Junior hatte wegfahren sehen. Drei Tage lang hatte er sich dort einquartiert und möglichst unauffällig die Ohren gespitzt. Niemand sollte auf den Gedanken kommen, irgendetwas könnte faul sein an der plötzlichen Abreise des Senatorensohns.

LaRoche hatte das eine oder andere Bier mit Hank, dem Hausmeister, getrunken. Hank wusste über alles und jeden Bescheid. Er hatte Jefferson Michael Archer allein in Leroys Chevrolet Blazer steigen sehen. »Dave ist in den Ort gegangen«, vermutete er. »Sie wollten sich dort wahrscheinlich treffen.«

Auch die unmittelbare Nachbarschaft der beiden Wohnhütten hatte LaRoche zu denken gegeben. Die ermordete Schauspielerin wohnte nur zwanzig Schritte von Archer juniors Hütte entfernt.

Von »Twentynine Palms« aus war der Privatdetektiv direkt nach Los Angeles gefahren. Die Morde an den Leuten aus der Filmbranche hatten ihn hellhörig gemacht. Die Ermittlungen des Los Angeles Police Department erschienen ihm stümperhaft. LaRoche konnte sich nicht erklären, warum auch die Jungs vom FBI nicht längst auf den Namen Archer gestoßen waren. Immerhin hatte Jefferson Michael Archer neben dem ersten Mordopfer gewohnt. Am Morgen vor der Mordnacht hatte er das Hotel verlassen.

Andererseits musste LaRoche den G-men von Los Angeles zugute halten, dass er Fakten kannte, die sie nicht kennen konnten: Archer juniors psychische Erkrankung und das unerklärliche Verschwinden seines Leibwächters …

Er fasste einen Entschluss und griff zum Telefonhörer, zog seinen Kalender heran und suchte eine Washingtoner Nummer heraus.

Es dauerte lange, bis sich am anderen Ende der Leitung jemand meldete. »Barnfield«, knurrte eine verschlafene Männerstimme.

»LaRoche hier«, meldete sich der Privatdetektiv. »Sie sagten, ich könne Sie zu jeder Tages- und Nachtzeit anrufen.«

»Sie haben ihn gefunden?« Die Stimme klang plötzlich hellwach.

»Er hat sich längere Zeit in Los Angeles aufgehalten.« LaRoche hielt es für diplomatisch, sich vorsichtig an den eigentlichen Grund seines Anrufes heranzupirschen. »Ich habe gute Freunde bei der North West Airlines. Die haben für mich einen Blick in die Fluggastdateien geworfen. Ich weiß, dass Mr. Archers Sohn vor vier Tagen nach New York City geflogen ist.«

»Befinden auch Sie sich jetzt in New York City?« Die Ungeduld in Barnfields Stimme war nicht zu überhören.

»Nein, ich bin in Baltimore in meinem Büro. Es gibt da ...«

»Worauf warten Sie noch?« Barnfield wurde barsch. »Wir bezahlen Sie nicht dafür, dass Sie sich in Ihrem Büro ausruhen, Mr. LaRoche!«

LaRoche zählte in Gedanken langsam bis vier. Dabei atmete er tief durch. Arroganten Geldadel liebte er über alles.

»Es gibt da ein paar Dinge, die Sie wissen sollten, bevor wir die weitere Strategie festlegen.« LaRoche wusste genau, dass er sich schon längst strafbar gemacht hatte. Statt zurück nach Baltimore zu fliegen, hätte er dem Los Angeles Police Department oder dem dortigen FBI District Office einen Besuch abstatten müssen. Aber er hatte Archer senior absolutes Stillschweigen zugesichert.

»Strategie?«, blaffte es aus dem Telefonhörer. LaRoche hielt ihn ein Stück vom Ohr weg. »Wovon sprechen Sie eigentlich, Mann?«

»Lassen Sie mich bitte ausreden, Mr. Barnfield.« Äußerlich blieb LaRoche die Ruhe selbst. Das hatten früher schon Kollegen und Vorgesetzte an ihm geschätzt. Und die Kundschaft aus der Unterwelt hatte es gefürchtet. »Ich hab eine schlechte Nachricht für Sie.«

»Reden Sie nicht um den heißen Brei herum!«

»Es gibt ein paar Indizien dafür, dass Mr. Jefferson Michael Archer – der Nagelkiller ist ...«

Schweigen am anderen Ende der Leitung. Ziemlich langes Schweigen sogar. Dann ein Räuspern, und dann sehr leise: »Wissen Sie eigentlich, was Sie da sagen ...?«

»Ich weiß genau, was ich da sage, Mr. Barnfield.« LaRoche hatte nicht erwartet, dass sein Kunde einen Luftsprung machen würde vor Freude. »Leider weiß ich das nur zu genau ...«

»Sind Sie auch ganz sicher?« Die Flüsterstimme am anderen Ende der Leitung klang jetzt brüchig und kein bisschen mehr arrogant.

»Ob ich sicher bin? Nein, das bin ich erst, wenn ich in der Zeitung von dem ersten Mord des Nagelkillers in New York City lese. Aber ich hab ein paar Indizien. Ziemlich schwerwiegende Indizien, will ich meinen …«

Wieder Stille am anderen Ende der Leitung.

»Sie sind am Zug, Mr. Barnfield. Wie gehen wir vor? Wollen Sie sich an die Polizei wenden?«

»Haben Sie mit irgendjemandem über die Sache gesprochen?«, zischte es aus dem Hörer.

»Wir hatten Diskretion vereinbart, wenn ich mich recht erinnere.«

»Kommen Sie morgen nach Washington. So früh Sie können …«

Manhattan, 22. Oktober

Die Karibikinsel kam nicht infrage. Louis Reynolds traf diese Entscheidung, während er das Treppenhaus des Parkhauses hinaufstieg. Es hatte ihn noch nie ans Meer gezogen. Und auf einer Insel würde er sich auf die Dauer eingesperrt fühlen.

Nein, ich gehe nach Kanada …

Die weiten Wälder Kanadas, die menschenleere Wildnis, die unberührte Natur – davon hatte er schon als kleiner Junge geträumt.

Er stieß die Eisentür des Treppenhauses auf und betrat das Parkdeck. Kaltes Licht lag auf mit Graffiti beschmierten Betonwänden. Die Parkreihen hatten sich gelichtet.

Ich verkaufe die Agentur. Ich verkaufe das Haus auf Coney Island und vermiete das Apartment in Chelsea. Und den Wagen verkaufe ich auch …

Seine Schritte hallten über das Parkdeck. Reynolds hatte plötzlich ein Gefühl, das er lange nicht mehr empfunden hatte – Freude …

Das Heck seines Benz schob sich in sein Blickfeld. Er kramte den Autoschlüssel aus seiner Jackentasche und betätigte die Zentralverriegelung. Die Blinklichter glühten kurz auf, die Verriegelungsknöpfe sprangen klackend hoch.

Die Parkbucht neben der Fahrertür seines Wagens war frei. Er zog die Tür auf. Das Gesicht seines Gurus erschien auf seiner inneren Bühne. Reynolds musste grinsen.

Tu, was du willst, und freue dich …

Er hörte keine Schritte, er sah keinen Schatten – er spürte nur, wie ein anderer Körper mit ungeheurer Wucht gegen seinen Rücken prallte.

Etwas knirschte in seiner Schädeldecke, eine Schmerzwelle schoss durch seinen Körper, sein Gesicht schlug auf das silbergraue Dach seines Mercedes.

Jemand packte ihn am Kragen und riss ihn hoch. Reynolds starrte auf Blutschlieren. Sie zogen sich über den Lack des Wagendachs.

Wieder krachte etwas auf sein Schädeldach. Die Sinne schwanden ihm. Nicht die Spur von Widerstand konnte er dem eisernen Griff entgegensetzten, mit dem er zur hinteren Tür des Mercedes gezogen und ins Innere des Wagens gestoßen wurde.

Er fiel bäuchlings auf die Rückbank und rutschte an den Lehnen der Vordersitze entlang in den Fußraum. Ein roter Nebel waberte in seinem schmerzenden Hirn.

Er hörte, wie die Tür zugestoßen wurde, er hörte, wie der Wagen angelassen wurde. Dann traten die Geräusche mehr und mehr in den Hintergrund. Der rote Nebel verwandelte sich in flüssige Glut und füllte seinen Kopf völlig aus. Nach und nach sackte sein Geist in ein schwarzes Loch.

Später flackerte sein Bewusstsein noch einmal kurz auf. Reynolds sah nichts mehr. Vielleicht weil es dunkel war, vielleicht weil er blind geworden war. Er wusste es nicht. Und machte sich auch keine Gedanken darüber. Dazu fehlte ihm die Kraft.

Er spürte, dass er nackt war. Und er spürte eine stinkende Flüssigkeit auf seine Haut plätschern. Jemand atmete keuchend und stieß unverständliche Sätze aus. Worte wie »Strafe« und »Dreck« kamen darin vor.

Ein Traum, dachte Reynolds. Ein Traum, der sich bald in Nichts auflösen wird …

6

Manhattan, 23. Oktober

John High setzte sich zu uns an den Konferenztisch in seinem Office. Der Tag war noch jung, kurz vor neun, wenn ich mich recht entsinne. Aus unseren Tassen dampfte Helens frischer Kaffee.

Ich dachte an das Footballspiel im Yankee Stadium, für das ich mir schon vor zwei Wochen eine Karte besorgt hatte. Und ich fragte mich, wie ich sie in den wenigen Stunden bis zum Spiel noch verkaufen sollte.

Auch Phil hing seinen Gedanken nach. Ich schätzte, er war mit Susan verabredet an diesem Samstag. Alles sprach dafür, dass auch er sein Wochenendprogramm stornieren musste.

Phil und ich waren die Einzigen, die sich an diesem Morgen im Chefzimmer eingefunden hatten. Ohne Grund hatte uns Mr. High sicher nicht aus dem Wochenende gerufen. Man kann also nicht sagen, dass wir nichts Böses ahnten.

»Ich denke mal, auch Sie haben schon von dem Serienkiller gehört, der seit einiger Zeit die Westküste unsicher macht«, begann Mr. High.

»Der Nagelkiller?«, fragte ich. »Will – mein Neffe – hat mir davon berichtet, Sir.«

»Will bearbeitet diesen Fall aber nicht«, wusste mein Chef.

»Das ist richtig, Sir«, bestätigte ich.

»Sein Onkel wird diesen Fall bearbeiten«, sagte Mr. High.

Ich riss die Augen weit auf. »Wie bitte, Sir?«

Und Phil sagte: »Sir, soll das etwa heißen, dass …«

»Leider ja, Phil«, seufzte Mr. High. »Er hat heute Nacht auch in unserer Stadt zugeschlagen. Das Police Department hat mich heute in aller Frühe aus dem Bett geholt. Wir müssen den Fall übernehmen. Ich hab schon die Ermittlungsakten in Los Angeles angefordert.«

»Wer ist ermordet worden?« Phils Stimme klang plötzlich heiser. Ich dachte an Susan. Und ich wusste, dass mein Partner ebenfalls an sie dachte. Wir hatten sie gegen zwei Uhr nachts nach Chinatown gebracht und vor dem Haus mit ihrem Apartment abgesetzt.

»Ein Mann«, sagte John D. High. »Er konnte noch nicht identifiziert werden. Ich möchte, dass Sie sich so schnell wie möglich den Tatort anschauen …«

Mickey lag auf der Matratze. Neil packte die letzten Kisten und schleppte seine Sachen nach unten. Er hatte Mickey gebeten, noch ein paar Wochen bleiben zu dürfen. Mickey hatte es ihm glatt verweigert. Entsprechend war die Stimmung zwischen beiden.

»Okay, ich bin so weit.« Neil Osborn pflanzte sich vor Mickeys Matratze auf und stierte auf ihn hinunter. »Ich geh dann mal …«

»Ist gut.« Mickey würdigte ihn keines Blickes.

»Ist dir nicht gut?« Der Musiker setzte eine misstrauische Miene auf.

»Wie kommst du darauf?«

»Nun – du liegst hier auf der Matratze rum, lässt mich meinen Kram allein aus der Wohnung schleppen, setzt mich einfach so vor die Tür.«

Mickey wandte den Kopf und sah zu Neil auf. Die kleinen Silberringe in dem breiten Gesicht über ihm irritierten ihn.

Er fragte sich, ob Jefferson den Musiker mochte oder nicht.

Osborn wich einen Schritt zurück. »Was hast du? Warum guckst du mich so schräg an?«

Mickey antwortete nicht. Der Blick seiner braunen Augen bohrte sich in die Miene des Musikers.

»He, Mickey – hast du was genommen?« Der lodernde Blick seines alten Freundes machte Osborn Angst. Instinktiv erfasste er, dass etwas nicht stimmte mit Mickey Archer. »Du hast was genommen, stimmt's?«

»Hast du schon mal einen Erzengel Umzugskartons tragen sehen?« Ganz ruhig stellte Mickey diese Frage.

Osborns Miene zeigte eine Mischung aus Belustigung und Erschütterung, als könne er sich nicht entscheiden zwischen diesen beiden Gefühlen. »Weiß nicht, Mickey – irgendwie kapier ich den Witz nicht. Mal ehrlich, hast du was eingeworfen?«

»Hast du schon mal einen Erzengel Umzugskartons tragen sehen?« Mickey wandte den Blick nicht vom Gesicht des Musikers.

Der wusste nicht, was er von alledem halten sollte. Die Frage klang todernst und war doch vollkommen absurd. Er zuckte mit den Schultern, wusste nicht, was er sagen sollte. »Kann mich nicht genau erinnern.« Er versuchte, seine Unsicherheit durch ein Grinsen zu kaschieren und …

Blitzartig sprang Mickey auf. »Warum stellst du mir dann solche bescheuerten Fragen?«, brüllte er.

Osborn zuckte zusammen.

»Willst du mich beleidigen? Willst du unseren Zorn auf dich ziehen?« Mickeys Gesicht war rot geworden. Seine dunklen Augen schienen zu glühen.

Osborn wich zurück. Er schluckte.

Mickey packte ihn an den Oberarmen, riss ihn zu sich heran. »Ich hab dich was gefragt!«

Er schrie so laut, dass sein Nachbar Larry Plymouth zur Tür hereinschaute. »Probleme?«

Wie Eisenklammern hatten sich Mickeys Hände um Osborns Arme geschlossen. Schmerz und Schrecken raubten dem Musiker für Sekunden den Atem. Das wutverzerrte Gesicht seines alten Freundes Mickey Archer wollte ihm wie die Horrorgrimasse aus einem Albtraum vorkommen.

»Verflucht, Mickey!« Er riss sich los. »Wer hat dir bloß ins Hirn geschissen?« Rückwärts näherte er sich der Tür.

Dort stand noch immer Larry Plymouth. Das Lächeln auf seinem schwarzen Gesicht wirkte seltsam bemüht.

»Danke«, murmelte Osborn. »Danke, dass ich hier wohnen durfte, Mickey. Mach's gut.«

Er zog die Tür zu. Mickey hörte seine raschen Schritte auf der Treppe.

Er blieb mitten im Zimmer stehen und starrte die Tür an. Eine unerklärliche Wut hatte ihn gepackt. Er spielte mit dem Gedanken, hinter Osborn herzulaufen und ihn zu töten.

Aber dann fiel ihm Plymouth ein. Und er entschied sich, den Musiker ziehen zu lassen.

»Dreck!«, zischte er. »Lauter Dreck!«

Er fuhr herum. Auf einer umgestülpten Weinkiste neben seiner Matratze lag sein Handy.

»Wir werden die Welt davon befreien! Von all diesem Dreck!«

Er bückte sich nach seinem Handy und zog seinen Notizblock aus der Hemdtasche.

Dann wählte er Wolfes Nummer. Der Mann war sofort am Apparat.

»Archer hier. Wir hatten neulich miteinander gesprochen. Ich bin jetzt in New York City.«

»He, was für eine Überraschung! Kommen Sie mich besuchen!« Mickey hörte eine Stimme von der Straße her. Jemand rief seinen Namen. »Wie wär's gleich morgen? Oder nein, da hab ich schon ein Date – also übermorgen?«

»Okay.« Mickey schob das Fenster hoch. »Wo wohnen Sie?« Unten auf dem Bürgersteig stand Neil Osborn und rief nach ihm.

»Auf Staten Island.«

Wolfe gab ihm seine Adresse. Mickey hatte es eilig, das Gespräch zu beenden. Er beugte sich zum Fenster hinaus.

»Mir ist noch was eingefallen, Mickey!«, rief Osborn zu ihm herauf.

»Gestern Abend hat 'ne Frau aus Washington für dich angerufen! Ich hab ihre Nummer aufgeschrieben und auf den Küchentisch gelegt! Sie will dir irgendwas schicken – keine Ahnung, was!«

Washington, D.C., 23. Oktober

Es regnete in Strömen. LaRoche hielt auf dem Parkplatz hinter dem Bürohaus. Er stieg aus und hielt sich seine Aktentasche über dem Kopf. So rannte er quer über den Parkplatz bis zur überdachten Vortreppe. Ein kalter Wind blies ihm ins Gesicht. Durch eine doppelflügelige Glastür betrat er das Gebäude.

An den Aufzügen vorbei ging er zum Treppenhaus. Wenn er nicht höher als bis in den sechsten Stock musste, bevorzugte er grundsätzlich die Treppe. Teil seines persönlichen Fitnessprogramms. Das Büro des Senators lag im vierten Stock.

Es war kurz nach eins. LaRoche hatte seinen Volvo Kombi für die Fahrt von Baltimore nach Washington benutzt. Er war am späten Vormittag losgefahren und in einem Stau auf der Interstate 95 hängen geblieben.

Eine dürre, bleiche Frau mit dunklen Ringen unter ängstlich in die Welt blickenden Augen begrüßte ihn im Vorzimmer des Senators. Hastig stand sie auf und lief zur gepolsterten Tür, die in Archers Büro führte. »Mr. Archer erwartet Sie bereits, Sir.« Sie öffnete die Tür, und LaRoche trat in das große Büro ein.

Der Senator und sein Wahlkampfmanager saßen an einem ovalen Konferenztisch. »Sie kommen spät, Mr. LaRoche«, schnarrte Barnfield mit kalter Stimme.

»Aber ich komme.« LaRoche gelang ein säuerliches Lächeln. »Unfall auf der Fünfundneunzig – ich glaub, ich hab über eine Stunde im Stau gestanden.«

Er streckte die Hand aus, die Männer bequemten sich aufzustehen. Das breite Gesicht des Senators schien ein unbegabter Künstler aus Stein gemeißelt zu haben. Mit knapper Geste wies er auf einen freien Sessel am Konferenztisch.

»Mr. Barnfield hat mir bereits einiges berichtet«, begann William Archer. »Wie, um alles in der Welt, kommen Sie auf die Idee, mein Sohn könnte …« Er unterbrach sich und schluckte. LaRoche merkte, dass der Mann um seine Fassung kämpfte.

»Glauben Sie mir – ich hab's mir nicht leicht gemacht.« LaRoche hängte sein Jackett über die Stuhllehne. »Ich hätte Sie nicht mit so einer Hiobsbotschaft überfallen, wenn ich nicht ziemlich sicher wäre.« Er zog einen Stapel Unterlagen aus seiner Tasche. »Darf ich rauchen?«

Archer zögerte einen Augenblick, dann drückte er auf einen Knopf der Gegensprechanlage. »Rita – bringen Sie uns bitte einen Aschenbecher und Kaffee.«

LaRoche zündete sich eine Zigarette an. »Haben Sie die Zwölf-Uhr-Nachrichten gesehen oder Radio gehört?«

Die beiden anderen Männer schüttelten die Köpfe.

»Der Nagelkiller hat heute Nacht in New York City zugeschlagen.«

Barnfield wurde blass, Archer starrte LaRoche nur entgeistert an. Eine Zeit lang schwiegen sie, und der Detektiv ordnete seine Unterlagen. »Erzählen Sie«, forderte der Senator.

»Es gibt nicht viel zu erzählen, Sir. Ich kann mich kurzfassen. Erstens: Niemand hat Ihren Sohn und David Leroy gemeinsam das Gelände des Hotels verlassen sehen. Der Hausmeister ist sich sogar ziemlich sicher, dass Ihr Sohn allein in Mr. Leroys Chevrolet Blazer gestiegen ist.«

»Was wollen Sie damit sagen?«, brauste Archer auf.

LaRoche hob abwehrend die Hände. »Hören Sie sich einfach die Fakten an, Sir. Bitte.«

Archer nickte.

»Also gut – fahren Sie fort.«

»Zu den Fakten gehört übrigens auch, dass sich Mr. Leroy seitdem nicht mehr meldet. Aber weiter: Das erste Opfer des Nagelkillers starb im ›Twentynine Palms Inn‹. Ich weiß nicht, ob Ihnen das bekannt war.«

Barnfield und der Senator wechselten einen schockierten Blick.

»Eine Nacht, nachdem Ihr Sohn abgereist war«, sagte LaRoche, »wurde die junge Frau ermordet. Die Schauspielerin wohnte übrigens in seiner direkten Nachbarschaft. Er muss sie also kennengelernt haben.«

»Das sagt doch gar nichts«, knurrte Archer, aber LaRoche hob die Hände und brachte ihn zum Schweigen.

»Ein paar Tage später begannen die Morde in Los Angeles und Umgebung …«

Rita Narrows betrat das Büro. Sie trug ein Tablett zum Konferenztisch und servierte Kaffee. Sie ließ sich verdächtig viel Zeit damit, fand LaRoche. Er bekam einen Aschenbecher hingestellt.

»Danke, Rita«, brummte der Senator. Sie warteten, bis die Sekretärin den Raum verlassen hatte. »Woher wollen Sie wissen, dass Jefferson Michael nach Los Angeles gefahren ist?«, blaffte Archer dann.

»Ich habe mir ein Foto von einem Chevrolet Blazer besorgt. Bewohner von Twentynine Palms haben so einen Wagen am fraglichen Tag Richtung Los Angeles fahren sehen. Ein Tankwart ein paar Meilen westlich des Ortes ebenfalls. Auch er erinnert sich nur an einen einzelnen Mann, der im Wagen saß.«

Die beiden anderen Männer belauerten LaRoche aus schmalen Augen. William Archer sah aus, als müsste er sich jeden Moment übergeben. »Weiter«, krächzte er.

»Genau siebzehn Tage nach dem ersten Mord im ›Twentynine Palms Inn‹ fand ich das Inserat eines Autohändlers in der ›Los Angeles Weekly‹. Darin wurde unter anderem ein Chevrolet Blazer Baujahr 1993 angeboten. Ich hörte auf meine Intuition und fuhr zu dem Autohändler. Es war Mr. David Leroys Chevrolet. Und einen Tag später erfuhr ich, dass Ihr Sohn mit der North West Airlines nach New York City gestartet ist. Und jetzt ein Toter in New York City …«

LaRoche drückte seine Zigarette aus. Er goss Milch in seinen Kaffee, ließ zwei Stück Zucker in die Tasse fallen und rührte um.

Archer stand auf. Er verschränkte die Arme hinter dem Rücken und begann, zwischen Fenster und Schreibtisch hin und her zu laufen. Seine Bewegungen kamen LaRoche schwerfällig und erschöpft vor. Minutenlang sprach keiner der drei Männer ein Wort.

Barnfield war es, der schließlich das Schweigen brach. »Was sollen wir tun?«

LaRoche wusste nicht, ob die Frage ihm oder dem Senator galt. Er antwortete vor Archer. »Wir sollten den FBI verständigen.«

Die massige Gestalt des Senators fuhr herum. »Nein!«, rief er. Langsam kam er zum Tisch zurück. Er beugte sich über die Tischplatte und stützte sich auf seine großen Fäuste. »Nein, Mr. LaRoche.«

Seine energische Stimme und seine stechenden Augen überzeugten den überraschten Detektiv davon, dass der Mann es todernst meinte. »Wissen Sie eigentlich, was Sie da sagen, Sir?«

»Sie haben mir absolute Diskretion zugesichert, LaRoche!«

»Das stimmt, Sir – ich habe gerade einen Vorschlag gemacht, weiter nichts. Einen Vorschlag allerdings, den ich für sehr vernünftig halte.«

»Ich habe Ihnen 25.000 Dollar für Ihre Arbeit gezahlt, LaRoche.« Der Senator schien LaRoches Einwand gar nicht zur Kenntnis zu nehmen. »Ich lege noch einmal 100.000 drauf, wenn Sie nach New York City fliegen, meinen Sohn aufsuchen und ihn an einen Ort bringen, wo er keinen Schaden anrichten kann …«

Manhattan, 23. Oktober

Der Regen klatschte gegen die Windschutzscheibe des roten Jaguar XKR. Der Verkehr hielt sich in Grenzen an diesem Morgen. Kaum Pendler auf den Straßen. Wir redeten keine drei Worte auf der Fahrt nach Harlem.

Von der Second Avenue bog ich nach rechts in die 124th Street. Kurz darauf erreichten wir die Paladino Avenue. Fabrikhallen und Speditionshöfe zogen an uns vorbei. Hier und da auch verkommene Fassaden von Mietshäusern. Keine idyllische Gegend. Nach ein paar hundert Yards sahen wir die Menschenansammlung.

»Dort muss es sein«, sagte Phil.

An der Stelle, wo die Paladino Avenue in einer weiten Kurve nach Süden abbiegt und sich dem Harlem River und dem Roosevelt Drive nähert, drängten sich mindestens siebzig, wenn nicht achtzig Leute entlang eines Trassierbandes.

Ich hielt den Jaguar am Straßenrand, und wir stiegen aus. Nasskalter Wind fuhr mir ins Haar. Der Herbst zeigte sich von seiner unfreundlichsten Seite.

»FBI! Machen Sie Platz!« Ich wedelte mit meiner Dienstmarke. Männer, Frauen und Kinder wichen zurück. »Lassen Sie uns durch, bitte! FBI!« Ganze Familien hatten sich trotz des Regens um die Absperrung versammelt. Die meisten von ihnen Schwarze.

Wir schlüpften unter dem Trassierband durch. Vor einer ehemaligen Tankstelle standen fünf Patrolcars, eine Ambulanz, ein Dutzend Feuerwehrfahrzeuge und ein paar zivile Wagen vom Police Department. Uniformierte sorgten dafür, dass niemand die Absperrung durchbrach. Fotografen und Kamerateams hatten sich hinter dem Trassierband auf Hebebühnen zusammengedrängt, um Aufnahmen zu machen. Blitzlichter zuckten, Männer von der Spurensicherung krochen auf dem Bürgersteig und zwischen den verrosteten Tanksäulen herum.

Das übliche Bild eben. Mit ein paar unwesentlichen Variationen.

Einen Löschzug der Feuerwehr bekamen wir an Tatorten eher selten zu sehen.

Ein Cop sprach uns an. »Hinter der Tankstelle.« Er deutete an dem heruntergekommenen Flachbau vorbei in einen weiten Hof hinein. Eine flache Halle stand dort und eine Baracke mit zerbrochenen Fensterscheiben. Auch die Fenster der Tankstelle waren teilweise zerstört. Hier tankte schon seit Jahren niemand mehr.

Seite an Seite gingen wir hinein in den Hof. Auch dort Einsatzfahrzeuge und zivile und uniformierte Polizeibeamte. Pfützen standen in löchrigem Asphalt. Wir sahen Gerümpel und ein paar Autowracks, bei denen Türen, Kühlerhauben und Reifen fehlten.

Zwischen der Baracke und der Halle stand ein rußgeschwärzter Wagen. Sechs oder sieben Männer und Frauen in weißen Overalls und mit Latexhandschuhen machten sich an ihm zu schaffen. Das Spurensicherungsteam vom Police Department. Zwei Beamte in Zivil sahen ihnen bei der Arbeit zu. Als wir näher kamen, erkannte ich den Wagentyp – ein Mercedes.

Einer der beiden Männer in Zivil drehte sich nach uns um und winkte. Ein kleiner, untersetzter Mann mit auffällig krummen Beinen – Barry Koch, Deputy Inspector des zuständigen Polizeireviers. Er kam uns ein Stück entgegen.

»Hallo, Jerry. Hallo, Phil. Ewigkeiten nicht gesehen.«

Wir begrüßten uns. Barry trug einen dunklen Trenchcoat, ein ziemlich modisches Stück. Ungewöhnlich für den alten Barry – normalerweise lief er herum, als würde er sich in der Kleiderkammer der Heilsarmee mit Garderobe versorgen. Unter seinem Mantel allerdings trug er den üblichen Siebziger-Jahre-Anzug. Mächtig zerknautscht und von einem fürchterlichen Braun.

»Schätze, das hier ist euer Bier«, sagte er. Uns voran schaukelte er auf das ausgebrannte Autowrack zu. »Seht euch den armen Hund an. Eure Kollegen an der Westküste suchen doch einen Serienkiller, der gerne Nägel in seine Opfer schlägt, oder?« Barry pflegte sich etwas derb auszudrücken. Er ging auf die sechzig zu und war ein ziemlich abgebrühter Cop. Aber einer der fähigsten, die ich kenne.

»Die Leiche ist noch im Wagen?«, staunte ich. »Unser Chef meinte, die Sache sei schon heute Nacht passiert.«

»Gegen vier haben ein paar Jugendliche gesehen, dass es in der Werkstattruine brennt, und haben gleich die Feuerwehr gerufen. Wir kamen kurz vor fünf. Da hatten die Jungs von der Feuerwehr ihren

Job natürlich schon erledigt. Das Feuer leider auch.« Barry trat neben die offene Beifahrertür des Mercedes. »Wir haben den Toten noch nicht abtransportiert. Dachten, ihr solltet euch das ansehen.«

Er wies in das Innere des Fahrzeugs. Phil und ich beugten uns hinein. Der Wagen war fast vollständig ausgebrannt. Schwarze Fetzen hingen an verkohlten Sitzfederkernen. Unförmige Klumpen dort, wo einmal die Nackenstützen gewesen waren. Geschmolzene Sonnenschutzklappen über der blinden Windschutzscheibe. Blasenförmige Strukturen anstelle der Türverblendungen vor rußigen Türblechen. Ein gespenstischer Anblick.

Das Skelett des Beifahrersitzes war bis zur Rückbank heruntergeklappt. Ich erkannte eine verkohlte Gestalt – Überreste eines Menschen. Ich musste dreimal hinschauen, bis ich begriff, dass die Leiche auf dem Bauch lag. Aus dem Hinterkopf ragte ein großer verrußter Nagel. An der Stelle, wo einmal die Ohrmuschel des Toten gewesen sein mochte, fiel mir ein großer schwarzer Ring auf.

Ich richtete mich auf und rang nach Atem. Regentropfen klatschten mir ins Gesicht. Für Augenblicke drangen die gedämpften Stimmen der Kollegen wie aus einer anderen Welt in mein Bewusstsein. Bedrückt und leer fühlte ich mich.

Ich starrte auf die Beine des Toten und fragte mich, ob er schnell gestorben war, ob er Angst gehabt hatte und was er wohl an diesem verregneten Tag getan hätte, wenn er noch am Leben wäre. Alles Mögliche ging mir durch den Kopf.

Vielleicht hätte dieser Mann an diesem Tag ausgeschlafen, vielleicht mit seinen Kindern gespielt oder eine Frau geliebt oder Pläne geschmiedet. Vielleicht wäre er auch am Nachmittag ins Yankee Stadium gegangen. So wie ich es geplant hatte.

Ich lebte noch, er war tot. Und nichts von alledem würde er je wieder tun. Ein erbarmungsloser Mörder hatte ihm sein Leben genommen. Es war einer der Momente, in denen ich mich manchmal frage, in was für einer Welt ich lebe.

»Bullshit, was, Jerry?« Barry Koch beendete meine düsteren Betrachtungen. »Verrat mir, was in dem beschissenen Kopf eines beschissenen Kerls vor sich geht, der so etwas Beschissenes tut! Verrat es mir, wenn du kannst!«

Ich zuckte nur mit den Schultern. Was hätte ich sagen sollen? Ich war genauso schockiert wie der Deputy Inspector.

Phil stand an der offenen Hintertür. Er hatte keine besonders gesunde

Gesichtsfarbe, wirklich nicht. Der Nagel im Kopf der Leiche schien seinen Blick nicht mehr loslassen zu wollen.

Plötzlich tauchte Susans Gesicht auf meiner inneren Bühne auf.

Ich hab einfach Angst – Angst, Angst, Angst ...

Ich hörte ihre Stimme so deutlich, als hätte sie neben mir gestanden. Und ich begriff, dass es nicht der Nagel war, an dem Phils Augen klebten. Genau wie ich sah er Susan vor sich.

Barry drehte sich um und winkte zwei Männern zu, die unter der offenen Heckklappe eines Vans Schutz vor dem Regen gesucht hatten. Mit einem Leichensack kamen sie zu uns. »Doc Doubleman ist erst vor einer halben Stunde von hier weggefahren. Er wartet im Zentrallabor auf die Leiche.«

»Doc Doubleman« war unser Freund Alexis Silas, der Chefpathologe des Zentrallabors. Wenn man ihn nicht näher kannte, fiel er durch seine ungewöhnlichen Körpermaße auf. Alexis Silas war nicht nur ziemlich groß, sondern auch unglaublich fett. Irgendein Witzbold unter dem Personal des Zentrallabors hatte ihm deswegen diesen Spitznamen verpasst – Doc Doubleman.

»Konnte Alex sagen, wann genau der Mann starb?«, wollte ich wissen. Phil starrte noch immer in das Wrack hinein.

Barry schüttelte müde den Kopf.

»Und ob er schon tot war, als der Wagen brannte, konnte er das sagen?«

»Nichts. Er muss ihn sich erst ansehen.« Barry klappte den Kragen seines neuen Trenchcoats hoch und steckte die Hände in die Manteltaschen. »Er ist sich nur sicher, dass es eine männliche Leiche ist und dass sie schwere Schädelverletzungen aufweist. Vermutlich war er bewusstlos, als der Mistkerl den Wagen angezündet hat.« Er zog einen Zettel aus der Manteltasche. »Die Jungs von der Spur haben versprochen, bis morgen Abend ihre Berichte an die Federal Plaza zu mailen.« Er reichte mir den Zettel. »Wir haben den Besitzer des Wagens bereits ausfindig gemacht. Wahrscheinlich ist er identisch mit dem Toten.«

Ein Name und eine Adresse standen auf dem Zettel. Barry hatte eine gestochen scharfe Schrift. Trotzdem verschwammen die Worte vor meinen Augen, als ich den Zettel las.

Ich blickte auf und sah in das bleiche Gesicht meines Partners.

»Louis Reynolds?«, fragte Phil leise.

Ich nickte.

Staten Island, 25. Oktober

In seinem Mietwagen fuhr Mickey durch den Battery Tunnel nach Brooklyn hinüber. Und von dort über die Verrazano Narrows Bridge nach Staten Island. Es war früher Nachmittag, als er vor Wolfes Haus hielt. Der Regen hatte nachgelassen.

Mickey sah sich um, bevor er ausstieg. Die Gegend war ziemlich dicht besiedelt. Die Häuser standen zwar nicht gerade Giebel an Giebel, aber immer noch nahe genug beieinander, um Schreie in der Nachbarschaft hören zu können. Auch das Feuer würde schnell entdeckt werden.

Fast bereute es Mickey, mit dem Wagen gekommen zu sein. Wenn er Pech hatte, würde sich später irgendjemand an einen dunkelblauen Golf erinnern.

Er griff nach der dunkelbraunen Aktentasche auf dem Beifahrersitz und öffnete sie. Ein Hammer lag darin. Der Hammer, den er Hank im »Twentynine Palms Inn« gestohlen hatte. Und ein paar große Nägel. Mickey hatte sie sich in einem Eisenwarengeschäft in East Village besorgt. Neben dem Hammer eine Aluminiumflasche mit Benzin. In einem Fach an der Vorderseite der Tasche steckte ein Revolver. Ein kurzläufiger 38er. Den hatte Mickey im Wagen des Kahlkopfs gefunden.

Er stieg aus und klingelte am mannshohen Gartentor. »Wer ist da?«, wollte eine raue Männerstimme aus der Gegensprechanlage wissen.

»Michael Archer«, sagte Mickey. »Wir sind verabredet.«

»Kommen Sie rein, Michael!« Der Toröffner summte. Mickey drückte die schwere Eisengittertür auf und betrat das Grundstück. Über einen gepflegten Gartenweg gelangte er zum Haus.

Timothy Wolfe erwartete ihn an der Haustür. »Schön, dass Sie gekommen sind!« Lächelnd ging er auf Mickey zu und drückte ihm zur Begrüßung die Hand. Er trug ein weißes Rüschenhemd, eine schwarze Lederweste und schwarze Flanellhosen. »Hinein in die gute Stube!«

Mickey konnte sich nicht erinnern, Wolfe schon einmal gesehen zu haben. Durch Wolfes Stimme am Telefon war er auf einen älteren Mann mit Glatze und Übergewicht gefasst gewesen. Es verwirrte ihn, nun plötzlich einem drahtigen Burschen mit langem schwarzem Haar und jungenhaften Gesichtszügen gegenüberzustehen. An Wolfe vorbei betrat er das Haus.

Wolfe nahm Mickey den Trenchcoat ab und führte ihn in einen großen

Raum. Mickey musste blinzeln vor so viel Schwarz-Weiß – weiße Regale, schwarzer Music-Tower, zwei weiße Sessel, ein schwarzer Sessel, ein niedriger Glastisch mit schwarzen Beinen, eine schwarze Couch mit weißen Beinen, weiß der von Magazinen überquellende Zeitungsständer, schwarz die Konsole unter dem weißen Fernsehgerät.

Nur ein riesiges abstraktes Gemälde an der weißen Wand über der Couch setzte farbliche Akzente. Unübersehbar. Eine Art brennende Spirale. Gelb und Orange dominierten.

Mickeys Blick blieb an dem Bild hängen. Es faszinierte ihn. Ihm wurde schwindlig.

»Das ist Rachel, Mickey.« Wolfe wies auf eine Frau an der geschlossenen Terrassentür. »Ich sag einfach mal Mickey, oder?«

Die Frau drehte sich um. »Hi!« Lächelnd entblößte sie ihre perlweißen Zähne, kam auf Mickey zu und drückte ihm die Hand.

Rachel trug eine weite dunkelrote Latzhose und darunter eine schuppige, silbern glänzende Bluse. Eine ziemlich alberne Kluft, fand Mickey, aber er sah auch, dass die Frau hübsch war. Nicht schön, aber hübsch.

»Hallo«, sagte Mickey. Natürlich erkannte er sie sofort. Das nichtssagende Puppengesicht, das einstudierte Lächeln, die Sonnenstudiobräune ihrer Haut, die sorgfältig auf Engelchen gestylte Lockenpracht – es war die Schaffnerin aus einem dieser Dreckfilme. Rachel Burgh hieß sie. Einer der Namen aus seinem Notizblock. Mickey hatte ihn sich eingeprägt.

So viel Engelhaar, dachte er, *und so viel Dreck darunter*. Wut packte ihn. Sie war plötzlich da, die Wut. *Jefferson hasst sie, und ich hasse sie auch. Alle beide …*

Er dachte an die Nägel in seiner Tasche.

Wolfe und Mickey nahmen Platz. Wolfe auf der schwarzen Couch und Mickey auf dem schwarzen der drei Sessel.

»Kaffee?«, fragte Rachel. »Tee? Oder einen Drink? Wir haben Sekt kaltgestellt.«

Mickey entschied sich für Tee, und Rachel verließ den Raum.

»Das Wetter ist abscheulich, finden Sie nicht?«, begann Wolfe das Gespräch.

Mickey stellte seine Tasche auf den Boden neben den Sessel. Behutsam, damit Nägel und Aluminiumflasche nicht klapperten. Er stimmte seinem Gastgeber zu.

Sie pflegten eine Zeit lang Smalltalk – New York City, die neuesten

Kinostreifen und TV-Produktionen und die beginnenden Vorwahlen für die Präsidentschaftskandidatur. Glücklicherweise fragte Wolfe ihn nicht, ob er mit dem Senator gleichen Namens verwandt war. Der Gedanke an seinen Vater war Mickey unangenehm.

Irgendwann kam Rachel mit einem Tablett zurück. Sie stellte einen Sektkübel mit einer Flasche, zwei Sektkelche, eine Kanne Tee und eine Tasse für Mickey auf den Tisch.

»Ich hab von Ihren Schwierigkeiten gehört, Mickey«, sagte Timothy Wolfe, während Mickey Kandiszuckerstückchen in seinen Tee fallen ließ. »Jonathan Kovac hat mir davon erzählt.«

Was für Schwierigkeiten?, dachte Mickey. Er musste sein Gedächtnis durchforsten, bevor ihm einfiel, dass Kovac der Leiter des »Actor's Studio« war. Der Chef der Schauspielschule, an der er einst seine Ausbildung machte. Jonathan Kovac – wie ein Relikt aus einem früheren Leben kam ihm der Name vor. Aus einem Leben, das ihn nichts mehr anging.

»Hab Sie letztes Jahr mal in einem Off-Broadway-Theater gesehen«, sagte Timothy Wolfe. »Im ›Sullivan Street Playhouse‹. Oder war's im ›Delacorte‹? Egal – Sie haben einen Dichter gespielt, der die Frau des Präsidenten verführt, um sich Stoff für einen Roman zu beschaffen. Genial, einfach genial. Und Sie haben die Rolle perfekt gespielt. Überzeugend, verrückt, ganz genial!«

»Das war ›Delacorte‹«, bemerkte Mickey. »Danke für das Kompliment.« Er musste sich zu den wenigen Sätzen zwingen. Die lockere, offene Art des Drehbuchautors verunsicherte ihn.

»Tja, Mickey – jeder von uns gerät mal in Schwierigkeiten. Krankheit, Misserfolg, Pech – wer kennt das nicht in unserer Branche?« Wolfe öffnete ein großes Zigarettenetui, das vor ihm auf dem Glastisch stand, entnahm eine Filterzigarette und zündete sie sich an. »Rauchen Sie, Mickey?«

»Nein, danke.« *Was für Schwierigkeiten meint er? Warum redet er am laufenden Band? Wo ist Jefferson? Wo bist du, Jefferson? Wo bist du …?*

»Wie haben Sie das verkraftet, Mickey?«, wollte Wolfe wissen.

»Gut«, sagte Mickey. Er wusste nicht, wovon der andere sprach.

»Ihr Vater hat sicher dafür gesorgt, dass Sie einen guten Arzt bekommen.«

»O ja, das hat er.« Wolfe wusste also doch, dass er der Sohn des gleichnamigen Senators war. Gleichzeitig stiegen die Bilder von weiß gekleideten Männern und Frauen in Mickey hoch. Männer und Frauen, die mit ihm redeten wie mit einem hilflosen Kind. Männer und Frauen, die so lange neben seinem Bett stehen blieben, bis er seine Tabletten genommen hatte. In Georgetown, Carolina, war es gewesen. Lange, lange her.

Was redet er da? Wo bist du, Jefferson?

»Sind Sie wiederhergestellt, ich meine – geht es Ihnen besser inzwischen?« Timothy Wolfes Redefluss kam ins Stocken. »Ich meine, so eine Krise, so eine psychische Krise muss man ja erst mal verarbeiten …«

»Es geht mir fantastisch«, sagte Mickey. »Es ging mir nie besser in meinem Leben.« Er zwang sich zu einem höflichen Lächeln.

Wiederhergestellt? Psychische Krise? So also nennt man das, wenn einer gegen den Dreck in dieser Welt kämpft …

Sein Blick wanderte zwischen dem langmähnigen Drehbuchautor und seiner engelhaft lächelnden Freundin hin und her. Ständig strich sie sich eine blonde Locke aus dem Puppengesicht.

»Gott sei Dank – was, Mickey?« Wolfe hob sein Glas. »Auf Ihre Gesundheit.«

Auch Rachel griff nach ihrem Glas. Beide tranken. Mickey schlürfte seinen Tee.

Sie glauben, dass ich krank bin! Die Wut zog seine Eingeweide zusammen. *Sie begreifen nicht, dass* sie *krank sind. Krank von all dem Dreck in ihrem Kopf. Unheilbar krank!* Er vermisste Jefferson und dachte an die Nägel in seiner Tasche. *Ich muss sie töten – ich muss den Dreck in ihrem Kopf vernichten! Wie stelle ich es an?*

»Sie haben vielleicht von *Amtrak-Team* gehört«, sagte Wolfe. »Diese Abendserie, die im Zug zwischen Chicago und Los Angeles spielt.« Er sah Mickey erwartungsvoll an.

»Hab ich«, nickte Mickey. »Hab ich.« David Leroy fiel ihm ein. Wie er im »Twentynine Palms Inn« vor dem TV-Gerät gesessen hatte. Ohne die chronische Fernsehsucht seines ehemaligen Leibwächters hätte er nicht mal geahnt, wovon sein Gastgeber sprach. Reiner Zufall, dass er knapp ein Viertel einer Folge mitgekriegt hatte.

»Ein ziemlicher Quotenhit.« Timothy Wolfe machte nicht den Versuch, seinen Stolz zu kaschieren.

Durch solche Leute kommt all der Dreck in die Welt! Mickey lauschte in sich hinein. *All die Niedertracht, all die Gier, all die Mordlust!* Es war nicht Jeffersons Stimme, die er hörte. Es war nur eine blasse Erinnerung daran.

»Gratuliere«, sagte er höflich.

»Danke.« Mit einem weltmännischen Lächeln auf der Miene griff Wolfe erneut zu seinem Glas. »Ich arbeite gerade an einem neuen Drehbuch für die Serie.« Er trank und setzte sein Glas wieder ab. »Am besten erzähle ich Ihnen die Story mal, Mickey. Also …« Er drückte seine Zigarette aus. »Ein Wahnsinniger steigt in Chicago in unseren Zug. Er hält sich für einen CIA-Agenten. Und er glaubt, dass Agenten einer feindlichen Nation im Zug sind. Irakis, die einen Atomsprengkopf nach Los Angeles transportieren wollen, um die Stadt in die Luft zu jagen …«

Wolfe erzählte seine Geschichte. Er erzählte sie leidenschaftlich, gestikulierte wild dabei, stand sogar auf und tänzelte um den Tisch herum, um eine Kernszene zu veranschaulichen. Rachel sah ihm mit leuchtenden Augen zu, kicherte von Zeit zu Zeit und klatschte einmal sogar begeistert in die Hände.

In Mickey wuchs die Wut. *Du bist auserwählt,* dachte er. *Niemand kann dich besiegen. Du holst einfach deinen Revolver aus der Tasche und schießt auf sie. Und wenn sie wehrlos sind, vernichtest du das Böse in ihrem Kopf …*

»… am Ende jedenfalls zwingt der Mann den Zug anzuhalten«, schloss Wolfe. »Der Lokführer, also der vermeintliche Chefagent, muss sich ihm stellen. Der FBI ist natürlich längst informiert, und einer der Beamten mimt den Lokführer, und der Wahnsinnige wird überwältigt …«

Timothy Wolfe ließ sich auf die Couch sinken. Wieder der erwartungsvolle Blick. Auch Rachel sah Mickey fragend an.

»Keine schlechte Story«, sagte Mickey leise. »Wirklich gut.« Er griff neben sich, ertastete die Tasche und legte sie auf seine Schenkel. »Ich mach mir mal ein paar Notizen …«

»Ich versuche, meine Geschichten so lebensnah wie möglich zu schreiben«, ereiferte sich Wolfe. Er breitete die Arme aus, und Mickey verstand plötzlich, wie man sich fühlt, wenn man in seinen Ruhm verliebt ist. »So realistisch, wie es nur geht. Damit der Zuschauer gepackt wird von dem, was er sieht …«

Von dem ganzen verfluchten Dreck, dachte Mickey, und sagte: »Ich verstehe Sie gut, Mr. Wolfe.«

»Timmy – nennen Sie mich Timmy!«

»Sorry«, lächelte Mickey. »Ich versteh Sie gut, Timmy.« Er öffnete seine Tasche.

»Das ist der Grund, warum ich Sie unbedingt sprechen wollte.« Wolfe fischte eine neue Zigarette aus dem Etui, zündete sie an. Rachel griff nach der Sektflasche und füllte sein Glas auf.

Das Telefon läutete. Sie stand auf. Durch eine offene Tür verschwand sie im Nebenzimmer.

»Ich möchte Sie bitten, mir ein wenig von Ihrer Krankheit – von Ihrer Krise zu erzählen.« Wolfe schien das Telefon gar nicht gehört zu haben. Er konzentrierte sich ganz auf seinen Gast. »Ich meine, was geht da in einem vor, wenn man plötzlich Stimmen hört? Und wenn man Leute und Dinge sieht, die gar nicht da sind? Ich meine …« Er grinste. »Wenn ich träume, dann sehe ich ja auch Menschen, die sich selbstverständlich nicht in meinem Schlafzimmer aufhalten, während ich schlafe …«

Mickey tastete nach dem Griff des Revolvers. Er fühlte sich hart und kalt an. Aus dem Nebenzimmer hörte er Rachels laute Stimme. Sie kicherte und sagte ständig, wie sehr sie sich freue.

»Aber wenn man nicht schläft und trotzdem Stimmen hört und Leute sieht …«, wieder dieses Grinsen – es machte Mickey unendlich wütend, »… oder was auch immer man da sieht – jedenfalls wäre es super, wenn Sie mir erzählen könnten, wie das ist.«

Mickey spannte den Hahn der Waffe. Langsam zog er den Revolver aus dem vorderen Fach der Tasche. Er hörte, wie Rachel auflegte und zurück in den Raum kam.

»Um ehrlich zu sein«, Wolfe lehnte sich zurück, schlug die Beine übereinander und musterte Mickey mit Verschwörerblick, »ich würde Sie sogar bitten, diese Rolle zu übernehmen!«

»Betty und Pat haben angerufen«, flötete Rachel. Sie ließ sich neben Wolfe auf die Couch fallen. »Aus dem Auto. Sie fragen, ob sie uns besuchen können. Dabei sind sie schon auf dem Capodann Boulevard. In zehn Minuten stürmen sie die Bude.« Sie kicherte.

Wolfe setzte ein säuerliches Grinsen auf. »Freunde, Mickey«, sagte er. »Erfolg beschert einem mehr Freunde, als man brauchen kann.« Er breitete entschuldigend beide Arme aus. »Kein Problem, wir können trotzdem reden. Oder was meinen Sie?«

Mickeys Hand schwitzte am Griff des Revolvers. *Es geht nicht, Jefferson, es geht nicht. Sie kriegen Besuch, gleich. Mir bleibt keine Zeit …*

Er ließ die Waffe los und verschloss hastig die Tasche. »Wo hab ich bloß meinen Notizblock?« Er tastete Jackett- und Hemdtaschen ab. Schließlich fummelte er Stift und Block aus der Brusttasche seines Hemdes. »Ich notiere mir eben die Story …«

»Tun Sie das, Mickey. Tun Sie alles, was Sie wollen.« Wolfes Stimme nahm einen weinerlichen Klang an. »Nur – geben Sie mir keinen Korb!«

Jefferson, kritzelte Mickey auf seinen Block. *Dreck, Dreck, Dreck, Jefferson, Jefferson, Jefferson …*

»Ich weiß nicht.« Er wand sich unter den abwartenden Blicken von Timothy Wolfe und Rachel Burgh. »Ich glaube, ich muss darüber erst mal in Ruhe nachdenken …«

… Dreck, Dreck, Dreck, Jefferson, Jefferson, Jefferson …

Er lächelte verkrampft. »So eine Rolle bekommt man schließlich nicht jeden Tag angeboten …« Er ließ den Stift sinken. Unruhig flogen seine Blicke durch den Raum. Nirgends eine Spur von Jefferson. »Außerdem – jetzt, wo Sie Besuch bekommen – ich melde mich noch einmal bei Ihnen, einverstanden?«

Wolfe blieb die Freundlichkeit in Person, obwohl ihm die Enttäuschung anzumerken war. »Wie Sie meinen, Mickey. Es würde sich natürlich für Sie lohnen. Selbst wenn Sie die Rolle ablehnen sollten …« Er machte eine abwehrende Handbewegung. »Was ich natürlich nicht hoffe und auch nicht glaube – selbst dann würde es sich auszahlen für Sie. Dann müsste ich mich eben mit den Informationen über – über die Krise zufrieden geben. Aber die Sache ist mir wahnsinnig wichtig …« Mit beschwörenden Gesten setzte er zu einer neuen Schilderung seiner Idee an.

Mickey stand auf. Das Paar geleitete ihn zur Tür.

Mickey fuhr zurück zur Verrazano Narrows Bridge. Die Stimme Jeffersons meldete sich mit nie gekannter Heftigkeit.

»Du bist ein Versager, Michael! Du bist ein jämmerlicher Versager!«

Manhattan, 25. Oktober

Wir schwiegen fast die ganze Fahrt von der Bronx nach Greenwich Village. Ich steuerte unseren grauen Mercury durch den dichten Verkehr Manhattans. Phil saß bei Susan im Fond des FBI-Dienstwagens. Es war später Vormittag. Der Himmel hing grau wie Blei über Manhattan. Wenigstens regnete es kaum noch.

Von Zeit zu Zeit blickte ich in den Rückspiegel. Phil hatte den Arm um die Asiatin gelegt. Und sie ihren Kopf gegen seine Schulter gelehnt. Ein schönes Bild. Fast romantisch. Wenn die Umstände nicht so verteufelt ernst gewesen wären.

Der Ermittlungsrichter hatte darauf bestanden, dass Susan einen Blick auf die sterblichen Überreste von Louis Reynolds warf. Um ihn mit letzter Sicherheit zu identifizieren. Er hatte keine Freunde oder Angehörigen gehabt, und Susan schien die Letzte zu sein, die ihn lebend gesehen hatte. Abgesehen von seinem Mörder.

Phil und ich hatten Susan am Morgen abgeholt und hinauf ins Zentrallabor gefahren. Es gab nicht mehr viel zu sehen von Reynolds. Jedenfalls von dem nicht, was ihn einmal zu einem unverwechselbaren Menschen gemacht hatte.

Die Schauspielerin hatte den vom Ruß gereinigten Kreolen-Ohrring erkannt. Außerdem zwei Goldkronen im linken Unterkiefer ihres Agenten. Und den Anhänger seines Autoschlüssels, Reynolds' Sternzeichen. Er war Steinbock gewesen.

Wir fuhren in die Cornelia Street. Susan hatte darum gebeten. In der Cornelia Street gibt es eine Künstlerkneipe – das »Cornelia Street Café«. Die Bar, in der Louis Reynolds eine der letzten Stunden seines Lebens verbracht hatte.

Kaum Gäste an Tischen und Theke, als wir die Bar betraten.

Wir setzten uns an einen runden Tisch neben dem Eingang. Nicht weit vom Billardtisch. Susan bestellte ein Glas Wasser. Phil und ich Kaffee.

»Hier saßen wir«, sagte Susan. »Louis auf dem Platz, auf dem du jetzt sitzt, Jerry.« Ihre Stimme klang heiser und war leise. Obwohl es nicht besonders hell war im »Cornelia Street Café«, verbarg sie ihre Augen hinter einer Sonnenbrille. Reynolds' Tod hatte Susan Wang bis ins Mark erschüttert.

»Er fand mich hysterisch, weil ich euch anrufen wollte. Ich hab's euch ja erzählt …« Sie zog die Schultern hoch, als würde sie frieren. »Es gäbe so viele Dinge auf der Welt, vor denen man sich fürchten muss, hat er gesagt, da müsse man sich nicht auch noch Sorgen wegen eines Wahnsinnigen auf der anderen Seite des Kontinents machen. Und …«

Ihre Stimme versagte. Sie presste die Rechte auf den Mund. Phil, der neben ihm saß, legte den Arm um sie.

»… und jetzt ist er tot!« Sie schüttelte sich. Tränen erschienen an den unteren Rändern ihrer Sonnenbrille und liefen über ihre Wangen. Sie wischte sie weg und griff nach ihrem Glas. Ihre Hand zitterte, als sie es anhob. Sie stellte es sofort wieder auf den Tisch.

»Es ist ein Schock für dich. Wir wissen das, Susan.« Phil ließ sie los. »Du hast Angst. Wer hätte das nicht? Versuch trotzdem, unsere Fragen zu beantworten. Es ist wichtig – auch der kleinste Hinweis kann uns weiterhelfen.«

Sie nickte stumm.

»Was hatte Louis Reynolds in der Lower Eastside zu suchen? Wieso fuhr er von hier aus dorthin?«

»In die Lower Eastside? Wie kommt ihr darauf?«

»Unsere Spezialisten haben eine angekohlte Brieftasche in dem Mercedes gefunden«, sagte ich. »Darin war die Chipkarte des Parkhauses Delancey Street, Ecke Ludlow Street. Reynolds hat sie dort gegen halb zehn aus dem Automaten gezogen.«

Wer aus dem Parkhaus fuhr, der musste diese Karte in einen Schlitz des Automaten an der Schranke schieben, nachdem er seine Parkzeit bezahlt hatte. Reynolds hatte das nicht getan. Sonst hätten wir die Karte nicht finden können. Das sagte ich Susan nicht. Auch unsere Schlussfolgerung verschwieg ich ihr: Reynolds' Mörder musste die Ausfahrt aus dem Parkhaus mit seiner eigenen Karte geöffnet haben.

»Louis hat nicht erwähnt, dass er noch etwas vorhatte«, sagte Susan. »Er wollte mich sogar noch zu euch fahren.« Sie machte einen zweiten Versuch, aus ihrem Glas zu trinken. Ihre Hand zitterte noch immer ein wenig. Sie trank hastig und hielt danach das Glas mit beiden Händen in ihrem Schoß fest. »Ich weiß nur, dass er einen guten Bekannten in der Broome Street hat.«

»Wie heißt er?« Phil zückte Stift und Notizblock.

»Azim Narayana – ein Inder. Er ist seit Jahren so eine Art Coach von Louis. Ein Zenmeister, ein Weiser …« Sie zuckte mit den Schultern. »Was weiß ich. ›Mein Guru‹, nannte er ihn manchmal. Louis suchte ihn ziemlich regelmäßig auf.«

»Hast du die Adresse?«, fragte ich.

Susan schüttelte den Kopf.

»Es könnte natürlich sein, dass der Mörder gewusst hat, dass Louis zu diesem Inder wollte, und ihn im Parkhaus erwartet hat«, sagte Phil. »Wahrscheinlicher aber ist etwas anderes.«

Susan wandte ihm ihr Gesicht zu. »Du meinst – du meinst, er hat ihn beobachtet?«

Phil nickte.

»Er hat ihn verfolgt? Von hier aus bis in die Lower Eastside?«

»Es wäre eine Möglichkeit, Susan«, sagte ich. »Versuch dich zu erinnern – ist dir irgendjemand aufgefallen hier in der Kneipe? Jemand, der sich auffällig verhalten hat? Jemand, der euch beobachtet haben könnte?«

»Wenn der Wahnsinnige hinter Louis her war …« Sie unterbrach sich und schluckte. »Oder hinter mir her war – dann hat er sicher an der Cornelia Street in einem Wagen gewartet. Es war dunkel, viele Wagen standen draußen auf der Straße. Wie soll ich wissen, ob jemand in einem saß und uns beobachtet hat?«

»In einem Wagen – schon möglich.« Phil drehte den Stift zwischen den Fingern. »Vielleicht ist er euch aber auch ins Lokal gefolgt. Denk nach, Susan, bitte – ist dir unter den Gästen jemand aufgefallen?«

Mit gesenktem Kopf saß sie da, starrte in das Wasserglas auf ihrem Schoß. Plötzlich straffte sich ihr Körper, sie stellte das Glas zurück auf den Tisch. »Doch«, sagte sie, »da war ein Mann an der Theke. Der sah öfter zu mir herüber. Er fiel mir auf, weil er äußerlich Louis ähnelte. Und weil er Kaffee trank.«

»Beschreib ihn uns«, forderte ich.

»Groß, schlank. Fast kahl rasiert und seltsam stechende Augen. Er trug einen Anzug unter seinem Mantel …«

»Was für ein Mantel war das?« Phil notierte Susans Beschreibung.

»Ein Trenchcoat«, sagte Susan. »Ein heller Trenchcoat …«

7

Manhattan, 25. Oktober

Jefferson stand am Fußende der Matratze. Jefferson sah streng aus und böse. Jeffersons schwarze Augen waren schmal. Mickey meinte, ein rotes Funkeln in ihnen zu erkennen. Jeffersons Gesichtszüge waren hart und kantig. Viel härter und kantiger als sonst. Die Lippen farblos und ein dünner Strich, wenn Jefferson zwischen seinen monoton hervorgestoßenen Sätzen für Sekunden schwieg.

Mickey kauerte, eng an die Wand gepresst, auf seinem Kissen. So sehr hatte er sich gewünscht, Jefferson endlich wieder sehen zu können, und jetzt hatte er eine panische Angst vor der weiß gekleideten Gestalt.

»Sie waren zu zweit, verstehst du? Zu zweit!« Mickey sprach laut und mit weinerlicher Stimme. Er schrie fast, als hoffte er, Jefferson auf diese Weise vertreiben zu können.

Aber Jefferson wich nicht von der Stelle. »Hab ich dir nicht gesagt, dass niemand dich besiegen kann?«, zischte Jefferson.

»Ich wollte sie ja vernichten!«, schrie Mickey. »Ich wollte ja!« Er wünschte, die Wand würde sich öffnen und ihn aufnehmen.

»Du bist wie ich, Michael – hab ich's dir nicht gesagt? Du hättest nicht zögern sollen, keinen Augenblick hättest du zögern dürfen!« Jefferson stand kerzengerade, gestikulierte nicht, bewegte nicht mal den Kopf, und das aschblonde Haar wirkte wie angeklebt. Jeffersons Kleid war mit grauen und roten Flecken übersät.

»Ich wollte ja, ich wollte ja!«, schrie Mickey. Er hob flehend die Hände. »Ich hatte den Revolver schon in der Hand! Du weißt es doch! Du weißt es doch! Aber dann kam dieser Scheißanruf! Sie kriegten Besuch! Fünf Minuten später wäre er da gewesen …!«

»Na und?« Jeffersons Stimme schnarrte vor Kälte. »Waren sicher auch Leute vom Film! Leute mit Dreck im Kopf! Leute, die Dreck in die Welt hineinschleudern! Du hättest sie gleich mit erledigen können! Diese Dreckschleudern! Du bist berufen, die Welt von diesen Dreckschleudern zu befreien! Hast du das vergessen, Michael? Sag's mir – hast du das etwa vergessen?«

»Aber sie wären zu viert gewesen!«, schrie Mickey. »Wenn einer entkommen wäre …!«

»Niemand kann dich aufhalten – hab ich's dir nicht gesagt? Hab ich dir nicht gesagt, du sollst an Yoshiro denken? Er war ein Schwertmeister, und du hast ihn besiegt!«

»Ja doch! Du hast es mir gesagt!« Mickeys Geschrei ging in Wimmern über. »Ich hab's vergessen, es tut mir leid, ich hab versagt. Stoß mich in die Hölle!«

»Niemals!« Jetzt bewegte sich Jefferson. »Du bist auserwählt, die Welt zu retten!« Jefferson veränderte sich – das Gesicht wurde weicher, die Haare blonder, die Flecken auf dem Kleid verschwanden. »Du musst noch viele, viele Dreckschleudern aus der Welt schaffen …«

»Aber das kann ich nicht allein!«, jammerte Mickey. Schweiß stand ihm auf Stirn und Kahlkopf. Speichel triefte aus seinem Mund auf die schwarze Hose hinab. »Es sind so viele, so viele – ich schaff es nicht allein!«

»Du erhältst Hilfe! Starke Hilfe!« Langsam und steif wie ein Roboter winkelte Jefferson den Arm an und deutete mit ausgestrecktem Zeigefinger zur Decke. »Die mächtigsten Racheengel werden aus dem Nachthimmel zu dir herabkommen, um dich bei deinem Werk zu unterstützen.«

Mickeys Gesichtszüge entspannten sich. Er hörte auf zu wimmern.

»Ist das – ist das wahr?« Er stieß sich von der Wand ab und ging vor Jefferson auf die Knie. »Ist das wirklich wahr?«

»Du musst ihnen nur beweisen, dass du unbesiegbar bist wie ich. Du musst ihnen nur diese Dreckschleudern darbieten …«

»Darbieten?« Mickey verstand nicht ganz.

»Ja – wie ein Brandopfer darbieten. Mindestens die beiden, die du geschont hast. Besser noch mehr. Und alle auf einmal …«

»Und dann kommen sie und helfen mir?« Mickey kicherte. »Dann werden sie mir helfen, die Welt zu retten?« Mit dem Handrücken wischte er sich den Speichel von Kinn und Lippen.

Jefferson nickte. »Und jetzt erhebe dich!«, befahl er. »Du sollst nicht vor mir knien, das will ich nicht!«

»Warum nicht?«

»Weil du bist wie ich!«

Mickey erhob sich langsam. Sein Herz klopfte, die Erregung ließ ihn zittern. »Wie – wie meinst du das?«, stammelte Mickey. Er wusste genau, was Jefferson ihm sagen wollte.

»Michael, du bist Michael, der …«

Die Türglocke läutete. Mickey ging zur Wohnungstür und öffnete sie.

Larry Plymouth stand davor. Er hielt ein großes Paket vor dem Bauch und machte ein neugieriges Gesicht.

»Hi, Nachbar!« Wie meistens schien er bestens gelaunt zu sein. »UPS war da.« Er hielt Mickey das Paket hin. »Der Bote hat es bei mir abgegeben, du warst auf Achse.«

»Danke«, sagte Mickey knapp. Er nahm das Paket entgegen und drückte es an sich.

Plymouth schielte an ihm vorbei ins Apartment hinein. »Probleme? Brauchst du Hilfe?«

»Hilfe? Wie kommst du darauf?«

»Weil du rumschreist, als hättest du einen Lustmörder in der Bude.« Plymouth beugte sich vor und spähte rechts und links, an Mickey vorbei, in die Wohnung. »Bin Spezialist, wenn es Probleme gibt.«

Mickey trat einen Schritt zurück. Feindselig musterte er den Schwarzen. »Ich hab niemanden in der Wohnung, und rumgeschrien hab ich schon gar nicht! Du hast schlechten Dope geraucht!«

»Oh, oh, oh …« Plymouth drohte scherzhaft mit dem Zeigefinger. »Der gute Larry hat alle sechs Sinne beieinander und sogar noch ein paar mehr! Aber ist schon okay – will mich nicht einmischen, wenn du Zoff mit deiner Braut hast. Hörte sich nur ein bisschen laut an, ein bisschen gefährlich irgendwie, kapiert?« Er drehte sich um und stieg die Treppe hinauf. »Schon okay, Mickey.«

»Nenn mich nicht Mickey!«, zischte Mickey. »Michael! Klar? Michael! Wie der Erzengel! Wie der Erzengel, der das Paradies sauber hält!«

Larry Plymouth blieb stehen und drehte sich um. Sein Gesicht war todernst. »Oh, natürlich – Michael ...« Er sprach plötzlich leiser und mit heiserer Stimme. »Nichts für ungut, Michael. Muss einem ja irgendwann gesagt werden, oder?« Rückwärts stieg er die Treppe hinauf. »Ich verzieh mich dann mal, wenn du nichts dagegen hast, Michael, okay?«

»Okay«, schnaubte Mickey. Er schlug die Wohnungstür zu.

Jefferson war nicht mehr da. Aber Mickey fühlte sich gut. Aufgekratzt, zuversichtlich und stark. Er war sicher, fliegen zu können, würde er jetzt zum Fenster hinausspringen. Aber er probierte es nicht aus. Stattdessen öffnete er das Paket.

Es enthielt einen blauen Seiden-Morgenmantel, eine Frauengröße, ein Paar lederne Herren-Hausschuhe, ein Buch über Wirtschaftspolitik, Rasierzeug, eine Zahnbürste, eine Nagelschere und eine angebrochene Packung Kondome.

Mickey breitete die Sachen auf seiner Matratze aus.

Eine Verwechslung, dachte er, eine Verwechslung, was sonst ...?

Er glättete das Paketpapier und sah sich die Adresse an.

Seine Adresse.

Also keine Verwechslung.

Er las den Absender – Julia Rosen.

Den Name kannte er nicht.

Oder doch?

Unter dem Namen eine Washingtoner Adresse.

Wieder betrachtete er die Sachen auf seiner Matratze. Er fragte sich, ob sich jemand einen Spaß mit ihm erlaubte. Oder ob das Paket vielleicht ein Zeichen war, das eine geheime Bedeutung hatte. Eine Bedeutung, die für seine Mission wichtig sein konnte.

Er sprang auf und riss den Morgenmantel hoch. Ein Brief fiel aus dem sich entfaltenden Stoff und flatterte auf die Matratze. Er nahm ihn und las:

Sehr geehrter Mr. Archer,

diese Sachen hat Ihr Vater bei mir liegen lassen. Den Morgenmantel hatte ich ihm einst geschenkt, aber ich will ihn nicht bei mir haben. Wenn Sie mehr erfahren wollen, sollten wir uns treffen.

Mit besten Grüßen

J. Rosen

Darunter eine Telefonnummer.

Mickey ließ den Brief sinken und starrte die Sachen auf seiner Matratze an. Sein Blick blieb an der Kondompackung hängen.

Er hat eine Geliebte gehabt …

Wieder las er den Namen auf dem Paketpapier – Julia Rosen. Er zog seinen Notizblock heraus und ging die Namen durch. Da stand er – sie hatte eine Rolle in dem Dreckfilm gehabt! In dem Film, der im Zug spielte!

Mein alter Herr hat mit einer Schauspielerin geschlafen! Dieses Schwein …!

Er kauerte sich neben der Weinkiste an die Wand und griff zum Telefon.

Wenn Sie mehr wissen wollen, sollten wir uns treffen …

»O ja, das sollten wir«, murmelte Mickey. »O ja, das sollten wir wirklich …«

Er wählte die Nummer …

8

Washington, D.C., 26. Oktober

Er hatte sich gemeldet. So wie Julia es erwartet hatte. Sehr gut.

Es war Dienstagvormittag. Julia packte ihre Reisetasche. Zufällig hatte sie einen Termin in New York City. Dreharbeiten für *Amtrak-Team*. Ein paar Szenen, die in Manhattan spielten, mussten in die Kamera. Am Donnerstag ging die Arbeit los. Julia würde einfach einen Tag früher nach New York City fliegen und sich mit Archer junior treffen. Das war ihr die Sache wert.

Sie schloss die Reisetasche und bestellte ein Taxi. Der Flug ging um 10 Uhr 55. Noch ein letzter Rundgang durch die Wohnung. Alle Fenster geschlossen. Julia schaltete die Heizung aus.

Sie trat auf den Balkon. Dicke Wolken hingen tief über Boulevard Heights und über der Skyline der Hauptstadt. Es war kühl. Der Wetterbericht prognostizierte ein Hoch mit Temperaturen um die zwölf

Grad. Julia entschied sich, den Meteorologen zu glauben, und ließ ihren Pelzmantel im Schrank. Sie zog eine lange dunkelbraune Lederjacke an. Danach verließ sie ihr Apartment.

Im Aufzug dachte sie an Billy Archer. Bitterkeit stieg in ihr hoch. Aber auch grimmige Genugtuung, denn Archers ältester Sohn hatte sie nicht abblitzen lassen. Im Gegenteil – er war sehr freundlich gewesen am Telefon. Hatte versprochen, die Sachen seinem Vater zukommen zu lassen.

Er verschloss sich nicht wie die anderen drei Familienmitglieder gegen die Wahrheit. Er wollte wissen, was gewesen war zwischen ihr und seinem Vater. Julia würde es ihm erzählen, alles. O ja, das würde sie tun.

Im Erdgeschoss schoben sich die Aufzugstüren auseinander. Durch die gläserne Eingangsfront des Apartmenthauses sah Julia das Cabbie am Straßenrand stehen. Sie blickte auf die Uhr: 9 Uhr 41. In spätestens zwanzig Minuten würde sie auf dem Washington National Airport einchecken …

Manhattan, 26. Oktober

»Wie stellen Sie sich das eigentlich vor, Mr. Barnfield?« Justin LaRoche konnte eine gewisse Schärfe in seiner Stimme nicht unterdrücken. »Soll ich die Tür mit einer Handgranate aufsprengen, den Sohn des Senators mit ein paar Fausthieben niederstrecken und ihn in einem Sack durch das Haus zu meinem Wagen schleppen?«

Kunde hin, Kunde her – der Senator und sein Wahlkampfmanager nervten ihn gewaltig. Seit drei Tagen rief dieser Barnfield im Schnitt alle vier Stunden an und wollte wissen, ob LaRoche den Senatorensohn endlich aus dem Verkehr gezogen hatte.

»Ich begreife Ihren heißen Wunsch nach einer Erfolgsmeldung sehr gut, Barnfield. Glauben Sie mir. Aber ich bin Profi. Ich bereite meine Aktionen minutiös vor. Ich studiere Mr. Jefferson Michael Archers Gewohnheiten, seinen Tagesrhythmus, die Wege, die er zu bestimmten Uhrzeiten zurücklegt. Bitte verstehen Sie auch mich. Es darf nichts schiefgehen – nicht das Geringste. Und dabei denke ich, ehrlich gesagt, nicht nur an Sie, sondern auch an mich. Wenn die Polizei mich erwischt, kann ich meine Lizenz die Toilette hinunterspülen!«

LaRoche hörte ein scharfes Atemgeräusch am anderen Ende der

Leitung. Dann eine gepresst klingende Männerstimme. »In Ordnung, LaRoche. Wir verlassen uns auf Sie. Aber vergessen Sie nicht: Der Senator bezahlt Sie überdurchschnittlich gut. Er erwartet entsprechende Leistung.«

LaRoche knurrte einen knappen Gruß in sein Handy und brach die Verbindung ab. »Arschloch!«, schimpfte er. »Arrogantes Arschloch!«

Seit Sonntagnachmittag hielt er sich in New York City auf. Den Samstag und den Sonntagvormittag hatte er noch in Baltimore verbracht. Größtenteils in seinem Büro im Hafenviertel. Ein heikler Auftrag wie eine Entführung – und nichts anderes war es, was der Senator von ihm erwartete – verlangte gewissenhafte Vorbereitung. Strategische und praktische.

Betäubungsmittel mussten beschafft, ein Mietwagen in New York City besorgt und ein Hotelzimmer gebucht werden. LaRoche musste einen Schlupfwinkel organisieren, in dem er den durchgeknallten Jungen verstecken konnte, er musste eine günstige Gelegenheit ausspähen, um an ihn heranzukommen, und so weiter, und so fort.

Archer junior zu finden war das geringste Problem gewesen. Er hatte seine Wohnung in der Green Street auch nach seiner Erkrankung nicht aufgegeben. Die Adresse hatte der Senator dem Privatermittler natürlich überlassen.

Am Straßenrand gegenüber dem Haus, in dem Archer junior wohnte, saß LaRoche in einem gemieteten Chrysler Van. Ein fast fabrikneues schwarzes Fahrzeug. Den zweiten Tag beobachtete er das Haus.

»Ich studiere Mr. Archers Gewohnheiten ...« LaRoche stieß ein bitteres Lachen aus. Das Problem war: Archer junior schien keine Gewohnheiten zu haben, die seiner Absicht entgegenkamen. Er hockte den ganzen Tag in seiner Bude. LaRoche fragte sich, wovon der Mann lebte. Der Kerl musste doch wenigstens mal einkaufen gehen. Aber vielleicht hatte er ja einen großen Gefrierschrank in seiner Bude stehen.

Dass sich Mickey Archer in seinem Apartment aufhielt, stand außer Zweifel. LaRoche sah seine Gestalt öfter hinter einem Fenster im dritten Stock auftauchen.

Bis zum frühen Nachmittag wartete er in seinem Wagen. Dann hatte er genug. Ein Plan reifte in ihm. Wenn Archer nicht aus seinem Loch kriechen wollte, musste er eben zu ihm hineingehen ...

Manhattan, 27. Oktober

Ein seltener Gast saß an diesem Morgen mit am Konferenztisch des Chefzimmers: Dr. Alexis Silas, der leitende Pathologe des Zentrallabors. Ich hatte Alex erst zweimal im FBI-Building an der Federal Plaza gesehen, seit er für unsere Firma arbeitete.

Der schwere Sessel, in den er sich gezwängt hatte, schien zu eng für ihn. Der über sechs Fuß große Mediziner und Anthropologe wog gut dreihundert Pfund. Der Mann, der ihm den Spitznamen »Doc Doubleman« verpasst hatte, hatte den Nagel auf den Kopf getroffen.

»Dr. Silas hat mir gestern seinen Obduktionsbericht geschickt«, eröffnete Mr. High das morgendliche Briefing. »Darüber hinaus hat er sich mit den Berichten seiner Kollegen aus Los Angeles beschäftigt. Ich habe ihn gebeten, uns die Ergebnisse seiner Arbeit persönlich vorzutragen.« John High wandte sich an Alex. »Bitte, Dr. Silas!«

»Louis Reynolds ist das achte bekannte Opfer des sogenannten Nagelkillers«, begann Alex seine Ausführungen. »Das erste in New York City allerdings. In zweierlei Hinsicht decken sich die Umstände seines Todes mit denen der Opfer in Kalifornien: Allen wurde ein großer Nagel in den Kopf geschlagen, und alle wurden verbrannt …«

»… und alle waren in der Filmbranche tätig«, ergänzte Steve Dillaggio.

»Richtig.« Alexis Silas nickte, und sein massiges Doppelkinn schwabbelte dabei. »Die anderen Tatumstände unterscheiden sich – nach den mir vorliegenden Berichten – erheblich voneinander.« Er blätterte in seinen Unterlagen. »Die Opfer des Serienmörders starben an unterschiedlichen Orten – in einem Hotelzimmer, in ihren Häusern, am Strand, auf Parkplätzen, auf einem Motorrad oder – wie eben Reynolds – in ihrem Wagen.«

Er blickte sich in der Runde um und ließ seine Worte wirken. Alexis Silas hatte kleine, schmale Augen. Man sah sie kaum, wenn man nicht direkt vor ihm stand. Und wenn man ihn nicht kannte, war man geneigt, Alex für eine lächerliche Erscheinung zu halten. Das war eine glatte Fehleinschätzung. Ich hatte selten einen derart kompetenten Fachmann und scharfsinnigen Mediziner wie ihn kennengelernt. Seine Feinfühligkeit zog mich besonders an.

»Auch in der Art, wie der Mann seine Opfer angreift, kann man keine Gesetzmäßigkeit erkennen. Reynolds wurde zum Beispiel mit einem Hammer oder etwas Ähnlichem bewusstlos geschlagen, das erste Opfer wahrscheinlich mit der bloßen Faust. Jedenfalls schlägt der Täter mit einem stumpfen Gegenstand auf seine Opfer ein, oder er würgt sie oder er benutzt ein Messer, um sie kampfunfähig zu machen. Die meisten der Opfer waren tot, bevor der Täter ihnen den Nagel durch die Schädeldecke trieb und sie anzündete …«

»Reynolds auch?«, wollte ich wissen.

»Reynolds nicht, wie es aussieht.«

»Das heißt aber, es geht dem Täter nicht darum, diese Leute auf besonders grausame Art umzubringen«, sagte Zeerookah.

»Sehe ich auch so«, stimmte Alex zu.

»Eine Gesetzmäßigkeit, wie Sie das nennen, sehe ich schon, Doc«, knurrte Joe Brandenburg. Der Pathologe sah ihn neugierig an. »Der Kerl benutzt keine Schusswaffe.«

»Das stimmt allerdings«, sagte Alexis Silas.

»Mich würden Ihre Schlussfolgerungen aus diesen Fakten interessieren.« Mr. High musterte den Pathologen aufmerksam.

»Der Mann will nicht einfach nur töten«, sagte Alex. »Er will die Gehirne seiner Opfer auslöschen. Selbst wenn er sie schon erschlagen, erstochen oder erwürgt hat, schlägt er ihnen noch einen Nagel in den Kopf. Das hat etwas Zwanghaftes. Es ist, als wollte er etwas treffen, das er in den Köpfen der Opfer vermutet. Dazu kommt die für einen normalen Menschen völlig sinnlos anmutende Verbrennung der Toten. Sie sind übrigens zu diesem Zeitpunkt alle nackt. Warum tut er das? Es erinnert mich an Ritualmorde. Mir fiel sofort der alte religiöse Brauch des Brandopfers ein.«

»Und was glauben Sie, vermutet der Täter in den Köpfen seiner Opfer?« Phils Stimme klang nicht so klar und kräftig wie sonst. Alles, was er hier hörte, war Nahrung für seine Angst um Susan. Er hatte es mir nicht gesagt, aber ich wusste es längst: Er hatte sich in die Asiatin verliebt.

Alex hob ratlos seine massigen Schultern. »Wenn wir das wüssten, wären wir einen Schritt weiter, schätze ich.«

»Wahrscheinlich hängt es mit den Berufen der Opfer zusammen.« Zeerookah dachte laut nach. »Was er in den Köpfen töten will, hat etwas mit der Filmbranche zu tut.«

»Guter Gedanke«, sagte der Pathologe anerkennend.

»Wenn ich Sie richtig verstehe, halten auch Sie den Täter für wahnsinnig«, sagte Steve.

»Ich bin kein Psychiater – aber wenn Sie meine persönliche Meinung wissen wollen: Wir haben es mit einem Psychopathen zu tun. Und ich bin überzeugt davon, dass Louis Reynolds nicht der Letzte war, der seinen Wahnideen zum Opfer gefallen ist.«

Betroffenes Schweigen herrschte eine Zeit lang. Dann räusperte sich der Chef. »Danke, Dr. Silas. Ihre Einschätzung stimmt mit der unserer psychologischen Spezialisten überein. Auch sie halten den Täter für krank. Und auch sie rechnen mit weiteren Morden. Leider.« Er blickte sich in unserer Runde um. »Für uns heißt das: Wir müssen den Mann so schnell wie möglich dingfest machen.« Er wandte sich an Steve Dillaggio. »Ich möchte Sie bitten, eine Sonderkommission für die Ermittlungen in diesem Fall einzurichten, Steve. Bitte setzen Sie alles daran, uns bis morgen früh eine Strategie vorschlagen zu können.«

Später fuhren Phil und ich nach Greenwich Village hinauf. Diesmal benutzten wir wieder den Jaguar. Ich saß am Steuer.

In Phils Notizbuch standen ungefähr sieben Namen und Adressen, die uns für den Rest des Tages beschäftigen sollten. Namen und Adressen von Leuten, die am Abend von Reynolds' Tod zur gleichen Zeit wie er und Susan im »Cornelia Street Café« gesessen hatten. Wir hofften, dass wenigstens einer von ihnen uns etwas über den Mann sagen konnte, der Susan an der Theke aufgefallen war. Über den Mann mit dem Kahlkopf und dem weißen Trenchcoat.

»Hast du gehört, was Steve und Zeery über ihren Besuch bei diesem Guru erzählt haben?«, fragte mich Phil.

»Ich weiß nur, dass sie mit einem Inder gesprochen haben, der Reynolds hin und wieder Lebensberatung gegen Dollars erteilte.«

»Sie erzählten, der Inder habe geweint, als sie ihm von Reynolds' Tod berichteten. Er sei fix und fertig gewesen.«

»Hat er etwas über das Gespräch mit Reynolds an diesem Abend berichtet?«

»Ja«, antwortete Phil mit heiserer Stimme. »Angeblich spielte Reynolds mit dem Gedanken, seine Agentur aufzugeben und noch einmal ganz neu anzufangen.«

»Bullshit«, murrte ich. »Der Tod scheint ein Zyniker zu sein.«

Ein Zeit lang hing jeder von uns seinen Gedanken nach. Wir standen im Stau. Die morgendliche Rushhour schien an diesem Tag besonders heftig. Nur langsam kamen wir voran.

»Wie geht es Susan?«, wollte ich irgendwann wissen.

»Miserabel. Sie schluckt eine Menge Beruhigungspillen.«

»Sie hat Angst.«

»Angst ist gar kein Ausdruck«, knurrte Phil. »Sie traut sich kaum noch auf die Straße. Sie wollte sogar zu mir ziehen.«

»Ach!«, staunte ich. Dass es zwischen den beiden mächtig gefunkt hatte, wusste ich. Aber nicht, dass sie sich schon so nahe gekommen waren. »Und?«

Phil schüttelte den Kopf. »Ich hätte zwei Tage gebraucht, bis ich aufgeräumt und sauber gemacht hätte.«

»Und jetzt?«

»Jetzt zieh ich zu ihr …«

»Hier ist es.« Julia steckte den Zettel mit Jefferson Michael Archers Adresse in ihre Jackentasche. Das Cabbie stoppte neben der Parkreihe am Straßenrand. Sie zog die Brieftasche hervor und bezahlte den Driver. Dann stieg sie aus.

Auf der obersten Stufe der Vortreppe ging sie die Namen der Klingelschilder durch. Im dritten Stock fand sie den Namen, den sie suchte – Jefferson Michael Archer. Sie drückte den Klingelknopf.

»Wer ist da?«, schnarrte eine Männerstimme aus der Gegensprechanlage.

»Julia Rosen – wir sind verabredet.«

»Kommen Sie hoch, Miss Rosen.« Der Türöffner summte.

Julia drückte die Tür auf und betrat das Treppenhaus. Während sie die sechs Treppen ins dritte Stockwerk hinaufstieg, versuchte sie, sich den ältesten Sohn ihres Ex-Lovers vorzustellen. Es gelang ihr nicht – immer erschien das Gesicht des Senators vor ihrem inneren Auge.

Sie hatte sich während des Fluges nach New York City genau überlegt, was sie Archers Sohn sagen wollte. Nicht viel – nur die Tatsachen, das, was tatsächlich geschehen war, würde sie erzählen. Mit möglichst wenigen Worten und, wenn möglich, ohne Bitterkeit.

Der Mann an der offenen Tür im dritten Stock erinnerte nur entfernt an William Archer. Der breite Mund mit den wulstigen Lippen, die Hakennase, die braunen Augen, ja – er war seinem Vater ähnlich. Und gleichzeitig sehr unähnlich. Das jungenhafte, erschreckend hohlwangige Gesicht überraschte Julia. Auch der Kahlkopf und vor allem der stechende Blick. Mitte zwanzig schätzte sie ihn. Er trug eine schwarze Bundfaltenhose, ein schwarzes Hemd und eine schwarze Lederweste.

»Guten Tag, Miss Rosen«, sagte er höflich. »Treten Sie ein.« Das scheue Lächeln auf seinem Gesicht deutete sie als Ausdruck von Unsicherheit.

An ihm vorbei betrat sie die Wohnung. Die Unordnung und die karge Einrichtung überraschten sie. Hier wohnte einer, der wenig Geld hatte und in diesem Apartment nicht zu Hause war.

Er entschuldigte sich für das Durcheinander, während er sie in eine kleine, kahle Küche führte. Es stank nach Abfall. Auf der Spüle stapelte sich schmutziges Geschirr. Julia setzte sich auf einen Stuhl, den er ihr anbot.

»Kaffee? Tee?«

»Kaffee«, sagte Julia. »Darf ich rauchen?«

Der Mann nickte.

Julia fiel auf, dass seine stechenden Augen etwas Fahriges hatten. Sie hatte den Eindruck, er würde den Blickkontakt mit ihr meiden.

Während er sich vor einer Anrichte neben der Spüle an der Kaffeemaschine zu schaffen machte, zündete sich Julia eine Zigarette an. »Ich möchte Ihre Zeit nicht länger als nötig in Anspruch nehmen«, begann sie. »Ich bin die Geliebte Ihres Vaters.« Sie stieß ein bitteres Lachen aus. »Oder ganz korrekt ausgedrückt: Ich war seine Geliebte.«

Archers Sohn kam an den Tisch und setzte sich ihr gegenüber auf einen Stuhl. Er richtete seinen stechenden Blick auf sie und hörte schweigend zu.

Julia fühlte sich plötzlich unwohl in seiner Gegenwart. Dennoch fuhr sie fort: »Wir haben uns im Mai letzten Jahres kennengelernt. In einem Filmstudio, hier in New York City. Er hatte gerade einen Talkshow-Auftritt hinter sich, ich die Dreharbeiten für eine Fernsehserie. Es war Liebe auf den ersten Blick – zumindest bei mir ...«

Die Kaffeemaschine brodelte. Kaffeeduft erfüllte die Küche. Wie erstarrt saß der junge Mann ihr gegenüber. Mit keiner Geste, mit keinem Zucken in seiner Miene, mit keiner Bewegung gab er zu verstehen, dass er zuhörte. Seine Augen schienen Julia durchbohren zu wollen.

»Wir trafen uns dann ein paar Mal in Washington.« Julia war entschlossen, ihm alles zu erzählen. Und dann zu gehen. Sollte dieser merkwürdige Zeitgenosse sehen, was er mit der Geschichte anfing. »Seit etwa Mitte Juni letzten Jahres sahen wir uns dann fast jede Woche mindestens einmal. Bis zum Sommer dieses Jahres. Wir haben sogar einen Urlaub miteinander verbracht. Ihre Mutter weiß nichts davon.«

Er stand auf und stellte ihr einen Aschenbecher hin. Danach holte er

Tassen und Zucker aus dem Schrank und aus dem Kühlschrank eine Milchtüte. Er zog die halb volle Glaskanne aus der Kaffeemaschine und füllte den dampfenden Kaffee in die Tassen. Julia wartete, bis er sich wieder setzte.

»Das ging bis zum Sommer diesen Jahres. Wir liebten uns – jedenfalls glaubte ich, dass Ihr Vater mich liebte. Er hatte versprochen, sich von Ihrer Mutter scheiden zu lassen und mich zu heiraten.«

Das schmale Gesicht auf der anderen Seite des Tisches blieb ausdruckslos. Nur die Augen – sie schienen zu brennen. Und versprühten etwas, das Julia Angst machte. Das Bedürfnis, die Wohnung möglichst schnell wieder zu verlassen, überfiel sie. Sie goss einen Schuss Milch in ihren Kaffee und nahm einen Schluck, bevor sie weitersprach.

»Es ist sicher hart für Sie, sich diese Geschichte anzuhören. Aber ich muss sie loswerden. Sie sind der Einzige in Ihrer Familie, der bereit war, mit mir zu sprechen.« Sie beobachtete ihn, während sie ihre Tasse hob und den heißen Kaffee trank. Seine Miene war ähnlich aufschlussreich wie die in Chinesisch verfasste Gebrauchsanleitung für einen Digitalwecker. Wie gefroren saß er ihr gegenüber. Auch seinen Kaffee rührte er nicht an.

Es fiel Julia schwer weiterzusprechen. Sie kam sich vor, als würde sie einer Gipsstatue ihre Geschichte erzählen. Sie gab sich einen Ruck.

»Im Spätsommer ließ er mich fallen wie eine heiße Kartoffel. Der Vorwahlkampf wurde eröffnet – er hatte wohl Angst, seine politischen Gegner könnten in seinem Privatleben herumschnüffeln und auf seine heimliche Geliebte stoßen.«

Wieder machte Julia eine Pause. Wieder versuchte sie, die Wirkung ihrer Worte in dem seltsam starren Gesicht ihr gegenüber abzulesen. Und wieder vergeblich. Sie nahm ihre Tasse auf und trank. Der Mann machte ihr Angst.

»Ich weiß nicht, was Sie von der ganzen Sache halten, Mr. Archer. Vielleicht lässt Sie diese Geschichte ja völlig kalt.« Sie rauchte hastig. Aber sie wartete umsonst darauf, dass Archers Sohn reagierte. »Es ist mir auch egal – ich wollte nur, dass irgendjemand Bescheid weiß. Dass irgendjemand ...« Ihre Zunge gehorchte ihr nicht mehr richtig. Ein warmer Nebel schien durch ihren Kopf zu wabern. »Ich – ich wollte, dass irgendjemand – dass jemand das glatte, lächelnde Gesicht dieses Mannes auf der Mattscheibe sieht – und – und ...« Sie suchte nach einem Wort und fand es nicht.

Julia atmete gegen die Übelkeit an, die auf einmal in ihr aufstieg.

Warum ist mir plötzlich so schwindlig?, fragte sie sich. Warum schlägt mein Herz auf einmal so schnell?

»… er hat mich benutzt und weggeworfen, verstehen Sie? – Sogar die Justiz hat er …«

Sie blinzelte, weil das Gesicht ihr gegenüber plötzlich verschwamm. Der Stuhl unter ihr schien nachzugeben, sie spürte den Fußboden unter ihren Sohlen nicht mehr.

»Mir ist – mir ist so seltsam …« Die Zigarette fiel ihr aus den Fingern auf den Tisch. Julias Hände krallten sich an der Tischplatte fest.

Plötzlich stand Archers Sohn auf. Wie durch einen Nebel sah sie, wie ein unbegreiflicher Hass seine Züge verhärtete. Sie hörte, wie er eine Schublade aufzog, sie hörte etwas Metallenes auf den Tisch fallen, sie spürte, wie Hände sie packten und vom Stuhl zerrten …

Bismarck, North Dakota, 27. Oktober

Der Saal war voller Menschen. Beifall brandete auf. Das Paar auf dem Podest neben dem Rednerpult strahlte. Seite an Seite mit seiner Frau winkte William Archer in die Menge. Er legte den Arm um Edith, winkte, strahlte und küsste seine Frau auf die Wange.

Der Beifall wollte nicht enden.

Ein Mann im dunkelgrauen Zweireiher trat ans Mikrofon – der Bürgermeister von Bismarck, der Hauptstadt North Dakotas, ein grauhaariger Gentleman, klein, hager und mit fein geschnittenen aristokratischen Gesichtszügen. Ein politischer Kampfgenosse Archers.

Er bedankte sich bei den etwa zweihundertfünfzig Männern und Frauen für ihre Unterstützung. Vertreter der Kommunalpolitik, Spitzenmanager einiger wichtiger Firmen, Medien-Chefs und Funktionäre der Republikanischen Partei. Die meisten von ihnen befürworteten Archers Kandidatur.

North Dakota spielte eigentlich keine große Rolle im Wahlkampf. Nur etwas mehr als sechshunderttausend Einwohner und keine nennenswerte Industrie. Aber Barnfield hatte darauf bestanden, in jedem Bundesstaat um Stimmen zu kämpfen.

Der Bürgermeister begründete in knappen Worten, warum der Senator seiner Meinung nach den anderen beiden Bewerbern als Präsidentschaftskandidat vorzuziehen sei, und unterstrich dabei Archers Standpunkte in der Familien- und Steuerpolitik. Auch seine robuste

Gesundheit und seine Kriegserfahrungen in Vietnam erwähnte er. William und Edith Archer erhielten Standing Ovations, während sie durch die Menge aus dem Saal schritten.

»Ihr wart sehr gut«, lobte Thomas Barnfield, als sie später in einem Wagen des Bürgermeisters zum Flughafen chauffiert wurden. »Die Stimmung in North Dakota ist günstiger für dich, als ich es erwartet hätte, Billy.«

»Sieht so aus.« Auch Archer war zufrieden mit seinem Auftritt. Er zweifelte nicht daran, dass die Mehrheit der Wahlmänner in North Dakota für ihn stimmen würde, wenn die Vorwahlen im Frühjahr in die entscheidende Phase traten.

Er hatte ein paar Bibelsprüche in seine Rede eingebaut – es gab einige deutschstämmige Freikirchen in Bismarck und Umgebung. Die Heilige Schrift galt in diesen Kreisen mindestens so viel wie das Gesetz der Vereinigten Staaten.

»Unsere Strategie war goldrichtig.« Barnfield wirkte fast euphorisch. »Dein Vorstoß zur Reform der Wahlkampffinanzierung kommt genau zur richtigen Zeit.«

Archer konnte die Begeisterung seines Wahlkampfmanagers nur ansatzweise teilen. Die Sorge um seinen Sohn belastete ihn.

»Hat LaRoche sich endlich gemeldet?«, knurrte er.

»Er wollte anrufen, sobald er mit Mickey auf dem Weg nach Texas ist.«

LaRoche hatte ein Wochenendhaus irgendwo in Texas angemietet. Dort sollte er sich mit Mickey verstecken, bis Archer entschied, wohin er seinen Sohn schaffen wollte. Klar war bisher nur, dass er außer Landes musste. Archer hatte Verwandte in Brasilien. Sein jüngerer Sohn John hielt sich zurzeit in Buenos Aires auf, um die nötigen Schritte zu organisieren.

»Wann hast du zuletzt mit ihm gesprochen?« Archer schnitt eine grimmige Miene.

»Gestern Mittag.«

»Und er hat sich seitdem nicht mehr gemeldet?« Barnfield schüttelte den Kopf. »Verdammt!« Archer ballte die Faust. »Ruf ihn an!«

»Hab doch Geduld, Billy.« Edith legte ihre Hand auf seine. »Er wird Mickey schon finden.«

Sie hatten ihr nichts von LaRoches Vermutung erzählt. Sorgfältig vermieden sie es, in ihrer Gegenwart über den »Nagelkiller« zu sprechen.

»Ich weiß nicht recht …« Barnfield wiegte zweifelnd den Kopf.

»LaRoche ist ein eigensinniger Bursche. Er hat sich gestern über meine ständigen Anrufe beschwert. Ich glaub, er ist ziemlich genervt. Wir sollten besser warten, bis er sich bei uns meldet.«

»Ich sitz auf glühenden Kohlen!«, knurrte Archer. »Ruf ihn an! Noch vor dem Start …!«

Eine freie Parklücke vor der gusseisernen Hausfassade. Groß genug, um den Van darin abzustellen. LaRoche parkte ein, stellte den Motor ab und stieg aus. Er trug einen grauen Overall, ein groß kariertes Baumwollhemd und eine rote Baseballkappe.

Der Detektiv ging um den Wagen herum und öffnete die Heckklappe. Er zog einen zusammengerollten Teppich und eine Werkzeugkiste heraus. Die Teppichrolle auf der Schulter, die Werkzeugkiste in der Linken, überquerte er die Straße und ging zum Haus.

Ein Afroamerikaner stand vor der Haustür und schloss auf. Er ging ins Treppenhaus, hielt die Tür fest und ließ LaRoche vorbei. »Sieht nach Arbeit aus«, grinste er. Er trug einen langen grauen Mantel, eine bunte Pumphose und eine schwarze Wollmütze auf dem Kopf.

»Sieht nicht nur so aus«, brummte LaRoche. Er versuchte, sein Gesicht hinter der Teppichrolle zu verstecken. Aus den Augenwinkeln sah er, wie der Schwarze einen Briefkasten öffnete und ein Kuvert herausnahm.

LaRoche stieg die Treppe hinauf. Er ging langsam. Er hoffte, dass der Mann ihn auf der Treppe überholte. Zeugen, die ihn an Archers Apartment klingeln sahen, waren das Letzte, was er brauchen konnte. Doch der Bursche blieb vor den Briefkästen stehen und las seinen Brief.

Also beschleunigte LaRoche seinen Schritt. Vielleicht konnte er hinter Archers Wohnungstür verschwinden, bevor der Mann ihn eingeholt hatte. Vielleicht wohnte der Bursche ja auch in einem der unteren Stockwerke.

LaRoche erreichte die dritte Etage. *Jefferson Michael Archer* stand auf einem Schild unter dem Klingelknopf. LaRoche lauschte ins Treppenhaus hinunter. Schritte näherten sich rasch, der junge Afroamerikaner murmelte einen Rap vor sich hin.

Kurz entschlossen drückte LaRoche den Klingelknopf. Hinter der Wohnungstür ertönte der Dreiklang eines Glockenspiels.

»Komm schon, komm schon!«, flüsterte LaRoche ungeduldig. Nichts tat sich.

Der junge Bursche erschien unten auf dem Treppenabsatz. »He!« Er schnalzte mit der Zunge. »Der Erzengel bekommt einen neuen Teppichboden?« Er grinste spöttisch.

»Ja«, sagte LaRoche. »Der Vermieter schickt mich.«

Immer noch grinsend, tänzelte der schwarze Mann an ihm vorbei.

»Wieso Erzengel?«, fragte LaRoche.

Schon zwei Stufen über ihm drehte sich der Rapper um und blieb stehen. »Ich sag lieber nichts.« Mit der flachen Hand strich er einmal vor Augen und Stirn auf und ab. »Nur so viel …« Er hob die linke Braue. »Völlig durchgeknallt, der Typ«, flüsterte er. »Sagen Sie zu allem ja und amen, und bloß nicht widersprechen.« Er grinste, wandte sich ab und ging weiter die Treppe hinauf.

LaRoche wartete, bis er über sich im vierten Stockwerk eine Wohnungstür ins Schloss fallen hörte. Dann klingelte er zum zweiten Mal …

Mickey starrte auf die gefesselte und geknebelte Frau zu seinen Füßen neben dem Küchentisch. »Dreckschleuder!«, zischte er. »Alles Dreckschleudern …!« Er hatte ein starkes Betäubungsmittel in den Kaffee geträufelt. Mickey hatte keine Ahnung, wie lange die Wirkung anhalten würde. Es war ihm auch gleichgültig.

Seine Augen flogen zwischen Nagel und Hammer auf dem Küchentisch und der Frau auf dem Boden hin und her. Er überlegte, wo er tun würde, was zu tun war. Er presste die Handballen gegen seine Schläfen und versuchte, seine Gedanken zu ordnen. Ein Karussell aus Bildern und Worten rotierte in seinem Schädel.

Ein Chaos von Eindrücken, die ihn nicht loslassen wollten: Eine Packung Kondome, ein Paar Hausschuhe, ein blauer Morgenmantel, das Gesicht seines Vaters – und all die Worte, die diese Frau gesagt hatte: *Ich bin seine Geliebte – es war Liebe auf den ersten Blick – seit Mitte Juni letzten Jahres sahen wir uns fast jede Woche – sogar einen Urlaub haben wir miteinander verbracht …*

Mickey schnaubte wütend. Heiße Wut stieg in ihm hoch. Er trat nach dem Körper der bewusstlosen Frau. »Dreckschleuder! Hure! Miststück …!« Wieder und wieder trat er zu.

Er hat es mit einer Schauspielerin getrieben, dachte er. Über ein Jahr lang. Mom wusste nichts davon. Er hat dem Miststück sogar versprochen, sich von Mom scheiden zu lassen …

Die Türglocke ertönte.

Mickey fuhr zusammen und erstarrte. Sekundenlang lauschte er.

Stimmen draußen vor der Wohnungstür. Für einen Moment spielte er mit dem Gedanken, sich still zu verhalten – niemand konnte davon ausgehen, dass er zu Hause war.

Aber dann setzte sich die Idee durch, dass vor der Wohnungstür jemand stehen mochte, der für seine heilige Mission wichtig sein könnte.

Vielleicht ein Zeichen, dachte er. Vielleicht schickt Jefferson jetzt schon Verstärkung …

Wieder die Türglocke.

Mickey bückte sich nach der bewusstlosen Frau. Er zog den reglosen Körper in das große Zimmer zu seiner Matratze. Die Frau war nicht schwer. Mühelos, als wäre sie aus Styropor, hob er sie hoch, warf sie auf die Matratze und deckte sie mit einer Decke zu.

Dann ging er zur Tür seines Apartments und öffnete.

Verwirrt stierte er den Mann in dem grauen Overall an.

»Guten Tag, Mr. Archer«, sagte der. »Es ist so weit, der neue Teppichboden wird endlich verlegt.«

Mit der langen Teppichrolle auf seiner Schulter zielte er zwischen Mickeys Kopf und den Türrahmen. Unwillkürlich trat Mickey beiseite.

»Die Hausverwaltung hat mir eingeschärft, ja pünktlich zu sein.« Der Mann schob sich an Mickey vorbei ins Apartment. »Es ist Schlag zwei Uhr, genau, wie es der Verwalter mit Ihnen verabredet hat. Jetzt will ich aber auch gelobt werden.« Er warf die Teppichrolle neben der Matratze auf den Fußboden und stellte seine Werkzeugkiste daneben.

Mickey blickte in das grinsende Gesicht eines Allerweltstypen von etwa vierzig Jahren.

»Hören Sie, das muss ein Missverständnis sein.« Mickey schloss die Wohnungstür. »Überhaupt nichts hat die Hausverwaltung mit mir verabredet! Ich weiß von nichts und wollte gerade gehen!«

»Solche Penner!« Der Mann riss sich die Baseballkappe von der Glatze und schlug sie ärgerlich gegen seinen Oberschenkel. »Man ist echt beschissen dran, wenn man sich auf die verlassen muss! So was passiert mir jetzt schon zum dritten Mal in diesem Monat!« Er kratzte sich am Hinterkopf. »Na ja – macht nichts. Sie räumen einfach schnell die Sachen ein bisschen zur Seite, und dann können Sie trotzdem gehen. Ich komm schon zurecht.«

»Nichts da!« Mickey schüttelte energisch den Kopf. »Sie packen Ihren

Kram und verschwinden wieder! Wir müssen einen neuen Termin ausmachen!«

»Sorry, Mister, aber das geht nicht.« Der Mann bückte sich nach seiner Werkzeugkiste. »Ich weiß nicht mehr, wohin vor lauter Arbeit. Wenn ich Ihnen meinen Terminkalender zeigen würde …«

Maßlose Wut packte Mickey, weil der Mann ihm nicht gehorchen wollte. Er starrte auf seinen Rücken. Der Kerl war vor seiner Werkzeugkiste in die Hocke gegangen und öffnete sie. Am liebsten hätte Mickey sich auf ihn gestürzt, um ihn zu erwürgen.

Reiß dich zusammen! Er kann ja nicht wissen, wer du bist – und du darfst es ihm nicht sagen. Versuch ihn loszuwerden …

»Sie schnappen sich jetzt Ihren Werkzeugkasten und diesen Teppich und verlassen sofort mein Apartment.« Mickey sprach sehr leise. Der schneidende, drohende Unterton in seiner Stimme gefiel ihm. Er fachte sein Allmachtsgefühl an. »Und zwar tun Sie das jetzt sofort, oder …«

Blitzschnell federte der Handwerker vom Boden hoch, wirbelte herum und rammte Mickey die Faust in den Solarplexus …

»Ich werde bei dir bleiben, bis wir den Kerl haben.« Phil zog Susan zu sich auf die Couch und legte den Arm um sie. »Falls du mich so lange erträgst.«

»Ich glaube, ich werde mich an dich gewöhnen.« Ein wehmütiges Lächeln flog über ihr Gesicht. »So sehr, dass ich dich gar nicht mehr gehen lasse.«

»Stell dir vor – dagegen hätte ich nicht mal was einzuwenden.« Er strich ihr das Haar aus dem bronzefarbenen Gesicht. Furcht stand in ihren Mandelaugen. Phil beugte sich über sie und küsste sie auf beide Augen. »Keine Angst, Kleines – ich pass auf dich auf …«

Susan schmiegte sich an ihn. »Wann kommst du heute Abend?«

»Kommt drauf an – wir haben eine Menge Arbeit. Die Kellnerin vom ›Cornelia Street Café‹ hat eine ziemlich genaue Beschreibung des Mannes geliefert, der dich beobachtet hat. Wir fahren mit unserem Zeichner zu ihr. Morgen muss das Phantombild in die Zeitungen.«

»Es kann also spät werden.«

Phil nickte. »Ich ruf dich zwischendurch an. Koch uns was Schönes. Du verlässt das Haus nicht mehr ohne mich.«

»Ich muss am Wochenende nach Coney Island«, sagte Susan. Phil sah sie fragend an. »Ins Studio. Dreharbeiten. Am Freitagnachmittag geht es los. Ich hab dir doch von dieser Erfolgsserie erzählt – *Amtrak-Team*.« Phil nickte. »Die letzten Szenen der Folge müssen bis Montagabend abgedreht sein.«

»Dann werd ich dich eben nach Coney Island fahren«, sagte Phil. »Und dich auch dort wieder abholen.« Er stand auf. »Mach dir keine Sorgen.«

Eine Hupe ertönte unten auf der Straße. Phil ging zum Fenster und zog den Vorhang beiseite. Grauer Himmel über den Dächern von Chinatown. Es nieselte.

Nur wenige Straßenhändler hatten ihre Stände auf dem Bürgersteig aufgebaut.

Phil sah den roten Sport-Jaguar XKR auf der anderen Seite der Mulberry Street und winkte. »Jerry. Er wartet. Ich muss.«

Vor dem Jaguar stand ein schwarzer Ford LTD. Ein ziviles Fahrzeug des NYPD. Ein einzelner Mann saß hinter dem Steuer. Phil hatte Personenschutz für Susan durchgesetzt. Ein Detective hatte ein Auge auf Susan. Wenigstens in der Zeit, in der Phil nicht bei ihr sein konnte.

»Also – ich ruf an.« Er ging zurück zur Couch.

Susan stand auf und schlang die Arme um seinen Nacken. »Ich bin so froh, dass du bei mir bist.«

Er küsste sie zum Abschied und ging zur Tür. Dort drehte er sich noch einmal um. Aufmunternd zwinkerte er ihr zu. »Niemand wird dir ein Haar krümmen. Verlass dich auf mich …«

Mickey klappte ächzend zusammen. LaRoche schlug ihm beide Fäuste in den Nacken. Seitlich kippte der Irre über den zusammengerollten Teppich und blieb reglos liegen.

LaRoche verlor keine Zeit. Die erste Hürde war genommen. Jetzt ging es darum, den Irren in den Teppich einzurollen und unauffällig nach unten in den Wagen zu schaffen.

LaRoche griff in seine Werkzeugkiste und holte eine Spritze heraus. Das Betäubungsmittel hatte er schon im Hotelzimmer aufgezogen. Er zog die Plastikkappe von der Nadel, wandte sich dem Bewusstlosen zu und schob ihm den Hemdsärmel hoch. Mickey stöhnte schon wieder.

LaRoche stieß einen Fluch aus. Er musste sich beeilen. Archer junior schien hart im Nehmen zu sein. Er angelte einen kleinen Gummischlauch aus der Werkzeugkiste und band Mickeys linken Oberarm ab – die Ellbogenvene schwoll an. LaRoche setzte die Spritze an und stach zu.

In diesem Moment riss Mickey die Augen auf. Und fast gleichzeitig fuhr seine Rechte zu LaRoches Gesicht hinauf. Mit ausgestrecktem Zeigefinger.

LaRoche nahm die Bewegung kaum wahr. Ein ungeheurer Schmerz explodierte in seinem Kopf. Er schrie laut auf – Mickey hatte ihm den Finger ins linke Auge gestoßen!

Reflexartig ließ der Privatermittler die Spritze los und griff sich mit beiden Händen ins Gesicht. Er konnte nicht aufhören zu schreien, so heftig peinigte ihn der Schmerz. Ein Fußtritt traf ihn in die Rippen. Mit solcher Wucht, dass LaRoche der Atem wegblieb. Er wurde zur Seite geschleudert und fiel auf die Matratze.

Mickey warf sich auf ihn. Seine Hände schlossen sich um LaRoches Hals. Dessen Schreie erstickten in Keuchen und Röcheln ...

Bassbeats und Rapp-Reime dröhnten durch Larry Plymouths Apartment. Er stand neben seinem CD-Player, grölte den Text mit und trommelte den Rhythmus mit den Fingern auf den Tisch neben sich.

Ein CD-Koffer stand auf dem Tisch – eine Scheibe steckte neben der anderen. Plymouth suchte die Musik aus, die er in der kommenden Nacht in einer Disco in der Lower Eastside auflegen wollte. Er verdiente sich einen beträchtlichen Teil seiner Dollars als Discjockey.

Er drückte auf die Stopptaste, holte die Scheibe heraus, drückte sie in die Hülle und verstaute sie in seinem Koffer.

Ein dumpfes Poltern unter ihm ließ ihn aufhorchen. Aber nur für einen Augenblick. Dann schob er die nächste CD in den Player. Ein Handwerker, der einen Teppichboden verlegt, macht natürlich Lärm, ganz klar.

Wieder donnerten Bassrhythmen durch das Zimmer. Plymouths Körper wippte hin und her. Er war ganz heiß auf Musik. Mit zwei Fingern zog er sich eine Selbstgedrehte aus der Jackentasche. Er zündete sie an. Tief sog er den Rauch ein. Bald breitete sich süßlicher Duft im Raum aus. Ein paar Marihuana-Zigaretten vor dem Auflegen waren obligatorisch für ihn.

Plötzlich ein langgezogener Schrei. Plymouth zuckte zusammen.

Der Schrei kam aus der Wohnung unter ihm. Aus der Wohnung des

Erzengels, wie er den Schauspieler heimlich nannte. Jemand schrie dort, als würde man ihm eine Harpune mit Widerhaken in den Eingeweiden herumdrehen.

Der Schrei wollte gar nicht mehr enden. Noch nie hatte Plymouth jemanden auf diese Weise schreien gehört. »Hat der Kerl sich 'n Teppichnagel in die Eier gekloppt?«, murmelte er. Er versuchte zu grinsen. Es gelang ihm nicht. Ein eisiger Schauer rieselte ihm über den Rücken.

Er legte die Zigarette in den Aschenbecher neben seinem CD-Koffer und spurtete los. Raus aus der Wohnung, die Treppe hinunter, zur Wohnungstür dieses durchgeknallten Typen.

Ratlos blieb er davor stehen. Der Schrei war verstummt.

Plymouth bückte sich und legte das Ohr ans Schlüsselloch. Schaben und Rascheln hörte er, dumpfe, unregelmäßige Schläge gegen den Boden, als würde dort drinnen jemand aufstampfen. Und ein Röcheln hörte er.

»O Scheiße!«, schrie Plymouth. Er tänzelte zwischen Treppe und Tür hin und her, wusste nicht, was er zuerst tun sollte – die Polizei rufen oder die Tür aufbrechen. Schließlich rannte er fluchend die Treppe hinauf. Er stürzte ans Telefon, wählte die 911 und schrie seinen Namen und seine Adresse in den Hörer.

Die Frauenstimme aus der Notrufzentrale wollte wissen, was genau passiert war.

»Hier verreckt einer!«, brüllte Plymouth in den Hörer. »Ein Wahnsinniger ist im Haus! Schick die Bullen!«

Er knallte den Hörer auf und rannte wieder in den dritten Stock hinunter …

Wie glutflüssiges Metall brannte der Schmerz. Panik und Luftnot peitschten seinen Pulsschlag bis an die Belastbarkeitsgrenze seines Kreislaufs. LaRoche verlor jegliche Kontrolle über seinen Körper. Nur noch der Instinkt steuerte ihn, der bloße Überlebenswille. Etwas Hartes drückte von unten gegen seinen Rücken.

LaRoche zog die Beine an und trat zu. Die Stahlklammer löste sich von seinem Hals. Mickey fiel neben die Matratze und auf die Teppichrolle. Keuchend zog LaRoche die Luft ein. Gleichzeitig rollte er sich von der Matratze. Dabei riss er die Bettdecke mit sich. Eine gefesselte Frau kam darunter zum Vorschein.

Schon flog ein Schatten auf ihn zu. Mickeys Körper prallte mit seinem ganzen Gewicht auf ihn.

LaRoche gelang es, ein paar Haken in den Unterleib des Mannes über ihm abzufeuern. Doch es waren kraftlose Hiebe. LaRoche war fertig. Er wusste, dass er keine Chance mehr hatte.

Mickey packte seine Ohren und hämmerte seinen Kopf auf den Boden, wieder und wieder. LaRoche versuchte, die Arme seines Gegners festzuhalten. Es gelang ihm nicht.

Er fragte sich, warum Archers Sohn mit solch überraschender Kraft und derart entsetzlicher Zielstrebigkeit angreifen konnte. Es war die Stärke eines Übermenschen, unter der seine Widerstandskraft zerbrach, es war die Zielstrebigkeit eines Killers, die seinen Lebenswillen auslöschte.

LaRoche spürte seinen Kopf kaum noch, die Sinne schwanden ihm. Erneut schlossen sich Mickeys Hände wie Stahlklammern um seinen Hals. Von ganz weit weg hörte er es krachen, als Mickeys Wohnungstür ins Zimmer prallte …

»Lass los! Du bescheuertes Arschloch – lass los!« Mickey kümmerte sich nicht um die Arme, die sich von hinten um seinen Hals legten und an ihm zerrten. Er kümmerte sich nicht um Larry Plymouths Gebrüll. Er drückte weiterhin dem Mann unter ihm gnadenlos die Gurgel zu.

»Bist du völlig übergeschnappt, du Idiot!«, schrie Plymouth. Er hängte sich mit seinem ganzen Gewicht an Mickey, doch der rührte sich nicht von der Stelle. »Der stirbt doch! Siehst du das nicht? Lass los! Lass endlich los!«

Unverrückbar wie ein Fels hockte Mickey auf seinem Opfer.

Unerklärliche Kräfte schienen ihm aus einer anderen Welt zuzuwachsen. Er spürte nicht die Spur von Schmerzen, als Plymouth begann, mit seinen Fäusten auf ihm herumzutrommeln.

Der Körper unter ihm erschlaffte, und Mickey fuhr herum, rammte dem Discjockey die rechte Faust ins Gesicht. Die Wucht des Schlages schleuderte Plymouth gegen den Kleiderschrank. Mickey warf sich auf ihn.

»Weißt du nicht, wer ich bin?«, zischte er. »Wie kannst du es wagen, mich an meinem Werk hindern zu wollen?« Er schlug auf den Mann ein.

Plymouth war wie gelähmt vor Schrecken. Er hielt nur schützend die Arme vors Gesicht. Unheimlich die Kraft, mit der Mickey auf ihn eindrosch, unheimlich sein harter, hasserfüllter Gesichtsausdruck, unheimlich seine Stimme.

»Ich bin auserwählt, den Dreck aus dieser Welt zu wischen!«, zischte Mickey. »Niemand widersteht mir, niemand kann mich aufhalten!« Wie besinnungslos schlug er auf Plymouth ein.

Der war längst verstummt und blutete aus Mund und Nase.

»Ich bin Michael, der Erzengel, kapierst du das, du Miststück? Ich bin Michael, der Racheengel! Und viele von meiner Sorte werden mir zur Hilfe eilen! Wie Sterne werden sie am Himmel erscheinen und mir helfen, mein Werk …«

Er unterbrach sich und stutzte. Sirenen näherten sich von fern.

Sein Blick fiel auf die Spritze neben der Matratze. Er griff sie sich – und rammte die Nadel in Plymouths Brustkorb.

Der Afroamerikaner wehrte sich nicht.

Mickey drückte die ölige Flüssigkeit in seinen Körper hinein. Plymouth verdrehte die Augen, warf den Kopf auf die Seite und verlor das Bewusstsein.

Mickey sprang auf, entrollte den Teppich, packte die noch immer ohnmächtige Frau, warf sie auf den Teppich und rollte sie ein. Er bückte sich, um sich die Last auf die Schulter zu werfen. Ein Handy orgelte los.

Mickey starrte die Werkzeugkiste an. Aus ihr drang die elektronische Melodie.

Er zog die Plastikkiste zu sich, griff sich das Handy und drückte die grüne Taste. »Ja?«

»Wer ist da?« Mickey hörte eine kühle Männerstimme. Eine Stimme, die er irgendwo schon mal gehört hatte.

»Wen wollen Sie sprechen?« Mickey drehte sich nach dem leblosen Körper des Handwerkers um. Dessen Augen starrten blicklos zur Decke. Die Sirenen kamen näher.

»Barnfield hier, Thomas Barnfield. Ich hab die Nummer von Mr. Justin LaRoche gewählt.«

»Der ist gerade auf der Toilette«, sagte Mickey, ohne nachzudenken. »Kann ich ihm was ausrichten?«

»Sind Sie …?« Die Männerstimme aus dem Handy klang unsicher und verblüfft. »Sind Sie – bist du es, Mickey?«

Die Sirenen heulten jetzt direkt vor dem Haus. Mickey hörte Bremsen quietschen. Plötzlich eine andere Stimme aus dem Handy. Eine tiefere

Stimme. »Michael?« Die Stimme seines Vaters. Mickey hielt den Atem an. »Michael, bist du noch dran?«

»Ja – ja, Daddy – ich bin dran …«

»Wo seid ihr?«

»In meinem Apartment. Hast du den Mann – hast du ihn geschickt?«

»Begleite ihn, hörst du, Michael? Geh einfach mit ihm, dann kommt alles in Ordnung. Hörst du, Michael? Hast du mich verstanden?«

»Ja, klar doch …«

Unten im Treppenhaus wurde die Haustür eingerammt. Stimmen wurden laut, Schritte knallten auf den Stufen.

Mickey steckte das Handy in die Westentasche. Er warf sich den in den Teppich eingerollten Frauenkörper über die Schulter. Mit der Linken schlug er die Werkzeugkiste zu und riss sie hoch. An der Wohnungstür packte er seinen Trenchcoat mit den Zähnen. Dann huschte er die Treppe hinauf.

Die Tür zu Plymouths Apartment stand offen. Während er unter sich die erregten Stimmen der Cops hörte, huschte er in die Wohnung. Er stellte die Werkzeugkiste ab und legte die Teppichrolle auf den Boden.

Leise schloss er die Wohnungstür.

Er zog seinen Trenchcoat an und stöberte in der Werkzeugkiste herum. Was ihm brauchbar erschien, stopfte er in seine Manteltaschen – Ampullen, Spritzen, einen Revolver, Messer, einen Autoschlüssel. Dann wuchtete er den Teppich mit der bewusstlosen Frau wieder auf seine Schulter.

Über die Feuerleiter gelangte er in den Hinterhof. Durch die Hofeinfahrt gelangte er auf die Straße. Als hätte er LaRoche einparken sehen, steuerte er den Chrysler-Van an. Er legte den Teppich mit dem Frauenkörper in den Laderaum.

Zwei Ambulanz-Fahrzeuge bogen in die Green Street, während er den Van startete. Er wartete, bis die beiden Fahrzeuge vor dem Haus hielten. Dann rangierte er den Van aus der Parklücke.

Er sah noch, wie Sanitäter und Notärzte mit großen Aluminiumkoffern die Vortreppe hinaufhetzten. Im Rückspiegel beobachtete er einen Cop, der aus dem Haus rannte, zu einem Streifenwagen stürzte und durch das offene Beifahrerfenster hineingriff.

Mickeys Miene blieb vollkommen ausdruckslos. Als wäre nichts geschehen, ließ er den Van über die Green Street in Richtung West Houston Street rollen.

Als er die große Straße erreichte, sah er Jefferson. Weiß und starr stand Jefferson mitten auf der West Houston Street. Stoßstange an Stoßstange schoben sich die Fahrzeuge an ihm vorbei. »Sie können dir nichts anhaben«, flüsterte Mickey. »Niemand kann uns aufhalten …«

9

Manhattan, 27. Oktober

Es war ein trüber Nachmittag. Zwischen vier und fünf Uhr, wenn ich mich recht entsinne. Der Nieselregen hatte aufgehört. Aber es war kalt, und ein scharfer Wind fegte durch die Straßen Manhattans.

Phil und ich betraten das Mietshaus in der Green Street, stiegen die Treppe hinauf. Zwei Sanitäter kamen uns entgegen. Rechts und links der offenen Wohnungstür im dritten Stock stand je ein Cop. Wir ließen unsere Dienstmarken stecken – die Männer kannten uns.

Im Türrahmen blieb ich stehen. Ich hielt Phil fest und deutete auf das Namensschild unter der Klingel. *Jefferson Michael Archer* stand dort.

»Archer«, murmelte Phil und zuckte nur mit den Schultern. »Ein verbreiteter Name …«

Wir betraten ein großes Zimmer. Nur spärlich möbliert. Ich dachte unwillkürlich an den provisorischen Unterschlupf eines illegalen Einwanderers: eine umgestürzte Weinkiste, ein paar einfache Regale, eine kleine Stereoanlage und eine Kommode neben dem Durchgang zu einem weiteren Zimmer.

Überall uniformierte Cops und solche in Zivil. Eine Matratze lag schief unter dem Fenster. Zerwühltes Bettzeug links davon. Rechts der leblose Körper eines Mannes in einem offenen Leichensack. Ich hielt ihn für einen Handwerker, denn er trug einen Overall, wie Handwerker ihn tragen.

Vor einem Kleiderschrank hievten zwei Sanitäter und ein Notarzt einen bewusstlosen Mann dunkler Hautfarbe auf eine Trage. Ein Schlauch steckte in seinem Mund. Der war an einer Art Blasebalg angeschlossen, den einer der Sanitäter rhythmisch zusammendrückte. Der Bewusstlose wurde künstlich beatmet. Die Schläuche zweier Infusionen führten in seine Armvene.

Aus der Küche tauchte eine massige Gestalt auf – Alexis Silas, der Chefpathologe des Zentrallabors. Schweiß stand auf seiner Stirn, obwohl es kalt war in dem Apartment.

»Ihr seid schnell«, sagte er zur Begrüßung. »Höchstens fünfzehn Minuten her seit der Schlacht hier.« Mit einer Kopfbewegung deutete er auf den Toten und den Bewusstlosen. Die Sanis und der Arzt trugen ihn eben zum Apartment hinaus.

Ich war erstaunt, Doc Doubleman hier in SoHo zu sehen. Normalerweise arbeitete er in der Bronx, im Zentrallabor. Wenn er nicht gerade Bereitschaftsdienst hatte. Das war meistens nur nachts der Fall.

»Was ist passiert, Alex?«, wollte ich wissen.

»Genau das frage ich mich auch.« Er deutete auf den Toten. »Sein linkes Auge ist vollkommen zerstört. Sieht auf den ersten Blick nach einer Stichverletzung aus. Massive Prellungen vor allem im Gesichtsbereich. Würgemale am Hals, so ausgeprägt, wie ich sie selten zu sehen bekomme. Ich wette, vom Kehlkopf ist nur noch eine undefinierbare Knorpelmasse übrig. Hier hat jemand mit ungeheurer Wut und Kraft gewütet.«

»Und der andere?«, fragte Phil.

»Prellungen im Gesichtsbereich. Und ansonsten nur ein kaum sichtbarer Einstich an der linken Brustseite knapp über dem Herzen.« Er griff in seine Tasche und zog eine kleine Zellophantüte heraus. »Die Plastikhülle einer Spritze. Wir haben sie auf dem Schlachtfeld gefunden. Ich hab dem Jungen Blut abgenommen. Morgen wisst ihr, was man ihm gespritzt hat.«

»Direkt ins Herz?« Die Vorstellung verursachte mir einen kalten Schauder. Unten auf der Straße heulte die Sirene eines Ambulanzwagens los.

»Sieht so aus.«

»Wird er durchkommen?«, wollte Phil wissen.

»Da müsst ihr die Ärzte auf der Intensivstation des St. Vincent's Hospital fragen. Da bringen sie ihn nämlich gerade hin.«

Ein Cop betrat die Wohnung. Er reichte mir einen Zettel. Ein Name stand darauf. *Larry Plymouth* las ich.

»Der Junge«, sagte der Uniformierte. »Wohnt ein Stockwerk höher, direkt über diesem Apartment. Nachbarn haben ihn identifiziert.«

»Danke.«

Der Cop schaukelte zurück ins Treppenhaus.

»Hört sich alles ziemlich rätselhaft an«, meinte Phil. »Aber ich frage mal ganz dumm: Was geht uns das an? Das ist doch ein Fall für die Kollegen vom NYPD.«

»Und warum bist du hier, Alex?«, setzte ich nach.

»Haben sie euch das nicht gesagt?« Verblüffung erschien auf dem fetten Gesicht des Pathologen.

»Sie haben uns gesagt, es gebe Arbeit für uns«, sagte Phil. »Sonst nichts.«

Alex drehte sich um und schaukelte zur Tür, die in einen Nebenraum führte. Er winkte uns hinter sich her. Wir folgten ihm in die kleine Küche des Apartments.

Dort stützte sich Doc Doubleman mit den Fäusten auf den Küchentisch. Mit einer Kopfbewegung deutete er auf zwei Zellophantüten auf der Tischplatte vor sich. In der größeren steckte ein Hammer, in der kleineren ein langer Nagel …

Coney Island, 28. Oktober

Nebel lag über der Lower Bay. Das Rauschen der Brandung drang aus der dunkelgrauen Waschküche. Mickey hockte am Strand. Der Sand war feucht und die Luft kalt. Doch er fror nicht. Die ganze Nacht über hatte er kein Auge zugemacht. Doch er fühlte sich hellwach. Seit seiner Flucht aus seinem Apartment in der Green Street hatte er nichts mehr gegessen. Doch er spürte keinen Hunger.

Von SoHo aus war er hoch in die Bronx gefahren. Und von dort über Queens und Brooklyn hinunter nach Coney Island. Die ganze Nacht war er unterwegs gewesen. Kurz nach Sonnenaufgang hatte er sich in Benson Hurst eine Zeitung und ein paar Flaschen Wasser gekauft.

Mickey starrte in den Nebel. Die Küste von Staten Island war nicht zu sehen – zu dicht der Nebel. Aber Mickey wusste, dass drüben auf der anderen Seite das Haus von Timothy Wolfe lag. Ihm war, als könnte er die Nähe des Mannes spüren. Er überlegte, wie er es anstellen konnte, ihn und seine Freundin in seine Gewalt zu bekommen.

Mickey dachte auch an seinen Vater. An den Mann, der seine Mutter betrogen hatte. An den Mann, der stets den Gerechten heraushängen ließ. An den Mann, der ihm einen Häscher auf den Hals gehetzt hatte.

Die Welt war zu diesem Zeitpunkt voller Feinde für Mickey. Voller Dreckschleudern, die vernichtet werden mussten. Aber seit gestern

Nachmittag glaubte er zu wissen, wer sein größter Feind und wer die größte Dreckschleuder in dieser Welt war – der republikanische Senator William Archer. Sein Vater.

Zorn auf diesen Mann hatte ihn gepackt. Blinder Zorn …

Mickey zog die Zeitung aus der Tasche seines hellen Trenchcoats. Die »New York Post«. Nur ein paar Zeilen fand er über das, was er gestern in seinem Apartment erlebt hatte. Von einem Wohnungseinbruch in der Green Street wurde geschrieben. Und von einem Toten und einem Schwerverletzten.

Larry Plymouth war also noch am Leben. Das ärgerte Mickey. Die Vorstellung, sein Nachbar könnte der Polizei erzählen, was er gesehen oder gehört hatte, machte ihn noch wütender. Er bereute es, ihn nicht erstochen oder erschossen zu haben.

Er blätterte um, schlug dabei mit der flachen Hand auf die Zeitung. Sein Blick fiel auf ein seltsames Bild. Es sah aus wie eine Zeichnung und wirkte doch wie ein Foto. *Wer kennt diesen Mann?*, lautete der Untertitel des Bildes. Darunter ein kleiner Artikel über den Ritualmord am Chef einer Casting-Agentur.

Das seltsame Bild war ein Phantombild. Das Phantombild des Mannes, der den Ritualmord möglicherweise begangen hatte. Mickeys Augen wurden schmal, als er die Beschreibung des Gesuchten las: groß, hager, braune Augen, Hakennase, großer Mund, Anzug unter einem hellen Trenchcoat …

Er stieß einen wütenden Schrei aus und sprang auf. Der Gedanke, die Polizei könnte ihn suchen, war ihm nie gekommen. Warum sollte die Polizei jemanden suchen, der dazu auserwählt war, die Welt zu retten? Aus Gründen, die für Mickey im Dunkeln lagen, tat sie es offensichtlich trotzdem.

Durch den nassen Sand stapfte er zurück zur menschenleeren Strandpromenade. Der Chrysler-Van stand neben der Baracke der Strandaufsicht. Natürlich gab es um diese Jahreszeit niemanden zu beaufsichtigen. Die Baracke war leer.

Mickey riss die Wagentür auf und kletterte hinter das Steuer. Im Fond des Fahrzeugs hörte er unterdrücktes Stöhnen. Er drehte sich um. Seine Gefangene war wach. Sie lag im Laderaum. Geknebelt und gefesselt. Aus panisch geweiteten Augen blickte sie ihn an.

Jetzt erst registrierte Mickey den Gestank im Inneren des Wagens. Es roch nach Angstschweiß und Urin. Er ließ das Seitenfenster hinunter.

Hastig zog er Brieftasche und Handy aus seinem Trenchcoat und zog den Mantel aus. Er knüllte ihn zusammen. Mit einem wütenden Zischen warf er ihn hinter sich in den Laderaum des Vans. Dann griff er zum Handy und gleichzeitig zu seinem Notizblock. Er suchte Wolfes Nummer und tippte sie in die Tastatur des Geräts.

Eine verschlafene Männerstimme meldete sich. Mickey machte sich erschrocken klar, dass er viel zu früh anrief. »Ich weiß, es ist eine ungewöhnliche Zeit, Timmy.« Er sprach mit sanfter Stimme und achtete auf eine höfliche Wortwahl. »Aber ich bin nur noch heute in New York City.«

»Ja, Mickey? Was gibt's denn?«

»Ich wollte Ihnen sagen, dass ich die Rolle möchte. Vorausgesetzt, Ihr Angebot gilt noch. Könnten wir uns heute noch treffen?«

»Wir glauben den Namen des Täters zu kennen.« Ich saß in Susans Apartment in Chinatown. »Jefferson Michael Archer.« Vor mir auf dem Tisch dampfte Kaffee aus drei Tassen. Es roch nach gebratenen Eiern mit Schinken. Susan füllte mir meinen Teller.

»Wie seid ihr auf ihn gestoßen?«, fragte sie. Eigentlich hatte ich nur Phil abholen wollen. Susan hatte mich zum Frühstück eingeladen.

»Phil hat dir sicher von dem Mord gestern in der Green Street erzählt. Wir haben einen Hammer und einen Nagel am Tatort gefunden. Die Fingerabdrücke darauf stimmen mit denen überein, die wir im Bad, auf den Türklinken und an den Fenstergriffen und Schränken des Apartments fanden. Und mit Fingerabdrücken, die unsere Kollegen in Los Angeles sichergestellt haben. Wir schließen daraus, dass der Mieter des Apartments in der Green Street mit dem Nagelkiller identisch ist.«

Susan setzte sich zu uns an den Tisch. Sie trug einen dunkelbraunen Morgenmantel. »Was ist das für ein Mensch?«

»Wir wissen noch nicht viel über ihn«, sagte ich. »Nur dass er Schauspieler ist und ein paar Monate lang nicht in seiner Wohnung lebte.«

»Ein Schauspieler?« Susan schüttelte den Kopf. »Warum tut er so etwas?«

Weder Phil noch ich konnten diese Frage beantworten. Schweigend aßen wir unsere gebratenen Eier.

»Es ist nur noch eine Frage der Zeit, bis wir ihn haben«, sagte Phil irgendwann.

Gegen halb neun verabschiedeten wir uns von Susan. Mein Partner umarmte sie zärtlich. Grinsend wandte ich mich ab.

Es war rührend. Wenn es Phil erwischt, dann erwischt es ihn richtig. Ich dachte an den Tag, an dem wir Susan kennengelernt hatten. An den Abend im »North Star Pub«. Es war nicht so, dass sie mich kaltgelassen hätte. Aber ich gönnte meinem Partner die Romanze.

Unten auf der Mulberry Street ging es schon zu wie auf einem Basar. Gemüsehändler hatten ihre Stände aufgebaut, Bäcker ihre Backwaren ausgelegt, Geflügelhändler hatten gerupfte Hühner und Enten in die Schaufenster gehängt. Unter einem Vordach spielte ein Musikstudent auf einem Akkordeon. Es hatte schon in der Nacht aufgehört zu regnen, doch es war lausig kalt. Trotzdem drängten sich bereits Touristenscharen über die Bürgersteige, um in das unverwechselbare Flair des Chinesenviertels einzutauchen.

Hinter meinem schnittigen roten Jaguar stand ein schwarzer Ford LTD. Die Zeitung hinter dem Steuer senkte sich. Für Sekunden erschien das pockennarbige Gesicht Eddy Shannons. Wir kannten den jungen Lieutenant aus dem Fünften Revier flüchtig. Einer dieser lebenslustigen Jungfüchse, die man hin und wieder im »North Star Pub« trifft. Ich winkte ihm zu, er zwinkerte und versteckte sich wieder hinter seiner Zeitung.

Von Chinatown aus fuhren wir zur Federal Plaza. Briefing im Chefzimmer. Wie fast jeden Morgen. John High legte uns eine Kopie des Arztberichtes aus dem St. Vincent's Hospital vor.

»Larry Plymouth ist heute Nacht operiert worden«, sagte er. »Dem Bericht nach hat er unwahrscheinliches Glück gehabt. Die Kanüle hat seine Aorta angestochen. Sie mussten ihm ein riesiges Blutgerinnsel aus dem Brustkorb holen. Wenn der Täter die Nadel auch nur eine Daumenbreite weiter rechts in seinen Körper gerammt hätte, wäre der Herzmuskel verletzt worden.«

»Wird er es überleben?«, fragte Phil.

»Die Ärzte halten es zumindest für wahrscheinlich. Wenn keine Komplikationen auftreten.« Er wandte sich an Phil und mich. »Fahren Sie heute Nachmittag mal bei der Klinik vorbei. Vielleicht ist Plymouth dann schon vernehmungsfähig.«

Mickey parkte den Van in der Bayard Street. Nur ein paar Schritte von der Kreuzung Mulberry Street entfernt. Die Frau hinter ihm im Laderaum war noch immer wach. Flehend blickte sie ihn an. Er nahm eine Decke, breitete sie über sein Opfer aus. Dann schlug er zu, hart und rücksichtslos, traf mit der Faust ihre Schläfe, und die junge Frau verlor das Bewusstsein.

Er stieg aus. Mickey trug einen altmodischen dunkelblauen Anzug und eine blonde Perücke. Eine große Hornbrille aus Fensterglas saß auf seiner Hakennase.

Er hatte sich die Sachen in einem Second-Hand-Shop in Brooklyn gekauft. Genau wie die Umhängetasche aus braunem Kunstleder. Er schloss den Wagen ab. Ohne Hast schritt er auf die Kreuzung zu. Nicht die Spur von Zweifel hemmte ihn, keine Angst, keine Unsicherheit. Im Gegenteil – er fühlte sich in Hochstimmung.

Er war überzeugt von seiner Mission. Eine heilige Mission – die Welt retten, von all ihrem Schmutz befreien, von all ihrer Verdorbenheit. Hatte es je eine heiligere Mission gegeben? Niemand würde ihn aufhalten. Wer auch sollte es wagen, sich einem wie ihm in den Weg zu stellen?

Vor einem Schaufenster blieb er stehen. Sekundenlang betrachtete er sein Spiegelbild. Und lächelte.

Ganz normal siehst du aus, Michael. Perfekt. Gehst hier durch die Straße wie ein ganz gewöhnlicher Bürger – und keiner merkt, dass ein Erzengel an ihm vorbeigeht …

Der Gedanke amüsierte ihn. Und machte ihn gleichzeitig wütend.

Da war er wieder, dieser blinde Zorn, den er empfand.

Während er in die Mulberry Street einbog, öffnete er seine Umhängetasche und zog zwei der religiösen Heftchen heraus, die er einem Zeugen Jehovas in Brooklyn abgekauft hatte. Er klingelte im Erdgeschoss des nächstbesten Hauses.

Der Türöffner summte. Mickey trat in das Treppenhaus. Es roch nach Kohl.

Die kleine, dürre Gestalt einer alten Frau erschien in einer Wohnungstür. Ein spitzes asiatisches Gesicht blickte ihm fragend entgegen.

»Verzeihen Sie die Störung, Ma'am«, sagte Mickey, »aber das Gericht Gottes wird kommen wie der Dieb in der Nacht. Und zwar schneller, als Sie glauben. Haben Sie sich je Gedanken darüber gemacht, ob Sie dann zu den Verurteilten oder den Begnadigten gehören werden?«

So ungefähr hatte ihn der Sektierer in Brooklyn vor dem Second-Hand-Shop angesprochen. Und so arbeitete sich Mickey von Haus zu Haus durch die Mulberry Street. Bis er zu dem Haus gelangte, in dem die Schauspielerin wohnte.

Manche Leute schlugen ihm die Tür vor der Nase zu, manchen verkaufte oder schenkte er eins seiner Heftchen. Er klingelte an nicht mehr als zwei Wohnungstüren pro Haus.

Und dann stand er vor der Haustür der Frau, auf die er es abgesehen hatte.

Ich komme, du verfluchte Dreckschleuder – wie ein Dieb in der Nacht komme ich zu dir – und du bist nicht vorbereitet auf das Gericht …

Mickey war hellwach. Jedes Gesicht um sich herum registrierte er, jedes Wort zwischen Touristen und Straßenhändlern, jede Geste, jedes Mienenspiel. Aus den Augenwinkeln nahm er auch den schwarzen Ford LTD zwanzig Schritte rechts des Hauses wahr. Der Mann hinter dem Steuer hatte seine Zeitung sinken lassen. Sein misstrauischer Blick traf Mickey.

Und plötzlich saß Jefferson auf dem Beifahrersitz neben dem Mann. Mickey wusste Bescheid. Ein Polizist. Ein junger Kerl. Mickey lachte in sich hinein. Was sollte der ihm anhaben können?

Er klingelte im Erdgeschoss. Der Türöffner summte. Während er die Tür aufdrückte, sah Mickey den Mann aus dem schwarzen Ford LTD steigen. Komm nur, dachte er …

Dem Kind an der Wohnungstür des Erdgeschosses drückte er zwei der religiösen Schriften in die Hand. Wortlos stieg er ins zweite Obergeschoss. *Susan Wang* stand auf dem Namensschild unter dem Klingelknopf. Mickey legte den Zeigefinger darauf.

»Wer ist da?« Eine Frauenstimme hinter der verschlossenen Tür. Mickey hörte, wie unten im Erdgeschoss die Haustür geöffnet wurde.

»Verzeihen Sie die Störung, Ma'am.« Mickey sagte seinen Spruch auf. »Aber das Gericht Gottes wird kommen wie der Dieb in der Nacht. Und zwar schneller, als Sie glauben. Haben Sie sich je Gedanken darüber gemacht …«

»Nein, hab ich nicht.« Die Frauenstimme klang ärgerlich. »Ihre Ideen interessieren mich nicht, lassen Sie mich bitte in Ruhe!«

Schritte hallten durchs Treppenhaus.

»Wie Sie wünschen, Ma'am«, sagte Mickey. »Und verzeihen Sie bitte die Störung.« Während er die nächste Treppe hinaufstieg, zog er seinen 38er unter dem Jackett hervor und spannte den Hahn. Er klingelte an der nächsten Tür. Ein Stockwerk tiefer hörte er die Türglocke der Apartmenttür der Schauspielerin. Er sagte seinen Spruch auf. Obwohl niemand ihm geöffnet hatte. Leise schlich er die Treppe wieder hinunter und lauschte.

»Ich bin's – Lieutenant Shannon«, sagte eine Männerstimme unter ihm. Ein Türschloss klackte, mehrere Sicherungsketten wurden zurückgezogen, eine Tür geöffnet. »Alles klar bei Ihnen, Miss Wang?«

»Alles klar, Lieutenant. Ein Sektierer wollte …«

Mickey stürmte die Treppe hinunter, riss den Revolver hoch.

Der Mann vor der Tür der Schauspielerin warf sich auf den Boden, griff unter die Jacke.

Mickey drückte ab, während er drei, vier Stufen auf einmal nahm.

Der Mann krümmte sich.

Mickey schoss und schoss.

Die Wohnungstür wurde zugeschlagen.

Er warf sich gegen die Tür, stürzte in das Apartment und bekam die Frau am Stoff ihres Morgenmantels zu fassen. Er riss sie zu sich, der Morgenmantel glitt von ihrem Körper, nackt rannte sie auf ein Fenster zu.

Mickey gab der Tür hinter sich einen Stoß. Krachend fiel sie ins Schloss. Er stürzte hinter dem nackten Girl her. Sie schrie und versuchte, das Fenster hochzuziehen.

Mickey schlug ihr den Kolben seiner Waffe auf den Hinterkopf. Sie verstummte und brach zusammen.

Mickey handelte instinktiv. Er spritzte ihr das Betäubungsmittel in die Vene, das er im Werkzeugkoffer des falschen Handwerkers gefunden hatte. Danach rollte er sie in einen Teppich. Warum sollte er einen Kniff, der einmal gut funktioniert hatte, nicht ein zweites Mal anwenden?

Auf seiner Schulter schleppte er die Teppichrolle mit dem nackten Girl über die Feuertreppe in den Hinterhof.

Später packte er die bewusstlose Frau in den Heckraum des Chrysler-Van. Streifenwagen und Ambulanzen rasten mit Rotlicht und heulenden Sirenen an ihm vorbei und bogen mit schreienden Reifen in die Mulberry Street ein. Seelenruhig stieg Mickey in den Van und fuhr nach Lower Manhattan hinunter …

»Er – er ist – durchgeknallt – vollkommen durchgeknallt …«

Seine Stimme klang trocken und heiser. Wir hatten uns Stühle an sein Bett gezogen und mussten uns nahe zu seinem Gesicht beugen, um ihn verstehen zu können.

»Er hält sich – er hält sich für einen Engel …« Larry Plymouths

Gesicht hatte die Farbe nassen Asphalts. Trotz seiner Schmerzen huschte ein bitteres Grinsen über seine Züge. »Fuck, es ist nicht zu fassen – so was von durchgeknallt ...«

Es war früher Nachmittag. Der farbige Junge war seit dem Morgen wieder bei Bewusstsein. Die Ärzte hatten uns zehn Minuten gegeben. Phil, auf der anderen Seite des Bettes, hatte sein Notizbuch und einen Stift gezückt.

Ich versuchte, den Dschungel aus chromblitzenden Infusionsständern, Schläuchen, Monitoren und blubbernden Pumpen zu ignorieren, und konzentrierte mich ganz auf den frisch Operierten. »Was ist passiert, Larry? Erzähl es uns. Es ist wichtig. Nur du kannst uns helfen, den Mann zu fassen.«

»Er hat – er hat ihn erwürgt ...«, krächzte Plymouth.

»Wer hat wen gewürgt?«

»Mickey den Teppichfritzen. Er hockte auf ihm – ich wollte ihn von ihm herunterziehen – aber er hatte solche Kräfte – solche Kräfte – Mann, o Mann – ich dachte, der Teufel persönlich ist aus der Hölle heraufgekommen ...«

»Du sprichst von Jefferson Michael Archer?«, vergewisserte ich mich.

»Klar, Mann – von wem sonst ...?« Er erzählte. Stockend und mit langen Pausen. Aber in seinem derben Slang so anschaulich, dass wir uns ein klares Bild von den Ereignissen in der Green Street machen konnten.

»Wie kommst du darauf, dass er sich für einen Engel hält, Larry?«, fragte ich.

»Er – er hat's gesagt, Mann! ›Ich bin Michael, der Erzengel‹, hat das Arschloch gesagt. Stellt euch das vor – Michael, der Erzengel! Und er sagte: ›Ich bin auserwählt, den Dreck aus dieser Welt zu wischen.‹« Seine mit Schläuchen gespickte Rechte fuhr zu seiner Stirn. »He, Mann!«, krächzte er. »Hast du so eine Scheiße schon je gehört?«

»Was weißt du noch über Archer?«, wollte ich wissen.

»Keine Ahnung. Nur dass ein anderer Typ 'ne Zeit lang in seiner Bude gehaust hat. Mickey war da in der Klapse. Ja, ich glaub, er war in der Klapse. Hat im Wahn 'nen Schauspiellehrer kaltgemacht, hieß es ...«

Phil sah von seinem Notizblock auf. Unsere Blicke trafen sich. Was Larry Plymouth uns erzählte, konnte uns nicht gefallen.

»Und noch so'n Scheiß hat er gesagt ...« Larry legte seine Hand auf meinen Arm. »Dass viele von seiner Sorte ihm zur Hilfe kommen werden! Genau das sagte er. Und dass die anderen durchgeknallten Typen wie Sterne am Himmel auftauchen werden …«

Ein Dunstteppich wogte über dem East River. Das Beton- und Glasgebirge Manhattans schob sich näher. Schwere Wolken hingen zwischen den Hochhäusern und verhüllten sie teilweise. Timothy Wolfe steuerte seine Hochsee-Yacht auf das Pier Nummer 9 zu. Ein paar hundert Yards weiter nördlich schälten sich die Konturen der Brooklyn Bridge aus dem Dunst.

»Vielleicht kann ich ihn überreden, noch ein paar Tage in New York City zu bleiben.« Wolfe stand neben Rachel an der Steuerkonsole. »Ich sollte wenigstens einen Tag lang in Ruhe mit ihm reden, damit ich endlich mit dem Drehbuch beginnen kann.«

»Du hast doch alles schon in deinen Büchern gelesen«, seufzte Rachel. Ein Ausflug bei solch miesem Herbstwetter war nicht nach ihrem Geschmack. Sie wäre lieber zu Hause auf Staten Island geblieben. »Was kann er dir schon Neues erzählen?«

»Ach, Rachel!« Wolfe machte ein empörtes Gesicht. »Das kann nicht dein Ernst sein!« Die Anlegestelle näherte sich. Der Verkehrslärm wurde laut. Über den nahen South Street Viaduct schoben sich Blechschlangen. Es war halb fünf. Die Rushhour hatte Manhattan im Griff. »Ich will wissen, wie das ist, wenn man in einer Wahnwelt lebt, die man für Realität hält. Ich will es von einem wissen, der weiß, wovon er spricht. Er soll mir erzählen, was er gehört und gesehen hat. Er soll mir sagen, ob er die Menschen um sich herum für wahnsinnig gehalten hat, was er gefühlt hat, ob er niemals Zweifel an seinen Wahnvorstellungen hatte und so weiter. Ist das wirklich so schwer zu verstehen?«

Rachel seufzte noch einmal, statt zu antworten. Sie sehnte sich nach ihrem Sessel vor dem Kamin.

»Außerdem will ich ihn kennenlernen.« Wolfe steuerte die Yacht backbord an die Anlegestelle heran. »Wenn er die Rolle wirklich übernimmt, will ich sie auf ihn zuschreiben. Alles klar?«

Rachel nickte nur. Sie verließ die Brücke. Auf dem Außendeck löste sie das Tau und warf es über den Poller auf der Mole. Sie vertäute die Yacht und stieg über eine Treppe auf das Pier hinauf.

Jetzt erschien auch Wolfes schlanke Gestalt auf dem Deck. »Ist er schon da?« Für fünf Uhr waren sie am Pier 9 mit Mickey Archer verabredet.

Rachel sah sich um. Kaum Menschen auf dem Pier. Ein Hochseeangler schaffte fünfzig Schritte weiter sein Material auf eine Yacht. Ein Paar in Ölzeug lief Arm in Arm an Rachel vorbei. Ein blonder Mann mit Hornbrille und in einem billigen Anzug stand etwas weiter draußen auf dem Pier und schien sie zu beobachten.

»Nein«, sagte Rachel. »Aber es ist ja auch nicht ganz fünf.«

Timothy Wolfe stieg zu ihr aufs Pier.

»Hallo, Timmy! Hallo, Rachel!«

Wolfe und Rachel blickten sich neugierig um. Der Mann in dem billigen Anzug kam auf sie zu. Er lächelte und winkte.

»He, Mickey!« Wolfe ging ihm entgegen. »Wie sehen Sie denn aus?« Er lachte laut.

Mickey ergriff seine ausgestreckte Hand. »Ich versuche mich gerade in die Rolle eines unauffälligen Privatdetektivs einzufühlen.«

»Sie haben eine Rolle angeboten bekommen?« Wolfe führte ihn zur Yacht. »Sie werden mir doch hoffentlich nicht wieder untreu werden?«

Rachel begrüßte Mickey zurückhaltend. Sie kannte keinen einzigen Kollegen und keine einzige Kollegin, die sich in ihrer Freizeit kostümierten, um eine Rolle einzuüben. Etwas an dem Mann war ihr auf einmal unheimlich.

»Nur eine kleine Nebenrolle.« Hinter Wolfe her betrat Mickey die Yacht. »Die Dreharbeiten sind Ende des Jahres abgeschlossen.«

»Da bin ich ja beruhigt.« Timothy Wolfe fand Mickey einfach nur originell. »Kommen Sie, Mickey – wir trinken einen Kaffee und reden in Ruhe über alles.« Er öffnete die Kajütentür. Mickey und Rachel schoben sich an ihm vorbei in den engen Raum. Er folgte ihnen und schloss die Tür hinter sich.

Mickey sah sich in der mit hellem Holz getäfelten Kajüte um: ein kleiner Tisch mit Platz für vier Personen, zwei schmale Stühle, eine Sitzbank, Wandschränke, eine kleine Kombüse.

Rachel setzte sich an den Tisch und zündete sich eine Zigarette an. Sie spielte mit einer ihrer blonden Locken und sprach kein Wort. Mickey spürte ihren misstrauischen Blick.

»Ich rede nicht lange um den heißen Brei herum.« Wolfe ging zur Kombüse. Den Rücken Mickey zugewandt, stopfte er eine Filtertüte in den Filter einer Kaffeemaschine. »Ich werd Sie gleich fragen, ob Sie nicht wenigstens einen Tag länger in New York City bleiben können.« Er drehte sich nach Mickey um. Der stand noch immer vor dem Tisch. »Ich muss ausführlich mit Ihnen sprechen, Mickey – über Ihre Krise,

Sie verstehen? Ich brauche Informationen aus erster Hand.« Er grinste, als wollte er sich für das heikle Thema entschuldigen. »Aber erst mach ich Kaffee.« Er wandte sich wieder ab und holte eine Kaffeedose aus dem Regal. »Wie geht's eigentlich so?«

»Prächtig geht es mir, es könnte mir gar nicht besser gehen.«

Als wollte er sich neben Rachel setzen, zog Mickey den Stuhl neben ihr unter dem Tisch heraus. Er registrierte, dass sie die Schultern hochzog und ein Stück abrückte.

»Das freut mich, Mickey, das freut mich …«

Blitzschnell griff Mickey zu. Seine linke Hand verkrallte sich in Rachels Lockenpracht, er riss das Girl vom Stuhl hoch und drückte Rachels Oberkörper auf den Tisch. Gleichzeitig bohrte er den Lauf des 38ers in ihren Nacken.

Wolfe wirbelte herum. Die Kaffeedose polterte auf den Kajütenboden. Seine Augen weiteten sich ungläubig. Er bewegte den Unterkiefer auf und ab wie ein Fisch auf dem Trockenen. Was auch immer er hatte sagen wollen, es blieb ihm im Halse stecken.

»Her zu mir!«, zischte Mickey. Er spannte den Hahn des Revolvers. Rachel wimmerte, Wolfe zuckte zusammen. »Komm schon!«

»Was – was – was soll das, Mickey?« Wolfe war plötzlich bleich. Schweißperlen bildeten sich auf seiner Stirn.

»Du kommst her, oder ich töte sie!«

Zögernd setzte sich Wolfe in Bewegung. »Du machst doch Spaß, Mickey? Gib zu, dass du Spaß machst …« Seine Stimme versagte, er schluckte.

»Du Idiot!«, schluchzte Rachel. »Merkst du nicht, dass er wahnsinnig ist? Tu, was er sagt – bitte, bitte, tu, was er sagt!«

Mickey drückte ihr Gesicht gegen die Tischplatte. Sie weinte leise, ihr Körper bebte. »Hinlegen!«, herrschte er Wolfe an. »Flach auf den Boden! Gesicht nach unten!«

»Was – was hast du vor, Mickey!« Wolfe ging auf die Knie und legte sich hin. »Du wirst uns doch nichts tun, oder? Das wirst du doch nicht, Mickey!«

»Nenn mich nicht Mickey!« Mickey holte aus. Er trat Wolfe brutal in die Seite. Zweimal rammte er ihm den Fuß in die Rippen, dann trat er ihm mit brutaler Wucht gegen den Kopf.

Er riss Rachel vom Tisch hoch. Sie schrie. Mickey drückte sie zu Boden, riss ihr den Kopf in den Nacken und blickte ihr in die ängstlichen Augen. Sie verstummte augenblicklich.

»Michael – ihr nennt mich Michael!«, flüsterte er. »Die kurze Zeit, die ihr noch zu leben habt, nennt ihr mich Michael!«

Mit vorgehaltener Waffe zwang er die beiden wehrlosen Menschen, sich auszuziehen. Dann fesselte und knebelte er sie.

Er wartete bis zum Einbruch der Dunkelheit. Am späten Abend erst schaffte er Julia Rosen und Susan Wang aus dem Chrysler-Van an Bord der Yacht. Susan trug nichts am Leib, und auch Julia Rosen zwang er, sich zu entkleiden, bevor er sie wieder fesselte und knebelte ...

Ich saß in meinem Jaguar und fuhr Richtung Westside über den Broadway, als mich der Anruf erreichte. Phils Stimme klang hohl und leblos. »Du musst kommen, Jerry. Er hat Susan ...«

Ich trat auf die Bremse, fuhr an den Straßenrand und knallte das Rotlicht aufs Wagendach. Durch die Abenddämmerung raste ich nach Chinatown hinunter.

In der Mulberry Street, vor Susans Haus, eine Armada von Einsatzfahrzeugen. Und die übliche Gafferschar um die Absperrung.

Mit den Ellenbogen drängte ich mich durch die Menge und hastete das Treppenhaus hinauf. Vor Susans Apartmenttür die Kreideskizze eines menschlichen Körpers. Blutflecken an der Stelle, wo der Kopf der Leiche gelegen hatte. Heißer Schreck durchzuckte mich. Männer und Frauen knieten innerhalb und außerhalb des Apartments auf dem Boden. Mitarbeiter der Spurensicherung. Ich trat ein. Vor einem der Fenster standen Zeerookah, Steve Dillaggio und Mr. High. Phil hockte mit übereinandergeschlagenen Beinen in einem von Susans Sesseln. Sein Gesicht glich einer Totenmaske.

»Lieutenant Shannon ist tot«, begrüßte mich Mr. High. »Man hat seine Leiche vor der verschlossenen Wohnungstür gefunden.«

»Und Susan?«

»Weg.« Steve zuckte mit den Schultern. »Spurlos verschwunden.«

Ich blickte zu meinem Partner. Phil reagierte nicht. Er schien durch mich hindurch zu sehen. »Wann?«

»Am frühen Nachmittag«, sagte Mr. High. »Es hat ein paar Stunden gedauert, bis jemand vom NYPD auf die Idee kam, uns anzurufen.«

»Der Nagelkiller?«

»Wir wissen es nicht, Jerry. Unsere Leute haben ein paar Fingerabdrücke gefunden. Warten wir das Ergebnis ab.«

»Wer sonst?« Endlich sagte Phil etwas. »Er hat seine Strategie geändert. Vielleicht hat er auch einfach keine Zeit gehabt, es hier zu tun.«

Ich ging vor ihm in die Hocke. »Bullshit …!«, zischte ich. »Was ist das für ein Mann, der in eine Wohnung eindringt, die von einem Polizisten bewacht wird?«

»Ich weiß es nicht, Jerry!« Phil senkte die Stimme. »Ich weiß nur eines«, flüsterte er, »ich werde ihn mit bloßen Händen erwürgen, wenn er Susan etwas antun sollte …«

10

Washington, D.C., 29. Oktober

Einer der Albträume, die William Archer in den letzten Wochen plagten. Das fast gleiche Bild, die fast gleiche Szene in unwesentlichen Variationen: eine unübersehbare Menschenmenge in einem riesigen Kuppelsaal. Alle applaudieren, ein Orchester stimmt die Nationalhymne an, die Menschen beginnen zu singen.

Er sieht sich in die singende und unablässig applaudierende Menschenmenge eintauchen. Die Leute weichen zurück, bilden eine Gasse, Archer geht durch das Spalier der Menschen, er fühlt sich müde und unglücklich, seine Beine scheinen mit Blei ausgegossen zu sein.

Ganz am Ende der unendlich langen Gasse aus Menschenkörpern steht der Gouverneur von Texas – sein Rivale, Henry Mercury. Archer sieht sich auf ihn zugehen, sieht Zeitungen in den Händen der Leute rechts und links von sich, kann die Schlagzeilen lesen – *Sohn von Senator William Archer ist Nagelkiller!*

Und dann erreicht er Mercury, der strahlt, Archer drückt ihm die ausgestreckte Hand und hört sich sagen: »Herzlichen Glückwunsch, Mr. President«, und Mercury sagt: »Ich danke dir, mein lieber Billy, und pass in Zukunft ein bisschen besser auf deinen Ältesten auf.«

Aus der Musik der Kapelle hebt sich eine Oboe besonders lautstark ab – nein, eine Klarinette. Oder ist es eine Flöte? Archer reißt die Augen auf. Nur dieses Instrument ist noch zu hören und …

Er fuhr hoch. Schweiß stand auf seiner Stirn. Der Traum verblasste, die Melodie blieb – immer die gleiche Tonfolge. Das Telefon!

Er schaltete die Nachttischlampe ein. Halb drei zeigte der digitale Wecker an. Er griff nach dem Hörer. »Archer hier – was gibt's?«

»Hallo, Dad!«

Archer hielt den Atem an. Kerzengerade saß er mit einem Mal im Bett.

»Hörst du mich, Dad?«

»Gott, Jefferson Michael, ich …« Archer atmete tief durch. »Ich bin – ich wusste nicht – wo bist du? Wo seid ihr?« Seit zwei Tagen hatte sich LaRoche nicht mehr gemeldet. Der Senator war erst ungeduldig, dann ungeheuer wütend und schließlich besorgt gewesen. Erleichterung machte sich jetzt in ihm breit.

»In New York City, Dad.« Die Stimme seines Sohnes klang merkwürdig sanft und leise. »Hol mich hier ab.«

»In New York City?«, flüsterte Archer. Seine Frau neben ihm schlug die Augen auf. »Ich dachte, ihr seid längst in Texas!« Er sprach jetzt lauter. Edith war wach und setzte sich neben ihm im Bett auf.

»Wir sind in New York City, Dad. Hol mich ab.«

»Selbstverständlich, Michael …« Archer schob sich aus dem Bett und stand auf. »Vielleicht gibst du mir mal eben LaRoche?«

Schweigen am anderen Ende der Leitung.

»Hörst du, Michael? Gib mir LaRoche!«

Noch immer sagte sein Sohn kein Wort. Archer hörte seine lauten Atemzüge. Dann endlich: »Wer ist das, Dad?«

Archer fuhr herum und starrte seine Frau an. »Ja, aber …« Edith faltete die Hände und presste sie vor den Mund. »Das ist – das ist – ein Vertrauter.« Archer fasste sich. Er begann, im Schlafzimmer auf und ab zu laufen. »Ich hatte ihn gebeten, dich zu suchen. Wir konnten dich nicht mehr erreichen.«

»Hol mich ab, Dad. Ich komme nach Hause. Aber du musst mich holen.«

»Natürlich, Michael, natürlich …« Archer dachte an die Wahlkampftermine in Maine, die er am folgenden Tag hatte. »Ich schicke deine Mutter nach New York City. Tom wird sie begleiten.«

»*Du* musst kommen, Dad. *Du*!«

Archer schluckte. Schließlich siegte die Einsicht, dass ihm kein noch so gelungener Wahlkampfauftritt etwas nützte, wenn die Polizei seinen ältesten Sohn festnehmen würde. »Ich komme. Wo treffe ich dich?«

»Flieg gleich los. Ich melde mich gegen Mittag bei dir. Dann erfährst du, wo ich bin.« Die Verbindung wurde unterbrochen.

»Michael? Jefferson Michael? Bist du noch dran? Hallo? Michael?« Der Senator ließ das Handy sinken. Ediths Blick hing an seinem Gesicht. »Jefferson Michael«, krächzte Archer. »Er ist in New York City. Ich soll ihn holen.«

»Dann fliege hin, Billy!« Edith kroch aus dem Bett und warf sich an seine Brust. »Er ist unser Sohn. Ich sage Tom Bescheid, damit er deine Termine absagt. Nimm gleich die nächste Maschine …«

Manhattan, 29. Oktober

Es war dunkel. So dunkel, dass Susan nicht mal ihre angewinkelten Knie vor ihrer Brust sehen konnte. Sie fror. Sie war nackt bis auf die Haut. Neben sich spürte sie einen anderen nackten Körper. Sie hörte Atemzüge. Es stank. Nach altem Schweiß. Und menschlichen Exkrementen. Ein schwerer Druck saß unter ihrer Schädeldecke auf ihrem Hirn. Die gefesselten Hände auf ihrem Rücken kamen ihr vor wie die Hände einer Fremden. Sie spürte sie kaum noch. Ihre Beine schmerzten, ihr Gesäß, ihr Rücken, ihr Nacken. Dumpf und leer fühlte sie sich. Die Panik war nur noch ein mattes Glimmen hinter ihrem Brustbein.

Sie dachte an ihre Eltern. Sie dachte an ihre Brüder und Schwestern. Und an Phil Decker.

Irgendwo in der Dunkelheit stöhnte jemand. Etwas scharrte über den Boden. Der Raum schwankte. Wir sind also mindestens zu dritt, dachte Susan. Die Einsicht hatte etwas Tröstliches.

Eine Stimme kam von irgendwoher. Eine Männerstimme. Außerhalb des dunklen Raumes sprach sie hin und wieder kurze Sätze, die Susan nicht verstehen konnte.

Dann Schritte. Eine Tür wurde geöffnet. Und plötzlich Licht. Susan schloss geblendet die Augen. Als sie die Augen wieder öffnete, blickte sie in das Gesicht, das sie für Bruchteile von Sekunden vor ihrer Wohnungstür in Chinatown gesehen hatte. Und im »Cornelia Street Café«. Der Kaffeetrinker an der Theke. An dem Abend, an dem Louis starb.

Der glimmende Funke hinter ihrem Brustbein wurde schlagartig zu brennender Glut. Glut, die ihren ganzen Körper erfasste. Sie stöhnte laut auf.

»Still!«, zischte der Mann. Er betrat den Raum. Susan begriff, dass es die Kajüte eines Schiffes war. Die Tür hinter sich ließ er offen. Susan sah einen sternenlosen, dunklen Himmel.

Der Mann war nicht mehr blond wie gestern noch. Er trug auch keine Hornbrille. Er sah aus wie Tage zuvor im »Cornelia Street Café« – kahlköpfig und in einen sehr hellen Trenchcoat gehüllt. Nur dass der Mantel zerknautscht und schmutzig war.

Der Mann drehte sich um und deutete auf die offene Tür. »Seht ihr ihn?« Jetzt erst rückten die drei anderen Menschen im Raum in Susans Bewusstsein. Gefesselt und geknebelt wie sie, zusammengekrümmt auf dem Boden liegend oder kauernd wie sie. Und ebenso nackt wie sie. Zwei Frauen und ein Mann.

Susan erschrak – sie kannte alle drei. Kollegen. Der Mann war Timothy Wolfe, Regisseur und Drehbuchautor von *Amtrak-Team*. Die Serie, in der auch sie mitspielte. Eine Blutkruste zog sich fast über die gesamte rechte Hälfte seines Gesichts.

Die Frau neben ihm – Rachel Burgh – zitterte am ganzen Körper. Sie hatte die Kontrolle über ihren Unterkiefer und ihre Beine verloren. Alles schlotterte. Blutkrusten klebten in ihrer blonden Lockenpracht, um die Susan sie immer heimlich beneidet hatte. Der Boden um sie herum war feucht. Sie hatte eingenässt. Genau wie Susan auch.

Susan wandte den Kopf. Und blickte in ein aschfahles Gesicht. Verzerrt von Angst und Schmerzen, sah es aus wie das Gesicht einer Toten. Aber die junge Frau lebte, auch wenn sie die Augen geschlossen hielt. Susan sah es an ihren nackten Schultern. Sie senkten und hoben sich in raschem Atemrhythmus. Auch ihren Namen kannte sie – Julia Rosen. Ebenfalls eine *Amtrak-Team*-Schauspielerin. Brechreiz würgte Susan. Er hat es auf das *Amtrak-Team* abgesehen …

»Ob ihr ihn sehen könnt?«, fauchte der Mann. Noch immer deutete er auf die offene Tür. Seine dunklen Augen schienen zu brennen, während er sich unter seinen Gefangenen umsah. »Nein«, flüsterte er. »Ihr könnt ihn nicht sehen. Weil ihr Dreckschleudern seid. Weil ihr Niedertracht und Schlechtigkeit in die Welt speit. Und euch dafür noch bezahlen lasst!«

Susan verstand kein Wort. Sie verstand nur, dass ihr ein Wahnsinniger gegenüberstand. Ein Mensch mit einem kranken Hirn. Ein Mensch, der sich seine eigene Welt, seine eigene Wahrheit zurechtgebastelt hatte.

»Und auch mich könnt ihr nicht sehen«, fuhr der Mann fort. Seine Miene war hart und bitter, seine Stimme schneidend und kalt. »Ihr glaubt, ihr seht einen kahlköpfigen Schauspielschüler im weißen Mantel. Und wisst nicht, wer ich wirklich bin.« Er stieß ein höhnisches Lachen aus. »Ihr werdet erkennen, wer ich bin. Wenn ich die Welt von dem Dreck in euren Hirnen befreie, dann werdet ihr erkennen, dass ich Michael bin! Doch dann wird es zu spät für euch sein …!«

Manhattan, 29. Oktober

»Es gibt Neuigkeiten, Gentlemen.« Es war Freitagabend. Mr. High hatte uns im FBI-Building an der Federal Plaza zur Krisensitzung zusammengetrommelt. »Beunruhigende Neuigkeiten.« John D. High warf einen Stoß Papiere auf den Konferenztisch und setzte sich.

Ein harter Tag lag hinter uns. Wir waren keinen Schritt weitergekommen.

Von Susan fehlte jede Spur. Ich fühlte mich erschöpft und leer.

Die halbe Nacht waren Phil und ich durch den Hyde Park gelaufen. Wir hatten nicht viel geredet. Phil war fertig. Und ich wusste, dass ich ihn nicht allein lassen durfte. Auf seiner Couch in seinem Apartment hatte ich zwei oder drei Stunden geschlafen. Was er in der Zeit getan hatte, wusste ich nicht. Jedenfalls sich nicht ausgeruht. Er sah an diesem Freitagabend aus wie eine Leiche.

»Eine Schauspielerin aus Washington ist gestern als vermisst gemeldet worden«, sagte der Chef. »Julia Rosen. Sie spielt in einer neuen Fernsehserie mit. *Amtrak-Team* – vielleicht kennen Sie die Serie. Vor einer Stunde kamen zwei weitere Vermisstenmeldungen rein. Ein gewisser Timothy Wolfe und seine Freundin Rachel Burgh sind nicht zu Dreharbeiten auf Coney Island erschienen. Dreharbeiten zu derselben Serie. Wolfe ist der *Creator* und *Executive Producer* der Serie und schreibt die meisten Drehbücher.«

»Spielt nicht auch Susan Wang in dieser Serie mit?«, fragte Zeerookah.

»So ist es.« Die Stimme unseres Chefs klang müde. »Wolfe befindet sich nicht in seinem Haus auf Staten Island. Auch seine Yacht ist verschwunden.«

»Die Opfer des Nagelkillers in Los Angeles«, Steve beugte sich über den Tisch, »spielten sie auch in dieser Serie mit?«

John High schüttelte den Kopf. »Nein. Aber auch sie hatten zum größten Teil einen Job in ein und demselben Film.«

»Sie glauben, der verdammte Killer hat die Leute ermordet?«, knurrte Joe Brandenburg.

»Ich weiß es nicht«, sagte Mr. High. »Aber ich habe eine böse

Ahnung.« Er wandte sich an mich. »Es kommt noch schlimmer – würden Sie den Kollegen sagen, was Sie über diesen Jefferson Michael Archer herausgefunden haben, Jerry?«

»Er ist der Sohn von Senator William Archer.«

»Der Republikaner, der sich um die Präsidentschaftskandidatur bewirbt?« Les Bedell machte ein ungläubiges Gesicht. Und nicht nur er.

Ich nickte. »Die Vernehmung des verletzten Discjockeys brachte uns auf die Spur. Archer junior hatte im Frühling dieses Jahres einen psychischen Zusammenbruch. Er sah Dämonen oder weiß Gott was. Akute paranoid-halluzinatorische Psychose lautete die Diagnose damals. Er hat einen seiner Schauspiellehrer umgebracht. Im Wahnsinn. Statt ins Gefängnis wanderte er in eine geschlossene psychiatrische Klinik.«

Eine Zeit lang sagte niemand etwas. Steve brach schließlich das Schweigen. »Was sollen wir tun? Wenn die Öffentlichkeit das erfährt, kann der Senator seine politischen Ambitionen an den Nagel hängen.«

Ich musste grinsen, obwohl die Situation so verfahren war. »An den Nagel hängen«, wiederholte ich. »Das passt …«

»Wir können uns nicht um politische Karrieren kümmern«, sagte John D. High. »Das Scheußliche an der Geschichte ist, dass der Senator offenbar Bescheid wusste. Der Tote in der Green Street war ein Privatdetektiv. So wie es aussieht, hat Archer ihn auf seinen Sohn angesetzt.«

»Um ihn aus dem Verkehr zu ziehen«, knurrte Joe.

»Um seine Karriere zu retten«, sagte Phil bitter.

»Was tun wir jetzt?«, wollte ich wissen.

»Ich werde den Senator anrufen.« John High erhob sich und ging zu seinem Schreibtisch …

William Archer stand am Hafen von Ellis Island und blickte über den Hudson auf die abendliche Skyline von Manhattan. Es dämmerte bereits. Zahllose Lichter glitzerten in den fernen Hochhausfassaden. Er klappte den Kragen seines Mantels hoch. Es war eiskalt. Wie im Winter. Dunst stieg aus dem Wasser.

Am frühen Morgen war er auf dem La Guardia Airport gelandet. Gegen Mittag erst hatte ihn sein Sohn angerufen und ihn hierher auf die ehemalige Einwanderungsinsel gelotst. Seit dem frühen Abend wartete der Senator. Er wartete auf ein Schiff namens »Seagull«. Eine Yacht, auf der sich sein Sohn momentan aufhielt. Mehr wusste Archer nicht. Die ganze Sache kam ihm merkwürdig vor.

Sein Handy meldete sich.

Archer riss es aus der Manteltasche. »Archer!«

Seine Frau Edith war am Apparat. »Ist Mickey bei dir?« Ihre dünne Stimme vibrierte. Als könne sie die Tränen nur mühsam zurückhalten.

»Nein. Was ist los mit dir?« Eine Yacht schob sich plötzlich aus dem Dunst auf ihn zu. »Da kommt er«, flüsterte er. »Da kommt diese Yacht!«

»Billy! Der FBI hat angerufen!«

Archer zuckte zusammen. »Was sagst du da?«

»Warum hast du mir nichts gesagt …?« Ihre Stimme brach ab.

Er hörte sie schluchzen.

Die Yacht kam näher. Ein kurzer Name stand unter der Reling am Bug – »Seagull«.

»Warum – warum hast du mir nicht gesagt – dass Mickey – dass Mickey wieder Menschen getötet hat …?«

»Woher weißt du das?«, schrie Archer. »Woher weißt du das?«

»Vom FBI …«

Archer ließ das Handy sinken. Der Boden unter seinen Füßen schwankte. Von fern drang die Stimme seiner Frau an sein Ohr.

Er unterbrach die Verbindung. Alle Kraft wich aus seinen Gliedern, als sich die Wahrheit in sein Hirn bohrte: Die Polizei wusste Bescheid. Morgen würde es in allen Zeitungen stehen …

Seine Knie gaben nach. Er sank auf den Asphalt, verbarg sein Gesicht im Ärmel des Mantels – und weinte …

Tom Barnfield riss der jammernden Frau den Telefonhörer aus der Hand. »Billy!« Keine Antwort. »Billy – hörst du mich?« Keine Reaktion. »Billy! So hör doch!« Nichts.

Barnfield presste den Hörer an die Brust. »Er ist nicht mehr dran.«

»O Gott! Er wird sich doch nichts antun?«, schrie Edith. Tränen strömten über ihr Gesicht.

»Was hat er gesagt?« Barnfield knallte den Hörer auf. Er trat dicht an die Frau des Senators heran. Sie weinte hysterisch. Er packte sie an den Schultern und schüttelte sie. »Reiß dich zusammen, Edith! Was hat er gesagt?«

»Mickey kommt mit einer Yacht ...« Edith schluchzte. »›Seagull‹ heißt sie – Ich weiß nicht, was er vorhat ...«

Barnfield ließ sie los und starrte sie an. »LaRoche hatte recht. Wir hätten den FBI benachrichtigen sollen ...«

»Was ist mit Mickey?«, jammerte Edith. »Was ist nur mit ihm los?« Sie klammerte sich an Barnfields Arm. »Kann ein Mensch so vollkommen verrückt werden? Ich glaube es nicht, ich glaube es einfach nicht ...«

»Du weißt doch, was vor dem Sommer mit ihm los war.« Er schloss die Augen und sog scharf die Luft durch die Nase ein. »Ich glaube, es ist ein Fehler, wenn Billy auf diese Yacht geht«, sagte er heiser.

Edith hörte auf zu heulen. Aus großen Augen starrte sie ihn an. »Was meinst du damit ...?«

Tom machte sich von ihr los und ging zum Telefon. »Ich rufe den FBI an ...«

Archer stieg auf das Deck der Yacht. Dann sah er seinen Sohn an. Sekundenlang. Wie ein Gespenst sah Jefferson aus – bleich, hohlwangig, stechende Augen. Keiner von ihnen sprach ein Wort.

Irgendwann drehte sein Sohn sich um und ging auf die Brücke der Yacht. Archer folgte ihm. Er beobachtete schweigend, wie sein Sohn das Schiff aus dem Hafen steuerte.

»Warum hast du das getan?«, flüsterte er.

Sein Sohn wandte den Kopf und blickte ihn an. Ein schauderhaftes Grinsen lag auf seinen Zügen. »Von was sprichst du, Dad?«

Die Yacht tuckerte aus dem Hafen auf den Hudson hinaus.

»Warum hast du mir das angetan?« Archer trat zwei Schritte auf seinen Sohn zu. Direkt neben ihm stand er nun. »Ich bin ruiniert!« Er schrie. »Mein Lebenswerk ist zerstört! Du hast es vernichtet!« Er holte aus und schlug zu. Zweimal.

Jefferson Michael ließ das Steuer nicht los. Er wich den Schlägen nicht einmal aus. »Du wagst es, mich zu schlagen?«, flüsterte er. Aus schmalen Augen belauerte er seinen Vater. »Weißt du nicht, wer ich bin?« Sehr leise sprach er. So leise, dass Archer erschrocken zurückwich.

Er sah die Faust seines Sohnes nicht kommen. Sie traf ihn mitten ins Gesicht. Die Wucht des Schlages schleuderte ihn gegen die Tür der Brücke. Halb betäubt rutschte der Senator zu Boden.

Sein Sohn sprang zu ihm, trat nach ihm. »Weißt du nicht, wer ich bin?« Immer wieder trat er zu und brüllte diese eine Frage dabei: »Weißt du nicht, wer ich bin …?«

Der Anruf kam gegen neun Uhr abends. Helen stellte den Wahlkampfmanager zu Mr. High durch. Wir brüteten bereits die dritte Stunde über Einsatzplänen und Fahndungsstrategien.

Nach dem Telefonat mit Washington stützte sich John High mit beiden Fäusten auf seinem Schreibtisch auf und blickte zu uns an den Konferenztisch herüber. »Es wird ernst, Gentlemen. Der Senator ist in der Stadt. Auf Ellis Island. Dort hat er eben eine Yacht betreten, um seinen Sohn zu treffen.«

»Die ›Seagull‹«, sagte Zeerookah.

Mr. High nickte. »Timothy Wolfes Yacht. Ich habe keine Ahnung, was dieser gefährliche Irre vorhat, aber ich fürchte, es wird nichts Gutes sein.« Er wandte sich an Steve Dillaggio. »Setzen Sie sich bitte mit der New York Port Authority Police in Verbindung, Steve. Die Kollegen sollen jedes verfügbare Schiff nach Ellis Island schicken. Wir müssen die ›Seagull‹ unter allen Umständen finden!«

»Er wird die Vermissten an Bord haben, Sir.« Ich dachte an Susan. Und an Phil. »Wenn er merkt, dass wir ihn einkreisen, könnte er zum Äußersten getrieben werden.«

Unser Chef nickte langsam. »Sagen Sie den Kollegen von der Hafenpolizei, sie sollen sich von der Yacht fernhalten, wenn sie das Schiff ausfindig gemacht haben, Steve.«

Steve sprang auf und verließ das Chefzimmer.

»Wie gehen wir vor?« Phils Stimme klang erschöpft.

Mr. High stützte sich noch immer auf seinen Schreibtisch. Er musterte uns der Reihe nach. »Ich bitte um Ihre Vorschläge, Gentlemen …«

Es wurde dunkel und dunkler in dem engen stinkenden Gefängnis. Susan konnte die Gesichter der anderen nicht mehr erkennen. Das Zittern der nackten jungen Frau neben ihr übertrug sich auf ihren eigenen nackten Körper. Der Motor brummte wieder. Durch eines der Fenster sah Susan die Lichter Manhattans. Eine Männerstimme schrie irgendwo auf dem Schiff. Susan verstand nicht, was da geschrien wurde. Sie hörte einen dumpfen Schlag. Das Geschrei wurde lauter. Susans Nackenhaare stellten sich auf. Irgendjemand ist an Bord gekommen, dachte sie.

Minuten später wurde die Kajütentür aufgestoßen. Ein Mann torkelte herein und prallte neben dem Tisch auf den Boden. Ein massiger Mann mit grauem Haar. Er blutete aus Mund, Nase und Ohren.

Der Wahnsinnige schaltete das Licht ein und stürzte sich neben ihn. Er schlug auf ihn ein und fesselte ihn dann mit seinem Hosengurt und seiner Krawatte. »Du wirst als Letzter sterben!«, schrie er. »Du wirst dir mein Werk ansehen!«

Er keuchte, als er aufstand. Immer wieder wischte er sich die Hände an seinem Trenchcoat ab. »Etwas Gutes werdet ihr noch tun dürfen in eurem jämmerlichen Leben«, krächzte er. »Euer Tod wird das Signal sein. Das Zeichen für das Heer der Racheengel. Heute Nacht noch werden sie aus dem Himmel herab auf diese verdreckte Erde kommen. Dann, wenn sie eure Leiber brennen sehen!«

Susan hörte Timothy Wolfe aufstöhnen. Seine Freundin drängte sich an ihn und wimmerte. Die Frau neben Susan rührte sich nicht. Susan spürte, dass Julias Lebenswille gebrochen war.

Der Wahnsinnige wandte sich an den Mann zu seinen Füßen. »Und du wirst Zeuge sein, Dad! Du wirst erkennen, wer ich wirklich bin!« Er griff in seine Manteltasche und holte ein Bündel großer, langer Nägel heraus. Klirrend fielen sie auf den Boden. Aus der anderen Manteltasche zog er einen Hammer.

Susan atmete hechelnd. Ihr Speichel troff aus ihrem Mund auf ihre nackten Schenkel. Rachel Burgh konnte nicht mehr an sich halten. Es plätscherte leise zwischen ihren Schenkeln auf den Bodenbelag.

Der Mann in dem hellen Trenchcoat packte den Tisch und riss ihn aus seiner Verankerung. Er schleppte ihn aus der Kajüte. Wenig später kam er zurück. Sein stechender Blick traf zuerst Wolfe.

»Was hast du vor, Mickey?«, jammerte der Grauhaarige, den der Wahnsinnige »Dad« genannt hatte. »Was hast du vor, um Gottes willen?«

Der Blick des Wahnsinnigen wanderte über Rachel Burgh zu Julia Rosen. An Susan blieb er schließlich hängen. Der Arm des Mannes hob sich langsam. Susan spürte, wie ihr die Tränen über das Gesicht liefen.

Sie sah den ausgestreckten Arm des Wahnsinnigen. Seine Hand und der lange, auf ihre nackte Gestalt gerichtete Zeigefinger verschwammen vor ihren Augen.

Und dann hörte sie seine zischelnde Stimme.

»Du bist die Erste …«

Gegen zehn Uhr abends die erlösende Nachricht: Die Hafenpolizei hatte die Yacht entdeckt. Sie trieb zwischen Liberty Island mit der Freiheitsstatue und dem Südzipfel Manhattans auf dem Hudson.

»Wir gehen davon aus, dass die vermissten Personen an Bord des Schiffes sind«, sagte Mr. High. »Und wir gehen davon aus, dass sie noch leben. Ihr Leben hat absolute Priorität. Ein offener Sturmangriff kommt also nicht infrage.«

Phil war es, der die Idee mit den erleuchteten Fesselballons hatte. »Erinnerst du dich an das, was Larry Plymouth erzählt hat, Jerry?«, fragte er mich. »Viele von seiner Sorte werden diesem Irren zur Hilfe kommen. Wie Sterne am Himmel werden sie auftauchen. Wir müssen uns in den Wahnsinn dieses Mannes hineindenken. Wir müssen irgendeinen Zauber am Nachthimmel veranstalten, der ihn ablenkt. Wie wäre es mit erleuchteten Fesselballons? Dutzende, Hunderte am besten. Dann können uns Ruderboote in die Nähe der Yacht bringen, ohne dass der Wahnsinnige uns bemerkt. Ich melde mich freiwillig.«

Die Sorge um Susan machte ihn fast verrückt. Es war klar, dass ich ihn nicht alleine losziehen ließ. Ich meldete mich ebenfalls freiwillig.

»In Ordnung«, nickte der Chef. »Die Hafenpolizei muss uns einen Kajak besorgen. Der soll Sie in die Nähe des Schiffes bringen.«

Es war nicht einfach, um diese Zeit und derart kurzfristig noch Fesselballons aufzutreiben. Die Army und das meteorologische Institut des Staates New York unterstützten uns. Gegen Mitternacht starteten fast drei Dutzend Fesselballons in Manhattan, Brooklyn, Staten Island und New Jersey.

Etwa zur selben Zeit stiegen Phil und ich im Battery Park von Pier A in einen Kajak. Dunst lag auf dem Wasser. Die Statue of Liberty war nur schemenhaft in der Dunkelheit zu erkennen. Es war eiskalt.

Kurz nach halb eins tauchten die Konturen der Yacht im Dunst vor uns auf. Wir bliesen das Schwimmkissen auf und legten unsere Ausrüstung hinein: Funkgerät, zwei Maschinenpistolen, ein Nylonseil und ein paar Blendgranaten. Dann glitten wir über den Bootsrand ins Wasser …

Jefferson erschien wie aus dem Nichts. In dem Augenblick, als Mickey das brennende Streichholz auf den von Benzin nassen Körper der toten Frau warf und die Stichflamme in den Nachthimmel fauchte. Da stand Jefferson plötzlich im Feuer und deutete nach oben.

Mickey wich zwei Schritte vor der Hitze zurück und blickte in den dunklen Himmel. Da waren sie. Ein Lichtschein neben dem anderen. Jefferson hatte Wort gehalten.

»Willkommen!«, rief Mickey. Er hob die Arme wie ein betender Rabbi. »Ich grüße euch, ihr Racheengel, ihr Retter der Welt!« Ein aller Wirklichkeit entrücktes Lächeln legte sich auf seine Miene. Wie im Rausch fühlte er sich. »Kommt näher, steigt herab! Gemeinsam werden wir diese Welt von all dem Dreck befreien …!« Er fühlte sich den Lichtflecken am Himmel verbunden. Sie waren seine Familie, seine Welt – die glitzernde Skyline Manhattans ging ihn nichts an in diesem Moment. Sie gehörte zu einer Welt, die er längst verlassen hatte. »Ich, Michael, rufe euch zum Heiligen Werk des Gerichts! Kommt zu mir!«

Die strahlenden Erscheinungen am Nachthimmel schwebten langsam heran. Zu langsam für Mickey.

Sie wollen das nächste Opfer!, dachte er. Er drehte sich um und wollte in die Kajüte laufen.

Zwei Schatten kauerten über ihm auf dem Dach der Brücke. Mickey warf sich auf die Deckplanken. Im Fallen zog er seinen 38er aus der Manteltasche …

Phil und ich sprangen auf das Deck hinab. Ein Schuss donnerte durch die Nacht. Ich hörte Phil neben mir aufschreien. Hart schlug ich auf die Planken.

Der Feuerschein am Bug blendete mich. Der Gestank von brennendem Benzin, brennendem Haar und brennendem Fleisch schlug mir entgegen.

Fünf Schritte von mir entfernt lag Phil am Boden. Der Mann in dem hellen Trenchcoat kniete neben ihm und zielte auf seinen Kopf.

Ich dachte keine Sekunde lang nach – der Lauf meiner Maschinenpistole spuckte eine Kugel nach der anderen.

Der Mann riss die Arme hoch, kippte nach hinten weg gegen die Reling.

Ich robbte zu meinem Partner.

»Phil!«, schrie ich. »Phil! Bist du okay?«

Sein Gesicht war verzerrt vor Schmerz. Er presste die Rechte gegen die Rippen. Und nickte.

Zwei Schritte, und ich war neben dem Wahnsinnigen. Noch immer hielt er den Revolver umklammert. Er stöhnte leise. Auf seiner rechten

Brusthälfte, knapp unter der Schulter, breitete sich ein dunkler Fleck aus.

Ich nahm ihm die Waffe ab und griff zum Funkgerät. »Cotton an Einsatzleitung! Schickt einen Helikopter mit einem Notarzt! Phil hat's erwischt!«

»Was ist mit dem Nagelkiller?« Steves Stimme aus dem Funkgerät.

»Er ist verletzt. Und kampfunfähig.«

Ich blieb an Phils Seite, bis der Helikopter über der Yacht stand. Drei Gestalten im Kampfdress seilten sich ab. Joe Brandenburg, Zeerookah und June Clark.

Gemeinsam betraten Joe Brandenburg und ich die Kajüte der Yacht, während sich Zeery und June um Phil und den Psychopathen kümmerten. Ein Schiff der Hafenpolizei mit einem Arzt und Sanitätern an Bord näherte sich mit heulender Sirene.

Vier völlig verängstigte Menschen kauerten am Boden des kleinen Raumes. Gefesselt und geknebelt. Ich erkannte William Archer, den Senator.

Nur Susan sah ich nirgends …

Epilog

Manhattan, 12. November

Jeden Tag besuchte ich Phil in der Klinik. Er lag im Beekman Downtown Hospital. Die ersten zehn Tage auf der Intensivstation. Danach auf der Chirurgie. Lungendurchschuss. Sie mussten ihm mit einer Vakuumpumpe den rechten Lungenflügel entfalten. Es hätte ihn schlimmer treffen können. Viel schlimmer. Wenigstens was seine Verletzung betraf. Und mich auch. Auf dem Nachttisch neben seinem Bett stand ein gerahmtes Foto von Susan. Mr. High persönlich hatte ihm gesagt, dass sie tot sei. Er hatte versucht, es meinem Partner so schonend wie möglich beizubringen. Gleich am Tag nach seiner Operation. Ich hatte es nicht über mich gebracht.

Wir redeten nicht viel, wenn ich ihn besuchte. Phil erkundigte sich nach den anderen, nach der Arbeit im FBI-Building an der Federal Plaza und in der zweiten Woche bereits schon nach dem Tabellenstand der Footballliga. Kein Wort über den jungen Archer, kein Wort über Susan. Typisch Phil. Er neigt dazu, die Dinge mit sich allein auszumachen.

An jenem Freitagnachmittag hatte ich für ihn vier Dosen Budweiser in die Klinik geschmuggelt. Wir tranken aus den Dosen.

»Du wirst nächste Woche entlassen«, sagte ich.

»Der Arzt hat es mir heute Morgen bei der Visite gesagt«, brummte er.

»Der Chef will dir noch zwei Wochen Urlaub verordnen.«

»Nett von ihm.«

»Ich freue mich, wenn du wiederkommst. Du kommst doch wieder, oder?« Der Gedanke, Phil könnte aussteigen, hatte mir schlaflose Nächte bereitet.

»Was soll ich sonst machen?«, sagte Phil. »Ins Kloster gehen? Oder Bücher schreiben? Oder mir einen Strick kaufen?«

»Quatsch!« Ich stieß mit ihm an. »Du bist Special Agent. Du kommst wieder – wir brauchen dich.«

Wir tranken. »Ich werde vielleicht nicht mehr der Alte sein, Jerry.«

»Man ist nie der Alte«, sagte ich. »Es sei denn, man hat aufgehört zu leben und zu lernen.«

Er sah mich an. »Die Geschichte hat mich ziemlich umgehauen, Jerry.«

»Natürlich hat sie dich umgehauen. Du wärst nicht der, der du bist, wenn sie dich kaltgelassen hätte. Du wärst nicht Phil Decker. Aber mit dem einen oder anderen guten Freund an der Seite schafft man es auch wieder, aufzustehen nach so einer Geschichte. Okay?«

Er nickte langsam. »Okay.«

ENDE

Schuldig,
Euer Ehren!

[illegible] Der Mann [illegible]
[illegible]

Die Wand [illegible] die Nachbarn [illegible] Wand [illegible] durch [illegible]

Der Mann [illegible] und [illegible] Hauses [illegible]

Der Mann hatte [illegible] Maschine [illegible] abwärts [illegible]

Als [illegible] Es glänzte an der [illegible]

Der Mann sah sich [illegible] hat [illegible] Spuren [illegible] gleich [illegible]

Er wusste, dass [illegible] Wasser [illegible] Wächter [illegible] und [illegible] zu stehen [illegible]

Trotzdem [illegible] der Treppe [illegible] durch [illegible] Nur die [illegible] des Hauses.

[illegible] Ende [illegible] ihm [illegible]

Der Mann [illegible] Gelände [illegible]

1

Zypressen, mannshohe Holunderbüsche, Fliedersträucher und wieder Zypressen. Der Mann bewegte sich lautlos über den dicht bewachsenen Gartenhang. Er trug einen grünen Overall.

Die Van Haarens haben wieder einen Gärtner engagiert, würden die Nachbarn denken, sollten sie ihn zufällig beobachten. Aber weder war der Mann Gärtner, noch hatten ihn die Besitzer des Grundstücks beauftragt, ihren Garten zu pflegen.

Der Mann blieb stehen und lauschte. Musik drang vom Nachbargrundstück unterhalb des Hanges. Walzerklänge.

Der Mann fuhr fort, sich durch das dichte Buschwerk den Hang aufwärts zu arbeiten. Aus seinem schäbigen Lederrucksack ragten die unterarmlangen Griffe einer Heckenschere.

An der rückseitigen Fassade des alten Bürgerhauses befand sich eine grüne Palisade aus Zypressen. Dahinter begann ein kleines Rasenstück. Es grenzte an die Gartenterrasse des Hauses.

Der Mann schob sich zwischen zwei der mannshohen Zypressen. Statt quer über den Rasen, ging er über die Steinplatten auf die Terrasse zu. Spuren ließen sich nie ganz vermeiden. Aber man musste sie ja nicht gleich auf dem Silbertablett anbieten.

Er wusste, dass das Ärzteehepaar, dem die Villa gehörte, erst in zwei Wochen von einer Europareise zurückkehren würde. Und er wusste, dass die halbwüchsige Tochter des benachbarten Schuldirektors immer gleich nach der Schule in das Haus kam, um zu lüften und die Blumen zu gießen. Und jetzt war es früher Abend.

Trotzdem verharrte er sekundenlang bewegungslos lauschend an der Treppe zur Terrasse. Keine Bewegung hinter der großen Glasfront, durch deren Tür man von der Terrasse ins Haus gelangte. Kein Geräusch. Nur die Walzerklänge aus dem Gebäudekomplex am Fuße des Hanges.

Lautlos huschte er die acht Stufen zur Terrasse hinauf. Auf der Steinbalustrade zum Garten hin ein Blumentopf neben dem anderen. Azaleen, Rosenstöcke, Yuccapalmen.

Der Mann stellte sich hinter einen verblühten Jasminstrauch. Von der Terrasse aus konnte man die Skyline Manhattans auf der anderen Seite des East River sehen. Und rechts die Pfeilerspitzen der Brooklyn Bridge.

Unten, am Ende des kurzen Hanges, ragten drei uralte Ulmen über die Dächer des benachbarten Gebäudekomplexes. Ein altes Bürgerhaus, angrenzende Stallungen und Werkstätten. Alles aus Buntsandstein und zu Luxuswohnungen umgebaut.

Hier, in Brooklyn Heights, fand man viele solcher architektonischen Perlen aus dem vorletzten Jahrhundert. Heiß begehrte Immobilien bei der oberen Mittelschicht New York Citys.

Zwischen den Stämmen der Ulmen hindurch war ein kleiner Ausschnitt des Innenhofes einzusehen, den die drei Gebäude mit dem Zaun hinter den Ulmen bildeten. Aus diesem Innenhof kam die Musik.

Ein paar Menschen tanzten im Blickfeld des heimlichen Beobachters. Andere standen an einem schmalen, langen Tisch. Das weiße Tischtuch berührte fast den Boden des Hofes.

Der Mann zog sich den Rucksack vom Rücken und kramte ein Fernglas heraus. Er nahm sich viel Zeit, die Festgesellschaft auf dem Nachbargrundstück zu beobachten. Die Tanzenden, die Leute am kalten Büfett, plaudernde Paare im Schatten der efeubewachsenen Hausfassaden, und vor allem die kleine Gruppe um den runden Tisch nicht weit hinter den Ulmen.

Die dicken Baumstämme und der gusseiserne Zaun dahinter verdeckten die Gesichter und Körper der Menschen dort unten teilweise. Aber zwei oder drei waren gut zu erkennen.

Ein silberhaariger Mann in weißem Hemd, grauer Weste und mit roter Krawatte zum Beispiel.

Der Mann, der kein Gärtner war, brauchte das Alter des Silberhaarigen nicht zu schätzen. Er wusste, dass er vor wenigen Tagen dreiundfünfzig Jahre alt geworden war.

Oder die Frau des Silberhaarigen. Klein und zierlich. Mit verschränkten Armen stand sie neben ihm. Sie war noch blasser und schmaler als damals. Und auch nicht mehr blond, sondern rot – mahagonirot.

Und die jüngere Frau neben dem Silberhaarigen – auch sie war gut zu erkennen. Rotblondes, offenes Haar, knallgelbes ärmelloses Shirt, schwarz glänzende Lederhosen.

Hinter ihr, achtlos über die Stuhllehne geworfen, eine schwarze Lederjacke. Breitbeinig hockte sie da. In ihrer Hand qualmte eine Zigarette.

Die Aufmerksamkeit der drei Menschen schien durch irgendetwas gefesselt zu sein, das sich vor ihnen auf dem Rasen zwischen den Ulmen und ihrem Tisch abspielte.

Der Mann richtete sein Glas auf den Zaun zwischen den Baumstämmen und zoomte das Bild näher heran. Er konnte einen kleinen, blauen Körper entdecken – ein Kind. Es hockte im Gras unter den Bäumen. Etwa acht Schritte von den Ulmen und damit von der Grundstücksgrenze entfernt.

Das Kind wedelte mit einem länglichen, biegsamen Gegenstand herum. Ein Stück Papier? Ein Plastikrohr? Schwer zu sagen, was das für ein Ding war.

Ein kleines hellbraunes Tier sprang an dem Kind hoch, purzelte ins Gras, sprang erneut hoch. Eine junge Katze.

Ein paar Minuten noch beobachtete der Mann die Szene.

Endlich setzte er das Glas ab. »Schön, so eine Feier«, murmelte er. In seiner Miene jedoch keine Spur von Wohlwollen. Geschweige denn von gönnerhafter Freude. Wie gefroren wirkten seine Züge.

Er steckte das Glas zurück in den Rucksack und holte eine Kamera heraus. Nacheinander fotografierte er die Menschen unter der Linde. Jedenfalls die, die er sehen konnte. »Schön, so eine Feier …« Er verstaute die Kamera wieder im Rucksack, warf ihn sich über die rechte Schulter und stieg die Treppe wieder hinab in den Garten. »Genießt sie«, flüsterte er. »Ein bisschen Zeit habt ihr ja noch …«

Er verschwand zwischen den Ziersträuchern des Gartens.

Die junge Katze sprang nach der Pfauenfeder, versuchte das blaubunte Ding mit den Vorderpfoten zu krallen, ließ sich ins Gras fallen und duckte sich zum nächsten Angriff.

Der Knirps im Gras fuchtelte mit der Feder herum und krähte vor Vergnügen. Ein kleiner Bursche mit erstaunlich dichten schwarzen Locken. Nicht älter als vierzehn, höchstens sechzehn Monate. Die hellblauen Höschen seines Matrosenanzugs waren von der Windel ausgebeult.

Wesley Harper beugte sich zu dem Zwerg hinunter. »Du wirst mal ein furchtloser Löwenbändiger, was, Luke?« Er streichelte dem Jungen über die schwarzen Locken. Auf seinem braungebrannten Gesicht strahlte der ganze Stolz eines Großvaters über seinen ersten Enkel.

»Erst einmal muss er laufen lernen«, sagte eine hohe Frauenstimme hinter ihm.

»Alles zu seiner Zeit«, sagte Wesley. »Oliver hat auch erst mit anderthalb Jahren seine ersten Schritte gemacht, erinnerst du dich nicht, Viola?«

Das rotbraune Kätzchen machte einen Satz und packte Wesleys ins Gras baumelnden Seidenschlips. Der große, grauhaarige Mann lachte. Seine gepflegten Hände griffen nach dem Pelzknäuel. »He, du Möchtegerntiger!«

Er stand auf und versuchte, die Pfötchen des Tieres von dem roten Edelbinder zu lösen. Die scharfen Krallen zogen lange Fäden aus dem Stoff. Der kleine Knabe quietschte entzückt.

»O nein, Wes – deine schöne Krawatte!« Wesley drehte sich um. Auf dem Gesicht seiner Frau die für Viola so typische Mischung aus Vorwurf und Weinerlichkeit. »Was glaubst du, wie teuer die war!«

»Sicher nicht so teuer wie meine Haut«, knurrte Wesley. Er setzte das Kätzchen neben seinem Enkel ab. »Und die hat der kleine Möchtegerntiger nicht mal angekratzt – stimmt's, Luke?« Der Kleine strahlte seinen Großvater an.

Einen zärtlichen Klaps für die Katze, einen Kuss auf die Stirn des Knirpses – Wesley richtete sich wieder auf und setzte sich zurück auf den Stuhl neben seine ältere Tochter.

Carol grinste spöttisch. Wie sie es meistens tat, wenn sie nicht gerade wütend war. Oder von ihrer neuesten Idee begeistert oder verliebt oder sonst irgendwie berauscht. »Aber wenn du gleich deine Rede hältst, werden alle Augen auf dich gerichtet sein. Und jeder wird die schrecklichen, katastrophalen, entwürdigenden Fäden an deinem Hundertfünfzig-Dollar-Schlips sehen können.« Mit den letzten Worten fiel sie zunehmend in den Tonfall ihrer Mutter und äffte deren weinerliche Art nach.

Viola blitzte ihre Tochter beleidigt an, und Wesley betrachtete seinen Schlips. »Scheiß drauf …«, murmelte er.

»Dann starren sie wenigstens nicht länger auf dein geschmackloses Unterhemd«, schnarrte eine Frauenstimme von der anderen Tischseite mit einem sarkastischen Unterton. Die Stimme von Lilian Benson, Carols ein Jahr jüngerer Schwester und der Mutter des Kleinen. Eine zierliche Frau mit kurzen schwarzen Haaren. Ihrer Mutter Viola wie aus dem Gesicht geschnitten.

»Und auf deine ständig brennende Zigarette«, zeterte Viola, »und auf diese abscheuliche Jacke aus den Flegeljahren deines Vaters …«

Carol steckte die Zigarette zwischen die Lippen und fasste unter ihre üppigen Brüste. »Und auf meine prächtigen Titten!«, rief sie laut.

Sie lachte ihr tiefes, rauchiges Lachen und genoss die giftigen Blicke ihrer Mutter und ihrer Schwester.

Auch der smarte Mann neben ihrer Schwester schmunzelte. Streichholzkurze schwarze Haare, schmales, stoppelbärtiges Gesicht, weißes Jackett. Dr. Charles Benson, chirurgischer Oberarzt am Beekman Downtown Hospital in Manhattan. Und nebenbei Schwiegersohn der Harpers.

Carol hatte ein paar Wochen lang mit ihm gevögelt, bevor sie ihn ihrer Schwester überlassen hatte.

»Übertreib's nicht, Carol«, knurrte Wes. Mehr sagte er nicht. Er hatte es aufgegeben, seine Älteste erziehen zu wollen, und war schon froh, wenn sie bei Feierlichkeiten wie dieser nicht öffentlich eine Pfeife anzündete oder einen Streifen Koks schnupfte.

Der Knirps im Gras packte die Katze am Schwanz und zog sie zu sich heran.

Das Tier fauchte und schrie jämmerlich. Lilian sprang auf und lief zu ihm hin. »Nicht doch, Darling! Das tut dem Kätzchen weh!«

»Wie kann man einem Baby eine Katze zum ersten Geburtstag schenken!« Carol verdrehte die Augen.

»Kinder brauchen etwas Lebendiges«, behauptete Viola.

»Schon klar, Mom«, seufzte Carol. »Sehe ich genauso – sie brauchen etwas Lebendiges. Sie brauchen eine Mutter.«

Für Sekunden hielten alle die Luft an. Selbst Benson verging das weltmännische Schmunzeln.

Einer der gefürchteten Seitenhiebe Carols. Keiner am Tisch, den er nicht traf. Luke wurde weitgehend von einem Kindermädchen versorgt. Genau wie die drei Kinder der Harpers von einem Kindermädchen großgezogen worden waren.

»Jetzt ist aber Schluss, verdammt noch mal!«, knurrte Wes. Er löste den Knoten seiner Krawatte.

Es war immer das Gleiche – seine Familie konnte keine Stunde zusammensitzen, ohne dass nicht kleine Nettigkeiten ausgetauscht wurden. Und regelmäßig artete dieses vertraute Ritual in eine gehässige Beißerei aus. Vor allem, wenn Carol dabei war.

Missmutig drehte er sich um und blickte auf den Hof. Die knapp fünfzig Gäste tanzten zu Johann Strauß' Kaiserwalzer, standen plaudernd in kleinen Gruppen zusammen oder belagerten die Tafel mit dem kalten Büfett.

Seit dem frühen Nachmittag plätscherte die Party vor sich hin.

Leute kamen, Leute gingen. Private und offizielle Gäste. Freunde und Bekannte, Kollegen aus dem Bezirksgericht und leitende Beamte des New York City Police Department.

Selbst ein Vertreter des Bürgermeisters war gekommen und hatte ihm in einer kurzen Rede zum dreiundfünfzigsten Geburtstag und zum zwanzigjährigen Dienstjubiläum gratuliert.

Gestern vor genau zwanzig Jahren hatte Wesley Harper beim Manhattaner Bezirksgericht angefangen. Als kleiner Beamter der Staatsanwaltschaft. Heute war er der leitende Richter des Gerichts.

Wesley zog sich die Krawatte aus dem Hemdkragen und warf sie auf den Tisch. »Ich will jetzt Walzer tanzen. Und zwar mit dir, Carol.«

»Du wirst doch den Rest des Abends nicht etwa ohne Schlips herumlaufen!« Viola, seine Frau, schien ernsthaft erschrocken zu sein über diese Aussicht.

Carol lachte trocken, und Wesley winkte ab. »Scheiß drauf. Kannst mir ja einen aus dem Haus holen.« Er deutete mit einer Kopfbewegung auf das Haus an der Längsseite des Hofes.

Ein prächtiges, efeubewachsenes Gebäude aus unverputztem Buntsandstein und mit großen Rundbogenfenstern. Palmen in dunklen Holzkübeln flankierten die beiden Hügel des hölzernen Eingangsportals. Eine dritte stand mitten im Hof.

Er bewohnte es mit Viola und Oliver, ihrem achtzehnjährigen Sohn. Von der Rückfront aus hatten sie einen fast freien Blick auf den East River hinunter und hinüber auf die Skyline Manhattans.

Das gegenüberliegende Haus zur Cranberry Street hatte er zur Hälfte vermietet. An einen Frauenarzt und einen Architekten. In der anderen Hälfte residierten seine Frau Viola und ihre Partnerin Angela Cassedy. Die beiden Frauen betrieben dort eine erfolgreiche Rechtsanwaltskanzlei.

Das Gebäude auf der Schmalseite des Hofes wurde von Wesleys Tochter Lilian und ihrem Mann bewohnt. Auf der gegenüberliegenden Schmalseite war der Hof durch einen kleinen Gartenpavillon und den gusseisernen Zaun vor den Ulmen begrenzt.

Vor zwölf Jahren hatte Wesley das Anwesen gekauft und restaurieren lassen. Eine ehemalige Spedition aus der Zeit, als die Bierfässer noch mit Pferdegespannen angeliefert wurden.

»Los, Carol, jetzt wird getanzt!« Er zog seine Tochter aus dem Stuhl und warf einen zärtlichen Blick hinter sich auf seinen Enkel. Die Katze hatte sich die Pfauenfeder geschnappt und huschte durch das Gras auf den Zaun zu. Luke krabbelte hinter ihr her.

Sie mischten sich unter die anderen Tanzenden. »Wann, zum Teufel, wirst du es endlich lernen, deine scharfe Zunge im Zaum zu halten?« Wesley seufzte und drückte seine Tochter an sich.

Sie fühlte sich fest und straff an. Vollbusig, mit breiten Hüften und nicht einmal einen Kopf kleiner als der hünenhafte Wesley, hatte sie nichts von der Zierlichkeit ihrer Mutter.

»Nie«, lachte die Fünfundzwanzigjährige. »Ich werde noch eine Menge lernen – aber das nie.«

Lächelnde Gesichter um sie herum. Die tanzenden Paare schwangen sich im Rhythmus des Walzers um die große Palme mitten im Hof. Wesley nickte freundlich nach allen Seiten, während er mit Carol über den Hof tanzte. Die verstohlenen Blicke auf seine verrückte Tochter entgingen ihm nicht. Aber sie waren ihm herzlich gleichgültig. Er war froh, dass Carol sich überhaupt noch die Mühe machte, aus SoHo herüber nach Brooklyn zu fahren, um ihre Familie zu besuchen.

Wesley kannte den Grund – ihre abgöttische Liebe zu ihm. Diese Liebe zueinander war nicht das Einzige, was Wesley mit seiner ältesten Tochter verband. Auch das wusste er. Und weil er es wusste, hatte sie fast völlige Narrenfreiheit bei ihm.

Auch Lilian und ihr Doktor hatten sich inzwischen unter die Tanzenden bequemt. Wesley hatte seine Mühe mit Charles Benson. Der Arzt war ihm zu glatt, zu wohlerzogen, zu arrogant. Er mochte keine Leute, die so taten, als brauchte man nur die vierzehnhundert Gramm Hirn unter der Schädeldecke korrekt zu gebrauchen, um alles im Griff zu haben.

Wesley beobachtete, wie sich zwei Paare zu Viola gesellten, die allein am runden Tisch zurückgeblieben war. Einer musste ja das Kind im Auge behalten.

Wesley versuchte seinen Enkel im Gras vor dem Zaun auszumachen. Halb verdeckt von Tischbein und Stühlen sah er ihn die Katze mit der Pfauenfeder traktieren.

Hoffentlich würde das drollige Vieh nicht auf die Idee kommen, ins Nachbargrundstück zu entwischen. Die Van Haarens hatten einen Garten wie einen Urwald – schier undurchdringlich. Ein Labyrinth für eine junge Katze.

Ein Blick auf die fast kniehohe Fundamentmauer des gusseisernen Zauns beruhigte Wesley – zu hoch für Lukes vierbeinige Spielgefährtin.

Der letzte Takt des Kaiserwalzers verklang. Wesley sah sich nach der

Stereoanlage im offenen Fenster des Büros seiner Frau um. Niemand machte Anstalten, eine neue Scheibe aufzulegen.

Sein Blick suchte Spencer Bush. Sein Freund, der Chefankläger am Manhattaner Bezirksgericht, hatte eigentlich den Job des Discjockeys übernommen. Doch statt sich um neue Musik zu kümmern, zwinkerte er Wesley verschmitzt zu.

Das Portal zwischen den Palmen öffnete sich. Ein junger Mann in Richterrobe und mit einem dicken Buch unter dem Arm trat auf den Hof. Oliver Harper, Wesleys Jüngster.

Hinter ihm, ebenfalls in schwarzer Robe, Angie, die Partnerin Violas. Selbst in dem altertümlichen weiten Gewand sah die blonde Frau verführerisch schön aus.

Angeführt von Perry Sheridan, dem pensionierten Chefankläger des Manhattaner Bezirksgerichts, traten zwölf Männer und Frauen aus dem Haus. Alles Freunde und Bekannte der Harpers. Wesley begriff: die Geschworenen.

»Wir eröffnen die Verhandlung gegen Wesley Harper!«, rief Oliver mit todernster Stimme. Wesley schmunzelte. Nicht ohne Stolz betrachtete er seinen Sohn. Der Junge besuchte das Brooklyn College in Benson Hurst. Er wollte Jurist werden und in die Fußstapfen seines Vaters treten. Genau wie Wesley in die Fußstapfen seines Vaters getreten war.

Ohne seinen Vater wäre Wesley heute nicht das, was er war. Und Wesley würde dafür sorgen, dass Oliver eines Tages sein würde, was er werden wollte. Richter.

»Ich verlese die Anklagepunkte!« Oliver schlug das Buch auf. »Dem Angeklagten wird vorgeworfen, seine Mitarbeiter durch lautes Fluchen zu erschrecken und den Ruf des ehrwürdigen Bezirksgerichts von Manhattan durch hemmungsloses Singen von Frank-Sinatra-Liedern während der Dienstzeit zu beschädigen.«

Feixen auf den Gesichtern der Gäste. Einige kicherten.

»Weiter wird ihm vorgeworfen, seine Angehörigen und engsten Freunde durch lebensgefährliche Hobbys in Angst und Schrecken zu versetzen: Fallschirmspringen, Bergsteigen und Tiefseetauchen.«

Gelächter wurde laut. Ein paar Leute klatschten und wurden von Oliver zur Ruhe ermahnt. Dann ging es im gleichen Tenor weiter.

Seine Abneigung gegen lange Sitzungen, sein Pünktlichkeitsfanatismus, sein ungeheurer Kaffeekonsum – alles wurde zur Sprache gebracht. Sogar seine heimlichen Zigaretten auf der Toilette und seine Vorliebe für junge Sekretärinnen.

Lautes Gelächter unter den Gästen. Wesley schmunzelte tapfer. Im Nacken spürte er Violas Blicke. Die Sache mit den Sekretärinnen konnte ihr nicht gefallen.

»Sie werden dich freisprechen«, flüsterte Carol ihm zu. »Und dich als den menschlichsten Richter, den das Bezirksgericht je hatte, für den Bürgermeisterposten vorschlagen.«

»Warum nicht gleich als demokratischen Präsidentschaftskandidaten?«, murmelte Wesley. Er war gespannt, was sein Filius und die quirlige Angie sich noch alles ausgedacht hatten.

Zunächst aber war er selbst am Zug. »So weit die Anklageschrift. Dem Angeklagten steht es nun frei, sich zu diesen Vorwürfen zu äußern.« Oliver Harper schlug das Buch zu. Auf seinem breiten Jungengesicht ein schelmisches Grinsen.

Alle Augen richteten sich auf Wesley Harper. Der räusperte sich und trat in die Mitte des Halbkreises, der sich um Oliver und Angie gebildet hatte. »Zunächst einmal danke ich dem hohen Gericht, den Damen und Herren Geschworenen und den hochverehrten Gästen dieser festlichen Gerichtsverhandlung, dass sie mir überhaupt so viel Aufmerksamkeit widmen. Und mir sogar das Wort erteilen, obwohl ich doch halb nackt hier vor euch erscheine«, er deutete auf seinen offenen Hemdkragen, »ohne Krawatte!« Schallendes Gelächter. »Offenbar habt ihr ja das alte Raubein Wesley Harper doch irgendwie gern, sonst hättet ihr ja heute nicht Schlange gestanden, um mir zu gratulieren und mit mir meinen Weinkeller zu leeren und dieses leckere Büfett wegzuputzen.«

Gelächter und Beifall. Vereinzelte Hochrufe wurden laut.

Wesley war in seinem Element. Ganz die sympathische, überlegene Vaterfigur, die es gewohnt ist, im Mittelpunkt zu stehen, schlug er die Zuhörer in seinen Bann.

»Und nun zu den Anklagepunkten. Selbstverständlich bekenne ich mich in jedem Punkt für schuldig. Und zwar mit dem größten Vergnügen«, allgemeine Erheiterung und Beifall, »oder in fast jedem Punkt. In der Tat schätze ich nichts mehr als eine gute Sekretärin. Aber sagt mal selber – kann ich etwas dafür, wenn die besten Sekretärinnen zufällig auch die hübschesten sind?«

Die ganze Gesellschaft lachte laut. Die beiden blutjungen Sekretärinnen des Richters erröteten.

Die Einzige, die nicht lachte, war Viola. Mit wächserner Miene hockte sie noch immer am runden Tisch unter den Ulmen.

»Und was meine Hobbys betrifft …« Wesley breitete die Arme aus und machte ein bekümmertes Gesicht. »Ich ahnte ja nicht, dass ihr euch so viel Sorgen um mich macht. Aber mal ganz ehrlich – ihr wisst doch alle, wie unausstehlich ich werden kann, wenn ich mich langweile.«

Wieder Gelächter und anhaltender Beifall.

»Ein besonders schlechtes Gewissen habe ich – ich gestehe es – wegen Frankieboys Liedern ...« Das Kind schrie. Wesley unterbrach sich und sah zum Rasenstück vor den Ulmen hinüber.

Viola war aufgesprungen, um den Kleinen zu beruhigen. »... unverzeihlich einseitig, ich gebe es zu«, fuhr Wesley fort. »Und ich verspreche, mir schleunigst ein paar Scheiben von Queen, Madonna und Michael Jackson zu besorgen, um mein Repertoire zu ...«

Viola kreischte so laut, dass ihm der Rest des Satzes im Hals stecken blieb. Alle Köpfe fuhren herum und starrten hinüber zu ihr. Sie stand auf dem Rasen unter den Ulmen, nahe am Zaun. Die Handflächen gegen die Wangen gepresst, blickte sie hinunter auf das plärrende Kind und wollte gar nicht mehr aufhören zu schreien.

Die Männer und Frauen, die mit ihr am runden Tisch gesessen hatten, sprangen auf und liefen zu ihr. Als würden sie gegen eine Mauer prallen, blieben sie hinter ihr stehen. Zwei der Frauen stimmten ebenfalls ein hysterisches Geschrei an.

Wesley spurtete los.

»Was, zum Teufel, ist passiert?«, brüllte er. Lilian und ihr Mann hinter ihm her. Mit zwei Schritten setzte der Richter über den Rasen.

Der Kleine streckte schreiend beide Arme nach ihm aus. Die Hände waren blutverschmiert. Wie eine Messerklinge schnitt Wesley der Schreck ins Herz. Unfähig zu atmen, unfähig sich zu bewegen, stand er für einen Augenblick wie festgewachsen.

Seine Augen weiteten sich – Blutspritzer auf dem blauweiß gestreiften Matrosenhemdchen, Blutflecken auf dem hellblauen Höschen, und zwischen den Schenkelchen des Babys ein blutiges, pelziges Etwas – ein Katzenkopf.

»Himmel«, krächzte Wesley. Er beugte sich zu seinem Enkel hinab. »Mein armes Lukie-Baby ...« Über ihm heulten Viola und zwei andere Frauen. Lilian stand nur stocksteif da und schien nichts zu begreifen. Wesley nahm das Kind hoch. Der Katzenkopf kullerte ins Gras. Blutverschmierte Händchen klammerten sich in Wesleys weißes Hemd.

Sein Schwiegersohn, Charles Benson, kniete sich neben dem Katzenkopf ins Gras. Mit der Pfauenfeder wendete er den blutigen Fellklumpen hin und her. »Glatt abgetrennt«, murmelte er.

»So eine gottverdammte Sauerei!«, zischte Carol.

Angewidert wandte sich Wesley ab. Das Kind schrie aus Leibeskräften. Wie ein Äffchen in höchster Panik klammerte es sich an ihn.

Eine Mauer aus festlich gekleideten Menschenleibern versperrte Wesley den Weg in den Hof. Vierzig, fünfzig blasse Gesichter. Stumm blickten sie auf den Katzenkopf im blutigen Gras.

Gleich in der ersten Reihe sein Sohn Oliver. In schwarzer Richterrobe und das dicke Buch wie ein Schutzschild vor die Brust gepresst.

Wesley sah, dass es eine Bibel war …

Niemand war so taktlos, gleich nach dem Vorfall nach Hause zu gehen. Die Gäste der Harpers standen in kleinen Gruppen zusammen. Empörten sich über die geschmacklose Grausamkeit, spekulierten über mögliche Täter. In Brooklyn Heights war man derartigen Vandalismus nicht gewohnt.

Niemand aß mehr etwas, niemand legte Musik auf.

Hinter vorgehaltener Hand einigte man sich auf eine Rachetheorie. Irgendein Krimineller, den Wesley hinter Gitter gebracht hatte, wollte dem Richter sein Jubiläumsfest versauen.

Das war ihm gründlich gelungen. Nach und nach löste sich die Festgesellschaft auf. Nicht einmal eine Stunde nach dem widerlichen Vorfall.

Wesley, sein Freund Spencer Bush, sein Sohn Oliver und sein Schwiegersohn Charles Benson lehnten eine Leiter gegen den Zaun unter den Ulmen und kletterten auf das Nachbargrundstück. Bis zum Einbruch der Dämmerung durchkämmten sie den Garten.

Sie fanden nichts. Auch nicht den Torso des toten Kätzchens. Nur ein paar Blutspuren.

Später hockten sie um den runden Tisch auf dem Rasen unter den Ulmen. Die Familie Harper und zwei, drei enge Freunde. Auf dem Tisch brannte ein sechsarmiger Kerzenleuchter. Es war dunkel, und Mücken schwirrten um das flackernde Kerzenlicht.

Das Baby schlief auf Wesleys Schoß. Oliver trug noch immer die Richterrobe und Angie das Gewand der Staatsanwältin. Auf dem Tisch lag das dicke Buch.

»Du musst die Polizei verständigen, Wes«, sagte Viola. Ihre dünne, zitternde Stimme sprach Bände – sie stand noch immer unter Schock.

Wesley schüttelte missmutig den Kopf.

»Viola hat recht, Wes«, mischte sich Spencer Bush ein. »So eine bodenlose Gemeinheit muss bestraft werden.«

»Die Cops könnten die Nachbarn abklappern«, sagte Charles Benson. »Vielleicht hat irgendjemand etwas beobachtet.«

Wesley winkte ab. »Und morgen liest dieses Schwein mit vor Stolz geschwellter Brust in der ›New York Post‹, dass es ihm gelungen ist, eine Festgesellschaft zu sprengen.«

»Das wird er auch in der Zeitung lesen, wenn du die Bullen nicht einschaltest.« Carol sog an ihrer Zigarette. »Oder glaubst du, einer von den Leuten, die heute hier waren und diese Schweinerei gesehen haben, wird mit seinen Nachbarn in den nächsten Tagen über das Wetter reden?«

»Scheiß drauf«, knurrte Wesley. Es klang nicht besonders überzeugend.

»Bitte, Wes«, flehte Viola. »Ich fürchte mich plötzlich …«

Wesley antwortete nicht. Er betrachtete die Bibel neben dem Kerzenleuchter. Dann sah er seinen Sohn an. Der hatte seit dem abrupten Ende der kabarettistischen Gerichtsverhandlung den Mund nicht mehr aufbekommen.

»Los, Oliver!« Wesley versuchte einen schnoddrigen Ton anzuschlagen. »Sag mir, was für ein Urteil du deinem Dad zugedacht hattest!«

Der Junge schluckte. »Vergiss es, Dad …«

2

Zwei Wochen Urlaub. Nichts besonderes eigentlich. Jeder macht mal Urlaub und erlebt so dies und das bei der Gelegenheit. Warum also davon erzählen?

Wegen der alten Indianerin in Abilene.

Aber hübsch der Reihe nach.

Wir hatten also Urlaub. Phil und ich. Zwei Wochen. Der Entschluss, gemeinsam etwas zu unternehmen, fiel spontan. Im »North Star Pub«, unserer Lieblingsbar am Sea Port. Es war im Frühjahr gewesen. Wir hatten gerade eine ziemlich üble Sache hinter uns. Ein gerissener Bursche hatte versucht, ehemalige Komplizen von der Gefängnisinsel Riker's Island zu befreien. Wir hatten eine Menge riskiert, um ihn daran zu hindern.

Um genau zu sein: Wir hatten unsere Haut riskiert.

Phil war nicht besonders gut drauf, als wir am Abend im »North Star Pub« den glücklich überstandenen Fall feierten. Oder feiern wollten. Denn wie gesagt: Phil war nicht gut drauf. Die Kämpfe der zurückliegenden Tage steckten ihm noch in allen Knochen. Und die richtige Feierstimmung ließ zu wünschen übrig.

»Weißt du eigentlich, dass ich, wenn ich von dir träume, dich immer nur mit zerschlagener Visage und mit dem verdammten Schießeisen in der Faust sehe?«, sagte er nach dem zweiten Budweiser.

»Ich bin noch nie dabei gewesen. Woher soll ich's also wissen?« Dass mein Partner manchmal von mir träumte, war mir neu. Aber eigentlich normal, wenn man tagaus, tagein zusammenarbeitet. Oder?

»Manchmal auch mit Sturmhaube und kugelsicherer Weste«, fuhr Phil unbeeindruckt fort. »Oder im Kampfanzug und mit einem Schnellfeuergewehr ...«

»Jetzt übertreib's mal nicht, Partner.«

»Ich würde dich gern längere Zeit als Privatmann erleben. Ohne Schießeisen – in Jeans und Unterhemd, in Shorts oder Badehosen vielleicht, und ohne ein Wort über unseren Job zu verlieren.« Phil lächelte wehmütig in sich hinein. Die Idee schien ihm zu gefallen. »Wenigstens ein oder zwei Wochen am Stück.«

»Da wirst du dich noch ein Weilchen gedulden müssen, Partner. Bis zu meiner Pensionierung gehen noch ein paar Jährchen ins Land. Und ob ich die je erleben werde, wenn wir so weitermachen ...?«

»Wir sollten mal wieder zusammen in Urlaub fahren.« Phil schien gar nicht zuzuhören. »Das wär's doch.«

»Als wir das letzte Mal zusammen Urlaub gemacht haben, bekamen wir's in Aspen mit Gangstern und einem Killerkommando zu tun«, erinnerte ich.

»Aber es war trotzdem schön«, behauptete Phil grinsend. »Also – was ist?«

Und schon war die Idee geboren. Der Chef hatte nichts dagegen, gleich zwei Agenten auf einmal in Erholung zu schicken, und Phil buchte zwei Zimmer in einem kleinen Hotel in Port Washington. Das liegt zwischen Milwaukee und Green Bay am Westufer des Lake Michigan.

Bis zum letzten Arbeitstag rechnete ich damit, dass uns die Kundschaft einen Strich durch die Rechnung machen würde. In dieser Hinsicht bin ich ein unverbesserlicher Pessimist. Aber in dem Fall zu Unrecht – am Samstagmorgen landeten wir in Milwaukee, Wisconsin, und am selben Nachmittag bezogen wir unsere Hotelzimmer in Port Washington. Zimmer mit Seeblick.

Ich hatte mir meine ältesten Jeans eingepackt. Turnschuhe trug ich und unter einer alten Fliegerjacke Feinripp-Unterhemd. Phil war zufrieden mit mir.

Am zweiten Tag nieselte es. Am dritten Tag Gewitter und Platzregen. Und der Wetterbericht verhieß für die folgenden Tage nichts Gutes.

»In Kansas City soll es ein paar absolut heiße Jazzclubs geben«, sagte Phil am vierten Tag nach dem Frühstück. Vor den Hotelfenstern prasselte der Regen auf die Seeterrasse.

Kansas City liegt zwar gut siebenhundert Meilen Luftlinie von Milwaukee entfernt, aber warum soll man sein Leben dahingehen lassen, ohne einen absolut heißen Jazzclub in Kansas City gesehen zu haben? Also stiegen wir ins Flugzeug und flogen nach Kansas City.

Volltreffer. Zwei Tage und drei Nächte wandelten wir auf den Spuren Duke Ellingtons und Charly Parkers in den einschlägigen Clubs auf der Missouri-Seite der Stadt. Wir hatten eine Menge Spaß, lernten interessante Leute kennen und kamen drei Nächte lang kaum ins Bett.

Und dann – wie es eben so geht – fiel mir in einem dieser absolut heißen Jazzclubs ein Plakat ins Auge:

Old Abilene Town. Die alte Cowboystadt zur Zeit des Viehbooms. Feuergefechte, sonntags 14.45 und 16.00 Uhr, 15.00 Uhr Original Can-Can.

Habe ich gelegentlich erwähnt, dass ich alles über amerikanische Geschichte lese, was ich in die Finger kriege? Vor allem natürlich Bücher über die letzte Hälfte des vorletzten Jahrhunderts – die Zeit des Wilden Westens.

Jedenfalls durchzuckte es mich heiß, als ich das Stichwort Abilene las. Abilene, the Queen of Cowtowns, mit ihren beiden legendären Marshals John Smith und Wild Bill Hickock …

Ich machte Phil auf das Plakat aufmerksam.

»Willst du hinfahren?«, fragte er. Es war wieder ein Samstagnachmittag, unser achter Urlaubstag.

Warum soll man sein Leben dahingehen lassen, ohne wenigstens einmal in Abilene gewesen zu sein?

Noch am selben Tag mieteten wir einen BMW – das riss zwar ein unwiederbringliches Loch in unsere Urlaubskasse, aber man gönnt sich ja sonst nichts. Am nächsten Morgen nahmen wir die knapp hundertfünfzig Meilen nach Abilene, Kansas, unter die Reifen.

Unterwegs durchquerten wir ein ödes Provinznest – es hieß Manhattan, und wir bogen uns vor Lachen …

Wir kamen früh genug nach Abilene, um noch ein kräftiges Mittagessen zu uns zu nehmen und mal wieder in einer Tageszeitung herumzuschnüffeln.

»Sagt dir der Name Harper was?«, wollte Phil wissen. Er hatte eine ›New York Post‹ erwischt.

»Was für eine Frage!« Ich spielte den Empörten. »Ein frommer Mann, nach dem eines der wichtigsten Dörfer der Welt benannt wurde – Harpersvillage!«

»Ich weiß, ich weiß«, wiegelte Phil ab. »Ein gewisser Jeremias Cotton wurde dort geboren – aber ich meine einen weniger wichtigen Mann: Wesley Harper, leitender Richter am Manhattaner Bezirksgericht.«

»Hatten wir schon zu tun mit, glaub ich.«

»Dem haben sie während einer Jubiläumsfeier die Katze geköpft und den Schädel seinem Enkel in den Schoß gelegt. Soll ich vorlesen?«

»Bloß nicht.« Ich überflog gerade den Sportteil von »USA TODAY«.

Nach dem Essen ging's nach Old Abilene Town. Dort hatten sie einen ganzen Straßenzug der Stadt originalgetreu dem Abilene während der Zeit John Smiths nachgebildet.

Man konnte eine Viehverladestation besichtigen, das Office des Town Marshals und einen Saloon. Gegen ein Eintrittsgeld natürlich.

Ein paar finster dreinblickende Gestalten betraten den Saloon – mit Patronengurten um die Bäuche, Revolver in Hüftholstern, breitkrempigen Stetsons. Sie lieferten sich eine filmreife Schlägerei im Saloon und duellierten sich anschließend auf der Straße. Mit Platzpatronen selbstverständlich.

Alles ein bisschen kitschig, aber sehr eindrucksvoll. Der Wild-West-Enthusiasmus meiner Kindertage spreizte die Flügel, und ich war zufrieden.

»Das kannst du in Manhattan umsonst haben«, knurrte Phil. »Und mit echten Patronen.«

»Was du nicht sagst …«

Anschließend ging es in die Can-Can-Show. Die spärlich bekleideten Tänzerinnen schmissen ihre langen Beine hoch und zeigten auch sonst recht freimütig, was sie hatten. Phil neigte den Kopf zur Seite und lächelte andächtig. Die Vorstellung gefiel ihm besser als die Schießerei.

Über gute Freunde kann man auch während eines gemeinsamen Urlaubs nicht viel Neues lernen …

Phil zerrte mich dann ins Eisenhower Center – tatsächlich: Unser verstorbener Präsident war ein Sohn dieser einst so wilden Stadt! –, was mich nicht besonders interessierte. Und ich schleppte ihn zur Gedenkstätte des ersten Marshals von Abilene, John Smith. Das wiederum langweilte Phil.

Wenigstens hörte er höflich zu, als ich ihm erzählte, was ich von dem berühmten Marshal wusste.

Der gebürtige Engländer war Berufsboxer gewesen, bevor er 1870 das Amt des Town Marshals von Abilene antrat. Mit bloßen Fäusten zähmte er die wilden Kuhhirten aus Texas. Er verbot das Tragen von Waffen in Abilene und trug prinzipiell selbst keine. Dabei setzte er auf den ungeschriebenen Ehrenkodex der Texaner, dass man nicht auf unbewaffnete Männer schoss. Die Texaner wiederum hielten nichts von Faustkämpfen. Also zogen sie den Kürzeren gegen den Marshal. So einfach ging das damals.

Bis Smith eines Tages zwei Killern in die Arme lief. Unbewaffnet wie immer. Einer schoss auf ihn, der andere schlug ihm von hinten ein Beil in den Schädel.

»So viel zum Thema Prinzipientreue.« Phil schüttelte den Kopf. »Und jetzt hab ich Durst.«

Manchmal möchte man seinen Glauben an den Zufall aufgeben. An diesem Sonntag zum Beispiel. Dem neunten Tag unseres Urlaubs. Wir gingen zurück in den Original-Wild-West-Saloon aus John Smiths Tagen, weil dort auch Bier gezapft wurde. Und stolperten ihr gewissermaßen über die Füße. Jener Indianerin von Abilene.

Sie hockte am hintersten Tisch des Saloons vor einer Flasche Whisky. Sie trug keine Feder oder dergleichen in ihrem langen Grauhaar, hatte aber ein bunt besticktes Gewand an, wie ich es schon auf Fotos von Apachen oder Navajos gesehen hatte.

Sie rauchte eine Pfeife, und ihr Gesicht erinnerte mich an das Gesicht einer gerade ausgewickelten Mumie. Ihre Füße steckten in schmutzigen, ausgelatschten Adidas-Sportschuhen, deren ursprüngliche Farbe nicht mehr zu erkennen war.

Die Greisin war an sich schon eine auffallende Erscheinung. Unsere Neugier entzündete sich vor allem an den Männern und Frauen, die sich um ihren Tisch drängten.

Wir beobachteten die Szene von der Theke aus, wo wir saßen. Der Wirt hörte uns über die Frau sprechen. »Eine Verrückte«, erklärte er. »Für ein paar Dollar dichtet sie dir etwas über deine Zukunft zusammen.«

Eine halbe Stunde saßen wir bei unserem Bier, betrachteten die Indianerin und ihre Kundschaft und lauschten dem Gemurmel an ihrem Tisch. Mehr als ein paar Gesprächsfetzen kriegten wir nicht mit.

Irgendwann rutschte Phil vom Barhocker. »Das reizt mich.« Er gesellte sich zu der Gruppe um die Wahrsagerin. Zunächst hörte er nur zu. Schließlich nahm er auf dem frei werdenden Klientenstuhl ihr gegenüber Platz.

Phil als Ratsuchender bei einer Schamanin – das wollte ich mir nicht entgehen lassen. Ich nahm mein Glas und stellte mich neben den Tisch. Die Alte beäugte Phil misstrauisch. »Also, dann erzählen Sie mir mal was über meine Zukunft«, grinste mein Partner.

»Blödsinn«, krächzte die Indianerin. »Deine Zukunft ist deine Sache. Ich kann dir höchstens ein paar Dinge sagen, die für dich wichtig sind.«

»Was für Dinge?«, wollte Phil wissen.

»Dinge, die ich sehe.«

»Wie sehen Sie diese Dinge?«

»Ich sehe Sie – basta.«

Phil nickte langsam. »Gut. Dann legen Sie los.«

Die Greisin deutete mit einer Kopfbewegung auf eine Holzschale am Rand des Tisches. »Fünf Dollar.«

Phil legte eine Fünf-Dollar-Note in die Schale.

Die Indianerin sog ein paar Mal an ihrer Pfeife und nahm einen tiefen Zug. Sie blies den Rauch zuerst zur Decke, dann zum Fußboden hin und zuletzt in Phils Gesicht.

Danach ergriff sie seine Hand, schloss die Augen und murmelte ein paar Sätze in einer unbekannten Sprache. Anschließend ließ sie Phil in einen Lederbeutel fassen und ein paar mit Schnitzereien verzierte Knochenstückchen herausfischen.

Sie breitete die Knochen auf dem Tisch aus und blies das Zeug ebenfalls mit dem Rauch aus ihrer Pfeife an. Murmelnd beugte sie sich darüber. Konzentriert betrachtete sie die Knöchelchen, als hoffte sie, einen Diamanten darunter zu finden. Schließlich lehnte sie sich in ihrem Stuhl zurück und musterte Phil.

»Und? Was sehen Sie?« Ich kenne meinen Partner lange genug. Und sehr gut. Sein Tonfall war eindeutig: Er betrachtete die Sache als einen großen Spaß.

Die Indianerin nicht. Sie schwieg, und ihre kleinen Augen schienen sich in Phils Stirn bohren zu wollen. »Du musst höllisch aufpassen, Junge«, krächzte sie schließlich.

»So was hab ich schon befürchtet.« Phils Mundwinkel zuckten.

»Stell mir eine Frage«, forderte die Alte ihn auf.

»Werde ich noch ein paar schöne Urlaubstage erleben?«

»Nein.«

»Schade. Was sehen Sie denn?«

Die Alte antwortete nicht gleich. Sie griff nach der Whiskyflasche und genehmigte sich einen kräftigen Schluck. »Was bist du von Beruf?«, fragte sie, nachdem sie die Flasche zurück auf den Tisch geknallt hatte.

»Ich züchte Yorkshireterrier.«

»Das kannst du deiner Großmutter erzählen.«

Phils Augenbrauen wanderten Richtung Haaransatz. »Was sehen Sie denn?«

»Ich sehe ein paar Menschen. Menschen, die verflucht sind.«

»Das ist ja schrecklich!« Phil versuchte krampfhaft nicht zu grinsen.

»Und ich sehe eine Frau.«

»Nicht schlecht.«

»Eine unanständige Frau.«

»Na, prächtig!«

»Du wirst ihr aus dem Weg gehen, oder du wirst mit ihr untergehen.«

Darauf fiel Phil nichts ein. »Und sonst?«

»Sonst nichts.«

Die Indianerin zog an ihrer Pfeife. Die kleinen Äuglein in ihrem Leguan-Gesicht klebten an Phils Miene. Das Grinsen darauf wirkte etwas bemüht. »Dann war's das wohl«, sagte er. Die Alte nickte schweigend.

Phil stand auf. »Besten Dank, Madame.« Er stellte den Stuhl an den Tisch und nickte der Greisin freundlich zu. Gemeinsam gingen wir zurück zur Theke.

»Pass gut auf dich auf, G-man!«, rief die Indianerin ihm laut hinterher.

Sämtliche Köpfe fuhren herum. Neugierige Blicke trafen Phil. Der stand wie vom Donner gerührt. Und ich auch, ehrlich gesagt.

Wir sprachen nicht viel, während wir zum Parkplatz gingen, auf dem unser Mietwagen stand. Erst als wir das Ortsschild Abilenes passiert hatten, brach Phil das Schweigen.

»Du sagst gar nichts, Partner – wie fandest du denn die Show?«

»Ganz witzig. Bis auf den letzten Satz.«

»War schon komisch.« Phil schüttelte den Kopf. »Wir haben uns seit Tagen nicht rasiert, tragen speckige Hosen und verschwitzte Shirts, und trotzdem scheint uns der G-man aus den Augen zu schauen.«

»Was heißt hier *uns*«, protestierte ich. »Dir!«

Anderthalb Stunden lang fuhren wir Richtung Kansas City. Die Skyline der Stadt tauchte vor uns in der Dämmerung auf. Wir tauchten in das Labyrinth der Vororte ein, überquerten die Grenze zwischen Kansas und Missouri – sie verläuft bekanntlich mitten durch Kansas City hindurch – und näherten uns unserem Hotel.

Mein Handy orgelte los. Ich presste das Gerät ans Ohr. »Cotton!«

»Federal Plaza, High.« Ich wusste auch ohne Wahrsagerin, dass unser Urlaub zu Ende war. »Sorry, Jerry – ich weiß, Sie hätten eigentlich noch vier Tage. Aber ich brauche Sie und Phil hier.«

»Was liegt an, Sir?«

»Kennen Sie Wesley Harper, den Chefrichter am Bezirksgericht?« Ich bejahte. »Er fühlt sich bedroht. Jemand hat auf sehr geschmacklose Weise eine Feier in seinem Haus gesprengt. Vielleicht haben Sie von der Sache in der Zeitung gelesen. Eigentlich wollte ich den Fall gar nicht annehmen. Aber der Mann hat ein paar gute Freunde im Rathaus.«

»Kann man nichts machen, Sir. Wir melden uns bei Ihnen, sobald wir in New York gelandet sind.«

»Danke, Jerry. Und grüßen Sie Phil.«

»Bye bye, Wilder Westen – die Wilde Ostküste ruft.« Ich steckte mein Handy ein. »Gruß vom Chef.«

»Sag bloß, der Urlaub ist zu Ende?«

»So ist es, Partner, und das hat uns die merkwürdige Prophetin nicht ansehen können.«

»Zufall, weiter nichts«, knurrte Phil. »Was liegt an?«

Ich erzählte es ihm.

»Das darf doch nicht wahr sein!« Mein Partner war ernsthaft entrüstet. »Wegen einer lächerlichen Katze! So ein Bullshit! Liegt das überhaupt in unserem Zuständigkeitsbereich?«

»Angriff auf einen Bundesbeamten …«

»War die Katze verbeamtet, oder was?«

»Muss ich darauf antworten?«

»Wenn jemand meiner Katze den Hals abschneidet, ist das doch kein Angriff auf mich, zum Teufel!«

»Interpretationssache. Ein paar Leute aus der Umgebung Rudis, des

Eisernen, sehen das nun mal anders. Und unser Rudi wiederum hat gute Freunde in Washington. Also müssen wir ran.«

»Der kriegt meine Stimme nicht bei der nächsten Bürgermeisterwahl.«

»Take a walk on the wild side, Partner, um es mit den Worten des alten Rockers zu sagen. Wir fliegen nach New York und suchen den Katzenmörder. Ich liebe die Abwechslung, die unser Job mit sich bringt!«

Es fiel Phil schwer, sich von meiner guten Laune anstecken zu lassen. Er beäugte mich von der Seite und machte ein missmutiges Gesicht. »Du scheinst ja ganz wild auf Arbeit zu sein.« Dann seufzte er laut, als würde er sich innerlich in den Hintern treten. »Also gut. Fliegen wir eben nach Hause. Wird sowieso höchste Zeit, dass du dich mal wieder rasierst und dir einen Schlips umbindest …«

Vierundzwanzig Stunden später am Konferenztisch unseres Chefs. John Highs vertrautes Gesicht, Helens Kaffee, einen frisch gereinigten Anzug am Leib, die SIG im Gürtelholster und das Gefühl, wieder zu Hause zu sein. Nicht verkehrt.

Man ist eben, was man ist. Und ich bin nun mal G-man.

Vor uns auf dem Konferenztisch die mageren Ermittlungsunterlagen der City Police im Fall »Geköpfte Katze Wesley Harper«.

Die Sache stellte sich bei näherem Hinsehen doch bedrohlicher dar, als wir zunächst geglaubt hatten. Da hatte nicht nur einfach einer ein Fest verderben wollen. Der Anlass, der Zeitpunkt, die ganze Inszenierung der Katzentötung schien uns sorgfältig geplant zu sein.

»Ich kann mir nicht helfen«, sagte Phil. »Aber ein rachsüchtiger Vandale hätte eine Gang engagiert oder die Katze einfach totgeschlagen oder faule Eier auf das kalte Büfett geworfen. Das hier kommt mir vor wie eine Szene aus einem Horrorfilm.«

»Nicht ganz abwegig, das als Drohung zu verstehen«, sagte ich.

»Der Richter fühlt sich nicht bedroht«, warf der Chef ein. »Ganz und gar nicht. Ich kenne Wesley seit vielen Jahren. Der ist hart im Nehmen. Aber seine Frau soll mit den Nerven ziemlich am Ende sein seit diesem Vorfall. Sie war es auch, die darauf bestanden hat, uns einzuschalten.«

Ich blätterte in den Unterlagen. Sogar ein Bericht unserer Pathologie war darunter. »Das ist ja absurd!«, entfuhr es mir. »Sie haben die Katze obduziert?«

Unser Chef schmunzelte. »Den Katzenkopf«, korrigierte er. »Von dem Torso fehlt jede Spur. Und auch nicht obduziert. Einer unserer Pathologen hat ihn sich angeschaut. Ergebnis: Das Tier wurde mit einer Drahtschere oder einer Heckenschere enthauptet.«

Die Vorstellung ließ mich frösteln. »Widerlich. Trotzdem komme ich mir ein wenig hilflos vor.« Ich konnte mich nicht erinnern, in meiner Dienstzeit als FBI-Agent schon einmal mit der Tötung eines Tieres konfrontiert worden zu sein. »Was genau ist denn unser Auftrag? Wo und wie sollen wir ansetzen?«

»Besuchen Sie die Harpers, hören Sie sich die Geschichte noch einmal aus ihrem Mund an, halten Sie Augen und Ohren offen und organisieren Sie einen Personenschutz.«

»Für die ganze Familie?«, fragte Phil erschrocken.

»Für den Richter und seine Frau. Damit sie sehen: Wir kümmern uns um sie.«

Am nächsten Tag meldeten wir unseren Besuch bei den Harpers an. Und stellten den Personenschutz für Wesley und Viola Harper auf die Beine. Reine Routine, hundert Mal gemacht.

Im Rückblick muss ich zugeben, dass ich ein paar Tage lang das Gefühl hatte, mit reiner Augenwischerei beschäftigt zu sein. Aber das änderte sich schnell …

3

»Katz, Katz …?« Der Knirps blickte seine Mutter aus großen Augen an. Sein niedliches Gesicht war ein einziges Fragezeichen.

Lilian Benson drückte ihren Sohn an sich. »Mein armer kleiner Luke.« Seit dem Tod der Katze war über eine Woche vergangen. Immer noch schien der Kleine das schreckliche Erlebnis nicht verkraftet zu haben.

»Das Kätzchen kommt nicht mehr.« Lilian wiegte ihren Sohn in den Armen. »Es ist – es ist plötzlich krank geworden, es ist – es ist einfach nicht mehr da.« Mit einem Blick, der um Hilfe bettelte, wandte sie sich an das dunkelhäutige Mädchen neben ihr. »O Gott! Wie soll man das so einem kleinen Kind erklären?« Sie seufzte und drückte das Kind dem Kindermädchen in den Arm.

»Am besten gar nicht.« Anne Masters streichelte dem Knaben zärtlich über die schwarzen Locken. »Es ist wie eine Wunde.« Das Kindermädchen war höchstens zwei oder drei Jahre jünger als Lilian selbst. »Man muss einfach besonders lieb zu ihm sein und sich noch mehr als sonst mit ihm beschäftigen. Dann heilt die Wunde schneller wieder zu.«

Überrascht betrachtete die zierliche Frau das schwarzhäutige Kindermädchen.

Anne Masters las außer der Bibel vermutlich kein Buch und hatte nur ein paar Jahre lang auf der Schulbank gesessen, und trotzdem hatte Lilian manchmal das Gefühl, die Jüngere würde mehr vom Leben verstehen als sie selbst.

»Ich verlass mich auf dich, Anne.« Sie küsste ihren Sohn und ging zur Tür. »Sing ihm etwas vor, wenn du ihn ins Bett gebracht hast. Wir sind gegen Mitternacht zurück.«

Lilian griff sich ihr Jackett und verließ das Haus. Über den Hinterhof lief sie auf den rückwärtigen Zugang ihrer Garage zu. Aus einem offenen Fenster im Haus ihrer Eltern drang laute Musik. Oliver schien zu Hause zu sein.

Im oberen Stockwerk des an der Straße gelegenen Hauses brannte Licht. Dort oben lag Viola Harpers Büro.

Seit dem verunglückten Fest arbeitete Lilians Mutter noch mehr als sonst. Als wollte sie sich betäuben.

Niemand in der Familie, den dieser ekelhafte Zwischenfall nicht getroffen hätte. Aber Viola Harper reagierte besonders heftig. Übertrieben heftig, fand Lilian. Sie schob es auf die schwachen Nerven ihrer Mutter.

Viola Harper gehörte zu den unzähligen New Yorkern, die regelmäßig einen Psychotherapeuten aufsuchen. Viola zwei- bis dreimal im Monat.

Lilian schloss die Garagentür auf. Dankbar dachte sie an Anne Masters. Mit ihr hatten sie einen Glücksgriff getan. Das konnte man nicht anders sagen.

Die junge Afroamerikanerin gehörte zu dem großen Heer von New Yorkern, die sich mit Billigjobs durchs Leben schlugen. Und sie gehörte zu den seltenen Menschen, die das, was sie taten, mit Leib und Seele machten.

Die Bensons bezahlten sie gut. Charles hatte ihr sogar ein kleines Zimmer im Erdgeschoss eingerichtet. Anne benutzte es aber nur, wenn die Bensons auswärts übernachteten oder bis spät nachts unterwegs waren und sie dann auf das Kind aufpassen musste.

Lilian ließ ihren roten Golf stehen und stieg in Charles' silbergrauen Saab 9-5. Ihr Mann war mit der U-Bahn in die Klinik gefahren. Das tat er immer dann, wenn sie abends ausgehen wollten und Lilian ihn im Beekman Downtown Hospital abholte. An Tagen wie heute also. Sie ließ den Wagen aus der Garage auf die Cranberry Street hinausrollen und fuhr dann Richtung Brooklyn Bridge. Die Rushhour war längst abgeebbt, und Lilian kam schnell voran.

Die Hektik des Tages begann von ihr abzufallen. Morgens den Kleinen an Anne übergeben, dann den Vormittag über in der Universität, häufig auch die erste Hälfte des Nachmittags, und bis zum Abend in ihrem Arbeitszimmer hinter den Büchern. Wie ihr Bruder studierte Lilian Jura.

Bis vor zwei Jahren hätte sie sich noch nicht träumen lassen, einmal so früh Mutter zu werden. Mit vierundzwanzig schon. Aber dann hatte sie Charles kennengelernt. »Ich will nicht, dass meine Kinder mich mal für ihren Großvater halten«, hatte er gesagt. Charles war fünfzehn Jahre älter als sie. Und er saß fest im Karrieresattel und verdiente gut. Also wurde Lilian schwanger. Ein halbes Jahr vor Lukes Geburt hatten sie geheiratet.

Das Beekman Downtown Hospital liegt fast an der Manhattaner Zufahrt zur Brooklyn Bridge. Mit dem Fahrrad knapp zwanzig Minuten von Brooklyn Heights entfernt. Aber ein Oberarzt, der mit dem Fahrrad in die Klinik kommt – nicht Charles Bensons Stil. Erst recht nicht, seit er den 200-PS-Wagen angeschafft hatte. Obwohl er während der Rushhour mit dem Saab manchmal eine halbe Stunde und länger unterwegs war.

Auf dem Oberarzt-Parkplatz wartete Lilian. Fast fünfzehn Minuten lang.

Endlich erschien ihr Mann im Eingangsbereich der Klinik. Mit hastigen Schritten eilte er auf den Parkplatz.

»Um acht Uhr waren wir verabredet – jetzt ist Viertel nach acht!« Lilian setzte eine vorwurfsvolle Miene auf.

»Tut mir leid, Darling!« Zehn Jahre noch, dann wird sie auch den leidenden Ausdruck ihrer Mutter ständig zur Schau tragen, dachte Benson, und endgültig aussehen wie sie. »Ein Assistent hat mich in den OP gerufen. Vereiterte Galle.« Er zog die Fahrertür auf.

»So genau will ich's gar nicht wissen.« Lilian rutschte auf den Beifahrersitz.

Sie fuhren hinauf nach Chinatown. Benson stand auf chinesische

Küche, und Lilian hatte sich ihm zuliebe daran gewöhnt. In seinem Stamm-Restaurant in der Bayard Street dann, bei Frühlingsrollen und Pekingente, die Alltäglichkeiten des vergangenen Tages: Sie erzählte von ihren Vorlesungen an der Uni, von ihrer nur mühsam voranschreitenden Semesterarbeit, von dem Kleinen, der ständig nach seinem Kätzchen fragte und immer noch keine Anstalten machte zu laufen. Er von zickigen Krankenschwestern und störrischen Kollegen.

Gegen zehn verließen sie das Restaurant und Chinatown und fuhren nach SoHo, in die Varrick Street. »Mambo Monday« im »Sounds of Brasil«. Ein Insidertipp in Manhattan. Mindestens an einem Montagabend im Monat besuchten die Bensons den Club. Bei World Music und afro- oder lateinamerikanischen Klängen nahmen sie den einen oder anderen Drink und tanzten ein paar Runden.

Gegen Mitternacht dann, zwischen zwei Musikstücken, eine Lautsprecherdurchsage. Der Fahrer eines silbergrauen Saab wurde aufgefordert, sofort zu seinem Fahrzeug zu kommen. Benson zuckte zusammen – es war exakt sein Kennzeichen, das da ausgerufen wurde. Er spurtete aus dem Club. Lilian zahlte und folgte ihm.

Schon von Weitem hörte er das gellende Heulen der Alarmanlage. Ein paar Nachtschwärmer standen um den Saab herum. »Da haben Sie aber Schwein gehabt, Sir«, rief ihm ein Mann entgegen. Er deutete auf die Fahrertür. Sie war entriegelt worden. »Die Alarmanlage scheint ihn verscheucht zu haben.«

Niemand hatte irgendetwas gesehen. Der nervtötende Lärm hatte die Leute angelockt. Benson stellte ihn ab. Er ging um seinen Wagen herum: kein Kratzer, nichts. Er zog die Tür auf – Autoradio, Telefon, Bordcomputer, alles da. Keine weitere Nahrung für die Neugier der Passanten. Die Leute zerstreuten sich.

Atemlos kam Lilian angelaufen. »Was ist passiert?«

»Jemand hat versucht, meinen Wagen zu stehlen.« Er hielt ihr die Beifahrertür auf, und sie ließ sich in den Sitz fallen. »Nicht mal die Spur eines Kratzers. Ich frage mich, wie diese Kerle die Zentralverriegelung knacken …«

Er startete den Wagen und fädelte sich in den spärlichen Verkehr nach Süden ein. »Was riecht hier so merkwürdig?« Lilian neben Benson schnüffelte und machte ein angewidertes Gesicht.

»Von draußen?« Benson senkte die Fenster ab. Kühle Nachtluft strömte ins Innere des Wagens. Sie roch nicht anders als sonst – ein bisschen nach Meer mit einer kräftigen Benzinnote. Die Fenster surrten wieder nach oben. Sofort verstärkte sich der Ekel erregende Gestank wieder.

»Fahr an den Straßenrand!«, schnarrte Lilian. »Irgendwas in diesem Auto stinkt grässlich.« Sie schaltete das Innenlicht ein, untersuchte ihre Schuhsohlen und inspizierte den Fußraum.

Benson überquerte die Kreuzung Broome Street und parkte dann in der zweiten Reihe. Die Pekingente in seinem Magen schien von den Toten auferstanden zu sein. »Was, um alles in der Welt, ist das?«

Er schaltete die Warnblinkanlage ein und drehte sich um. Auf dem Rücksitz lag eine Plastiktüte von »Shakespeare & Co«. »Hast du Bücher gekauft?« Seine Stimme klang belegt. Lilian starrte die Tüte an und schüttelte stumm den Kopf. »Es stinkt nach …« Unwillkürlich griff sich Benson an den Hals. »Es stinkt nach Verwesung …«

Seine Hand tastete nach dem Knopf für die Fensterabsenkung. Summend versanken alle vier Scheiben in den Türen.

Er hatte vor nicht ganz zwei Jahren das letzte Mal bei »Shakespeare & Co.« eingekauft. Einen Stadtführer von Paris. Benson und Lilian hatten ihren Honeymoon dort verbracht. Wie kam diese Tüte auf den Rücksitz seines Saab?

Die heulende Alarmanlage …

»Was ist da drin, Charley?«, flüsterte Lilian.

Benson stieg aus und öffnete die hintere Tür auf der Fahrerseite. Die Ente in seinem Bauch schien zum ersten Startversuch anzusetzen, während er den Arm nach der Plastiktüte ausstreckte.

Sie war leicht, fast als wäre sie leer. Bestialischer Gestank entstieg ihr, als er sie mit spitzen Fingern aus dem Wagen zog. Benson schluckte den Brechreiz hinunter und presste sich sein Einstecktuch vor den Mund.

Lilian streckte den Kopf zum Wagenfenster heraus. »Kipp es auf die Straße …« Der Ekel verzerrte ihr Gesicht zu einer Grimasse.

Benson warf die Tüte zwischen dem neben ihnen parkenden Wagen und der Beifahrertür seines Saab auf den Asphalt. Das Tuch vor Mund und Nase gepresst, bückte er sich und packte einen Zipfel des Tütenbodens. Den kleinen Finger weit abgespreizt, zog er die Tüte hoch und schüttelte sie.

Ein hartes Etwas plumpste auf die Straße. Hellbraun, schwarz verkrustet, räudiges Fell, steife Beine, nach unten gebogener steifer Schwanz. Benson zuckte einen Schritt zurück, Lilian stieß einen spitzen Schrei aus und verschwand im Wageninneren.

Benson starrte den kleinen, stinkenden Katzenkadaver zu seinen Füßen an. Sein Verstand suchte nach Auswegen, um nicht glauben zu müssen, dass dies einmal das Kätzchen seines Sohnes gewesen war. Aber es gab keinen Zweifel – dem Kadaver fehlte der Kopf …

Wesley Harper schob sich aus dem Bett. Behutsam und leise, um Angie nicht zu wecken. Wie meistens nach ihren wilden Liebesstunden, war sie in einen tiefen Schlaf gefallen. Sie lag auf der linken Seite.

Während er sich anzog, betrachtete er ihren Körper. Ihre kleinen, spitzen Brüste hoben und senkten sich bei jedem Atemzug. Der breite Mund ihres Gesichtes schien zu lächeln.

Wesley knöpfte sein Hemd zu. Seine Augen wanderten über die geschwungene Linie ihrer Taille und ihrer Hüfte bis zu ihren schlanken Oberschenkeln. Angie war fast vierzig, aber sie hatte die straffe Haut einer Zwanzigjährigen. Und auch das Feuer einer Zwanzigjährigen.

Er zog den Knoten seiner Krawatte zu und schlüpfte in sein Jackett. Danach ging er vor dem Bett in die Hocke und küsste Angies rechte Brustwarze. Zwischen seinen Lippen wurde sie augenblicklich hart.

Angela Cassedy schlug die Augen auf und schnurrte wie eine Katze. Sie drückte seinen Kopf zwischen ihre Brüste. »Komm noch mal ins Bett …«

»Es ist schon nach Mitternacht, Madame – wir müssen unseren Appetit bis zum nächsten Mal zügeln.« Wesley küsste sie wieder, diesmal auf den Mund, und richtete sich auf.

»Wann ist das nächste Mal?«

»Komm morgen nach der Verhandlung in mein Büro.« Er grinste. »Aber im Talar. Immer wenn ich dich in dem schwarzen Tuch sehe, stelle ich mir vor, du hättest nichts darunter an und ich würde dich darin nehmen – in meinem Schreibtischsessel.«

»Wesley«, flüsterte sie, »du kannst so herrlich unanständig sein. Komm noch mal ins Bett!« Sie griff nach seinem Hosengürtel und wollte ihn zu sich herunterziehen.

Er machte sich los und küsste ihre Hand. »Ich muss gehen. Viola wird misstrauisch. Träumen Sie von mir, Miss Rechtsanwältin.« Er ging zur Tür

»Wann wirst du mit ihr reden, Wesley?« Angie richtete sich auf.

»Im Augenblick gar nicht.« Die Hand an der Klinke, blieb Wesley stehen und drehte sich nach seiner Geliebten um. »Seit dieser Schweinerei mit der Katze ist sie nervlich am Ende. Sie war schon zweimal bei ihrem Therapeuten seitdem.«

»Ich weiß. Sie hat's mir erzählt.« Angie zog sich die Decke über die Brüste. »Ich verstehe das nicht, Wes. Sicher, die ganze Sache war ziemlich makaber. Aber sie reagiert, als hätte jemand euren Enkel entführt. Spricht kaum noch ein Wort, vergräbt sich in ihre Arbeit und rennt zu ihrem Therapeuten. Was ist los mit ihr?«

Wesley winkte ab. »Du weißt doch, wie labil sie ist. Stell dir vor, ich würde ihr jetzt noch von uns beiden erzählen, dann könnte ich sie in die nächste psychiatrische Klinik bringen.«

Er winkte und verließ Angies Apartment. Die Rechtsanwältin hatte eine Eigentumswohnung am Grove Court in Greenwich Village. Wesley verließ die Wohnanlage mit den sechs Häusern im Kolonialhausstil der Mitte des vorletzten Jahrhunderts über einen Gartenweg, der zur Barrow Street führte. Dort hatte er seinen weißen Cadillac Seville geparkt.

Sie trafen sich selten in Angies Apartment. Wesley war nicht ganz unbekannt in Manhattan. Ein paar Leute, die im Bezirksgericht arbeiteten, wohnten ebenfalls in Greenwich. Zufällige Begegnungen konnten unabsehbare Folgen haben.

Meistens mieteten sie ein Zimmer drüben in New Jersey. Manchmal trafen sie sich auch in einem Hotel in der Westside oder sogar in Brooklyn.

Seit einem halben Jahr ging das. Seit Angies Scheidung. Es gab Stunden, da hätte sich Wesley in den Hintern treten können, weil er sich mit der Partnerin seiner Frau eingelassen hatte. Und es gab Stunden, da gratulierte er sich dafür.

Das waren die Stunden, in denen er sie leidenschaftlich liebte.

Natürlich hatte Wesley andere Frauen gehabt. Vor Angie und während der Zeit mit ihr. Sekretärinnen, Staatsanwältinnen, Freundinnen seiner Töchter, Mädchen von der Straße, Callgirls. Wesley hatte einen unstillbaren Appetit. Und Viola, seine Frau, war kalt wie ein Fisch. Schon seit achtzehn Jahren. Seit Olivers Geburt.

Er stieg in seinen Wagen und fuhr hinunter nach Downtown.

Sie sprachen nicht über das Thema. Natürlich wusste Viola nichts von seinen sexuellen Beutezügen. Aber sicher ahnte sie, dass ein vitaler Bursche wie Wesley nicht das Leben eines Eunuchen führte.

Von der Affäre mit Angie allerdings durfte sie nicht einmal etwas ahnen. Seine Frau mit ihrer Partnerin und Freundin zu betrügen, das schien selbst dem abgebrühten Wesley ziemlich starker Tobak zu sein.

Und nun wollte die gute Angie mehr als nur eine Affäre. Wollte plötzlich mit ihm eine Urlaubsreise unternehmen, wollte wahrscheinlich geheiratet werden. Warum, zum Teufel, konnten Frauen nicht einfach nur genießen und basta? Nein, sie wollten geheiratet werden. Wesley seufzte bekümmert.

Es würde ihm schwerfallen, von Angie zu lassen. Selten hatte ihn eine Frau im Bett derart verzaubert. Aber es nützte alles nichts – er musste sehen, dass er irgendwie aus der Sache herauskam.

Wesley fuhr über die Brooklyn Bridge und nach Brooklyn Heights hinauf. Später, vom Garagenfenster aus, sah er Licht im Schlafzimmer seines Hauses brennen. Viola war noch auf. Schade.

Sie musste seine Schritte auf dem Innenhof gehört haben, denn sie erwartete ihn oben am Treppenabsatz vor der offenen Schlafzimmertür. Wie ein Gespenst sah sie aus – zerwühltes Haar, bleiches Gesicht, flackernde Augen.

»Wo kommst du so spät her?«, krächzte sie. Er stieg die Treppe hinauf und küsste sie auf die Stirn. Sie stank nach Alkohol.

»Ich hab dir doch gestern erzählt, dass sich heute der Veteranen-Club trifft. Wir haben eine Bar in Downtown unsicher gemacht.«

Wesley war Mitglied eines Vereins von ehemaligen GIs, die am Vietnamkrieg teilgenommen hatten. Sie trafen sich unregelmäßig in verschiedenen Stadtteilen.

Er schob sich an Viola vorbei und zog sie hinter sich her ins Schlafzimmer. »Du siehst elend aus. Was ist los mit dir?« Auf dem Nachttisch stand eine halb leere Whiskyflasche. Er drückte Viola aufs Bett, kniete vor ihr auf den Boden und musterte sie besorgt. »Kann dir dein Therapeut nicht mehr helfen?«, fragte er mit einem Seitenblick auf die Flasche.

»Ich bin so durcheinander …«

Jetzt erst fiel ihm auf, dass sie mit schwerer Zunge sprach.

»Du darfst dir diese Sache nicht so zu Herzen nehmen, Viola.« Er nahm ihre Hände und drückte sie. »Ein übler Scherz, weiter nichts! Lass dich nicht verrückt machen!«

»Du hast doch den FBI angerufen?« Sie schien gar nicht zuzuhören.

»Natürlich habe ich das. Auch Spencer hat sich für uns verwendet. Und Leute aus der Stadtregierung, die den Special Agent of Charge persönlich kennen. Morgen werden zwei Agenten vorbeikommen. Sogar Personenschutz bekommen wir. Aber die Sache ist mir ganz schön peinlich, glaub mir.«

Aus ängstlichen Augen sah sie ihn an. »Wir sind in Gefahr, Wes«, flüsterte sie.

»Quatsch!« Er drückte ihre Hände so fest, als wolle er sie wachrütteln.

»Er war es.«

Eine Zornesfalte entstand zwischen Wesleys dichten, weißen Brauen. »Schluss jetzt! Kein Wort mehr davon!«

Viola blickte durch ihn hindurch. »Ich hab geträumt, dass er es getan hat …«

Der Abend stand von Anfang an unter einem schlechten Stern.

Als Carol Harper die Kneipe betrat, thronte ihr aktueller Lover, Bernie Snyder, bewegungslos an der Theke. Stocksteif, als hätte er ein Queue verschluckt. Krampfhaft hielt er sich an seinem Bierglas fest. Und er schien noch starrer zu werden, als Carol ihn zur Begrüßung ins Ohrläppchen biss.

»Was ist los, Candy?« Carol schwang sich auf den Barhocker neben ihn und musterte ihn misstrauisch. »Ist schon wieder ein Absagebrief eingetrudelt?«

Bernie hielt sich für einen begnadeten Dichter. Wie etwa ein halbes Dutzend andere Kerle, die hier im »Cornelia Street Café« regelmäßig die Nächte durchsoffen. Seit Jahren versuchte er, einen Verleger für seine Werke zu finden. In seiner Dachwohnung in der Broome Street hatte er zwei Aktenordner voll mit Absagebriefen. Tenor der meisten: ganz nett, aber unbegreiflich.

»Wer war der Nigger, mit dem du gestern Abend zu dir ins Haus gegangen bist?«, fragte Snyder tonlos.

»Das klingt aber rassistisch!« Carol grinste spöttisch und überlegte fieberhaft, von wem Bernie wohl sprach.

»Lenk nicht ab! Warst du mit ihm im Bett?«

Jetzt fiel es ihr ein – Jack Copeland! Einen Brustkasten wie Stallone und schwarz wie Ebenholz. Er arbeitete für dieselbe Werbeagentur, für die auch Carol hin und wieder textete und zeichnete. Gestern Abend hatte er ihr bis nach Mitternacht ein nagelneues Grafikprogramm installiert.

Natürlich hatte ihr der schwarze Adonis Appetit gemacht. Gewaltig sogar. Aber leider war er verheiratet, und Carol legte Wert auf faire Spielregeln.

»Jacky meinst du?«

»Mir egal, wie er heißt!«, schnarrte Bernie. »Warst du mit ihm im Bett?«

Wut schoss in ihr hoch. Ihre Augen wurden schmal, und das Grinsen in ihrem weichen Gesicht wich unverhohlener Verachtung. »Nein, wir waren nicht im Bett!« Sie drehte sich mit dem Rücken zur Theke und sprach so laut, als würde Bernie auf der anderen Seite des Raumes am Eingang stehen. »Wir haben's in der Küche miteinander getrieben! Auf dem Tisch! Zwischen Marmelade und Butter!«

Es war fast Mitternacht, und das »Cornelia Street Café« hatte nur noch wenige freie Plätze zu bieten. Unzählige Augenpaare richteten sich auf Carol. »Auf der Waschmaschine auch!«, rief sie. »Im Schleudergang!«

Bernie sah sich verlegen um.

Die Musik in der Literaturkneipe war laut. Aber nicht laut genug. Grinsende Gesichter, überall wohin er blickte.

»Solltest du auch mal ausprobieren.« Sie griff in ihre Lederjacke und holte zwei Dollarmünzen heraus. »Aber nicht mit mir. Zum Abschied spendier ich dir dein Bier.« Sie knallte die Münzen neben sein Bierglas auf den Tresen, rutschte vom Barhocker und drängte sich durch die Menschenmenge zum Billardtisch, wo sie Laureen und ein paar andere Freundinnen entdeckt hatte.

Was dann kam, war nicht viel besser: Der Kellner drohte ihr für den nächsten derartigen Auftritt einen Rausschmiss an, ihre Freundinnen machten ihr Vorhaltung wegen Bernie, und schließlich tauchte zu allem Überfluss auch noch ein Fotograf auf, dem sie zwei Jahre zuvor für Nacktfotos Modell gestanden hatte.

Damals schon mehr als aufdringlich, wich er auch jetzt nicht mehr von ihrer Seite. Ungefragt lud er sie ein und rückte immer näher an sie heran.

»Kann es sein, dass du nicht allein schlafen willst heute Nacht?«, flüsterte sie ihm irgendwann ins Ohr.

»Du hast es erraten«, strahlte der Mann.

Carol zog ein Notizbuch aus der Tasche, riss ein Blatt heraus und schrieb dem verdutzten Mann eine Adresse auf. »Ein Privatpuff«, sagte sie. »Ich kenne ein paar von den Mädchen.« Sie drückte ihm den Zettel in die Hand. »Für Geld machen die's auch mit Leuten deines Kalibers!«

Der Mann starrte auf den Zettel und wurde blass.

Sie stand auf und ging zur Theke, um zu zahlen. Bernie hing halb über dem Tresen und schwankte bedenklich. Carols Stimmung war auf dem Nullpunkt. Sie wollte nur noch nach Hause und ins Bett.

Am Washington Square stieg sie in die U-Bahn und fuhr hinunter nach SoHo. An der Spring Street stieg sie aus. Von hier aus waren es noch vier Häuserblocks bis zur Wooster Street, wo sie ihr Apartment hatte.

Sie lief die Spring Street hinunter, überquerte die Sullivan Street und näherte sich der Thompson Street. Schon sah sie in der Ferne den Verkehr auf dem nächtlichen West Broadway vorbeiziehen.

Es war zwischen drei und vier Uhr morgens. Eine Zeit, in der die Spring Street immer noch recht belebt ist. Deswegen beachtete Carol die beiden Männer auch nicht besonders, die ein paar Schritte vor ihr auf dem Bürgersteig gegen ein parkendes Auto lehnten.

Sie trugen Turnschuhe, Jeans und dunkle Blousons. Hinter ihnen, auf dem Dach des Autos, standen zwei Bierdosen, und sie schienen angeregt miteinander zu plaudern.

Als Carol den Wagen der beiden erreichte, verstummten sie plötzlich. Ihre Blicke hefteten sich an Carols Körper. Sie sah, dass es zwei ziemlich junge Burschen waren, jünger als sie selbst. Ihre Gesichter verhießen nichts Gutes. Carols Puls beschleunigte sich, ihre Nackenhaare richteten sich auf.

Zu spät, die Straßenseite zu wechseln. Zu spät, sich umzudrehen und wegzulaufen.

»Schon was vor heute Abend?«, fragte einer der beiden. Ein kaltes Grinsen verzog sein Gesicht. Der andere stellte sich ihr in den Weg.

»Leck mich am Arsch!«, schnauzte Carol und wollte sich an den Burschen vorbeizudrücken. Jetzt erst fiel ihr die dunkle Hofeinfahrt auf, die an genau dieser Stelle in der Häuserfront klaffte.

Sie griff in die Innentasche ihrer Lederjacke. Doch bevor sie den Kolben ihrer kleinen Walther-Pistole überhaupt zu fassen bekam, erhielt sie von links einen wuchtigen Stoß und stolperte in die Hofeinfahrt.

Im nächsten Augenblick raubte ihr ein Tritt in den Bauch den Atem. Eine schweißige Hand presste sich auf ihren Mund, eine andere vergrub sich in ihrem langen Haar und zerrte ihr den Kopf hoch. Sie wurde gegen die Wand gestoßen. Etwas Kaltes, Spitzes drückte gegen die Haut ihrer Kehle.

»Einen Ton, und du stirbst!«, zischte es aus der Dunkelheit.

Warmer, stinkender Atem wehte ihr ins Gesicht. Sie riss die Augen auf – zwei Schatten, ganz nah vor ihr. Sie spürte die widerwärtige Wärme der fremden Körper. Einer drängte sich an sie heran, Hände begannen ihre Brüste wild zu kneten. Panik tobte durch ihre Adern, das Herz galoppierte ihr in der Kehle herum.

Sie schlug die Hand mit dem Messer von ihrem Hals weg und ließ sich seitlich an der Wand hinabrutschen. Ein Faustschlag traf ihre Schläfe, Schwindel ergriff sie und zerrte ihr Bewusstsein an den Rand der Ohnmacht. Sie kippte um und schlug rücklings auf den Boden.

Hände schlossen sich gnadenlos um ihren Hals, ein Knie setzte sich auf ihre Brust. Sie glaubte, unter dem Gewicht des Burschen zu ersticken.

»Fahr das Auto in die Einfahrt!« Wie durch einen Nebel hörte sie die flüsternde Stimme. »Wir bringen sie weg hier. Irgendwohin, wo wir sie uns in Ruhe vornehmen können …«

Plötzlich Licht in der Hofeinfahrt. Eine Tür wurde geöffnet. Drei Schritte neben Carol die verschwommene Gestalt eines Mannes auf einer Treppe. »Finger weg von der Frau!«, brüllte er.

Einer der beiden Angreifer sprang ihn mit gezückter Klinge an. Der Mann duckte sich unter dem Messerhieb weg und warf sich gegen die Seite des Angreifers. Der taumelte aus der Hofeinfahrt und robbte auf den Bürgersteig.

Carol spürte, wie sich der Griff um ihren Hals löste, wie der schmerzhafte Druck von ihrer Brust wich. Der zweite Angreifer warf sich dem Mann entgegen.

Der konnte dem Messerstich erneut ausweichen, stürzte aber unter dem Anprall des Jüngeren rücklings zu Boden. Der Angreifer sprang über ihn hinweg und flüchtete auf die nächtliche Straße.

Ein Motor heulte auf, Reifen drehten kreischend durch. Der Mann auf dem Pflasterstein der Hofeinfahrt rappelte sich auf und lief zur Hofeinfahrt hinaus. Das Licht erlosch – Carol hörte nur noch Schritte, die sich entfernten, und das Motorengeräusch eines davonrasenden Wagens.

Die Schritte näherten sich bald darauf wieder.

»Keine Angst, es ist alles vorbei«, sagte eine raue, atemlose Stimme aus der Dunkelheit.

Carol hob den Kopf. Der Mann, der sie gerettet hatte, ging vor ihr in die Hocke.

»Tief durchatmen. Sie sind weg. Es ist alles gut …« Er half ihr, sich aufzusetzen und gegen die Hauswand zu lehnen. »Sind Sie verletzt?«

Carol schüttelte den Kopf. Wie durch einen Schleier sah sie den Fremden – ein großer, hagerer Mann mit straff in den Nacken gebundenem, langem Haar. Er trug schwarze Kleidung.

»Ich rufe vorsichtshalber die Ambulanz.« Er zog ein Handy aus seiner Jacke.

»Nein, nein …« Carol hob abwehrend die Rechte. »Keinen Arzt …« Sie schloss die Augen und ließ den Kopf gegen die Hauswand fallen. Ihre Hände tasteten nach dem Tabak in ihrer Lederjacke. Sie fand ihn nicht. »Haben Sie was zu rauchen?«

»Kommen Sie einen Augenblick zu mir mit hinein. Ich wohne im Erdgeschoss. Dort können Sie eine rauchen, und von dort ruf ich die Cops an.«

Sie spürte seine kräftigen Hände unter ihren nassen Achseln. Er zog sie hoch. Widerstandslos ließ sie sich ins Haus führen.

Die Wohnungstür im Erdgeschoss stand weit auf, Stimmen drangen aus den Zimmern ins Treppenhaus. Carol lehnte sich an den Fremden und stolperte in die Wohnung. Statt Kniegelenken schien sie flüssigen Kuchenteig zwischen Unter- und Oberschenkelknochen zu haben.

»Sind Sie wirklich nicht verletzt?«

Die Stimme des Mannes klang sanft und ehrlich besorgt. Eine Stimme von der Sorte, der Carol sofort vertraute.

»Mein Schädel brummt, mein Brustkorb sticht bei jedem Atemzug, und mein Herz sucht den Ausgang.« Carol versuchte ein Grinsen. »Aber sonst geht es.«

Er schloss die Tür hinter sich und schob sie durch ein weiträumiges Zimmer auf eine Couch zu. Eine Stehlampe brannte, ein Ventilator summte, und der Fernseher lief. Eine Talkshow. Der Mann setzte Carol in die Couch und schaltete den Fernseher ab. Die Stimmen verstummten.

»Dann sollten wir doch die Ambulanz rufen«, sagte er und musterte sie prüfend. »Nicht, dass die Kerle Ihnen ein paar Rippen gebrochen haben.«

Carol sank in das Polster der Couch und heulte los wie Luke, wenn er sich seinen Babykopf an der Stuhlkante angestoßen hatte. Sie wollte nicht weinen, doch als ihr Retter die Angreifer erwähnte, machte sich der Schock Bahn, und die Tränen stürzten ihr wie von selbst aus den Augen.

Der Mann in Schwarz ließ sich neben ihr auf der Couch nieder. Er nahm sie in den Arm und streichelte ihr linkisch über das Haar. »Es ist furchtbar, ich weiß. Diese Schweine. Ein Schwertransporter soll sie platt machen.«

Carol heulte und lachte zugleich. Der Wagen dieser Mistkerle flach wie eine zertretene Sardinendose unter dem Kühler eines Trucks! Die Vorstellung gefiel ihr. »O Gott«, krächzte sie, »ich bin so fertig, so fertig ...«

Der Mann stand auf und holte ihr ein Glas Wasser aus einem anderen Zimmer. »Für den Kreislauf – trinken Sie!«

Gehorsam nahm Carol ihm das Glas ab. Während sie trank, griff er sich ein Tabakpäckchen vom Tisch und drehte ihr eine Zigarette. Sie registrierte, dass er die gleiche Sorte rauchte wie sie.

Seine besorgten Blicke wanderten zwischen der entstehenden Zigarette in seinen Fingern und ihrem Gesicht hin und her. Carol fielen die tief eingekerbten Falten zwischen seiner schmalen Nase und seinen Mundwinkeln auf. Auch auf seiner Stirn und zwischen seinen Brauen ein paar markante Falten. Sein langes Haar war dicht, aber fast weiß. Sie schätzte ihn auf Mitte bis Ende vierzig.

»Trinken Sie aus. Sie stehen unter einem Schock und brauchen Flüssigkeit.« Er wartete, bis sie das Glas geleert hatte, dann erst reichte er ihr die Zigarette. Carol merkte, dass ihre Hand nicht zitterte, sondern schlotterte, als sie versuchte, die Zigarette in die Flamme seines Feuerzeugs zu halten.

»Bullshit!«, fluchte sie. Er fasste ihre Hand am Gelenk und hielt sie fest. Endlich brannte die Zigarette, und Carol ließ sich gegen die Couchlehne fallen.

»Und jetzt rufen wir erst mal die Cops an.« Schon stach sein Zeigefinger in die Tastatur seines Handys.

»Lassen Sie, bitte!«, krächzte Carol. Überrascht sah er sie an. Er hatte schmale graue Augen. »Ich mag die Cops nicht«, grinste Carol, »genauso wenig wie Ärzte.«

»Sind Sie sicher?« Die Falte zwischen seinen Brauen verstärkte sich. Zweifelnd sah er sie an. »Diese Kerle machen das Gleiche vielleicht morgen mit einer anderen Frau. Das Kennzeichen konnte ich nicht erkennen, aber den Wagen kann ich beschreiben und einen der beiden Kerle auch.«

Sie schüttelte energisch den Kopf. »Ich will jetzt keine Cops sehen. Ich ruf sie morgen an. Und gebe ihnen Ihre Nummer. Haben Sie was zu trinken?« Sie reichte ihm das Glas. »Etwas Scharfes, meine ich. Ich glaub, das täte mir gut.«

Er nickte, stand auf und ging zu einem grob gezimmerten Regal aus hellem Holz. Unmengen von Büchern sah Carol. Kreuz und quer übereinanderliegend, stapelweise aneinandergepresst, teilweise aufgeschlagen oder umgekippt – Bücher, Bücher, Bücher.

Der große weißhaarige Mann griff zwischen sie und zog eine Flasche aus dem Regal. »Irischer Whiskey?« Fragend sah er sich nach ihr um.

»Warum nicht?« Carol sah, dass er barfuß lief. Er trug eine weite schwarze Hose und darüber ein offenes schwarzes Hemd. Trotz der milden Witterung hatte er die Ärmel nicht hochgekrempelt. Unter dem Hemd ein schwarzes T-Shirt. Carol fragte sich, ob er Trauer trage, schluckte die Frage aber hinunter.

Mit der Flasche und einem frischen Glas kam er zurück zu ihr auf die Couch. Er schenkte ihr ein halbes Glas voll Whiskey ein. Das Zeug brannte in der Kehle. »Schmeckt verdammt gut!«, seufzte Carol. Ihre Lebensgeister regten sich. »Wie heißen Sie?«

»Sagen Sie Wayne zu mir.«

Carol lachte laut. »Das passt ja wie die Faust aufs Auge!« Sie lachte ihr tiefes, rauchiges Lachen. »John Wayne, der Retter aus dem Nichts.« Sie prustete vor Lachen. »Entschuldige, aber meine Nerven liegen blank.«

»Schon okay«, lächelte er. Obwohl ihr schon wieder die Tränen aus den Augen stürzten, nahm sie seine vollen, sinnlichen Lippen wahr. »Ich heiße aber mit Vornamen Wayne. Mein Familienname ist Finnigan.« Fast übergangslos wurde er ernst. »Soll ich nicht irgendjemanden anrufen, der Ihnen nahesteht? Jemanden, der bei Ihnen schlafen kann? Sie sollten nicht allein bleiben nach diesem Schock.«

»Mein Familienname ist Harper«, sagte Carol, »aber du darfst Carol zu mir sagen. Immerhin hast du mich aus den groben Händen zweier Unholde gerettet. Diese Schweine wollten mich vergewaltigen …« Sie vergrub ihr Gesicht in den Händen. Jetzt weinte sie wieder. »Wie das Licht plötzlich anging. Wie du plötzlich aufgetaucht bist. Ich weiß gar nicht, wie ich dir danken soll. Du hast dein Leben für mich riskiert.«

»Das war selbstverständlich. Soll ich eine Freundin von dir anrufen, Carol?« Er sprach den Namen aus, als würden sie sich schon jahrelang kennen.

»Das ist überhaupt nicht selbstverständlich.« Mit dem Handrücken wischte sie sich die Tränen weg. »Eine Freundin?« Sie saugte an ihrer

Zigarette und nippte dann wieder am Whisky. »Vielleicht hast du recht. Und meinen Vater – ja – ich will meinen Dad anrufen.«

Er reichte ihr sein Handy. Sie telefonierte mit ihrer Freundin Laureen. Eine der Frauen, die ihr Vorhaltungen wegen Bernie gemacht hatten. Sie hockte noch immer im »Cornelia Street Café«. Carol erzählte, was passiert war. Laureen wollte sofort in die Woolster Street aufbrechen.

Anschließend klingelte sie ihren Vater aus dem Schlaf. Wesley Harper war völlig außer sich, verlangte, dass Carol die Polizei verständigte, und wollte sofort zu ihr kommen. Nur mit Mühe konnte sie ihn davon abhalten.

Wayne hatte das Zimmer verlassen, während sie telefonierte. Nach dem Gespräch mit ihrem Vater stand Carol auf und suchte ihn. Sie fand ihn in einem Arbeitszimmer. Er stand am offenen Fenster, blickte auf die Straße hinaus und rauchte.

Bildschirmschoner flimmerten über zwei Monitore. Zwei große Schreibtische und der Teppichboden waren von Büchern und Magazinen bedeckt. Auch hier ein Regal mit Unmengen von Büchern.

Carol reichte ihm das Handy. »Danke.« Sie blickte auf die Monitoren. »Du arbeitest so spät noch?«

»Arbeit und Vergnügen gehen bei mir ineinander über«, lächelte er.

»Was machst du?«, wollte sie wissen.

Er zuckte mit den Schultern. »Alles Mögliche. Zurzeit arbeite ich an einem Computerspiel.«

»So ein Zufall. Ich studiere Informatik.« Sie grinste. »Wenn ich Zeit hab. Meistens entwerfe ich irgendwelche Reklamebilder und mache Werbetexte.«

Er nickte langsam. »Sind wir ja nicht ganz so weit voneinander entfernt. Hast du deine Freundin und deinen Vater erreicht?«

»Ja. Laureen schläft bei mir. Ich glaube, das war eine gute Idee.«

Wieder nickte er langsam. Aufmerksam und ernst betrachtete er Carol. Und sie betrachtete ihn. Sein Gesicht hatte nichts Glattes, nichts Durchschnittliches. Die raue Haut, die sinnlichen Lippen, die tief eingekerbten Falten – kein Allerweltsgesicht. Das Gesicht eines Mannes, der viel erlebt hatte.

Sekundenlang standen sie sich gegenüber. Der Mann brach das Schweigen schließlich. »Ich bring dich jetzt nach Hause.«

»Kommt nicht infrage! Ich bestell mir ein Taxi.«

Doch er ließ sich nicht abwimmeln. Fünf Minuten später verließen sie gemeinsam das Haus. Carol fröstelte, als sie in den Hof gingen. Sie konnte dem Drang, sich umzudrehen, nicht widerstehen. Doch niemand lauerte ihnen auf.

Im Hof stiegen sie in seinen Wagen. Einen alten, schwarzen Volvo Kombi.

Von seiner Wohnung bis zu dem Haus in der Woolster Street, in dem Carol wohnte, waren es nicht mal fünf Minuten. Laureen wartete schon vor dem Hauseingang.

»Ich brauche noch deine Nummer«, sagte Carol. »Mein Daddy besteht darauf, dass ich die Cops einschalte. Und die wollen sicher mit dir sprechen.«

Er nickte und reichte ihr eine Visitenkarte. »Wayne Finnigan, Software for fun‹, stand darauf. Telefon- und Faxnummer, Haus- und E-Mail-Adresse.

»Ich werd mir noch was überlegen, wie ich meinen Dank in eine Form bringe, von der du was hast.« Carol öffnete die Tür.

»Vergiss es«, sagte Wayne.

Er legte die Hände aufs Steuer. Das Licht der Straßenbeleuchtung fiel auf sie. Carol sah, dass die Handrücken mit Narben überzogen waren. Großflächige Narben, als wäre die Haut an manchen Stellen verklebt, an anderen Stellen zu straff gespannt. Die Narben zogen sich bis unter die schwarzen Manschetten des Hemdes …

4

Es war ein sonniger Nachmittag, als wir zum ersten Mal Kontakt mit der Familie Harper aufnahmen. Ein Dienstag. Eigentlich passierte nichts Besonderes. Und weder Phil noch ich ahnten, dass die reinsten Horrorwochen vor uns lagen. Aber so war es. Und deswegen werde ich diesen Nachmittag nie vergessen.

Wir fuhren die Middagh Street hinunter und bogen in die Willow Street ein. Phil, auf dem Beifahrersitz meines roten Jaguar XKR, pfiff leise durch die Zähne. »Edle Gegend, sag ich.«

Von der Willow Street ging es in die Cranberry Street. Als würde jeden Tag Großputz veranstaltet, sah es hier aus. Kein Fetzen Papier auf dem Bürgersteig, keine überquellenden Abfalleimer, keine leeren Dosen oder Flaschen neben den Stämmen der alten Platanen. Deren Kronen wölbten sich über der Straße wie ein grüner Tunnel.

Elegante Hausfassaden zogen an uns vorbei – prächtige Stadthäuser, Holzhäuser, Häuser aus braunem Sandstein, luxuriöse Villen aus den glorreichen Gründertagen. »Angeblich stehen in diesem Stadtteil die schönsten Häuser von New York City«, bemerkte ich.

»Haben hier nicht auch ein paar berühmte Leute gewohnt?«, erinnerte sich Phil. »Arthur Miller und dieser Typ mit dem Raben – wie hieß er gleich?«

»Truman Capote.«

»Genau.« Phil deutete auf ein langes, zweistöckiges Gebäude aus Buntsandstein. »Hier ist es.«

Ich parkte den Jaguar am Straßenrand. Die Rundbogeneinfahrt war durch ein gusseisernes Gittertor verschlossen. Drei Klingeln unter der Sprechanlage. Daneben, auf Messingschildern eingraviert, die Namen der Bewohner – Wesley Harper, Dr. Charles Benson und die Anwaltskanzlei Harper & Cassedy.

Wir klingelten. Eine Frauenstimme meldete sich. »Die Special Agents Cotton und Decker vom FBI«, kündigte ich uns an. Der Türöffner summte, quietschend öffnete sich das Metalltor, Phil und ich schritten unter dem Rundbogendurchgang hindurch in einen großzügigen Innenhof.

Ein zweiflügliges Holzportal zwischen zwei Palmenkübeln öffnete sich. Eine zierliche, dürre Frau trat aus dem Haus und kam uns entgegen. Rotes, toupiertes Haar, moosgrüner Hosenanzug, bleiches, hohlwangiges Gesicht und ein paar große grüne Augen, die halb anklagend, halb hilflos in die Welt blickten.

»Viola Harper.« Sie reichte uns die Hand. Wir wussten, dass sie Rechtsanwältin war. Ich glaubte, eine Alkoholfahne zu wittern. Die schwarzen Ringe unter ihren großen Augen fielen mir auf.

Sie führte uns ohne lange Vorreden an die rechte Schmalseite des Innenhofes. Ein flacher, stuckverzierter Pavillon stand hier auf einem nicht sehr breiten Rasenstück. Dahinter ein mannshoher, gusseiserner Zaun vor drei riesigen Ulmen, und dahinter das Nachbargrundstück.

Unter den Ulmen blieb sie stehen. »Hier ist es passiert.« Sie schilderte uns den über eine Woche zurückliegenden Vorfall in dürren Worten. Die kamen ihr nur stockend über die Lippen. Ihre Augen wurden feucht, und hin und wieder atmete sie seufzend ein, als trüge sie ein Korsett, das ihr die Luft abschnürte.

Eine Frau, in deren Seele sich die Angst verbissen hatte. Unverhältnismäßig viel Angst, wie ich fand. Phil und ich wechselten einen verstohlenen Blick.

Wir stellten die üblichen Fragen – ob sie persönliche Feinde habe, ob jemand fremde Leute auf dem Nachbargrundstück oder der Straße beobachtet hätte und so weiter.

Wir erwarteten keine Neuigkeiten und wurden nicht enttäuscht.

Als sie uns in ihr Haus führen wollte, betrat ein Mann den Innenhof. Groß, silberhaarig, braungebrannt, Typ: Was kostet die Welt? Wesley Harper. Phil und ich hatten nicht oft mit ihm zu tun, aber wir kannten ihn flüchtig.

»Komme ich doch noch rechtzeitig!«, rief er schon von Weitem. »Ein Glück. Hab heute extra früher Schluss gemacht, um Sie zu treffen!« Mit ausgestreckter Hand kam er auf uns zu. Begrüßung, Auffrischung des Namensgedächtnisses, Smalltalk.

»Ich möchte Sie meiner Tochter vorstellen, Gentlemen«, sagte der Richter schließlich. »Die Mutter des Kleinen, dem die Kerle den Katzenkopf – Sie wissen schon.« Und zu seiner Frau gewandt: »Geh hoch und leg dich auf die Terrasse, Darling, das wird dir guttun.«

Wir verabschiedeten uns von Viola Harper. Hinter ihrem Mann her gingen wir auf das Haus an der Schmalseite des Hofes zu. Harper drehte sich ein paar Mal nach seiner Frau um. Als sie endlich im Eingangsportal verschwunden war, fiel das joviale Lächeln übergangslos aus seinem Gesicht.

»Es sind ein paar Dinge passiert, von denen meine Frau besser nichts erfährt – ihre Nerven sind nicht die besten seit diesem Vorfall.« Er klingelte an einer mit Schnitzereien verzierten Holztür. »Und sie waren es vorher auch nicht, um ehrlich zu sein.«

Die Tür öffnete sich. Im Türrahmen das nächste Mitglied der Harper-Familie: Lilian Harper. Nicht viel größer als ihre Mutter und genauso zierlich wie diese. Auch die grünen Augen und das schmale Gesicht hatte sie von ihrer Mutter geerbt. Ein Gesicht, das man vielleicht hätte schön nennen können, wäre da nicht dieser verkrampfte Zug um den Mund gewesen.

Wieder Vorstellung und Begrüßung. Knapp und sachlich diesmal. Der Richter hatte es plötzlich eilig. »Zeig es den Gentlemen, Lilian.«

Die junge Frau – sie war höchstens Mitte zwanzig – führte uns durch einen weiträumigen Salon mit Kamin über eine Terrasse in einen kleinen Blumengarten. Vor einer Jasminhecke ein Blecheimer mit Deckel. Sie hob den Deckel. »In der Tüte.« Ihre angewiderte Miene verhieß etwas Unappetitliches.

Phil und ich beugten uns über den Eimer. Ein widerlicher Gestank fiel über meine Nasenschleimhäute her. Aasgeruch. Ich presste ein Taschentuch vor den Mund. Die Plastiktüte trug das Logo einer bekannten Manhattaner Buchhandlung. Phil öffnete sie. Ein Fliegenschwarm stieg auf und summte uns um die Ohren. In der Tüte lag der steife Torso einer jungen Katze.

»Jemand hat uns die Tüte ins Auto gelegt.« Lilian Harper sprach leise und mit hohler Stimme. »Gestern Nacht.« Sie erzählte, und Phil zückte Stift und Notizbuch.

»Und in derselben Nacht, nur ein paar Stunden später, haben zwei Männer versucht, meine zweite Tochter zu vergewaltigen«, sagte Wesley Harper nach ihrem Bericht. »In der Spring Street. Sie hat mich mitten in der Nacht angerufen.« Sein Gesicht verfinsterte sich, während er den Überfall schilderte. Instinktiv spürte ich, dass dieser große, erfolgsverwöhnte Mann besorgter war, als er nach außen hin zeigte.

Phil schrieb vier Seiten seines Notizbuches voll. Anschließend tranken wir auf der Terrasse Kaffee. »Es ist so, Gentlemen«, sagte Harper, während er seinen Kaffee umrührte, »ich hätte mich nach der scheußlichen Sache mit der Katze von mir aus nicht an die Bundespolizei gewandt. Meine Frau bestand darauf. Aber jetzt, nach den Vorfällen der vergangenen Nacht, bin ich alarmiert. Oder glauben Sie an einen Zufall?«

In seinen grauen Augen las ich die leise Hoffnung, wir würden die Frage bejahen. Den Gefallen konnten wir ihm nicht tun.

»Das sieht ganz nach genau durchdachter Strategie aus«, sagte Phil mit Seitenblick auf den Blecheimer.

Und nach Fortsetzung, dachte ich, sprach es aber nicht aus. »Wir lassen den Kadaver von Mitarbeitern unseres Labors abholen«, sagte ich zur Harper-Tochter hin. Mit vor der Brust verschränkten Armen und mit hochgezogenen Schultern stand sie hinter dem Sessel ihres Vaters. Als würde sie frieren, so wirkte sie in dieser Haltung.

Ich wandte mich an den Richter. »Wir haben zwei Teams mit Ihrem persönlichen Schutz beauftragt, Sir. Sie werden sich abwechseln. Ein Special Agent wird Sie jeden Tag ins Bezirksgericht fahren, ein zweiter wird sich in der Nähe Ihrer Frau aufhalten. Nachts werden sich immer zwei Beamte auf Ihrem Anwesen aufhalten. Vielleicht haben Sie ein Zimmer für die Kollegen, von dem aus sie Hof, Häuser und Türen überblicken können.«

Harper nickte langsam. »Und was ist mit dem Rest meiner Familie?«

»Darüber können wir nicht entscheiden, Sir«, sagte Phil. »Wir werden noch heute Abend unseren Vorgesetzten über die neuste Entwicklung informieren und die nächsten Schritte mit ihm abstimmen. Er wird Sie sicher im Laufe des Abends anrufen.«

Wieder ein langsames Nicken. Skepsis und Sorge in den grauen Augen des Richters. Wesley Harper war nicht zufrieden. Aber mehr konnten wir ihm im Augenblick nicht bieten.

Auf die Frage nach Feinden Schulterzucken und ein paar Namen von Leuten, gegen die er in den vergangenen Monaten harte Urteile verhängt hatte. Er versprach, uns die Prozessakten zur Federal Plaza bringen zu lassen. Auch die Akten der laufenden Prozesse.

Wir ließen uns die Adresse seiner zweiten Tochter geben und verabschiedeten uns.

»Noch einmal, Gentlemen.« Harper hielt die Klinke der noch verschlossenen Haustür fest. »Meine Frau weiß nicht, was in der vergangenen Nacht geschehen ist. Und meine Kinder und ich sind uns einig, dass es besser ist, wenn das vorläufig so bleibt.«

»Wir werden versuchen, Ihre Frau so lange wie möglich aus den Ermittlungen herauszuhalten.« Mehr konnte ich nicht versprechen.

Quer über den Hof gingen wir auf die Torbogeneinfahrt zu. Ein schwarzes Mädchen schob einen Buggy vom Gartenpavillon aus in die gleiche Richtung. Im Wagen ein Kleinkind mit dichten, dunklen Locken. Richter Harpers Enkel, tippte ich. Das Kindermädchen grüßte scheu.

»Ich höre, Partner«, sagte Phil, als wir Brooklyn Heights Richtung Manhattan verließen.

»Schwer zu sagen, Phil.« Der Besuch bei den Harpers war nicht spurlos an mir vorübergegangen. Noch immer hatte ich den bestialischen Gestank des Kadavers in der Nase. Und die von Angst schwangere Atmosphäre bei diesen Leuten hatte sich auf meine Stimmung gelegt wie ein Fettfilm auf ein Fenster. »Der Überfall auf die Frau gestern Nacht könnte Zufall gewesen sein. Vergewaltigungen sind im Big Apple auch heutzutage noch an der Tagesordnung. Aber die Sache mit der Katze sieht mir nach systematisch geplantem Psychoterror aus. Irgendjemand will Harper fertigmachen.«

»Oder erpressen«, sagte Phil. Wir erreichten die Brooklyn Bridge.

»Wir sollten uns eingehend mit den Leuten beschäftigen, die er verurteilt hat.«

»Oder denen sein Urteil droht.«

Eingekeilt in die abendliche Rushhour rollten wir über die Brücke. Je näher wir Manhattan kamen und je weiter wir uns von Brooklyn Heights entfernten, desto mehr verflüchtigte sich der düstere Eindruck, den ich aus dem Hause Harper mitgenommen hatte. Und desto klarer sah ich.

»Harpers Frau, Phil – fandest du die nicht auch seltsam?«

»Sie hat ein Gesicht gemacht, als wäre sie die Nächste, der der Kopf abgeschnitten werden soll«, brummte Phil. »Und als hätte der Katzenmörder ihr das gerade am Telefon eröffnet.«

»Du hast eine drastische Art, die Dinge auf den Punkt zu bringen.«

»Wie gehen wir vor, Jerry?«

»Vielleicht erwischen wir die zweite Harper-Tochter noch, bevor wir uns mit dem Chef treffen.« Wir waren für sieben Uhr mit John High in seinem Büro verabredet.

»Gute Idee.« Phil zog sein Notizbuch und sein Handy aus dem Jackett. »Ich hab die Nummer aufgeschrieben.«

Die Frau war zu Hause. Wir fuhren den westlichen Broadway hinauf nach SoHo. Eine halbe Stunde später hielten wir in der Woolster Street vor einem vierstöckigen Mietshaus. Eines der hässlicheren Sorte. Wir klingelten neben dem Schild mit dem Namen »Carol Harper«. Die Frau wohnte im Dachgeschoss.

Der Türöffner summte, wir stiegen ein düsteres Treppenhaus hinauf. Die Frau, die uns am oberen Treppenabsatz erwartete, hatte nicht die geringste Ähnlichkeit mit der alten Indianerin in Abilene. Und trotzdem tauchte plötzlich das greise Leguan-Gesicht vor meinem inneren Auge auf. Genau in den wenigen Sekunden, als ich hinter Phil her die Treppe hochstieg und Carol Harper entgegenblickte.

Vielleicht war es Zufall, vielleicht auch nicht. Wer will das entscheiden. Jedenfalls erinnere ich mich nur sehr ungern daran.

Von der Middagh Street aus ging Anne Masters die steile Everit Street hinunter. Der Buggy zog sie mehr, als dass sie ihn schob. Brooklyn Heights liegt ziemlich hoch auf den Klippen, entsprechend steil das Gefälle der Everit Street, die aus der Wohngegend hinunter an den East River und zur Brooklyn Bridge führt.

Der Knirps im Wagen hatte seinen gelben Teddybären im Arm und kommentierte alles, was er sah, mit erstaunten Ausrufen.

Ein schwarzer Honda Civic rollte langsam vorbei. Er hupte, und die rothaarige Fahrerin beugte sich über den Beifahrersitz und winkte. Viola Harper. »Granny!«, krähte Baby Luke und fuchtelte mit den Ärmchen. »Granny …«

Es war gegen fünf Uhr nachmittags, und das Kindermädchen hatte Proviant und Windeln für den Kleinen eingepackt. Ein langer Spaziergang war angesagt. Lukes Mutter brütete über ihrer Semesterarbeit. Vor acht Uhr wollte sie nicht gestört werden.

Am alten Eagle-Lagerhaus vorbei schob sie den Buggy Richtung East-River-Ufer. Eine Fähre lag an der Anlegestelle. Menschen strömten an Bord. Anne Masters setzte sich auf eine Bank und stellte den Wagen so hin, dass Baby Luke Fähre, Fluss und Brooklyn Bridge beobachten konnte.

Der Kleine deutete auf das Schiff, die Menschen und den Fluss und brabbelte aufgeregt vor sich hin. »Das ist eine Fähre«, erklärte Anne, »eine Fähre …« Sie wiederholte das Wort, bis der Knirps es nachplapperte. »Sie bringt die vielen Menschen über den East River nach Manhattan. Manhattan …«

Baby Luke gab einen Laut von sich, der wie »Manhattan« klang, und das Kindermädchen strahlte. »Heute Abend erzählst du deiner Mom, wohin die Fulton-Fähre die Menschen bringt.« Sie kraulte ihm die dichten Locken. »Da wird sie aber Augen machen.«

Sie deutete auf die elegante Brückenkonstruktion.

»Und das da heißt Brooklyn Bridge.«

Es müsste dem Kleinen doch Spaß machen, von der Brücke aus einen Blick auf den East River und Manhattan zu werfen, dachte Anne. Sie wartete, bis die Fähre abgelegt hatte. Danach stand sie auf und schob den Wagen in Richtung Brücke.

Sie ging unter dem Brooklyn-Queens-Expressway hindurch, durchquerte den Park an der Cadman Plaza und erreichte die Treppe, die hinauf zur Tillary Street führt. Dort oben war man schon fast auf der Brücke.

Zögernd betrachtete Anne Masters die hohe und steile Treppe. Sie überlegte, ob sie lieber den Umweg über die Straße statt dieser Abkürzung nehmen sollte.

»Kommen Sie, ich helfe Ihnen!«

Der Mann war so lautlos neben ihr aufgetaucht, dass Anne zunächst erschrak. Ohne eine Antwort des Kindermädchens abzuwarten, fasste er den Griffbügel des Buggys. Er zog den Wagen herum und wandte sich der Treppe zu.

Es ging so schnell, dass Anne gar nicht auf die Idee kam, zu widersprechen. Sie bückte sich und packte die Verstrebungen neben der Fußstütze des Wagens. »Danke, Sir.«

Der Mann griff hinter sich und zog die Griffe des Wagens gegen seinen Rücken. Mit dem Gesicht voran stieg er die Treppe hoch. Anne trug das Vorderteil des Wagens hinter ihm her.

Dem Kleinen machte die Abwechslung Spaß. Er drückte seinen Teddybären an sich, krähte vergnügt und drehte sich nach dem Mann um. »Mann, Mann …«, brabbelte er.

»Ja, das ist ein Mann«, sagte Anne. »Ein netter Mann, der uns hilft, deinen Wagen zur Brooklyn Bridge hoch zu tragen.« Anne konnte nur den Rücken des Mannes sehen. Er trug ein schwarzes Jackett, einen breitkrempigen, schwarzen Hut und eine Sonnenbrille.

»Netter Mann«, brabbelte Baby Luke.

Eine Gruppe Touristen kam ihnen entgegen. Japaner. Fotoapparate baumelten um ihre Hälse. Sie plauderten lautstark miteinander.

Anne fiel auf, dass der Mann langsamer wurde. Die Touristen drückten sich an ihnen vorbei.

»Der Wagen ist nicht schwer«, sagte Anne. »Sie können ruhig schneller gehen, Sir.«

»Okay«, sagte der Mann. Doch er stieg eher noch langsamer die Treppe hinauf. Vielleicht ging ihm die Puste aus. Er war nicht mehr ganz jung.

Der obere Treppenansatz rückte näher, der Verkehrslärm wurde lauter, das Geplapper der Touristengruppe entfernte sich und verstummte schließlich ganz. Der Mann beschleunigte das Tempo.

Auf der letzten Stufe setzte er den Wagen ab.

»Danke, Sir, vielen Dank.« Anne schob den Wagen nach vorn, bis sie auch die Vorderräder aufsetzen konnte. Sie nahm die letzten beiden Stufen mit einem großen Schritt und wollte nach dem Griffbügel fassen.

Der erste Faustschlag traf sie völlig unvorbereitet im Magen. Sie krümmte sich stöhnend zusammen. Der zweite Hieb zerschlug ihr die Nase.

Die Wucht des Stoßes schleuderte sie nach hinten weg auf die Treppe. Sie prallte hart mit dem Hinterkopf auf der Steinkante auf und schlidderte über acht, neun Stufen hinab.

Die Sinne schwanden ihr, der Schock trieb ihr das Blut aus Kopf und Gliedern in den Brustkorb – sekundenlang blieb ihr der Atem weg.

Benommen rappelte sie sich auf. Der Schmerz schoss ihr ins Bewusstsein. Ihr Gesicht brannte, ihr linker Knöchel stach. Sie blickte nach oben. Der Kinderwagen war verschwunden. Sie wollte aufspringen – der stechende Schmerz im Knöchel zwang sie augenblicklich wieder zu Boden.

Sie schrie wie ein verwundetes Tier, brüllte ihre Panik hinaus, robbte auf Händen und Knien die Treppe hinauf und schrie …

Die Frau saß, die Beine überkreuz, auf einem altrosa Biedermeier-Sofa und rauchte eine Selbstgedrehte. Schon die vierte oder fünfte.

»Sie standen auf der Straße, tranken Bier und plauderten. Ich wollte mich an ihnen vorbeidrücken. Und plötzlich war ich in der Hofeinfahrt und hatte ein Messer an der Kehle.« Sie sprach mit einer tiefen rauen Stimme. Wenn ich sie am Telefon gesprochen hätte, ohne sie vorher gesehen zu haben, hätte ich gewettet, dass es die Stimme einer Afroamerikanerin ist. »Die Kerle haben mich in null Komma nix platt gemacht. Die hätten mich weiß Gott wohin verfrachtet, um sich ungestört an mir auszutoben, wenn dieser Mann nicht aufgetaucht wäre.«

Phil und ich hockten ihr gegenüber in durchgesessen Sesseln. Sie hatte uns einen Kaffee gemacht. Phils Notizbuch lag neben seiner Tasse auf einem niedrigen runden Tisch.

Mein Partner hing an den Lippen der Frau. Konzentrierter als es für einen Polizisten und FBI-Agenten gut sein konnte. Ich sah seine glänzenden Augen und wusste, was die Stunde geschlagen hatte.

Carol Harpers Alter war schwer zu schätzen. Ich hielt sie bei dieser ersten Begegnung für Anfang dreißig. Da wusste ich noch nicht, dass sie einen ziemlich wilden Lebensstil pflegte. Später erfuhr ich, dass sie erst fünfundzwanzig Jahre alt war.

Sie trug schwarze Lederhosen und ein dunkelrotes Shirt, ärmellos. Der gerippte Stoff straffte sich über ihren festen, runden Brüsten. Die Warzen zeichneten sich deutlich ab, und nur eine Schaufensterpuppe wäre imstande gewesen, ausschließlich auf ihr Gesicht zu schauen.

Ihre langen rotblonden Haare standen störrisch nach allen Seiten ab. Der große, trotzige Mund dominierte ihr weiches Gesicht. Anders als ihre Mutter und Schwester hatte sie graublaue Augen.

Überhaupt konnte ich nicht die geringste Ähnlichkeit mit den anderen beiden Frauen der Harper-Sippe feststellen. Carol Harper war weder klein noch zierlich. Ihre große, schlanke Gestalt wirkte zäh und vital. Alles andere als zerbrechlich jedenfalls.

Ich begriff schnell, dass wir eine Frau vor uns hatten, die es gewohnt war, sich durchzuboxen. Eine Frau, die wusste, was sie wollte. Und ich schätzte, dass sie in der Lage war, sich zu nehmen, was sie wollte.

Allein die Art und Weise, wie sie uns den Überfall schilderte – sachlich und ohne Mitleid heischende Dramatik. Da war nichts von der Weinerlichkeit ihrer Mutter oder der kühlen Arroganz ihrer Schwester.

»Es ist nicht auszuschließen, dass diese Männer etwas mit der toten Katze und dem Vorfall auf dem Jubiläumsfest Ihres Vaters zu tun haben«, sagte ich. »Können Sie die beiden beschreiben, Miss Harper?«

»Nennen Sie mich Carol«, sagte sie. »Mittelgroß, jung – jünger als ich. Viel mehr kann ich nicht sagen. Nicht mal die Marke ihres Wagens habe ich mir gemerkt. Aber vielleicht kann Wayne Ihnen weiterhelfen. Zumindest einen der beiden Kerle hat er deutlich gesehen.«

»Wayne?« Phil griff nach seinem Notizbuch.

»Mein Ritter ohne Furcht und Tadel«, grinste sie. »Ich gebe Ihnen seine Nummer.«

Sie stand auf, ging zu ihrem Schreibtisch, zog eine schwarze, abgewetzte Lederjacke von der Stuhllehne ihres Bürosessels und kramte in deren Taschen herum. Endlich zog sie einen Zettel heraus.

»Allerdings haben die Bullen …« Sie unterbrach sich und grinste verlegen. »Allerdings haben Ihre Kollegen von der City Police Wayne schon verhört, oder wie man das nennt. Er hat ihnen bereits alles gesagt, was er weiß.«

Sie kam zurück und reichte Phil den Zettel. Mein Partner schrieb Adresse und Telefonnummer des Mannes ab.

»Hat Ihre Familie Feinde?«, fragte ich unvermittelt.

Sie stutzte einen Moment. Dann ließ sie sich wieder auf ihr Sofa sinken. Ich musterte sie aufmerksam.

»Feinde?« Sie griff nach ihrem Tabak und zupfte ein Zigarettenpapier aus der schmalen Verpackung. Ihre Miene wurde nachdenklich. »Haben Sie keine Feinde?« Sie sprach Phil an, nicht mich. »Wer Charakter hat, hat auch Feinde, oder?«

»Das haben Sie schön gesagt, Carol.« Phil lächelte sein charmantestes Lächeln. »Nur war das nicht unsere Frage.«

»Meine Mutter ist Rechtsanwältin. Wer in dem Beruf etwas taugt, muss hin und wieder mal jemandem ans Bein pinkeln, schätze ich. Und mein Dad – Sie wissen ja: Als Richter hat man mindestens so viele Feinde wie Freunde.«

»Die Sache mit der toten Katze – wie schätzen Sie das ein?«, wollte ich wissen.

»Ein Kleinkind dermaßen zu erschrecken!« Eine Zornesfalte erschien zwischen ihren Brauen. »Primitive Idioten, würde ich sagen. Wenn der Kadaver nicht eine Woche nach diesem verhunzten Fest im Wagen meines Schwagers gelandet wäre ...«

»Ist er aber«, sagte Phil.

Sie zuckte mit den Schultern und zündete sich ihre Zigarette an.

»Ihre Mutter machte einen sehr ängstlichen Eindruck. Und sie weiß nichts von dem Kadaver und dem Überfall auf Sie.«

»Sie beide sind doch nicht blöd!«, rief sie. »Sie haben doch gesehen, dass meine Mutter ein Nervenwrack ist! Sie rennt seit Jahren fast jede Woche zu ihrem Psychofritzen!«

»Hat sie Probleme?«, fragte ich vorsichtig.

Die Harper-Tochter lachte mich aus. »Die Frage passt zu Ihnen, Jerry. Probleme – vermutlich ein Fremdwort für Sie. Hören Sie, wir Harpers gehören zu der sogenannten oberen Mittelschicht.« Sie sprach das aus, als würde sie sich darüber lustig machen. »Also haben wir Probleme. Aber ich denke, das geht Sie nichts an.«

Ich nickte. »Kann schon sein, Carol. Aber ich hab so ein Gefühl, als würde jemand, der Ihre Familie nicht kennt, kaum auf die Idee kommen, Ihre Familienfeier zu stören. Er würde wahrscheinlich nicht einmal wissen, dass und warum eine stattfindet. Und er würde auch nicht wissen, dass Ihre Schwester und Ihr Schwager sich montags von Zeit zu Zeit vom ›Mambo Monday‹ im ›Sounds of Brasil‹ angezogen fühlen. Etwas über Ihre Familie zu erfahren heißt für uns, etwas über den Täter zu erfahren.«

Sie machte ein skeptisches Gesicht. »Kapier ich nicht.«

»Ich will ganz ehrlich sein, Carol«, schaltete sich Phil ein. »Der Typ, der die Katze enthauptet und ihren Kadaver in den Wagen Ihres Schwagers geworfen hat, könnte sich bald mit neuen makaberen Späßen melden. Und er muss irgendein Motiv für seine Taten haben. Deswegen versuchen wir natürlich so viel wie möglich über Ihre Familie zu erfahren.«

»Ich kapier aber immer noch nicht, was das mit den beiden Mistkerlen zu tun haben soll, die mich gestern Nacht überfallen haben.« Sie zuckte mit den Schultern. »Aber wenn Sie meinen – dann versuchen Sie uns eben kennenzulernen.« Sie sog an ihrer Zigarette und sah Phil spöttisch an. »Vielleicht habe ich ja gelegentlich mehr Lust, aus dem Nähkästchen zu plaudern.« Mit einer Kopfbewegung deutete sie auf ihren Schreibtisch. »Aber jetzt muss ich noch den einen oder anderen Dollar einfahren. Wär's das dann?«

Phil schien es ihr angetan zu haben. Sie sprach nur noch zu ihm.

»Ich glaube, das wär's erst mal«, sagte er. »Vielleicht geben Sie mir Ihre Karte. Ich rufe Sie an, wenn noch ein paar Fragen auftauchen.«

»Klar doch.« Wieder der Weg zum Schreibtisch. Der Blick, mit dem sie sich nach Phil umdrehte, war mehr als nur freundlich. Mit ihrer Visitenkarte kam sie zu uns zurück. Sie drückte sie Phil in die Hand. »Hat mich gefreut, mal jemanden vom FBI kennenzulernen.« Sie meinte Phil. Ich fühlte mich plötzlich wie ein Statist. »Hat man ja sonst nicht oft Gelegenheit zu.«

Viel mehr an Abschiedszeremonie gab's nicht.

Fünf Minuten später krochen wir den Broadway nach Lower Manhattan hinunter. Die abendliche Rushhour hatte uns in Blech und Chrom eingekeilt.

»Sprich dich aus, Partner«, sagte Phil. »Was hältst du von der Frau?«

»Ziemlich ausgeflippte Nudel. Wusste gar nicht, dass du auf solche studentischen Typen stehst.«

Er grinste. »Sie hat das gewisse Etwas, findest du nicht? Selbstbewusst, intelligent, direkt …«

»Du meinst, sie hat einen knackigen Hintern und gut was in der Bluse.«

Er mimte den Empörten. »Wie sexistisch, Jerry!« Und sofort wieder ein andächtiges Lächeln. »Aber du hast recht, das hat sie auch …«

»Gut, dass du nicht allein bei ihr warst – ihr wärt euch näher gekommen.«

»Ja«, seufzte er. »Schade, dass ich nicht allein bei ihr war …« Seine Miene wurde übergangslos ernst. »Glaubst du immer noch, dass der Überfall auf sie nichts mit dem toten Vieh zu tun hat?«

»Was glaubst du?«

»Das eine hat mit dem anderen nichts zu tun. Reiner Zufall – sagt mein Verstand.« Er machte ein skeptisches Gesicht. »Aber mein Instinkt sagt: komischer Zufall.«

»Was weiß denn ich«, murmelte ich.

Die letzte Stunde seines Lebens verbrachte Charles Benson in seinem Oberarztzimmer im Beekman Downtown Hospital. Oder, um ganz genau zu sein: die ersten fünfundvierzig Minuten der letzten Stunde seines Lebens.

Er sichtete Röntgen- und Laborbefunde, las Operationsberichte und Behandlungsprotokolle. Und schrieb Entlassungsbriefe.

Etwa vierzig Minuten lang tat er das. Dann unterbrach ihn ein Anruf seiner Frau. Sie erzählte von ihrem Uni-Alltag, vom Besuch zweier FBI-Agenten und von den neusten Sprachschöpfungen des Babys. Er wollte, dass sein Sohn ihm ein paar Takte ins Telefon quäkte. Aber das ging nicht, denn Benson junior war mit dem Kindermädchen unterwegs. »Es ist schon zehn nach acht«, jammerte Lilian. »Anne sollte um acht zurück sein.«

»Sie wird sicher gleich kommen.« Benson schielte auf den Aktenberg neben dem Telefon.

Nach dem Gespräch hatte der Arzt noch ziemlich genau fünfzehn Minuten zu leben.

Die Laborbefunde eines von ihm persönlich operierten Krebspatienten vor sich, wollte er sich eine Zigarette anzünden. Die Gedanken bei Blutfetten und Hämatokrit-Werten, schob er seine Finger in die Schachtel. Leer. Auch im Schreibtisch keine Zigaretten-Vorräte mehr.

Also ging Benson aus seinem Büro, fuhr mit dem Fahrstuhl ins Erdgeschoss und verließ durch einen Seiteneingang die Klinik. In der Beekman Street gab es einen Tabakstore, der bis spät in den Abend geöffnet hatte.

Den Mann in der grünen Kleidung, der ihn von der Telefonzelle neben der Cafeteria beobachtete, hielt er für einen Pfleger.

Die Straßenbeleuchtung flammte gerade auf, als er den Laden betrat. Er kaufte zwei Päckchen Pall Mall, ging zurück in die Klinik und suchte den kleinen Lichthof im Kellergeschoss auf, wohin er sich zwei-, dreimal täglich zurückzog, um heimlich das Rauchverbot in der Klinik zu übertreten.

Hier rauchte er seine letzte Zigarette. Allein mit dieser Zigarette, die Gedanken bei gar nichts, verbrachte er die letzten vier Minuten seines Lebens.

Es ist technisch nicht ganz einfach, einen Mann zu töten, ohne Lärm zu verursachen, oder ohne dass der Mann sich zur Wehr setzt. Charles Benson wehrte sich nicht – dazu blieb ihm gar keine Zeit – und sein Tod verursachte kein nennenswertes Geräusch.

Unwirsch grüßte er den Pfleger, der plötzlich neben ihm auftauchte. Der Pfleger fummelte eine Zigarette aus einer zerknautschten Softbox. »Haben Sie mal Feuer?«

Mit abweisender Miene zückte Benson sein Feuerzeug und gab dem Mann Feuer. Charles Benson hatte was dagegen, wenn ihn Leute des Hilfspersonals beim Rauchen ertappten. Dass er den Pfleger noch nie gesehen hatte, beunruhigte ihn nicht. Das Hilfspersonal interessierte ihn nicht.

Der Pfleger beugte sich mit seiner Zigarette über die Flamme in Bensons Hand. Benson wunderte sich noch, weil der Mann Latexhandschuhe trug, dann spürte er auch schon den Stich.

Es war mehr der Schock und nicht so sehr der Schmerz, der ihn veranlasste, einen raschen Schritt zurückzutreten. Mit dem Rücken stieß er gegen die Wand. Er griff noch nach dem Piepser in seiner Brusttasche, zog ihn sogar noch heraus. Aber es war schon viel zu spät. Seine Finger wurden kraftlos, und das Gerät fiel scheppernd auf den Boden.

Augen und Mund unnatürlich weit aufgerissen, blickte Benson an sich hinab. Eine stricknadeldicke Kanüle durchbohrte auf seiner linken Brustseite seinen Arztmantel.

Daran eine Zwanzig-Kubik-Spritze. Der Pfleger drückte ihn mit dem linken Unterarm gegen die Wand, hielt gleichzeitig die Spritze mit der Linken fest, und presste mit der Rechten die klare Flüssigkeit in Bensons Körper.

Bensons Muskulatur erschlaffte. Nicht mal nach Luft schnappen konnte er noch. Er brach zusammen. Bevor er erstickte, sackte sein Bewusstsein in ein gnädiges Nichts …

Dr. David Greenham musterte Viola Harper mit aufmerksamen Blicken. Der Nervenarzt und Psychotherapeut behandelte die Rechtsanwältin schon seit Jahren. Mit mäßigem Erfolg. Mäßig jedenfalls, was Viola Harpers psychischen Zustand betraf. Greenhams Bankkonto dagegen tat die Behandlung gut. Sehr gut sogar.

Viola hatte von Wesleys Jubiläumsfeier erzählt. Von der enthaupteten Katze und den Ängsten, die sie seit über einer Woche im Würgegriff hielten. Sie gestand, dass sie wieder häufiger zur Flasche griff.

Mit dem Zeigefinger drückte sich der Arzt seine schwarze Hornbrille hoch. Das tat er meistens, bevor er das Wort ergriff.

»Das ist natürlich eine hässliche Geschichte.« Die tiefe Stimme wollte nicht recht zu der kleinen, schmächtigen Gestalt passen. »Das Kind tut mir leid. Und dich hat die Sache gewaltig aus dem Gleichgewicht gebracht.« Viola nickte. »Du hast von der kleinen Katze geredet, als hätten diese üblen Scherzbolde dich persönlich angegriffen.«

»Das haben sie auch.«

»Ich meine körperlich.«

Viola schwieg.

Greenham beobachtete sie wachsam. »Warum, Viola, identifizierst du dich mit diesem getöteten Tierchen?«

Viola blickte an dem Arzt vorbei zum Fenster hinaus. Auf der anderen Seite des Central Park leuchteten unzählige Fenster in den turmartigen Fassaden der Apartmenthäuser. Vom Verkehrslärm unten in der Fifth Avenue hörte man nichts. »Tu ich das?«, fragte sie leise.

»Ich habe den Eindruck. Du hast von der Sache erzählt wie von einem Angriff auf dein Leben.« Der Psychotherapeut neigte den Kopf. »Natürlich hat man euch übel mitgespielt. Geburtstag, Jubiläum, Familienfest – und dann so etwas. Aber niemand wollte dich töten. Aber du fühlst dich von jemandem bedroht. Wovor oder vor wem fürchtest du dich so?«

»Ich weiß nicht. Ich habe einfach Angst.«

»Mir scheint, als hätte diese ekelhafte Angelegenheit eine längst vernarbte Wunde in dir aufbrechen lassen.«

Viola schwieg.

»Eine schlecht verheilte Wunde«, fuhr der Psychotherapeut fort. »Könnte das sein?«

»Nein – ich glaube nicht – ich weiß nicht …«

»Willst du darüber reden?« David Greenham faltete die Hände vor dem Gesicht. »Wenn nicht, dann lass es.«

»Ich hatte einen schrecklichen Traum in der Nacht danach«, sagte Viola.

»Willst du ihn erzählen? Vielleicht hilft es uns weiter.«

»Es war dunkel. Ich sah zu unserem Schlafzimmerfenster hinaus. Flackernder Lichtschein fiel durch den Torbogen in den Innenhof. Er wurde immer heller.« Viola legte die Fingerspitzen an die Schläfen. »Plötzlich rollte ein brennender Wagen in den Hof.« Sie begann sich die Schläfen zu reiben und schaukelte dabei mit dem Kopf hin und her.

Greenham beobachtete sie. Er runzelte die Stirn, als Viola sich unterbrach und die Augen schloss, um die Traumszene noch einmal zu erleben. »Und dann?«, fragte er.

»Und dann stieg ein Mann aus. Auch er brannte. Die Flammen schlugen aus seinem Körper, er glühte und Rauch stieg von ihm auf.« Sie zog die Schultern hoch, als wäre ihr plötzlich kalt. »Er kam auf unser Haus zu …« Sie schlug die Hände vors Gesicht und stöhnte.

»Und dann?«

»Dann bin ich aufgewacht«, flüsterte sie.

»Du hast große Angst gehabt, nicht wahr?«

Das Gesicht in den Händen verborgen, nickte sie.

»Beschreib mir den Mann. Wie sah er aus?«

Sie schüttelte sich. »Ich weiß nicht – es spielt auch keine Rolle. Es war dieses Horrorszenarium, das mich so erschreckt hat – Nacht, überall Flammen, ein brennender Mensch …«

»Und euer Haus«, sagte Greenham leise.

»Und unser Haus …« Viola nahm ihre Handtasche und kramte Papiertaschentücher heraus. Sie wischte sich die Augen und schnäuzte sich.

Übergangslos verschwand die Weinerlichkeit aus ihrer Miene. Ihre Gestalt straffte sich. »Es ist gut, Dave.« Sie hob den Kopf und versuchte ihren Psychotherapeuten anzulächeln. »Es hat mir gut getan, dir die ganze Sache zu erzählen. Du hast vollkommen recht – ich verhalte mich wie ein kleines Mädchen. Nur weil ein böser Mensch Baby Lukes Katze gebötet hat, denke ich gleich, der Teufel sei hinter mir her.« Sie stieß ein hysterisches Lachen aus. Es klang bemüht.

Greenham zog die Brauen hoch. Der plötzliche Stimmungsumschwung seiner Patientin überraschte ihn. Er musterte sie skeptisch. »Es gibt da etwas, über das du nicht reden willst, stimmt's?«

»Nein, nein, Dave! Mit dir würde ich doch über alles reden. Ich benehme mich einfach kindisch.« Sie schlug die Beine übereinander und wirkte plötzlich sehr aufgeräumt. »Weißt du was? Am besten, du verschreibst mir wieder dieses leichte Beruhigungsmittel, das mir immer so gut tut. Ein, zwei Tage noch, und ich hab die Sache verkraftet.«

Er nickte langsam, stand auf und ging zu seinem Schreibtisch. Schweigend füllte er das Rezept aus. Das Beruhigungsmittel, das er ihr aufschrieb, war alles andere als leicht. Er gab es ihr, wenn sie schwere Depressionen bekam. Zum Beispiel, wenn sie mal wieder einem Seitensprung ihres Mannes auf die Schliche gekommen war. Ziemlich häufig also.

Viola stand auf und nahm das Rezept entgegen. »Danke, Dave, vielen

Dank. Es hat mir mal wieder sehr geholfen, mit dir zu sprechen. Ich rufe dich an, wenn ich einen neuen Termin brauche.«

Greenham begleitete sie zur Tür. Die Hand auf der Türklinke, sah er sie noch einmal an. Sein Gesicht wirkte ungewöhnlich ernst. »Seit wie vielen Jahren behandle ich dich, Viola?«

»Zwei? Drei?« Sie lächelte gekünstelt. »Oder sind es schon vier? Ich weiß es gar nicht genau!«

»Es sind fast vier Jahre, Viola, und deine psychische Situation hat sich nicht gebessert. Im Gegenteil.« Bedauern schwang in seiner dunklen Stimme. »Wir haben über alles Mögliche gesprochen – über deine Eltern, über deine Kindheit, über deine sexuellen Schwierigkeiten, über dein Verhältnis zu deiner ältesten Tochter, und immer wieder über deine Ehe mit Wes.«

Er ließ die Türklinke los, ging zu seinem Schreibtisch. »Ich hab schon lange das Gefühl, dass du über das Wesentliche noch gar nicht gesprochen hast.«

»Das Wesentliche?« Viola setzte eine erstaunte Miene auf.

»Ja, das Wesentliche.« Greenham ließ sich wieder in seinen Schreibtischsessel sinken. »Das, was dich wirklich belastet. Und heute ist mir zum ersten Mal der Gedanke gekommen, dass du es mir ganz bewusst verschweigst.«

Das künstliche Lächeln fiel aus Violas Gesicht. »Manche Dinge brauchen Zeit, Dave«, sagte sie heiser. »Ich melde mich. Bye, Dave.« Sie verließ das Behandlungszimmer und zog die Tür hinter sich zu.

»Manche Dinge brauchen Zeit …«, murmelte der Arzt nachdenklich. Er bereute es schon fast, so offen zu Viola gewesen zu sein. Sie gehörte zu der Sorte Patienten, die sofort den Therapeuten wechselten, wenn der den Finger auf den wirklich wunden Punkt legte.

»Manche Dinge brauchen Zeit.« Greenham stand auf, um den nächsten Patienten hereinzuholen. »So viel Zeit, dass es irgendwann zu spät ist …«

Der Anruf platzte in unser abendliches Briefing. John High nahm ihn entgegen. Seine Miene schien sich in Stein zu verwandeln, während er seinem Gesprächspartner am anderen Ende der Leitung zuhörte.

»Die Kollegen von der City Police in Brooklyn«, sagte er, als er aufgelegt hatte. »Richter Wesley Harpers Enkel ist entführt worden.«

Wir hatten keine gute Nachricht erwartet. Aber diese verschlug uns die Sprache.

»Verlieren wir keine Zeit, Gentlemen.« Unser Chef griff wieder zum Telefon. »Ich sorge dafür, dass nach den Männern gefahndet wird, die Miss Harper überfallen haben, und Sie fahren sofort nach Brooklyn Heights.«

Wir sprangen auf und liefen zur Tür. »Die ganze in Entführungsfällen übliche Routine!«, rief John High uns nach. »Fangschaltung, hinhaltende Verhandlungstaktik, Opferschutz oberste Priorität und so weiter! Gegen Mitternacht schicke ich Verstärkung. Bis dahin habe ich eine Sonderkommission auf die Beine gestellt!«

Der Aufzug trug uns in die Tiefgarage. Wir nahmen den Jaguar. Wenige Minuten später rasten wir mit Rotlicht und Sirene über die Brooklyn Bridge. Über Funk orderte Phil ein Technikerteam für die Installation der Fangschaltung.

Ich lenkte den Wagen durch den dichten Verkehr. »Hoffentlich wollen die Entführer überhaupt Lösegeld.«

Nachdenklich betrachtete Phil mein Profil. »Was sollten sie sonst wollen?«

Ich zuckte nur mit den Schultern. Den linken Mittelfinger am Aufblendschalter, riss ich das Steuer herum und bretterte in die westliche Cadman Plaza.

»An was denkst du, Partner?«, bohrte Phil.

»Vergiss es, Alter.« Die Everit Street. Ich schaltete zurück. Der Motor heulte auf, als der Jaguar die steile Straße hinauffegte.

Der Kadavergeruch kroch mir wieder auf die Nasenschleimhaut. Phil wusste genau, woran ich dachte. An dasselbe wie er – an einen Blecheimer, eine Plastiktüte und einen Katzenkadaver ohne Kopf. Ich fror plötzlich …

Der Mann trug immer noch die Kleidung eines Krankenpflegers. Er saß in einem silbergrauen Saab 9-5. An den Seitenfenstern zog die abendliche Kulisse von Flatbush vorbei. Vom Fort Hamilton Parkway bog er nach rechts in die 47th Street. Er durchquerte Borough Park, das puertoricanische Viertel Brooklyns.

Hinter ihm, auf der Rückbank des Saab, ein großer schwarzer Plastiksack. Unter dem Plastik zeichneten sich die Umrisse menschlicher Gliedmaßen ab.

Zusammen mit tatsächlich zur Verbrennung bestimmten Müllsäcken hatte der Mann diesen Sack zur Müllverbrennungsanlage des

Beekman Downtown Hospitals gebracht und ihn von dort über den Lieferanteneingang aus der Klinik geschmuggelt.

Über den Gowanus Parkway gelangte der Mann nach Sunset Park und über die Second Avenue mitten hinein in die untergegangene Industrielandschaft Brooklyns. Eine nur noch spärlich benutzte Straße, die Second Avenue. Gesäumt von riesigen, sechs- bis achtstöckigen Lagerhausruinen. Dazwischen Niemandsland.

Er sah ausgebrannte Eisenbahnwaggons und Autowracks auf verlassenen Fabrikhöfen. Dann erblickte er einen streunenden Hund am Straßenrand und nahm den Fuß vom Gas.

Wenig später fuhr er nach links Richtung Upper Bay-Ufer. Hier wurde es noch einsamer. Positionslichter von Schiffen wurden sichtbar, milchige Flecken im Wasser, dahinter die beleuchtete Statue of Liberty. Weiter rechts, gut drei Meilen entfernt, die nächtliche Skyline Manhattans.

Der Mann stoppte den Saab hinter einem Pulk von Autowracks. Sie lagen auf dem Kopf, auf der Seite, standen kreuz und quer vor einem Pier. Große Frachter hatten hier einst die Industrieprodukte Sunset Parks aufgenommen, um sie zu den großen Küstenstädten der Vereinigten Staaten zu transportieren. Lange her.

Der Mann stieg aus dem Saab, ließ die Fahrertür offen stehen und ging auf die Ansammlung von Autowracks zu. Dazwischen ein einziger Wagen, der noch nicht schrottreif war und sogar noch Kennzeichen trug. Sein Wagen.

Mit einer kleinen Taschenlampe leuchtete er durch das Beifahrerfenster in den Fußraum des Wagens. Dort lag unter einer Decke ein Bündel. Das Bündel regte sich. Der schwache Schein der Lampe fiel auf dunkle Locken. Gedämpfte Laute drangen aus dem Wageninneren. Quengeln und Ächzen, und Laute, die wie »Mama« klangen.

Der Mann schaltete die Lampe aus. Er schloss den Kofferraum auf und streifte die Krankenpflegerkleidung ab, zog seine eigene an. Minuten später ging er zurück zu dem Saab. Unter dem linken Arm ein weißes Stoffbündel, in der rechten Hand einen vollen Reservekanister.

Er warf das Bündel auf den Fahrersitz des Saab, öffnete die linke hintere Tür und riss das schwarze Plastik auf. Die Glieder von Charles Bensons Leiche klappten auseinander. Der in einen weißen Arztmantel gehüllte leblose Körper rutschte teilweise zwischen Rückbank und Lehnen der Vordersitze.

Der Mann beugte sich ins Fahrzeuginnere. Aus der Brusttasche des Arztmantels fischte er eine frische Packung Pall Mall. Er steckte sie ein.

Dann schraubte er den Reservekanister auf und goss das Benzin über den Toten, die Wagensitze, das Armaturenbrett.

Er warf den leeren Kanister in den Fußraum vor den Fahrersitz und trat ein paar Schritte zurück. Lange betrachtete er den Saab. Eine Schiffssirene röhrte aus der Dunkelheit, die Brandung des Meeres rauschte, hinter ihm gedämpftes Kindergeschrei.

Der Mann zog das Zigarettenpäckchen wieder hervor, öffnete es und steckte sich ein Stäbchen an. Nur ein paar Züge rauchte er. Dann warf er die brennende Zigarette in den Saab. Ein lautes Fauchen, und sofort stand der Wagen in lodernden Flammen.

Langsam rückwärts gehend entfernte sich der Mann. »Schönes Auto«, murmelte er. »Schade.« Die Flammen schlugen aus dem Saab und tauchten sein Gesicht in ein gespenstisches Licht. Ein seltsam unbeteiligtes Gesicht.

Die Schritte des Mannes wurden größer und schneller. Schließlich drehte er sich um und rannte zu seinem Wagen.

Ein Knall – der Tank des Saab explodierte. Blech- und Metallteile schlugen links und rechts des brennenden Wagens auf den Asphalt.

Hektik befiel den Mann. Er riss die Beifahrertür seines Fahrzeugs auf. Das Kind hockte im Fußraum und schrie aus Leibeskräften. Ein Griff in die Jackentasche, dann hatte der Entführer und Mörder eine Spritze in der Hand. Er zog die Hülle von der Kanüle, ging vor dem Wagen in die Hocke und packte das Ärmchen des Kindes.

Es schrie noch lauter. Der Mann kümmerte sich nicht darum. Einmal nur musste er zustechen, um die Armvene des Kindes zu treffen. Er drückte das Betäubungsmittel in den kleinen Körper. Sekunden später ging das Geschrei in klägliches Wimmern über, und kurz darauf sackte der Lockenkopf des Kindes auf dessen Brust.

Der Mann schlug die Tür wieder zu und sprang in den Wagen. Die Reifen drehten durch, als er startete. Er raste in nördlicher Richtung davon.

Im Hause der Bensons herrschte eine Atmosphäre wie in einer Gruft. Blasse Gesichter, verweinte Augen, maskenhaft starre Mienen. Eine Menge Leute waren versammelt.

Schon im Innenhof vor der offenen Haustür der Bensons trafen wir Carol Harper wieder. Sie rauchte. Bei ihr ein paar junge Männer und Frauen. Einen kaum Zwanzigjährigen stellte sie uns als ihren Bruder Oliver vor.

Im großen Kaminzimmer auf der Couch der Richter und seine Frau. Viola Harper schien gar nicht recht anwesend zu sein – glasige Augen, aufgesprungene Lippen, den starren Blick in eine andere Dimension gerichtet. So hockte sie neben ihrem Mann. Nur ihre rechte Hand war in Bewegung. Sie kratzte sich die Nagelbetten der linken Hand blutig.

Vor den beiden Harpers auf einem Glastisch ein Telefon. Ihnen gegenüber ein Paar. Den Mann kannte ich flüchtig. Ein Staatsanwalt. Sein Name war Bush. Die Frau stellte sich als Freundin des Hauses und Viola Harpers Partnerin heraus. Eine blonde, auffallend schöne Frau. Vielleicht zwei, drei Jahre älter als ich. Wesentlich jünger jedenfalls als die Harpers.

Auch zwei Detectives der City Police in Zivil waren anwesend. Sie erhoben sich aus ihren Sesseln, als wir hereinkamen. »Loody«, stellte sich der ältere der beiden vor. Ich konnte mich nicht erinnern, ihn je zuvor gesehen zu haben. »Sergeant Loody. Das ist mein Partner, Detective Counceller.« Er deutete auf den hoch gewachsenen strohblonden Burschen neben sich.

»Cotton«, sagte ich und stellte auch Phil vor. »Special Agent Phil Decker. Wir übernehmen die Sache.«

Noch einige andere Leute standen oder saßen herum. Freunde oder Verwandte der Harpers. Unter ihnen die zweite Harper-Tochter. Sie lief zwischen Terrasse und Tür hin und her und telefonierte mit einem Handy.

»Endlich!« Wesley Harper sprang auf und schüttelte uns die Hände. »Wir sind am Ende unserer Nervenkraft, glauben Sie mir.«

»Alle warten hier, dass der Entführer sich meldet«, sagte Loody. Er zog uns aus dem Raum. Der Richter folgte uns. »Das Kindermädchen hat einen einzelnen Mann gesehen. Offenbar war der schon eine Zeit lang hinter ihr her. Auf der Treppe zur Brooklyn Bridge hat er sie niedergeschlagen. Wir haben sie in der Klinik vernommen. Sie kann keine vernünftige Beschreibung des Mannes liefern.«

»Es war derselbe, der die Katze getötet hat«, sagte Wesley Harper. »Ich bin mir da sicher. Was werden Sie nun tun, Gentlemen?«

»Warten, bis der Entführer sich meldet«, antwortete Phil.

»Und wenn er sich nicht meldet?«, flüsterte der Richter. Die nackte Angst flackerte in seinen grauen Augen.

Die zweite Harper-Tochter kam aus dem Salon und ersparte mir die Antwort. Sie hielt das Handy gegen die linke Schulter gepresst. Ihre Augen waren feucht. Ich glaubte, nur noch einen Schatten jener Frau vor mir zu haben, die ich ein paar Stunden zuvor kennengelernt hatte.

»Mein Mann ...« Ihre Stimme zitterte. »Seit fast einer Stunde versuche ich ihn in der Klinik zu erreichen. Kein Mensch weiß, wo er steckt ...«

Die Uhr auf dem Armaturenbrett stand auf zehn vor zehn. Der Motor des Wagens brummte tief. Das Kind auf der Rückbank bewegte sich nicht. Es schien tief zu schlafen. Der Mann hinter dem Steuer rauchte eine Zigarette. Er hatte das Kind auf die Seite gelegt, damit es nicht erstickte, falls es sich erbrach.

Er wollte vermeiden, dass es schon im Auto starb.

Mit achtzig Meilen pro Stunde fuhr er über den Long Island Expressway durch Queens. Der Verkehr auf der vierspurigen Straße war spärlich. Aber immer noch zu dicht. Zu dicht für das, was der Mann plante.

Er fuhr weit nach Long Island hinein. Bald erreichte er den Parkplatz, den er sich für diese Nacht ausgespäht hatte. Oft war er den Highway auf und ab gefahren, bis er sich für diese Stelle entschieden hatte. Sie lag an einer leichten Rechtskurve. Die Einfahrt zum Parkplatz tauchte in der Kurve so unvermittelt auf, dass man daran vorbeifuhr, wenn man ihn nicht kannte.

Er ließ den Wagen bis in die Mitte des Parkplatzes rollen, stellte den Motor ab und schaltete auch die Scheinwerfer aus. Die tiefen Atemzüge des Kleinkindes hinter ihm. Der Mann kurbelte das Seitenfenster herunter. Frische Nachtluft strömte ins Wageninnere.

Er knipste die Beleuchtung seiner Armbanduhr an und lauschte den Verkehrsgeräuschen auf dem Highway. Im Fünfzehn-Sekunden-Takt rasten die Fahrzeuge vorbei.

Immer noch zu dicht. In einer Stunde würde der Verkehr nachlassen. Ein Dutzend Mal oder öfter hatte er an dieser Stelle gestanden. Immer Dienstags abends um diese Zeit. Er wusste, wie viele Fahrzeuge hier werktags gegen Mitternacht im Schnitt vorbeikamen.

Er griff in die Jackentasche und zog die Zigarettenschachtel heraus. Und eine weitere Spritze. Eine halbe Dosis würde der Balg noch vertragen. Er zündete sich die Zigarette an und lehnte den Kopf gegen die Nackenstütze.

Wie oft hatte er sich diese Szene vorgestellt in all den Jahren! Sie sollte einer der Höhepunkte seiner finsteren Inszenierung werden. Der Erste von drei Höhepunkten. Das mit der Katze war ein genialer Einfall gewesen. Aber dennoch nur die Eröffnung des blutigen Dramas. Und der Tod des Arztes weiter nichts als eine kleine Nebenhandlung. Damit alle Beteiligten die Spielregeln begriffen.

In wie vielen einsamen Stunden hatte er das Drama ausgebrütet! Es war genau durchdacht. Schritt für Schritt.

Er griff in die Innentasche seiner Jacke und zog einen großen braunen Briefumschlag hervor. Ein Griff zum Himmel des Wagens, und das Innenlicht flammte auf. Behutsam fingerte er ein Foto aus dem Umschlag. Eine junge Frau, ein junger Hund und zwei kleine Kinder, vier und sechs Jahre alt. Fast andächtig betrachtete er das Foto.

Sein Blick wanderte zu dem betäubten Kleinkind auf dem Rücksitz. Und wieder zurück zu dem Foto. Er steckte Foto und das Kuvert zurück in die Jacke.

Fast eine Stunde lang wartete er noch. Bis die Fahrzeuge auf dem Long Island Expressway nur noch im Vierzig- oder Fünfzig-Sekunden-Takt vorbeirauschten. Dann stieg er aus.

Er öffnete die hintere Tür auf der linken Seite. Das zusammengekauerte Kind stöhnte leise. Er klemmte sich die eingeschaltete Taschenlampe zwischen die Zähne und drückte mit der Linken das Oberärmchen des Jungen zusammen. Im Lichtkegel der Taschenlampe wurde die anschwellende Vene in der Ellenbeuge sichtbar.

Der Mann spritzte dem Kind das Betäubungsmittel. Eine kleine Dosis nur. Sie würde noch etwa eine halbe Stunde vorhalten. So lange, bis der Verkehr wieder zunahm. Gegen Mitternacht nämlich fuhren viele Kino- und Theaterbesucher aus Brooklyn und Manhattan zurück in ihre Ortschaften auf Long Island. Für eine Stunde etwa nahm die Verkehrsdichte dann noch einmal zu. Und das war gut so.

Er zog das Kind aus dem Auto und presste es gegen seine Brust. Es fühlte sich warm an, fast heiß. Er spürte das kleine Herz pochen.

Er wartete, bis kein Scheinwerferlicht zu sehen war, dann verließ er mit dem Kind in den Armen den Parkplatz.

Er legte das bewusstlose Kind neben einem Busch ab. Wenn es in einer halben Stunde erwachte, würde es – so hatte er es geplant – auf die dann wesentlich stärker befahrene Fahrbahn krabbeln.

Er lief zurück auf den Parkplatz und zu seinem Wagen, stieg ein und startete den Motor.

An der Ausfahrt des Parkplatzes warf er noch einen letzten Blick hin zu dem bewusstlosen Kind.

»Auge um Auge«, murmelte er

Und gab Gas.

Oliver Harper steuerte den Golf seiner Schwester auf den Personalparkplatz des Beekman Downtown Hospitals. Neben ihm auf dem Beifahrersitz der Detective Sergeant Loody.

Lilian selbst war nicht mehr in der Lage gewesen, mit Loody hierher zu fahren. Sie hockte zu Hause vor dem Telefon. Um elf Uhr abends hatten sie den Hausarzt der Familie kommen lassen. Er konnte auch nicht mehr tun, als eine Packung Beruhigungstabletten dazulassen. Lilian hatte ein paar von den Pillen geschluckt, um nicht vollständig zusammenzuklappen. Die Sorge um ihr Kind war schon zu viel für sie. Und jetzt auch noch die Sorge um Charles. Niemand in der Klinik hatte eine Idee, wo der Oberarzt steckte.

Der chirurgische Chefarzt empfing sie im Eingangsbereich der Klinik. Man hatte ihn aus einem Theater gerufen, um seinen Oberarzt zu vertreten. Entsprechend seine Laune. »So etwas ist noch nie vorgekommen, dass ein Oberarzt während des Dienstes die Klinik verlässt!« Seine Miene wirkte frostig, seine Stimme klang vorwurfsvoll. »Wir haben jeden Raum des Gebäudekomplexes durchsucht.«

»Ich will sein Büro sehen«, sagte Loody.

Wortlos drehte sich der Chefarzt um und ging zu einem der Aufzüge. Oliver Harper und der Detective Sergeant folgten ihm.

Kurz darauf betraten sie das Büro des Oberarztes.

Auf dem Schreibtisch ein Diktiergerät. Die Pausentaste war gedrückt. Eine aufgeschlagene Krankenakte unter dem Diktiergerät.

»Sehen Sie sich das an«, schnarrte der Chefarzt. »Mitten in der Arbeit auf und davon!«

Auf den Unterlagen eine leere Zigarettenschachtel. Pall Mall.

»Raucht er die Marke?«, wollte Loody wissen.

Oliver nickte stumm.

»Vielleicht wollte er Zigaretten holen.« Loody wandte sich an den Oberarzt. »Gibt es hier in der Nähe einen Laden, in dem man Zigaretten kaufen kann?«

Sie betraten das kleine Geschäft kurz vor Ladenschluss. Der Inhaber, ein Koreaner, erinnerte sich an Benson. Konnte sogar sagen, wann er den Laden betreten hatte, um seine Pall Mall zu kaufen.

Schweigend gingen Oliver und der Detective Sergeant zurück in die Klinik.

»Wir haben seinen Pieper gefunden.« Der Chefarzt wirkte nun nicht mehr frostig und vorwurfsvoll. Der Schreck stand ihm im Gesicht geschrieben. Er führte sie ins Kellergeschoss der Klinik.

An der Leichenhalle und der Müllverbrennungsanlage vorbei gelangten sie zu einem kleinen Lichthof. Im Scheinwerferlicht zwei Haustechniker und eine Nachtschwester. Zu ihren Füßen Charles Bensons Piepser.

Loody ging in die Hocke. Mit einer Kippe und einer Zigarette zwischen den Fingern richtete er sich wieder auf. Die Kippe war halb aufgeraucht. Die Zigarette nur leicht angebrannt an der Spitze. »Pall Mall«, sagte er.

Er rief die Spurensicherung an.

»Was glauben Sie?« Oliver Harpers Stimme klang brüchig. Zum ersten Mal in seinem jungen Leben hatte er das Gefühl, jeglichen Grund unter den Füßen zu verlieren.

»Nichts Gutes«, knurrte der Detective Sergeant. »Nichts Gutes ...«

Die Stunden krochen zäh dahin. Es war schon halb zwölf. Die Entführer hatten sich noch immer nicht gemeldet. Und auch aus dem Beekman Downtown Hospital noch keine Nachricht.

Phil stand im Innenhof des Harper-Anwesens. Bei ihm Carol Harper. Sie rauchte.

Im Haus inzwischen das Technikerteam des FBI. Die Fangschaltung war installiert. Nun mussten nur noch die Entführer anrufen. Das Gesetz des Handelns lag ganz bei ihnen.

Ich war ins Haus gegangen. Telefonat mit dem Chef, Gespräche mit den Angehörigen der Harper-Sippe. Die meisten Freunde und Verwandten der Familie waren nach Hause gegangen. Nur noch die Großeltern des Jungen und die völlig entnervte Mutter saßen im Salon. Und die Hausfreundin, Angela Cassedy.

»Was ist das für ein Mensch, der so einen hilflosen Zwerg entführt, Phil?« Bitterkeit und Verzweiflung schwangen in Carols rauer Stimme.

Phil lehnte neben ihr an der Hauswand. Gesichter erschienen vor seinem inneren Auge. Gesichter von Männern und Frauen, die er verhaftet hatte, weil sie einen Menschen entführt und Lösegeld erpresst hatten. »Meistens ziemlich verrohte Kreaturen. Leute, die schnell reich werden wollen und sich einen feuchten Dreck um den Schmerz anderer Menschen scheren.«

Carol antwortete nicht. Sie blickte in den nächtlichen Himmel und schien mit ihren Gedanken ganz bei ihrem Neffen zu sein. »Armer Luke«, flüsterte sie dann. »Er wird nach seiner Mutter rufen. Und nach dem Kindermädchen. Diese Schweine!« Sie warf die Zigarettenkippe in den Hof und zündete sich die nächste an. »Ich könnte heulen! Wenn ich je einen dieser Kerle in die Finger kriege, erwürge ich ihn mit bloßen Händen!«

Phil konnte den Zorn der jungen Frau gut verstehen. Von ihrer Sorge ganz zu schweigen.

»Ich kann Ihnen nichts sagen, was Sie trösten könnte, Carol. Diese Sache ist hart. Unerträglich hart. Und es bleibt Ihnen weiter nichts übrig, als sie trotzdem durchzustehen. Ihnen nicht und Ihrer ganzen Familie nicht.«

Carol stieß ein bitteres Lachen aus. »Sie machen mir Mut, Phil, wirklich! Sie rechnen mit dem Schlimmsten, stimmt's?« Aus schmalen Augen fixierte sie ihn. Ihre Kiefermuskulatur arbeitete.

Phil hielt ihrem Blick stand. Die Frau mochte so ausgeflippt sein, wie sie wollte – sie hatte Charakter. Und sie war schön. »Ihrer Mutter und Ihrer Schwester würde ich sagen: Wir dürfen die Hoffnung nicht aufgeben. Und ich gebe sie auch nicht auf. Aber ich rechne mit dem Schlimmsten. Ja, das stimmt.«

Sie wandte sich ab und rauchte schweigend weiter. Minutenlang standen sie so nebeneinander. Phil konnte den Duft ihres Haares riechen. Es roch wie ein frisch gemähtes Weizenfeld.

»Es ist vielleicht nicht der richtige Ort und der richtige Zeitpunkt, Phil«, erklärte sie plötzlich, »aber ich sag's trotzdem. Ich mag Sie.«

Carol sah ihn nicht an, während sie das sagte. Und auch danach blickte sie nur rauchend in den Nachthimmel.

Phil fasste sie an der Schulter. »Kommen Sie, wir gehen hinein zu den anderen. Vielleicht melden sich die Entführer noch heute Nacht.«

Sie warf die Zigarette weg. Wieder das bittere Lachen. »Vielleicht melden sich die Entführer …« Sie wandte sich ihm zu und sah ihm ins Gesicht. »Mindestens zwei Leute da drin wissen ganz genau, dass sich die Entführer nicht melden werden. Und Sie und ich wissen es auch.«

»Wie meinen Sie das, Carol?«

»Stellen Sie sich nicht blöder, als Sie sind, Phil!«, sagte sie heftig. »Jemand, der ein Kind entführen will, um Lösegeld zu erpressen, macht nicht schon vorher auf sich aufmerksam, indem er eine Katze am Rande einer Festgesellschaft enthauptet und ihren Kadaver eine Woche später zu einer ganz bestimmten Zeit an einem ganz bestimmten Ort in einem ganz bestimmten Wagen ablegt!«

»Und um was geht es dann? Was meinen Sie?«

»Ich mag es selbst nicht glauben, aber Luke ist nicht in die Hände gewöhnlicher Kidnapper gefallen.«

»In wessen Hände dann?«

»Fragen Sie mich nicht, Phil. Ich weiß es nicht.«

Phil besaß ein ausgeprägtes Gespür dafür, ob Menschen die Wahrheit sagten oder logen. Carol sagte nicht die Wahrheit.

Es war so dunkel. Und nirgends eine vertraute Stimme. Nur das schreckliche Brausen, das erst anschwoll und sich dann in der Ferne verlor. Bis sich das nächste Brausen näherte.

Baby Luke stemmte seine kleinen Hände ins feuchte Gras und richtete sich auf. Über ihm Buschwerk, neben ihm Buschwerk. »Mom!«, jammerte er. »Mom!« Keine Schritte näherten sich, kein zärtliches »Lukie-Baby, ich komme«.

»Anne!«, krähte er. »Anne …!« Wieder nichts.

Nur das schreckliche Brausen schwoll wieder an. Licht wurde heller, und der Knirps schloss geblendet die Augen, schrie aus vollem Hals los.

Er schrie zehn Minuten lang, und so laut, dass er schließlich keine Luft mehr kriegte. Keine Reaktion. Keine Mom. Keine Anne. Wimmernd ließ er sich auf die Händchen sinken und krabbelte durchs Gebüsch.

Wieder das schreckliche Brausen. Es schwoll an, strahlte ein stechendes Licht aus, dröhnte an ihm vorbei und verlor sich in der Dunkelheit.

»Auto, Auto …«, brabbelte Baby Luke.

Seine Hände griffen ins Leere. Mit Kinn und Brust prallte er auf den Asphalt. Er schrie laut auf. Niemand hörte ihn. Er blieb einfach liegen und schrie weiter. Irgendwo in dieser Dunkelheit mussten doch Anne oder Mom sein! Warum kamen sie nicht, um ihn aufzuheben? Der Zorn schmerzte schlimmer als die Wunde am Kinn. Er schrie so laut er nur konnte.

Brausen, Licht, Gedröhne – ein Wagen raste vorbei. Ganz nah. Der Schreck ließ Baby Luke verstummen. Er sah zwei rote Punkte davonhuschen und in der Dunkelheit verglühen.

Doch das Kleinkind hatte kein Gespür für die Gefahr, die von den vorbeirasenden Autos ausging. Nicht die Spur davon – nur Angst und Zorn. Baby Luke zog die Beinchen aus dem Gebüsch, stemmte die Händchen auf den Asphalt, rappelte sich auf die Knie – und plötzlich stand er. Er schwankte bedenklich, aber er stand. Zum ersten Mal.

Ein Lichtschimmer blühte in der Dunkelheit auf. Wieder das Geräusch eines herannahenden Autos.

Baby Luke hob die Ärmchen und blickte erstaunt auf seine kurzen Beine. Dann machte er seinen ersten Schritt. Und gleich den zweiten. Und dann lag er flach auf dem Bauch. Wieder schrie er aus Leibeskräften.

Das ungeheure Brausen schwoll an. Zwei Scheinwerferpaare glühten in der Dunkelheit. Baby Luke schloss geblendet die Augen …

Simon Lengthfield drückte das Gaspedal seines Nissan Almera durch. Das Mädchen neben ihm schmiegte sich an seine Schulter. Judy, seine neueste Errungenschaft. Simon hatte sie erst vor zwei Tagen in einem Club in Brooklyn Flatbush kennengelernt.

Sie streichelte zärtlich über seinen linken Oberschenkel.

Er hatte sie zum Essen eingeladen. In ein französisches Restaurant in South Brooklyn. Wenn es um ein schönes Mädchen ging, ließ Simon sich nicht lumpen.

Sie hatte ihn gefragt, ob er bei ihr übernachten wollte.

Was für eine Frage! Bei ihr übernachten – die feuchten Träume der vergangenen Woche wurden endlich wahr! Ein Grund mehr, den Japaner auszureizen.

Rücklichter tauchten in der Dunkelheit auf. Ein Truck. Simon setzte den Blinker und scherte auf die Überholspur. Eine Rechtskurve. Auf der Beifahrerseite glitt der Truck vorbei.

Plötzlich der Dreiklang eines Presslufthorns. »Warum hupt das Arschloch?«

Der Truck bremste ab und blieb zurück.

Ein Schatten am Seitenstreifen. Er torkelte auf die Fahrbahn.

Judy kreischte wie von Sinnen.

Der Schatten schlug lang hin.

Simon stieg auf die Bremse und riss das Steuer nach rechts.

Sein Almera kreiselte um die eigene Achse. Für den Bruchteil einer Sekunde sah Simon die Scheinwerfer des Trucks vor sich. Sofort wurde es wieder dunkel. Der Wagen überschlug sich, der Airbag klatschte ihm ins Gesicht. Simon wurde durchgeschüttelt, über ihm dröhnte Blech, unter ihm donnerte es gegen den Unterboden. Und dann Stille.

Simons Atem flog. Ein Trommelwirbel in seinem Kopf, in seiner Kehle, in seinem Bauch. Sein Herzschlag. Ein Karussell rotierte unter seiner Schädeldecke. Ein Gedankenfetzen jagte den nächsten. Bin ich tot? Bin ich verletzt? Warum tut mir nichts weh? Was ist mit dem Mädchen?

»Judy!«, krächzte er. »Bist du okay?«

»Ich glaub«, heulte es neben ihm.

Das Auto – es könnte brennen …

»Raus hier!«, schrie er.

Er stieß die Tür auf. Am Airbag vorbei zwängte er sich aus dem Wagen. Seine Knie zitterten.

Die kühle Nachtluft umfing ihn. Klare Gedanken formten sich. Der Schatten – was war das für ein Schatten gewesen?

Simon sah sich um. Der Truck stand auf dem Seitenstreifen, keine zwanzig Yards entfernt. Eine Männerstimme fluchte. Kindergeschrei aus der Dunkelheit.

Ein Kind …?

Simon dachte nicht nach. Er rannte einfach los. Dorthin, wo er das Kind schreien hörte.

»Simon!«, kreischte es hinter ihm. Judys Stimme. »Simon! Was machst du?«

Auf der Gegenfahrbahn brausten Fahrzeuge vorbei. Simon spürte den harten Asphalt unter den Schuhsohlen. Ein Scheinwerferpaar tauchte vor ihm in der Dunkelheit auf. Und dann der Schatten auf der Straße.

Simon hechtete sich auf ihn, spürte feuchte Kleidung, spürte die Wärme eines kleinen Körpers, spürte ein zappelndes Ärmchen.

Bremsen quietschten, Simon riss den kleinen Körper hoch und warf sich nach rechts. Grelles Scheinwerferlicht vor ihm, Autotüren flogen auf, Menschen tauchten im Lichtschein auf. Stimmen wurden laut.

»Sie gottverdammter Idiot!«, schrie jemand. »Sind Sie komplett wahnsinnig geworden?«

Simon lag in einem Busch und verstand kein Wort. Er starrte auf das zitternde Bündel in seinen Armen. Es hatte schwarze Locken. Sein Gesicht war knallrot. So rot, dass Simon fürchtete, es könnte jeden Moment platzen. Und es brüllte so laut, als wollte es jemanden auf der anderen Seite der Welt auf sich aufmerksam machen …

5

Grelles Neonlicht spiegelte sich auf verchromten Schüsseln, auf grünen Kacheln, auf der Zinkwanne, auf dem Glas der Schiebetüren. Und der Geruch nach Champignons und zu lange eingeweichten Socken.

Es war früher Vormittag. Phil und ich waren direkt in die Bronx ins Zentrallabor gefahren, wo auch unsere Pathologie untergebracht ist.

Der in Grün gekleidete Koloss vor der Zinkwanne streifte seine Latexhandschuhe ab und ließ sie in den Müllsack neben der Wanne fallen. Dann deckte er ein weißes Tuch über die verkohlte Leiche in der Zinkwanne.

»Und?«, fragte ich.

Alexis Silas zuckte mit den Schultern. »Die Überreste des Mannes weisen bis auf die argen Verbrennungen keine weiteren Verletzungen auf. Jedenfalls habe ich keine gefunden. Mehr kann ich euch noch nicht erzählen.«

»Aber du hast ihn identifizieren können«, sagte Phil. Er stand etwas abseits neben der Schiebetür des Obduktionsraums. Vermutlich hatte er noch nicht gefrühstückt.

»Zweifelsfrei. Wir haben den Ehering und haben sein Gebiss mit den Unterlagen seines Zahnarztes verglichen«, erklärte der massige Pathologe. Er nahm ein kleines Röntgenbild von einem seiner vielen verchromten Arbeitstische und schwenkte es über seinem Quadratschädel. »Zwei Goldkronen links oben, eine rechts unten und diverse Plombierungen. Es ist Charles Benson.«

»Und ein Hinweis auf den Todeszeitpunkt?«

»Kann ich noch nicht mit dienen.« Der Pathologe breitete entschuldigend die Arme aus. »Verkohlte Leichen verraten nicht ganz so viel wie die Standardausführungen. Aber sobald die Laborbefunde vorliegen, kann ich euch einen Tipp geben.«

»Okay.« Ich klopfte Alex auf die Schulter. »Vielen Dank.«

Auch ich konnte den unappetitlichen Ort nicht schnell genug verlassen.

Es war drei Tage nach der Entführung des Harper-Enkels. Und nach seiner Rettung. Doch den Harpers war keine Zeit geblieben, das unverhoffte Ereignis zu feiern.

Die Erleichterung, das Baby lebend wieder zu haben, wurde schnell von der Sorge um den Schwiegersohn und den Vater des Kindes verdrängt.

Eine berechtigte Sorge, wie sich zeigte. Zwei Tage später entdeckten spielende Kinder das ausgebrannte Wrack von Bensons Saab. Und seine verkohlte Leiche darin.

Im Jaguar fuhren wir nach Lower Manhattan. Wir sprachen nicht viel. Jeder von uns hing seinen Gedanken nach.

Die erbarmungslosen Attacken auf die Familie des Richters hatten uns ziemlich mitgenommen. Ein Kind im Krabbelalter auf einem Highway aussetzen – jemand, der so etwas tat, wollte mehr als nur töten.

Später, im Büro unseres Chefs, diskutierten wir über den Mord an Charles Benson. Dass es Mord war, stand für uns außer Zweifel.

»Vater und Sohn sollten am selben Tag den Tod finden«, fasste John D. High zusammen. »Die Rettung des Harper-Enkels war reiner Zufall. Hätte dieser junge Bursche – wie hieß er gleich?«

»Simon Lengthfield, Sir«, half ich aus.

»Hätte dieser Lengthfield nicht so ein außergewöhnliches Reaktionsvermögen, und wäre er nicht so ein außergewöhnlich mutiger Bursche – der Junge wäre jetzt genauso tot wie sein Vater.«

»Mord an Vater und Sohn«, murmelte Phil. »Klingt nach einer Art Blutfehde.«

»Aber die Harpers wissen von nichts«, wandte ich ein.

»Behaupten sie.« Phil sah mich vielsagend an. Er hatte mir von Carol Harpers rätselhaften Anspielungen erzählt.

»Was ist mit den Männern, die Wesley Harper zu hohen Gefängnisstrafen verurteilt hat?«, wollte Mr. High wissen.

»Drei der vier Männer wurden inzwischen ausfindig gemacht«, antwortete Phil. »In Kalifornien, Texas und Nebraska. Die zuständigen District Offices vernehmen sie. Der Vierte ist spurlos verschwunden.«

»Er hat zwölf Jahre wegen dreifachen Totschlags bekommen«, ergänzte ich. »Vier hat er abgesessen. Ende letzten Jahres ist ihm die Flucht aus dem Staatsgefängnis von Minnesota gelungen.«

Mr. High nickte. »Ich habe mich eine halbe Nacht lang mit dem Fall Harper beziehungsweise Benson beschäftigt.« John High legte die Handflächen zusammen und stützte das Kinn darauf. »Auffällig finde ich, dass bei beiden Morden oder Mordversuchen Autos eine Rolle spielten. Benson wurde in seinem Auto verbrannt, und das Kind sollte von einem Auto überfahren werden.«

»Die geköpfte Katze passt da aber nicht ins Bild«, wandte Phil ein. »Und bei dem Überfall auf Carol Harper spielte auch kein Auto eine Rolle …«

»Wir wissen ja nicht, was die beiden Männer mit ihrem Opfer vorhatten«, sagte Mr. High.

»Die Fahndung nach ihnen ist bis jetzt übrigens ergebnislos geblieben«, sagte Phil.

»Eine Frage bleibt offen«, meldete ich mich wieder zu Wort, »oder wird durch Bensons Tod überhaupt erst aufgeworfen: Gelten die Anschläge der Harper-Sippe im Allgemeinen, oder ist nur die Benson-Familie das Ziel des Mörders?«

»Dann wäre die zeitliche Nähe des Überfalls auf Carol tatsächlich Zufall.« Phil benutzte ihren Vornamen, fiel mir auf, und sprach von der älteren Harper-Tochter wie von einer guten Bekannten.

»Carol?«, fragte der Chef.

»Miss Harper«, sagte Phil schnell. Täuschte ich mich, oder war er ein wenig verlegen?

»Aha.« John High nickte langsam. Um seine Lippen ein hintergründiges Lächeln. »Scheint keine ganz unansehnliche Frau zu sein.« Sofort wurde er wieder ernst. »Ob der Mörder von Charles Benson alle Harpers im Visier hat oder nicht – Washington hat klare Order gegeben. Der Chefankläger des Bezirksgerichts, Spencer Bush, hat sich gestern Abend mit unserem Hauptquartier in Verbindung gesetzt. Sie wissen sicher, dass der Staatsanwalt ein Freund Wesley Harpers ist. Washington möchte, dass jedes Mitglied der Familie unter Personenschutz gestellt wird …«

Wesley Harper stülpte sich die Ohrenschützer über. Dann griff er nach dem langläufigen Armeecolt.

Wesley hob die Waffe und zielte. Knapp achtzig Schritte entfernt befand sich die einer menschlichen Gestalt nachempfundene Zielscheibe.

Er drückte sechsmal kurz hintereinander ab.

Ein Druck auf den Knopf der Bedienungskonsole links neben ihm, und der Pappkamerad rauschte heran.

Zufrieden begutachtete Wesley die Einschüsse. Drei Treffer im Stirnbereich, drei Treffer in der Herzgegend, einer davon ins Schwarze.

»Prächtig, Wes!«, sagte eine Stimme hinter ihm. »Ganz prächtig! Gewisse Dinge verlernt man nicht, was?«

Wesley nahm die Ohrenschützer ab und drehte sich um. Er blickte in ein knochiges, glatt rasiertes Gesicht – das Gesicht von Perry Sheridan. Vietnam-Veteran, genau wie Wesley selbst. Und übrigens auch Spencer Bush.

Wesley schlug dem kleineren und schmaleren Mann auf die Schulter. »Wie geht es, Perry, altes Haus?«

Es kostete Wesley Mühe, ein einigermaßen heiteres Gesicht zu machen. Am Liebsten hätte er seine Siebensachen gepackt und wäre zu einer Klettertour in die Rocky Mountains aufgebrochen.

Aber das ging nicht. Er hatte seinen Sommerurlaub bereits im Juli genommen. Und vor allem: Seine Familie brauchte ihn.

»Prächtig geht es mir, Wes, ganz prächtig!« Ein Schatten legte sich auf Sheridans Gesicht. »Aber du siehst schlecht aus, Alter. Schrecklich, die Sache mit deinem Enkel. Und erst recht das, was mit Charles passiert ist.«

»Ja«, brummte Wesley. Er betrachtete den ehemaligen Kriegskameraden und Kollegen. Ein schlohweißer Haarkranz wuchs um den ansonsten kahlen Schädel des pensionierten Staatsanwaltes. Er war fast fünfzehn Jahre älter als Wesley. Gemeinsam hatten sie in Vietnam mehr als einmal dem Tod ins Auge geblickt. Sheridan als Major und Wesley als blutjunger Sergeant.

Nach dem Krieg hatte Sheridan als Staatsanwalt im Bezirksgericht von Manhattan gearbeitet. Als Vorgänger von Spencer Bush. Das war die Zeit, als Wesleys Vater noch Richter gewesen war. Ohne Sheridan hätte der damals aber nicht viel für Wesley tun können. Ohne Sheridan wäre Wesley niemals Richter geworden.

Sheridan sah sich nach den anderen Schützen auf dem Schießstand um. Niemand schien sich um sie zu kümmern. Er trat näher an Wesley heran. »Hast du einen Verdacht?«, fragte er mit gesenkter Stimme.

Wesley musterte seinen alten Freund und Förderer mit todernster Miene. Sekundenlang. Dann fragte er: »Du nicht?«

Sheridan schloss kurz die Augen. Als hätte man ihn auf einen schweren Fehler aufmerksam gemacht. Er seufzte tief. »Du musst mit dem FBI darüber sprechen«, sagte er leise.

»Das kann mich meine Existenz kosten«, entgegnete Wesley. »Und nicht nur meine ...«

»Du darfst ihnen natürlich nicht alles erzählen.«

»Sie werden die alten Akten wälzen.« Wesley hängte die Ohrenschützer an die dafür vorgesehenen Haken.

»Sie werden nicht viel finden«, sagte Sheridan. Beide waren sie in den raunenden Tonfall von Verschwörern gefallen. »Und selbst wenn – die Sache ist verjährt.«

Wesley antwortete nicht. Stattdessen klopfte er dem anderen auf die Schulter und wandte sich dann ab.

»Wenn du mich brauchst, ruf an, Wes!«, rief Sheridan ihm nach.

Wesley nickte und winkte, ohne sich umzusehen.

»Kommst du die kommende Woche zum Springen?« Genau wie der Richter war auch Sheridan Mitglied eines Fallschirmspringer-Clubs in New Jersey City.

Wesley drehte sich nun doch noch mal um und sagte: »Nächste Woche muss ich erst mal meinen Schwiegersohn unter die Erde bringen. Viola und vor allem Lilian sind mit den Nerven am Ende, wie du dir denken kannst.«

Sheridan machte ein betroffenes Gesicht. »Verstehe.«

»Aber übernächste Woche. Ich werde Oliver mitbringen.«

»Hat er denn einen Kurs absolviert?«, wunderte sich Sheridan.

»Ja. Und schon zehn selbstständige Sprünge.«

»Na, wunderbar!« Sheridan zog eine Beretta-Pistole aus einem alten Schulterholster. »Wir sehen uns!« Er griff nach den Ohrenschützern.

Der Schießstand lag in East Meadow am Rande des Eisenhower Parks, etwa sechs Meilen östlich vom John F. Kennedy International Airport. Mindestens einmal im Monat suchte Wesley ihn auf. Doch an diesem Freitagnachmittag war er nicht nur zum Schießen nach Long Island hinausgefahren.

Er steuerte seinen weißen Cadillac Seville auf den Long Island Expressway. Das kurze Gespräch mit Sheridan hatte ihn mächtig aufgewühlt. Zum ersten Mal hatte er jemandem seine wirklichen Sorgen angedeutet. Und das Gesicht eines Mannes aus längst vergangenen

Zeiten war vor seinem inneren Auge aufgetaucht. So klar und deutlich, als hätte er ihn gestern erst gesehen.

Natürlich hatte Wesley von Anfang an gewusst, dass er das eigentliche Ziel der Angriffe gegen seine Familie war.

Nicht die junge Katze, nicht Luke und schon gar nicht sein Schwiegersohn. Er – Wesley Harper, Richter am Bezirksgericht Manhattan, Chef des New York County Courthouse.

In den Tagen nach seiner verhunzten Jubiläumsfeier hatte er alte Akten gewälzt. Akten von Leuten, die er zu hohen Gefängnisstrafen verdonnert hatte.

Vier Männer waren dabei gewesen, denen er eine Schweinerei wie den Vorfall mit der Katze zutraute. Denen er auch einen Mord zutraute. Wesley hatte sogar mit den Gefängnissen telefoniert, in denen diese Kerle ihre Strafen absaßen. Bis auf zwei waren sie inzwischen wieder entlassen. Einem war ein Ausbruch gelungen.

Wesley hatte die Akten dem FBI zur Verfügung gestellt. Er hatte versucht, sich einzureden, dass der Angriff auf seine Familie auf das Konto eines dieser Männer ging. Er sammelte Gründe, die für den Ausbrecher als Täter sprachen. Ein paar Stunden lang machte er sich sogar vor, dass sein Schwiegersohn tatsächlich das eigentliche Ziel des Täters war. Vergeblich. Immer wieder kehrten seine Gedanken zu dem einen Gesicht zurück.

Jahrelang hatte er sich alle Mühe gegeben, dieses Gesicht zu vergessen. Wenn Viola nicht so ein miserables Nervenkostüm gehabt hätte, wäre ihm das wahrscheinlich auch gelungen. Aber in den letzten drei, vier Jahren verging kaum eine Woche, in der sie nicht mindestens einmal nachts schreiend aufwachte. Vielleicht sogar öfter, aber Wesley hatte einen gesegneten Schlaf.

Sie litt unter Albträumen. Er hatte sie nie gefragt, was sie träumte. Und wusste es trotzdem. Und dann das ständige Gerenne zu diesem Greenham, diesem Seelenarzt!

Sie sprachen nicht über die Sitzungen bei Greenham. Und Wesley wollte auch gar nicht wissen, was Viola und ihr Psychoarzt miteinander besprachen. Er war überzeugt davon, dass sie in altem Dreck herumwühlten. Etwas, das Wesley ums Verrecken nicht leiden konnte. Wie sollte ein Gewässer jemals klar werden, wenn man immer wieder den Schlamm aufwirbelte?

Samstag. Sporttag. Jedenfalls im Brooklyn College von Benson Hurst.

Am Tag, nachdem sein kleiner Neffe entführt worden war, hatte sich Oliver Harper frei genommen. Die ganze Nacht hatte er mit Eltern und Geschwistern durchgewacht. Sie hatten gezittert, und waren voller Sorge und Verzweiflung gewesen. Zwischendurch die Suche nach Charles im Beekman Downtown Hospital. Dann die ungeheure Freude, als die Cops den kleinen Luke mit heiler Haut zurückbrachten.

Geheult hatten sie vor Freude. Kein Gedanke, am Tag danach ins College zu gehen.

Aber der Sportsamstag …? Sicher, vorgestern war zur Gewissheit geworden, was fast die ganze Familie insgeheim gewusst hatte. Dass Charles tot war.

Außer Lilian. Bis zuletzt hatte sie an der Möglichkeit einer Entführung festgehalten, und dass sich die Lösegelderpresser bei ihnen melden würden.

Jetzt war sie fix und fertig, dass sie kaum noch wusste, wie man eine Zahnbürste hielt. Ihre Semesterarbeit konnte sie abhaken.

Oliver hatte gleich gewusst, dass Charles nie mehr zurückkommen würde. Er hatte Charles' Pieper auf dem Beton des Lichthofes liegen sehen und es einfach gewusst. Seine Grandma hatte auch so einen siebten Sinn gehabt.

Seine Grandma väterlicherseits. Sie hatte gewusst, dass ihr Sohn heil aus Vietnam zurückkommen würde. Dad kam zurück, und nicht mal ein Zahn fehlte ihm.

Sie hatte aber auch gewusst, dass ihr älterer Sohn nicht zurückkommen würde. Und sie hatte recht behalten. Das heißt, Onkel John kam zwar zurück, aber in einem Zinksarg.

Grandma hatte ihm das mal in einer der vielen vertrauten Stunden erzählt, die er mit ihr verbracht hatte. Oliver hätte wetten können, dass sein Vater diese Geschichte nicht kannte.

Jedenfalls war Samstag, und für ihn war Basketball angesagt. Training für das Spiel gegen die Mannschaft des Queens College. Oliver hatte kein ganz gutes Gewissen dabei. Immerhin hatte jemand seinen Schwager ermordet. Aber sollte er deswegen zu Hause bleiben und Trübsal blasen? Das Leben ging weiter, verdammt noch mal.

Außerdem – ein besseres Mittel gegen Trauer und Sorgen als Sport gab es doch nicht, oder? Und auch gegen die Angst.

Oliver gab sein Bestes an diesem Samstag. Und sein Trainer lobte seine Leistung vor allen.

Die verstohlenen Blicke der anderen entgingen ihm nicht. Jeder wusste, was seiner Familie zugestoßen war. Keiner sprach ihn darauf an. Gott sei Dank!

Nur mit zwei Menschen hatte Oliver über die Sache gesprochen. Mit Cindy, seiner Freundin. Und mit Slooper, seinem engsten Freund. Eine ganze Nacht lang hatten sie gesprochen.

Nach dem Training wie immer unter die Dusche. Unter der Dusche wie immer Gespräche über Sport, Musik und Mädchen. Und dann in den Umkleideraum.

Sloopers Spind lag direkt neben dem von Oliver. Slooper, ein schwarzhäutiger Adonis, hatte keine feste Freundin. Er hatte häufig drei oder vier Freundinnen auf einmal. Und deswegen auch meistens eine Menge zu erzählen.

Wie immer standen sie also vor ihren Spindschränken, zogen sich an, und Slooper erzählte von seinen neusten Leiden und Freuden an der weiblichen Rasse. Irgendwann registrierte er, dass sein Freund Oliver nicht mehr zuhörte. An sich schon ungewöhnlich genug, denn Oliver Harper gehörte zu den geduldigsten und aufmerksamsten Zuhörern, die Slooper kannte.

Aber nicht nur, dass der andere nicht zuhörte – er stand noch immer nackt vor seinem Spind. Außerdem schien er vergessen zu haben, wie man seine Glieder bewegt und seinen Mund schließt. Denn er starrte vollkommen reglos und mit heruntergeklapptem Unterkiefer in seinen Spind.

»Alles korrekt, Olli?«

Offenbar nicht, denn Oliver reagierte nicht. Slooper klappte seine Spindtür zu und trat neben seinen Freund. Es war eine Schachtel Zigaretten, die Olivers Blicke zu fesseln schienen. Eine fast frische Schachtel. Nur drei oder vier Zigaretten fehlten.

Sie lag im obersten Fach des Spinds. Ganz nah an der Außenkante. So nah, dass der Blick sofort auf sie fiel, wenn man den Spind öffnete.

»Seit wann rauchst du?« Slooper wollte nach der Schachtel greifen.

Blitzartig packte Oliver seinen Arm und hielt ihn fest.

»Ich rauche nicht. Jemand hat sie in meinen Spind geschmuggelt.«

Slooper machte ein begriffsstutziges Gesicht. Fragend sah er seinen Freund an. Hätte er hinter dessen Stirn blicken können, er hätte ein paar hässliche Bilder durch Olivers Kopf schwirren sehen. Das Bild eines blutigen Katzenkopfes zum Beispiel. Oder das Bild eines kopflosen Katzenkadavers in einer Plastiktüte. Oder das Bild eines schreienden Kleinkindes im Arm eines Cops. Oder das Bild eines ausgebrannten Saab …

Aber Slooper konnte keine Gedanken lesen. Also sah er verständnislos zu, wie Oliver ein Papiertaschentuch aus der Tasche seiner im Spind hängenden Hose zupfte, es über die Zigarettenschachtel warf und sie aus dem Schrank holte.

Er hielt sie Slooper vors Gesicht. »Pall Mall«, flüsterte er …

»Ich mochte ihn nicht besonders, verstehst du?« Carol rührte gedankenverloren in ihrem Milchkaffee herum. »Er war ein glatter, arroganter Typ.«

Der Mann ihr gegenüber nickte. Wayne Finnigan. Er hörte aufmerksam zu.

»Nicht mal im Bett hat er was getaugt. Aber der Mord ist ein Angriff auf meine Familie. Das ist doch klar, oder?«

Wieder ein Nicken.

»Ich hab eine tierische Angst. Das kannst du mir glauben, Wayne.«

Sie hatten sich zum Frühstück im »Cornelia Street Café« getroffen. Es war das dritte Treffen mit Wayne. Die Horrornacht in der Spring Street mitgerechnet. Carol mochte ihn. Er konnte zuhören, er war einfühlsam, er war klug. Keine Spur von eitlem Machogehabe. Und wie er ohne Scheu in den Kampf mit den beiden Mistkerlen eingestiegen war – toll!

Carol stand auf Männer, die kämpfen konnten. Es gab nicht viele von der Sorte. Ihr Vater war auch so einer.

»Ich kann dich sehr gut verstehen«, sagte Wayne. »Ich hätte auch Angst an deiner Stelle.« Seine Stirn legte sich in Falten. »Es sieht ja ganz so aus, als würde da jemand Krieg gegen deine Familie führen. Dein Vater ist Richter, hast du gesagt?«

Sie nickte. »Damit erübrigt sich wohl die Frage, ob er Feinde hat«, sagte sie. »Aber ich glaube nicht an einen Racheakt wegen eines harten Urteils.«

»An was glaubst du dann?«, wollte Wayne wissen.

»Da war mal etwas, als ich noch sehr klein war. Fünf oder sechs Jahre …« Sie unterbrach sich und starrte in ihren Kaffee. »Ich weiß nicht genau, was damals passiert ist. Sie haben nie mit uns Kindern darüber gesprochen. Aber es muss etwas sehr Schlimmes gewesen sein. Meine Eltern haben in dieser Zeit viel gestritten und …«

Wieder unterbrach sie sich. Sie betrachtete seine aufmerksamen Augen.

Dann winkte sie ab. »Lass uns von etwas anderem reden. Die ganze Angelegenheit geht mir fürchterlich auf den Geist!«

Er bohrte nicht nach, akzeptierte ohne Widerspruch, dass sie das Thema wechselte und von ihrer Arbeit für die Werbeagentur sprach.

Sie fachsimpelten über Grafikprogramme und Hardware, und bei einem Glas Sekt gestand Carol ihm grinsend, dass sie eine Zeit lang für eine Porno-Comic-Serie gezeichnet hatte.

Am frühen Nachmittag fuhren sie in seinem altem Volvo in die Spring Street. Carol wollte unbedingt, dass er ihr eines seiner Computerspiele demonstrierte. Er hatte abgewunken, seine Arbeit heruntergespielt und sich geziert. Aber Carol hatte es sich nun mal in den Kopf gesetzt.

Auf dem Weg nach SoHo erzählte sie von ihrer Familie. Vor allem von ihrem Vater. Von seinen Eigenarten, von seiner Großzügigkeit, von seinen Hobbys.

»Er ist wie ich«, sagte sie. »Eigensinnig bis zur Sturheit, kümmert sich nicht um die Meinung der anderen und liebt den Nervenkitzel. Kein Berg ist ihm hoch genug, kein See tief genug, und jeden Mittwoch fährt er nachmittags zu seinem Fallschirmspringer-Club nach New Jersey hinüber, weil er mindestens einmal in der Woche ums Verrecken aus fünftausend Fuß aus dem Flugzeug springen muss.«

Während sie von ihrem Dad erzählte, merkte Carol, wie sehr sie ihn bewunderte. Und wie sehr sie ihn liebte …

Später saßen sie in Wayne Finnigans Arbeitszimmer vor einem seiner beiden 22-Zoll-Monitore. Waynes Finger flogen über die Tastatur. Wieder fielen Carol die schrecklichen Narben auf seinen Handrücken auf.

Carol hätte gern gewusst, wie er sich diese Narben zugezogen hatte. Ob sie ihn danach fragen konnte, ohne einen wunden Punkt zu berühren?

Er stellte ihr seine Spiele vor. Die meisten waren Fantasyspiele für Kids. Finde den Schatz auf der Insel, in deren Urwald es von Kannibalen wimmelt. Oder: Befreie die Prinzessin aus dem verwunschenen Schloss, das von blutrünstigen Monstern jeder Art bevölkert ist. Oder: Berge den Schatz aus dem Bauch des versunkenen Schiffes, das von einem Seeungeheuer bewacht wird. Und so weiter, und so weiter …

Perfekte 3-D-Graphik, bestechende Akustik, fantasievolle Figuren und gut durchdachte Spielideen. Carol war beeindruckt. Der Mann beherrschte sein Fach.

»An dem arbeite ich gerade.« Wayne lud sein neuestes Werk in den Arbeitsspeicher. »Es heißt ›Bloody Judge‹. Du kannst dir eine Figur aussuchen, die der ›Blutige Richter‹ sein soll. Einen schwer bewaffneten Terminator-Typen, einen Mister Nobody im Business-Look, eine vollbusige Amazone, einen kleinen Jungen, der mit seinem Skateboard auf die Jagd nach den Bösen geht – was du willst.«

Wayne wurde ungewöhnlich gesprächig. Zum ersten Mal spürte Carol, dass dieser sanfte, zurückhaltende Mann eine geradezu leidenschaftliche Seite hatte.

»Ich will die sexy Amazone sein«, grinste Carol.

»Sexy, sagst du?« Er lächelte sein rätselhaftes Lächeln. »Dann werde ich sie noch ein wenig verändern, sodass ihr Körper deinem ähnelt.« Seine Augen streichelten ihre Schultern, die Wölbungen unter ihrem Shirt und ihre wohlgeformten Hüften. Ein prickelnder Schauer überkam Carol.

Wayne griff ins Regal und holte eine Fotokamera hervor. »Ich werde ein paar Aufnahmen von dir machen und sie in das Programm einscannen. Dann bist du einer der ›Bloody Judges‹.«

»Toll. Und was hat dein ›Blutiger Richter‹ für ein Ziel?«, wollte Carol wissen.

»Er jagt eine Menge Bösewichte«, erklärte Wayne. »Irgendwelche Massenmörder, Kinderschänder, Zombies oder ähnliches Gesocks. Ich werde ein paar Fälle mit den unterschiedlichsten Monstern und Schwierigkeitsgraden konstruieren. Das Verzwickte: Sie leben als ganz normale Menschen in einer amerikanischen Großstadt – Krankenschwestern, Taxifahrer, Broker, Cops, sogar Politiker.«

»Killer unter der Maske der anständigen Bürger.«

»Richtig – und ›Bloody Judge‹ muss sie auffinden und enttarnen.«

»Und wenn er sie enttarnt hat?«

»Dann werden sie ihm eine Menge Probleme bescheren. Er muss gegen sie kämpfen und sie töten.«

»Klingt blutrünstig – und spannend.« Carol strahlte ihn an. »Wann ist das Spiel fertig?«

»In ein paar Wochen bin ich so weit. Mit ein bisschen Glück kommt die erste Version Ende des Jahres auf den Markt. Ich hab schon einen Vertrag.«

»Gratuliere. Und von was lebst du, bis das Spiel dir die ersten Dollar aufs Konto bringt?«

»Von den Tantiemen der anderen Spiele, die ich gemacht habe.

Außerdem besitze ich ein Haus in San Francisco. Mit den Mieteinnahmen kann ich meine Wohnung hier finanzieren.« Er lächelte. »Und noch ein paar andere Kleinigkeiten.«

»Tabak und gute Software zum Beispiel.« Carol stand auf. Wie zufällig berührte ihre Schulter dabei seine Hand. Ein Stromstoß schien durch ihren Körper zu schießen. Carol hielt den Atem an. Wie sie das kannte! Und wie sie das genoss!

Carol nahm einfach seine Hand. Seine grauen Augen ruhten auf ihrem Gesicht. Er war nicht besonders schön, dieser verschlossene Mann, und mehr als zwanzig Jahre älter als sie. In diesem Augenblick erinnerte sie sein faltiges und dennoch weiches Gesicht an das Gesicht eines Indianers.

Es lag etwas Sanftes in diesem Gesicht, etwas zutiefst Menschliches. Nur die schmalen Augen und ein herber Zug um die Mundwinkel ließ ahnen, dass dieser Mann noch eine andere Seite hatte.

Carol hatte ja mitgekriegt, wie mutig er war. Eine Kämpfernatur. Sie stand auf Männer, die in der Lage waren, sich durchzusetzen. Die ein Ziel kompromisslos verfolgten.

Sie streichelte die vernarbte Hand. »Ein Unfall?«

Wayne nickte langsam. Seine Augen wanderten über ihr Haar, ihre nackten Schultern, ihre Brüste unter dem Stoff des Shirts. Carol spürte, dass er sie begehrte.

»Gibt es keine Frau in deinem Leben?«

Er schüttelte den Kopf.

»Das wundert mich.«

Er antwortete nicht, sah sie nur an.

»Küss mich«, flüsterte Carol.

Er entzog ihr seine Hand und vergrub sie in ihrem Haar. Seine Augen flogen über ihr Gesicht, als wollte er ihr Bild in sich aufsaugen, bevor er es mit seinen Lippen berührte. Dann zog er sie an sich und küsste sie.

Carol drängte sich ihm entgegen, saugte sich an seinen Lippen fest, krallte ihre Finger in die feste Muskulatur seines Rückens.

Die Berührung, der Kuss eines Mannes, den sie wollte, fegte regelmäßig alle Hemmungen und Bedenken aus ihrem Hirn. Vergessen plötzlich die Sorgen der vergangenen Tage, vergessen die Angst, vergessen der Schock über den Tod ihres Schwagers. Sie drückte Wayne ihr Becken entgegen. Ihr Schoß brannte wie Feuer.

Er riss ihr das Shirt über den Kopf und wühlte sein Gesicht zwischen ihre Brüste. Im nächsten Moment stand sie ohne Hose da, und dann drückte er sie auf den Boden vor seinem Schreibtisch.

Seine Hände nahmen ihren ganzen Körper in Besitz, sein Mund und seine Zunge erkundeten ihren gesamten Leib. Carol stöhnte wie in einem Rausch. Er nahm sie wie ein Mann, der gewohnt ist, sich zu nehmen, was er will – mit harten, fordernden Stößen, die fast bis an die Schmerzgrenze gingen. Carol raste in schwindelnde Höhen und schrie wie eine Ertrinkende …

Später schlenderte sie die Wooster Street entlang. Vor dem Mietshaus, in dem sie wohnte, stand ein grauer Mercury. Kein besonders auffälliger Wagen eigentlich, aber der Mann hinter dem Steuer fiel ihr auf. Blond, breitschultrig, schwarze Weste über weißem Hemd, den Knoten seiner roten Krawatte gelockert. Es war einer der beiden G-men, die sie besucht hatten.

Carol blieb vor dem offenen Seitenfenster stehen. »Hi, Phil! Zufall, oder habe ich wieder einen Gast?«

»Gast ist gut«, sagte Phil. »Nennen wir es lieber Schatten. Sie werden mich nämlich vorläufig nicht mehr los. Personenschutz. Aber auch als Schatten sage ich nicht Nein zu einem Kaffee …«

Eine harte Woche ging zu Ende. Aber unsere Arbeit hatte erst begonnen.

Am Sonntagmorgen löste mich Phil vor dem Haus der älteren Harper-Tochter ab. Wie alle anderen Mitglieder der Harper-Sippe wurde Carol rund um die Uhr bewacht. Im Zwölf-Stunden-Rhythmus teilten wir uns den Job.

Ich fuhr über die Brooklyn Bridge nach Brooklyn Heights. Ein paar Fragen brannten mir unter den Nägeln. Fragen, die ich dem Richter und seiner Frau stellen wollte.

Auf der Straße vor dem Anwesen der Harpers stand ein Wagen aus unserem Fuhrpark. Les Bedell und Joe Brandenburg wechselten sich mit June Clark und Annie Geraldo ab. Sie bewachten Haus und Grundstück der Harpers. Joe saß hinter dem Steuer des Fords. Ich winkte ihm zu.

Wenn ein Mitglied der Familie das Haus verließ, waren zwei weitere Teams für den Personenschutz zuständig. Steve Dillaggio und Zeerookah für den Richter, Ben Harper und Fred Nagara für seinen Sohn und Theo Clant und Floyd Winter für Lilian Harper und ihr Kind.

Im Innenhof traf ich Zeerookah. Also waren weder der Richter noch seine Frau außer Haus.

Mein smarter indianischer Kollege führte den kleinen Harper-Enkel an der Hand über den Hof. Der Zwerg hatte inzwischen laufen gelernt. Seit der Schreckensstunde auf dem nächtlichen Highway war er nicht mehr zu bremsen.

»Steht dir gut, Zeery, wirklich«, grinste ich.

Neben dem Gartenpavillon entdeckte ich das Ehepaar Harper. Sie saßen an einem runden Gartentisch. Viola Harper ganz in Schwarz und mit einer Sonnenbrille, die ihr halbes Gesicht verdeckte.

Wesley Harper stand auf und kam mir entgegen. Der Mann wirkte angespannt und fahrig. Wir begrüßten uns. »Wie geht es Ihrer Frau und Ihrer Tochter, Sir?«

»Miserabel«, knurrte Harper. »Ganz miserabel. Lilian verkriecht sich in ihrem Haus, und meine Frau ernährt sich von Beruhigungstabletten.«

Er wandte sich zu ihr um, betrachtete sie besorgt. Wie eine Wachsfigur hockte sie auf ihrem weißen Gartenstuhl.

»Ich hatte eigentlich eine Reise für heute geplant«, sagte der Richter. »Aber unmöglich – ich kann meine Frau in diesem Zustand nicht allein lassen. Wollen Sie einen Kaffee?«

Ich nickte, und Harper verschwand in seinem Haus, um eine Tasse zu holen.

»Guten Tag, Mrs. Harper.« Ich setzte mich der Frau gegenüber an den runden Gartentisch. »Es geht Ihnen nicht gut, ich weiß. Ein schlimmer Schlag, der Ihre Familie getroffen hat.«

Sie deutete ein Nicken an. Wenn ich sie nicht genau beobachtet hätte, wäre es mir gar nicht aufgefallen.

»Trotzdem würde ich Ihnen gern ein paar Fragen stellen.« Neben ihrer Kaffeetasse stand ein Cognacglas, halb voll. Ich verstand, warum Harper seine Frau nicht allein lassen wollte. Unsere Agenten würden sie schlecht daran hindern können, sich zu betrinken.

»Wir wollen den Mörder Ihres Schwiegersohns so schnell wie möglich finden. Dazu sind wir auf jeden Hinweis angewiesen, und sei er noch so nebensächlich.«

Wieder das spärliche Nicken.

Harper kam zurück und stellte eine Tasse mit Untertasse vor mich auf den Tisch.

»Wir sind inzwischen ziemlich sicher, dass auch Ihr Enkel ermordet werden sollte«, sagte ich. »Wenn wir es hier mit einem Täter zu tun haben, der aus Rache mordet, dann scheint er von einem außergewöhnlich großem Hass getrieben zu sein.«

Viola Harper zuckte zusammen. Der Richter runzelte unwillig die Stirn. Er griff nach einer Thermoskanne, goss den Kaffee in meine Tasse.

»Die Männer, deren Gerichtsakten Sie uns zur Verfügung gestellt haben, werden von unseren Kollegen vernommen. Außer einem, denn der ist flüchtig. Was uns aufgefallen ist: Ihr Schwiegersohn verbrannte in einem Auto, Ihr Enkelsohn sollte auf dem Highway überfahren werden. Fällt Ihnen dazu …«

»Bitte, Agent Cotton!« Wesley Harpers Hand legte sich schwer auf meine Schulter. »Verzeihen Sie, wenn ich Sie unterbreche, aber ich glaube, meine Frau verträgt so ein Gespräch im Augenblick nicht.«

Die Frau saß immer noch stocksteif da. Als wäre sie nur körperlich anwesend. Ein bitterer Zug um ihre blutleeren Lippen fiel mir auf.

»Ich werde nächste Woche mal ins Archiv des County Courthouse gehen und in alten Prozessakten stöbern. Nach der Beerdigung unseres Schwiegersohns. Vielleicht hatte ich ja mal mit einem Verbrechen zu tun, in dem Autos eine Rolle spielten. Ich melde mich bei Ihnen, falls ich etwas finde.«

Das war's. Ich hätte die Sache einfach abhaken können. Falsche Fährte, oder im Moment nicht zu klären. Aber die abrupte Art, mit der Harper das Thema abwürgte, machte mich stutzig. Ein ungutes Gefühl beschlich mich. Richter hin, Rechtsanwältin her – der Gedanke, die Harpers könnten eine Leiche im Keller haben, ließ mich nicht mehr los.

Doch in diesem Fall schien mir Höflichkeit geboten zu sein. Also trank ich artig meinen Kaffee und verabschiedete mich dann. Nachdenklich verließ ich das Harper-Anwesen. Es gab ja noch andere Familienmitglieder, denen man diese Frage servieren konnte. Vielleicht gelang es Phil ja, Carol anzubohren. Er verstand sich offensichtlich recht gut mit ihr …

Ein Motorrad rollte die Canberry Street entlang, während ich meinen Jaguar aufschloss. Es hielt vor dem gusseisernen Gittertor des Anwesens. Ein junger Mann in Jeans und Lederjacke über rotem T-Shirt stieg ab und zog sich den Helm vom Kopf. Oliver Harper.

Er kam auf mich zu – so zielstrebig, als hätte er mich erwartet.

»Kann ich Sie einen Augenblick sprechen, Sir?«

»Sicher.«

»Ich will Ihnen etwas zeigen.« Er kramte ein Päckchen aus seiner Jacke. Etwas Schmales, Rechteckiges, eingewickelt in ein Papiertaschentuch. »Das hat mir jemand in meinen Spind geschmuggelt. Gestern im College. Meine Eltern wissen es nicht.« Er wickelte das Papiertuch von dem rechteckigen Ding. »Ich hab's wegen der Fingerabdrücke eingepackt.«

Eine Zigarettenschachtel kam zum Vorschein.

»Pall Mall«, sagte der Junge. »Die Marke meines Schwagers ...«

Er gab sich alle Mühe, sachlich zu wirken. Wahrscheinlich war er sogar ein bisschen stolz, mir die Zigaretten als eine Art Beweisstück präsentieren zu können. Trotzdem hörte ich auch Angst in seiner Stimme vibrieren.

»Wenn Sie mich fragen, Mr. Cotton«, sagte er leise, »dann ist das eine der beiden Schachteln, die Charles in dem Tabakstore gekauft hat, kurz bevor er starb ...«

6

Rechts der Interstate 95 war das Meer zu sehen, der Long Island Sound. Wesley Harper jagte seinen Cadillac Seville über den Highway und hielt sich nur in den Stadtgebieten an die vorgeschriebene Höchstgeschwindigkeit.

New York State lag hinter ihm. Er fuhr durch die großen Küstenstädte Connecticuts – Bridgeport, Stafford, New Haven. Zwei Stunden würde er sicher noch brauchen bis nach Boston.

Bis zu dem Ort, wo er jenes Gesicht zum ersten Mal gesehen hatte. Das Gesicht, das ihm nicht mehr aus dem Kopf wollte.

Es war ein Donnerstag. Wesley hatte es geschafft, sich schon am frühen Nachmittag aus seinem Büro im New York County Courthouse zu stehlen. Seiner Frau hatte er erzählt, er wolle eine Konferenz von Bezirksrichtern in Albany besuchen. Nur sein Freund, der Staatsanwalt Spencer Bush, und Angie, seine Geliebte, wussten, wohin er wirklich wollte.

Schon am vergangenen Wochenende hatte er nach Boston fahren wollen. Die Fahrt war fest eingeplant gewesen. Aber wegen Viola war es nicht gegangen. Ihr Zustand war katastrophal. Wenn es so weiterging, würde er Viola bald in einer Nervenklinik abliefern können.

Die Stadtgrenze von New Haven lag hinter ihm. Wesley drückte wieder aufs Gaspedal. Kurz vor halb vier zeigte die Borduhr. Er wollte unbedingt vor der Dämmerung an diesem verfluchten Ort sein. Als erwartete er insgeheim etwas vorzufinden an diesem Ort. Etwas, das man nur bei Tageslicht sehen konnte.

Im Stillen hegte Wesley den Verdacht, dass Viola ihren Zustand ein wenig inszenierte. Um ihn an sich zu binden. Oder um ihn mit einem schlechten Gewissen zu bestrafen, wenn er trotzdem ohne sie aus dem Haus ging. Wesley kannte die Frauen. Sie griffen zu den perfidesten Mitteln, um einem Mann ihren Willen aufzuzwingen. Und manchmal war ihnen das nicht einmal bewusst.

Kurz nach vier passierte Wesley die Staatsgrenze von Rhode Island. Gegen halb sechs würde er Boston erreichen. Und die verfluchte Stelle.

Etwas wie Beklommenheit beschlich ihn, wenn er an sein Ziel dachte. Das machte ihn zornig. Er kannte dieses Gefühl nicht. Vor keinem Fallschirmabsprung, vor keinem Tauchgang, vor keinem Prozess hatte er je so etwas wie Beklommenheit oder gar Angst verspürt.

Vietnam fiel ihm ein. Wie er mit Spencer und vielen anderen Jungs über einem Dschungelgebiet absprang. Ein Brückenkopf des Vietkong musste geknackt werden. Die halbe Einheit hatte dran glauben müssen.

Ja, damals – damals hatte er natürlich die Hosen voll gehabt. Angst? In Vietnam schon, doch. Aber danach nicht mehr. »Wer einmal dem Tod ins Auge gesehen hat, kennt keine Angst mehr«, pflegte er manchmal zu sagen.

Er wusste selbst, wie blödsinnig diese Weisheit war. Viele seiner Kameraden waren damals verrückt geworden vor Angst. *Nachdem* sie dem Tod ins Auge geschaut hatten. Und sein Freund Spencer schleppte immer einen .38er mit sich herum. Grundsätzlich. Aber das wusste niemand, außer Wesley und Spencers Frau. Und außerdem hatte das noch einen ganz speziellen Grund …

Damals allerdings, in den Wochen, nachdem er das verdammte Gesicht zum ersten Mal gesehen hatte, damals hatte er auch Angst gehabt …

In Providence machte Wesley den Fehler, auf der Fünfundneunzig zu bleiben, statt die Zweihundertfünfundneunzig zu nehmen und die

Stadt zu umfahren. Die abendliche Rushhour erwischte ihn, und es wurde Viertel nach fünf, als er endlich das Staatsgebiet Massachusetts' erreichte.

Er dachte an die anderen Mitglieder seiner Familie. An Oliver, an Lilian, an den Kleinen und vor allem an Carol. Vorgestern, auf Charles' Beerdigung, hatte sie ihn mit vielsagenden Blicken bedacht. Auch in dieser verhängnisvollen Nacht, als sie alle um Baby Lukes Leben bangten, hatte Wesley sich von ihr beobachtet gefühlt.

Manchmal fragte er sich, ob sie irgendetwas wusste. Sie war noch sehr klein gewesen damals. Höchstens fünf. Vielleicht noch jünger. Die Zeitung hatte sie jedenfalls noch nicht lesen können. Er und Viola hatten sich in jenen Wochen vor zwanzig Jahren – komisch, es war fast auf den Tag zwanzig Jahre her – alle erdenkliche Mühe gegeben, ihre Nervosität zu verbergen. Aber Kinder bekommen mehr mit, als man meint. Manchmal hatte man das Gefühl, sie könnten einem direkt unter die Schädeldecke gucken.

Einer der FBI-Agenten hatte hinter ihr gestanden, während der Beerdigung. Dieser große, blonde Typ – Phil Decker hieß er. Wesley kannte seine Tochter. Ihr Männerverschleiß war schon fast nymphomanisch. In ihrem Sexhunger stand sie ihm in nichts nach. Sie würde es glatt fertigbringen, einen G-man ins Bett zu lotsen, der zu ihrem Schutz abkommandiert war.

Endlich erreichte er die Vorstädte von Boston – Sharon, Canton, Norwood. Es war kurz vor halb sieben. Verdammt lange unterwegs war er gewesen für die zweihundert Meilen. Wesley spürte sein Herz klopfen. Die Handflächen auf dem Lenkrad schwitzten. »Du hast Angst, Wesley«, murmelte er.

Lilian fiel ihm ein. Ihre Angst. So groß war sie, dass sie zu ihren Schwiegereltern nach Miami geflogen war. Hatte einfach die Semesterarbeit sausen lassen, ihre Koffer gepackt und die Flucht ergriffen. Gestern Abend hatte Wesley sie zum Flughafen gebracht.

Er hatte kein gutes Gefühl dabei. Und er vermisste den Kleinen.

Ein großes Hinweisschild kündigte das Highway-Kreuz von Canton an. Wesley ordnete sich ein und fuhr auf den großen Umgehungsring, der den Fernverkehr um Boston herumleitete. Yankee Division Highway heißt die Interstate 95 dort. Noch sieben oder acht Meilen bis zu jener Stelle …

Irgendwann blickte Wesley auf den Tacho – und registrierte, dass er plötzlich viel langsamer fuhr. Das Highway-Kreuz von Wellesley wurde angekündigt. Dort musste man sich entscheiden, ob man nach Westen abbiegen, ins Zentrum von Boston fahren oder weiter auf der Umgehung Richtung Norden bleiben wollte.

Sie waren damals in die City gefahren. Vor zwanzig Jahren, als sie von Angies Verlobungsfeier gekommen waren. Mitten in der Nacht …

Wesley setzte den Blinker. Er ordnete sich auf die Fahrbahn zur Innenstadt ein. Und ging vom Gas. Gleich musste sie kommen, diese Stelle. Hier irgendwo war es gewesen.

Wesley schaltete in den zweiten Gang zurück, fuhr auf den Seitenstreifen und schaltete die Warnblinkanlage ein. Langsam rollte er in die scharfe Kurve.

Hier irgendwo war es gewesen …

Fahrzeuge fuhren links an ihm vorbei. Einige hupten oder blendeten auf.

Aufmerksam beobachtete Wesley den Straßenrand zu seiner Rechten. Komisch – an den Holunder konnte er sich genau erinnern.

Ein Kreuz hatte man dort hingestellt.

Wesley stieg auf die Bremse. Der Cadillac Seville stoppte kurz vor dem Kreuz auf dem Seitenstreifen. Wesley stellte den Motor ab. Seine Handflächen waren feucht, etwas schnürte ihm die Brust zusammen, und er atmete tief und keuchend durch. Dann stieg er aus.

Es stand nicht nur ein Kreuz dort. Vier Kreuze waren es. Das Große, das er sofort gesehen hatte, zwei Kleinere und ein ganz Niedriges aus Birkenholz. Die drei Größeren waren aus dunkel gebeiztem Holz. Sie wirkten recht neu. Namen waren auf den Querhölzern eingraviert. »Liz« auf dem großen Kreuz. »John« und »Tracy« auf den kleineren. Und »Candy« auf dem Birkenholzkreuz.

Weder die Kreuze noch die Buschröschen darunter machten den Eindruck, als seien sie schon zwanzig Jahre alt. Die Rosen waren vor höchstens drei oder vier Wochen gepflanzt. Kaum Unkraut in der aufgegrabenen Erde um sie herum.

Wesley schloss die Augen. Seine Knie fühlten sich weich an. Als wollten sie nachgeben. Er wandte sich ab und ging die paar Schritte zu seinem Wagen zurück.

Dort stützte er sich auf die Kühlerhaube und atmete ein paar Mal tief ein und aus.

Fast frische Blumen. Relative neue Kreuze. *Er* war also auch hierher zurückgekehrt. Der Mann, dessen Gesicht ihm nicht mehr aus dem Kopf ging. Wie lange er wohl wieder auf freiem Fuß war? Das letzte Mal, als Wesley ihn gesehen hatte, war sein Gesicht hassverzerrt gewesen. Das war ein halbes Jahr nach dem Unfall. Im Bezirksgericht von Boston. Er hatte auf Angies Verlobten geschossen.

Wesley schüttelte sich. Er wedelte mit den Händen in der Luft herum, als könne er so die düsteren Bilder verscheuchen. Dann lief er um den Kühler herum zur Fahrertür. Sein Blick fiel auf den gegenüberliegenden Seitenstreifen.

Wie ein Faustschlag in die Magengrube traf ihn der Anblick der Kreuze dort drüben.

Er schnappte nach Luft und war für Sekunden nicht in der Lage, sich zu bewegen. Die Kreuze auf der anderen Fahrbahnseite waren aus schwärzlichen, morschen Latten zusammengezimmert. Acht Kreuze waren es …

Schlotternd schob sich Wesley in seinen Wagen. Eine halbe Stunde hockte er hinter dem Steuer. Unfähig, den Wagen zu starten. Acht Kreuze. Warum acht? Die Gesichter seiner Familie huschten über seine innere Bühne. Viola, Lilian, Charles und Baby Luke – macht vier. Oliver und Carol – sind sechs. Und er – sieben.

Warum acht?

Schließlich tröstete er sich damit, dass sein erster Gedanke wohl doch nur Angstfantasie war. Die Anzahl der Kreuze entsprach nicht der Zahl seiner Familienangehörigen.

Er startete den Cadillac und fuhr zurück nach New York.

Irgendwo bei New Haven fiel ihm die Katze ein. Es war schon stockdunkel. Die Katze – er hatte vergessen, die Katze mitzuzählen.

Carol hing in ihrem altrosa Sofa aus Großmutters Zeiten. Ihre Beine lagen auf dem kleinen runden Kirschholztisch aus Großvaters Zeiten. In der Linken ein Whiskyglas, in der Rechten die unvermeidliche Selbstgedrehte.

Kerzenschein tauchte das große Zimmer in warmes Licht. Aus den Musikboxen drang leise Klaviermusik. Phil saß ihr gegenüber in einem Sessel. Es war Donnerstagnacht – der fünfte Tag, an dem er für Carols Sicherheit zuständig war.

Ein angenehmer Job. Am frühen Abend schob er sich eine Videokassette in ihren Rekorder, während sie am Computer oder am Telefon saß. Am späten Abend begleitete er sie in ihre Stammkneipen, beobachtete von der Theke aus sie und die Leute, mit denen sie sich traf. Zwischen Mitternacht und den frühen Morgenstunden belagerte er ihren runden Couchtisch, hörte Musik, trank Tee und unterhielt sich mit Carol über Gott und die Welt. Und morgens gab's ein gutes Frühstück. Und dann kam Jerry und löste ihn ab.

Angenehm? Mehr als das. Es war ein genialer Job. Ein Glücksfall. Wann hat man als FBI-Agent schon mal den Auftrag, einer schönen Frau keine Sekunde von der Seite zu weichen? Und Carol Harper war eine schöne Frau. Und Phil genoss seinen Job in vollen Zügen.

»Hast du meinen Vater vorgestern beobachtet, Phil?«, wollte sie auf einmal wissen.

»Während der Beerdigung?« Phil schüttelte den Kopf. »Nein. Ich hab mich mehr mit den Trauergästen beschäftigt. Warum fragst du?«

»Ich hab ihn beobachtet.« Sie nippte an ihrem Whisky. »Ich beobachte ihn sehr genau, seit dem Abend, als das mit der Katze passiert ist. Er hat Angst.«

»Angst?« Phil neigte den Kopf und betrachtete sie noch intensiver. »Erstaunt dich das? Sein Fest wird gesprengt, sein Enkel wird entführt, sein Schwiegersohn wird ermordet – das würde mir auch Sorgen bereiten.«

»Du kennst meinen Dad nicht. Er ist die Gelassenheit in Person. Wenn es darauf ankäme, würde er den Teufel in der Hölle aufsuchen, um ihm in den Hintern zu treten.« Carol schwang ihre Füße vom Tisch und drückte die Zigarette aus. »Deswegen bin ich ja auch so beunruhigt. Er hat vor etwas ganz Konkretem Angst.« Sie stand auf und ging zur offenen Küchentür. »Nimmst du auch ein Bier, oder gefährdet das schon meine Sicherheit?«

Phil blickte auf seine halb volle Teetasse. Das lauwarme Zeug schmeckte nicht mehr. »Eins genehmige ich mir.«

Er hörte die Kühlschranktür floppen und das Geklirre von Gläsern. Mit zwei Dosen Bier und zwei Gläsern kam sie zurück.

»Neulich, in dieser schlimmen Nacht, als dein kleiner Neffe verschwunden war«, Phil beugte sich über den Tisch und musterte Carol, »da hast du etwas Merkwürdiges gesagt. Du sagtest, der Kleine sei nicht einem gewöhnlichen Kidnapper in die Hände gefallen, und zwei Menschen im Haus wüssten das auch ganz genau.«

Carol stellte ihm eine der beiden Bierdosen und ein Glas hin. Es knallte zischend, als sie ihre Dose öffnete. Sie antwortete nicht sofort, sondern begann schon wieder, sich eine Zigarette zu drehen. Als wollte sie Zeit gewinnen. »Ich hab mich schon gewundert, dass du nicht mehr nachgebohrt hast. Das passt gar nicht zu einem Bullen.«

»Ich habe auf eine günstige Gelegenheit gewartet. Außerdem haben Jerry und ich natürlich sehr aufmerksam alles gelesen, was uns über deinen Vater in die Hände gefallen ist.«

»Irgendwas gefunden?« Gespannt wartete sie auf seine Antwort.

Phil schüttelte den Kopf. »Was man über einen Richter eben so findet – spektakuläre Prozesse, Berichte in der Presse, Lebenslauf, Militärakte, Interviews und so weiter. Aber nichts, was auf eine dunkle Stelle in seinem Leben hinweisen könnte.« Phil schenkte sich das Bier ins Glas. »Aber da ist deine rätselhafte Bemerkung – und das auffällige Verhalten deiner Mutter. Vor ein paar Tagen wollte mein Partner deinen Eltern auf den Zahn fühlen. Dein Vater hat das Gespräch abgewürgt.«

Carol stieß ein bitteres Lachen aus. »Ich habe nicht oft versucht, mit ihm über die Sache zu sprechen. Jeder in der Familie weiß, dass es tabu ist, und jeder in der Familie hält sich daran. Außer mir. Aber wenn ich es mal gewagt hab, ihn darauf anzusprechen, hat er das Thema immer sofort gewechselt. Dabei reden Dad und ich sonst über alles.«

»Was für eine Sache?«

Carol zündete sich die Zigarette an. Tief sog sie Rauch ein und blies ihn in den dreiarmigen Kerzenleuchter auf dem Tisch. Das Kerzenlicht flackerte.

»Meine Eltern haben in Boston studiert. Sie haben sich dort an der Uni kennengelernt. Im selben Jahr ist Mom auch schon schwanger geworden, und sie hatten keine bessere Idee, als sofort zu heiraten. Ich bin in Boston geboren worden. Lilian übrigens auch noch. Mein Taufpate war Dads erster Arbeitgeber. Ein Rechtsanwalt und der Lover von Moms Freundin.«

»Angela Cassedy?«

Carol nickte. »Sie wollte ihn heiraten, hat sich dann sogar mit ihm verlobt. Er hieß Elton Smith und war ein paar Jahre älter als Dad. Er kam oft zu uns nach Hause. Lilian und ich sagten Onkel Elton zu ihm. Ich hatte ihn sehr gern. Dann sagte Dad eines Tages zu mir: ›Onkel Elton kommt nicht mehr, er ist jetzt im Himmel.‹ Ich erinnere mich noch genau, wie Angie, die nur Jeans und Pullis trug, plötzlich mit einem schwarzen Kleid ankam.« Carol lächelte wehmütig. »Sie sah aus wie Marilyn Monroe mit ihren blonden Haaren und in dem schwarzen Kleid. Einmal hab ich sie weinen sehen. Auch Mom hat viel geweint in dieser Zeit. Ein paar Jahre später erst erfuhr ich, dass Onkel Elton erschossen worden war.«

Grübelnd betrachtete Carol den von ihrer Zigarette aufsteigenden Rauch. Sie schien in Gedanken sehr weit weg zu sein. »Das war 1979. Ich war damals fünf Jahre alt, Dads Vater – mein Grandpa also – und ein Kriegskamerad haben ihm damals eine Stelle am Bezirksgericht Manhattan besorgt. Mein Großvater war ebenfalls Richter im County Courthouse. Kurz nach Onkel Eltons Tod sind wir nach New York City gezogen.«

Sie atmete tief ein. Phil spürte, wie schwer es ihr fiel, auf den Punkt zu kommen.

»Und jetzt wirst du mir sicher gleich sagen, was der Tod dieses Rechtsanwalts mit deinem Vater zu tun hat«, half er ihr auf die Sprünge. »Und mit seiner Angst.«

»Onkel Elton ist im Gerichtssaal erschossen worden. Er hat Mom verteidigt.«

»Sie stand vor Gericht?«, staunte Phil.

»Ja. In Boston. Angeblich ging es um ein Verkehrsdelikt. Was genau passiert ist, habe ich nie erfahren. Jedenfalls hat man sie angeklagt, und Onkel Elton hat sie verteidigt. Mom wurde freigesprochen. Der Richter erklärte die Verhandlung für beendet, da stand ein Mann auf und erschoss Onkel Elton.«

»Was war das für ein Mann?«

Carol hob müde die Schultern. »Ich weiß es nicht. Es klingt bescheuert, aber in unserer Familie wurde nie über die Sache geredet. Jeder wusste, dass das verboten war, und jeder hielt sich dran. Als ich dann so achtzehn, neunzehn war, habe ich mit dem Gedanken gespielt, in Zeitungsarchiven zu wühlen, um herauszufinden, was damals wirklich passiert ist. Aber über den bloßen Vorsatz bin ich nie hinausgekommen.«

»Wenn das alles ist, was du weißt, dann kapier ich nicht, wie du auf die Idee kommst, dein Vater hätte irgendetwas zu befürchten.« Phil runzelte die Stirn. Die ganze Geschichte erschien ihm alles andere als einleuchtend. »Wenn ich dich richtig verstanden habe, hatte er doch mit dem Prozess gar nichts zu tun – außer dass die Angeklagte zufällig seine Frau war.«

»Als Kind hat man so eine Art siebten Sinn, Phil. Kannst du dich daran nicht mehr erinnern? Man spürt das, was die Erwachsenen verschweigen. Und meine Eltern waren damals sehr bedrückt. Schon während der Wochen vor dem Prozess. Als würden sie sich schuldig fühlen. Und nach Onkel Eltons Tod hatte ich eine scheußliche Angst um Dad.«

»Warum?«

»Weil …« Sie unterbrach sich und suchte nach Worten. »Ich weiß selbst nicht, wie ich darauf kam, aber mich quälte immer die Vorstellung, der Mann, der Onkel Elton erschossen hatte, wollte jemand anderen treffen …«

Sie schlug die Hände vors Gesicht und seufzte.

»Deinen Vater?«

»Ja«, sagte sie leise. »Meinen Dad …«

Ich fuhr an jenem Freitag sehr früh zur Federal Plaza. Ein langer Tag lag vor mir, und der Chef hatte um einen Zwischenbericht gebeten, bevor ich Phil in der Wooster Street ablöste.

Kurz nach sieben stand ich in Mr. Highs Büro. Zeery und der SAC saßen schon am Konferenztisch und tranken Helens Kaffee.

Mein Bericht fiel knapp aus. Fast eine Woche war vergangen, seit Phil und ich Carol Harper unter unsere schützenden Fittiche genommen hatten. Es war nichts Ungewöhnliches vorgefallen – keine anonymen Anrufe, kein Verdächtiger, der Carols Straße und Haus ausgekundschaftet hätte, niemand, der sie verfolgte.

Auch Zeery hatte nichts Neues zu berichten. Keiner der G-men, die mit dem Personenschutz der Harpers betraut war, hatte eine Beobachtung gemacht, die uns hätte beunruhigen müssen.

Vor Mr. High lag ein Plastikbeutel auf dem Tisch. Die Pall-Mall-Schachtel aus Oliver Harpers Spind war darin. »Ich hab den Laborbericht. Demnach fanden sich Fingerabdrücke von zwei Personen auf der Zigarettenschachtel. Die von Benson selbst konnten identifiziert werden. Die anderen Abdrücke gehören entweder dem Täter oder dem Ladenbesitzer. Ich hab Annie Geraldo in den Store geschickt, um Prints von dem Ladenbesitzer zu nehmen.«

»Und der Vergleich mit den Abdrücken des Ausbrechers, den Wesley Harper ins Gefängnis geschickt hat?«

»Negativ, Jerry.« Der Chef zuckte mit den Schultern. »Genauso wie die Fahndung nach dem Flüchtigen. Genauso wie die Suche nach dem Entführer von Luke Benson.«

»Und genauso wie die Jagd nach den Männern, die Carol Harper vergewaltigen wollten«, ergänzte Zeery.

»Das stimmt nicht ganz«, widersprach der Chef. »Immerhin haben wir die beiden inzwischen identifiziert.« John High blätterte in seinen

Unterlagen und zog ein Papier hervor. »Wenigstens eine gute Nachricht.« Er reichte mir das Blatt. »Die Kollegen fanden eine Bierdose am Tatort. Sie lag im Rinnstein. Vermutlich die Dose, die Miss Harper auf dem Autodach der Männer gesehen hat. Jedenfalls hat unser Labor Fingerabdrücke darauf gefunden.«

»Donnerwetter«, staunte Zeery. »Endlich etwas, das man eine Spur nennen könnte.«

»Ramirez Bartholemy und Crosby Hellinger. Beide Männer sind Anfang zwanzig und wegen Drogendelikten und Beschaffungskriminalität vorbestraft. Unser Zentralarchiv in Washington hat uns innerhalb weniger Stunden die Namen zu den Abdrücken geliefert.«

»Haben wir Bilder von den Männern?«, wollte ich wissen.

»Ja.« John High nahm sie ebenfalls aus der Mappe und schob sie mir über den Tisch. »Die Kollegen von der City Police in der Bronx kennen beide ziemlich gut. Sie durchkämmen die Bronx nach den Männern. Ich denke, es ist nur eine Frage der Zeit, bis wir sie haben.«

»Das würde uns einen kleinen Schritt weiterbringen. Denn es ist noch immer fraglich, ob es einen Zusammenhang zwischen dem Überfall auf Carol und dem Mord an Charles Benson und Little Lukes Entführung gibt. Hat man dem Mann, der Carol Harper zur Hilfe kam, diese Fotos schon vorgelegt?«

»Das soll im Laufe des Vormittags geschehen«, sagte Mr. High. »Ich werde June und Annie damit beauftragen.«

»Ich glaube nicht, dass die Burschen etwas mit der toten Katze und dem Mord an Benson zu tun haben«, äußerte Zeery. »Aber wenn wir sie erwischen, wissen wir es wenigstens genau.«

»Ich neige auch dazu, die zeitliche Nähe zwischen dem Überfall auf Miss Harper und den anderen Vorfällen für einen Zufall zu halten.« Mr. High nahm die Tüte mit der Zigarettenschachtel auf und ließ sie zwischen zwei Fingern baumeln. »Ich will Ihnen auch sagen warum. Anders als Miss Harper erhielten die anderen beiden Opfer, wenn man so will, eine Botschaft des Täters – das Kind den Katzenschädel, Charles Benson den Torso des Tieres. Darin sehe ich eine Art Handschrift des Täters. Der Überfall auf Carol Harper trägt nicht diese Handschrift.«

Ein kalter Schauer rieselte mir über den Rücken.

»Sie glauben tatsächlich, dass der Täter seine Anschläge auf diese Art ankündigt, Sir?« Die Skepsis stand Zeery im Gesicht geschrieben.

»Eine grauenvolle Theorie.« Ich deutete auf die Zigarettenschachtel.

»Wenn Sie stimmt, Sir, dann wären die Zigaretten – eine Botschaft an Oliver Harper!«

»Eine tödliche Botschaft«, sagte Mr. High sehr ernst. »Du bist der Nächste, lautet die Botschaft.«

»Wenn Ihre Theorie stimmt.« Zeery war nicht überzeugt.

Mr. High nickte langsam. »Sie zweifeln daran, Zeerookah? Ich kann es sogar verstehen. Aber glauben Sie mir, ich habe schon so viele schauderhafte Verbrechen erlebt und so viele Psychopathen kennengelernt, dass ich fast alles für möglich halte.« Er betrachtete die Zigarettenschachtel zwischen seinen Fingern. »Sie wissen ja, wie das ist, wenn man so eine Intuition hat. Noch dazu eine, die von Indizien gestützt wird. Kann sein, dass ich mich täusche. Trotzdem muss der Harper-Sohn über diese Vermutung informiert werden. Wir können ihm nicht die gesamte Verantwortung für seine Sicherheit abnehmen. Er muss auch selbst auf der Hut sein.«

»Ich kann es ihm sagen, Sir«, bot Zeerookah an. »Ich sehe ihn sowieso heute.«

»In Ordnung, Zeery«, sagte Mr. High. »Aber warten Sie nicht, bis er vom College nach Hause kommt. Fahren Sie ins Brooklyn College und holen Sie ihn aus der Vorlesung, wenn es sein muss.«

Zeery nickte.

»Wer ist für den Personenschutz des Harper-Sohnes eingeteilt?«, wollte Mr. High wissen.

»Ben Harper und Fred Nagara«, sagte ich.

»Sie sollen den Jungen keinen Moment aus den Augen lassen.« Ein Schatten legte sich auf die Miene unseres Chefs. Seine Augen wurden schmal. »Wenn meine Theorie wirklich stimmt, dann haben wir es nicht nur mit einem Täter zu tun, der gnadenlos zuschlägt, sondern mit einem, der darüber hinaus Gefallen daran hat, seine Opfer zuvor einzuschüchtern und zu terrorisieren. Ein Mann, getrieben von Hass.«

Das Fenster zum Innenhof stand weit offen. In den Kronen der drei Ulmen auf dem Nachbargrundstück zwitscherten die Vögel. Die Vormittagssonne stand über den alten Laubbäumen und ergoss ihr gleißendes Licht über das Harpersche Anwesen.

Bis in Violas Schlafzimmer hinein. Im Negligé saß sie vor ihrem Schminkspiegel und trug eine dicke Make-up-Schicht auf. Die dunklen Ringe unter ihren Augen ließen sich nur schwer kaschieren.

Neben den zahlreichen Salbendöschen und Schminktöpfchen auf ihrer Spiegelkommode dampfte eine Zigarette in einem quaderförmigen Glasascher. Zwei Schritte entfernt von Violas Hocker, auf ihrem Nachttisch, standen ein Cognac-Schwenker und eine mehr als halb volle Cognac-Flasche. Daneben lag einer der zahlreichen Revolver, die es in ihrem Hause gab. Ein .38er Smith & Wesson.

Viola war stolz auf sich. Vorgestern hatte sie ein langes Gespräch mit ihrem Therapeuten geführt. Greenham hatte ihr das Versprechen abgenommen, die Dosis an Beruhigungstabletten zu halbieren und auf den Alkohol ganz zu verzichten. Statt mit zwölf, war Viola gestern mit sechs Tabletten ausgekommen. Und mit weniger als einer halben Flasche Cognac.

An diesem Freitag wollte sie zum ersten Mal seit über zwei Wochen wieder arbeiten. Auch das hatte ihr Greenham dringend empfohlen.

Für zwölf Uhr hatte sie einen Termin mit einem Hotelier aus Manhattan und seiner Frau. Und tatsächlich war es ihr gelungen, schon um zehn aufzustehen. Das war schon seit Tagen nicht mehr vorgekommen.

Bei dem Gespräch mit dem Hotelier ging es um eine Erbschaftsstreitigkeit. Vermutlich würde sich ein Prozess nicht vermeiden lassen. Ein Prozess, bei dem viel Geld auf dem Spiel stand. Eine siebenstellige Summe. Für Viola als Anwältin also mindestens eine Fünfstellige.

Sie toupierte ihr Haar, legte Ohrringe und eine Perlenkette an und schlüpfte in ihren schwarzen Hosenanzug. Die Aussicht, in weniger als einer Stunde in ihrem Büro zu sitzen und die Rolle der toughen Anwältin spielen zu können, belebte sie. Und half ihr, das Chaos aus Angst und Zwangsvorstellungen, aus Trauer und Schuldgefühlen aus ihrem Kopf zu verdrängen. Wenigstens so weit, dass sich der klebrige düstere Nebel ein wenig lichtete, der sich seit Wesleys Jubiläumsfest in ihrem Hirn festgesetzt hatte.

Ihre Hand zitterte, als sie sich zehn Minuten später unten im Esszimmer einen Kaffee einschenkte. Viola nahm eine Beruhigungstablette.

Nach dem Frühstück zündete sie sich eine weitere Zigarette an und beobachtete ihre Finger. Immer noch ein leichtes Zittern, aber lange nicht mehr so stark wie vor der Zigarette. Sie überlegte, ob ihr nicht ein Cognac gut täte.

Sie gewann den kurzen Kampf mit sich selbst und ließ die Flasche, wo sie war – oben in ihrem Schlafzimmer. Sie faltete die Hände vor sich auf dem Tisch. So würde sie nachher ihren Klienten gegenübersitzen.

Oder noch besser: die Hände gefaltet auf die übereinandergeschlagenen Beine gelegt. Und wenn sie sich Notizen machen und dabei ihre Hände zeigen musste? Nicht schlimm – beim Schreiben würde man das Zittern nicht bemerken.

Nach der Zigarette blickte sie auf die Standuhr im Esszimmer. Viertel nach elf. Noch Zeit genug, Lilian und Baby Luke in Miami anzurufen. Sie stand auf und ging zum Telefontisch.

Viola versank schon in dem verstellbaren Sessel neben dem Tischchen, das Telefon in der Hand, als die Türglocke ertönte. Zweimal kurz, zweimal lang – das für diesen Tag mit den FBI-Männern vereinbarte Signal.

Viola legte das Telefon wieder auf die Konsole und stand auf. Einer der FBI-Agenten stand vor der Tür. Mit einem Paket in der Hand. Ein breitschultriger, hoch gewachsener Mann namens Joe Brandenburg. Viola mochte ihn, weil er bärbeißig und stark aussah. Eben so, wie sie sich Männer vorstellte, die in der Lage waren, andere zu beschützen.

Da sie lange zu schlafen pflegte, wusste sie nicht, dass Special Agent Brandenburg in den ersten Vormittagsstunden ausgesprochen wortkarg und sogar knurrig sein konnte. Er war ein typischer Morgenmuffel.

»Der Postmann war da, Mrs. Harper«, sagte er. »Wir haben das Paket mit dem Metalldetektor untersucht. Es scheint harmlos zu sein.« Der FBI hatte auch die Möglichkeit von Brief- oder Paketbomben im Sicherheitskonzept berücksichtigt. »Wenn Ihnen der Absender unverdächtig erscheint, können Sie es öffnen.«

»Ich danke Ihnen, Agent Brandenburg.« Lächelnd nahm Viola dem G-man das Paket ab. Auch das Theaterspielen gelang ihr wieder einigermaßen. »Vielen Dank.«

Sie blickte auf den Absender. Das gedruckte Firmenlogo einer Rechtsanwaltskanzlei in Boston. Das Lächeln fiel Viola aus dem Gesicht. »Elton Smith und Partner« hieß die Kanzlei. Viola stieß einen spitzen Schrei aus.

»Ma'am?« Joe Brandenburg nahm ihr das Paket sofort wieder ab. »Stimmt was nicht?«

»O Gott!«, flüsterte Viola. Ihre Unterlippe bebte. Sie war plötzlich sehr bleich, trotz Make-up. »Ich weiß nicht – ich glaube, es gibt keinen Rechtsanwalt in Boston mit diesem Namen.«

Joe Brandenburg musterte sie mit einer Mischung aus Sorge und Skepsis. »Sind Sie da sicher, Ma'am? Ich meine, Boston ist eine große Stadt ...«

»Bitte …« Violas Gestalt straffte sich. Sie bot alle ihre Selbstbeherrschung auf, um ihre Stimme einigermaßen fest klingen zu lassen. »Bitte öffnen Sie das Paket für mich. Und sagen Sie mir dann, was es enthält.« Sie drehte sich um und ließ den FBI-Mann stehen.

Fluchtartig hastete sie die Treppe hinauf in ihr Schlafzimmer. Die Flasche auf dem Nachttisch. Sie goss sich einen Schluck Cognac in das am Vorabend gebrauchte Glas und stürzte ihn hinunter. »Elton – um Himmels willen …«, flüsterte sie. Noch einen Schluck.

Dann ein Blick auf die Uhr. Kurz nach halb zwölf.

Stimmen unten auf dem Hof. »He, Les!« Der tiefe Bass von Special Agent Brandenburg. »Komm mal! Kann sein, das Paket hier ist nicht sauber!«

Schritte, Papierrascheln – Viola schlich zum Fenster.

Ihr Herz schlug wie wild, ihr Atem flog, die Sekunden schienen sich endlos zu dehnen.

Endlich die tiefe Stimme des Agenten. Sie klang beruhigend, fast heiter. »Na so was? Wahrscheinlich für den Kleinen …«

Viola stellte sich vors Fenster.

»Ich bin hier, Agent Brandenburg! Was ist es?«

»Entwarnung, Mrs. Harper!«, rief Joe Brandenburg zum Fenster hinauf. »Was ganz Harmloses! Ein Spielzeug!«

Er schwenkte einen gelben Teddybären über dem Kopf.

Ich kam ziemlich spät in der Wooster Street an. Die Rushhour hatte mich mal wieder mit Lack und Blech umarmt. Phil saß nicht in seinem Dienstwagen vor Carols Haus.

Ich klingelte bei ihr. Der Türöffner summte, und ich stieg das Treppenhaus hinauf zur Dachwohnung der jungen Frau.

Die Tür oben war nur angelehnt. Stimmen drangen aus dem Apartment. Mindestens eine mir fremde Stimme.

Ich trat ein. Der niedrige runde Tisch vor dem altrosa Sofa war gedeckt. Drei Teller, drei Tassen, eine Kaffeekanne, Weißbrot, ein Honigglas, Erdnussbutter und Milch.

An Carols Schreibtisch Phil und die Frau – und ein dritter Mann, den ich nicht kannte. Sie blickten auf einen großen Monitor. Nur Carol sah sich kurz nach mir um.

»Hi, Jerry!«, begrüßte sie mich. »Kennen Sie Wayne schon?«

Sie machte mich mit ihrem Gast bekannt. Ein großer Mann mit langen, fast weißen Haaren. Nicht unsympathisch. Seine grauen Augen musterten mich aufmerksam, sein Händedruck fühlte sich fest und energisch an. »Er demonstriert uns gerade eines seiner Computerspiele.«

»Ich bin mit meinem Partner für Carols Personenschutz zuständig«, sagte ich. Großflächige Narben auf seinen Handrücken fielen mir auf. »Und Sie sind also der Mann, der die beiden Banditen in die Flucht geschlagen hat.«

Er nickte stumm.

»So viel Zivilcourage begegnet uns selten in Great Babylon. Wegschauen und sich raushalten liegt den meisten näher.«

Er zuckte mit den Schultern. »Ich versuche so zu leben, dass ich mich morgens vor dem Spiegel anschauen kann, ohne mich zu schämen.«

»Gefährliche Einstellung, oder was meinst du, Jerry?«, sagte Carol. »Ich habe Wayne empfohlen, sich eine Pistole anzuschaffen.« Sie ließ mir keine Zeit zu einer Antwort. »Habt ihr eine Spur von diesen Mistkerlen gefunden?«, wollte sie wissen.

»Ja, haben wir.« Ich erzählte von den Fingerabdrücken auf der Bierdose. »Wir werden Ihnen Polizeifotos der Männer zeigen, Mr. Finnigan. Vielleicht erkennen Sie sie wieder.«

Phil horchte auf. Er wirkte ein wenig missmutig. Und ziemlich unausgeschlafen.

Grimmige Zufriedenheit dagegen in Carols Miene. »Na, endlich! Wenn diese Mistkerle hinter Schloss und Riegel sitzen, werde ich ein Fest feiern! Und euch alle einladen!«

»Ja, das ist wirklich eine gute Nachricht«, sagte der weißhaarige Exot.

»Wenn Sie nichts dagegen haben, werde ich unsere Zentrale anrufen, damit die beiden Agentinnen mit den Fotos hierher kommen.«

Carol und Finnigan waren einverstanden.

Phil schnappte sich sein Jackett und verabschiedete sich. Ich begleitete ihn zu seinem Dienstwagen. »Der Chef glaubt, dass Harper junior der Nächste auf der Liste ist.« Ich erzählte ihm von der Theorie unseres Special Agent in Charge.

»Fantastische Aussichten«, knurrte Phil. Er schloss die Tür auf. »Aber klingt mir zu sehr nach englischem Gruselkrimi.« Er ließ sich hinter das Steuer sinken. »Ich muss erst mal schlafen. Gegen Abend rufe ich dich an. Carol hat mir was erzählt, das ein paar Hausaufgaben mit sich bringt. Ich werde heute Nachmittag mal in alten Gerichtsarchiven rumstöbern. Mehr, wenn ich anrufe.«

»Du bist sonst gesprächiger, Partner. Wer hat dir ans Bein gepinkelt – die Lady dort oben in der Wohnung?«

»Quatsch!« Phil verzog unwillig das Gesicht. Ich merkte sofort, dass ich ins Schwarze getroffen hatte. »Sie hat mich sogar zum Frühstück eingeladen.«

»Nett von ihr«, sagte ich spöttisch.

Phil überhörte es. »Wie findest du eigentlich diesen Typen?«

»Finnigan? Macht einen ganz passablen Eindruck. Wie findest du ihn?«

»Sie behandelt ihn, als würde sie ihn schon ewig kennen. Halbe Stunde Telefongespräch mitten in der Nacht. Küsschen, als er heute Morgen kam und Brötchen mitbrachte. Und im Bad fand ich einen Rasierpinsel mit seinen Initialen.«

»Über was haben sie denn gesprochen heute Nacht?« Ganz langsam dämmerte mir, was mit meinem Partner los war.

»Irgendwelche Fachsimpeleien über Software. Außerdem hält sie ihn auf dem neusten Stand über die Horrorgeschichte in ihrer Familie.«

»Er hat ihr vielleicht das Leben gerettet«, sagte ich. »Wäre nicht die erste dicke Freundschaft, die auf diese Weise entsteht.«

»Hättest mal sehen sollen, wie er mich angeblitzt hat, als er heute Morgen in ihre Wohnung kam und mich auf dem Sofa sitzen sah«, brummte mein Partner.

Kein Zweifel, er mochte Carols Retter nicht. Und ich glaubte zu wissen, warum er ihn nicht mochte.

»Hand aufs Herz, Phil. Wo hast du geschlafen?« Mit einer Kopfbewegung deutete ich zu Carols Haus. »Da oben oder hier unten im Dienstwagen?«

Phils verdrossene Miene verflüchtigte sich, und ein breites Grinsen breitete sich auf seinen Zügen aus. Deutlicher hätte die Antwort nicht ausfallen können.

»Sie hat mich darum gebeten, Jerry – ehrlich!« Fast übergangslos setzte er sein »Ich bin ein ganz lieber Junge«-Gesicht auf. »Sie hat mir einfach nicht gestattet, im Auto zu übernachten.«

»Du bist verrückt, Partner.«

»Sie ist köstlich.« Er senkte die Stimme und sah sich nach möglichen Zuhörern um, die es natürlich nicht gab. »Sie ist intelligent, charmant, liebevoll.« Er blinzelte mir zu. »Und das waren erst die inneren Werte.« Er startete den Motor.

»Du bist verrückt, Partner«, wiederholte ich. »Und du bist eifersüchtig auf diesen Finnigan ...«

Es war heiß unter der Robe. Wesley schwitzte. »Ich möchte in den nächsten fünfzehn Minuten nicht gestört werden, Jane!« Er stürmte durch das Vorzimmer auf seine Bürotür zu.

»Auch nicht von Miss Cassedy?«

Wesley blieb stehen und blitzte seine Sekretärin an. Der beleidigte Unterton war ihm nicht entgangen. »Wenn ich sagte, ich möchte nicht gestört werden, dann heißt das: Ich bin im Moment *dienstlich* nicht zu sprechen! Wenn gute Freunde wie Mr. Bush oder Miss Cassedy mich sprechen möchten, dürfen Sie sie selbstverständlich zu mir lassen, Jane!«

Er riss seine Bürotür auf und schlug sie hinter sich zu. Seit er nicht mehr mit Jane schlief, war sie zickig. Warum, zum Teufel, gab es keine Frauen, die guten Sex genießen konnten, ohne gleich von Ehe und ähnlichen Zwangsveranstaltungen zu träumen?

Wesley zog sich die Robe über den Kopf und warf sie über die Lehne seines Bürosessels. Weg mit der Krawatte! Er öffnete den obersten Hemdknopf und seufzte tief.

Er kannte nur eine einzige Frau, die ein vernünftiges Verhältnis zum Sex hatte. Und die war unpraktischerweise seine Tochter.

»Bullshit!«, zischte er und ließ sich in seinen Sessel sinken. Er zog eines der drei Telefone zu sich heran, ohne den Hörer abzunehmen. Ein Blick auf die Armbanduhr. Zwanzig nach elf. Die nächste Verhandlung war für Viertel nach zwölf angesetzt. Zeit genug also.

Wesley trommelte mit den Finger auf die Schreibtischplatte und fixierte dabei das Telefon. Es war klar, dass er anrufen musste. Kein Weg führte daran vorbei. Alles andere wäre unverantwortlich gewesen. Was ihm noch nicht ganz klar war: Wie viel musste er erzählen, und wie viel konnte er verschweigen?

Fluchend griff er nach dem Hörer. Er tippte die 335-2700 in die Tastatur. Die Nummer vom FBI District Office New York. Eine Minute dauerte es, dann war er mit dem SAC verbunden. »County Courthouse, Richter Wesley Harper. Hallo, Mr. High ...«

Er sagte dem Chef des New Yorker FBI-Büros, dass er Hinweise auf den Mann habe, der seine Familie bedrohte, und dass er John High persönlich sprechen wollte. Sie verabredeten sich für den frühen Abend.

Nach dem Gespräch wählte er die Nummer seines alten Freundes Perry Sheridan. Der wohnte in Queens. Der pensionierte Staatsanwalt pflegte einen Tagesrhythmus einzuhalten, nach dem man die Uhr stellen konnte: acht Uhr Frühstück, danach die tägliche Bibellektüre, von halb zehn bis halb elf Joggen, und dann in die Sauna im Keller seines Hauses. Danach, zwischen elf und halb eins, saß er meistens im Morgenmantel auf der Terrasse und las die »New York Times«.

Er war sofort am Apparat.

»Wesley hier. Wie geht's, Perry?«

»Prächtig, prächtig, alter Junge. Und dir?«

»Es ging schon besser. Deswegen rufe ich dich an. Ich muss mit dir sprechen.«

»Geht es um die Angelegenheit, über die wir letzte Woche auf dem Schießstand gesprochen haben?«

»Ganz genau. Ich bin jetzt ziemlich sicher, dass *er* hinter der Entführung des Kleinen steckt und hinter dem Mord an meinem Schwiegersohn. Ich werde mit dem FBI sprechen. Wenn ich mich vorher mit dir treffen könnte, wäre das sehr hilfreich. Ich brauche deinen Rat, was ich sagen kann und was nicht.«

»Verstehe.«

Sie vereinbarten einen Termin in Wesleys Mittagspause.

Wesley schob den Apparat wieder zwischen die beiden anderen. Er seufzte tief. Der Stein war losgebrochen und rollte den Steilhang hinunter. Wesley konnte nur hoffen, dass er durch das Gespräch mit dem FBI keine Lawine auslöste, die ihn am Ende selbst unter sich begrub.

Das Haustelefon läutete. Seine Sekretärin. »Miss Cassedy möchte Sie sprechen.« Wieder der spitze Unterton in Janes Stimme.

»Sie möchte bitte hereinkommen«, sagte Wesley betont sachlich.

Die ledergepolsterte Tür öffnete sich, und Angie trat ein. Sie hatte ihr blondes Haar zu einem Knoten im Nacken zusammengebunden und trug eine Robe.

Wesley wunderte sich. Er wusste, dass sie in der übernächsten Verhandlung einen Arzt verteidigte, der sich wegen eines Kunstfehlers zu verantworten hatte. Aber diese Verhandlung war erst für zwei Uhr angesetzt. Und normalerweise trugen die Verteidiger in solchen Zivilprozessen gar keine Roben. Oder zogen den schweißtreibenden Stoff erst kurz vor der Verhandlung über.

»Du siehst schlecht aus, Wes«, sagte Angie noch an der Tür. »Kann es sein, dass du eine kleine Aufmunterung brauchst?«

»Mit einer kleinen Aufmunterung wird es nicht getan sein, Ma'am. Ich habe eine Menge Sorgen.«

»Ich weiß.« Langsam kam sie auf seinen Schreibtisch zu. Wesley sah ihren verhangenen Blick und wusste plötzlich, was sie wollte. »Du warst in Boston, stimmt's?«, sagte sie.

»Woher weißt du das?« Wesley konnte seine Überraschung nicht verbergen.

»Ich bin eine Frau, Wes.« Sie kam zu ihm hinter seinen Schreibtisch und setzte sich auf seinen Schoß. »Und außerdem kenne ich deine Geschichte. Zum Teil ist es auch meine Geschichte.«

Wesley nahm ihre Hand und küsste sie. »Ja, ich war in Boston.« Er dachte einen Augenblick daran, ihr von den Kreuzen zu erzählen, unterließ es dann aber. Nur keine Panik erzeugen. Bei keinem der Beteiligten. »Ich habe mich entschlossen, mit dem FBI zu sprechen.«

»Ich wundere mich, dass du das nicht schon lange getan hast.« Sie streichelte sein graues Haar.

»Ich ahnte gleich, dass er hinter allem steckt – aber ich wollte es nicht wahrhaben.«

»Das war ein Fehler. Viola hat von Anfang an nur an ihn gedacht.«

»Ich weiß.«

»Was willst du dem FBI erzählen?«

»Nichts, was nicht auch in den Akten steht.«

Sie nahm seine Hände und legte sie auf ihre Schenkel. »Es wird alles gut, Wes. Und wenn die Sache durchgestanden ist, wirst du mit Viola reden, und wir werden heiraten.« Sie schlang ihre Arme um seinen Nacken und küsste ihn.

Wesley ließ ihre Liebkosungen lustlos über sich ergehen. Seine Gedanken kreisten um die bevorstehenden Gespräche mit Perry Sheridan und John High. Sie kreisten um die vier blumengeschmückten Kreuze am Highway Richtung Boston-Zentrum und um die acht dunklen Kreuze auf der gegenüberliegenden Fahrbahnseite. Und sie kreisten um Charles Bensons Zigaretten, die Oliver im College in seinem Spind gefunden hatte.

Angies Zunge hingegen kreiste gierig in seinem Mund. Heftiger und fordernder drängte sie sich an ihn.

Wesley fasste sie an den Schultern und schob sie ein Stück von sich. »In knapp dreißig Minuten haben wir einen Verhandlungstermin, Mrs. Rechtsanwältin.«

»In knapp vierzig Minuten«, flüsterte sie. »Und vorher habe ich noch eine Überraschung für dich.« Sie zog ihre Robe über das Knie. Wesleys Finger tasteten über ihre warme Haut. Ihre Hand legte sich auf seine und schob sie ihren Schenkel hinauf.

Die schwere Wolke seiner Sorgen schien sich zu verflüchtigen. Angies Schenkel füllten plötzlich sein Hirn aus und schoben alles andere in den Hintergrund. Er berührte ihre nackte Hüfte, betastete das kühle Fleisch ihres Gesäßes, und eine heiße Woge schoss in ihm hoch.

Er schnappte keuchend nach Luft.

»Du hast kein Höschen an, du Luder!« Er fuhr ihr mit der Hand zwischen die Schenkel. »Tatsächlich«, keuchte er, »du bist splitternackt unter diesem muffigen Tuch!«

»Davon hast du doch immer geträumt«, schnurrte sie. Mit flinken Fingern öffnete sie den Gürtel seiner Hose.

Wesley war alles andere als ein pflichtvergessener Mann. Sonst hätte man ihm nicht den Posten des leitenden Richters des Bezirksgerichts Manhattan anvertraut. Aber …

Er schielte zur Uhr, zur Tür.

»Du verrücktes Weib, du …«

Gegen zwölf ordneten sie ihre Kleider und lasen vom Schreibtisch heruntergefallene Stifte, Papiere und Büroklammern auf. Angie kicherte, und Wesley schlug ihr mit der flachen Hand auf den Hintern. Nach dem Sex führten sich die beiden regelmäßig wie ausgelassene Kinder auf.

»Darf man ausnahmsweise mal bei dir rauchen?« Angie strich ihre Robe glatt. »Danach gehe ich auf die Toilette und ziehe mich standesgemäß an.«

»Weil du's bist.« Wesley holte eine Schachtel Marlboro aus seinem Schreibtisch, bot Angie eine Zigarette an und steckte sich selbst eine zwischen die Lippen. Rauchen war natürlich streng verboten im New York County Courthouse. Selbst Wesley rauchte meistens in der Personaltoilette. Aber hin und wieder machte er eine Ausnahme – schließlich war er der Chefrichter. Und wenn das kein Anlass für eine Ausnahme war …

Das rechte der drei Telefone läutete. Wesley nahm ab, und seine Sekretärin meldete sich. »Ein Privatgespräch«, sagte sie knapp.

Im nächsten Augenblick hörte er eine tiefe Männerstimme. Sie klang angespannt. »Brandenburg, FBI.«

Wesley straffte sich, der Schrecken sprang ihm an die Kehle.

»Ihre Frau hat ein Paket erhalten, Sir. Seitdem ist sie völlig durcheinander.«

»Was für ein Paket?«, fragte Wesley heiser. Angie trat an den Schreibtisch und drückte die Lautsprechertaste, um mitzuhören.

»Einen gelben Teddy«, berichtete der FBI-Mann. »Sie sagt, er wäre bei der Entführung Ihres Enkels verloren gegangen und ...«

»Von wem ist das Paket?«, unterbrach Wes.

»Von einem Rechtsanwalt aus Boston – Moment ...«

Wesley hörte Papier rascheln. Merkwürdig – er wusste genau, welchen Namen ihm der FBI-Mann nennen würde.

»... von einem gewissen Elton Smith!«

Angie schlug die Hände vors Gesicht und stieß einen unterdrückten Schrei aus. Wesley war für Sekunden sprachlos.

»Sir? Sind Sie noch dran?«

»Ja«, krächzte Wesley.

»Ihre Frau will zu ihrem Psychotherapeuten. Wir können es ihr nicht ausreden, aber ...«

»Ich fahre«, flüsterte Angie.

»In zwanzig Minuten ist Miss Cassedy bei Ihnen und holt meine Frau ab«, sagte Wesley und legte auf. Stumm sah er Angie an. Sein braungebranntes Gesicht hatte die Farbe feuchter Holzasche angenommen.

»Was hat das zu bedeuten, Wesley?«, flüsterte Angie ängstlich.

»Schwer zu sagen.« Wayne Finnigan ging mit dem Foto zum Fenster. »Es war ein Latino, aber ob es dieser war ...?«

Er reichte Carol das Foto. Mit spitzen Fingern nahm sie es entgegen. Als hätte er ihr ein gebrauchtes Papiertaschentuch gereicht.

Meine Kollegin Annie Gerald gab dem weißhaarigen Mann das zweite Bild. Finnigan musste nicht lange nachdenken. »Ja. Hundertprozentig. Das ist der mit dem Messer!«

Carol trat neben ihn, nahm ihm das Foto aus der Hand. Sie nickte langsam. »Mistkerl!«, zischte sie. »Siehst du die Glubschaugen, Jerry?« Sie reichte mir das Foto. »Die werde ich so schnell nicht vergessen.«

June Clark steckte die Fotos zurück in ihre Collegemappe. »Wenn wir die Kerle erwischt haben, wird man Sie und Miss Harper zu einer Gegenüberstellung laden. Sind Sie damit einverstanden?«

Carol und Finnigan nickten.

Meine beiden Kolleginnen verabschiedeten sich. Carol brachte sie zur Wohnungstür.

»Glauben Sie, dass diese jungen Burschen etwas mit den Anschlägen auf Carols Familie zu tun haben?« Finnigan zog ein Tabakpäckchen aus der Brusttasche seines schwarzen Hemdes. Seiner skeptischen Miene nach glaubte er das nicht.

»Sie bewegen sich im Dunstkreis der Drogenkriminalität«, sagte ich. »Eigentlich traue ich ihnen derart perfide geplante Verbrechen nicht zu.« Ich zuckte mit den Schultern. »Aber ich habe schon so manches erlebt in meiner Laufbahn als FBI Special Agent.«

Er nickte nachdenklich und drehte sich eine Zigarette.

Carol kam zurück zu uns. »Wenn ich einem dieser Kerle gegenüberstehe, trete ich ihm sonst wo hin!« Eine Zornesfalte stand zwischen ihren Brauen. Andere Frauen hätten einer möglichen Gegenüberstellung mit wesentlich gemischteren Gefühlen entgegengesehen. Aber die Harper-Tochter schien keine Angst zu kennen. »Und jetzt muss ich was für meinen Lebensunterhalt tun.«

»Ich wollte sowieso gehen.« Finnigan hockte sich an den Schreibtisch. Über den Monitor flimmerte noch immer eines seiner blutrünstigen Computerspiele. Er begann seine Dateien zu schließen und holte eine CD aus dem CD-Rom-Laufwerk.

Carols Handy orgelte los. Das elektronisch verzerrte Hauptthema von Mozarts kleiner Nachtmusik. Sie schob das Gerät unter ihr Haar. »Carol Harper!«

Es schienen keine guten Neuigkeiten zu sein. Im Zeitlupentempo ließ sie sich in einen der Sessel nieder, ihr Blick wurde starr. »Ist gut, Dad«, sagte sie schließlich heiser. »Du kannst dich auf mich verlassen.«

Sie ließ das Handy auf ihre Schenkel sinken.

»Dieser Teufel«, flüsterte sie.

»Was ist passiert, Carol?« Mein erster Gedanke war, Oliver Harper könnte etwas zugestoßen sein.

»Baby Luke hatte einen gelben Teddybären dabei, als er entführt wurde. Der ist seitdem verschwunden – genau wie der Buggy.« Sie sah mich an, und jetzt flackerte doch so etwas wie Angst in ihren Augen. »Heute kommt er mit der Post in die Canberry Street. Adressiert an meine Mutter. Sie ist vollkommen zusammengebrochen …«

Ich dachte an Bensons Zigaretten im Spind von Harper junior. Und ich dachte an die Theorie, die Mr. High aufgestellt hatte.

»Das klingt bedrohlich«, sagte Finnigan leise.

Carol sah auf die Uhr. »Zehn nach zwölf«, murmelte sie. »Um zwei hat Mom einen Termin bei ihrem Therapeuten. Angie Cassedy bringt sie hin – sie muss danach sofort ins County Courthouse zu einer Verhandlung. Dad hat mich gebeten, Mom um drei bei Dr. Greenham abzuholen.«

Auf Finnigans Stirn türmten sich Sorgenfalten. Er sah mich fragend an. »Werden Sie Carol begleiten, Mr. Cotton, oder soll ich ...?«

»Dazu bin ich hier«, sagte ich.

»Dad hat Angst gehabt.« Carols Stimme klang plötzlich sehr leise. »Wenn Dad Angst hat...«

Sie sprach den Satz nicht zu Ende. Ihre großen Augen suchten meinen Blick. Plötzlich wirkte sie wie ein hilfloses kleines Mädchen.

Angie steuerte den schwarzen Honda Civic ihrer Partnerin über die Fifth Avenue Richtung Norden.

Neben ihr auf dem Beifahrersitz – Viola Harper. Stumm, mit großer Sonnenbrille, die Arme vor der Brust verschränkt, als würde sie frieren.

Angies Blick wanderte ständig zur Borduhr. Viertel nach eins. Sie würde sich gewaltig sputen müssen, um pünktlich um zwei im County Courthouse zu sein. Es war ausgemacht, dass sie Viola bei dem Psychotherapeuten ablieferte, dann würde sie sofort zurück nach Lower Manhattan fahren. Viola würde eben eine halbe Stunde allein im Wartezimmer sitzen. Das hieß, nicht ganz allein, denn dieser FBI-Mann würde in Violas Nähe bleiben.

Angie sah in den Rückspiegel. Der graue Plymouth des Special Agent fuhr direkt hinter ihnen. Brandenburg hieß der Mann hinter dem Steuer.

Sie erreichten die Grand Army Plaza. Auf der rechten Straßenseite die futuristische Fassade des Guggenheim Museum. Bald würden sie die Ostseite des Central Park erreichen, und dann waren es nur noch ein paar Minuten bis zu Greenhams Praxis.

»Er wird uns alle umbringen«, flüsterte Viola plötzlich.

Angie zuckte zusammen. »Sei nicht albern, Viola!«

»Er wird uns alle umbringen ...« Wie eine aufgezogene Sprechpuppe wiederholte Viola den Satz. »Er wird uns alle ...«

Angies erschrockener Blick flog zwischen ihrer Partnerin und dem Verkehr auf der Fifth Avenue hin und her. Drehte Viola jetzt endgültig durch?

»Er wird uns alle umbringen ...«

»Hör auf, Viola!«, herrschte Angie sie an. »Das wird er nicht tun!

Die Männer vom FBI lassen uns keine Sekunde aus den Augen! Reiß dich jetzt zusammen!«

Die Ampel an der Kreuzung zur 59th Street sprang auf Rot. Angie stoppte den Honda. Viola nahm ihre Sonnenbrille ab und fixierte Angie. Ihre grünen Augen wirkten unnatürlich groß, ein bitteres Lächeln verzerrte ihre Mundwinkel – das Lächeln einer Wahnsinnigen. »Glaub mir, Angie – Vincent Priestley wird uns alle töten. Alle.«

Eine Gänsehaut breitete sich über Angies Armen und Schultern aus. »Du kannst dich noch an seinen Namen erinnern?« Hinter ihr hupte Brandenburg. Angie riss sich von Violas irrem Blick los und sah auf die Ampel – es war längst grün. Sie würgte den Wagen ab, bevor sie endlich über die Kreuzung fuhr.

»Natürlich kann ich mich an seinen Namen erinnern«, sagte Viola. »Du etwa nicht? Schließlich hat er deinen Verlobten erschossen!«

Angie schluckte. Sie spürte plötzlich, wie trocken ihr Mund war. »Den Vornamen hatte ich vergessen …«

»Und das Gesicht?«, fragte Viola lauernd.

»Das Gesicht nicht …« Angies Stimme wurde immer heiserer. Sie hatte plötzlich das Bedürfnis zu schreien. Im Rückspiegel der graue Wagen des FBI-Agenten. Das beruhigte sie.

»Ich auch nicht.« Wieder das kehlige, bittere Lachen Violas. »Seit ich den blutigen Katzenkopf zwischen Lukes Beinchen gesehen habe, träume ich fast jede Nacht von diesem Gesicht.«

»Bitte, hör jetzt auf!« Endlich das Hochhaus, in dem Greenham seine Praxis hatte. Angie setzte den Blinker und bog in die Einfahrt zur Tiefgarage ein.

»Ich höre auf.« Viola setzte sich die Sonnenbrille wieder auf. »Aber glaub mir, er wird uns alle …«

»Du sollst aufhören, verdammt noch mal!«, brüllte Angie. Sie steuerte den Wagen in eine Parklücke und stieß die Fahrertür auf. Violas Nähe tat ihr körperlich weh. Nur weg von ihr.

Der Special Agent parkte zwei Buchten neben ihnen. Gemeinsam begleiteten sie Viola Harper zum Aufzug. Angie sah auf die Uhr. Kurz vor halb zwei. »Ich muss gehen, Viola.«

»Bitte noch bis zur Praxis«, flehte Viola.

»Also gut«, seufzte Angie.

Sie fuhren in den vierzehnten Stock hinauf. Viola und der FBI-Mann setzten sich ins Wartezimmer. Angie meldete ihre Partnerin an der Rezeption an. »Mrs. Harper wird um drei von ihrer Tochter abgeholt.«

»In Ordnung, Miss Cassedy.«

Angie hastete zurück zu den Aufzügen. Dieser verdammte Stress! Wesley würde versuchen, den Beginn der Verhandlung um zehn oder fünfzehn Minuten hinauszuzögern. Aber sie musste nur in einen Stau geraten, dann schaffte sie es nicht mal in vierzig Minuten bis zum Bezirksgericht.

Die Aufzugstüren schoben sich auseinander. Hinter Angie betrat ein Mann den Lift – Jogginganzug, Laufschuhe, schwarze Wollmütze, Sonnenbrille, in der rechten Hand eine Plastiktüte. Auf dem Rücken trug er einen großen Rucksack aus olivgrünem Segeltuch.

Angie registrierte den Mann erst, als sie den Knopf für die Tiefgarage bereits gedrückt hatte. Er blieb auf der Schwelle des Aufzugs stehen.

Verwundert sah sie, wie er etwas aus seiner Plastiktüte zog. Ein Flaschenhals wurde sichtbar, ein Taschentuch ragte aus der Flasche. Der Mann holte ein Feuerzeug aus der Hosentasche und zündete das Taschentuch an.

Angie begriff – und schrie auf. Sie wollte an dem Mann vorbei aus dem Aufzug stürmen. Doch ein wuchtiger Fußtritt gegen ihren Leib schleuderte sie zurück in die Kabine. Die Luft blieb ihr weg.

Die Tüte mit der Flasche knallte neben ihr auf den Liftboden. Der Mann trat einen Schritt zurück, blickte hektisch nach links und rechts – die Türen schoben sich zusammen, der Aufzug setzte sich ruckartig in Bewegung.

Angie starrte auf die Tüte zu ihren Füßen. Etwas zischte und dampfte aus ihr heraus. Die Panik schnürte ihr die Kehle zu. Dann ein greller Blitz – Hitze schnappte nach ihren Beinen. Entsetzliche Hitze.

Sie schrie und schrie und schrie …

»Alles okay, Ma'am.«

Viola Harper nickte stumm.

Überhaupt nichts war okay. Joe Brandenburg sah der Frau an, dass sie halb wahnsinnig vor Angst war. Die verkrampfte Haltung, mit der sie auf der Sesselkante hockte, die bebende Unterlippe, die fahle Gesichtshaut, die weiß hervortretenden Fingerknöchel – sie klammerte sich an den Armlehnen des Sessels fest, wie jemand, der zum ersten und letzten Mal mit der Achterbahn fuhr.

Aber was sollte Joe tun? Mehr, als ihr durch seine Gegenwart eine Art Sicherheitsgarantie zu geben, konnte er nicht tun. Mehr war auch nicht sein Job. Der Fachmann für zerrüttete Nerven saß im Behandlungszimmer dieser Praxis.

Eine noble Praxis, fand Joe. Ledermöbel, dunkle Holzvertäfelung an den Decken, ledergepolsterte Türen, teure Drucke an den Wänden und Hochglanzmagazine im Zeitungsständer des Wartezimmers. Joe schnappte sich eines davon und begann darin zu blättern.

Außer der Frau des Richters und ihm befand sich niemand im Wartezimmer. Entweder hatte der Psychoarzt wenig Kundschaft, oder die Praxis war bestens organisiert. Draußen an der großzügigen Rezeption arbeitete eine Arzthelferin. Eine hübsche, sehr freundliche Blondine.

Eines der Fenster des Wartezimmers war gekippt. Verkehrslärm drang von der Fifth Avenue herauf. Und Sirenen. Ziemlich viele Sirenen sogar. Joe horchte auf. Feuerwehr. Ambulanz. Polizeifahrzeuge.

Zehn Minuten vergingen. Die Blondine von der Rezeption erschien in der Tür des Wartezimmers. »Bitte, Mrs. Harper – Dr. Greenham ist so weit.« Ihre Stimme klang nicht ganz so entspannt, wie Joe das von der Sprechstundenassistentin eines Psychodoktors erwartet hätte.

Die Frau führte Viola Harper ins Sprechzimmer. Die Wartezimmertür ließ sie offen, und Joe fiel auf, dass ihre Schritte hastiger wurden, als sie zurückkam. »Wir haben Feueralarm im Haus, Sir«, sagte sie und machte ein besorgtes Gesicht dabei. »Sie wollten das Haus evakuieren, aber nur der Aufzug brannte.« Sie schluckte. »Angeblich sei jemand ums Leben gekommen – eine blonde Frau …«

Joe ließ das Magazin fallen und spurtete aus der Praxis …

Der Mann lauerte angespannt im Treppenschacht. Befriedigt registrierte er die Sirenen und den hektischen Lärm im Stockwerk unter ihm. Viel Zeit blieb ihm nicht mehr. Dann würden sie Stockwerk für Stockwerk durchkämmen.

Sein Jogginganzug klebte ihm schweißnass am Körper. Quer durch den Central Park war er hierher getrabt. Mit dem schweren Rucksack auf dem Rücken.

Aber nicht nur seinen Plan hatte er jahrelang bis in die letzte Einzelheit vorbereitet – auch seinen Körper hatte er durch hartes Training vorbereitet. Konditionstraining, Krafttraining, Kampftraining – jahrelang, Tag für Tag. Er hatte seine ganze Lebenskraft auf diese wenigen Wochen konzentriert.

Und nun stand der zweite Höhepunkt des Dramas kurz bevor.

Der Herzschlag pochte ihm in den Schläfen. Jede Faser seines Körpers vibrierte vor Anspannung.

Der erste Höhepunkt war misslungen. Durch einen dummen Zufall. Nichts, was ihn aus der Fassung hätte bringen können. Er hatte Fehlschläge einkalkuliert. Und er hatte Zeit. Das Kind, der kleine Luke, würde nicht alt werden. Nein, ganz bestimmt nicht …

Schritte im Treppenhaus. Der Mann spähte vorsichtig über das Geländer. Der FBI-Mann. Er rannte die Treppe hinunter. Sie hatten also die Aufzüge abgestellt …

Der Mann griff nach seinem Rucksack, zog ein paar Latexhandschuhe heraus und streifte sie sich über. Dann lief er hinunter ins vierzehnte Stockwerk.

Die Tür zur Arztpraxis stand offen.

Im Laufen riss er einen Totschläger aus dem Rucksack. Und auf der Türschwelle zur Praxis eine Videokamera und einen vollen Benzinkanister.

Diesmal würden auch Unschuldige sterben. Aber wer ist schon unschuldig …

Wir brachen gegen halb drei auf. Kaum hatte Carol neben mir im Jaguar Platz genommen, wurde ich von der Zentrale angefunkt.

Es war Mr. High persönlich, dessen Stimme ich hörte.

»Fahren Sie zu Greenhams Praxis, Jerry. Joe hat Alarm geschlagen!«

Ich knallte das Rotlicht aufs Dach. Die Reifen des Jaguar schrien, als der rote Sportflitzer vorwärts stieß.

»Was ist passiert, Jerry?« Mit vor Angst geweiteten Augen starrte Carol mich an.

»Ich weiß es wirklich nicht, Carol. Aber machen Sie sich auf das Schlimmste gefasst.«

Über die Springstreet raste ich auf den Broadway, und dann ging es nach Norden Richtung Central Park.

Carol, auf dem Beifahrersitz, weinte hemmungslos. »Ich bringe dieses Schwein um, wenn er meiner Mom was getan hat! Ich bringe ihn um! Ich bringe ihn um!« Sie schrie ihre Angst und ihren Zorn hinaus.

Ich wusste, dass sie und ihre Mutter ein ziemlich gespanntes Verhältnis hatten. Dass es jedoch kein gleichgültiges Verhältnis war, merkte ich jetzt. Sie trommelte mit den Fäusten gegen die Frontablage, fluchte und schrie immer wieder »Mom! Mom!« und »Ich bringe ihn um!«

Zwölf, dreizehn Minuten brauchte ich bis zum Central Park. Dort stand der Verkehr auf der Fifth Avenue still. Aus der Gegenrichtung kamen überhaupt keine Fahrzeuge mehr. Ich überholte den Stau.

Schon von Weitem sah ich ein gutes Dutzend Wagen der New Yorker Fire Brigade. Die Straße vor dem Hochhaus, in dem Viola Harpers Psychotherapeut praktizierte, war weiträumig abgesperrt. Zwischen den Feuerwehrfahrzeugen standen Ambulanzen und Streifenwagen mit rotierenden Rotlichtern.

Ich stoppte den Jaguar vor dem Trassierband und sprang aus dem Wagen. Carol an der Hand hinter mir herziehend, lief ich auf den Eingang des Hauses zu. Carol hielt mich fest. Ich drehte mich nach ihr um. Sie zeigte nach oben – blankes Entsetzen auf ihrer Miene.

Aus einem der oberen Stockwerke quoll schwarzer Rauch. »Greenhams Praxis liegt im vierzehnten Stock!«, rief sie. Ein Helikopter schob sich über das Dach des Hochhauses.

»Komm!« Ich zog sie die Vortreppe des Hauses hinauf und in das Foyer hinein. Überall Feuerwehrleute, Sanitäter und Cops. Und die unvermeidlichen Mediengeier.

Einige standen vor einem offenen Aufzug und fotografierten oder filmten in die Liftkabine hinein. Ein Trassierband fünf Schritte vor dem Lift versperrte den Zugang. Das Innere des Aufzugs war vollkommen verrußt.

Neben den Aufzügen die Tür zur Nottreppe. Dort entdeckte ich Les Bedell. Carol immer noch fest an der Hand, lief ich zu ihm. »Um Himmels willen, Les – was ist hier passiert?«

»Angela Cassedy …« Les deutete auf den abgesperrten Aufzug. »Jemand muss einen Brandsatz in den Lift geworfen haben …«

Carol schrie laut auf. Ich zog sie an mich und drückte ihren Kopf an meine Schulter.

»Und?« Fragend sah ich Les an.

»Schwere Verbrennungen …« Er machte ein betretenes Gesicht. »Man bringt sie in eine Spezialklinik für Brandopfer.«

Carol, an meiner Schulter, schluchzte laut. Ihr Körper zuckte.

»Joe?«, flüsterte ich.

»Ist oben«, sagte Les. »Die Aufzüge sind außer Betrieb. Die Sprinkleranlage auch.«

Ich schob Carol zu ihm und winkte einem Sanitäter. Dann spurtete ich die Treppen hinauf. Hinter mir hörte ich Carol schreien. »Mom! Mom! Lassen Sie mich los! Ich will zu meiner Mutter!«

Später erfuhr ich, dass sie ihr ein Beruhigungsmittel gespritzt hatten.

Auf der Treppe Feuerwehrleute. Durch die Tür zum achten Stockwerk schlängelte sich ein dicker Schlauch das Treppenhaus hinauf. Die Männer der Fire Brigade trugen Atemmasken.

Im zwölften Stockwerk fand ich Joe. Er hockte auf den Stufen. Das Gesicht in den Händen vergraben. Neben ihm auf der Treppe sein 357er Magnum-Revolver.

»Joe!« Ich ging vor ihm in die Hocke. »Joe! Was ist los!« Ich schüttelte ihn.

Er nahm die Hände vom Gesicht. Seine Augen waren nass. Er sah aus, als hätte er drei Nächte lang getrunken statt geschlafen.

»Ich bin ein Idiot …«, krächzte er. »Ich bin so ein gottverdammter Idiot …«

Eine halbe Stunde später war das Feuer gelöscht. Eines der Sprechzimmer und die Rezeption des Psychotherapeuten waren vollkommen ausgebrannt.

Die Arzthelferin fanden die Feuerwehrleute auf der Schwelle zum Wartezimmer.

Tot. Jemand hatte ihr eine schwere Kopfverletzung beigebracht. Aber daran war sie nicht gestorben, wenn man dem Bericht unseres Pathologen glauben wollte. Nach Alex' Befund starb sie an Rauchvergiftung.

Die Leichen von Dr. David Greenham und seiner Patientin Viola Harper hingen zusammengeschrumpft und verkohlt in den Aluminiumgestellen ehemaliger Ledersessel.

Die schweren Kopfverletzungen der Toten wurden ihnen mit einem schweren Gegenstand mit stumpfer Spitze beigebracht, schrieb Alexis Silas in seinem Autopsie-Bericht. *Dr. David Greenham und Mrs. Viola Harper wurden zunächst durch Schläge auf den Kopf betäubt und dann angezündet …*

7

Nur ein Bett stand in dem geräumigen Zimmer. Umzingelt von Medizintechnik. Schläuche steckten in Angela Cassedys Armen. Ein Dialysegerät sog ihr Blut aus ihrer Leistenarterie in seine elektromechanischen Innereien und pumpte es gereinigt zurück in ihren Körper. Ein Beatmungsgerät blies ihr mit Sauerstoff angereicherte Luft in die Lungen. Ihr schmaler Brustkorb hob und senkte sich im zischenden Rhythmus der Maschine.

Über ihr, auf einer Konsole, jagte eine grüne Wellenlinie über das Display eines Monitors. Das Herz der Frau galoppierte rasend schnell – wie ein verwundetes Fohlen auf der Flucht.

Die Ärzte wollten sich nicht festlegen. Aber ihre betretenen Mienen sprachen Bände. Niemand wollte glauben, dass die Rechtsanwältin ihre schweren Verbrennungen überleben konnte.

John High räusperte sich und trat neben den Mann, der vor dem Bett der Schwerverletzten stand. »Kommen Sie, Mr. Harper.«

Der Richter hob müde den Kopf. Sein Blick war stumpf, seine Lider flackerten.

Nicht acht Tage – acht Jahre schienen vergangen zu sein, seit ich Wesley Harper das letzte Mal gesehen hatte.

Zeery und ich hielten uns im Hintergrund. Hinter dem Chef und dem Richter her verließen wir das halb dunkle Zimmer. Draußen auf dem langen Gang der Intensivstation grelles Neonlicht. Der Stationsarzt führte uns in einen kleinen Personalraum. Der Chefarzt hatte verfügt, dass uns dieses Zimmer für ein, zwei Stunden zur Verfügung gestellt wurde.

Wesley Harper wollte die sterbende Angela Cassedy nicht allein lassen. Also mussten wir in der Klinik mit ihm reden.

Auf einer Eckbank des Personalraums saß Helen. Vor sich auf dem Tisch ein Laptop. Ohne Wenn und Aber war Helen bereit gewesen, ihren freien Sonntagabend für das bevorstehende Gespräch zu opfern.

Ein Gespräch, für das Mr. High und Wesley Harper schon zwei Tage zuvor verabredet gewesen waren. Aber nach der Katastrophe am Freitag war der Richter außerstande gewesen, mehr als zwei zusammenhängende Sätze von sich zu geben.

»Nehmen Sie Platz, Mr. Harper.« Unser Chef wies auf einen Stuhl. Harper setzte sich, lehnte den Kopf zurück und schloss die Augen.

Er bot keinen erhebenden Anblick. Sein Haar war strähnig und schien noch grauer geworden zu sein. Tiefe Furchen durchzogen sein fahles Gesicht. Schwarze Ringe lagen unter seinen Augen.

Der Anblick eines gebrochenen Mannes. Seine hohle, schleppende Stimme bestätigte diesen Eindruck. »Vielleicht hätte ich früher mit Ihnen sprechen sollen ...«, sagte er heiser. »Viel früher ...« Er winkte müde ab und bewegte seine Hand dabei, als wäre sie bleischwer.

Mr. High nickte seiner hübschen Sekretärin zu. Ihre Finger begannen über die Tastatur des Laptops zu fliegen.

»Möchten Sie einen Kaffee, Mr. Harper?« John High griff in die Innentasche seines Jacketts. Er zog einen Minirekorder heraus und legte ihn auf den Tisch.

Wesley Harper schüttelte den Kopf. »Nein, danke. Aber wenn Sie nichts dagegen haben, würde ich gerne rauchen.«

»Bitte.«

Mit schwerfälliger Geste zog der Richter eine Schachtel Marlboro aus seiner Hosentasche. Seine Hand zitterte, während er sich die Zigarette anzündete.

Mr. High schaltete den Minirekorder ein. »Sie glauben zu wissen, wer für die Anschläge auf Ihre Familie verantwortlich ist, Mr. Harper?«

Er nickte.

»Erzählen Sie doch einfach.«

Wir kannten die Geschichte in groben Zügen. Seit etwa vierundzwanzig Stunden. Phil hatte nach seinem nächtlichen Gespräch mit der älteren Harper-Tochter im Archiv des Bezirksgerichts von Boston herumgestöbert. Aber die zwanzig Jahre alte Akte, die er gefunden hatte, war unvollständig gewesen.

»Viola hat es von Anfang an gewusst. Schon nach meiner Jubiläumsfeier. Als dieser Mistkerl Lukie-Boys Katze getötet hat ...« Der Richter schüttelte den Kopf, als könne er seine eigene Blindheit nicht fassen. »Ich wollte es einfach nicht wahrhaben ...«

»Was wollten Sie nicht wahrhaben, Mr. Harper?«, hakte Mr. High nach.

»Dass der Mann eines Tages wieder in unser Leben tritt.« Er nahm einen tiefen Zug von der Zigarette. »Sie wissen vielleicht, dass meine Frau und ich uns in Boston kennengelernt haben. Wir studierten beide in Boston. Ich war ein paar Semester weiter als Viola. Dann trat ich meine erste Stelle an. In einem Rechtsanwaltsbüro. Ich war damals einunddreißig Jahre alt. Unsere Töchter Carol und Lilian waren schon auf der Welt. Oliver wurde erst drei Jahre später geboren. Mein Chef hieß Elton Smith. Wir wurden dicke Freunde – ein Glücksfall. Er war damals schon mit Angie liiert …«

»Mit Miss Cassedy?«, fragte Mr. High.

»Ja. Sie und Elton haben sich dann verlobt. Natürlich waren Viola und ich auf der Verlobungsfeier. Sie dauerte bis in die frühen Morgenstunden …«

Er erzählte mit schleppender, monotoner Stimme. Manchmal unterbrach er sich. Ich hatte dann den Eindruck, er würde mit den Tränen kämpfen. Die meiste Zeit über hatte er die Augen geschlossen, während er erzählte. Als würde er einen Film schildern, der über seine innere Leinwand flimmerte.

Man hört und erlebt viele erschütternde Geschichten in unserem Beruf. Viel zu viele.

Die Geschichte des Richters Wesley Harper, die ich an jenem Sonntagabend hörte, werde ich nie vergessen. Als ich Tage später Helens Protokoll las, war ich fassungslos.

Hier ist das Protokoll von Harpers Bericht:

Es *war eine Samstagnacht. Ich hatte ein bisschen was getrunken, deswegen setzte sich meine Frau hinter das Steuer, als wir von Eltons Verlobungsfeier nach Hause fuhren. Damals fuhren wir einen ziemlich alten Dodge.*

Wir nahmen den Yankee Division Highway und bogen am Kreuz von Wellesley Richtung Boston City ab. Die Abzweigung führt an dieser Stelle in einer ziemlich engen Kurve von der Interstate hinunter. Eine Rechtskurve.

Viola fuhr nicht besonders schnell, vielleicht vierzig Meilen. Ich hab den Wagen gar nicht gesehen. Nur die Umrisse eines Mannes am Straßenrand. Er winkte.

»Da winkt einer«, sagte ich noch zu Viola, und dann knallte es auch schon.

Später, während des Prozesses, verlas Elton ein Gutachten. Er hatte natürlich Violas Verteidigung übernommen. In dem Gutachten hieß es, der Käfer habe halb auf dem Seitenstreifen, halb auf der Fahrbahn gestanden, und das unbeleuchtet. War die Lichtmaschine kaputt? Ich weiß es nicht mehr.

Jedenfalls wurde unser Wagen auf die andere Straßenseite geschleudert. Wir müssen uns ein paar Mal gedreht haben. Unser Dodge stand plötzlich mit der Motorhaube entgegen der Fahrtrichtung. Und meine Tür war verklemmt. Ich musste auf der Fahrerseite aussteigen.

Viola stand schon auf der Straße, als ich endlich aus dem Dodge kroch. Sie schrie. Der Käfer auf der anderen Fahrbahnseite brannte lichterloh.

Ich sehe noch den Mann vor mir, wie er neben dem brennenden Auto hin und her rennt, mit den Armen fuchtelt und brüllt und brüllt und brüllt.

Mein Gott! Das Gebrüll dieses Mannes – ich habe viele Menschen in ihrer Not schreien gehört in meinen Leben, glauben Sie mir. Ich war in Vietnam, Sie wissen ja, aber das Gebrüll dieses Mannes …

Irgendwann blieb er stehen, rüttelte an der Beifahrertür des Käfers, rüttelte und rüttelte. Dabei schlugen die Flammen aus dem verdammten VW, aber er brüllte und zerrte an der Tür, als ginge es um sein Leben.

Und genau um das ging es auch. In dem Wagen saßen nämlich seine Frau und seine beiden kleinen Kinder. Und auch ein Hund war in dem Wrack. Sie verbrannten alle. Gott im Himmel, sie verbrannten alle! Es war schrecklich, es war so schrecklich!

Andere Fahrzeuge hielten, wir versuchten den Mann von dem brennenden Wrack fernzuhalten. Glauben Sie, er ließ sich dort wegziehen? Nicht ums Verrecken! Als seine Kleider brannten, schlug ihn jemand nieder. Um ihn zu retten, verstehen Sie? Um ihn zu retten. Aber manchmal denke ich, er wollte mit seiner Familie verbrennen.

Ja, das denke ich. Und wissen Sie, was ich noch denke? Was ich eben erst wieder gedacht habe, als ich vor Angies Bett stand? Wäre er doch in Gottes Namen verbrannt damals. Wäre er doch verbrannt. Das habe ich gedacht, verdammt noch mal! Können Sie das verstehen, Mr. High?

So war das damals in jener Nacht. Wie ich diese Nacht verfluche.

Der Mann hieß Priestley. Vincent Priestley. Er war damals siebenundzwanzig Jahre alt. Mediziner. Hatte gerade eine Assistentenstelle in Washington angetreten. Wollte mit seiner Familie die Schwiegereltern in Portland, Maine, besuchen. Ich weiß es noch ganz genau.

Jede Einzelheit hat sich mir ins Hirn gebrannt. Sogar die Namen seiner Kinder und seiner Frau weiß ich noch. Der Hund hieß Candy. Aber lassen wir das.

Es kam zum Prozess, vier, fünf Monate nach dem Unfall. Die Staatsanwaltschaft von Boston klagte Viola wegen fahrlässiger Tötung an. Wie gesagt, Elton übernahm ihre Verteidigung.

Er machte seine Sache gut. Er konnte das Gericht überzeugen, dass

Viola keine Chance gehabt hatte. Ein unbeleuchteter Wagen nachts auf der Straße, in einer Kurve. Viola wurde freigesprochen.

Und dann passierte es. Alle waren schon von ihren Plätzen aufgestanden. Die Leute strömten den Ausgängen zu. Richter und Staatsanwalt packten ihre Unterlagen zusammen. Viola und ich umarmten uns. Unsere Eltern und Freunde bei uns. Und Elton. Und plötzlich tauchte Priestley neben der Anklagebank auf. Er zieht eine Waffe, eine .22er Walther, und schießt Elton nieder.

Kein Mensch weiß, wie er die Pistole in den Gerichtssaal hat schmuggeln können. Jedenfalls gab es einen Mordprozess, und Priestley bekam fünfzehn Jahre für den Mord an Elton.

Das war's schon.

Das war diese gottverdammte Geschichte …

Später fuhren wir zurück zur Federal Plaza. Mr. High, Phil, Zeery und ich. Helen hatte die U-Bahn genommen.

Dann saßen wir vier in Mr. Highs Office. Lange Zeit sprach keiner von uns ein Wort.

Ich hätte gern gewusst, was John High von der Geschichte des Richters hielt. Aber man fragt einen Mann, der seine Familie durch einen gewaltsamen Tod verloren hat, nicht, was er von einer Geschichte hält, in der ein Mann seine Familie durch einen gewaltsamen Tod verliert. Es sei denn, man hat einen Boxhandschuh statt eines Herzens in der Brust.

John High selbst war es schließlich, der das drückende Schweigen brach.

»Wir reden immer davon, dass Gras über eine Sache wächst, Gentlemen«, sagte er. »Wir reden von Vergangenheit, Zukunft. Aber Gras wächst auch über Müllkippen, und trotzdem vergiften sie das Grundwasser. Und die Vergangenheit ist der Stoff, aus dem unsere Gegenwart gewebt wird. Die Geschichte, die wir eben gehört haben, ist ein tragischer Beweis für diese etwas philosophisch anmutende Behauptung. Aber das hat mit Philosophie nichts zu tun. Das ist die Wirklichkeit.«

Eines der seltenen Statements unseres Chefs in punkto Lebenserfahrung. Zeery, Phil und ich erwiderten nichts darauf. Was hätten wir dem auch hinzufügen können?

»Den Namen des Mannes kennen wir dank Phils Recherchen seit

gestern«, sagte Zeery schließlich. »Wir sollten schauen, dass wir möglichst schnell ein Fahndungsfoto veröffentlichen.«

»Das sollten wir in der Tat.« Mr. High wirkte ernst und nachdenklich. »Solange Vincent Priestley frei herumläuft, ist kein Mitglied der Harper-Familie seines Lebens sicher.«

Ich dachte an Carol. Und ich dachte an Phil. Und plötzlich drängte sich mir wieder das Bild der alten Indianerin aus Abilene auf ...

Zehn Tage lang rang Angela Cassedy mit dem Tod, dann starb sie.

Kurz darauf ließ sich Wesley Harper beurlauben. Ein Mann kann viel verkraften. Aber jeder hat seine Grenze.

Phil und ich waren bei beiden Beerdigungen. Bei der von Viola Harper und eine Woche darauf bei der von Angela Cassedy. Wir hatten den Eindruck, dass der Richter um Viola Harpers Partnerin heftiger trauerte als um seine eigene Frau ...

8

Der massige Koloss zog sich die Gummischürze aus und warf sie in eines der verzinkten Becken. »Hi, Jerry – lange nicht gesehen.« Meine Hand verschwand in der fleischigen Pranke von Alexis Silas. »Einen Monat her, schätze ich. Oder länger?«

Ich vermied es gewöhnlich, den Chefpathologen des Zentrallabors mit Handschlag zu begrüßen. Nicht nur wegen seiner Arbeit. Sondern weil mir der Eindruck unangenehm war, ein Kinderhändchen zu haben. Das habe ich nämlich wirklich nicht. Aber im Vergleich mit Silas' Händen wirkten sie einfach so.

Alexis Silas wog gut und gern dreihundert Pfund. Und hatte entsprechende Greifwerkzeuge.

»Ich hab sie mir schon angeschaut. Den Bericht kriegt ihr noch im Lauf des Tages.« Der Pathologe ging mir voran in die Leichenhalle. Gut gelaunt wie fast immer. Keine Kunst bei dieser dicken Haut.

Eine Stunde zuvor hatte ich noch mit Carol und Phil gefrühstückt. Dann war ich hierher in die Bronx gefahren. Wir wechselten inzwischen wöchentlich ab. In jener Woche, als die beiden Leichen der Männer gefunden wurden, die Carol überfallen hatten, war ich nachts dran gewesen.

Phil störte es nicht. Obwohl er was mit der Harper-Tochter hatte. Das gestand er mir gegenüber, seinem besten Freund, offen ein. Er schien sogar den älteren Freund Carols, diesen Wayne Finnigan, ausgestochen zu haben.

Alex öffnete eine Leichenbox, zog eine Bahre heraus und schlug das Leintuch zurück. Ein junger Latino. Ich zog die beiden Polizeifotos hervor und verglich die Gesichter mit dem des Toten. Kein Zweifel – der Mann war Ramirez Bartholemy. Sein Körper wirkte aufgeschwemmt. Eine Narbe zog sich vom Schambein bis zur Kehle. Die typische Naht, die Alex setzte, wenn er das getan hatte, was er »anschauen« nannte.

Der Pathologe hatte inzwischen die zweite Leiche aus der Kühlbox gezogen und enthüllt. Crosby Hellinger. Auch hier gab es keinen Zweifel.

Die City Police hatte sie in der Höhe des Riverside Park aus dem Hudson gefischt. Ein nächtlicher Angler hatte ein paar Tage zuvor beobachtet, wie jemand zwei verdächtige Müllsäcke von einem Motorboot aus im Fluss versenkte.

»Kannst du etwas über den Todeszeitpunkt sagen?«, wollte ich wissen.

»Das ist mein Job, Jerry«, strahlte Alex. »Die Leichen sind nicht mehr ganz frisch, das siehst du selbst. Ich schätze mal, dass die Männer mindestens eine Woche lang tot sind. Eher ein bisschen länger. Wenn ich die Gewebeproben untersucht habe, kann ich es dir genauer sagen.«

»Todesart?«

»Ertrunken sind sie jedenfalls nicht. In der Lunge war kein Wasser. Bartholemy ist mit einem Draht erdrosselt worden. Bei Hellinger fand ich einen interessanten Stichkanal in der Herzgegend.«

»Von einem Messer?«

»Eben nicht. Als Laie würde ich sagen: von einer Stricknadel. Aber als Gerichtsmediziner weiß ich, dass Stricknadeln selten starr genug sind, um sie jemandem zwischen die Rippen zu rammen. Sie würden sich biegen. Außerdem haben sie keinen Griff wie ein Degen. Die Hand würde abrutschen.«

»Von was dann?«

»Der Stichkanal stammt mit hoher Wahrscheinlichkeit von einer langen Kanüle, wie man sie in der Intensivmedizin benutzt, um ein lebensrettendes Medikament direkt in die Herzkammer zu spritzen.«

»Was du nicht sagst!« Das war nun wirklich eine brauchbare Neuigkeit. »Demnach könnte der Mörder der beiden Männer Mediziner sein?«

»Der Mörder Hellingers, ja.« Alexis deckte die Leichen zu und schob sie nacheinander zurück in die Kühlboxen. »Oder Angehöriger eines Pflegeberufs. Krankenschwestern auf Intensivstationen beherrschen diese Injektionstechnik häufig auch.«

»Im Fall Harper jagen wir einen Mann, der Mediziner ist«, sagte ich nachdenklich. Ich drehte mich um und winkte. »Danke, Alex.« Die schwere Tür der Leichenhalle quietschte, als ich sie aufdrückte. »Wir kommen morgen Nachmittag mit Miss Harper und Mr. Finnigan vorbei. Sie sollen die Leichen identifizieren.«

Zurück im Jaguar informierte ich per Handy Mr. High.

»Sie haben sicher sofort an denselben Mann gedacht, an den ich jetzt denke, Jerry«, sagte er.

»Ja, Sir – ich habe sofort an Vincent Priestley gedacht. Zwei Dinge allerdings wollen mir nicht in den Kopf.«

»Sprechen Sie sich aus, Jerry.«

»Erstens: Der Mann ist siebenundvierzig Jahre alt. Er muss schon die Kampfkraft vom Terminator und die Geistesgegenwärtigkeit eines James Bond haben, um zwei junge, gesunde Männer töten zu können.«

»Vielleicht hat er beides«, sagte der Chef. »Vielleicht hat er sie auch nur in einem Moment überrascht, in dem sie an nichts Böses dachten.«

»Weil sie ihm möglicherweise vertrauten.«

»Möglicherweise, Jerry. Ich glaube, ich kenne die zweite Sache schon, die Ihnen Kopfzerbrechen bereitet – das Motiv.«

»So ist es, Sir. Warum tötet der Mann, der hinter der Familie Harper her ist, zwei Männer, die eine Harper-Tochter überfallen haben?«

»Wir sollten in Ruhe über diese Fragen nachdenken, Jerry. Wir müssen sowieso über einiges nachdenken. Washington wird ungeduldig. Die Sache mit der Katze ist über einen Monat her. Der Mord an Viola Harper und ihrem Therapeuten zwei Wochen. Der Staat kann keinen lebenslangen Polizeischutz bezahlen.«

Wir bewachten den Richter, seinen Sohn und seine Tochter Carol. Die Kollegen in Miami organisierten den Personenschutz für die jüngere Harper-Tochter und ihr Kind. Aber seit zwei Wochen gab es keinen Hinweis mehr auf weitere Aktivitäten Vincent Priestleys.

»Immerhin handelt es sich hier um einen Angriff auf einen Bundesbeamten«, gab ich zu bedenken.

»So habe ich auch argumentiert. Aber das Hauptquartier in Washington ist der Ansicht, dass es dem Täter im Grunde nur um Viola Harper ging, und die hat er bereits ermordet. Ihr gab Priestley die Schuld am Tod seiner Familie, denn sie saß damals hinter dem Steuer. Die Attacken auf die anderen Mitglieder der Familie Harper seien nur geschehen, um Viola Harper in Angst und Schrecken zu versetzen, um sie zu quälen, bevor er sie schließlich tötete. Jetzt bestünde keine Gefahr mehr für die Harpers, so ist Washington überzeugt. Und da seit dem Tode Viola Harpers kein Angriff mehr auf weitere Familienmitglieder erfolgte, sollten wir damit rechnen, dass der Personenschutz in den nächsten Tagen auf Wesley Harper und seinen Sohn beschränkt wird, Jerry. Die anderen Familienmitglieder müssten sich Bodyguards suchen und sie aus eigener Tasche bezahlen.«

»Verstehe.« Die Argumentation des Hauptquartiers war sachlich gesehen völlig einleuchtend. Mein Verstand hatte nicht allzu viel dagegen vorzubringen. Mein Gefühl allerdings sagte mir, dass die Angelegenheit noch lange nicht ausgestanden war.

»In Washington ist man sicher recht ungehalten darüber, dass die Fahndung nach Priestley bisher erfolglos bleibt.«

»Das kann man wohl sagen, Jerry.«

»Aber wenn Priestley Bartholemy und Hellinger ermordet hat, haben wir einen neuen Ansatzpunkt für die Suche nach ihm. Er muss sie gekannt haben. Also sollten wir uns in ihrem Milieu umhören.«

»Wir haben keinen Beweis, dass es Priestley war, der sie getötet hat«, gab der Chef zu bedenken. »Nur ein Indiz – den Stichkanal in Hellingers Brust. Aber warum soll er der einzige frei herumlaufende Killer mit medizinischer Ausbildung sein? Aber immerhin, ich werde Washington darüber in Kenntnis setzen. Sollten die Morde an den Männern tatsächlich nicht länger als eine Woche zurückliegen, wäre zumindest der Verdacht nicht ganz auszuschließen, dass sich Priestley noch in Manhattan aufhält. Und dass er gar nicht daran denkt, seine Mordtaten zu beenden. Das könnte Washington nachdenklich machen.«

Wir verabredeten uns für den Abend zu einer Konferenz. Die Ermittlungen waren festgefahren – ein gemeinsames Brainstorming würde uns hoffentlich neue Impulse bringen.

Von der Bronx aus fuhr ich nach Harlem. Das lag sowieso auf dem

Weg in die Westside. Und ich war lange nicht mehr im schwarzen Traditionsviertel gewesen. In einem Bistro am Malcom X Boulevard frühstückte ich.

Das Gespräch mit dem Chef beschäftigte mich, die Leichen in Alexis Silas' Residenz geisterten in meinem Kopf herum, und das Frühstück wollte mir nicht recht schmecken. Ich hatte das unbestimmte Gefühl, dass die Morde an Hellinger und dem Latino uns auf Priestleys Spur bringen würden. Doch so sehr ich auch darüber grübelte, vorläufig kam ich zu keinem Ergebnis …

Vom Fenster seines Zimmers aus beobachtete Oliver Harper seinen Vater. Der saß neben dem kleinen Pavillon am runden Gartentisch. Die »New York Times« lag noch zusammengerollt vor ihm. So wie Oliver sie aus dem Postfach gezogen und vor seinen Vater auf den Tisch gelegt hatte.

Oliver mochte den Platz unter den Ulmen nicht mehr. Seit er seinen kleinen Neffen dort mit dem abgetrennten Katzenkopf gesehen hatte, schien ihm das Rasenstück vor dem Zaun vergiftet zu sein.

Überhaupt schien ihm alles vergiftet zu sein: sein Spind im College, der leer stehende Bürokomplex auf der gegenüberliegenden Hofseite, das leer stehende Haus seiner Schwester, die Garage, in der das unbenutzte Auto seiner Mutter stand, selbst das Haus, in dem er mit seinem Vater lebte.

Alles voller Todesdrohung und Traurigkeit. Auch die steinerne Miene seines Vaters. Seit Moms Tod war er nicht mehr der Alte. Oder seit Angies Tod?

Oliver war dagegen gewesen, dass sein Vater sich hatte beurlauben lassen. Ohne seinen Job war er nur noch ein halber Mensch. Angst und Trauer hatten die Stelle seiner Arbeit eingenommen. Und Selbstmitleid. Er verwandelte sich allmählich in den Schatten seiner selbst. Tag für Tag ein Stück mehr.

Nicht einmal an seinen Hobbys hatte er noch Interesse. Seit Moms Tod war Olivers Vater kein einziges Mal zum Fallschirmspringen nach New Jersey hinübergefahren. Ganz zu schweigen von seinen Klettertouren in den Appalachen. Seit Jahren war kein Sommer vergangen, in dem sie nicht drei- oder viermal in die Berge gefahren waren.

Oliver konnte ihn nicht einmal dazu bewegen, nach Long Island zum Schießstand hinauszufahren.

Er wandte sich vom Fenster ab, verließ sein Zimmer und ging hinunter in den Hof.

Eine gut aussehende junge Frau mit langem blondem Haar und traumhaft schlanker Figur saß im Schatten der Hauswand auf einem Stuhl und las in einem Buch.

»Hi, June!«, grüßte Oliver.

»Hi, Oliver!«

Auch die FBI-Agentin erinnerte ihn ständig daran, dass sein Leben von Angst und Morddrohung vergiftet war. June Clark war eine selten nette Polizistin. Und eine attraktive Schönheit mit viel Sex-Appeal. Aber Oliver wünschte sie und ihre Kollegen immer öfter zum Teufel.

Er schlenderte zu seinem Vater hinüber. »Was machst du hier, Dad?«, sagte er unfreundlich. Wesley sah überrascht auf. »Sag mir, was du hier tust, Dad!«

»Ich verstehe nicht, Oliver. Was soll ich schon tun?«

Die müde, schleppende Stimme reichte, um Oliver auf die Palme zu bringen. »Was soll ich schon tun, was soll ich schon tun?«, äffte er seinen Vater nach. »Du redest wie einer der abgehalfterten Penner in der Grand Central Station!« Wütend musterte er das ausdruckslose Gesicht seines Vaters. »Ich will dir sagen, was du hier tust, Dad! Du wartest auf diesen hirnkranken Kerl. Du sitzt hier und wartest, dass er endlich kommt und dich anzündet wie die anderen! Verflucht! Das ist deiner unwürdig! Nicht mal eine Waffe trägst du bei dir! Hast du dich aufgegeben, oder was ist los?« Aus den Augenwinkeln sah Oliver, dass June sie beobachtete. Es war ihm egal. »Davon wird Mom nicht wieder lebendig!«, rief er.

Sein Vater sah ihn an, wie man einen Menschen ansieht, dessen Sprache man nicht versteht. »Lass mich, Oliver …« Er wandte sich ab.

Wütend stapfte Oliver über den Hof zurück ins Haus. Er rief seine Schwester in Miami an. Er machte ihr Vorhaltungen, weil sie nicht mal zur Beerdigung ihrer Mutter zurück nach New York gekommen war. Und er verlangte von ihr, jetzt endlich zurückzukehren und sich um ihren Vater zu kümmern. »Er braucht Luke um sich, verdammt noch mal! Er muss begreifen, dass das Leben weitergeht! Er braucht eine Aufgabe!«

Immerhin versprach Lilian, darüber nachzudenken.

Auch mit Carol telefonierte er. Mit ihr verstand er sich besser als mit Lilian. Auch sie machte sich Sorgen um Vater und kündigte für den nächsten Tag ihren Besuch an.

Nach den Telefonaten trat Oliver wieder hinaus in den Hof. »Morgen kommt Carol!«, rief er von der Haustür aus. »Und vielleicht wohnt auch Luke bald wieder bei uns!«

Wesley wandte den Kopf und sah zu seinem Sohn.

»Am Wochenende fahren wir in die Catskill Mountains und angeln Forellen!«, rief Oliver. »Und nächste Woche fährst du mit mir nach New Jersey zum Fallschirmspringen! Das versprichst du mir schon seit einem halben Jahr!« Er drehte sich nach June um. »Und Sie können sich dann einen freien Tag nehmen! Vielleicht bekommt er wieder Power, wenn er auf sich selbst aufpassen muss!«

Sie saßen in einer Straßenkneipe in der Bronx, Wayne über einem Teller mit dampfenden Spaghetti, Carol vor einem Glas Rotwein. Keinen Bissen würde sie jetzt herunterbekommen. Eine knappe Stunde zuvor waren sie bei Dr. Alexis Silas im Zentrallabor des New York City Police Departement gewesen. Carol hatte noch nie zuvor eine Leiche gesehen.

»Erbärmlich, was übrig bleibt von uns, wenn es uns eines Tages erwischt.« Sie schüttelte sich. »Aber ich gönne es den Kerlen, ehrlich. Es ist nicht anständig von mir, ich weiß, aber ich gönne es ihnen …«

»Was soll ich sagen?« Wayne aß mit gutem Appetit. Der Besuch in der Pathologie schien ihn nicht besonders beeindruckt zu haben. »Ich verstehe dich, aber es waren junge Männer. Ihr ganzes Leben lag noch vor ihnen. Stell dir vor, man hätte sie verhaftet, und sie hätten in den Monaten hinter Gittern den Überfall auf dich bereut und noch mal neu angefangen …«

Carol schüttelte den Kopf. »Manchmal bist du ein Träumer, Wayne.« Bedauern schwang in ihrer Stimme. »Nein, ich bleibe dabei – ich gönne es ihnen. Und soll ich dir noch was sagen? Ich wünsche mir, ich könnte den Mörder meiner Mutter auch nackt auf einer Zinkbahre liegen sehen. Am besten gleich morgen. Oder heute noch!«

»Dazu sag ich lieber nichts.« Wayne schob den leeren Teller von sich. »Wahrscheinlich würde ich mir an deiner Stelle dasselbe wünschen. Ziemlich sicher sogar.« Er schaute sie mitleidig an, griff nach ihrer Hand. »Wie geht es deinen Geschwistern? Und deinem Vater? Ist er immer noch so apathisch?«

Bitterkeit legte sich auf Carols Gesicht. »Ich fürchte mich jedes Mal, wenn mein Telefon läutet. Jetzt rufen sie dich an und sagen dir, dass sich dein Dad erschossen hat – das ist dann immer mein erster Gedanke.«

»Furchtbar …« Wayne blickte in sein halb leeres Rotweinglas. »Es tut mir so leid für dich – und für deine Familie. So viele Schicksalsschläge auf einmal – wie soll man das verkraften?«

»Schicksalsschläge …« Carol stieß ein bitteres Lachen aus. »Das sind keine Schicksalsschläge, Wayne! Hier wird auf perverse Weise eine offene Rechnung eingeklagt. Der FBI glaubt zu wissen, wer hinter den Morden steckt. Mein Vater hat ausgepackt.«

»Ausgepackt?« Fragend zog Wayne die Augenbrauen hoch. »Du meinst die Geschichte, die du neulich angedeutet hast?«

»Eine schreckliche Geschichte. Eine ganz schreckliche Geschichte …« Carol winkte ab. »Vergiss es. Wir müssen da durch. Alle. Auch Dad. Oliver kümmert sich rührend um ihn. Er hat dafür gesorgt, dass meine Schwester mit dem Kind zurückkommt. Am Wochenende sieht Dad seinen Enkel wieder. Und Oliver hat es sogar geschafft, Dad dazu zu überreden, mit ihm zusammen mal wieder zum Fallschirmspringen zu gehen. Mittwoch in einer Woche fahren sie nach Chester hinüber.«

»Sehr gut«, sagte Wayne. »Das wird ihn auf andere Gedanken bringen.«

»Ein erster Schritt auf einem sehr langen Weg.« Carol starrte in ihr Glas. »Ein zu langer Weg, fürchte ich. So wie Dad im Augenblick drauf ist, hab ich kaum noch Hoffnung, dass er je wieder der Alte sein wird.«

»Man darf die Hoffnung nie aufgeben.« Wayne griff nach seinem Jackett, das hinter ihm über der Stuhllehne hing. »Oder fast nie. Denn was dich betrifft, habe ich die Hoffnung aufgegeben.«

Carol wich seinem Blick aus. »Du meinst, weil ich mit Phil …«

»Wir brauchen nicht darüber zu reden.« Wayne zog eine CD-Hülle aus seiner Jackentasche. »Wir beide sind gute Freunde, aber in ihn bist du verliebt. Ich muss akzeptieren, dass ich für dich nur ein One-Night-Stand gewesen bin.« Er reichte Carol die CD. »Das schenke ich dir.«

Geistesabwesend nahm Carol die CD. »Ich wollte nicht, dass du dir Hoffnungen machst, Wayne. Es war schön mit dir, aber mit Phil – ich glaub, das ist etwas anderes.«

»Schon okay, Carol. Wir bleiben gute Freunde, das reicht mir.«

»Danke, Wayne.« Sie öffnete die Hülle und las den Schriftzug auf der kleinen, silbrigen Scheibe. »Bloody Judge – ist dein Spiel fertig?«

»Ja.« Er strahlte. »Morgen fliege ich nach San Francisco und werde es dem Verleger persönlich vorstellen.«

»Gratuliere!« Carol hob ihr Glas. »Auf deinen Erfolg!«

»Dir schenke ich die erste Version.« Wayne stieß mit ihr an. »Grüß Phil von mir, und sag ihm, dass ich dich ihm gönne.«

Sie lächelte und bestellte noch zwei Gläser Rotwein.

Fast zwei Stunden feierten sie Waynes neustes Werk. Zwei Stunden, in denen Carols Sorgen verblassten. Sogar das noch frische Bild der beiden Leichen aus der Gerichtspathologie löste sich allmählich auf.

Wayne brachte sie später mit seinem alten Volvo in die Wooster Street. Es war schon dunkel. Zum Abschied küsste ihn Carol auf beide Wangen. »Danke für alles, Wayne.«

Als sie ausstieg, überflogen ihre Augen unwillkürlich die Reihe der parkenden Wagen. Aber der Dienstwagen von Phil stand nicht vor ihrem Haus, und auch nicht Jerrys roter Flitzer. Seit gestern hatte der FBI ihren Personenschutz aufgehoben.

Carol nahm es mit Gelassenheit. Nicht zuletzt wegen der Walther-Pistole in der Innentasche ihrer Lederjacke. Vor allem aber, weil Phil sowieso zu ihr kommen würde. Als Privatmann. Die ganze Nacht würde er bleiben.

Ein Gutes hatte die ganze Sache doch gehabt, dachte sie, als sie die Treppe zu ihrer Dachwohnung hinaufstieg. Sie hatte Phil und Wayne kennengelernt. Einen Mann, der ihr Herz im Sturm erobert hatte, und einen guten Freund …

Sie war eine der verwelkten Schönheiten, die ihr Altern mit viel zu viel Make-up, Lidschatten und auffällig künstlicher Haartönung kaschierten. Eine ehemalige Arzthelferin aus Boston. Nun verdiente sie ihr Geld bei einem privaten Pflegedienst.

»Ja, das ist der Mann«, sagte sie und gab Mr. High das Polizeifoto zurück. Es zeigte Vincent Priestley. »Ich bin ganz sicher, er ist es.«

Wir waren an diesem Samstag – genau eine Woche nach Angela Cassedys Beerdigung – nach Boston gefahren. Die Kollegen vom dortigen FBI District Office hatten uns angerufen. Die ehemalige Arzthelferin hatte sich bei ihnen gemeldet, weil sie in den CBS-Nachrichten das Fahndungsbild eines Mannes gesehen hatte, den sie zu kennen glaubte.

»Es ist höchstens drei Jahre her«, sagte die Frau. »Nein, halt – vier Jahre. Ich hab damals bei Dr. Lewy gearbeitet, Sie wissen doch, dieser Schönheitschirurg, der dann spurlos verschwand. Zwei- oder dreimal habe ich diesen Mann in seiner Sprechstunde gesehen.«

»In Dr. Lewys Sprechstunde?«, vergewisserte sich Mr. High.

»Klar, und der Doktor hat ihn auch operiert.«

»Er hat sein Gesicht operiert?«

»Klar. Fett war der Mann nicht. Sein Gesicht.«

»Können Sie sich erinnern, was Ihr Chef an dem Gesicht dieses Mannes verändert hat?«, wollte ich wissen.

Sie lachte. »Was glauben Sie, wie viele Patienten durch unsere Praxis gingen! Außerdem hatte ich Urlaub, als dieser Kerl operiert wurde. Ich hab ihn nur in der Sprechstunde gesehen. Er war es, glauben Sie mir!« Plötzlich veränderte sich ihr Gesichtsausdruck. Ängstlich sah sie uns an. »Glauben Sie, er hat etwas mit Dr. Lewys Verschwinden zu tun?«

»Jetzt wissen wir, warum kein Mensch auf das Fahndungsbild von Vincent Priestley reagiert hat«, sagte Mr. High auf der Rückfahrt nach New York. »Er hat sich nach seiner Entlassung aus dem Gefängnis ein neues Gesicht verpassen lassen.«

»Wenn das tatsächlich vier Jahre her ist, dann hat er sich sehr langfristig auf seine Rache vorbereitet.« Ich saß am Steuer meines roten Jaguar XKR. Es war ein regnerischer Abend, und die zahllosen Scheinwerferpaare auf der Gegenfahrbahn spiegelten sich auf dem nassen Asphalt.

»Und das sehr gründlich, Jerry.« Mr. High nickte grimmig. »Nach allem, was wir erleben mussten, würde ich sogar sagen, dass dieser Racheplan im Gefängnis zu seinem Lebensinhalt geworden ist. Ich habe mir noch mal die Akten angeschaut, die Phil im Archiv des Bostoner Bezirksgerichts ausgegraben hat. Dafür, dass es um den Verdacht der dreifachen fahrlässigen Tötung ging, sind sie mehr als dürftig.«

Mr. High erzählte mir, dass in den Gerichtsakten weder die Länge der Bremsspur noch die Geschwindigkeit festgehalten war, die Viola Harper zum Unfallzeitpunkt gefahren war. Auch enthielten sie keine Zeugenaussagen der Leute, mit denen zusammen die Harpers in der verhängnisvollen Nacht gefeiert hatten. Und auch Priestleys Aussagen waren nicht protokolliert.

»Ich kann mir nicht vorstellen, dass unsere Kollegen so schlampig ermittelt haben«, sagte ich.

»Ich auch nicht, Jerry«, sagte Mr. High.

Die Schlussfolgerung war: Irgendjemand hatte die Akten frisiert.

Das nächste Rätsel.

Gegen Mitternacht kam ich zurück in mein Apartment. Auf dem Anrufbeantworter der dröhnende Bass von Alexis Silas. »Ruf zurück, Jerry, es ist dringend! Du erreichst mich ab ein Uhr unter …«

Bis um halb zwei versuchte ich vergeblich seine Privatnummer anzurufen. Dann meldete sich endlich eine Männerstimme. Eine junge, ziemlich hohe Stimme – Alex' Lover. »Um die Zeit?«, blaffte er ärgerlich.

»Er bat dringend um Rückruf.« Ich verdrehte die Augen. Vermutlich hielt er mich für einen Verehrer seines Geliebten und war eifersüchtig. »Es geht um etwas Dienstliches«, fügte ich deshalb hinzu.

Endlich hatte ich den Pathologen am Apparat. »Hör zu, Jerry – ich mach's kurz«, brummte er. »Deine Bemerkung, die toten Vergewaltiger könnten mit dem Fall Harper zu tun haben, hat mir keine Ruhe gelassen. Ich bin heute extra ins Zentrallabor gefahren und hab mir die Befunde von Charles Bensons Obduktion noch einmal genau angeschaut. Du weißt ja, in welchem Zustand die Leiche war.«

Im Hintergrund hörte ich seinen Lover schimpfen. Ob er nicht wenigstens nachts mal an etwas anderes denken könnte als an Leichen. Der Mann schien Alex' Job nicht sonderlich zu mögen.

»Aber da gab es im Brustbereich eine Verletzung, die ich bis dahin für eine Folge der verheerenden Verbrennung hielt. Aber je länger ich darüber nachdenke …« Er unterbrach sich. Entweder um nachzudenken, oder um seinen Lover zur Ruhe zu bringen. Im Hintergrund war immer noch die zeternde Stimme des Mannes zu hören.

»Also«, sprach er dann wieder in den Hörer, »es könnte auch ein Stichkanal sein.«

»Von einer großen Injektionsnadel?«

»Ja.«

»Bist du dir sicher?«

Natürlich war er sich nicht sicher. Aber sein Hinweis verdichtete den Verdacht, dass Priestley die beiden jungen Männer getötet hatte. Und dass es doch einen Zusammenhang zwischen dem Überfall auf Carol und den Gewalttaten gegen ihre Familie gab.

Fragte sich nur, welchen.

Das ganze Wochenende versuchte ich die Nuss zu knacken. Am Montag diskutierten wir die Frage während des Briefings in Mr. Highs Office. Niemand wollte glauben, dass Priestley zwei Killer bezahlt hatte, um eine Harper zu töten.

Am Montagabend joggte ich durch den Central Park. Um den See herum, wie meistens. Eine Stunde lang. Danach, auf der Bowbridge, die üblichen Dehnübungen.

Am Rande des Uferwaldes fielen mir ein paar Kinder auf – etwa ein Dutzend zehn- oder elfjähriger Kids. Sie schienen die Rollen für ein Spiel zu verteilen. Wer sollte Gangster sein und wer Polizist. Der Abendwind trug ein paar Gesprächsfetzen zu mir herüber.

»Ich bin auf jeden Fall Polizist!«, rief einer der Jungen, ein hoch gewachsener Bursche mit blondem Stoppelhaar.

Während ich meine Oberschenkelmuskulatur dehnte, erhob ein anderer der Jungen Einspruch. »Du willst ja nur wieder den Helden spielen und Jane vor den Gangstern retten!«, stichelte er. »Weil du in sie verknallt bist!«

Ich musste grinsen.

Ein Mädchen mischte sich ein. Wahrscheinlich besagte Jane. Sie ergriff beherzt Partei für den blonden Jungen. »Er muss ein Polizist sein, denn er hat blonde Haare. Verbrecher haben immer dunkles Haar!«

Ich horchte auf. Ich habe dunkles Haar.

Eine amüsante Episode. Weiter nichts zunächst. Während des Dauerlaufs hatte ich meine Arbeit vollständig ausgeblendet.

Ich trabte zurück nach Hause. Es dämmerte bereits.

Unter der Dusche dachte ich wieder an die Kids. Der blonde Knirps würde Jane also vor den Gangstern retten, doch alles war nur ein Spiel …

Da fiel es mir wie Schuppen von den Augen …

Die große Kerze auf der Kommode tauchte das Zimmer in ein warmes Licht. Phil betrachtete das Spiegelbild der Kerze in der Spiegeltür des alten Kleiderschranks. Ein friedliches Bild.

Auch das Bett war im Spiegel zu sehen. Und Carol, die auf der Seite lag, den Rücken an Phils Brust geschmiegt.

Er schaute über ihre runde nackte Schulter hinweg auf den Spiegel und dieses Bild des Friedens. Die zusammengerafften blauen Vorhänge flössen vom Betthimmel zu den Bettpfosten herab, wo sie festgebunden waren. Wie eine kleine Bühne sah das Bett im Spiegel aus.

Der absurde Gedanke, er würde im Theater sitzen und eine Frau und einen Mann auf der Bühne im Bett liegen sehen, belustigte Phil zuerst. Und machte ihn schließlich wehmütig.

Wann würde sich der Vorhang senken und das Stück zu Ende sein?

Behutsam streichelte er Carols Haar. Sechs Wochen war es erst her, dass er zum ersten Mal diesen Raum betreten und Carol zum ersten Mal gesehen hatte. Und jetzt kam es ihm so vor, als hätten sie sich schon immer gekannt. Man begegnet einem wildfremden Menschen, und plötzlich kann man sich das Leben ohne ihn gar nicht mehr vorstellen. Merkwürdig …

Das Kerzenlicht flackerte. Phil war ganz versunken in den Anblick des Paares im Spiegel. Auf der Bühne. Und wenn sich der Vorhang überhaupt nicht senken würde? Wenn das Stück immer weiterging? Würden Carol und er zusammenbleiben?

Er schob den Gedanken beiseite. Abwarten. Wer weiß schon, was die Zukunft bringt.

Er beugte sich über Carol und küsste ihre Schulter.

»Phil?«, flüsterte sie.

»Du schläfst nicht?«

»Nein.« Phil wusste, dass sie seit dem Tod ihrer Mutter manchmal stundenlang wach lag. »Küss mich.«

»Das tue ich gerade, Darling«, lachte er.

Sie drehte sich zu ihm. Ihre Lippen suchten seinen Mund. Er spürte die Hitze ihres Körpers. Ein warmer Schauer überkam ihn, die Leidenschaft stieg in ihm hoch …

Später döste er ein.

Das Knarren von Carols altem Schreibtischstuhl weckte ihn. Auf dem Schreibtisch flimmerte der Monitor. Carol saß davor. Nur mit seinem Hemd bekleidet.

Phil streckte die Hand nach seiner Armbanduhr auf dem Nachttisch aus. Halb drei. »Arbeitest du noch?«

Carol antwortete nicht.

»He, Carol! Was machst du da?«

Schweigen.

Phil stand auf, hüllte sich in eine Decke und ging zu ihr. Am Couchtisch griff er nach seinem Handy und tippte die Nummer seiner Mailbox ein.

Die vertraute Stimme seines Freundes. »Ruf an, Phil – es ist dringend!«

Beunruhigt wandte sich Phil Carol und ihrem Schreibtisch zu. Hinter ihr blieb er stehen und blickte auf den Bildschirm.

Eine gestochen scharfe Grafik flimmerte über die Mattscheibe: Eine Frau in hautenger roter Ledermontur lief durch eine verkehrsreiche Straße. Sie hatte einen Rucksack auf dem Rücken.

Hausfassaden, Passanten, Parkanlagen glitten an ihr vorbei. Das Stadtbild erinnerte Phil an Manhattan. Und die Frau hatte Carols Gesicht, Carols Haare, Carols Figur.

Phil beugte sich über Carol. »Das bist ja du!«

»Er hat mein Foto eingescannt.« Carol sah sich noch immer nicht um. Ihre Stimme klang tonlos.

»Wer?«

»Wayne. Er hat mir das Spiel geschenkt.« Endlich wandte sie Phil das Gesicht zu. Verwundert registrierte er die Blässe ihrer Haut und ihren ernsten Blick. »Bloody Judge – stell dir vor, er hat eine Geschichte programmiert, in der Bloody Judge einem Mann auf der Spur ist, der vier Menschen totgefahren hat. Der Mann ist Richter von Beruf.«

Phil richtete sich auf. Aus schmalen Augen musterte er Carol. »Und das schenkt er dir? Ich hätte ihn für taktvoller gehalten.«

»Geschmacklos ist das! Ich weiß gar nicht, was ich davon halten soll …« Seitdem Carol mit ihm sprach, hatte sie den Joystick nicht mehr angerührt. Trotzdem bewegte sich die Frau auf dem Bildschirm. »Was soll das jetzt?« Carol drückte Knöpfe, betätigte den Joystick, doch die Figur, die ihr Gesicht trug, reagierte nicht.

»Läuft von selbst«, brummte Phil. »Vielleicht ein Demonstrationsprogramm.«

Die rote Lady auf dem Monitor betrat ein Hochhaus, stieg in einen Aufzug, fuhr in den vierzehnten Stock und trat dort eine Tür auf. Das krachende Splittern von Holz drang aus den Boxen links und rechts des Monitors.

Dann zog die Amazone etwas aus ihrem Rucksack, das wie ein starres Rohr aussah. Stumm starrten Phil und Carol auf den Bildschirm.

Ein Feuerstrahl löste sich aus dem Rohr, drang durch die zerbrochene Tür in den dahinter liegenden Raum. Zischen und Explosionslärm aus den Lautsprechern. Rauch drang aus dem Raum, Flammen loderten. Carol griff nach Phils Hand.

Die Perspektive wechselte. Die Amazone mit Carols Gesicht wurde unsichtbar. Durch ihre Augen sah man in das Flammeninferno. Durch die Augen von »Bloody Judge«.

Für Sekunden tauchte ein weißes Türschild auf dem Monitor auf. »Dr. David Greenham – Psychotherapeut.« Und plötzlich zwei Menschen, von Flammen und Rauch eingehüllt. Keine Computergrafik – eine Filmaufnahme. Die Aufnahme eines Mannes und einer Frau. Sie hingen reglos in schwarzen Ledersesseln. Die Frau stöhnte leise. Beiden lief Blut über das Gesicht.

Phil spürte, wie sich Carols Fingernägel in seine Handballen gruben. Sie stöhnte erst leise, dann immer lauter, und dann schrie sie: »Mom! Mom! Mom!«

Die Frau auf dem Monitor war Viola Harper …

Noch in den frühen Morgenstunden stürmten wir Wayne Finnigans Wohnung. Wir trugen kugelsichere Westen und waren mit automatischen Gewehren bewaffnet.

Der Mann war nicht zu Hause. Niemand hatte etwas anders erwartet. Wir kurbelten eine Großfahndung nach ihm an und informierten Wesley Harper, dass wir dem Mörder seiner Frau auf der Spur waren. Das makabere Computerspiel mit der eingeblendeten Szene vom Tod seiner Frau und ihres Therapeuten verschwiegen wir dem Richter.

Carol hatte uns beschworen, ihm nichts davon zu erzählen. Er würde es nicht ertragen, meinte sie. Ich hatte den Verdacht, sie würde es nicht ertragen, wenn ihr Vater wüsste, dass sie sich mit dem Mann eingelassen hatte, auf dessen Konto der Tod ihrer Mutter ging.

Es war ein Fehler, ihrem Drängen nachzugeben …

Noch am selben Tag packte sie ihre Sachen und quartierte sich in Brooklyn Heights in ihrem Elternhaus ein. Die nackte Angst hatte sie gepackt. Phil begleitete sie. »So lange der Wahnsinnige noch frei herumläuft, lass ich sie nicht mehr aus den Augen«, sagte er mir.

Gegen Abend kehrte Lilian Harper mit ihrem kleinen Sohn aus Miami zurück. Ich war dabei, als Baby Luke seinem Großvater entgegenwackelte und in dessen geöffnete Arme fiel.

Der Fahndungsapparat lief auf Hochtouren. Radiosender, Fernsehen und Presse berichteten. Doch der Sonntagabend kam, und Wayne Finnigan alias Vincent Priestley war noch immer ein freier Mann.

Auch am Montag keine Spur von ihm. Am Dienstag ebenfalls nichts. Es sah aus, als wäre er rechtzeitig untergetaucht. Wesley Harper war überzeugt davon, dass Priestley sich endgültig abgesetzt hatte.

Und dann kam jener Mittwoch …

9

Der Farmer machte ein skeptisches Gesicht. Aber er strich die fünfhundert Dollar ein, ohne mit der Wimper zu zucken. »In spätestens zwei Tagen muss die Maschine wieder in meinem Hof stehen«, knurrte er noch.

»Machen Sie sich keine Sorgen. Sobald ich meine Weide gedüngt habe, kriegen Sie das Gerät zurück – vollgetankt.« Wayne Finnigan – alias Vincent Priestley – hatte sich als Besitzer eines Gestüts ausgegeben. Und dem Farmer erzählt, dass er zwölf Meilen nördlich von Bernhardsville zehn Morgen Brachland gekauft hätte. In der Gegend von Chester. Und nun wolle er den Boden mit Gülle düngen, bevor er Gras einsäe.

Der Farmer, ein vierschrötiger Mann Ende fünfzig, zog einen Kugelschreiber aus der Brusttasche seines karierten Baumwollhemdes. »Landwirtschaftsmaschinen zu vermieten«, hatte er inseriert. Eigentlich hatte er nur zweihundert Dollar haben wollen.

Wayne sah ihm an, dass er misstrauisch war. Wahrscheinlich fragte er sich im Stillen, warum einer, der in New Jersey eine Pferdezucht aufziehen will, sich nicht gleich ein Stück Weideland kaufte.

Aber wenn man in zwei Tagen so viel Geld verdienen kann wie sonst in zwei Wochen, stellte man keine Fragen.

Der Farmer unterschrieb den Vertrag und schob ihn über den Tisch. Offenbar vermietete er öfter seine Maschinen. Wayne hatte einen ganzen Stapel Vertragsvordrucke in der Schreibtischschublade gesehen. Er unterzeichnete mit »Dr. Jeff Calamy«.

Wayne trug weiße Jeans, weißes Polohemd und Tennisschuhe. Darüber eine teure Lederjacke. Seine Haare hatte er kurz geschnitten und dunkel gefärbt. Ein falscher Schnäuzer klebte unter seiner Nase. Die Sonnenbrille hatte er während der ganzen Geschäftsverhandlung nicht abgenommen.

Ein Handschlag, und das Geschäft war perfekt. Wayne, der mit dem Taxi gekommen war, stieg auf den Traktor und fuhr aus dem Hof. Die schwere Maschine zog ein Zweitausend-Liter-Güllefass hinter sich her.

Der Traktor machte knapp vierzig Meilen pro Stunde. Wayne brauchte nicht lange, bis er das Jagdhaus am Rand des Black River Park erreichte.

Er hatte es für einen Monat gemietet. Sein Stützpunkt für den vorletzten Akt des Dramas.

Es war nicht einfach nur eine Hütte. Es war eine kleine Wochenendvilla mit allen Schikanen: Klimaanlage, Gefrierschrank, Sauna, Kaminzimmer, Zentralheizung. Obwohl das Haus nur über einen Forstweg erreichbar war.

Wayne parkte Traktor und Güllefass nahe am Haus. Er warf einen Blick auf die kleine Lichtung hinter dem Gebäude. Unter einem Tarnnetz stand dort ein kleiner Helikopter.

Das Haus war nicht unterkellert. Die Heizung und der Tank für das Heizöl waren in einem niedrigen Raum unter der Terrasse untergebracht.

Mit einer elektrischen Pumpe saugte Wayne die Flüssigkeit aus dem Tank und pumpte sie in das Güllefass.

Er arbeitete ohne Hektik. Jeder Handgriff saß. Äußerlich wirkte er wie ein Mann, der in aller Gelassenheit seine tägliche Routinearbeit erledigt. Aber hinter seinem Brustbein brannte etwas wie eine Wunde. Als würde eine Faust in Kettenhandschuhen sein Herz umklammern und zusammendrücken.

Wayne wusste, dass sie ihm auf der Spur waren. Und dass ihm nicht mehr viel Zeit blieb …

Ich kannte den Mann mit dem schlohweißen Haarkranz um den kantigen Schädel. Perry Sheridan. Es war schon ein paar Jahre her, dass ich mit ihm zu tun hatte. Damals war er noch Staatsanwalt am Manhattaner Bezirksgericht gewesen.

Er drückte Wesley Harper den Verpackungssack seines Fallschirms in die Hände. »Alles bestens, Wes.« Dann kontrollierte er den Schirm von Harper junior.

Er musste weit über siebzig sein, aber seine gerade Haltung, sein federnder Schritt und seine energische Stimme strahlten eine Jugend aus, die man bei manchen Vierzigjährigen nicht mehr findet.

Wie die beiden Harpers trug er den hellgrauen Thermoanzug der Fallschirmspringer und einen Schutzhelm. Stolz hatte er mir erzählt, dass er die Novizen der Fallschirmsprungschule ausbildete und selbst noch mindestens einmal pro Woche aus dem Flugzeug jumpte.

Ich war nicht besonders glücklich darüber, an diesem Mittwochnachmittag den Bodyguard für Wesley und Oliver Harper hier in New Jersey spielen zu müssen. Mir wäre es lieber gewesen, der Richter und sein Sohn hätten mit ihrem ersten Fallschirmsprung seit Wochen so lange gewartet, bis der Mann, der sie vernichten wollte, hinter Schloss und Riegel saß.

Aber bei den Harpers hatte sich eine Mischung aus Zweckoptimismus und Schicksalsergebenheit breitgemacht. Sie redeten sich gegenseitig ein, dass Priestley vollauf damit beschäftigt sei, seine eigene Haut zu retten, und gleichzeitig waren sie schlicht zu erschöpft, um den ganzen Stress von Trauer, Angst und Wachsamkeit noch länger durchzuhalten.

Ich konnte das gut verstehen. Irgendwann hat man einfach keine Kraft mehr zu trauern und sich zu fürchten. Irgendwann ist einem alles gleichgültig.

Oliver Harper hatte es sich nicht ausreden lassen, seinen Vater an diesem Mittwoch nach Chester, New Jersey, zu dem kleinen Sportflugplatz zu schleppen. Der Fallschirmclub von New Jersey City hatte hier einen barackenartigen Flachbau, in dem eine Sporthalle, Seminarräume und so weiter untergebracht waren.

Der Junge hatte es sich auch nicht ausreden lassen, die ganze Familie am Wochenende zuvor in die Catskill Mountains zu chauffieren. Die Harpers besaßen dort ein Blockhaus. In der Gegend von Woodstock. Zwei Tage lang angeln, wandern und picknicken. Phil und ich hatten den Personenschutz übernommen.

Oliver Harper wollte seinen schwer angeschlagenen Vater ins Leben zurückholen. Die Natur, der Enkel, seine Hobbys; der Junge versuchte alles, um den Richter aus seiner Depression herauszuscheuchen.

Vielleicht lag er gar nicht so falsch damit – Wesley Harper kam mir an diesem Mittwochnachmittag im Ausrüstungslager der Fallschirmschule nicht mehr ganz so lethargisch und niedergeschlagen vor wie noch am Wochenende. Manchmal lächelte er sogar.

Eine Tür öffnete sich. Spencer Bush schaute herein. »Die Maschine ist in einer halben Stunde startklar!« Der Chefankläger des County Courthouse gehörte ebenfalls dem Fallschirmclub an.

»Wir sind gleich so weit!«, rief der alte Sheridan.

Spencer winkte mich hinter sich her. Er wollte die Plane mit dem Zielkreuz an der Stelle auslegen, an der die drei Fallschirmspringer landen sollten.

Ich wäre gern mitgeflogen. Mein letzter Sprung aus den Wolken lag schon gut ein halbes Jahr zurück, und ich hätte nichts dagegen gehabt, mal wieder den Kick des freien Falles aus dreitausend Fuß Höhe zu erleben. Aber an der Federal Plaza hatten wir vereinbart, dass ich am Boden bleiben sollte. Wenn überhaupt, dann war die Sicherheit der Harpers vor dem Start oder während des Absprungs gefährdet.

Also fuhr ich mit Bush zur Absprungstelle.

Die lag kaum drei Meilen von Chester entfernt zwischen dem Black River und dem Morristown Park. Auf der schmalen Landstraße nach Rockaway passierten wir Waldstücke, abgeerntete Maisfelder und Viehweiden.

Eine dünn besiedelte Gegend – keine Ortschaft, kaum ein Fahrzeug, das uns entgegenkam, nur hier und da Rinder oder Pferde auf den Weiden. Und ein Bauer, der mit seinem Traktor ein Güllefass über ein Stück Brachland zog.

Bush drückte einen Knopf auf der Mittelkonsole seines Jeeps. Die Fenster hoben sich aus den Türen. Er runzelte die Stirn und schnüffelte. Merkwürdiger Geruch, dachte er.

Es roch nach Benzin. Ich registrierte es nur beiläufig.

Schon nach fünfzehn Minuten erreichten wir die Stelle, an der die drei Fallschirmspringer landen wollten. Weideland, auf dem knöchelhohes Gras wucherte, Baumgruppen und Buschwerk hier und da, der Waldrand des Black River Park einen Steinwurf weit entfernt.

Bush holte eine weiße Plane aus dem Jeep, lief ein Stück in die Weide hinein und breitete sie dort aus. Sie hatte etwa die Ausmaße eines Volleyballplatzes. In ihrem Zentrum ein schwarzes Kreuz aus zwei gleich langen Balken.

Bush blickte auf seine Armbanduhr. »Zwanzig, fünfundzwanzig Minuten werden sie schon noch brauchen, bis sie hier sind.«

Ich sah mich um. Der Traktor mit dem Güllewagen näherte sich. Zwei Motorradfahrer rasten vorbei. Nichts Beunruhigendes. Trotzdem beschlich mich ein ungutes Gefühl.

Ein Forstweg führte in den Wald hinein. »Ich würde mir gern die Umgebung noch ein bisschen anschauen.« Außer dem Wald und den Baumgruppen entlang der Straße gab es kaum Deckungsmöglichkeiten für einen potenziellen Attentäter. Aber ich wollte nichts dem Zufall überlassen.

Wir stiegen in den Jeep und fuhren zum Wald. Auch hier nichts Verdächtiges.

Etwa eine Viertelstunde lang rumpelten wir über den parallel zum Waldrand verlaufenden Forstweg. Schließlich fuhren wir zurück zur Straße, und Bush gab Gas.

Mit einer Kopfbewegung deutete er nach oben.

»Sie kommen.«

Ein Flugzeug schob sich über den wolkenlosen Himmel. Noch ziemlich weit weg. Kaum größer als eine Büroklammer.

Ich bemerkte, dass sich Bush nervös nach allen Seiten umsah. »Aber wo ist denn das Zielkreuz?« Er stoppte den Wagen, sprang heraus und lief auf die Weide. »Hier lag es doch, verdammt noch mal! Hier habe ich's doch ausgebreitet!«

Ich ging zu ihm und betrachtete das Gras. Deutlich war zu erkennen, dass die Grashalme niedergedrückt waren. Bush hatte recht, an dieser Stelle hatte die riesige Plane mit dem Zielkreuz gelegen. Und jetzt lag sie nicht mehr hier.

Siedendheiß fuhr mir der Schreck in die Glieder. Meine Nerven vibrierten, und mein Hirn checkte wie von selbst die möglichen Erklärungen ab. Nur eine blieb übrig: Jemand hatte die Plane gestohlen. Jemand wollte, dass die Harpers nicht an dieser Stelle absprangen!

Der Traktor …

Bush neben mir starrte hoch zum Himmel. »Sie haben den Steigflug eingestellt und kreisen über einer Stelle!«

Ich hörte die Propeller der zweimotorigen Maschine brummen. Etwa zwei Meilen entfernt von uns flog sie einen weiten Bogen. Ungefähr an der Stelle, an der wir den Traktor mit dem Güllewagen gesehen hatten.

»Kommen Sie!«, brüllte ich.

Ich drehte mich um und sprang hinter das Steuer von Bushs Jeep …

Der Pilot drehte sich um, reckte den Daumen in die Höhe und rief laut: »Okay – los!«

Wesley zog sich die Schutzbrille vor die Augen. Auch Sheridan und Oliver machten sich zum Absprung bereit.

»Alles klar?« Der Flugbegleiter musste schreien, um das Dröhnen der Propeller zu übertönen.

Die drei Männer nickten.

Der Flugbegleiter riss das Seitenschott der Maschine auf.

Die Luft schoss herein und zerrte an ihren Schutzanzügen. »Guten Flug, Gentlemen!«

Sheridan stürzte sich als Erster in die Tiefe. Oliver klopfte seinem Vater auf die Schulter und ließ sich ebenfalls aus der Luke fallen.

Wesleys in dicken Lederhandschuhen steckende Hände klammerten sich am Lukenrahmen fest. Für einen Moment sah er auf den grünen Flickenteppich etwa dreitausend Fuß unter sich. Mitten drin das Zielkreuz. Er stieß sich ab.

Die Arme ausgestreckt, die Beine leicht gegrätscht, rauschte er in die Tiefe. Unter sich entdeckte er Sheridan und Oliver. Auch sie fielen in der X-Lage dem Erdboden entgegen.

Eine ungeheure Leichtigkeit strömte durch seinen Körper. Fliegen, fallen, losgelöst sein von der quälenden Traurigkeit, von den verdammten Sorgen. Wenigstens für ein paar Minuten. Wesley gab sich dem berauschenden Gefühl grenzenloser Freiheit hin.

Er schlug einen Salto, drehte ein paar Spiralen und schlug noch einen Salto. Dann zurück in die Freifallhaltung.

Tief unter ihm plötzlich ein Schatten. Er kam vom Wald her – und zog nun über das freie Feld. Ein Helikopter. Er hielt auf das Zielkreuz zu.

Wie weggefegt der Rausch der Freiheit. Panik statt Leichtigkeit. Reflexartig fuhr Wesleys Hand zur Leine. Der Fallschirm öffnete sich. Wesley wurde aus der Bauchlage nach oben gerissen, sein Körper fiel in das Gurtzeug. Die Beine gegen die Erde gerichtet, schwebte er nach unten.

Unter ihm blähten sich nacheinander die Fallschirme Sheridans und Olivers auf.

Wesley klammerte sich an den Steuerleinen fest und beobachtete den Helikopter. Der ging kurz vor dem Zielkreuz in den Steigflug. Er drehte ein paar Runden um das Zielkreuz. Von oben sah es fast aus, als würden Sheridan und Oliver jeden Moment seine Flugbahn kreuzen.

Etwas Kleines, Schwarzes fiel aus dem Cockpit. Sekunden später eine Explosion – und wie aus dem Nichts schoss ein Flammenmeer aus dem Brachland unter Wesley. Auf einer Fläche so groß wie der City Hall Park. Als hätte die Hölle ihren Rachen geöffnet.

Wesley schrie.

»Oliver!«

Er riss an den Steuerleinen und schrie …

Ich raste über die schmale Straße in Richtung Chester. Schon von Weitem sahen wir die Flammen und den Rauch.

»O Gott im Himmel!«, stöhnte Bush neben mir. »O Gott im Himmel ...!« Ein Helikopter flog über uns nach Osten davon.

Das Flammeninferno rückte näher und näher. Etwa zweihundert Yards vor dem Feuer trat ich auf die Bremse und stoppte den Jeep. Fassungslos starrten wir durch die Windschutzscheibe in die Feuerwand. Ein riesiges Stück Land brannte. Schwarzer Qualm stieg auf, den Fallschirmspringern entgegen.

»Da!«, brüllte Bush. »Sehen Sie doch, Cotton!« Er deutete aufgebracht in den Himmel. »Sie können nicht mehr ausweichen!«

Zwei der Fallschirmspringer fielen direkt der Feuerwand entgegen. Ich konnte deutlich erkennen, wie sie an ihren Leinen zerrten, um ihre Schirme vielleicht doch noch an den Rand des Infernos zu steuern. Nur der dritte Springer, der noch am weitesten entfernte, schien nach meiner Einschätzung noch eine Chance zu haben, den Flammen auszuweichen.

»Raus!«, fuhr ich Bush an. Er hörte auf zu stöhnen. Verständnislos sah er mich an. »Sie sollen aussteigen!« Ich beugte mich über ihm, griff an ihm vorbei nach dem Türöffner der Beifahrertür und stieß sie auf. »Los, raus!«

Bush schob sich aus dem Wagen und schlug die Tür zu.

Ich beobachtete die drei Fallschirmspringer. Der Erste tauchte eben in die Qualmwolken ein und verschwand darin. Der Zweite, etwa hundert, hundertfünfzig Fuß über ihm, strampelte verzweifelt mit den Beinen. Als wollte er weglaufen.

Ich trat das Gaspedal durch und steuerte den Jeep auf die Weide, rollte auf das Inferno zu. Ich fixierte den zappelnden Fallschirmspringer, brachte den Wagen auf Kurs und beschleunigte noch mehr.

Der Motor heulte auf. Die Feuerwand schien mich anzuspringen. Und dann war ich mittendrin in der Hölle.

Kurz vor der Stelle, an der nach meiner Schätzung der Springer landen musste, ging ich vom Gas. Rauch drang in den Wagen ein, Hustenreiz würgte mich, die Scheiben begannen schwarz zu werden, und es wurde unerträglich heiß.

Da – ein brennendes Etwas mit der Form einer Kuppel senkte sich rechts vor mir ins Feuer. Ich hielt drauf zu, ließ die Scheibe herunter – Hitze schlug zu mir herein.

Eine Gestalt tauchte an der Fahrertür auf – ich sah einen Helm, ich sah brennende Kleider, sah eine Hand und griff danach.

Der behelmte Kopf streckte sich durchs Fahrerfenster – ich verkrallte meine Linke in seiner Kleidung, gab Gas und steuerte mit der Rechten. Die Windschutzscheibe war völlig verrußt. Ich sah nichts mehr und raste blind durch das Feuer.

Es waren nur wenige Sekunden, in denen mich das Flammenmeer umzingelte, aber sie schienen sich endlos zu dehnen. Schließlich blieben die Flammen zurück. Durch das offene Seitenfenster sah ich Weide, Rauch und Wald. Ich trat auf die Bremse, der behelmte Kopf rutschte aus dem Seitenfenster, der brennende Körper schlug lang ins Gras hin.

Ich sprang aus dem Wagen, riss mir das Jackett vom Leib und erstickte die Flammen, die aus dem Thermoanzug des Mannes schlugen. Danach zog ich ihm den Helm vom Kopf. Es war Oliver Harper. Er atmete noch …

Wayne zog die Maschine nach oben. Ein Blick zurück: Zwei der Fallschirmspringer waren in das Flammenmeer eingetaucht. Der Dritte hatte es geschafft, von der tödlichen Falle wegzusteuern.

Wayne umkreiste ihn und griff nach der Maschinenpistole neben sich auf dem Copilotensitz. Immer engere Kreise zog er um den hilflosen Fallschirmspringer. Er legte die Waffe auf ihn an.

Und ließ sie sinken, als er das vor Entsetzen starre Gesicht erkannte – Wesley Harpers Gesicht.

»Ich bin's, Harper«, brüllte er. »Ich – Vincent Priestley! Schön, so ein Feuer, nicht wahr?« Er lachte laut. »Du sollst leben und von deinen brennenden Kindern und von deiner brennenden Frau träumen!«

Seine Stimme überschlug sich. Er dachte in diesen Sekunden nicht daran, dass der andere ihn nicht hören konnte.

»Glaub ja nicht, ich werde dir den Gefallen tun und dich töten!« Er warf die Waffe zurück auf den Sitz neben sich. »Du sollst leben und von ihren brennenden Körpern träumen! Das ist die Hölle, die ich für dich geschaffen habe!«

Wayne verstummte und drehte ab.

Dicht über Baumwipfel und Überlandleitungen hinweg flog er nach Osten. Er wusste, dass in spätestens einer halben Stunde sämtliche Polizisten der Gegend nach ihm suchen würden. Doch bis dahin würde er längst die Wohngebiete des Großraums New York City erreicht haben. Und dann würden sie es nicht mehr wagen, ihn vom Himmel abzuschießen.

Die ersten Häuser von East Orange tauchten vor ihm auf. Er zog die Maschine hoch. Über Jersey City hinweg flog er auf die Upper New York Bay hinaus. Und hielt Kurs auf Brooklyn …

Phil hörte das Rotorengehämmer als Erster. Er hob nicht mal den Kopf, um den Himmel nach dem sich nähernden Helikopter abzusuchen. So viele Hubschrauber durchkreuzen den Himmel New York Citys Tag für Tag – man registriert den Lärm nur noch beiläufig.

Sie saßen an dem runden Gartentisch vor dem kleinen Pavillon. Phil, Carol und Lilian. Baby Luke wackelte an der Hand seines Kindermädchens über den Hof. Anne Masters trug einen Gehgips am linken Fuß. Andenken an die bisher schrecklichste Stunde ihres Lebens.

»Wir müssen zusammenhalten«, sagte Carol in dem Augenblick zu Lilian, als sich der Schatten des Helikopters über den Innenhof schob. »Wir müssen zusammenhalten, dann schaffen wir es.«

Lilian hörte gar nicht mehr zu. Der Helikopter fesselte ihre Aufmerksamkeit.

Jetzt erst blickte Phil auf. Die Maschine flog ungewöhnlich niedrig. Er knallte seine Kaffeetasse auf den Tisch und sprang hoch.

»Will der etwa hier landen?«, rief Carol ärgerlich.

Die Maschine drehte eine Runde über dem Anwesen, verschwand hinter den Kronen der Ulmen und tauchte plötzlich wieder auf. Schüsse fielen – eine Maschinenpistole!

»Ins Haus!«, brüllte Phil. »Rennt, so schnell ihr könnt!«

Er riss seine SIG hervor und machte sich gleichzeitig klar, wie sinnlos das war.

Die Frauen hetzten über den Hof. Im Laufen griffen sie nach dem Kind und zogen es mit sich. Das schwarze Kindermädchen kreischte und hinkte hinter ihnen her.

Der Hubschrauber stand jetzt über den Ulmen in der Luft. Phil sah Gesteinssplitter im Innenhof nach allen Seiten spritzen. Rechts und links und hinter den fliehenden Frauen. Trotz des ohrenbetäubenden Gehämmers der Rotoren konnte er den Schusslärm hören.

Er zielte auf den Helikopter und zog zweimal durch. Der Helikopter setzte sich träge in Bewegung, glitt in etwa vierzig Fuß Höhe über den Pavillon und drehte sich mit der Pilotenseite zu Phil.

Ein trockenes Rattern neben Phil – Kugeln durchsiebten den runden Plastiktisch, eine Kaffeetasse zersprang.

Phil hechtete hinter die Pavillonwand ins Gras.

Über ihm dröhnte der Rotorenlärm, aber er befand sich nicht mehr im Schussfeld des Wahnsinnigen dort oben. Phil dachte an niemand anderen als Priestley.

Er warf einen Blick hinter seiner Deckung hervor. Die Frauen waren längst im Portal zu Wesley Harpers Haus verschwunden.

Plötzlich hob sich der Helikopter und drehte sich, sodass Phil die offene Pilotentür sehen konnte. Und den Lauf der auf ihn gerichteten Waffe.

Er spurtete auf die beiden Palmen rechts und links des Eingangsportals zu. Die Schussgarben schlugen hinter ihm in die Hauswand ein. Im Laufen ballerte Phil sein Magazin leer, ganze sechzehn Schuss. Zwei seiner Kugeln schlugen in die Sichtkuppel des Cockpits. Aber die Maschine blieb in der Luft stehen, und das Feuer aus ihr verstummte nicht.

Phil warf sich gegen den rechten Flügel des Portals. Der sprang auf und Phil stürzte ins Haus. Im Liegen trat er den Türflügel zu.

Er sprang auf und lief zum nächstbesten Fenster. Der Helikopter bewegte sich langsam über den Innenhof und verlor an Höhe. Schließlich schob er sich über das Dach von Harpers Haus und verschwand aus Phils Blickfeld.

Carol tauchte neben ihm auf. Hinter ihr Lilian mit dem Kleinen. Beide hielten Gewehre in den Händen.

Der Kleine brüllte wie am Spieß. Auch das Heulen des Kindermädchens konnte Phil hören. »Was hat er vor?« Carol umklammerte Phils Oberarm. Sie war blass. Kleine Schweißperlen standen auf ihrer bleichen Stirn. Und Phil bemerkte auch, dass sie zitterte.

Phil lauschte. Der Rotorenlärm entfernte sich nicht und schwoll nicht an. Das kontinuierliche Gehämmer schien direkt über ihnen zu stehen. Über dem Dach des Hauses.

»Was hat er vor?«, wiederholte Carol.

»Ich weiß es nicht«, sagte Phil, »ich weiß es wirklich nicht …«

Er zog sein Handy hervor und tippte die Nummer der Federal Plaza in die Tastatur.

Wayne stellte den Steuerknüppel fest. Er blickte aus der offenen Luke auf das Dach hinunter. Fünf, sechs Yards – kein Risiko für einen Mann, den nur noch der Hass am Leben erhielt.

Er griff sich einen Rucksack aus dem Fußraum vor dem Copilotensitz und seine Maschinenpistole. Vorsichtig rutschte er bis an die Kante des Pilotensitzes.

Noch ein Blick nach unten auf das Dach. Mit ein bisschen Glück würde er vom Dach auf den Balkon rutschen und von dort in den Innenhof klettern können.

Er sprang ab.

Die Maschine neigte sich, wackelte bedenklich hin und her – blieb aber in der Luft stehen.

Wayne prallte auf dem Dachfirst auf, schlidderte über die Ziegel bis zur Dachrinne und schaffte es, sich daran festzuklammern. Über seine Schulter warf er einen Blick nach unten – und sah den Balkon direkt unter sich.

Er ließ die Dachrinne los und schlug auf dem Balkon auf. Über die Balkonbrüstung kletterte er hinab in den Hof.

Er lief bis in dessen Mitte. Schüsse peitschten aus einem Fenster und schlugen rechts und links neben ihm aufs Kopfsteinpflaster.

In der Mitte des Hofes stand eine Palme in einem großen Holzkübel. Dahinter warf er sich in Deckung. Von hier aus hatte er den Helikopter ganz im Blickfeld. Er kniete sich hin und zielte mit der Maschinenpistole auf den Hubschrauber.

Ein ganzes Magazin schoss er leer.

Endlich neigte sich die Maschine, kippte nach rechts ab und stürzte auf das Dach des Hauses.

Das Gehämmer der Rotoren ging in einem gewaltigen Explosionslärm unter. Sofort stand das Dach des Hauses in Flammen.

»Ihr sollt brennen«, murmelte Wayne. »Ihr sollt brennen …«

Er wusste, dass das Haus – eine ehemalige Pferdestallung – mit der Rückfront an das Nachbarhaus angebaut war. Über das im Zuge der Restaurierung aufgesetzte zweite Stockwerk konnte man zwar die nach hinten gelegenen Fenster erreichen, aber das zweite Stockwerk brannte schon. Der einzige Weg aus den Flammen führte also über das Portal und die Fenster in der Vorderfront.

Wayne holte eine Videokamera aus dem Rucksack, schaltete sie ein und legte sie so unter die Palme, dass sie das brennende Haus aufnahm. Harper sollte seine Kinder brennen sehen.

Er wechselte das Magazin und legte die Waffe auf die Haustür an …

Phil stand am Treppenabsatz und starrte hinauf. Schwarzer, beißender Rauch füllte das obere Stockwerk aus. Langsam kroch er die Stufen hinab.

»Wir sind eingeschlossen!« Lilian schrie hysterisch. »Wir müssen über den Hof hinaus, oder wir verbrennen!« Sie presste den weinenden Jungen an sich.

Phil rannte zurück zum Fenster. Dort stand Carol. Mit dem Gewehr in der Hand. Regungslos, wie festgewachsen. »Diese Bestie filmt unseren Tod«, flüsterte sie.

»Geh in Deckung!« Phil schob sie beiseite. »Lassen Sie uns raus, Priestley! Wir haben ein kleines Kind hier drin!« Er wusste, wie sinnlos es war, aber er musste versuchen, mit dem Wahnsinnigen zu verhandeln. Er musste. »Was wollen Sie von uns? Nennen Sie ihre Bedingungen! Wir werden sie erfüllen! Nur lassen Sie uns hier raus!«

Mündungsfeuer blitzte hinter dem Palmenkübel auf. Das Holz des Fensterrahmens splitterte. Phil zog den Kopf ein.

»Ich will Gerechtigkeit!« Priestleys Stimme hallte über den Hof. »Und die bekomme ich, wenn ich Harpers Kinder brennen sehe!«

Carol presste die Faust gegen die Lippen und schloss die Augen. Lilian schrie auf. Mit einer Handbewegung bedeutete Phil ihr zu schweigen. »Das ist doch Wahnsinn, Priestley! Meine Kollegen werden bald hier sein – Sie haben keine Chance!«

Ein irres Lachen schlug ihm entgegen. »Ich brauche keine Chance mehr – ich habe, was ich wollte!«

Plötzlich stellte Carol sich vor das Fenster. »Es war ein Unfall, Wayne! Ein schrecklicher Unfall!« Phil versuchte sie vom Fenster wegzuziehen, aber sie klammerte sich am Rahmen fest. »Es ist ganz furchtbar, was dir und deiner Familie widerfahren ist, aber niemand kann etwas dafür, verstehst du? Niemanden trifft eine Schuld!«

»So? Wenn einer sich vollgesoffen und vollgekifft hinter das Steuer setzt und vier Menschen totfährt, dann trifft ihn keine Schuld? Das musst du mir erklären, Carol! Los, erklär mir das!«

»Er saß nicht hinter dem Steuer!«

»O doch! Das tat er! Ich habe ihn auf der Fahrerseite aus dem Wagen steigen sehen! Ich habe gesehen, wie er schwankte! Und ich habe zwei Leute gefragt, die in dieser Nacht mit ihm gefeiert haben! Die haben mir verraten, wie viel er getrunken und gekifft hat! Aber sie wurden zum Schweigen gebracht! Durch Geld! Dein Großvater und dieser Sheridan, die haben sie bezahlt, damit sie schweigen! Und all die anderen haben geschwiegen, weil sie seine Freunde waren! Aber sie wussten es alle! Der Rechtsanwalt wusste es! Seine Freundin wusste es! Deine Mutter wusste es!«

Carol ging in die Knie. Sie beugte den Kopf und schlug mit den Fäusten gegen ihre Schläfen.

»O Gott«, flüsterte Lilian. »O Gott – das ist nicht wahr …«

Phil hielt Carol fest. Er zog sie zu sich hoch.

Der Mann da draußen auf dem Hof würde nicht mit sich reden lassen. Er wollte töten und dann selbst sterben. Phil machte sich nichts vor.

Der große Raum füllte sich mit Rauch. Das Feuer wütete über ihnen. Die Luft wurde bereits heiß, und das Knistern und Krachen rückte näher und näher. Phil wusste, dass er alles auf eine Karte setzen musste, wenn er nicht mit dem Kind und den drei Frauen bei lebendigem Leib verbrennen wollte.

Auf einmal heulte Carol los. Laut und erbärmlich. Sie jammerte und schrie. Plötzlich griff sie nach ihrem Gewehr, sprang auf und rannte auf die Tür zu.

»Bleib hier, Carol!«, brüllte Phil.

Zu spät – sie riss schon die Tür auf.

Phil stürzte ans Fenster. Er feuerte auf die Palme, um Priestley am Schießen zu hindern. »Carol!«, brüllte er.

Sie rannte an der Hauswand entlang bis zum Gartenpavillon unter den Ulmen. Dort legte sie das Gewehr an.

»Carol!« Phil zog durch – doch kein Schuss löste sich, nur ein metallenes Klicken hörte er. Das Magazin war leer!

Dafür Schüsse im Hof. Die Salve aus einer Maschinenpistole und ein einzelner Schuss.

Phil ging unter dem Fenster in die Hocke, wechselte das Magazin und tauchte wieder auf. Er legte an – und sah Priestleys Oberkörper hinter dem Palmenkübel. Mit ausgestreckten Armen lag er auf dem Kopfsteinpflaster. Regungslos.

Phil blickte zum Pavillon. Dort stand Carol. Sie schwankte. Das Gewehr lag vor ihr auf dem Boden.

»Raus hier!«, brüllte Phil.

Er rannte aus dem Haus. Anne Masters und Lilian mit dem Kind hinterher. Vor Priestley ging Phil in die Hocke und tastete nach seiner Halsschlagader. Der Mann war tot.

Phil sprang auf und spurtete quer über den Hof zum Pavillon. Dort lag Carol im Gras. Ihr gelbes T-Shirt war mit Blut getränkt. Sie atmete noch, als Phil vor ihr niederkniete und sie in die Arme schloss.

»Schade …« Ihre Stimme an seinem Ohr war nur noch ein Hauch. »Schade, dass wir uns nicht früher schon mal begegnet sind …«

10

Ich holte meinen besten Whisky aus der Schrankbar. Mein Freund und Partner stand am Fenster und blickte hinaus auf den nächtlichen Hudson River.

Ich stellte die Gläser auf den Tisch und schenkte Whisky ein. Meine Hände steckten halb in Verbänden. Ein Andenken an die Flammenhölle fünf Tage zuvor. »Hier, Partner. Das wird dir guttun.«

Er nahm das Glas und sagte: »Auf Carol.«

»Auf Carol.«

Wir stießen an und tranken.

»Bereust du es, dass du nicht zu ihrer Beerdigung gegangen bist?«, fragte ich ihn dann.

Phil schüttelte den Kopf. »Carol hasste Beerdigungen. Und ich hasse Beerdigungen ebenfalls. Ich gehe nur höflichkeitshalber hin, wenn ich die Leute gekannt habe. Wegen der Familien. Die Harpers habe ich viel zu oft gesehen in den letzten Wochen. Und Carol hat auf bloße Höflichkeit gepfiffen.«

»Und wenn's mich vor dir erwischt, wirst du auch nicht kommen?«

»Wenn du Wert darauf legst, werde ich kommen, Jerry.«

»Ich verlange, dass du an meinem Grab stehst, falls ich mal den Vortritt vor dir haben sollte. Hinterher darfst du dann gern meine Schrankbar plündern.«

Wir schwiegen eine Zeit lang. Jeder hing seinen Gedanken nach. Phils führten ihn wohl zu seiner toten Freundin. Und meine kreisten um den Rest der Harper-Familie.

Harper junior lag mit mittelschweren Verbrennungen im New York Hospital. Er fühlte sich wie jemand, der von den Toten auferstanden war, denn er wusste, dass er genau wie Sheridan verbrannt wäre, wenn ich nicht zufällig an der richtigen Stelle ins Feuer hineingefahren wäre.

Zufällig? Ich musste an unseren Spontantrip nach Abilene denken, wo wir zufällig dieser alten Wahrsagerin über den Weg gelaufen waren.

»Denkst du noch manchmal an die alte Indianerin in Abilene, Phil?«

»Manchmal? Ich hab in den letzten Wochen fast jeden Tag an sie gedacht.«

Das überraschte mich. Hatten die Worte der Greisin meinen Partner also doch nicht so kaltgelassen, wie er mir weisgemacht hatte. »Und was hast du gedacht?«

»Vergiss es, Jerry.« Er leerte sein Glas und hielt es mir hin. »Lass uns lieber noch einen trinken …«

ENDE

Das Ziel heißt Überleben

Prolog

Bridger-Teton National Forest, Wyoming, Mitte September 1999

Die Schatten der Baumstämme huschten an mir vorbei. Mein Atem flog, in meinen Lungen war ein Stechen. Wieder ein Schuss. Ich blieb stehen und lauschte in die mondlose Nacht. Das Echo des Schusses brach sich in den Steilhängen und hallte durch den Wald wie ein Paukenschlag.

Weiter. Ich hastete zwischen den Bäumen hindurch, bohrte mich durch brusthohes Gestrüpp und sprang über entwurzelte Stämme. Mein rechter Fuß stieß gegen etwas Hartes. Bäuchlings schlug ich im Unterholz auf. Dornenbesetzte Zweige scheuerten über mein schweißnasses Gesicht.

Ich blieb liegen. Laub raschelte, Schritte auf dem Waldboden. Nicht weit von mir. Phil? Ich versuchte meinen keuchenden Atem zu beruhigen.

Tief Luft holen, Jerry, tief einatmen, ganz ruhig! Wenn sie dich hören, bist du erledigt …

Hinter meinen Schläfen dröhnte mein Pulsschlag. Meine Glieder schmerzten, in meinen Füßen und Fingerspitzen kribbelte es. Ich wischte mir einen Schleier aus Schweiß von den Augen.

Die Schritte näherten sich.

Ob es Phil war? Ich hatte ihn seit zwei Tagen nicht mehr gesehen.

Leise robbte ich durch das Unterholz. Bis an den Rand eines Abhangs. Unter mir plätscherte ein Bachlauf. Keine Ahnung, wie tief unter mir er sich befand. Meine Augen versuchten die Dunkelheit zu durchdringen.

Auf der anderen Seite des Baches stieg das Gelände wieder steil an. Umrisse von Büschen und Baumstämmen schälten sich aus der dunklen Wand gegenüber. Die Schritte kamen von dort. Deutlich hörte ich jetzt den keuchenden Atem eines Menschen.

Gott, Phil – bist du das …?

Dann dröhnte wieder ein Schuss durch die Nacht. Das Geräusch der Schritte brach jäh ab. Jemand stöhnte auf. Ich hielt den Atem an.

Phil …! Himmel noch mal, hätte ich bloß eine Waffe …

Ein Schatten brach durch die Büsche, schwankte und stürzte in die Bodenspalte des Bachlaufs. Ich hörte einen schweren Körper durch das Ufergestrüpp schliddern. Etwas klatschte ins Wasser.

Phil …!

Mein Hirn war wie leer gefegt. Nur noch der eine Gedanke: Phil …

Ich stieß mich ab und ließ mich die Böschung hinunterrollen.

Wahnsinn!, schrie etwas in mir. *Sie sind ihm auf den Fersen, du bist unbewaffnet, sie werden jede Sekunde hier auftauchen …*

Meine Jacke sog sich mit eiskaltem Wasser voll. Ich kroch aus dem Bach und lauschte. Jemand stöhnte ein paar Schritte entfernt von mir. Ein Schatten bewegte sich im Wasser. Ich kroch darauf zu. Meine Hand tastete Haar – menschliches Haar. Es war nass. Aber nicht von kaltem Gebirgswasser. Warm und klebrig fühlte es sich an.

Blut.

»O nein …«, stöhnte ich. Finger berührten mein Gesicht.

»Jerry …?«, flüsterte eine schwache Stimme. Es war nicht Phils Stimme. Es war die Stimme eines der anderen Männer, mit denen Phil und ich seit über einer Woche durch die Wildnis streiften.

Ich schob mich näher an die Gestalt heran. So nahe, dass ich den warmen Atem des Mannes in meinem Gesicht spüren konnte. »Ja«, flüsterte ich. »Ich bin's, Jerry.«

Ich konnte das Gesicht des Mannes nicht erkennen. Nicht mal meine eigene Hand auf seinem Kopf konnte ich sehen.

Sein Flüstern war jetzt so schwach, dass ich ihn kaum noch verstehen konnte.

Ich robbte noch näher heran und beugte mein linkes Ohr an seine Lippen. Seine Bartstoppeln berührten meine Ohrmuschel. Der metallene Geruch frischen Blutes umgab ihn.

»Hast du eine Waffe dabei …?«

»Nein.«

»Dann verschwinde …« Seine Stimme war nur noch ein Hauchen.

Ich lauschte in die Dunkelheit. Stumm und schwarz stand die Mauer aus Büschen und Baumstämmen oberhalb der Böschung. Die Wipfel der Douglasien schlossen sich über mir wie das Gewölbe eines finsteren Kerkers. »Hörst du – hörst du, was ich sage, Jerry …?«

Irgendwo hinter der schwarzen Wand dort oben raschelte es. Jemand schlich durch das Unterholz. Und näherte sich dem Bachlauf.

Die Hand des Verletzten schloss sich um meinen Nacken und zog meinen Kopf auf seine Brust. »Lauf – lauf, Jerry …« Er hustete. Und würgte. Etwas gurgelte feucht aus seinem Mund und ergoss sich über mein Gesicht. Blut. »Lauf – so schnell du kannst …«

Ich wischte mir das Blut mit dem Jackenärmel von der Wange. *Du kannst ihn nicht allein lassen!*, sagte eine Stimme in mir. *Wenn du leben willst,* musst *du ihn allein lassen!*, schrie eine andere.

Ich tastete nach dem Adamsapfel des Mannes. Und dann nach seiner Halsschlagader daneben. Sie fühlte sich an wie ein nasser Faden, den man unter Strom gesetzt hatte. Die Pulsschläge waren kaum noch zu unterscheiden.

So viel Blutverlust in so kurzer Zeit ...?

Er musste aus einer großen Wunde bluten. Kein Zweifel – er war lebensgefährlich verletzt.

Noch einmal glitten seine Finger über meinen Hals, tasteten sich hinunter zu meinem Jackenärmel und krallten sich in dem Stoff fest. Ich verfluchte den Augenblick, in dem ich meine Waffe verloren hatte.

Er zerrte an meinem Jackenärmel. Wieder beugte ich mich zu seinen zitternden Lippen hinunter.

»Jerry ...«, krächzte er. »Wenn du jemals – wenn du jemals hier rauskommst ...« Er atmete nicht mehr, er hechelte nur noch.

»Was ist dann?«, flüsterte ich.

»Dann – dann geh – dann geh zu – meiner Frau – und – und sag ihr ...«

Ich erfuhr nicht mehr, was ich seiner Frau sagen sollte. Er bäumte sich auf. Drei-, viermal – als würde sein sterbender Körper mit aller Kraft um den letzten Atemzug kämpfen.

Ich konnte sein Gesicht nicht sehen, ich konnte nur die schnappenden Geräusche seines Mundes hören. Seine Zähne schlugen aufeinander, seine Lippen schlossen und öffneten sich schmatzend. Einmal, zweimal, dreimal – und dann nichts mehr. Sein Körper erschlaffte. Ich war allein.

Über mir brach ein Ast im Unterholz. Ich blickte auf. Die dunkle Wand am Rande der Böschung bewegte sich. Die Gestalt eines Menschen schob sich aus dem Gebüsch. Reglos verharrte sie über mir vor der Erdspalte des Bachlaufs. Als würde sie lauern ...

Es war zu spät, um irgendetwas zu bereuen. Kein Weg führte mehr hinaus aus der verhängnisvollen Geschichte. Ich war mitten drin. Ob ich wollte oder nicht. Und Phil genauso. Falls er überhaupt noch lebte.

Bis zum bitteren Ende würde die tödliche Geschichte ihren Lauf nehmen. Eine Geschichte, die im Grunde schon lange vor diesem Herbst begonnen hatte. Vierzehn Jahre zuvor ...

Sieh dich an – du bist ein kränkelndes Großstadtgewächs. Eine Autopanne auf dem Highway ist schon die größte anzunehmende Katastrophe für dich. Oder ein Stromausfall, oder eine drohende Kündigung, oder die Tatsache, dass deine Zigarettenschachtel leer und kein Laden mehr geöffnet ist.

Ich werde dich in die Wildnis führen. Damit du die wirklichen Katastrophen kennenlernst. Damit du dich selbst kennenlernst – deinen brennenden Wunsch zu leben, deine verschütteten Kraftreserven und deine Fähigkeit zu kämpfen.

Ich zieh dir das Netz unter dem Seil weg. Das Netz aus Luxus, trägen Gewohnheiten, Sozialversicherung und Einfamilienheim. Ich setze dich dem Zwang zu überleben aus. Damit du lernst, dass du ein Sieger bist.

Oder wie der Weise sagt: »Im Hafen ist das Schiff sicher – aber Schiffe werden nicht gebaut, um im Hafen vor Anker zu liegen ...«

Joseph Watonga, Survival-Trainer, in seinem Buch »Überleben«

1

Cascade Mountains, Kanada, Herbst 1985

Er fröstelte. Mondlicht sickerte durch die Birkenkronen und ließ die Stämme weiß erscheinen. Mondlicht von zwei milchigen Scheiben. Über den Konturen der Birkenwipfel verschwammen sie miteinander. Chester Hayes schüttelte sich. Er kniff die Augen zusammen und riss sie wieder auf. Immer noch zwei Monde im tiefen Blau des Nachthimmels.

Sein Schädel schmerzte und fühlte sich kalt und feucht an. Stachliges Gestrüpp bohrte sich in seine Nackenhaut. Etwas krabbelte über seine linke Wange. Eine Ameise. Chester wischte sie mit dem Handrücken aus dem Gesicht.

Er dachte an seinen Rucksack, und ein heißer Schreck durchzuckte ihn. *Mein Geld!* Augenblicklich war er hellwach. Er stemmte die Hände in den feuchten Waldboden und richtete sich auf.

Viel zu schnell. Der weiche Boden unter ihm schwankte. Gestrüpp, Büsche und Stämme bewegten sich kreisend. Übelkeit quoll ihm aus dem Magen in die Kehle.

Er stöhnte und versuchte den Brechreiz zu unterdrücken. Vergeblich. Sein Magen schien sich in seine Speiseröhre zu schieben. Bitter kroch es ihm auf die Zunge. Er warf sich zur Seite ins Laub und erbrach sich.

Keuchend und würgend verharrte er auf allen vieren.

»Bullshit, verfluchter …«

Er starrte in den nächtlichen Wald. Schmale Säulen ragten dicht an dicht aus dem abfallenden Waldboden in das Laubdach hinauf. Schlanke Birkenstämme. An manchen Stellen ließ das Mondlicht ihre herbstlichen Kronen gelb schimmern.

»Wieso bin ich nicht mehr in der Hütte …?« Saurer Speichel sammelte sich in seinem Mund. Er spuckte ihn aus. »Wie, zum Teufel, komm ich hierher …?«

Bilder blitzten in seinem Hirn auf. Whiskyflaschen, lachende Gesichter, der Gemeinschaftsraum des Blockhauses, Kaminfeuer, ein blondes Mädchen, Musik. Erinnerungen an die letzten Stunden, die er bei halbwegs klarem Bewusstsein erlebt hatte. Wie lange lagen sie zurück?

Langsam richtete er sich auf. Seine Glieder waren steif. Rücken, Gesäß und Beine vollgesogen mit der feuchten Kühle des Waldbodens. Noch immer drückte Übelkeit seinen Magen zusammen. Noch immer hatte er das Gefühl, einen schweren Helm zu tragen, dessen schwarzes Futter ihm tief ins Hirn wucherte.

Er hatte zu viel getrunken. Viel zu viel. Niemals hätte er sich auf ein Besäufnis mit diesen Jungfüchsen einlassen dürfen. *Was bist du für ein Idiot gewesen!*

Aber diese Frau – wie sie ihren Schenkel gegen seinen gedrückt hatte. Unter dem Tisch im Gemeinschaftsraum. Niemand hatte es bemerkt. Näher und näher war sie gerückt, Chester meinte, die Wärme ihres Körpers noch auf seiner rechten Seite zu spüren. Gott im Himmel, war er scharf gewesen!

Rascheln drang aus dem Wald. Irgendwo unterhalb des Hangs brach ein Ast. Er lauschte. Ein Vogel tschilpte. Flügelschlag zwischen den Kronen der Birken. Dann nichts mehr. Nur das Plätschern eines Baches.

Liege ich schon lange hier draußen? Über fünf Stunden? Wo, zum Teufel, ist mein Gepäck?

Er blickte sich um. Überall die schmalen Birkenstämme – unter ihm, über ihm und rechts und links von ihm. Und dazwischen dunkle Wälle aus Büschen und Gestrüpp. Nirgendwo Licht, nirgendwo ein erleuchtetes Fenster.

»Ihr Sauhunde …!« Die Wut schoss ihm heiß aus dem Bauch. »Ihr verdammten Sauhunde!« Sie hatten ihn in den Wald hinausgebracht, einfach in der Wildnis des Bergwaldes in das Unterholz geworfen.

Warum, warum? Ich bring euch um! Ich bring euch alle um!

Er hatte versucht, die Frau zu küssen, natürlich. Er hatte seine Hand unter ihren Pullover geschoben. Genau – so war es gewesen! Und einer dieser Klugscheißer hatte ihn am Kragen gepackt und über den Tisch gezogen. Und dann …

Dann nichts mehr. Da war der Film irgendwie gerissen. Hatte ihn der Kerl bewusstlos geschlagen? Chester tastete seinen Schädel ab. Keine Wunde, keine schmerzende Stelle. Sollte er tatsächlich so viel Whisky geschluckt haben, dass er von allein einen Abgang gemacht hatte? Er, Chester Hayes? Ehemaliger Mariner und trinkfestester Unteroffizier seiner Einheit? Unmöglich! Oder …?

Wieder brach ein Ast irgendwo unter ihm im Hang. Er lauschte in die Dunkelheit. Laub raschelte. Irgendjemand bewegte sich durch den Wald. Jemand, der versuchte, so wenig Geräusche wie möglich zu verursachen. Chesters Gesicht verzog sich zu einem grimmigen Feixen.

Keine Ahnung, wie man sich anschleicht, verdammte Klugscheißer! Kommt nur, ihr Saukerle! Plagt euch das schlechte Gewissen, he? Kommt nur – ich werde euch was zeigen, was man auf keinem College lernt …

Sein Blick fiel auf eine dunkle Wölbung zwischen den Stämmen. Etwa zwanzig Schritte rechts von ihm hügelaufwärts. Ein Kuppelzelt. Sein Kuppelzelt.

Konnte das wahr sein? Sie hatten ihn nicht nur hier draußen im Wald abgelegt, sie hatten auch sein Zelt hierher gebracht! Und aufgebaut! Und sein Rucksack? Sein Geld?

Fluchend stand Chester auf, um zum Zelt zu gehen.

Kaum hatte er den ersten Schritt getan, stolperte er und schlug lang im Unterholz hin. Da war etwas zwischen seinen Füßen. Ein Widerstand. Er tastete seine Bergstiefel ab. Die langen Schnürsenkel des Stiefelpaares waren zusammengeknotet.

»Schweinehunde! Ich bring euch um!« Er versuchte den Knoten zu lösen. Die Schnürsenkel waren feucht, der Knoten fest, und Chester konnte nichts sehen. »Wie die Karnickel schieß ich euch ab!« Die Wut machte ihn rasend. Seine Hände zitterten. Keine Chance, die Stiefel zu entknoten.

Warum haben sie das getan? Warum?

Auf allen vieren robbte er durch das Unterholz auf sein Zelt zu. Seine Hand stieß gegen etwas Metallenes. Verwundert tastete er es ab. Ein kleiner Aluminiumkochtopf. Er roch nach Bohneneintopf, Chester hob ihn hoch. Er war halb voll. Ein Rest des Mittagessens vom vergangenen Tag.

Wieso stellen die Kerle den Topf ins Gestrüpp?

Weiter. Zum Zelt. Er fand ein offenes Marmeladenglas, ein paar Brotscheiben und kurz vor dem Zelt ein Stück rohes Fleisch. Das Licht des Vollmonds glänzte auf der roten, feuchten Oberfläche des Fleischstücks. Es roch streng und ranzig. Schaffleisch.

Ein Gedanke kroch langsam aus den Tiefen seines Hirns. Ein schrecklicher Gedanke. Ein Gedanke, mit dem Chester nichts zu tun haben wollte. Doch erbarmungslos beschlagnahmte der Gedanke sein Bewusstsein. Und Chester begriff: Sie wollten ihn töten.

Wie weggeblasen die Wut. Hinter seinem Brustbein schien plötzlich eine offene Wunde zu brennen. Atemlos spähte er zwischen den Silhouetten der Birkenstämme hindurch den Hang hinunter. Das Rascheln …

»Ihr Schweine«, flüsterte er. »Ihr wollt mich an Old Ephraim verfüttern«, zischte er.

Er hatte keinen Schimmer, warum sie so etwas taten. Sie hatten ihn wie selbstverständlich in ihre Gruppe aufgenommen. Hatten Whisky und Proviant mit ihm geteilt. Nicht die Spur von Feindseligkeit hatte es gegeben. Außer eben, als er sich an die Frau herangemacht hatte.

Er besann sich auf das, was er bei der Army gelernt hatte. Fast lautlos bewegte er sich weiter durch Farnsträucher und über Moos. Yard um Yard auf das Zelt zu. *Ihr verdammten Schweine, ihr wollt ihn anlocken!*

Er wusste genau, dass er sich besser zuerst um seine zusammengeknoteten Stiefel kümmern sollte. Doch das Zelt zog ihn magisch an. Oder eher sein Rucksack, den er darin zu finden hoffte. Oder nein – der Inhalt seines Rucksacks, der zog ihn an. Er musste wissen, ob das Geld noch da war …

Drei Schritte vor dem Zelt griff er in eine klebrige Masse. Honig. Das Glas lag ein Stück weiter im Moos. Ohne Deckel. Sie hatten Honig über das Gestrüpp und aufs Moos gekippt! *Ihr wollt mich umbringen – ihr wollt ihn anlocken …*

Er wischte die Hand am Hosenbein ab. Das Zelt war offen. Er kroch hinein. Sein Rucksack lag direkt hinter dem Eingang, Chester sah sofort, dass er nur halb voll war. »Schweine …«, zischte er. Er riss die

Schnüre auseinander und griff hinein. »Mich linken …« Hastig zerrte er seine Klamotten aus dem Rucksack. »Mich, Chester Hayes …!« Keine Spur von seinem Geld, nicht eine einzige Banknote.

Er heulte vor Wut. Seine Stirn berührte den Stoff des leeren Rucksacks.

»Ich bring euch um! Ich schieß euch alle über den Haufen!« Seine Hand tastete etwas Hartes zwischen den am Zeltboden verstreuten Klamotten. Seinen .38er. Den hatten sie ihm gelassen.

»Ich bring euch um – ich schwör's – ich bring euch um!«

Er steckte die Waffe in den Hosenbund. Fluchend setzte er sich in den offenen Zelteingang und beschäftigte sich mit seinen zusammengeknoteten Schnürsenkeln. Spärliches Mondlicht bestreute Farn und Moos, sodass er wenigstens Ösen und Schnüre seiner Stiefel erkennen konnte. Und die vielen dicken Knoten. Mit den Fingernägeln versuchte er sie auseinanderzuzerren.

Ohnmächtige Wut tobte in seinem Brustkorb. In Gedanken streifte er schon durch den Wald und suchte den Weg zur Hütte. Notfalls würde er barfuß den Berghang hinaufsteigen. Bis ans Ende der Welt würde er laufen, um die jungen Kerle zu finden und zu töten. Und um sein Geld wiederzukriegen. Die Gier nach Rache hielt ihn in ihren heißen Klauen umklammert. Er stellte sich vor, wie er die Frau vergewaltigte. *Du miese Schlampe! Du gerissenes Biest!*

Wieder raschelte es unterhalb des Zeltes im Hang. Chester horchte auf und lauschte. Das Rascheln kam ihm lauter vor als vorhin noch. Viel lauter.

Jetzt ein schleifendes Geräusch, als würde ein Ast an einem Körper vorbeistreifen. Dann knackte der Ast. Chester hörte ein Schnüffeln. Old Ephraim – ohne Zweifel. Sein Zwerchfell schien zu gefrieren. Für Sekunden war er nicht in der Lage, Atem zu holen.

Stocksteif hockte er da und starrte in das Halbdunkel zwischen den Birkenstämmen.

Plötzlich Schritte oberhalb des Zeltes. Sie entfernten sich rasch hangaufwärts. Jemand floh. Ein Tier? Ein Mensch? Chester wagte nicht, sich aus dem Zelt zu beugen und nach oben zu sehen. Das Rascheln und Schnüffeln von unten kam näher und näher.

Chesters zitternde Finger nestelten verzweifelt an den vielen dicken Knoten zwischen seinen Stiefeln herum.

Die Schritte hinter dem Zelt waren längst nicht mehr zu hören. Dafür das Schnüffeln und Rascheln umso deutlicher. Chesters Blicke flogen zwischen seinen zitternden Händen und den Konturen der Büsche hangabwärts hin und her.

Er gab es auf. Keine Chance, die verdammten Knoten zu lösen. Chester hob den Fuß, um den gestrafften Schnürsenkel zu entspannen. Raus aus den Hakenösen, und dann so weit aufziehen, bis sich der Stiefel abstreifen ließ.

Ein Schatten schob sich durch das Gebüsch. Etwa zwanzig Schritte unterhalb des Zeltes. Chester erstarrte. Der Schatten schaukelte ins Unterholz bis zu der Stelle, an der Chester wieder zu sich gekommen war und sich erbrochen hatte.

Es war ein Bär. Es war Old Ephraim – so nannten die Leute den Grizzly, die hier in den Rockies zu Hause waren.

Chester war in den Rockies zu Hause. Zwar viel weiter südlich, in Montana, wo es noch weniger Grizzlys gab als hier oben in den kanadischen Rockies – aber trotzdem hatte er x-mal gehört und gelesen, wie man sich zu verhalten hatte, wenn man die Begegnung mit Old Ephraim halbwegs heil überstehen wollte.

Sein Pulsschlag trommelte ihm in Kehle und Schläfen, und alles in ihm schrie nach Flucht. Doch Chester zwang sich zu ein paar tiefen Atemzügen und blieb sitzen.

Schmatzen drang aus dem Unterholz. Der Grizzly schien sein Erbrochenes aufzuschlabbern. So leise wie nur irgend möglich lockerte Chester seinen rechten Stiefel und versuchte ihn auszuziehen. Wenigstens beweglich wollte er sein, falls der Bär angreifen sollte. Rascheln und schwere Schritte näherten sich. Chester hörte Krallen über Aluminium scharren. Old Ephraim hatte die Bohnen entdeckt.

Endlich rutschte Chesters Fuß aus dem rechten Stiefel. *Jetzt der linke …*

Der Bär stapfte schnüffelnd weiter durchs Unterholz. Direkt auf das Zelt zu. Chesters Hände zitterten derart, dass er nicht mal mehr die Schnürsenkel aus den Hakenösen des Stiefels lösen konnte. Deutlich zeichnete sich die Gestalt des massigen Tieres jetzt im Halbdunkel des Waldes ab. Nicht mal zehn Schritte links von sich sah Chester die lange Schnauze, den massigen Schädel, die kleinen runden Ohren, den Höcker hinter dem Nacken. Silbrig schimmerte der Pelz im Licht des Vollmonds.

Der Bär blieb stehen. Sein Kopf verschwand im Gestrüpp. Chester hörte wieder Schmatzen. Der Grizzly hatte den Honig entdeckt. *Hinlegen!*, sagte Chesters Verstand. *Tot stellen! Beine anziehen und Arme über Nacken und Hinterkopf verschränken!*

Chester stützte sich mit beiden Händen ab, um noch ein Stück weiter ins Zelt zu rutschen und sich dort hinzulegen und sich tot zu stellen. Mit dem linken Fuß schleifte er den schon ausgezogenen Stiefel hinter sich her. Der verkeilte sich im Gestrüpp vor dem Zelt, bog einen Ast um und ließ ihn schließlich zurückschnellen.

Das von ihm selbst verursachte Geräusch ging Chester durch Mark und Bein.

Reglos verharrte er und starrte zu dem Bären hinüber.

Das Schmatzen hatte schlagartig aufgehört. Der Grizzly hob seinen Schädel. Sekundenlang verharrte auch er reglos. Chester hörte ihn schnüffeln. Und dann hörte er die Ober- und Unterkiefer des Bären aufeinander schlagen. Eine eindeutige Drohgebärde – Old Ephraim hatte seine Witterung aufgenommen.

Lass ihn den Honig fressen, bitte, lieber Gott, lass ihn das Fleisch finden – schick ihn zurück in den Wald …

Blitzartig fiel das Tier aus vollkommener Bewegungslosigkeit in rasenden Galopp. Nicht mal zwei Sekunden später stand es vor dem Zelt. Ruhig wieder und schnüffelnd. Es fletschte die Zähne, und Chester sah, wie es die Ohren anlegte. Ein sicheres Zeichen, dass es angreifen würde.

Chesters Magen pulsierte, Übelkeit und Brechreiz stiegen ihm in die Kehle, sein Herzschlag trommelte gegen seine Schläfen.

Er hatte nur noch eine Chance – seine Treffsicherheit.

Die Schießkünste, die er sich bei der Army angeeignet hatte.

Langsam, ganz langsam fuhr seine Hand zum Hosenbund. Langsam, ganz langsam zog er den .38er heraus. Das Klicken ließ sich nicht vermeiden, als er den Hahn spannte.

Chester wusste, dass der Grizzly zuschlagen würde, sobald er den Arm ausstreckte, um zu zielen. Und er wusste, dass ein Grizzly selbst mit einer Trommel voller Geschosse im Pelz noch gefährlich war. Gefährlicher sogar als ein unverletzter Bär.

Er musste genau treffen. Haargenau. So genau, wie er bei der Army zu treffen pflegte. So genau, wie er bei seinen privaten Schießübungen in den vergangenen Wochen getroffen hatte. So genau, wie er den Bewaffneten vor vier Tagen getroffen hatte.

Er visierte die Stirn des Grizzlys an. Eine Stelle in der länglichen Kerbe über den Augen. Er fixierte die Stelle, konzentrierte sich ganz auf sie, verschmolz mit ihr.

Dann riss er den Revolver hoch, drückte ab!

Ein trockenes, metallenes Geräusch. Sonst war nichts zu hören.

Die Trommel hatte sich gedreht, aber kein Schuss hatte sich gelöst.

Sie haben die Kugeln aus der Trommel genommen – sie haben mir einen ungeladenen Revolver ins Gepäck gesteckt ...

Der erste Prankenhieb zerschlug ihm Handgelenk und Unterarm.

Der zweite riss ihm die Brust auf und schleuderte ihn gegen die hintere Zeltwand.

Chester schrie seine Todesangst hinaus. Der Bär warf sich auf ihn, und über siebenhundert Pfund pressten Chester die Luft aus den Lungen, brachen ihm Rippen und Wirbelsäule.

Als Old Ephraim ihm das Gesicht zerbiss, war Chester schon halb tot ...

Dein Terminkalender sagt dir, an welchem Tag du dich zu welcher Uhrzeit an welchem Ort mit wem zu treffen hast. Ihr trefft euch zu verabredeter Stunde an verabredetem Ort, und mit den Jahren glaubst du an deinen Terminkalender.

Dein Arbeitsvertrag sagt dir, zu welcher Uhrzeit du morgens im Büro anzutreten hast, und wann du am Abend nach Hause gehen darfst. Der Fahrplan der Metro sagt dir, welchen Zug du nehmen musst, um pünktlich im Büro zu sein, und welchen, um abends so schnell wie möglich nach Hause zu kommen, und mit den Jahren glaubst du an deinen Arbeitsvertrag und an Zugfahrpläne.

Du trittst am Montagabend in dein Haus, und deine Frau grillt Steaks und brät Kartoffeln. Du trittst dienstags ins Haus, und sie frittiert Fisch und schneidet Salat. Mittwochs findest du sie vor der Mattscheibe bei einer Talkshow, donnerstags mit der Bridgerunde im Wohnzimmer, und freitags kocht sie für das Wochenende vor.

Am Samstag mäht ihr den Rasen und wascht das Auto, wie alle Nachbarn es tun, und am Sonntag fahrt ihr hinaus nach Coney Island, Disneyland oder in die Berge. Und mit den Jahren glaubst du an einen festen Rhythmus des Lebens.

Du siehst deine Kinder zur Welt kommen, aufwachsen, Schule, College und Universität besuchen, ihre Dollars verdienen und selbst Kinder zeugen, die sie aufwachsen, Schule und College besuchen sehen und so weiter, und so weiter. Und du glaubst an das geordnete, stetige Fortschreiten der Dinge.

Du irrst dich. Es kommt der Tag, an dem erscheint einer nicht zur verabredeten Zeit am verabredeten Ort. Es kommt der Tag, da wird ein Vertrag gebrochen, und ein Zug fährt nicht ein.

Es kommt der Tag, an dem wird deine Frau nicht zu Hause sein, und deine Kinder werden Dinge tun, von denen du nicht einmal zu träumen wagst.

Es kommt der Tag, an dem wird Disneyland geschlossen haben. In den Bergen wird ein Vulkan ausgebrochen sein, und dein Nachbar wird seinen Wagen nicht waschen, weil ihn ein Truck, eine Kugel oder ein Infarkt erwischt hat.

Glaube mir – das Leben ist eine Wildnis. Daran ändern keine Terminkalender, keine Verträge, keine Fahrpläne und keine Gewohnheiten etwas. Und überleben in dieser Wildnis wird nur, wer immer das Unerwartete erwartet.

Joseph Watonga, Survival-Trainer, in seinem Buch »Überleben«

2

Manhattan, Mitte Juli 1999

Morgendliches Briefing im Chefbüro. Wir saßen um den Konferenztisch. In den Tassen vor uns dampfte Helens Kaffee. Jeder von uns berichtete, was er zu berichten hatte. Die anderen hörten schweigend zu. Der Chef machte sich die eine oder andere Notiz.

So fing die Geschichte für *uns* an, für Phil und mich.

Hinter uns lag eine aufregende Woche. Die Queen hatte New York City besucht. An sich nichts Besonderes. Die Windsors ließen sich öfter mal in unserem schönen Städtchen blicken.

Nur diesmal hatte Queen Elizabeth II einen Einkaufsbummel und ein Pferderennen mit einem Besuch bei Rudolph Giuliani und einer Rede vor der UN-Vollversammlung verbunden. Und schon hatten wir einen Staatsgast.

Wir vom FBI haben für die Sicherheit von Staatsgästen der Vereinigten Staaten oder eines ihrer Bundesstaaten zu sorgen. So ist das nun mal. Keine Aufgabe, um die sich der durchschnittliche G-man reißt. Aber ein Job ist ein Job und muss erledigt werden.

Der Besuch der Queen war alles andere als langweilig gewesen.

Keiner von uns hatte das erwartet. Zwei Spezialisten hatten versucht, ihr einen überirdisch teuren Diamanten zu rauben. Und fast wäre ihnen das gelungen …

Aber wenn mich nicht alles täuscht, habe ich die Geschichte schon an anderer Stelle erzählt. Jedenfalls schlossen wir den Fall an diesem Morgen ab.

Anhand von Verhörprotokollen, Labor- und Einsatzberichten wurde das Verbrechen rekonstruiert und der Einsatz analysiert. Das Programm für die nächsten zwei Tage war klar: Alle Berichte und Protokolle mussten abgetippt werden. Die Staatsanwaltschaft brauchte Material für ihre Anklageschrift. Einer der Täter war gefasst worden. Der andere – eine Frau – war tot.

»Ich habe hier einen neuen Fall.« Der Chef nahm einen Stapel Papiere vom Tisch. »Unsere Kollegen in Los Angeles bitten um Zusammenarbeit. Es geht um verschwundene Frauen. Einer von Ihnen sollte sich mit den Akten beschäftigen.« John High legte die Papiere in die Mitte des Tisches. »Am besten noch heute.«

»Hat Will mit dem Fall zu tun?«, fragte ich misstrauisch. William Cotton, mein ungestümer Neffe, war Special Agent in L.A. Wenn wir zusammenarbeiteten, kam es meist zu Reibereien.

Mr. High lächelte milde. »Keine Sorge, Jerry. Verwandtschaftliche Streitigkeiten sind bei diesem Fall nicht zu befürchten.«

»Da sollten wir auf Nummer sicher gehen, meine ich.« Phil streckte die Hand nach den Papieren aus. »Also übernehme ich die Sache.«

»Geht nicht«, sagte ich. »Du musst die Post für die Staatsanwaltschaft erledigen.«

»Mach du das mal – dein Stil ist eindeutig eleganter als meiner.« Phil zog die Akten zu sich.

»Aber du hast dich das letzte Mal schon vor der Büroarbeit gedrückt.« Ich nahm meinem Partner die Unterlagen ab. »Diesmal kommst du mir nicht davon.«

»Ihr habt als Team auf die Queen aufgepasst.« Ehe ich mich versah, schnappte sich Zeery die Papiere. »Also müsst ihr den Fall auch als Team zu Papier bringen.« Er wandte sich an unseren Chef. »Ich mach das schon, Sir.«

»Du hattest doch auch mit dem Fall zu tun«, knurrte Joe. »Les und ich haben Zeit – wir kümmern uns um die neuen Akten.«

»Ihr Arbeitseifer ist, wie immer, vorbildlich, Gentlemen.« Der Chef schmunzelte. »Morgen früh brauche ich eine Einschätzung für den neuen Fall und ein paar Ermittlungsvorschläge, und morgen Abend muss der Bericht über den abgeschlossenen Fall beim Staatsanwalt sein. Sie werden sich schon einigen.«

Später, im Vorzimmer, standen wir um Helens Schreibtisch.

Sie wandte uns den Rücken zu und ordnete sechs Streichhölzer in ihrer Hand. Die Akten des neuen Falls lagen auf ihrer Schreibtischunterlage.

Sie drehte sich um. »Greift zu, Jungs!« Zwischen Daumen und Zeigefinger ihrer rechten Hand klemmten sechs Streichholzköpfe. Von einem der Hölzer hatte sie die untere Hälfte abgebrochen.

Phil zog als Erster. Triumphierend hielt er das abgebrochene Hölzchen hoch. »Seid nicht neidisch, Kollegen.« Er schnappte sich die Unterlagen. »Wenn einer ein bisschen Glück verdient hat, dann ich. Das seht ihr doch sicher genauso.«

»Das Schicksal kann so hart und ungerecht sein.« Missmutig dachte ich an die vielen Stunden langweiliger Büroarbeit, die nun vor mir lagen.

»Nur wer sich den Umständen anpassen kann, wird überleben«, grinste Phil. »Betrachte es einfach als Abhärtungstraining.«

»Apropos überleben«, sagte Zeerookah. »Macht jemand von euch zufällig Mitte September Urlaub?«

Steve und Joe hatten ihren Jahresurlaub für den August geplant. Les war gerade im Urlaub gewesen, und Phil und ich hatten uns noch nicht festgelegt. »Wieso?«, fragte ich. »Hast du eine Segelyacht zu verleihen?«

»Nein. Ich hab mich und meine Verflossene für ein Survival-Training in den Rockies angemeldet. Aber meine neue Freundin hat Angst vor Schlangen und Stinktieren.« Er zuckte mit den Schultern. »Also fliegen wir im Winter in die Karibik.«

Wir wussten, dass Zeery während der Ermittlungen im abgeschlossenen Fall eine Frau kennengelernt hatte. Eine Musikerin. »Und nun brauchst du jemanden, der sich für dich durch die Wälder schlägt«, sagte Phil.

»Ich suche zwei Leute – wolltet ihr beide nicht sowieso zusammen Urlaub machen?« Er meinte meinen Partner und mich.

»Ich mach mit niemandem Urlaub, der sich ständig um die Büroarbeit drückt.« Ich mimte den Beleidigten.

»Survival-Training …« Nachdenklich rieb sich Phil das Kinn. »Klingt nach Konservenfutter und Blasen an den Füßen.«

»Ich bring euch mal den Prospekt mit«, grinste Zeery, »dann könnt ihr euch die Sache ja in Ruhe durch den Kopf gehen lassen.«

Wir gingen zum Aufzug. Phil hinkte. Während des Einsatzes hatte er sich eine Kugel eingefangen. Zum Glück auch keine gefährliche Verletzung. Er hätte sich krankschreiben lassen können, aber das wollte er nicht. Das wäre für ihn noch langweiliger gewesen als Büroarbeit.

Ein paar Minuten später sank ich in meinen Schreibtischsessel. Phil vertiefte sich in die Unterlagen des neuen Falls, und ich steckte mir die Kopfhörer des Diktafons in die Ohren, um die Verhöre der vergangenen Tage zu protokollieren.

Zeerys Angebot hatte ich schon vergessen, als ich den Kassettenrekorder einschaltete und in die Tastatur griff. Ich hatte es sowieso nicht besonders ernst genommen. Das sollte sich bald ändern …

Orlando, Florida, Mitte Juli 1999

Er stieg aus der Dusche und trocknete sich ab. Seine schwarze Haut glänzte wie Rohöl. Er war über sechs Fuß groß, hatte einen vollkommen kahlen Schädel und einen muskulösen Nacken. Auch über Schultern, Rücken und Brustkorb zogen sich kräftige Muskelstränge.

Vor dem Spiegel über dem Waschbecken rasierte er sich. Nass wie immer. Aber gründlicher und länger als sonst. Alles, was er an diesem Tag tat, tat er länger und gründlicher als an anderen Tagen. Sogar die Art, wie er nach der Rasur das Aftershave-Fläschchen aufschraubte, hatte etwas Andächtiges.

Behutsam, fast zärtlich trug er das Aftershave auf. Sekundenlang verharrte er vor dem runden Spiegel. Er wunderte sich, dass seine Miene so ganz und gar gleichgültig wirkte.

Keine Trauer in den großen samtbraunen Augen. Und erst recht keine Verzweiflung. Auch die wulstigen Lippen des großen Mundes vollkommen entspannt. Er fand sich selbst so überraschend alltäglich, dass er grinsen musste.

Splitternackt ging er in sein Schlafzimmer. Die Frau in seinem Bett schlief noch. Sie hieß Jessica. Sie hätte auch Sue, Mary oder Kate heißen können.

Sie lag auf dem Bauch. Das weiße Leintuch bedeckte nur ihren rechten Oberschenkel, ihre rechte Pobacke und den unteren Teil ihres Rückens. Lächelnd betrachtete er ihren Hintern, die schmale Kerbe ihrer Wirbelsäule und die Konturen ihrer Schulterblätter. Ihre dunkle Haut glänzte vor Schweiß.

Seit einem halben Jahr war er mit ihr zusammen. Er hätte auch seit zwei Wochen oder einem halben Tag mit ihr zusammen sein können. Nichts wusste er von ihr. Gar nichts. Und sie war ihm gleichgültig. So verflucht gleichgültig. Und trotzdem hatte er sie genommen, wie man eine Göttin nehmen würde.

Er öffnete seinen Garderobenschrank und entnahm ihm Wäsche, Socken und Oberhemd. Vor dem Spiegel in der Schrankwand kleidete er sich an.

Mit ausgestrecktem Arm schüttelte er das weiße, sorgfältig gebügelte und gestärkte Hemd auseinander. Er betrachtete es mit einer Mischung aus Wehmut und Spott, bevor er es überzog und zuknöpfte.

Es war eines von einundzwanzig weißen Hemden, die er besaß. Zehn befanden sich immer eine Woche lang in der Reinigung. Eines trug er am Leib, und zehn hingen gebügelt und gestärkt in seinem Schrank oder lagen gebraucht in der Wäschetruhe unter dem Waschbecken. Normalerweise.

Seit etwa einer halben Stunde lagen zwanzig gebrauchte Hemden in der Wäschetruhe unter dem Waschbecken. Das Hemd, das er sich gerade zuknöpfte, war sein letztes frisches Hemd.

Aus der rechten Schrankseite holte er einen Bügel mit einer Uniform heraus. Er stieg in die Hose, band sich die Krawatte um und schlüpfte in die Uniformjacke. Mit der großen, kräftigen Hand fuhr er sich über den kahlen Schädel, bevor er sich die Offiziersmütze aufsetzte.

Ein Blick auf die Armbanduhr – zwanzig vor sieben. Um acht begann die Feier. Vierzig Minuten kalkulierte er für den Weg von Orlando nach Cape Canaveral ein. Also hatte er noch eine gute halbe Stunde Zeit. Das reichte. Er wusste ja, was er schreiben wollte. Seit einer Woche wusste er es.

Er ging in sein Arbeitszimmer, setzte sich an seinen Schreibtisch und legte seine Offiziersmütze neben die Tastatur seines PCs. Dann nahm er einen frischen Briefbogen aus der oberen Schublade. Er schrieb selten mit der Hand. Dieser Brief aber musste mit der Hand geschrieben werden.

An alle, die es interessiert, begann er, *(und blauäugig, wie ich bin, hoffe ich, du wirst unter den wenigen sein, die sich für ein paar Zeilen von mir interessieren, Paul) mein letzter Tag neigt sich dem Ende zu, mein letzter Abend bricht an …*

Schwarze Arme legten sich von hinten um seinen Hals. »Schon wieder fleißig, Darling?«, hauchte eine verschlafene Stimme.

Er legte den Füllfederhalter hin und löste die nackten Arme von seiner Brust. »Zieh dich an, Jessica. Ich muss gleich los.«

»Für einen Kuss wird doch noch Zeit sein.« Sie setzte sich auf seinen Schoß und schmiegte sich an ihn. Ihre Lippen saugten sich an seinem frisch rasierten Hals fest.

Er hörte, wie ihr Atem schneller wurde. »Komm, Charley«, flüsterte sie. »Mach's mir noch einmal …«

»Sorry, Honey.« Er zog ihre Arme von seinem Nacken. Behutsam aber nachdrücklich schob er die nackte Frau von sich. »Zieh dich an, Honey, und hol den Wagen aus der Garage – in zwanzig Minuten fahren wir los.«

Schmollend zog sie ab. Er griff zum Stift und schrieb weiter.

Einige werden sagen, ich habe es wegen der Schulden getan. Nun gut, man hat tatsächlich schon von Leuten gehört, die wegen ein paar Hunderttausend Dollar den einzig sicheren Fluchtweg ergriffen haben. Aber das ist nicht der Grund.

Andere werden sagen, ich habe es wegen des Alkohols getan. Okay, ich trinke mehr, als mir guttut. Und vermutlich sind sie bei der Army deswegen ganz froh, dass ich endlich den Abschied nehme. Aber auch das ist nicht der Grund.

Der Grund ist ganz einfach der: Ich will nicht mehr leben. Punkt. Das müsst ihr respektieren. Ich denke, ich hab meine Show bei der Army anständig über die Bühne gezogen. Und jetzt ist genug.

Wahrscheinlich ist es schon ein paar Jahre her, dass ich aufgehört habe, zu leben. Ein paar von euch wissen, was ich meine. Besonders einer von euch. Ich hab's versucht, aber ich schaffe es nicht. Also bin ich zur Abwechslung mal ganz ehrlich. Und mache Schluss.

Du, mein lieber Paul, wirst wohl die meisten Schwierigkeiten damit haben. Versuch es zu akzeptieren, auch wenn du es nicht verstehst.

Die meiste Zeit deines Lebens hast du sowieso schon ohne mich zurechtkommen müssen. Du wirst es auch weiterhin schaffen.

Ich glaube ja nicht, dass es so was wie einen Himmel gibt. Aber falls doch, werde ich von dort aus auf dich aufpassen, so gut ich kann …

Er schrieb seinen Namen, das Datum und die Uhrzeit darunter und legte den Brief vor die Tastatur seines PCs. Dann nahm er einen Notizzettel und schrieb ein paar Namen darauf. Die Namen derer, die den Brief auf jeden Fall lesen sollten. Er heftete den Zettel mit einer Büroklammer an den Briefbogen.

Aus der Schreibtischschublade holte er zwei verschlossene Kuverts. Auf dem einen war der Name einer Frau zu lesen. Der Name der einzigen Frau, die er je geliebt hat. Zusammen mit dem Abschiedsbrief legte er ihn in die Mitte seines aufgeräumten Schreibtisches. Den zweiten Brief steckte er in die Innentasche seiner Uniformjacke.

Fünfzehn Minuten später saß er auf dem Beifahrersitz seines Ford Mustang. Jessica steuerte den alten Wagen über den Highway nach Merrit Island und Cape Canaveral. Die ersten Dünen zogen am Straßenrand vorbei. Bald öffnete sich der Blick aufs Meer – wie ein dunkelblauer, dunstiger Streifen lag es im Abendlicht.

»Ich bin schon so aufgeregt«, sagte Jessica. »Glaubst du wirklich, dass mein Kostüm die richtige Garderobe ist für so einen Anlass?« Sie stellte diese Frage bereits zum fünften oder sechsten Mal.

Er betrachtete den kurzen schwarzen Rock und die ärmellose schwarze Bluse. Jessica sah hinreißend aus. Aber das hatte er ihr bereits wiederholt versichert. »Es wäre wirklich das richtige Kostüm, Jessie, aber du wirst nicht an der Feier teilnehmen.«

»Wie bitte?« Sie fuhr an den Rand des Highways und stellte die Warnblinkanlage an. »Das ist nicht wahr!«, rief sie. »Sofort sagst du, dass das nicht wahr ist, Charley!«

»Es ist meine Feier und ich will ohne dich hingehen.« Scheinbar ungerührt blickte er zur Windschutzscheibe hinaus. Der Frau fehlten die Worte. Sie starrte ihn fassungslos an. »Und nun fahr weiter, Honey.«

»Du schämst dich mit mir, gib es zu!« Tränen strömten über ihr schwarzes Gesicht. »Ich bin dir nicht schön genug, ich bin dir nicht gebildet genug. Du willst mich deinen Offizierskollegen nicht vorstellen …« Sie weinte hemmungslos.

»Es ist mir scheißegal, wenn du Hemingway für unseren ersten Präsidenten und Deutschland für einen Stadtteil von München hältst – du bist die schönste Frau in ganz Orlando, und niemand vögelt auch nur annähernd so gut wie du. Aber ich will einfach allein auf die Feier – und jetzt fahr!«

»Aber warum hast du mir das nicht schon früher gesagt«, jammerte sie. »Warum erst jetzt …?«

»Ich wollte mir den Tag nicht versauen – es ist ein wichtiger Tag für mich …«

»Du bist gemein«, heulte sie, »du bist so ein hundsgemeiner Schuft …!«

»Bitte, Honey – fahr endlich weiter!«

Sie wischte sich die Tränen aus dem Gesicht und fuhr los.

Schweigend erreichten sie die Militärbasis. Es war zwei Minuten vor acht, als die Frau den Ford vor dem Offizierskasino stoppte. »Und wie komme ich jetzt nach Hause?« Ihre Stimme klang beleidigt.

»Hast du einen Dollar dabei?«, fragte er gleichmütig. Verblüfft runzelte sie die Stirn, kramte aber in ihrer Handtasche, bis sie eine Dollarmünze fand. Sie reichte sie ihm.

»Wirf den Dollar in den Opferstock, wenn du das nächste Mal in einen Gottesdienst gehst.« Er öffnete das Handschuhfach und zog einen großen Briefumschlag heraus. »Wagenpapiere und Kaufvertrag. Der Wagen gehört dir«, sagte er. »Du hast ihn mir eben für einen Dollar abgekauft. Meine Unterschrift steht schon unter dem Vertrag.«

Ihr Unterkiefer klappte nach unten. Er küsste sie auf den Ansatz ihrer Brüste und stieg aus. »Charley …«, stammelte sie. »Was ist mit dir?«

»Fahr nach Hause.« Er schlug die Wagentür zu. Am Eingang des Kasinos blieb er stehen und zog das Briefkuvert aus seiner Uniformjacke. Er warf einen Blick darauf – es war an eine Adresse in Fort Washakie, Wyoming, gerichtet. An einen Mann namens Joseph Watonga. Er warf den Brief in den Postkasten neben dem Eingang. Dann drehte er sich um und winkte. Als er das Kasino betrat, hörte er den Ford anfahren.

Mit großem Hallo begrüßten sie ihn. »Der Doc, Jungs, aufstehen, der Doc!« Lächelnd blickte er sich um. »He, Charley – wir dachten schon, du verpennst deinen Abschied!«

Männer in Uniformen standen auf und prosteten ihm zu. »Ein Hoch auf den Doc!«, rief jemand. Etwa dreißig Offiziere mit ihren Frauen und über sechzig Mannschaftsgrade waren versammelt. Auch viele seiner Krankenschwestern erkannte er unter den Wartenden.

Der Kommandeur begrüßte ihn. »Die wichtigsten Leute kommen immer ganz zum Schluss«, schmunzelte er. Auch die Stabsoffiziere und die leitenden Sanitätsoffiziere drückten ihm die Hand. Unter Hochrufen begleiteten sie ihn zu seinem Platz in der Mitte der U-förmigen Tafel.

Ein langer Abend folgte. Es wurde gegessen, es wurde getrunken, eine Jazzband spielte, verschiedene Leute hielten Reden – sein Nachfolger als Chefarzt des Militärkrankenhauses, die Oberschwester, zwei Offizierskameraden und natürlich der Kommandeur.

Die Air Force sei betrübt, weil sie ihn nach zwölf Jahren verliere, das

Militärkrankenhaus von Cape Canaveral habe ihm viel zu verdanken, selten habe ein Major bei den Soldaten des Regiments so viele Freunde gehabt – und ähnliche Lügen.

Toasts wurden ausgebracht, eine Menge Glückwünsche ausgesprochen, und sein Nachfolger drückte ihm öffentlich die Daumen für seine neue chirurgische Praxis in Denver, die es nicht gab.

Lächelnd ließ er es über sich ergehen. Nach der letzten Rede stand er auf, bedankte sich artig, riss ein paar Witze von der Sorte, die der Oberschwester schon seit Jahren die Schamesröte ins Gesicht zu treiben pflegte, und füllte schließlich sein Whiskyglas fast bis zum Rand.

Er wandte sich seinem Kommandeur zu, nahm Haltung an und legte die Hand an die Mütze. »Sir, Major Dr. Charles Newman meldet sich vom Dienst ab.« Einen Augenblick herrschte Stille, dann tosender Beifall.

Bis lange nach Mitternacht feierte er mit den Männern, mit denen er die meisten Stunden der vergangenen zwölf Jahre verbracht hatte. Wie immer trank er Unmengen von Whisky. Wie immer ließ er keinen Tanz aus, als die Jazzband ihren Stil wechselte und Tanzmusik spielte.

Seine Gedanken schweiften immer wieder ab zu der Frau, die er einst geliebt hatte, zu dem größten Fehler seines Lebens, und zu seinem fast vierzehnjährigen Sohn Paul. Der Junge war ein Produkt seines zweitgrößten Fehlers. Die Ehe mit Jane war ein von Anfang an zum Scheitern verurteilter Fluchtversuch vor seiner Trauer gewesen.

An dem Jungen hing er wie an sonst nichts in der Welt. Seit einem Jahr jedoch zog sich Paul mehr und mehr von ihm zurück. Wie das Leben so geht …

Gegen drei Uhr morgens ließ er sich ein Taxi bestellen. Durch das Spalier der salutierenden Offiziere und Mannschaften schwankte er aus dem Kasino und sackte auf die Rückbank des Taxis.

Erst als sie das Militärgelände verlassen hatten, beugte er sich zum Sitz des Fahrers vor. »Fahren Sie mich nach West Melbourne und dort an den Johns River.«

»Der Captain am Telefon sagte, es würde nach Orlando gehen.« Im Rückspiegel sah er die unwillige Miene des Taxifahrers.

»Ich will noch ein bisschen frische Luft schnappen – fahren Sie mich an den Johns River!«

Der Chauffeur tat, was er verlangte. Eine halbe Stunde später hielt das Taxi auf einer Brücke außerhalb von West-Melbourne. Er zahlte und stieg aus. Entlang des Flussufers schlenderte er nach Norden. Er wollte es am See tun. An dem Ort, an dem er die wenigen wirklich glücklichen Stunden der vergangenen Jahre verbracht hatte.

Über eine Stunde war er unterwegs, bis er das Ufer des Lake Washington erreichte. Im Osten, über dem Atlantik, graute bereits der neue Morgen.

Er suchte den Bootssteg im Schilf auf. Hier hatte er oft mit seinem Sohn gezeltet und geangelt. Er ging hinaus auf den alten Anlegesteg und starrte auf den See. Ein dunkler, zitternder Schatten – sein Spiegelbild im Wasser.

Er zog seinen Armeerevolver und spannte den Hahn.

Nicht weit von ihm sprang ein Fisch hoch. Ein Wasservogel erhob sich krächzend aus dem Schilfgras. Seine Silhouette verschwamm mit dem Morgengrauen. Im Schilf raschelte es.

Er führte den Revolver zum Kopf und steckte ihn in den Mund.

»Du bist ein Arschloch, Dad!«

Er fuhr herum. Die Gestalt eines Jungen tauchte aus dem Schilf auf.

»Wenn du dich umbringst, bist du ein Arschloch.« Die schlaksige Gestalt des Jungen betrat den Anlegesteg und näherte sich langsam.

»Paul …«, flüsterte Charley.

Der Junge kramte einen Schlüssel aus der Tasche. »Hab den bescheuerten Brief gefunden. Wusste, dass du's hier tun würdest. Warte schon seit fünf Stunden.« Dunkle Spuren zogen sich über das Gesicht des Jungen – Tränen. »Mich einfach allein lassen …« Er lief los und warf sich in die Arme seines Vaters. »Versprich mir, dass du's nie mehr versuchen wirst!«, schluchzte er. »Nicht, so lange ich lebe! Versprich es!«

Los *Angeles, Kalifornien, Ende Juli 1999*

Die Studenten klopften auf ihre Pulte. Manche erhoben sich und klatschten in die Hände. Der Beifall wollte nicht enden. Es war die letzte Vorlesung vor der Sommerpause. Und es hatte sich unter den Studenten herumgesprochen, dass es für ihren Medizinprofessor Burt Loominal die letzte Vorlesung überhaupt gewesen sein könnte. Die letzte jedenfalls an der State University.

Loominal packte seine Sachen zusammen – Disketten, Folien, Bücher, Papiere. Er winkte noch einmal in den Hörsaal hinein. »Danke – ich danke Ihnen, Ladys und Gentlemen.«

In seiner unverwechselbaren Art schritt er aus dem Lehrsaal – weite, federnde Schritte, wiegende Hüften und leicht nach vorn gebeugter Kopf. Als wäre er auf eine Wand gefasst, die er mit der Stirn voran durchstoßen müsste.

Burt Loominal war nicht nur bei seinen Studenten beliebt. Auch die meisten Kollegen schätzten den Sportmediziner. Jedenfalls die, die ihm untergeben oder vorgesetzt waren. Den anderen galt er als kaum auszustechender Konkurrent.

Wie immer verzichtete er auf den Aufzug, um vom Erdgeschoss hinauf in den sechsten Stock zu gelangen, wo sein Büro lag. Er benutzte das Treppenhaus.

Loominal war mittelgroß, von drahtiger Gestalt und hatte dunkles, kurz geschorenes Haar. Der dichte Schnäuzer in seinem schmalen Gesicht ließ ihn etwas älter aussehen, als er tatsächlich war. Kaum jemand schätzte ihn jünger als fünfundvierzig. Dabei hatte er erst im Frühling seinen Vierzigsten gefeiert.

Über der weißen Leinenhose trug er ein leichtes, graues Jackett und darunter ein weißes T-Shirt mit V-Ausschnitt. Nicht eben ein Aufzug, wie er von der Universitätsleitung gern gesehen wurde.

Vor der Glastür neben den Aufzügen begegnete ihm Frank Cipolla, ein Kollege von der chirurgischen Fakultät und ein alter Freund aus Studententagen.

»He, Burt – gratuliere!« Mit ausgestrecktem Arm kam Cipolla auf Loominal zu. »Es hat geklappt, wie ich höre. Tina hat mir die gute Nachricht unter dem Siegel der Verschwiegenheit anvertraut. Glückwunsch!«

Cipolla und Loominal spielten manchmal zusammen Tennis. Und trafen sich fast jedes zweite Wochenende zu Loominals neu entdecktem Lieblingssport – Bogenschießen. Und etwa alle zwei Jahre unternahmen sie eine längere Outdoor-Tour. Das gehörte schon zur Tradition ihrer langen Freundschaft.

Loominal ließ sich von dem alten Freund die Hand drücken und auf die Schulter klopfen. »Ich hab noch nichts unterschrieben«, sagte er abwehrend. »Aber alle Ampeln stehen auf Grün.«

Ein für Loominal typisches Understatement. Die Berufung nach Washington war schon seit einer Woche perfekt. Ein halber Lehrauftrag an der sportmedizinischen Fakultät. Und auch der Beraterjob im Gesundheitsministerium war eigentlich unter Dach und Fach. Der Vertrag allerdings sollte erst nach einem Treffen mit dem Präsidenten unterschrieben werden. Doch das war reine Formsache.

»Freut mich für dich«, sagte Cipolla. »Aber schade für uns.«

Er war etwas größer als der gleichaltrige Sportmediziner. Und wesentlich kräftiger gebaut. Braungebrannt und mit dichtem blondem Haar, das ihm halb über die Ohren und bis in den Nacken reichte, sah er aus wie ein Dressman auf der Titelseite eines Modemagazins. »Wir werden dich vermissen hier in L.A.«

»Hoffentlich«, grinste Loominal. Er winkte und drückte die Tür zum Treppenhaus auf. »Bis dann.«

»Sehen wir uns nächste Woche in New York City?«, rief der Chirurg ihm hinterher. Loominal hielt die Tür fest und sah seinen alten Freund fragend an. »Die Tagung mit Watonga im Michelangelo-Hotel. Du bist doch nächsten Monat mit von der Partie?«

»Ach so – die Watonga-Tagung. Natürlich. Ich hab's jedenfalls im Terminkalender stehen. Wenn ich meine Angelegenheiten in Washington bis dahin geregelt kriege, sehen wir uns im Michelangelo.«

Immer drei Stufen auf einmal nehmend, eilte er die Treppen hinauf.

Seit seinem vierzigsten Geburtstag benutzte er nur noch in Notfällen den Aufzug. Nichts fürchtete Burt Loominal mehr, als fett und steif, alt und gebrechlich zu werden. Er wollte unter allen Umständen fit bleiben.

Er betrat das Sekretariat der orthopädischen Sektion. Mit den beiden Kollegen teilte er sich eine Sekretärin. Aus seinem Postfach fischte er einen Stapel Briefe, Postwurfsendungen und Magazine. Dann ging er in sein Büro.

Ein Brief aus Washington war dabei. Der Briefkopf des Gesundheitsministeriums ließ sein Herz höher schlagen. Es war die Bestätigung des Termins mit dem Präsidenten. Der Gesundheitsminister persönlich hatte unterschrieben.

Den Lehrauftrag an der sportmedizinischen Fakultät in Washington betrachtete Loominal eher als Nebenjob. Viel wichtiger war die Chance, ein Standbein in der Regierung zu haben.

Jahrelang hatte Loominal darauf hingearbeitet. Er war kein Mann, der irgendetwas dem Zufall überließ. Sein Karriereplan sah vor, dass er in spätestens drei Jahren seinen Stuhl im Kongress einnahm. Er wollte in die Politik. Er wollte an die Schalthebel der Macht. Seit er denken konnte, wollte er das. Und nun war es soweit.

Nächste Woche Mittwoch am späten Nachmittag sollte das Treffen mit dem Präsidenten stattfinden. Loominal blickte in seinen Kalender. Am Freitag nächster Woche begann die Tagung mit Joseph Watonga.

Der indianische Survival-Trainer veranstaltete eines seiner seltenen Seminare an der Ostküste. Die ganze Clique würde teilnehmen. Loominal konnte unmöglich kneifen. Außerdem lag der Termin günstig.

Er sah die restliche Post durch. Ein Brief des Gouverneurs von Kalifornien. Der Mann war ein alter Freund seines Vaters. Er gratulierte Loominal zum bevorstehenden Karrieresprung.

Ein Brief von der »Los Angeles Times«. Man bat ihn um ein Interview. Eine medizinische Fachzeitschrift schickte ihm ein Dutzend Leserbriefe, die auf seinen letzten Artikel eingegangen waren.

Ein Brief aus Seattle. Sein alter Freund Charley Newman hatte auch schon von seinem Sprung in die Vorzimmer des Weißen Hauses gehört. Er gratulierte und erklärte mit Bedauern, dass er nicht nach New York City zur Tagung mit Watonga kommen würde.

Dann ein Brief ohne Absender. Stirnrunzelnd betrachtete Loominal das großformatige graue Kuvert. Seine Adresse war mit Maschine geschrieben worden. Er öffnete den Brief.

Er enthielt einen Zeitungsartikel. Einen Bericht der »Northern Lights« aus dem Jahre 1985. *Tödliche Begegnung in den Cascade Mountains*, lautete die Schlagzeile.

Loominal starrte die Schlagzeile an, als hätte er eine unerwartete Steuerforderung der Finanzbehörde aus dem Kuvert gezogen. Sein Mund wurde trocken. Ein Kloß schwoll in seinem Hals.

Er überflog den Artikel nur flüchtig.

Sein Inhalt war ihm so vertraut wie seine Doktorarbeit über die Entwicklungsgeschichte des menschlichen Kniegelenks.

Seine Hände zitterten, als er den Zeitungsartikel beiseite legte. Er fühlte sich, als hätte er seine eigene Tumordiagnose auf einem Röntgenbefund gelesen.

Ein Bogen Papier lag gefaltet in dem Kuvert, aus dem er den Zeitungsbericht hervorgezogen hatte. Wenige Worte nur, und mit einer Standardschrift ausgedruckt: »*Nur ein auserlesener Kreis weiß Bescheid. Dabei könnte es bleiben. Das kostet achthunderttausend Dollar. Ansonsten erfährt das Weiße Haus die Story.*« Das war der ganze Text. Statt einer Unterschrift eine E-Mail-Adresse.

Loominal ließ sich langsam in seinen Sessel sinken. Er schloss die Augen. Sein Gesicht wirkte plötzlich merkwürdig blass und eingefallen. Zehn Jahre älter als noch Sekunden zuvor sah er aus …

Manhattan, Anfang August 1999

Er drehte sich um und blickte durch die Heckscheibe des Cabbies zurück. Er sah die Tragsäulen der Brooklyn Bridge, bis die Brücke aus seinem Blickfeld verschwand.

Er sah zu den Seitenfenstern hinaus. Enge Straßenschluchten zwischen glänzenden Wolkenkratzerfassaden zogen nun links und rechts des Cabbies vorbei.

Der Taxifahrer, ein russischer Einwanderer, bog in die Park Row ein. Schon seit der Exot mit den langen, grauen Haaren am La Guardia Airport in sein Cabbie gestiegen war, beobachtete er ihn im Rückspiegel. Ein Indianer, was sonst? Einer von der Sorte, die noch nie aus ihrem Reservat herausgekommen waren, schätzte er.

»Zum ersten Mal hier?«

Der Mann auf der Rückbank hing jetzt am rechten Seitenfenster und glotzte die steilen Hausfassaden hinauf, als hätte er Angst, die Hochhäuser könnten umstürzen.

»Nein«, sagte der Indianer knapp.

»Aber noch nicht oft, oder?«

»Nein. Zweimal im Jahr höchstens.« Seine Stimme klang tief und rau. Er sprach auffallend langsam.

»Doch so oft?«, wunderte sich der Cabdriver. Er steuerte das Cabbie auf den Broadway. Es war früher Morgen, noch nicht mal sechs Uhr. Der Verkehr hielt sich in Grenzen. »Dann gibt's ja nicht mehr viel zu bestaunen für Sie.«

»Versteh ich nicht«, brummte der Langhaarige auf der Rückbank. Sein dunkles Gesicht war von vielen feinen Falten zerfurcht.

Der Taxifahrer schätzte ihn auf mindestens fünfzig Jahre. Wenn nicht älter. Aber der merkwürdige Ausdruck in den Augen – er verlieh dem Gesicht etwas Jugendliches. Vielleicht war der Indianer doch viel jünger, als es den Anschein hatte.

»Na ja, ich dachte nur. Weil Sie alles so …« Der Fahrer suchte nach Worten. »Na ja – so genau unter die Lupe nehmen.«

»Ich hab mir abgewöhnt, mich an irgendwas zu gewöhnen«, sagte der Indianer. »Außerdem weiß man nie, ob man einen Ort nicht zum letzten Mal sieht.«

Der Taxifahrer war ein Mann, der viel nachdachte. Und beide Sätze des Exoten hinter ihm gaben ihm so viel Stoff zum Nachdenken, dass er den Rest der Fahrt kein Wort mehr sprach.

Ungestört versank der Indianer – er hieß Joseph Watonga – in den Anblick der überwältigenden Kulisse von Lower Manhattan.

Er hatte ein paar Jahre lang in New York City als Bauarbeiter gearbeitet. Und nebenbei amerikanische Geschichte und Literatur studiert. Jedenfalls ein paar Semester lang.

Zwei seiner sechs Jahre bei der U.S. Navy war er in Fort Hamilton, Brooklyn, stationiert gewesen. Und seitdem kam er mindestens einmal im Jahr in den Big Apple. Kurz – er kannte die Metropole am Hudson. Sogar ziemlich gut kannte er sie.

Und dennoch – jedes Mal, wenn er in Manhattan eintauchte, war er neu fasziniert von diesem Gebirge aus Beton, Stahl und Glas, in dessen Schluchten das Leben so vielfältig und so schnell pulsierte wie in sonst keiner Stadt, die Watonga kannte.

Zum Teil ließ sich dieses unverwüstliche Staunen durch die Umgebung erklären, in der er selbst die meiste Zeit des Jahres über lebte. Joseph Watonga wohnte in der tiefsten Wildnis Wyomings. In einer Blockhütte in den waldreichen Gebieten der südlichen Wind River Range. Knapp unterhalb der Baumgrenze.

Von Zeit zu Zeit zog es ihn auch auf die nördliche Seite des Gebirgszuges ins Reservat seines Stammes. Nach Fort Washakie. Einer seiner vielen Söhne hielt ihm dort ein Zimmer seines Hauses frei.

Und mindestens acht Wochen des Jahres verbrachte Watonga mit Leuten aus amerikanischen Großstädten. In kleinen Gruppen führte er sie in die entlegensten Gebiete der Rockies und brachte ihnen das Überleben in der Wildnis bei.

Über die East Houston Street ging es zur Eastside. Und schließlich Richtung Tompkins Square. Vor einem vierstöckigen Mietshaus stoppte das Cabbie. Der Indianer zahlte, griff sich seine Reisetasche und stieg aus.

Komischer Vogel, dachte der Taxifahrer, während er dem Mann in dem beigen Cordjackett und den Wildlederhosen hinterherblickte. Aber großzügig. Drei Dollar Trinkgeld hatte er springen lassen.

Kaum hatte Watonga auf den Klingelknopf des zweiten Obergeschosses gedrückt, ertönte auch schon der Türöffner. Er wurde erwartet. Leichtfüßig lief er die Treppe hinauf.

Ein Mann stand in der offenen Wohnungstür – mittelgroß, dunkler Teint, kurzes blauschwarzes Haar. Daniel Cagawea – einer der besten Freunde Watongas. Shoshone wie er. Sie umarmten sich stumm.

Cagawea führte ihn in die große Küche der Vierzimmer-Wohnung.

Dort war schon der Frühstückstisch gedeckt. Die Kaffeemaschine brodelte. Cagaweas Frau und seine jüngste Tochter begrüßten Watonga. Man setzte sich, jeder erzählte, wie es ihm in den Monaten, die sie sich nicht gesehen hatten, ergangen war.

Dan Cagawea war ein paar Jahre jünger als Watonga. Als Musiker war er in sehr jungen Jahren nach New York City gekommen und dort hängen geblieben. Er arbeitete bei einem privaten Sicherheitsdienst und machte nur noch sporadisch Musik. Über ein paar Ecken war er mit Watonga verwandt. Nichts Ungewöhnliches unter Shoshonen – irgendwie waren die meisten miteinander verwandt.

Nach dem Frühstück führte Cagawea seinen Gast ins Zimmer seiner Großmutter. Die alte Frau war seit Jahren bettlägerig. Klapperdürr, zahnlos und mit zerfurchtem Gesicht thronte sie in einem mit Kissen ausgepolsterten Bett. Niemand kannte ihr genaues Alter.

In den zwanziger Jahren war sie nach New York City gekommen und hatte ihr Geld als Tänzerin in einschlägigen Bars verdient. »Linda« hatte sie sich damals genannt, und so nannte ihre Familie sie bis heute.

Über ihrem Bett hing ein Portrait des berühmten Shoshonen-Häuptlings Washakie. Das gleiche Portrait, das Watongas Sohn ihm im Gästezimmer über den Sekretär gehängt hatte. Die zahnlose Greisin hatte den zu Beginn des Jahrhunderts gestorbenen Mann noch persönlich gekannt. Also musste sie über hundert Jahre alt sein.

Washakie war ein Ururgroßvater Watongas. Die Alte behauptete, eine Nichte des Häuptlings zu sein. »Sei gegrüßt, Joseph«, krächzte sie, während er die blinde Frau auf die verwelkten Wangen küsste. »Warst du nicht erst letzte Woche hier?«

»Nein, Linda«, sagte Watonga. »Das ist schon wieder fast ein Jahr her.«

»Verflucht noch mal, wie die Zeit vergeht!«, krächzte die Alte. »Was treibst du in dieser verkommenen Stadt?«

»Gute Freunde besuchen.« Watonga lächelte. »Und morgen Abend hab ich 'ne Tagung im Michelangelo.«

»Eine Tagung – so, so«, brummte sie. »Ich hab von dir geträumt, Joey. Letzte Woche – oder vor einem Jahr, weiß der Teufel! Jedenfalls kann ich mich gut an den Traum erinnern.«

Joseph Watonga setzte sich auf den Bettrand. »Willst du mir den Traum erzählen?« Das jungenhafte Lächeln um seine Augen zog sich plötzlich zurück.

»Blöde Frage. Ich warte schon eine Woche oder ein Jahr lang darauf, ihn dir endlich erzählen zu können.«

»Ich höre.«

»Also – ich sah dich am Ufer eines Sees. Kiefern standen um den See herum und Birken. Ein paar Lämmer weideten neben dir im Ufergras. Ich glaube, du hast auf sie aufgepasst. Am Himmel kreisten Vögel – große Vögel, drei oder vier. Zuerst dachte ich, es seien Seeadler. Aber sie näherten sich in immer enger werdenden Kreisen dem Seeufer, und ich merkte plötzlich, dass es keine Adler, sondern gottverdammte Geier waren.«

Watonga hörte aufmerksam zu. Seine Augen waren schmaler geworden, und eine zusätzliche Falte stand zwischen seinen grauen Brauen. »Und dann?«

»Sie griffen sich die Lämmer, und du warfst mit Steinen nach ihnen, und als sie versuchten, die Lämmer in die Luft zu zerren, hast du dir einen Prügel geschnappt und bist auf die Geier losgegangen …«

»Und dann?«

»Bin ich aufgewacht.«

Sie schwiegen eine Zeit lang. Dann erkundigte sich die alte Linda nach Watongas Ergehen. Auf den Traum kam sie nicht mehr zurück. Sie hatte ihn erzählt, und damit war es gut.

»He, Joey!«, rief sie nach dem Abschied, als Watonga schon an der Tür stand. »Pass gut auf dich auf! Ich werde demnächst den Abflug in die ewigen Jagdgründe machen. Lass dich ja nicht so schnell dort blicken, verstanden?«

»Du meinst, ich soll mich vor Geiern in acht nehmen«, sagte Watonga, und es klang ernster, als er es wollte.

»Du bist ja ein ganz Schlauer«, krächzte sie und winkte kichernd.

Am Nachmittag fuhr Watonga mit der U-Bahn nach Chelsea hinüber. Er besuchte Freunde, kaufte Bücher und versumpfte am Abend in einer Kneipe in SoHo.

Es war spät, als er zurück in die Lower Eastside fuhr. Schon weit nach Mitternacht. Von der Haltestelle Houston Street aus ging er zu Fuß zum Tompkins Square. Er hatte etliche Bier intus, ging aber noch hundertprozentig gerade.

Auch die vier Gestalten, die ihm auf der anderen Straßenseite folgten, sah er sogleich, als sie sich aus dem Schatten einer Hofeinfahrt lösten.

Ohne den Kopf zu wenden, beobachtete er sie aus den Augenwinkeln. Ihre Haltung und ihre Art zu gehen verrieten ihm, dass es junge Männer waren. Auch dass sie nervös waren, erkannte er an ihrer Körperhaltung. Und dass sie ihn belauerten.

Zwei von ihnen überquerten hinter ihm die Straße. Ihre Schritte näherten sich rasch. Die anderen beiden überholten ihn auf der anderen Straßenseite. Etwa hundert Schritte vor ihm kamen sie auf seine Seite.

Abrupt wandte sich Watonga um. Die Burschen hinter ihm waren noch höchstens zehn Schritte entfernt. Latinos in dunklen Blousons und weiten Hosen. Erschrocken blieben sie stehen. Entschlossen ging Watonga auf sie zu. »Ihr wollt mein Geld?«

Sie antworteten nicht. Einer der beiden zückte ein Messer. Watonga ließ die Tüte mit den Büchern fallen und zog seine Brieftasche aus dem Cordjackett. »Hier ist es.« Bis auf zwei Schritte näherte er sich den Burschen.

Er sah den Schreck in den Augen des einen und die Unsicherheit in denen des Messerheldes. Und gleichzeitig lauschte er konzentriert. Die Schritte der anderen beiden Burschen näherten sich nur zögernd. Sie waren noch gut fünfzig Schritte entfernt, schätzte er.

»Was ist los?«, herrschte Watonga die Latinos vor ihm an. »Wollt ihr mein Geld oder wollt ihr mich zum Bier einladen?«

»Motherfucker, beschissener!« Blitzschnell griff der Bursche mit dem Messer nach der Brieftasche. Und noch schneller packte Watonga ihn am Handgelenk. Den Schwung ausnutzend, riss er den Jungen zu sich, drehte ihn dabei so, dass sich dessen Körper zwischen ihm und der Klinge befand, und rammte ihm das Knie in die linke Niere.

Der Bursche schrie auf wie eine Katze, der man auf den Schwanz getreten hat. Watonga drehte ihm den Arm mit dem Messer auf den Rücken, bis es knackte. Die Klinge fiel klirrend auf den Bürgersteig. Ein Tritt beförderte den Jungen auf die Straße. Sein Kumpan drehte sich um und rannte davon.

Watonga bückte sich nach Messer und Büchertüte, sprang auf und setzte dem Burschen hinterher. Im Laufen drehte er sich nach der zweiten Hälfte der Räubergang um. Die Kerle standen wie festgewurzelt und blickten ihm nach.

Zwei Häuserblöcke weiter erwischte Watonga den Flüchtling.

Er verpasste ihm eine Tracht Prügel, schleppte ihn in einen Hinterhof und warf ihn dort in einen Müllcontainer.

Das Messer steckte er ein. Als Andenken.

Statt nach Hause zu gehen, betrat er eine heruntergekommene Nachtbar in der Nähe. Er genehmigte sich noch zwei Bier. Man hat nicht alle Tage Grund zum Feiern.

Gegen zwei Uhr morgens entschied sich Watonga, ein Taxi zu nehmen. Nach seiner Erfahrung waren diese jungen Burschen nicht besonders selbstbewusst. Es war also damit zu rechnen, dass sie sich gekränkt fühlten. Sie würden auf Rache sinnen und Verstärkung herbeigetrommelt haben. Besser also, ihnen nicht noch einmal über den Weg zu laufen.

Er würde ja auch niemals ein Gebiet betreten, in dem er einen angeschossenen Grizzly vermutete.

Denver, Colorado, Anfang August 1999

Kein Mensch, kein Auto auf den Straßen von Englewood. Es war kurz nach vier Uhr morgens. Die ganze Stadt schien noch zu schlafen. Jefferson McCure steuerte seinen nagelneuen Benz SLS über den Santa Fe Drive nach Norden, Richtung Downtown. Er fuhr schnell, wie meistens – fast neunzig Meilen.

»Du hättest mich nicht fahren müssen«, sagte Lea McCure. »Ich wollte ein Taxi nehmen.«

»Warum ein teures Taxi nehmen, wenn ein Wagen in der Garage steht und ich Zeit habe?« Jeffs hohe Stimme klang bemüht launig. Fast immer klang sie so. Der heitere, ausgeglichene Mr. McCure, den nichts erschüttern konnte, der zu allen freundlich und nett war.

Nur Lea wusste, was hinter dieser Maskerade steckte. Sie verabscheute seine Stimme. Sie verabscheute seine kleine gedrungene Gestalt. Sie verabscheute sein rundes, fleischiges Gesicht. Den ganzen Mann verabscheute sie. Und er wusste das – daran hatte sie nie gezweifelt.

»Vielleicht, weil ich allein sein wollte.«

Jeff schien ihre Antwort nicht gehört zu haben. Jedenfalls schwieg er.

Er schwieg immer, wenn sie etwas sagte, was ihm unangenehm war. Oder nicht in sein idyllisches Bild einer Ehe passte. Vor einer Woche hatte sie ihm eröffnet, dass sie ihn verlassen würde. Er hatte sich noch mit keinem Wort dazu geäußert. Vermutlich hatte er ihren Wutanfall erfolgreich verdrängt. Oder als vorübergehende hysterische Verstimmung gedeutet.

Die Skyline von Denver schälte sich aus dem Morgengrauen. Sie verließen den Santa Fe Drive und fuhren auf die Interstate 4. Auch hier auf der Staatsstraße noch kaum Verkehr.

Lea beugte sich vor und stellte das Autoradio an. Sie suchte einen Sender, der Jazz spielte. Musik, die sie über alles liebte. Musik, die Jeff nicht mochte.

Sie klappte die Sichtblende herunter und prüfte ihr Make-up. Die Frau in dem kleinen Spiegel kam ihr fremd vor. Die Frau mit dem schmalen Gesicht, mit den vollen Lippen, den großen dunkelblauen Augen und dem blonden, in der Mitte gescheitelten, pagenartig gestutzten Haar – immer häufiger ertappte sich Lea dabei, wie sie diese Frau verachtete.

Sie blickte auf die Uhr. Halb fünf.

Der Denver International Airport lag von Englewood aus auf der gegenüberliegenden Seite der Stadt. Ein langer Weg, wenn man das Stadtzentrum umfuhr.

Leas Maschine ging um 6 Uhr 42. Vierzig Minuten würden sie sicher noch brauchen. Vierzig Minuten allein mit Jeff in einem engen Raum, aus dem man nicht fliehen konnte.

Sie blickte auf die fast gänzlich unbeleuchteten Hochhausfassaden, die rechts an ihr vorbeizogen. Noch kein Mensch in irgendeinem Büro.

In einer Passage unterhalb eines der Wolkenkratzer lag ihr Sportgeschäft. Oder nein – Jeffs Sportgeschäft. Sie hatte sich nie damit identifizieren können. Die ganzen zwölf Jahre über nicht.

Manchmal, wenn sie durch Denver ging und die Schilder der Arztpraxen an den Hauseingängen sah, kniff sie die Augen zusammen, bis die Schrift auf den Schildern verschwamm. Und dann stellte sie sich ihren Namen vor – »Dr. Lea McCure, Fachärztin für Kinderheilkunde«. Und manchmal schaffte sie es nicht, sich den Namen McCure vorzustellen. Dann erschien ihr Mädchenname auf dem Schild – »Dr. Lea Halifax, Fachärztin für Kinderheilkunde« …

Lea schloss die Augen. Ein Seufzer entfuhr ihr. Statt ihren Facharzt zu machen, war sie mit Jeff nach Denver gegangen. Statt in der eigenen Praxis hatte sie ihre besten Jahre in einem Sportgeschäft zugebracht.

Erst seit drei Jahren arbeitete sie wieder als Ärztin – in einer Kurklinik für Rheumakranke. Leider nur eine halbe Stelle. Die Klinik lag eine halbe Autostunde außerhalb Denvers in den Rockies.

Lea war bester Laune, wenn sie morgens aus der Stadt fuhr. Und abends verdüsterte sich ihre Laune mit jeder Meile, die sie sich Englewood näherte …

Zehn Minuten später bogen sie auf die Interstate 70 ein. Der Highway führte westlich um das Stadtzentrum herum. »Ich frag mich, warum du bis nach New York City fliegst, um diesen Watonga zu hören«, brach Jeff schließlich das Schweigen.

Und ich frag mich, warum ich es nicht geschafft habe, meinen Willen durchzusetzen und mit dem Taxi zu fahren, dachte Lea. *Und ich frag mich, warum ich noch immer diesen Ring trage, obwohl ich schon seit Monaten gehen will. Seit Jahren …*

Sie antwortete nicht. Stumm blickte sie zum Beifahrerfenster hinaus und drehte den Goldring an ihrem linken Ringfinger. Im Osten hatte sich der Himmel rötlich verfärbt.

»Ich hab dich was gefragt«, sagte Jeff ohne jede Schärfe in der Stimme. Sie hatte ihn während der ganzen Fahrt kein einziges Mal angeschaut. Auch jetzt wandte sie ihm nicht das Gesicht zu.

»Falsch.« Lea streckte die Hand zum Autoradio aus und stellte die Musik lauter. »Du hast mir *gesagt*, welche Frage du *dir* stellst.«

Die Abfuhr schien ihn nicht zu beeindrucken. Er hatte gelernt, mit einer Frau zu leben, die ihn ablehnte. »Du hast alle Freiheiten, Lea, das weißt du. Aber es gefällt mir nicht, wenn du dich mit deiner Clique bei diesem Verrückten triffst.«

»Alles falsch!«, giftete Lea. Jetzt drehte sie sich zu ihm und blitzte ihn an. Diese lauernden Schweinsäuglein, dieses kindische Grinsen um den kleinen Mund, diese ständigen Schweißperlen auf der Glatze. Er tat, als würde er ihren verächtlichen Gesichtsausdruck nicht bemerken. Stoisch blickte er durch die Windschutzscheibe auf den Highway. »Ich hatte ein paar selbstverständliche, vordergründige Freiheiten – aber in den wesentlichen Dingen hatte ich nie eine Wahl. Von Anfang an nicht!«

»O doch, du hattest eine Wahl und …«

»Ich bin noch nicht fertig!«, zischte Lea. »Zweitens hast du kein Recht mehr, mir Freiheiten zu gewähren oder zu verweigern – ich *bin* frei! Vor einer Woche habe ich es dir gesagt. Folglich interessiert es mich drittens einen feuchten Dreck, was dir gefällt und was nicht!«

Einen Augenblick ließ sie die Worte auf ihn wirken.

Jeff zeigte nicht die Spur einer Reaktion. »Viertens ist Joseph Watonga kein Verrückter, sondern ein sehr weiser Mann!«, fuhr sie fort. »Und fünftens sind die Menschen, die du meine ›Clique‹ nennst, die einzigen

Freunde, die mir geblieben sind, seit ich den Fehler gemacht habe, dich zu heiraten!«

Sie ließ sich zurück in das Sitzpolster fallen. Scharf und laut sog sie die Luft durch die Nase ein. So viel hatte sie in der ganzen Woche nicht mit Jeff gesprochen.

»Willst du wieder an einem dieser bescheuerten Survival-Treckings teilnehmen?« Seine Stimme klang völlig unbeeindruckt.

»Schon möglich.«

»Und dieser Nigger wird auch mit von der Partie sein?«

Das also war es. Charley. Jeff schien ihre Ankündigung doch ernster genommen zu haben, als es den Anschein hatte. »Ich hasse es, wenn du so redest«, sagte sie kühl.

»Sorry. Dr. Newman – wird er auch dabei sein?«

»Schon möglich.« Charley Newman – jahrelang waren sie zusammen gewesen. Seit Lea sechzehn war. Bis Jeff auftauchte ...

Wieder schwiegen sie. Fast zwanzig Minuten vergingen. Sie waren längst in den Pena Boulevard eingebogen. Die Silhouette des Flughafen-Towers zeichnete sich vor dem strahlend hellen Morgenhimmel ab.

»Du hast das also wirklich ernst gemeint«, sagte Jeff schließlich. »Das, was du da vor ein paar Tagen herausgeschrien hast.«

Lea zog die Schultern hoch, als würde sie frösteln. »Ja«, sagte sie, weiter nichts.

Gott, wenn ich nur nicht so feige wäre – ich wäre schon längst weg! Wenn ich nur die Kraft dazu hätte – ich würde gehen, selbst wenn ich alles verlieren sollte – ich wäre schon längst gegangen ...

»Du weißt, was dann passiert«, sagte Jeff in unverändertem Tonfall.

Diese Drohung hatte er noch nie so deutlich ausgesprochen. Während der gesamten zwölf Jahre nicht. Seine hohe Stimme klang so gleichmütig, als würde er sich nach der Startzeit ihrer Maschine erkundigen.

Lea antwortete nicht, sagte darauf kein Wort. Aber in ihrem Kopf jagte ein Gedanke den anderen.

O ja – ich weiß, was dann passiert! Nein, ich weiß es eigentlich nicht. Du wirst es nicht wagen, Jefferson McCure, du bist viel zu feige, hast viel zu viel Angst, dein Gesicht zu verlieren. Und selbst wenn es passiert – jeder Ort ist angenehmer als der Platz neben dir. Aber du wirst es nicht wagen ...

Im Parkhaus des Flughafens holte er ihr die Reisetasche aus dem Kofferraum seines silbergrauen Benz. »Wann kommst du wieder?«, erkundigte er sich geradezu freundlich.

»Vielleicht am Montag, vielleicht später – mal sehen.« Grußlos drehte sie sich um und verließ das Parkdeck. Sie fragte sich, warum er sie nicht vor der Flughalle abgesetzt hatte. Wollte er sich vergewissern, dass sie tatsächlich in die Maschine nach New York stieg?

Die Maschine startete pünktlich. Lea hatte einen Fensterplatz erwischt. Sie blickte hinunter auf das rasch kleiner werdende Bergland. Von Denver war schon nichts mehr zu erkennen. Sie atmete auf. Ihre Stimmung wurde gelöster, fast zufrieden fühlte sie sich.

Die Maschine erreichte Flughöhe, Lea löste das Schloss ihres Sitzgurtes. Ihr Blick fiel auf ihren Ehering. *Ich weiß nicht, ob ich es schaffe,* dachte sie. *Ich weiß aber, dass ich es versuchen muss. Vielleicht hilft es mir, in den Bergen zu sein. Vielleicht hilft mir Watongas Gegenwart …*

Sie zog den Ring ab und ließ ihn in die Außentasche ihres Sakkos fallen …

Manhattan, Anfang August, 1999

Das Hotel hieß »Michelangelo«. Ein Hotel der gehobenen Klasse in der 150th Street. Nicht weit vom Broadway entfernt. An die vierhundert Dollar die Übernachtung. Ich bin hin und wieder daran vorbeigefahren. Aber es kam nicht vor in meinem inneren Stadtplan. Bis zu jenem Abend jedenfalls nicht.

Ich kann nicht mehr genau sagen, wie wir in dem eleganten Tagungsraum des Hotels gelandet waren. Hatten wir ausnahmsweise mal nichts Besseres zu tun? Oder hatten wir mal wieder die Waffen vor Zeerys legendären Überredungskünsten gestreckt? Wahrscheinlich beides.

Phil und ich saßen also in diesem noblem Tagungsraum – französischer Landhausstil – auf einer gepolsterten Nussbaumbank. Knapp zwei Wochen waren vergangen, seit Zeerookah uns vorgeschlagen hatte, unseren Urlaub gemeinsam und mit einem Survival-Training zu verbringen. Stellvertretend für ihn und seine ehemalige Freundin.

Inzwischen hatten wir begriffen, dass er dieses Angebot ernst meinte. Zeery hatte Prospekte und Bücher angeschleppt und uns das Abenteuer in schillernden Farben geschildert. Man hätte meinen können, er wäre der Veranstalter. Wahrscheinlich wollte er nur die Stornogebühren sparen.

Bis zu diesem Abend waren weder Phil noch ich sonderlich begeistert von dem Gedanken, zwei Wochen lang auf Zeitungen, Auto, Budweiser und Tiefkühlkost zu verzichten. Aber dann schaffte es Zeery irgendwie, uns zu dieser Tagung abzuschleppen.

Unser smarter Kollege saß zwischen Phil und mir, und um uns herum etwa drei Dutzend Männer und Frauen aus allen Ecken der Vereinigten Staaten.

Aber nicht aus allen Schichten unseres Landes. Die gehobene Mittelklasse schien hier hauptsächlich vertreten zu sein. Das schloss ich weniger aus der Garderobe, ich sah kaum Hosenanzüge, Kostüme und Krawatten. Ich schloss es aus den Namensschildern, die wir am Empfang ausgehändigt bekommen hatten. Fast jeder dritte Gast dieser seltsamen Veranstaltung hatte einen Doktortitel.

Auch die blonde Frau mit dem Pagenschnitt und den großen Augen. Sie war auffallend schön. Gleich, nachdem ich den Tagungsraum betreten hatte, waren sich unsere Blicke begegnet.

Zeerookah war nicht der einzige Indianer im Raum.

An einem rustikalen Tisch stand ein bulliger, mittelgroßer Mann mit deutlich indianischen Zügen in seinem bronzefarbenen Gesicht. Ein Gesicht, das mich von dem Moment an faszinierte, an dem Zeery uns seinem alten Bekannten vorgestellt hatte.

»Das ist Joseph Watonga, ein alter Freund meines Vaters«, sagte er.

Ruhige, tiefbraune Augen beherrschten dieses Gesicht. Augen, die jünger waren, als der ganze Mann zu sein schien. Viel jünger. Obwohl sie lächelten, lag ein wehmütiger Zug in diesen Augen. Und es kam mir vor, als würde dieser Mann in mich hineinsehen, als wir uns begrüßten.

Zwischen einer großen, schmalen Nase und einem kantigen Kinn zog sich ein breiter Mund mit vollen Lippen. Ein Mund wie gemeißelt. Die vielen kleinen Falten, die das Gesicht zerfurchten, ließen mich anfangs vermuten, dass der Indianer mindestens sechzig Jahre alt war. Aber seine Augen, wie gesagt, waren wesentlich jünger. Und die energische, kraftvolle Art, wie er sich bewegte – es hätte mich nicht gewundert, wenn er nur wenig älter als ich selbst gewesen wäre.

Ich habe Joseph Watongas Alter nie erfahren. Auch Zeery kannte es nicht. Niemand kannte es.

Er trug abgewetzte Mokassins aus dunkelbraunem Wildleder und eine seitlich geschnürte Hose aus dem gleichen Material. Das sandfarbene, lange Cordsakko darüber schien aus den siebziger Jahren zu stammen. Die dicken grauen Haare fielen ihm weit über die Schultern. Mit einem dunkelroten Tuch hatte Watonga sie sich aus der Stirn gebunden.

Er sprach mit schleppender, rauer Stimme. Erzählte von seinem Leben in einer einsamen Blockhütte in den nördlichen Rocky Mountains, trug ein paar Passagen aus seinem Buch vor und philosophierte über das Leben und die Wildnis und ihre Gemeinsamkeiten.

Irgendwann dimmte jemand das Licht herunter, und eine Videoanlage wurde eingeschaltet. Watonga präsentierte uns Filmaufnahmen von Survival-Camps, die er in den Rockies durchgeführt hatte.

Beeindruckende Bilder bekamen wir da zu sehen: Schneegipfel, die sich in schier endlose Weiten erstreckten, Schluchten, die der Colorado River und der Green River in rote Sandsteinformationen gefressen hatten, die bewaldeten Ufer des Wind River in urzeitlich wirkender Landschaft, vom Indian Summer gefärbte Birkenwälder, Felstürme und -zinnen, die aus Tannenwäldern ragten, Gletscher, Seen, Geysire und natürlich die obligatorischen Bisons, Grizzlys und Bergziegen.

Und immer wieder Menschen mit wettergegerbten Gesichtern auf selbst gebauten Flößen, unter selbst gebauten Laubdächern, vor selbst gebauten Brücken und beim Feuermachen ohne Zündhölzer oder Feuerzeug.

Großstadtmenschen aus Cleveland, New York City und San Francisco, wie Joseph Watonga versicherte. Auf dem Video wirkten die Leute vergnügt und schienen weder ihre Mittelklassewagen noch Tiefkühlkost zu vermissen. Phil und ich warfen uns verstohlene Blicke zu. Zeery beobachtete uns mit undurchdringlichem Pokerface.

Das Video war zu Ende, das Licht flammte auf – ich sah in ein paar große blaue Augen. Sie hatte mich beobachtet, und der Gedanke gefiel mir. Ich lächelte, sie lächelte zurück.

Vom Rest der Veranstaltung bekam ich nicht allzu viel mit. Watonga stellte sich den Fragen der Teilnehmer. Etwa eine Stunde lang. Ich versuchte das Namensschild der blonden Frau zu entziffern. Lea hieß sie – Dr. Lea McCure.

Sie trug die in solchen Kreisen offenbar unvermeidlichen Turnschuhe und nicht besonders neue Jeans. Darüber ein leichtes graues Jackett – Seide, schätzte ich – und eine schwarze Bluse. Irgendetwas an dieser Frau zog mich an. Und es sah ganz so aus, als würde es ihr mit mir genauso gehen.

Am Ende des Abends einigte sich Joseph Watonga mit den Teilnehmern auf das Wochenendprogramm. Es sah ganz so aus, als hätte er sich nicht besonders gründlich auf die Tagung vorbereitet. Die Teilnehmer bestimmten die Themen, und er war mit allem einverstanden.

Phil und ich hatten nie vorgehabt, uns ein Wochenende lang mit der Frage zu befassen, wie man in der Wildnis ohne Dosenöffner und Regenschirm überleben kann. Eine Menge Arbeit lag an diesem Wochenende vor uns. Rose Warrington, eine Kollegin aus Frisco, würde am nächsten Nachmittag einfliegen. Sie hatte sich von mir breitschlagen lassen, als Undercover-Agentin in unserem neuen Fall mitzuarbeiten. Spätestens nächste Woche würde sie sich als Halbprofessionelle in Kneipen und Motels an den großen Ausfallstraßen herumdrücken, um einen Mann anzulocken, den wir für einen Serienmörder hielten. Mit großem technischem Aufwand würden wir jeden ihrer Schritte begleiten.

Außerdem gehörte ein Teil der Überlebenstechniken, die Joseph Watonga lehrte, zum FBI-Ausbildungsprogramm in Quantico. Phil und ich waren also keine völligen Greenhorns mehr in Sachen Survival.

Zeery organisierte den Rest des Abends. Er stellte uns ein paar Leuten vor, und ehe wir uns versahen, fanden wir uns mit diesen Leuten und Joseph Watonga in einer Bar nicht weit vom »Michelangelo« wieder. Lea McCure war auch mit von der Partie.

Außerdem zwei Mediziner aus Los Angeles – Frank Cipolla und Burt Loominal –, eine rothaarige Walküre aus Louisiana namens Lucy Walter, und ein ziemlich korpulenter Bursche mit breitkrempigem Hut, Cowboystiefeln und weißem Anzug – Clifford Sheridan aus Austin, Texas, ein witziger Kerl. Es waren noch drei andere Männer dabei, aber die habe ich nie mehr wiedergesehen.

Wir belagerten einen großen runden Tisch. Wenn ich so zurückblicke, glaube ich nicht mehr, dass Lea und ich zufällig nebeneinander saßen. Zeery, dieser Fuchs, musste das irgendwie arrangiert haben.

Klar, dass wir uns näher kamen. Nach nicht mal einer halben Stunde war ich bereit zu schwören, noch nie solch schöne Augen gesehen zu haben.

Sie lebte in Denver und arbeitete als Ärztin in einer Rheumaklinik. Viel mehr erzählte sie an diesem Abend nicht von sich. Den Rest musste ich zwischen ihren Worten und in ihren Augen und Gesten lesen.

Lea schien mir ein wenig zurückhaltend zu sein. Fast scheu. Das passte irgendwie nicht zu ihrer attraktiven Erscheinung. Ich hatte den Eindruck, dass die Frau nicht besonders glücklich war.

Der Abend wurde lang und feucht. Aus den Augenwinkeln sah ich, wie sich die rote Lucy eng an Phil schmiegte. Der Texaner gab ein paar jugendschutzpflichtige Witze zum Besten, und die beiden Ärzte aus Los Angeles stimmten einen Song von Bob Dylan an.

Watonga soff wie ein Holzfäller. Ausschließlich Bier. Er redete nicht viel, aber was er sagte, hatte Hand und Fuß. Keine schwere Zunge, keine verschleierten Augen und nicht die Spur von Unsicherheit in seinem Gang, als er an die Theke ging und eine Runde für alle bestellte. Auch nach dem achten oder neunten Bier nicht. Sein Hirn schien immun gegen Alkohol zu sein.

»Charley hat mir übrigens geschrieben«, sagte er, als er zurück an unseren Tisch kam. »Er zieht seine Anmeldung zurück.«

»Charley nimmt nicht teil?« Betroffene Mienen um mich herum. Offenbar ging es um einen Freund dieser Leute. »Hat er geschrieben, warum?«, wollte Clifford wissen. Watonga schüttelte stumm den Kopf.

Wie auf Kommando zogen nun der Texaner, Lucy und Cipolla ihre Kalender aus den Taschen, und alle redeten nur noch über eine zweiwöchige Tour durch die Rockies. Phil und ich begriffen plötzlich, dass wir unter genau den Leuten saßen, mit denen Zeery ursprünglich seinen Urlaub verbringen wollte.

Und irgendwann meldete Zeery sich zu Wort. »Jerry und Phil wollen zusammen Urlaub machen«, sagte er. »Ich hab ihnen von deinen Survival-Camps erzählt, Joey. Sie sind ganz heiß drauf.«

»Wunderbar!«, rief Lucie und drückte meinem Partner einen Kuss auf die Wange. Von rechts klopfte mir Cliff, der Texaner, auf die Schulter, und von links lächelte Lea mich an.

Joseph Watonga nickte und machte ein freundliches Gesicht. »Hat euch Zeerookah auch erzählt, dass so eine Survival-Tour kein Sonntagsschulausflug ist?«

»Natürlich habe ich das«, antwortete Zeery an unserer Stelle. »Aber keine Sorge – die Jungs sind so ziemlich die härtesten Cops, die wir im Big Apple haben. Die machen so schnell nicht schlapp.«

Stornogebühren, schoss es mir durch den Kopf. Zeery hatte keine Reiserücktrittsversicherung abgeschlossen – eine andere Erklärung hatte ich nicht für sein Verhalten. Vermutlich hatte ihm der alte Freund seines Vater angeboten, ihm die Stornogebühren zu erlassen, wenn er für Vertretung sorgte.

Phil und ich verständigten uns durch einen wortlosen Blick.

Ich weiß nicht, was ihn damals bewog, sich auf die Sache einzulassen, ich kann nur für mich sprechen: Joseph Watonga beeindruckte mich. Und der Gedanke, als Großstadtmensch zwei Wochen lang ohne technische Hilfsmittel in der Wildnis zu leben, reizte mich plötzlich. Und der Gedanke, die Frau links neben mir näher kennenzulernen, reizte mich sowieso.

»Zeery hat vollkommen recht«, sagte Phil und zückte seinen Terminkalender. »Wann genau steigt der Ausflug?«

Los Angeles, Kalifornien, Mitte August 1999

Der Bildschirm des Einundzwanzig-Zoll-Monitors leuchtete bordeauxrot. Neun Worte in gotischen, schwarzen Buchstaben zogen behäbig über den Bildschirm: ERFOLG IST, WAS ERFOLGT, WENN MAN SICH SELBST FOLGT. Burt Loominals selbst kreierter Bildschirmschoner. Und sein Lebensmotto.

Vor der Tastatur lag der vierzehn Jahre alte Zeitungsartikel aus dem »Northern Lights«, halb verdeckt durch den anonymen Brief – *»Nur ein auserlesener Kreis weiß Bescheid …«*

Daneben hatte Loominal fünf Fotos aufgereiht. Porträts von drei Männern und zwei Frauen. Seine grauen Augen wanderten von einem Bild zum anderen.

Vor den beiden Fenstern seines Arbeitszimmers war es dunkel. Die Scheinwerfer der Autos auf dem Santa Monica Highway schwebten wie Glühwürmchen durch die Nacht. Draußen auf dem Meer glitzerten Positionslichter von Schiffen. Es war schon nach drei Uhr.

Die Fotos waren nicht die Allerneuesten. Charley zum Beispiel hatte auf dem alten Bild eine Matte wie einst Jimmy Hendrix. Seit ein paar Jahren aber schor er sich den Schädel kahl. Auch die anderen hatten sich äußerlich verändert.

Trotzdem waren Loominal die Gesichter vertraut. Wie gut er sie kannte, diese fünf. Keinem dieser Menschen hätte er zugetraut, ihn mit der alten Geschichte zu erpressen. Einerseits.

Andererseits war jeder sich selbst der Nächste. *So ist unsere Welt nun mal gestrickt*, dachte er. Einer dieser fünf musste ihm den anonymen Brief geschrieben haben. Nur diese fünf wussten, was damals geschehen war.

Er hatte in den letzten Tagen Gelegenheit gehabt, sie zu beobachten. Sehr genau hatte er sie beobachtet. Ihre Blicke, ihre Gesten, ihren Tonfall, wenn sie mit ihm sprachen. Nur Charley nicht – den hatte Loominal schon fast ein Jahr nicht mehr gesehen.

Er hatte alle Informationen über die fünf gesammelt, die er kriegen konnte. Informationen, die sie von sich aus niemals preisgegeben hätten. Bei aller Freundschaft nicht. Informationen über ihre berufliche Situation. Informationen über ihre Beziehungen.

Und vor allem Informationen über ihre wirtschaftliche Lage. Keiner fiel irgendwie aus dem Rahmen. Keiner schien an Auswandern zu denken. Oder an Scheidung. Oder an Selbstmord. Und trotzdem hätte jeder von ihnen Grund genug, sich über achthunderttausend Dollar zu freuen.

»Achthunderttausend Dollar …«, murmelte Loominal. Der Posten im Gesundheitsministerium war ihm mehr wert. Viel mehr. Wenn der Erpresser seine Drohung wahr machte und ihn mit der alten Geschichte im Weißen Haus anschwärzte, konnte er seine Karriere vergessen. Und sich den Strick nehmen.

Natürlich – es dürfte einem Staatsanwalt schwerfallen, ihm nach so vielen Jahren noch etwas nachzuweisen. Aber die Presse würde die Sache breittreten und seinen Ruf ruinieren.

Wieder wanderte Loominals Blick über die Fotos. Von Gesicht zu Gesicht. Wer auch immer der Erpresser war, er hatte selbst eine Menge zu verlieren. Wer von den fünfen war verzweifelt genug, dieses Risiko einzugehen? Oder hatten sie sich am Ende alle gegen ihn verschworen …?

Schritte näherten sich auf der Treppe aus dem Obergeschoss.

Hastig schob Loominal die Fotos und den Brief zusammen. Er zog die Schublade seines Schreibtisches auf und legte die Fotos und Papiere hinein.

Es klopfte an der Tür.

»Ja?« Loominal drehte sich um.

Seine Frau Tina stand im Türrahmen. In weißen Seidenmorgenmantel und mit verschlafenem Gesicht.

»Du arbeitest noch immer?«, fragte sie erstaunt. »Komm doch endlich ins Bett.«

»Ich bin gleich so weit, Darling«, lächelte Loominal. »Eine Viertelstunde noch.«

»Was ist denn so wichtig, dass es noch heute Nacht erledigt werden muss?«

»Leserbriefe zu meinem letzten Artikel im ›Medicine‹. Einige muss ich persönlich beantworten. Tagsüber komm ich nicht zu solchem Kleinkram.«

»Also gut«, seufzte Tina. »Ich warte auf dich.« Sie zog die Tür zu. Kurz darauf hörte Loominal sie in der Küche hantieren.

Er holte Fotos und Brief wieder aus der Schublade. Noch einmal las er den Brief. Noch einmal sah er sich die Fotos an. Einer der fünf hatte den Brief geschrieben. Einer der fünf setzte ihn unter Druck.

Wer von euch ist der Verräter …?

Er konnte sich nicht entscheiden. Aber Loominal machte sich nichts vor – wer auch immer den Brief geschrieben hatte, meinte es ernst. Er musste handeln.

In Gedanken war er längst sein Guthaben, Aktien und Vermögenswerte durchgegangen. Mehr als zweihunderttausend Dollar konnte Loominal im Moment nicht aufbringen. Auch ein Kredit schied aus.

Auf dem Rückflug von New York City hatte er viel Zeit gehabt, die Sache durchzudenken und eine Entscheidung zu treffen. Ergebnis: Seine Karriere war mehr wert als achthunderttausend. Und mehr als ein Menschenleben. Aber er musste Zeit schinden.

Loominal drückte auf die Leertaste. Die Schrift und das Bordeauxrot des Bildschirms lösten sich auf. Das Fenster des E-Mail-Programms erschien auf dem Monitor. Er tippte die auf dem Erpresserbrief angegebene Adresse ein.

Ich begreife nicht, worüber ein auserlesener Kreis Bescheid wissen soll, schrieb er. *Sie müssen schon deutlicher werden …*

Tödliche Begegnung in den Cascade Mountains

Der abgetrennte Arm, den Wanderer am Mittwoch vergangener Woche am Südhang des Copper Mountain gefunden hatten – wir berichteten –, gehörte offensichtlich einem Mann, der in den kanadischen Cascades zu einer Bergtour unterwegs war.

Ranger des North Cascades National Park stießen gestern Morgen im Südosthang des Copper Mountain unweit des Similkameen River auf das Lager des einsamen Wanderers. In dem weitgehend unversehrten Zelt lag der grausig zugerichtete Torso eines Mannes.

Nach Auskunft der Parkverwaltung hat sich der Verdacht bestätigt, dass der Mann von einem Bären angefallen wurde. Die Bissspuren an dem zerfleischten Torso seien eindeutig. Auch habe man im näheren

Umkreis des Zeltes umgestoßene und geöffnete Behälter mit Lebensmitteln gefunden. Die Parkverwaltung geht von einem Grizzly-Überfall aus.

Die Parkverwaltung zeigte sich fassungslos darüber, dass noch immer Camper in den Rocky Mountains ihre Lebensmittel im Zelt aufbewahren. Der stellvertretende Parkleiter George Forster: »In jedem Prospekt werden Wanderer ermahnt, den Proviant in sicherer Entfernung des Schlafplatzes auf Bäumen zu lagern.«

Die Identifizierung des Opfers dürfte schwierig werden, da der Mann keinerlei Papiere bei sich trug und sein Gesicht durch Prankenhiebe völlig zerstört wurde.

Northern Lights, 14. 10.1985

3

Cora, Wyoming, Ende August 1999

Das Ding stand auf einer leicht abschüssigen Bergweide. Zweieinhalb mal fünf Yards Grundfläche. Und sechs Fuß hoch. Es sah aus wie eine blassblaue Schachtel mit leicht konvexem Dach. Über der schmalen Eingangstür auf einer der beiden kurzen Seiten der Schachtel stand in schwarzen Lettern das Wort »Home«.

Schafe weideten um die »Schachtel« herum. Hingestreut wie schmutzige Wattebäusche bevölkerten sie den weiten Berghang. Mehr als dreitausend Stück.

Julio Maranon hockte im rostbraunem Gras vor der Eingangstür der Leichtmetallhütte. Amerikanische Countrymusik plärrte aus dem kleinen Radio neben ihm. Hinter Julio, auf der anderen Seite der »Schachtel«, wieherte ein Pferd. Sein Bruder und er trieben die Schafherde zu Pferd in die Weidegründe des Bergmassivs.

Julio wusste nicht, was dieses Wort über der Tür in seiner Sprache bedeutete – »Home«. Er verstand nur so viel Englisch, dass er die Worte, die sein Bruder den Hirtenhunden zurief, begreifen konnte.

Julio verstand Quechua und Spanisch. Aber sprechen konnte er keine der beiden Sprachen. Schon seit seinem fünfzehnten Lebensjahr nicht mehr.

Männer mit Gewehren waren in sein Bergdorf gekommen und hatten wissen wollen, wo sein Vater sich versteckt hielt. Julio liebte seinen Vater über alles und hatte geschwiegen.

Die Männer mit den Gewehren hatten ein Messer genommen und ihm die Zunge herausgeschnitten. Und seitdem schwieg Julio die meiste Zeit. Die Männer hatten ihn damals mitgeschleppt, und Julio musste lernen, wie man tötet und Zungen herausschneidet.

Er hatte sich nie gefragt, was die Buchstabenkombination über der Tür bedeutete. Dabei kreisten seine Gedanken oft um das, was der Begriff »Home« beinhaltete. Fast jeden Tag. Seine Gedanken kreisten um das kleine Bergdorf sechs Busstunden südlich von Lima im fernen Peru, wo er und sein Bruder ihre Familien versteckt hatten, bevor sie hierhergekommen waren. Seine Gedanken kreisten um seine beiden Kinder, um seine Frau, um seine Verwandten und Freunde.

Die blassblaue Schachtel aus Aluminium hatte nichts mit dem zu tun, was dieses Bergdorf für ihn bedeutete – »Home«. Sie war ein Notbehelf, ein vorübergehender Unterschlupf, eine Art Zelt, wie man es auf einer langen Wanderung nun mal brauchte.

Als Julio zum ersten Mal in dieser Metallschachtel geschlafen hatte, war er vierundzwanzig Jahre alt gewesen. Jetzt war er siebenundzwanzig Jahre alt. Drei Jahre lang hatte Julio diesen vorläufigen Unterschlupf mit seinem großen Bruder geteilt.

Zwei Wochen noch, dann würden zwei Cousins aus ihrem Bergdorf hier oben ankommen und die Schafherde übernehmen. Und Julio und sein Bruder würden nach Cora hinunterfahren.

In Cora würde ihr Chef sie ausbezahlen und sie nach Pindale bringen. Von Pindale aus würden sie mit dem Bus nach Salt Lake City fahren. Und dort würden sie in ein Flugzeug steigen und nach San Francisco fliegen. Und von dort aus nach Lima. Und von Lima aus würden sie mit dem Bus in ihr Bergdorf fahren. Sechs Stunden lang. Und dann würden sie fühlen, was »Home« bedeutet. Und die lange Wanderung würde endlich zu Ende sein.

Etwa zwanzigtausend Dollar hatte jeder von ihnen von seinem Hirtenlohn gespart. Zwanzigtausend US-Dollar – damit ließ sich in Peru schon etwas anfangen. Vorausgesetzt, die Männer mit den Gewehren kamen nicht wieder und raubten das Geld. Die Terroristen des »Leuchtenden Pfads«.

Aber wenn sie kamen, würden Julio und sein Bruder das Geld sowieso nicht mehr brauchen. Und ihre Familien auch nicht. Die

Kämpfer des »Leuchtenden Pfads« ließen niemanden am Leben, der ihrer Organisation den Rücken kehrte und mit Armee und Polizei zusammenarbeitete.

Aufmerksam blickte Julio auf die Schafherde. Einige der Tiere weideten in der Nähe der Ginsterbüsche, die nur fünfzig Schritte vor dem Abhang wucherten. Kein steiler Abhang, aber außerhalb von Julios Blickfeld. Es gab Coyoten in dieser Gegend des Mount-McDougal-Massivs. Und große Greifvögel. Julio hatte den Ehrgeiz, so wenig Schafe wie nur irgend möglich zu verlieren.

Er stieß einen kehligen Laut aus. Einer der Hirtenhunde blickte zu ihm hin: Julio deutete auf die Ginsterbüsche, und der schwarze Hirtenhund setzte sich in Bewegung. Bellend jagte er die Schafe von den Ginsterbüschen weg in die Mitte der Bergweide.

Eigentlich war es ein schönes Leben hier oben in den Bergen der Rocky Mountains. Zu Pferde trieben sie die Schafe das Bergmassiv entlang von Weide zu Weide. Im Sommer, wie jetzt, bis auf die Gipfel. Im September kehrten sie zurück auf neuntausend bis siebentausendfünfhundert Fuß Höhe, und Ende Oktober, Anfang November, wenn die erste Ahnung von Schnee in der Luft lag, ging es hinab auf die Winterweiden in den Flusstälern. Und im Mai dann wieder hinauf ins Hochland.

Ein Leben, das Julio gern für immer gelebt hätte. Ein einsames Leben zwar, aber ein Leben ohne Gefahren und Sorgen. Nur – es war nicht sein Leben. Sein Leben wartete sechs Busstunden südlich von Lima auf ihn. Manchmal wünschte sich Julio, er und sein Bruder könnten ihre Familien hierher holen. Manchmal stellte er sich vor, sie würden sich ein großes Haus bauen unten in Cora, und seine Kinder könnten in der kleinen Stadt zur Schule gehen.

Einer der Hirtenhunde bellte. Julio sprang auf. Er verstand die Hunde. Dieses Bellen bedeutete: Etwas Fremdes nähert sich der Herde. Aufmerksam spähte Julio zu dem kläffenden Hirtenhund dreihundert Schritte hangabwärts.

Zwei Gestalten bewegten sich dort zwischen ein paar niedrigen, verkrüppelten Kiefern. Die kleinere erkannte Julio an der Baseballkappe und dem flinken Gang – sein älterer Bruder Lisandro.

Die andere war mehr als einen Kopf größer als Lisandro. Ein hagerer Mann mit kurzen dunklen Haaren. Als er näher kam, erkannte Julio, dass er einen Schnurrbart trug. Sein Schritt war kraftvoll, und er ging leicht vornübergebeugt, als hätte er ein Ziel ganz nah vor Augen. Julio achtete auf solche Dinge.

Erst als die beiden nur noch zwanzig Schritte von ihrem Wohncontainer entfernt waren, machte Julio sich klar, dass der Fremde kein ganz Fremder war. Zweimal war er in den vergangenen drei Jahren schon ihr Gast gewesen. Nur seinen Namen hatte Julio sich nicht merken können. Die meisten Namen hier in Nordamerika klangen für seine Ohren wie das Schmatzen eines Lamas.

»Besuch, Julio!«, rief Lisandro ihm auf Quechua zu. »Mach Kaffee!«

Julio sprang auf. Der Fremde trug graue Jeans, ein kariertes Flanellhemd und darüber eine olivgrüne Weste. Sein Rucksack war nicht besonders groß. Anders als bei seinen letzten beiden Besuchen schien er nicht auf einer längeren Tour zu sein.

Julio begrüßte ihn lächelnd. Der Händedruck des anderen war kräftig. Sein Blick nicht so offen und warm, wie Julio ihn in Erinnerung hatte.

Etwas Lauerndes, Gehetztes lag in den grauen Augen des Fremden. Julio hatte ein Gefühl für solche Dinge.

Lisandro und der Mann setzten sich an den kleinen Klapptisch im Inneren des Wohncontainers. Sofort begannen sie miteinander zu sprechen. Sie unterhielten sich auf Englisch. Julio verstand kein Wort.

Er machte Feuer in dem kleinen Ofen, setzte einen alten Kupferkessel voll Wasser auf die Kochplatte und mahlte Kaffee.

Lisandro und der Fremde sprachen nicht miteinander wie Leute, die Höflichkeiten austauschten und das Wetter der vergangenen Tage analysierten. Ihre Gesichter wirkten angespannt. Lisandro hörte die meiste Zeit zu. Dabei lag seine rechte Hand geballt auf dem Tisch, während er die Linke in die Hüfte stemmte. Sein Gesicht wirkte finster und hart, aber das beunruhigte Julio nicht besonders. Er sah seinen Bruder selten lächeln. Früher schon. Aber seit fünf Jahren selten. Seit Lisandro aus der Armee ins Bergdorf zurückgekehrt war.

Der Fremde beugte sich weit über den Tisch, während er redete. Er schien etwas Dringendes auf dem Herzen zu haben.

Julio stellte zwei Teller, ein Glas Marmelade und Margarine auf den Tisch. Danach schnitt er einen kleinen Brotlaib an.

Er fragte sich, was einen Amerikaner bewegen konnte, mit dringenden Angelegenheiten zu ihnen auf den Mount McDougal zu steigen.

Julio servierte Kaffee. Er selbst nahm seinen Becher mit nach draußen. Am Tisch hatten keine drei Männer Platz. Außerdem verstand er sowieso nicht, was Lisandro und der Fremde so Wichtiges zu besprechen hatten.

Er würde es erfahren.

Der Fremde blieb fast vier Stunden lang. Julio sah durch die offene Tür, wie er und Lisandro sich über Landkarten beugten. Und er beobachtete, wie der Fremde Briefkuverts und Papiere aus seinem Rucksack holte.

Einer der Treibhunde kläffte plötzlich laut los. Ein Collie – er sprang um die Herde herum und lief hangaufwärts. Die Schafe dort an den mannshohen Büschen spritzten auseinander. Der Collie jagte zwischen die Büsche.

Julio schnappte sich seinen Eichenholzstab und spurtete den Hang hinauf. Noch bevor er den Buschhain erreichte, hörte er den Flügelschlag. Kurz darauf erhob sich ein Steinadler über den Sträuchern und segelte hangabwärts.

Julio brach durch die Büsche. Dahinter, im rostroten Gestrüpp, lag der zuckende Körper eines Schafes. Der Collie umkreiste das Tier kläffend.

Noch bevor er das verletzte Schaf erreichte, wusste Julio, dass es verloren war. Blut schoss schwallartig aus einer großen Wunde an seinem Hals. Das Fell färbte sich rot. Julio beugte sich zu ihm hinab. Wenige Minuten später war es verblutet.

Er brachte es zur Blechhütte. Dort zog er ihm das Fell ab. Von dem Fleisch würden sie die nächsten Tage leben.

Lisandro trat mit dem Amerikaner vor den Container. Der Mann winkte ihm zu und ging dann den Hang hinunter. Mit blutigen Händen ging Julio zu seinem Bruder, der vor der offenen Tür stand. Er deutete auf das ausgenommene Schaf und stieß einen klagenden Laut aus.

»Schade.« Lisandro zuckte mit den Schultern. »Aber mach dir nichts draus, Brüderchen – so etwas kommt vor.«

Er sagte das, ohne den Blick von der kleiner werdenden Gestalt des Fremden zu wenden. Julio sah ihn fragend an. Sein Bruder drehte sich um. Mit einer Kopfbewegung deutete er in den Container. Grünes Papier lag auf dem Tisch. Dollar-Noten.

Julio ging hinein und starrte das Geld an. Es waren ausschließlich Hundert-Dollar-Noten. Er begriff nicht.

Lisandro drängte sich an ihm vorbei, schob die Scheine zu zwei Bündeln zusammen und zählte sie ihm auf den Tisch. Es waren genau fünfundzwanzigtausend Dollar.

Julio nuschelte ein paar Worte, die nur sein Bruder verstehen konnte.

»Wofür?«, wiederholte Lisandro. »Für eine Arbeit, die nicht einmal zwei Wochen dauern wird. Wir können sie erledigen, bevor wir nach Hause fliegen, Julio.« Er ließ sich an dem kleinen Klapptisch nieder und blickte seinen Bruder ernst an. »Und wenn wir die Arbeit gut erledigen, bekommen wir noch einmal fünfundzwanzigtausend US-Dollar.«

Julio stand wie zur Salzsäule erstarrt vor dem Tisch mit dem Geld. Was hatte sein Bruder da gerade gesagt? Fünfundzwanzigtausend Dollar? Für zwei Wochen Arbeit? Und danach noch einmal fünfundzwanzigtausend? Er versuchte zu verstehen. Fassungslos streckte er beide Hände nach dem Geld aus. Er zuckte zurück, als er das Schafblut an seinen Fingern sah.

»Stell dir das vor, Julio – fünfundzwanzigtausend für jeden von uns. Zusammen mit dem Hirtenlohn wären das fast fünfundvierzigtausend Dollar. Hast du das gehört, kleiner Bruder? Fünfundvierzigtausend. So viel verdienen die meisten Bauern und Handwerker bei uns in ihrem ganzen Leben nicht.«

Julio nickte stumm. Eine Ahnung kroch kalt und dunkel in das Gedankenchaos unter seiner Schädeldecke. Die Ahnung, dass es keine schöne Arbeit sein konnte, für die der Fremde fünfzigtausend Dollar bezahlen wollte.

»Unsere Chance, Julio«, sagte Lisandro. »Wir könnten unsere Familien nehmen und weit weggehen. In eine der Städte am Fuß der Anden vielleicht. Irgendwohin, wo uns der ›Leuchtende Pfad‹ nicht findet. Wir werden ein Geschäft eröffnen und reich werden. Oder wir züchten Schafe. Vielleicht können wir sogar hier in diesen schönen Bergen Land kaufen und selber Schafzüchter werden.«

Wieder nickte Julio. Lisandro hatte recht. Er hatte meistens recht. Wenn er glaubte, dass es in Ordnung war, für fünfzigtausend Dollar zwei Wochen lang eine hässliche Arbeit zu erledigen, dann war das in Ordnung. Dann war das in jedem Fall besser, als sein Leben in der Angst vor Feinden zu verbringen.

Julio fuchtelte mit seinen blutigen Händen und stieß ein paar heisere Laute aus. »Was für eine Arbeit das ist, willst du wissen?«, fragte Lisandro. Julio nickte. »Eine Arbeit, die wir gut beherrschen. Eine Arbeit, die wir gründlich gelernt haben, Julio. Eine Arbeit, die wir während unserer fünf Jahre beim ›Leuchtenden Pfad‹ gelernt haben …«

Nicht ganz zwei Wochen später. Die Stunden hier oben an den Hängen des Mount McDougal waren gezählt. Noch zwei Tage, und dann würden die beiden Cousins aus Peru eintreffen. Fast ein wenig wehmütig dachte Julio an die »Metallschachtel«, in der er drei Jahre lang von seiner Familie und einem besseren Leben geträumt hatte. Wahrscheinlich würde er sie vermissen.

Er war allein. Allein mit über dreitausend Schafen und drei Hirtenhunden. In den frühen Nachmittagsstunden des vergangenen Tages hatte sich Lisandro in den Sattel geschwungen und war hinunter nach Cora geritten. Julio wusste nicht genau, was er dort zu erledigen hatte. Er wusste nur, dass es mit dem Fremden zusammenhing, der ihnen fünfzigtausend Dollar für eine schmutzige Arbeit bezahlen wollte.

Zu Pferd hatte Julio die Schafe hoch in die Gipfellagen des Berges getrieben. Als er gegen Abend zum Wohncontainer zurückkehrte, sah er von Weitem Rauch aus dem schmalen Kaminrohr steigen. Lisandros Pferd weidete am Berghang.

Eine halbe Stunde später betrat er den Container. Lisandro stand vor dem Ofen und erhitzte eine Konservendose. Er drehte sich kurz nach Julio um, deutete dann mit dem Kopf zum Tisch und widmete sich wieder dem Bohneneintopf.

Auf dem Tisch lagen zusammengeschnürte Stoffbündel. Auf einem der Stühle zwei leichte Rucksäcke, nagelneu. Julio ging zum Tisch und schnürte die Bündel auf. Das erste enthielt Schaft, Lauf und Zielfernrohr eines Jagdgewehrs. Das zweite die Einzelteile eines automatischen Gewehres. Das dritte zwei Revolver und zwei Schalldämpfer. »In den Rucksäcken ist Sprengstoff und Munition«, sagte Lisandro, ohne sich umzudrehen.

Nach dem Essen entfernten sie sich etwas von der Herde und machten Schießübungen. Auch die beiden Tage, bevor ihre Ablösung kam, nutzten sie für Schießübungen. Julio wunderte sich, wie vertraut ihm die Waffen waren. Dabei hatte er sieben Jahre lang keine mehr in der Hand gehabt.

Sie schossen auf leere Konservendosen und Steine. Am zweiten Tag zielten sie auf Vögel, die den Berghang überflogen. Julio traf häufiger als Lisandro. »Wie früher«, sagte der. »Du warst schon beim ›Leuchtenden Pfad‹ immer besser als ich.«

Du willst wissen, wie man in der Wildnis überlebt? Sieh dich in deinem Bekanntenkreis um. Welche Menschen sind kraftvoll und zufrieden? Die, die sich den Gegebenheiten anpassen, statt sie zu bejammern.

Sieh dich in deiner Firma um. Welche Kollegen sind erfolgreich? Die, die sich den Neuerungen anpassen, statt sie zu bekämpfen.

Sieh dich in deiner Stadt um. Welche Geschäfte existieren am längsten? Die, die sich auf die veränderten Bedürfnisse der Kunden einstellen, statt den guten, alten Zeiten nachzuweinen.

Sieh dich in der Wirtschaft um. Welche Firmen expandieren? Die, die flexibel genug sind, um auf den sich ständig verändernden Markt zu reagieren, statt an alten Konzepten zu kleben.

Was das mit Überleben in der Wildnis zu tun hat? Du Hohlkopf! Alles ist Wildnis! Dein Bekanntenkreis, deine Firma, deine Stadt, die moderne Wirtschaft, dein eigenes Leben. Und alles wird vom gleichen Prinzip beherrscht: lernen oder sterben. Sieh dein eigenes Leben an. Wann warst du am glücklichsten? Als du den gewohnten Trott aufgegeben hast und zu neuen Ufern aufgebrochen bist. Wann bist du über dich hinausgewachsen? Als du scheinbar bewährte Prinzipien aufgegeben und dich unbekannten, neuen Erfahrungen geöffnet hast.

Also: Pass dich den Gegebenheiten an oder gehe unter. Sag ja zur Wildnis oder such dir einen gemütlichen Platz auf dem Friedhof. Lass los oder zerbrich.

Oder wie der Weise sagt: »Das Wasser ist stärker als der Fels.«

Joseph Watonga, Survival-Trainer, in seinem Buch »Überleben«

4

Manhattan, 3. September 1999

Ein lauer Spätsommertag. Die Straßenbeleuchtung vor den Fenstern des »North Star Pub« flammte auf. Das Stück Abendhimmel, das ich von unserem Fensterplatz aus sehen konnte, flirrte in einem dunklen Blau. Fast violett kam es mir vor.

Ich liebe diese Abende, wenn der Sommer zu Ende geht und der Herbst an manchen Tagen sogar unseren Big Apple mit seinem unvergleichlichen Licht erfüllt.

Möwen schrien, und vom nahen Seaport her hörte man das Signalhorn eines Ausflugdampfers. Menschen schlenderten über die Fulton

Street. Touristen vorwiegend, aber auch Manhatties in Business-Garderobe, die aus den Bürotürmen des Financial District geflohen waren und den Feierabend mit einem Imbiss oder einem Drink oder beidem beginnen wollten.

Der »North Star Pub« füllte sich nach und nach. Eine beliebte Adresse bei Manhatties, die einen langen Tag im Bürosessel vor dem Monitor hinter sich hatten. Seit einiger Zeit gehörte der Pub in den restaurierten Lagerhäusern zu unseren Stammkneipen. Man bekommt hier sechs oder sieben Biersorten aus good old England oder Irland vom Fass. Und über ein Dutzend Flaschenbiere aus aller Herren Länder. Natürlich auch Budweiser.

»Taschenmesser?«

»Okay.«

»Feuerzeug?«

»Okay.«

»Zehn Yards Nylonseil?«

»Müssen wir noch besorgen.«

»Landkarte …?« Vor Phil lagen ein paar Papiere auf dem Tisch. Ein Brief von Joseph Watonga. Anreiseplan, Kartenskizze, Checkliste für die Ausrüstung und so weiter. Mit der Checkliste beschäftigten wir uns seit drei Tagen. Wir hatten Kaufhäuser und Spezialgeschäfte durchstreift und eine Menge Geld ausgegeben.

Phil ging die Liste Punkt für Punkt durch, und ich hakte ab, was wir bereits gekauft hatten, und notierte, was noch beschafft werden musste.

»Landkarten?«

»Von Wyoming«, sagte Phil.

»Hab ich zu Hause.« In weniger als zwei Wochen würde die Survival-Tour starten. In Wyoming. Am Fuße der Wind River Range, einer Viertausender-Bergkette.

»Kompass?«

»Okay.«

»Kochgeschirr?«

»Okay …«

Die Wälder südwestlich der Wind River Range heißen Bridger-Teton National Forest – das größte Waldgebiet der Vereinigten Staaten. Fast anderthalb Millionen Hektar Land umfasst das Naturschutzgebiet, wenn man das Wind-River-Gebirge mitrechnet. Dort gibt es noch Wapitihirsche, Elche und Grizzlys. Und abgelegene, noch kaum erforschte Ecken – Wildnis, wie man sie nur aus alten Wildwestfilmen kennt.

In genau so eine abgelegene Region wollte Joseph Watonga uns führen. Der Indianer kannte das Gebiet wie seine Hosentasche. Jedenfalls behauptete Zeerookah das.

»Essbesteck?«

»Okay.«

»Essnapf?« Phil schüttelte den Kopf. »Kommt mir vor, als hätten wir einen Ausflug nach Sing-Sing vor der Brust.«

»Essnapf – okay.«

»Plastikbeutel?«

»Müssen wir noch besorgen.«

»Handwaschpaste?«

»Okay.«

»Kondome?«

Überrascht blickte ich auf.

»Steht hier«, beteuerte Phil.

Ich nahm ihm die Liste aus der Hand. Tatsächlich hatte Watonga Kondome auf die Checkliste gesetzt. »Nach Bedarf!!«, stand in Klammern dahinter. Tatsächlich mit zwei Ausrufezeichen. Ich gab Phil die Liste zurück.

»Kondome gehen sowieso mit«, sagte Phil.

»Du bist ein unverbesserlicher Optimist.« Ich dachte an die blonde Frau, die ich vor vier Wochen bei dem Treffen mit Watonga kennengelernt hatte. Lea McCure. Sie war mir nicht mehr aus dem Kopf gegangen.

»Jetzt zum Verbandszeug.« Phil nahm einen Schluck Bier. »Kleine Schere?«

»Ist am Taschenmesser.«

»Anatomische Pinzette?«

»Okay.«

»Das meiste haben wir. Für den Rest würde ich einen halben Tag einkalkulieren.« Phil legte Watongas Brief beiseite. »Wann gehen wir einkaufen?«

»Klemmen wir uns morgen Abend hinter den Monitor und grasen das Internet ab«, schlug ich vor. »Wir lassen uns die Sachen schicken. Zeery hat mir von einem Outdoor-Versand erzählt. Dürfte nicht schwer zu finden sein.«

Phil war einverstanden. »Bereust du's?«

»Was?«

»Dich auf diese Survival-Tour eingelassen zu haben?«

»Nein. Und du?«

Phil schüttelte den Kopf. »Im Gegenteil – ich bin ganz heiß drauf. Ist mal was anderes.«

Zwei Wochen später hätten wir diese Frage ganz anders beantwortet.

Austin, Texas, 5. September 1999

Der Mann saß in einem klobigen hölzernen Stuhl. Irgendwie steif, fand Clifford Sheridan. Als hätten sie die Sitzfläche mit feinen Nadeln gespickt, die sich dem Mann jetzt in den Hintern bohrten.

Seine Waden waren mit breiten Riemen an die Stuhlbeine angeschnallt, seine Arme an die Armlehnen. Clifford Sheridan betrachtete ihn mit einer Mischung aus Neugier und Verachtung.

Es war ein junger Mann, höchstens fünfundzwanzig. Ein Schwarzer. Die weit aufgerissenen Augen starrten in die Neonröhren, die ihr unbarmherziges Licht von der Decke aus in den kahlen Raum warfen.

Cliff Sheridan warf einen Blick auf die große Glasscheibe an einer der beiden langen Seiten des Raumes. Eine Menge Leute hatten dahinter Platz genommen. Leute, die jahrelang auf diese Stunde gewartet hatten. Und Leute, die Jahre lang versucht hatten, diese Stunde hinauszuschieben und abzuwenden.

Einer der vier Uniformierten zog eine Maske über das Gesicht des Mannes auf dem Stuhl. Dann entfernten sich alle vier von dem Stuhl und traten neben Cliff. Allein blieb der junge Schwarze zurück. *Einsamer kann man nicht sein,* schoss es Cliff durch den Kopf.

Er verscheuchte den Gedanken. Gefühle waren das Letzte, was man bei der Erfüllung seiner Pflichten gebrauchen konnte. Der Richter wandte sich zu ihm um und nickte ihm zu. Cliff legte den Hebel um.

Es ging schnell – Gott sei Dank! Es knisterte ein paar Sekunden lang, der Mann in dem Stuhl warf den Kopf in den Nacken, bäumte sich auf und wurde noch steifer. Wirklich nur ein paar Sekunden lang. Dann sackte er in sich zusammen. Ein dünnes, rotes Rinnsal floss unter seiner Maske hervor und zog sich über seinen Hals.

Das war's schon.

Wie alle offiziell an der Hinrichtung Beteiligten nahm auch Cliff den Hinterausgang. Er hatte keine Angst vor den Leuten, die sich auf dem

Parkplatz vor den Gefängnistoren versammelt hatten. Aber Sicherheitsvorschriften waren dazu da, eingehalten zu werden.

Es war ein Samstag, und Cliff hatte das Gefühl, den einen oder anderen Drink vertragen zu können. Er fuhr also nicht nach Hause, sondern nach Austin City hinein.

In seiner Stammbar sammelte sich schnell ein Dutzend Männer um ihn an der Theke. Cliff, Direktor der Verkehrsbehörde und Mitglied verschiedener Klubs, war ein angesehener und beliebter Mann in Austin. Und bekannt wie ein bunter Hund.

Er zahlte nur die erste Runde Whisky. Danach wurde ihm ungefragt ein Glas nach dem anderen hingestellt. Seine Bekannten und Freunde orderten der Reihe nach die Runden.

»Du machst nächste Woche Urlaub, Cliff«, sagte einer der Männer. »Wohin geht die Reise?«

»In die Rockies. Am nächsten Samstag geht es los.« Cliff nippte an seinem Glas. »Outdoor-Tour ohne Netz und doppelten Boden. Und ohne Weib und Kinder. Muss mal wieder raus aus der Mühle.«

»Mit der Rothaut?«, wollte einer wissen.

Er hatte mal erwähnt, dass er seine regelmäßigen Wildnistrips in den letzten Jahren hin und wieder unter der Leitung von Joseph Watonga unternahm. Es war ihm ein bisschen peinlich.

»Ja«, sagte er, »ein netter Kerl. Hat nichts mit dem ganzen Esoterik-Bullshit zu tun, wirklich nicht. Ein guter Mann, dieser Typ. Hat echt was drauf, führt einen in Gegenden, in die du sonst nie im Leben hinkommen würdest.«

»Und deine alten Kumpels von der Universität sind auch mit von der Partie?«

»Klar.«

Die meisten Leute aus Cliffs Bekanntenkreis in Austin wussten, dass er sich alle zwei, drei Jahre mit alten Freunden aus seiner Studienzeit in Los Angeles traf. Mal mit Familien zu mehrtägigen Partys in Kalifornien, mal zu Bergtouren in den Rockies oder den Appalachen, mal zu Outdoor-Touren in Labrador. In einem Sommer hatten sie sich sogar mal zwei Wochen lang im Hochgebirge von Alaska herumgetrieben.

»Alte Freundschaften muss man pflegen. Die sind so wertvoll wie alter Whisky«, sagte er.

Die meisten der Männer brachten Cliffs Bindung an seine in den ganzen Staaten verstreuten Studienfreunde Unverständnis entgegen. Sie hatten ihre Freunde und Bekannten in der Stadt.

Cliff natürlich auch. Wie gesagt, er war ein angesehener und beliebter Mann in Austin. Aber kaum jemand stand ihm so nahe wie die fünf Männer und Frauen aus seiner unvergesslichen Zeit an der California State University of Los Angeles. Sie waren einfach ein verschworener Haufen. Cliff würde sich hüten, das irgendeinem seiner Mitbürger genauer zu erklären.

Es wurde spät, wenn Clifford Sheridan seine Stammbar besuchte. Kurz vor zwei war es, als er seinen Wagen suchte. Trotz der vielen Whiskys setzte er sich hinter das Steuer seines Dodge und fuhr nach Hause.

Seine Frau saß noch vor dem Fernsehapparat. Sie hatte gewartet. Wie meistens. Kein Wort des Vorwurfs kam über ihre Lippen. Auch nicht, als sie ihn schwanken sah und die Alkoholfahne roch.

Am nächsten Morgen stand er als Erster auf und machte Frühstück für die ganze Familie. Wie jeden Sonntag. Nach und nach krochen seine fünf Kinder aus den Federn, kamen in die Küche und hatten allerhand zu erzählen.

Cliff tat, als würde er aufmerksam zuhören, während er Eier briet, Cornflakes in Schüsseln füllte und Kaffee kochte.

In Wirklichkeit brummte ihm der Schädel, und er hatte Mühe, sich zu konzentrieren.

Aber er vertrat eisern den Standpunkt, dass man saufen durfte bis zum Sonnenaufgang – vorausgesetzt, man war danach noch fähig, seine Pflicht zu tun.

Zum Beispiel pünktlich im Büro zu sein, an staatsbürgerlichen Aufgaben wie einer Hinrichtung mitzuwirken, sonntags das Frühstück zuzubereiten und sich seinen Kindern zu widmen. Immerhin sahen sie ihn die ganze Woche über so gut wie nie.

Seine Frau erschien als Letzte zum Frühstück. Ihr gutes Recht, fand Cliff. An den Werktagen war sie es, die als Erste in der Küche stand.

Nach dem Frühstück noch so eine Pflicht, die man nach Cliffs Meinung selbst nach durchzechter Nacht gewissenhaft zu erledigen hatte. Jedenfalls sonntags. Gottesdienstbesuch.

Die Sheridans gehörten zur Southern-Baptists-Gemeinde von Austin. Und Cliff saß im Presbyterium der großen Freikirche.

Die folgende Woche traf Cliff die letzten Vorbereitungen für seinen Urlaub. Die meisten Dinge, die für einen längeren Trip in der Wildnis nötig waren, besaß er bereits. Aber Hygieneartikel, Medikamente und ein paar Kleidungsstücke mussten noch besorgt werden. Und Munition für seinen .45er Magnum.

Er wusste zwar, dass Waffen auf Watongas Touren strengstens verboten waren. Aber Cliff ging nie ohne einen Revolver aus dem Haus. Reine Gewohnheit. Der Indianer musste ja nicht alles wissen.

Drei Tage vor seinem Flug nach Wyoming rief Burt Loominal ihn im Rathaus an. »He, Cliff, altes Haus – wie geht's so?«

»Prächtig wie immer, Burt. Und selbst?«

»Mein Vertrag mit dem Weißen Haus ist perfekt. Im Oktober geht's los.«

»Gratuliere, Burt. Wir sehen uns am Samstag in Wyoming?«

»Deswegen rufe ich an«, sagte Loominal. »Ich hab noch so viel zu erledigen – wir wollen ein Haus in Washington kaufen, ich muss mit meinem Büro in die Fakultät umziehen und so weiter. Ich schaff es einfach nicht.«

»Schade«, sagte Cliff, »sehr schade – ohne dich wird der Trip doch nur halb so spannend …«

Bridger-Teton National Forest, Wyoming, 8. und 9. September 1999

Nur einen Tag waren sie vom Mount McDougal nach Pinedale unterwegs gewesen. Von Cora aus hatte der Bus knapp zwei Stunden gebraucht. Julio hatte an die Busreisen in den Anden denken müssen, die um so vieles beschwerlicher waren.

Drei Tage waren sie in Pinedale geblieben. In einem billigen Hotel. Der Fremde hatte das Zimmer für sie gebucht. Der Mann, der das viele Geld auf den Berg gebracht hatte.

Auf der Post von Pinedale lag eine Sendung für sie. Lisandro holte sie ab. Im Hotelzimmer öffneten sie das Päckchen. Es enthielt ein kleines tragbares Funkgerät.

Sie kauften, was sie für die nächsten Wochen benötigen würden: Lebensmittel, Zelt, Schlafsäcke und so weiter. Alles auf Rechnung des Amerikaners, der fünfzigtausend US-Dollar für zwei Wochen Arbeit bezahlen wollte.

Dann packten sie ihre Sachen zusammen und machten sich auf den Weg in die Wälder.

Zwei Tage lang zogen sie über die bewaldeten Hänge. Vorbei an unzähligen kleinen und größeren Seen. Bis sie am Spätnachmittag des zweiten Tages an den Big Sandy kamen.

Oberhalb des schmalen Flusslaufes, im Felsen, sahen sie die drei

Höhlen, die der Fremde ihnen beschrieben hatte. »Totenschädel« hatte er den Fels genannt. Und so sah er auch aus.

Lisandro deutete auf den Wald über dem Felsen. »Dort oben muss die Hütte sein.« Über einen schmalen Serpentinenweg stiegen sie den Steilhang hinauf.

Es war eine primitive Hütte – aus jungen Fichtenstämmen zusammengezimmert, mit einem aus dünnen Zweigen geflochtenen und mit Laub bedeckten Dach versehen. Nicht mehr als ein Unterschlupf. Hier sollten sie warten, bis sich ihr Auftraggeber meldete.

Julio beobachtete seinen Bruder, während der einen Angelhaken an einer dünnen Nylonschnur befestigte. Lisandro erschien ihm noch ernster als sonst. Die Lippen seines langen Mundes wirkten schmal und waren in den Winkeln leicht nach unten gezogen. Das verlieh seinem Gesicht eine Härte, die Julio erschreckte.

Er stieß ein paar Worte aus. Lisandro sah auf. »Ob ich Angst habe?« Ein bitteres Grinsen zog über sein Gesicht. »Wie kommst du darauf, kleiner Bruder? Hast du etwa Angst?«

Julio zuckte erst mit den Schultern, dann aber schüttelte er den Kopf.

»Wir werden die Arbeit tun«, sagte Lisandro. »So schnell und gründlich, wie wir das gelernt haben. Ist das klar, kleiner Bruder?« Julio nickte. »Und dann werden wir noch einmal fünfundzwanzigtausend US-Dollar kassieren und nach Hause fliegen.«

Wieder spuckte Julio ein paar kaum verständliche Wortfetzen aus.

»Richtig«, sagte Lisandro, »und nie mehr dran denken …«

New Orleans, Louisiana, 11. September 1999

»Gibt's wenigstens ein paar knackige Kerle auf dieser verrückten Tour?« Jane Walter feixte, während sie den Rucksack ihrer Schwester in den Kofferraum des Cadillac wuchtete. Sie war genauso rothaarig und genauso kräftig gebaut wie Lucy. Und auf die Minute genau gleich alt. Die beiden Schwestern waren eineiige Zwillinge.

»Verlass dich drauf«, lachte Lucy. Sie stiegen in den Wagen, Jane auf den Fahrersitz. »Zwei FBI-Agenten sind dabei.«

»Wie aufregend.« Jane startete den Cadillac. »Ist einer davon wenigstens blond?« Ihre Schwester stand auf blonde Männer. Genau wie sie selbst.

»O ja!«, grinste Lucy. »Blond, groß, breitschultrig und schön wie ein Adonis!«

»Jetzt versteh ich, warum du so heiß auf diese zwei Wochen bist.« Jane steuerte den Cadillac aus dem Stadtzentrum hinaus auf die Interstate 10. Auf dem Highway ging es am Lake Pontchartrain entlang zum Flughafen von New Orleans. »Ansonsten würde ich mich ernsthaft fragen, ob du nicht doch eine heimliche Masochistin bist.«

Lucy kicherte in sich hinein. Vor jedem Urlaub, den sie getrennt verbrachten, das gleiche Spiel: Jane würde niemals verstehen, wie sich ein Mensch freiwillig tagelang durch unwegsame Gebirgsregionen quälen konnte. Ohne Dusche, ohne Kaffeemaschine und ohne Bar. Die Urlaubsgewohnheiten gehörten zu den wenigen Dingen, die sie nicht teilten.

»Du solltest mal mitgehen«, seufzte Lucy. »Ein einziges Mal nur. Du solltest einmal die endlosen Wälder sehen, die kristallklaren Gebirgsbäche …«

»… die glänzenden Schneegipfel, die gelben Birkenhänge«, unterbrach Jane mit gespielt pathetischem Tonfall. »Ich weiß, ich weiß. Ein Vorschlag: Du schenkst mir zu unserem Geburtstag eine Helikoptertour in der Wind River Range. Dann guck ich mir die Gegend mal von oben an, in der du dich herumtreibst, während ich hier, tief im Süden, unser Geld verdiene.«

Wieder lachten sie. Sie lachten viel, die Zwillingsschwestern. Vor allem, seit Jane vor vier Jahren ihren Mann aus dem gemeinsamen Haus geworfen hatte.

Lucy hatte gleich gar nicht erst geheiratet. »Ich bin ein unersättliches Weibsstück«, pflegte sie ganz ungeniert zu sagen. »Warum soll ich einen Mann unglücklich machen, wenn ich hundert glücklich machen kann?«

Gemeinsam zogen sie Janes Kinder groß – sie hatte zwei Söhne und eine Tochter, alle im schulpflichtigen Alter –, und gemeinsam betrieben sie ein Fotogeschäft in New Orleans, gemeinsam kümmerten sie sich um Haus und Garten, und gemeinsam gingen sie fast jedes Wochenende auf Fototrips.

Die Grundlage für das Geschäft und das Haus hatte Lucy gelegt, als sie vor etwa vierzehn Jahren in der Lotterie gewonnen hatte. Jedenfalls glaubte Jane, dass die hundertfünfundzwanzigtausend Dollar damals aus einem Lotteriegewinn stammten. Alle glaubten das, die Lucy und Jane kannten.

Eine halbe Stunde später hielten sie vor der Flughalle. Jane hievte Rucksack und Tasche aus dem Kofferraum. »Pass gut auf dich auf, Schwesterchen.« Sie umarmte Lucy und küsste sie auf beide Wangen. »Und pass auf, dass du nicht versehentlich einen Grizzly verführst.«

Lucy lachte schallend. »Du bringst mich erst auf diese fantastische Idee!«, wieherte sie.

Jane zog die Wagentür auf. Drohend hob sie den Zeigefinger. »Ich warne dich!«, sagte sie, bevor sie einstieg. »Ich würde die Todesursache glatt auf deinen Grabstein meißeln lassen!«

»Hier ruht Lucy Walter!« Lucys Altstimme rutschte in theatralische Tieflage. »Geboren 1962 im schönen New Orleans, gestorben 1999 beim Sex mit einem Grizzly!«

Lucy lachte, und dann winkte sie dem Cadillac hinterher …

Washington, DC, 10. und 11. September 1999

Burt Loominal hatte alles sorgfältig geplant.

Erst nachdem er Checklisten und Routenplanung von Watonga erhalten hatte, sagte er seine Teilnahme an der Survival-Tour offiziell ab.

Am Tag vor seiner Abreise, am 10. September, traf er sich noch einmal mit Frank Cipolla zum Bogenschießen. Anschließend begossen sie in einer Bar ihre letzte gemeinsame Freizeitaktion in Los Angeles. Dabei horchte Loominal den Chirurgen aus, um eventuelle Änderungen in der Planung der Survival-Tour in Erfahrung zu bringen. Es gab keine Änderungen.

Cipolla kam ihm zurückhaltender vor als sonst. Für Loominal kamen nur zwei mögliche Erklärungen dafür infrage: Entweder war der Kollege neidisch auf seinen Karrieresprung, oder er war der Erpresser.

Am Abend dieses Tages fand er eine E-Mail auf dem Server. Der Erpresser antwortete endlich auf seine Botschaft.

Noch zwei Wochen. Dann will ich wissen, wie ich an die Achthunderttausend komme, oder die Geschichte geht an die Washington Post!

Zwei Wochen. Wieder eine Bestätigung. Alle fünf waren während der nächsten zwei Wochen beschäftigt. Mit einer Survival-Tour in Wyoming. Und einer von ihnen wollte danach um achthunderttausend Dollar reicher werden.

Weder Wut noch sonderliche Erregung verspürte Loominal, als er die Antwort schrieb.

Zwei Wochen dürften reichen, um das Geld zu beschaffen. Ich melde mich nach Ablauf der Frist.

Am nächsten Morgen chauffierte ihn Tina zum Flughafen. Er hatte seiner Frau erzählt, er würde nach Washington fliegen, um sich dort auf dem Immobilienmarkt umzusehen und abschließende Gespräche im Gesundheitsministerium zu führen. Danach wolle er sich in eine Blockhütte in den Appalachen zurückziehen und sich mental auf seine neuen Aufgaben vorbereiten.

Tina war einverstanden gewesen. Selbst, dass er sich fast zwei Wochen lang nur sporadisch bei ihr melden wollte, schluckte sie ohne Protest.

Er flog tatsächlich nach Washington. Aber die Gespräche mit dem Minister waren längst abgeschlossen. Vom National Airport aus fuhr er in einem Taxi am Potomac entlang und dann in die Innenstadt zum Büro eines Immobilienmaklers, mit dem er sich ohne Wissen seiner Frau telefonisch verabredet hatte. Er gab ihm den Auftrag, ein Haus für ihn zu suchen.

Danach fuhr er in den Stadtteil Cottage City. In einer schmuddeligen Bar traf er eine Frau. Ein knapp zwanzigjähriges Callgirl, das er von früheren Besuchen in der Hauptstadt kannte. Mit ihr ging er essen.

Er wählte ein teueres Restaurant und gab dem Kellner ein ungewöhnlich hohes Trinkgeld. Der Mann sollte sich an ihn erinnern, falls Loominal wider Erwarten in Schwierigkeiten geraten würde.

Gegen Abend fuhr er mit dem Mädchen in dessen Apartment nach Colmar Manor. Sie verbrachten die erste Hälfte der Nacht miteinander.

Gegen drei Uhr morgens bestellte Loominal ein Taxi und ließ sich zum National Airport bringen. Einen Teil seines Gepäcks ließ er im Apartment des Callgirls. Jedem, der es wissen wollte, würde sie im Notfall erzählen, dass Loominal zwei Wochen bei ihr verbracht hatte. Er hatte sie gut dafür bezahlt.

Loominal war überzeugt davon, dass der Notfall niemals eintreten würde. Aber man konnte nie wissen. Wie gesagt – er war nicht der Mann, der irgendetwas dem Zufall überließ.

Natürlich – sollte der Notfall eintreten, würde sich die Presse das Maul darüber zerreißen, dass ein Mitarbeiter des Gesundheitsministeriums zwei Wochen bei einem Callgirl logiert hatte. Aber das war immer noch besser, als wenn sein Name mit Mord in Verbindung gebracht würde.

Um 5 Uhr 30 startete seine Maschine nach Salt Lake City. Dort mietete er gegen Mittag des nächsten Tages einen japanischen Geländewagen und fuhr nach Pinedale, Wyoming …

Denver, Colorado, 12. September 1999

Diesmal fuhr Lea mit dem Taxi zum Flughafen.

Sie saß im Fond des Wagens. Gedankenverloren blickte sie auf die vorbeiziehende Skyline von Denver. Der Glutball der aufgehenden Sonne löste sich von den Spitzen der Wolkenkratzer.

Seit drei Wochen redeten Jeff und sie nur noch das Nötigste. Terminabsprachen, finanzielle Angelegenheiten – Dinge, die eben besprochen werden mussten, um die Mühle des Alltags in Gang zu halten.

Schon Anfang August war sie aus dem gemeinsamen Schlafzimmer ausgezogen. Ihre Freizeit verbrachte sie mit Freundinnen. Bei einer hatte sie sogar zwei Wochen lang übernachtet.

Auch der Griff zum Telefon, um einen Anwalt anzurufen, war ihr gelungen. Aber sie hatte den Termin auf den Oktober gelegt. In der Einsamkeit der Rockies wollte sie noch einmal über alles nachdenken, bevor sie die Scheidung beantragte.

»He, Miss!«, grinste der Taxifahrer, als er ihr vor dem Eingang zur Flughalle ihren Rucksack aus dem Kofferraum holte. »Sie sehen gar nicht aus wie ein Wandervogel!« Seine Augen glitten bewundernd über ihre schlanke, in ein eng anliegendes graues Kostüm gehüllte Gestalt.

»Was Sie nicht sagen!« Sie ließ ihn stehen und schob den Gepäckwagen in die Flughalle.

Am Information Board blieb sie stehen. Ihre Augen wanderten über die Digitalanzeigen der wandhohen Tafel. Ihre Gesichtszüge entspannten sich, als sie ihren Flug fand. *Salt Lake City, Southwest Airlines, 7 Uhr 32.*

Leicht wurde ihr zumute. Vierzehn Tage weg von Denver, weg von Jeff – weg aus der Sackgasse, in der sie schon zwölf Jahre zu lang steckte. Nur sich selbst würde sie mitnehmen.

Gott, gib mir Mut. Hilf mir, die Entscheidung zu treffen. Gib mir Kraft, sie durchzuhalten …

Lea wandte sich um und ließ die Fluginformationsanzeige hinter sich. Der Check-in-Schalter der Southwest Airlines befand sich gegenüber der Cafeteria. Sie schob ihren Wagen durch die Flughalle.

Ihre Stimmung hob sich mit jedem Schritt. In knapp zwei Stunden würde sie in Salt Lake City landen. Gegen Mittag würde sie das Kleinflugzeug der Chartergesellschaft besteigen, das sie bis nach Boulder, Wyoming, bringen würde. Und dort …

Als wäre sie gegen eine Glasscheibe gelaufen, blieb sie stehen. Die Gestalt eines kleinen, dicklichen Mannes schaukelte vom Schalter der Southwest Airlines auf sie zu. Jeff. Sekundenlang weigerte sich ihr Hirn, das Bild zu identifizieren – aber es war und blieb Jeff, ihr Mann.

Weniger als einen halben Schritt vor ihr blieb er stehen. So nah, dass sie unwillkürlich zurückwich. Stumm starrte sie ihn an. »Flieg nicht, Lea«, flüsterte er.

»Ich …« Sie suchte nach Worten. »Was soll das – was soll das heißen?« Endlich gewann sie ihre Fassung wieder. »Ich habe mich für diese Tour entschieden und freue mich drauf.« Sie sprach jetzt mit heiserer, aber fester Stimme.

»Bitte, Lea – flieg nicht.« Unbeweglich stand er da. Wie eine missglückte tonnenschwere Statue, die nichts von der Stelle rücken konnte. Seine kleinen Augen wirkten wie tot. Nur seine fahle, fast graue Gesichtshaut und seine zusammengepressten Lippen konnte man mit viel Fantasie als Zeichen seines desolaten Gemütszustandes deuten. Wenn man ihn kannte.

Lea kannte Jeff. Besser, als ihr lieb war. Augenblicklich erfasste sie, wie es in ihm aussah. Er war mehr als nur traurig. Er war verzweifelt.

Ein trockener Klumpen schwoll in ihrer Kehle. Sie versuchte ihn hinunterzuschlucken. Für Sekunden fühlte sie sich wie gelähmt. »Ich hab gebucht – alles ist vorbereitet – ich will fliegen …« Ihr eben noch so fester Wille schmolz dahin, und wie ein kleines Mädchen stammelte sie plötzlich. »Lass mich vorbei – bitte, Jeff …«

»Verlass mich nicht«, sagte Jeff leise und mit brüchiger Stimme. Und dann noch einmal flüsternd: »Verlass mich nicht …«

Lea riss ihren Blick von seinen toten Augen los. Sie atmete tief durch. Eine Warteschlange von etwa acht Flugpassagieren hatte sich vor dem Schalter der Southwest Airlines gebildet. Ein Ruck ging durch ihren Körper.

»Es gibt keinen Weg zurück mehr, Jeff.« Sie steuerte ihren Gepäckwagen an ihm vorbei. »Finde dich damit ab.«

Minuten später erst, als sie ihr Ticket der Southwest-Airlines-Mitarbeiterin über den Schalter geschoben hatte, drehte sie sich noch einmal zu ihm um. Immer noch stand er unbeweglich mitten in der Flughalle. Mit dem Rücken zum Schalter. So wie sie ihn hatte stehen lassen. Links und rechts von ihm strömten die Menschen vorbei wie Wasser an einem großen Stein.

Während sie die Aufzüge zu den Fluggastbrücken ansteuerte, fiel sie in den Laufschritt. Als wäre sie auf der Flucht. Sie merkte es nicht mal …

Boulder, Wyoming, 12. September 1999

Charley Newmans Maschine landete gegen Mittag auf dem kleinen Flughafen von Boulder. Über die niedrige Gangway gelangte er aus der zwölfsitzigen Propellermaschine aufs Flugfeld.

Die Mittagssonne prallte aus einem wolkenlosen Himmel auf die Stadt hinunter. Er schloss geblendet die Augen und stellte seinen Rucksack auf dem Flugfeld ab.

Die rechte Handfläche schützend über den Brauen, öffnete er die Augen und sah sich um. Bewaldete Bergrücken um ihn herum. Im Norden glänzten die majestätischen Gipfel der Wind River Range. Zum Greifen nah erschienen sie.

Tief sog er die Luft ein. Sie war deutlich kühler als die Luft in Florida, und sie roch nach Herbst. Charley packte seinen Rucksack und ging zur Flughalle.

Er trug Armeestiefel, Armeehosen und ein weites, olivgrünes Flanellhemd über einem blauen T-Shirt. Die Armeejacke hatte er auf seinen Rucksack gebunden.

Unter den vielleicht drei Dutzend Menschen in der Flughalle erkannte er Frank Cipolla sofort. Der braungebrannte blonde Kalifornier stand an einem Stehtisch vor einer Imbissbude und las Zeitung. Eine Tasse Kaffee stand vor ihm auf dem Tisch, und neben ihm sein großer Rucksack. Er trug schwarze Jeans und ein kobaltblaues Cordhemd mit Brusttaschen. Eine Sonnenbrille hing an einer Kette vor seiner Brust.

Er runzelte die Stirn, als er den großen Afroamerikaner auf sich zukommen sah, dann hellte sich sein Gesicht auf. »Charley? Du?« Die Männer umarmten sich.

»Ich bin's persönlich, Frank!«, lachte Charley.

»Ich dachte, du hättest dich abgemeldet?«

»Das dachte ich auch.« Die Szene auf dem Anlegesteg des Lake

Washington blitzte in Charleys Kopf auf. »Aber du weißt ja, wie schnell sich die Dinge plötzlich ändern können.«

Charley holte sich einen Kaffee und stellte sich Frank gegenüber an den Tisch.

»Wie geht's denn so?«

Es gab eine Menge zu erzählen. Die beiden Männer hatten sich fast zwei Jahre lang nicht mehr gesehen. Frank erzählte von seiner Frau, von seinen beiden Kindern und seiner Arbeit an der medizinischen Fakultät der State University of Los Angeles.

»Bei mir hat sich nicht viel verändert, Charley – ich führe noch immer das ruhige, beschauliche Leben eines erfolgreichen Mittelklasseamerikaners.« Er grinste – Frank besaß eine gesunde Portion Selbstironie. »Nicht zu aufregend, aber auch nicht gerade langweilig. Nicht zu unanständig, aber auch nicht ganz reizlos. Alles geht seinen Gang, man hat Wurzeln geschlagen und ist zufrieden, wenn man einen guten Tennispartner hat und die Kinder nicht aus der Reihe tanzen.« Er leerte seine Kaffeetasse. »Tja – und manchmal überfällt mich so ein komisches Gefühl. Dann sage ich mir: ›Das kann doch nicht alles sein, das kann doch nicht immer so weitergehen!‹ Dann schnappe ich mir meinen Rucksack und verdrück mich in die Berge, bis der Anfall vorbei ist.«

Charley hörte schweigend zu. Schon immer hatte er Frank seiner ausgeglichenen Art wegen geschätzt und seines beständigen Privatlebens wegen beneidet.

»Und du?«, fragte Frank. »Ich hab gehört, du hast dich von der Army verabschiedet und eine Praxis in Denver aufgemacht. Wie läuft sie?«

Nicht nur in Cape Canaveral, auch in seinem Bekanntenkreis hatte Charley das Märchen von der Praxis in Denver erzählt. Sein Sohn Paul hatte ihn glücklicherweise aus dem Erklärungsnotstand gerettet. »Den Plan habe ich fallen lassen – Paul will zu mir ziehen, und ich will, dass er seine Schulzeit in Orlando zu Ende bringt.«

»Und wie willst du dort deine Dollars verdienen?«

Charley zuckte mit den Schultern. »Wenn man nach zwölf Jahren als Offizier die Army verlässt, ist man kein ganz armer Mann, Frankie. Ich hab mir erst mal 'ne kleine Pause gegönnt – und jetzt hab ich zwei Wochen Zeit zum Nachdenken.«

Frank nickte. »Verstehe.« Eingehend betrachtete er den alten Freund. Charley spürte, dass dem anderen etwas auf der Zunge lag. »Du weißt, dass Lea an der Tour teilnimmt?«, sagte Frank endlich.

»Ja.« Charley senkte den Kopf und blickte in seine leere Kaffeetasse. »Sie war lange nicht mehr mit uns unterwegs.«

Frank klopfte ihm auf die Schulter. »Hab dich immer bewundert, wie lässig du mit der Sache umgegangen bist. Ich an deiner Stelle hätte für den Rest meines Lebens einen großen Bogen um die Frau gemacht.« Keiner von ihnen hatte damals begriffen, warum Lea von heute auf morgen die gerade begonnene Beziehung mit Charley hatte sausen lassen, um Jefferson McCure zu heiraten.

Charley sah auf. *Du weißt ja nicht, wie es in mir ausgesehen hat,* dachte er, *du weißt ja nichts von der Hoffnung und der Sehnsucht, die mich aufgefressen hat.*

Er holte Luft und setzte zum Reden an.

Es gab so viel, was er zu dem Thema zu sagen gehabt hätte. Doch er schluckte es hinunter. »Es ist Zeit, nach Watonga Ausschau zu halten.« Er blickte auf seine Uhr und griff dann nach seinem Rucksack. »Lass uns gehen.«

Mit dem Handy am Ohr lehnte Joseph Watonga gegen den protzigen GM-Van.

»He, Joey – ich muss dir was sagen ...« Dan Cagaweas Stimme klang dunkel und rau. Die Stimme eines Mannes, der geweint hatte.

Watonga wusste sofort, was jetzt kommen würde.

»Meine Großmutter ist heute Nacht gestorben«, sagte Dan.

Watonga drückte seinen Kopf gegen die Seitenscheibe und schloss die Augen. »Wie waren ihre letzten Stunden?«, fragte er leise.

»Gestern Abend hat sie noch ein halbes Steak und ein Erdbeereis mit Sahne verdrückt. Danach hat sie einen doppelten Bourbon verlangt und ein Zigarillo dazu geraucht. Sie hat noch eine Menge geredet. Auch von dir. Ich soll dich grüßen. Und du sollst auf dich aufpassen. Tja – irgendwann ist sie eingeschlafen, und heute Morgen war sie – tot ...« Dans Stimme wurde brüchig. Wahrscheinlich weinte er.

»Ein schöner Tod, Dan, verdammt noch mal, sag selbst ...«

»Ja, Joey, ein schöner Tod«, schluchzte Dan. »Du hast recht, verdammt, einen schöneren kann man sich kaum wünschen ...«

»Ich kann nicht zur Beerdigung kommen, Dan.«

»Ich weiß, Joey ...«

»Kauf eine schöne Rose und wirf sie an meiner Stelle in ihr Grab.«

»Mach ich, Joey ...«

»Ich besuche euch«, sagte Watonga. »In etwa drei Wochen schau ich in New York City vorbei.«

»Ist gut, Joey …« Dan schluchzte noch immer. Es war lange her, dass Watonga den alten Freund hatte weinen hören. »Mach's gut, hörst du? Und pass auf dich auf …«

»Mach ich, Dan.« Watonga unterbrach die Verbindung. Die Hand mit dem Handy sank hinab. Er starrte in den wolkenlosen Spätsommerhimmel.

Linda ist tot …

Die Nachricht berührte ihn tief.

Schade, dass du nicht hier sterben konntest, in der alten Heimat. Watonga ging um den Kühler des GM-Vans herum und zog die Fahrertür auf. *Du hättest ein Grab bei deinen Eltern und Großeltern bekommen.* Er setzte sich hinter das Steuer und steckte das Handy in die Halterung am Armaturenbrett. *Aber vielleicht wolltest du das gar nicht …*

Die Unterarme auf das Lenkrad gestützt und das Kinn auf die Handgelenke gelegt, blickte er gedankenverloren durch die Windschutzscheibe nach draußen. Die Häuser des Ortsrands von Boulder, Wyoming, glänzten weiß in der Sonne.

Er dachte an den letzten Besuch bei Dan. An die halbe Stunde in Lindas Schlafzimmer. An den Traum, den sie ihm erzählt hatte …

… ein paar Lämmer weideten im Ufergras. Am Himmel kreisten Vögel, große Vögel, drei oder vier. Sie näherten sich in immer enger werdenden Kreisen dem Seeufer, keine Adler, sondern gottverdammte Geier! Sie griffen sich die Lämmer …

Er setzte sich auf und drehte den Zündschlüssel. Ein Blick auf die Uhr – halb zwei. Um spätestens zwei Uhr wollte er am Flughafen sein. Die ersten Teilnehmer der Survival-Tour würden schon auf ihn warten …

Brutaler Uberfall auf Geldtransporter

Gestern wurde der Geldtransport einer Großbank auf dem Weg von Everett nach Seattle überfallen. Nach Polizeiberichten gingen die Täter mit beispielloser Gewalt vor.

Mit einem gestohlenen Streifenwagen überholten sie in den frühen Morgenstunden den auf der Interstate 5 fahrenden Transporter und drängten ihn von der Fahrbahn ab. Die Täter eröffneten ohne Vorwarnung das Feuer aus automatischen Waffen.

Anschließend sprengten sie den Laderaum des gepanzerten Fahrzeugs mit Plastiksprengstoff auf und raubten das für die Hauptfiliale der Bank bestimmte Geld.

Einer der beiden Wachmänner starb noch am Tatort. Der andere konnte schwer verletzt auf die Täter schießen, während sie ihre Beute in den Streifenwagen luden. Einer von ihnen erlag gestern Abend seinen Schussverletzungen, der andere ist flüchtig.

Auf die Frage nach der Höhe der Beute hielt sich das Police Departement bedeckt. Aus internen Kreisen der betroffenen Bank jedoch wurde eine Summe in Höhe von achthunderttausend Dollar genannt.

Die nach dem flüchtigen Täter ausgelöste Großfahndung blieb bisher erfolglos. Es wird damit gerechnet, dass er versuchen wird, sich über die Cascade Mountains nach Kanada abzusetzen …

»Seattle Times«, 8.10.1985

5

Bridger-Teton National Forest, 14. September 1999

Das Feuer brannte. Ohne Zündhölzer, ohne Feuerzeug hatte ich es entfacht. Nur mit ein bisschen Zunder, einem flachen, eingekerbten Stück Holz, einem Spindelstock und einem Drillbogen.

Die anderen grinsten, und Joseph Watonga deutete ein Nicken an, das wohl Anerkennung bedeuten sollte.

Es war der dritte Tag unserer Tour mit Joseph Watonga, ein Montag. Am Abend zuvor hatte Clifford Sheridan, der Texaner, das Feuer für das Abendessen gemacht. Ein alter Hase in Sachen Wildnis-Touren. Wie die meisten der Gruppe.

Außer Lea wussten sie alle, wie man einen Holzpflock mit einem fingerdicken Ast und einem Stück Schnur so lange in einem flachen Holzstück hin- und herdreht, bis heiße Asche, Glut und schließlich Feuer entsteht.

»Das hast du auf irgendeinem FBI-Kurs gelernt«, meinte Charley Newman. »Gib's zu.« Ein prächtiger Bursche, der schwarze Mann aus Florida. Er grinste mich an.

»Nein«, beteuerte ich feixend. »Das mit dem Drillbogen kannte ich noch nicht.«

Die anderen lachten. Sogar Watonga, der mir ansonsten auffällig ernst vorkam. Fast ein bisschen wehmütig. Schon seit wir in Boulder aufgebrochen waren.

Man darf Boulder, Wyoming, nicht verwechseln mit Boulder, Colorado. Beide Städte liegen in den Rocky Mountains. Aber damit hört die Gemeinsamkeit auch schon auf.

Letztere, mit knapp neunzigtausend Einwohnern, ist so eine Art Musterstadt in den Staaten, was Umweltpolitik, Städteplanung und Bildungspolitik betrifft. Boulder, Wyoming, ist ein relativ kleines Nest. So klein und unbedeutend, dass man schon gründlich suchen muss, um es in gängigen Atlanten zu finden.

Aber es gibt einen Flugplatz dort, und das Städtchen liegt ein paar Meilen südlich von Pinedale, gewissermaßen vor der Haustür des Teiles des Bridger-Teton National Forests, den man auch den Shoshone National Forest nennt.

Und genau in dieses gebirgige Waldgebiet führte Joseph Watonga uns.

Es grenzt südlich an das Shoshone-Reservat. Watonga gehörte zum Stamm der Shoshonen.

In Boulder, Wyoming, also waren wir drei Tage zuvor aufgebrochen. An einem Samstagnachmittag. Zunächst mit einem GM-Van, den Watonga für unseren Abenteuer-Trip gemietet hatte. Knapp zwanzig Meilen waren wir nach Nordosten gefahren, bis an den Rand des gewaltigen Naturschutzgebietes, vor seine Eingangspforten gewissermaßen.

Dort hatten wir den Wagen in einer Rangerstation zurückgelassen. Zusammen mit dem Gepäck, das wir auf unserer Tour nicht benötigten. Das einzige technische Gerät, das wir dabei hatten, war ein kleines Funkgerät. Watonga trug es in seinem Lederrucksack mit sich.

»Das einzige technische Gerät« ist untertrieben: Phil und ich hatten unsere Dienstwaffen in unseren Rucksäcken verstaut. Normalerweise war das gegen die Regeln, die Watonga für seine Survival-Touren aufgestellt hatte.

Jahre zuvor hatte er einmal erlebt, wie ein Teilnehmer einen Grizzly angeschossen und dadurch die ganze Gruppe in Lebensgefahr gebracht hat.

Seiner Meinung nach konnten nur wenige Leute so gut schießen, dass sie einen Grizzly mit dem ersten Schuss tödlich trafen. Also hielt er es für ungefährlicher, ohne Waffen auf Tour zu gehen.

Phil und ich als FBI-Agenten dürfen ohne Dienstwaffe nicht mal raus Brötchen holen. Das ist Dienstanweisung. Das hatten wir Watonga erklären müssen. Schließlich machte er eine Ausnahme. Hätte er das nicht getan, hätten wir unsere Waffen wahrscheinlich heimlich mitgenommen.

Ob er selbst eine Waffe mit auf die Tour nahm, wusste ich zu diesem Zeitpunkt nicht.

Von der Rangerstation aus war es dann zu Fuß weitergegangen. Hinein in den endlosen Wald. Drei Stunden lang. Schon die erste Nacht hatten wir in Zelten verbracht.

Der zweite Tag, der Sonntag, war ziemlich mühsam gewesen. Vierzig Pfund Gepäck durch die Welt schleppen – das war hart.

Mein Partner und ich sind gottlob gut trainiert: Regelmäßiges Krafttraining mit Hanteln und am Multitrainer, drei bis vier Mal die Woche zwei Stunden Joggen, und zweimal die Woche haben wir beim FBI New York Nahkampftraining: Boxen, Judo, Karate.

Dennoch – so eine stundenlange Tour durch gebirgiges Gelände mit einem schweren Rucksack auf dem Rücken geht ganz schön in die Knochen. Es ging über steile Bergkämme und immer wieder in tief eingeschnittene Flusstäler hinab. Meistens benutzten wir Wildwechselpfade, manchmal ging es aber auch quer durch das Unterholz.

Je weiter wir in das bergige Waldgebiet eindrangen, desto mehr faszinierte uns die schweigende Majestät der Natur. Eine berauschende Landschaft tat sich vor uns auf. Dichter Wald bedeckte die Hänge – Sitkafichten und Douglasien meistens, vereinzelt auch Mammutbäume. Wenn der Wald sich von Zeit zu Zeit lichtete, wechselten sich schroffe Felsen mit rotbraunen Grasmatten ab.

Und immer wieder Bach- und Flussläufe, an denen vor allem Büsche und Laubbäume wuchsen – Birken und Ahorn, deren herbstliches Laub gelb und rot leuchtete. Gegen Abend begannen die Schneegipfel der Wind River Range rötlich zu glänzen.

Und nun begann der dritte Tag in der Wildnis. Wir packten unsere Sachen zusammen und brachen auf. Joseph Watonga übernahm die Spitze.

Lea und Frank waren im Herbst vor drei Jahren schon einmal mit dem Indianer unterwegs gewesen. Charley, Lucy und der Texaner konnten sogar auf zwei gemeinsame Outdoor-Trecks mit Watonga zurückblicken.

Im Shoshone National Forest allerdings war noch keiner von ihnen mit ihm gewesen. Zumindest das hatten sie uns nicht voraus. Ihren Gesprächen entnahm ich, dass sie sich schon seit Jahren mehr oder weniger regelmäßig zu gemeinsamen Touren trafen.

Wir stiegen über einen serpentinenartig verlaufenden Wildwechselpfad in einen felsigen Waldhang hinein. Schroffe Felstürme ragten aus den Bäumen. Zwei hohe Gipfel im Norden und Süden schienen zum Greifen nahe.

Hinter mir marschierte Phil, vor mir Lea. Sie trug erdfarbene Bagpants und ein groß kariertes, rotes Baumwollhemd. Wie fast alle, außer Watonga, schleppte sie die Ausrüstung in einem Außengestellrucksack mit sich.

Wir hatten nur ein paar Worte gewechselt, seit wir uns in Boulder wiedergesehen hatten. Ihre zurückhaltende, fast scheue Art war mir sofort wieder aufgefallen.

»Ich vermisse diesen Arzt aus Los Angeles«, sagte Phil.

»Burt.« Lea drehte sich um. »Burt Loominal.«

»Nach dem Abend im ›Michelangelo‹, in der Bar, hatte ich den Eindruck, er würde zu euch gehören.«

»Tut er auch«, sagte Charley.

Er ging vor Lea. Zwischen ihm und der blonden Frau spielte sich etwas ab, was ich nicht einordnen konnte. Sie sprachen so gut wie nichts miteinander. Doch ich hatte sie beobachtet: Charleys Augen hingen oft an Leas Gestalt, als würde er Blickkontakt suchen. Und wenn sie es merkte, wandte sie sich ab.

»Er war eine Zeit lang sogar so eine Art Häuptling unserer Clique«, rief Charley, ohne sich umzudrehen.

»Hat im Augenblick keine Zeit, alte Freundschaften zu pflegen«, sagte Clifford Sheridan. Der Texaner bildete die Nachhut. Er trug erdfarbene, weite Wildlederhosen und einen alten, braunen Stetson auf seinem großen Schädel. Er ging hinter Phil. »Muss Karriere machen.«

»Will Karriere machen«, korrigierte Frank Cipolla, der vorn in der Spitzengruppe hinter Watonga marschierte.

»Tritt demnächst einen Job in der Regierung an«, erklärte Charley.

»Die Nähe zum Oval Office wird ihn endgültig verderben«, kicherte Lucy Walter. Sie ging zwischen Charley und Frank. »In Sachen Unmoral kann sogar Burt noch was von unserem Präsidenten lernen.«

Die rothaarige Frau gefiel mir. Sie hatte einen derben, etwas frivolen Humor. Und strotzte vor Kraft und Lebenslust. Selbst auf steilen Berghängen wie diesem hörte ich sie ständig plaudern. Die Puste schien ihr niemals auszugehen. Sie trug weite, abgeschabte Jeans und ein ebenso weites graues Hemd, das ihr weit über die Schenkel hing.

Phil und der blonde Frank hatten es ihr angetan. Ich schätzte, dass sie die vor uns liegenden zwei Wochen nicht ohne ein erotisches Abenteuer verstreichen lassen würde.

Gegen Mittag erreichten wir den Kamm des Waldhanges. Nur wenige Bäume wuchsen hier oben, der Boden war felsig und schroff. Eine Wiesenmatte zog sich in den Bergrücken hinein, und hangabwärts fiel das felsige Gelände steil zu einem Gebirgsfluss ab.

»So ziemlich die einzige Stelle, an der man den Fluss überqueren kann.« Watonga deutete in die etwa hundert Yards breite Talsohle des Flussbettes hinab. »Flussaufwärts verengt sich das Tal zur Schlucht, und flussabwärts wird das Wasser immer reißender. Dort gibt es ein paar Wasserfälle. Aber die meisten sind unpassierbar.«

Der Indianer hatte sein graues Haar zu einem dicken Zopf geflochten. Wie Charley war er mit einer Armeehose bekleidet, die allerdings wesentlich älter wirkte als die des Offiziers. Unter dem offenen grauen Hemd trug er ein rotes T-Shirt. Wie sein Gesicht und seine ganze Erscheinung wirkten auch seine Kleidung und Ausrüstungsgegenstände irgendwie zeitlos.

Mein Blick folgte seinem ausgestreckten Arm. Das felsige Flussufer erschien mir von hier oben ziemlich steil. Und die Strömung, soweit ich sie in dem schluchtartigen Flussbett überhaupt sehen konnte, so stark, dass ich mich fragte, was Watonga erst unter reißendem Wasser verstand. Mir kam der Fluss schon wild und gefährlich genug vor.

»Und wie wollen wir auf die andere Seite kommen?«, erkundigte ich mich vorsichtig.

»Wir bauen eine Brücke.«

»Eine Brücke, aha …«

»Einen Helikopter werden wir in dieser Gegend nicht chartern können«, lächelte er. »Und eine Fährlinie gibt's nicht.«

Er drehte sich zu der Gruppe um. »Aber zuerst machen wir eine Pause …«

Julio löffelte eine Fleischkonserve aus und aß ein Stück Brot dazu. Er lehnte gegen einen Felsblock. Links von ihm zog sich eine Bergwiese den Hang hinauf. Gestrüpp wucherte um die Felsen herum, die an vielen Stellen aus dem rostfarbenem Gras ragten. Dazwischen einzelne, Douglasien.

Weiter oben verdichtete sich der Baumbewuchs, und die Wiese ging wieder in Wald über. Über dem Wald ein Schneegipfel. Lizard Head Peak hieß der Berg. Er war über elftausendsiebenhundert Fuß hoch. Julio wusste das von der Karte, die neben ihm lag.

Unterhalb ihrer Deckung ein kaum bewaldeter Bergkamm und davor ein schmales Flusstal, so tief, dass Julio das Rauschen des Wassers hier oben nicht hören konnte.

»Ich bin gespannt, wie sie über den Fluss kommen wollen«, murmelte Lisandro mehr zu sich selbst als zu seinem Bruder.

Er kauerte neben dem Felsblock und spähte durch einen Feldstecher auf den Kamm hinunter. Acht Menschen hatten sich dort unten zwischen den wenigen Bäumen niedergelassen. Julio hätte sie mit bloßem Auge erkennen können.

»Ich verstehe nicht, warum wir sie noch tiefer in den Wald ziehen lassen sollen«, knurrte Lisandro. »Wenn es nach mir ginge, könnten wir sie hier schon erledigen.«

Julio legte Brot und Konserve beiseite und kroch neben seinen Bruder. Drei der Leute dort unten standen am Rande des zum Fluss abfallenden Steilhanges. Kaum größer als Streichholzköpfe wirkten sie von hier oben.

»Sie müssen in den Hang steigen, um zum Fluss zu kommen«, murmelte Lisandro. »Wir rollen ihnen große Felsbrocken hinterher, und wer den Steinschlag überlebt, bekommt ein paar Kugeln. Es wäre ein Kinderspiel.«

Julio betrachtete seinen Bruder. Die sehnigen, braunen Hände um den Feldstecher geschlossen, das Kinn trotzig nach vorn geschoben und mit zuckender Kiefermuskulatur, stützte er sich auf die Ellbogen und beobachtete die acht Menschen unterhalb ihrer Deckung. Wie ein Jäger, der seine Beute ausspäht.

Er hatte sich verändert, seit sie den Mount McDougal, die Schafe, die Hunde und ihre blassblaue Schachtel verlassen hatten. Unruhiger war er geworden, noch schweigsamer, und der harte Zug um Mund und Augen hatte sich verstärkt.

Wenn er über die fremden Menschen dort unten sprach und über die Arbeit, die sie zu erledigen hatten, klang es, als würde er von einer Rattenplage reden, die man möglichst rasch und möglichst gründlich beseitigen musste.

Und manchmal in den letzten Tagen meinte Julio ein kaltes Glitzern in Lisandros Augen zu sehen. Ein Glitzern, das er früher oft an seinem Bruder beobachtet hatte. Früher, als sie noch als Guerillakämpfer durch die Anden gezogen waren und sich an Dörfer und Felder heranschlichen, um Menschen zu quälen und zu töten.

Julio erschrak vor seinen eigenen Gedanken. Doch so oft er auch versuchte, sie zu verscheuchen – wie Kletten in einem Poncho hingen sie in seinem Kopf.

»Woran denkst du, kleiner Bruder?« Lisandro hatte das Fernglas abgesetzt. Aufmerksam blickte er in das runde Gesicht des Jüngeren. Fast ein wenig misstrauisch.

Julio stieß einige für fremde Ohren unverständliche Sätze aus. »Du meinst also, wir sollten es hier und jetzt erledigen …« Lisandros knochiges Gesicht verzog sich zu einem Grinsen. »Du willst es möglichst schnell hinter dir haben, was?« Wieder blickte er durch den Feldstecher. »Ich weiß nicht. Dem Mister würde das sicher nicht gefallen. Er hat andere Pläne.« Lisandro blickte sich um. Hinter ihnen lagen ihre Rucksäcke im Gras zwischen dem Geröll.

Wie hätte Julio ihm erklären sollen, dass es ihm nur darum ging, diesen Fremden dort unten nicht ins Gesicht blicken zu müssen, während er sie tötete. Ein Steinschlag und ein paar Schüsse aus der Entfernung auf Menschen, die verletzt am Boden lagen, würden ihm das ersparen …

»Hol mir mal das Funkgerät aus meinem Rucksack«, sagte Lisandro …

»Ihr scheint alle gut befreundet zu sein.« Lea und ich saßen etwas abseits von den anderen auf einem Felsbrocken. Es hatte sich so ergeben.

»Ja – mehr oder weniger gut. Wir haben uns während des Studiums auf der California State University of Los Angeles kennengelernt. Die meisten von uns haben dort Medizin studiert.« Sie hatte die Bergstiefel ausgezogen und massierte sich ihre kleinen Füße.

»Das ist doch Jahre her – nicht unbedingt der Normalfall, dass Freundschaften über so lange Zeit halten.«

»Stimmt. Aber wir haben damals schon viel Zeit in der Wildnis verbracht – in den Bergen, in der Wüste von Arizona oder in der Steppe von Labrador. Da erlebt man manches, was einen zusammenschweißt.«

Das klang kühl und kurz angebunden. Als wäre ihr das Thema unangenehm. Und prompt wechselte sie es. »Dass zwei Arbeitskollegen zusammen Urlaub machen, ist auch nicht der Normalfall«, sagte sie.

»Phil ist mehr als nur ein Arbeitskollege. Er ist mein bester Freund«, erklärte ich ihr. »Davon abgesehen haben wir beide auch eine Menge erlebt, das uns zusammengeschweißt hat.«

Ein paar Schritte von uns entfernt hockte Charley Newman auf seinem Rucksack. Wieder fiel mir auf, wie seine Augen ständig zu Lea wanderten. Er schien sie zu beobachten.

»Was reizt FBI-Agenten an einer Survival-Tour?«, wollte Lea wissen. »Ich stelle mir vor, dass Leute wie ihr öfter mal in Situationen geraten, in denen Überlebenskunst gefragt ist.«

»Da ist schon was dran.« Wir sahen uns an. Einmal mehr fesselte mich ihre Schönheit. Und ich sah wieder die Scheu und die stumme Frage in ihren blauen Augen.

Ihr Blick wich meinem nicht aus. Ein Blick, in dem mehr lag als nur Neugierde und freundliches Interesse. Ein Blick, der mir unter die Haut ging. Etwas kribbelte warm über mein Zwerchfell. Ich erinnerte mich an unsere erste Begegnung, an den Augenblick, als die Lichter im Tagungsraum des »Michelangelo« wieder aufflammten und ich plötzlich in die blauen Augen dieser Frau schaute.

Schon damals, vor mehr als einem Monat, war mir die Scheu und die Unruhe in Leas schmalem, edlem Gesicht aufgefallen. Stand sie unter Druck? Hatte sie vor irgendetwas Angst?

Ich riss meine Augen von ihrem Gesicht los. »Die Arbeit beim FBI bringt mich tatsächlich hin und wieder in verdammt gefährliche Situationen. Aber wir arbeiten ja in der Großstadt – du hast immer dein Handy dabei, oder dein Dienstwagen mit dem Autotelefon steht in der Nähe, du hast eine Waffe, du kannst auf einen schier unerschöpflichen Pool von Technik und Elektronik zugreifen, du hast einen Partner …«

»Watonga sagt: Die Wildnis ist überall«, unterbrach mich Lea. »Ob im Gebirge, in der Wüste oder in der Großstadt – die Prinzipien des Überlebens sind überall die gleichen.«

Ich nickte. »Ich hab sein Buch gelesen.« Aus den Augenwinkeln sah ich Charley aufstehen und auf uns zukommen. »Trotzdem – mit einem schießwütigen Kriminellen konfrontiert zu werden, das bin ich gewohnt. Ich weiß, was ich zu tun habe, wenn er die Waffe zieht. Ich weiß es, ohne groß darüber nachdenken zu müssen.« Ich deutete hinunter in das Flusstal. »Aber so einen Fluss zu überwinden, mit seinen

Steil-ufern und seinem reißenden Wasser – das ist noch einmal etwas ganz anderes …«

»So ist es«, mischte Charley sich ein. »Deswegen schätze ich diese unbequemen Outdoor-Touren.« Er ließ sich neben Lea nieder – ziemlich nahe neben ihr. Sie rückte nicht beiseite. Aber es kam mir vor, als würde sie sich plötzlich verkrampfen.

»Und deswegen bin ich mit Watonga unterwegs«, sagte Charley. »Da stehst du plötzlich vor Schwierigkeiten, von denen hast du früher nicht mal geträumt: Unwetter, wilde Tiere, Hunger, Steilwände – und du hast nur dein Hirn, um damit fertig zu werden. Dein Hirn und ein bisschen Ausrüstung. Ein besseres Training für das sogenannte normale Leben gibt es nicht …«

Watonga winkte uns zu sich. Wir standen auf. Nach und nach sammelte sich die Gruppe um ihn. »Knöterich.« Er deutete auf ein paar knöchelhohe Pflanzen mit doldenartigen, fleischfarbenen Blüten. »Blätter und Triebe kann man essen«, sagte er. »Aber vorher kochen. Merkt es euch.« Mit seinem Messer lockerte er die Erde um die Pflanze und grub sie aus. »Auch die Wurzel ist essbar. Wenn man sie ein Weilchen in Wasser einlegt und dann röstet.« Er reichte Phil die Pflanze, und sie ging von Hand zu Hand.

»Ich zeige euch heute noch ein paar genießbare Pflanzen«, sagte Watonga. »Aber jetzt klettern wir erstmal zum Fluss hinunter und sehen, wie wir eine Brücke zustande bringen …«

»Den Teufel werdet ihr tun!«, bellte Loominal in das Sprechteil des Funkgeräts. »Ich bezahle euch, ich bin hier der Commodore – ihr werdet euch genau an meinen Plan halten, ist das klar?«

Diese verdammten Indios! Sie waren doch unberechenbarer, als er erwartet hatte. Wollten die Gruppe mit Felsbrocken angreifen …! Loominal ahnte ihre Beweggründe. Den beiden Peruanern konnte es nicht schnell genug gehen, bis sie ihren Auftrag erledigt hatten, sie ihr Geld kassieren und nach Hause fliegen konnten.

»Unterschätzt diese Leute nicht!«, zischte Loominal ins Funkgerät. »Einer von ihnen ist Offizier der Air Force! Ein anderer kommt aus einer Gegend in Texas, wo man schon als Kleinkind schießen lernt – ich weiß genau, dass er nicht ohne Waffe zu dieser Tour aufgebrochen ist!«

Loominal hockte in den zerklüfteten Zinnen eines etwa hundertzwanzig Fuß hohen Felsturms. Knapp unter ihm wiegten sich die Wipfel der Douglasien im Wind. Von hier aus konnte er das kleine mit Berglorbeer und Ginster bestandene Plateau überblicken, über welches der alte Indianerpfad verlief.

Der alte Shoshonenpfad, der vom Fluss her entlang des Berghangs in den großen, bewaldeten Talkessel hineinführte.

Wenn sich Watonga an die Route hielt, die er in den Teilnehmerunterlagen skizziert hatte, würde die Gruppe das Plateau passieren.

»Und zwei der Männer sind FBI-Agenten – vergesst das nicht!« Sein Zorn legte sich nur langsam. »Die sind schon mit größeren Kalibern fertig geworden, als ihr beide es seid! Der Gefährlichste von allen aber ist Watonga, glaubt mir das. Man sieht es ihm nicht an, aber ich kenne ihn …«

Loominal hatte den Gebirgsfluss an einem der Wasserfälle überquert. Nicht ganz risikolos – aber er konnte seine Chancen einschätzen. Der Sportmediziner war ein routinierter Bergsteiger und hatte mehr Outdoor-Trecking-Erfahrung als die meisten seiner alten Freunde.

Für Sekunden drang nur ein schwaches Rauschen aus dem Gerät.

»Okay, Mister«, meldete sich der Peruaner schließlich in gebrochenem Englisch. »Und was wir jetzt sollen tun?« Seine Stimme klang jetzt leiser und weniger drängend als eben noch.

Loominal atmete auf. Er hatte sich über die beiden Schafhirten keinen Augenblick Illusionen gemacht – sie waren eine Schwachstelle in seinem Plan. Besonders der Jüngere, der Stumme. Aber kalkulierbare Schwachstellen.

Richtig gefährlich würden sie erst werden, wenn die ganze unerfreuliche Angelegenheit erledigt sein würde. Wenn sie die zweite Hälfte ihres Lohnes fordern würden, um den Heimweg nach Peru anzutreten.

Aber auch über diese Phase des Unternehmens hatte Loominal nachgedacht. Gründlich nachgedacht. Wie gesagt – er hatte noch nie irgendetwas dem Zufall überlassen.

»Ihr tut genau das, was ich euch am ›Totenschädel‹ gesagt habe – Wort für Wort, und nichts anderes! Ihr wartet, bis sie den Fluss überquert haben und die Böschung hinaufgestiegen sind. Dann folgt ihr ihnen, und falls sie eine Brücke gebaut haben, zerstört ihr sie. Und danach schleicht ihr ihnen hinterher. Sie dürfen euch niemals sehen, orientiert euch an den Spuren, die sie hinterlassen!«

»Wie lange?«, wollte der Indio wissen.

»Zwei Tage, drei Tage, so lange, bis ich den Befehl zum Angriff gebe!«, bellte Loominal. »Irgendwann, wenn sie mitten in ›Devil's Playground‹ sind, werden sie sich trennen …«

»Sie sich werden trennen?« Unglaube schwang in der Stimme des Peruaners.

»Jeder, der mit Watonga unterwegs ist, muss sich zwei oder drei Tage lang allein durchschlagen.« Loominal verdrehte die Augen. Zum zweiten Mal erklärte er das dem Indio bereits. Der Bursche war entweder stur oder einfach nur blöd. »Das gehört einfach zu seinem Programm! Erst wenn es so weit ist, schlagen wir zu! Erst, wenn sie sich trennen! Hast du das kapiert?«

»Okay, Mister …«

»Sehr gut. Gebt mir Bescheid, sobald sie das Flusstal durchquert haben. Ende.« Loominal unterbrach die Verbindung. Er schob die Antenne zusammen und verstaute das Funkgerät in seinem Rucksack.

Es war schon fast zwei Jahre her, dass er die beiden Hirten kennengelernt hatte. Auf einer seiner einsamen Touren durch die Rockies.

Die Männer hatten ihn beeindruckt damals, wie sie monatelang, jahrelang in den Gipfelhängen des Mount McDougal in einer Blechhütte hausten. Allein mit ein paar tausend Schafen und einigen Hirtenhunden. Es hatte ihn beeindruckt, was Menschen auf sich nahmen, um ihre Familien durchzubringen.

Als er ein Jahr später ein zweites Mal den Mount McDougal hinaufstieg, hatte er sein Zelt neben ihrem Wohncontainer aufgeschlagen. Er hatte eine Flasche Whisky mitgenommen. Und der Ältere der beiden Indios hatte ihm von ihrer verkorksten Jugend erzählt. Von ihren Jahren beim »Leuchtenden Pfad« …

Daran hatte Loominal sich erinnert, als der Erpresserbrief ihn aus heiterem Himmel überraschte und er nach Lösungen seines Problems suchte.

Loominal selbst hatte noch nie getötet. Jedenfalls nicht mit seinen eigenen Händen. Aber er war überzeugt davon, dass er es konnte. *Man kann alles*, pflegte er zu sagen, *man muss es nur wollen …*

Er zog seinen Feldstecher aus dem Rucksack und beobachtete das kleine Hochplateau, über das der Shoshonenpfad verlief. Noch etwa zwei Stunden, vielleicht auch drei, dann würden sie dort zwischen den Ginster- und Lorbeerbüschen auftauchen …

Der felsige Hang hinunter zum Fluss war so steil, dass wir uns abseilen mussten. Es ging nur langsam voran, wir brauchten fast zwei Stunden, bis wir endlich am Steilufer des Flusses standen.

Er war noch wilder und sein Bett noch schroffer und unzugänglicher, als es von oben ausgesehen hatte. Tief hatte das Wasser sich im Laufe der Jahrtausende in den Fels hineingefressen.

Die rotbraunen Felswände auf beiden Seiten des Ufers waren glatt wie die Wände eines Kanalschachtes. Etwa acht bis zehn Yards breit war dieser Felsschacht. Das Wasser auf seinem Grund tobte so laut, dass man sein eigenes Wort kaum verstand.

»Jetzt bin ich gespannt auf deine Brücke!«, rief Phil Watonga zu.

»Auf unsere Brücke!«, korrigierte der.

Cliff grinste. »Ihr werdet staunen!« Der Texaner setzte seinen Rucksack ab und kramte eine kleine Plastiktüte aus einem der Seitenfächer. Aus der Tüte zog er eine zusammengerollte Drahtschlinge – jedenfalls sah das Ding auf den ersten Blick wie eine Drahtschlinge aus. Als er sie auseinanderwickelte, erkannte ich, dass es ein feines Sägeblatt war.

Auch Frank Cipolla zog so ein Ding aus seinem Rucksack. »Das nennt man eine Taschensäge, Gentlemen!«

Watonga deutete auf eine Gruppe knapp sechzig Fuß hoher Douglasien, die am Fuß des Steilhanges standen. Ein paar relativ junge Bäume befanden sich darunter.

Phil und ich sahen uns an. »Das scheint hier noch in Arbeit auszuarten«, knurrte mein Partner. »Warum hat Zeery uns nicht gewarnt?«

»Wahrscheinlich hat ihn selbst niemand gewarnt.« Ich setzte meinen Rucksack ab und folgte den anderen zu den Bäumen.

Frank und ich wickelten Taschentücher um die Halteschlingen der Taschensäge. Das Sägeblatt war verdammt scharf. Trotzdem brauchten wir eine halbe Stunde, bis der erste Baum endlich in die Büsche krachte. Phil und der Texaner plagten sich noch länger mit dem zweiten Baum.

Während der Arzt und ich uns an dem dritten Stamm zu schaffen machten, begannen der Texaner, Phil und die Frauen die schon gefällten Bäume von Ästen und Zweigen zu befreien. Sie benutzten Taschensägen und kleine Beile.

Charley und Watonga schleppten inzwischen ein paar große Felsbrocken an die Stelle des Steilufers, an der die Brücke entstehen sollte.

Der Indianer löste das lange Seil, das er außen an seinem alten Lederrucksack befestigt hatte. Der erste Stamm wurde zum Ufer gezogen.

Dort verknotete Watonga das Seil an dessen Spitze. Und zwar so, dass es rechts und links fünfzehn bis zwanzig Yards weit herabhing.

Watonga und Charley schnappten sich je ein Seilende und begannen den gut zwölf Yards langen Stamm aufzurichten. Phil und Frank schoben einen schweren Stein vor sein unteres und dickeres Ende, damit der Stamm nicht wegrutschen konnte. Dann wurde der aufgerichtete Stamm Yard für Yard an die Kante der schmalen Schlucht heranbalanciert.

»Langsam ablassen!«, brüllte Watonga. »Kommt, helft uns!« Wir rannten zu Watonga und dem Mann aus Florida und griffen uns das Seil. »Vorsichtig! Er darf nicht in den Fluss stürzen!«

Während Phil und die Frauen den Fuß des Stammes mit Steinen im Felsboden verkeilten, senkte sich dessen Spitze auf die andere Uferseite. Den letzten Yard ließen wir das Seil los, und der Stamm schlug vibrierend zwischen dem Geröll auf.

»Prächtig!«, schrie Phil. Er klatschte in die Hände. Alle applaudierten oder klopften sich auf die Schultern. Es ist kaum zu glauben, wie sehr so eine kleine gemeinsame Aktion den Teamgeist beflügeln kann.

Der zweite Stamm wurde entlang des ersten auf die andere Uferseite geschoben. Wir hielten den Atem an, als Watonga aufstand und ohne Vorwarnung über die Stämme balancierte. Auf der anderen Uferseite nahm er den dritten Stamm in Empfang. Er löste sein Seil vom ersten Baumstamm, schlug einen Haken in einen Felsblock und befestigte das Seil daran. Danach kehrte er zurück und zog das Seil hinter sich her.

Er lief über die provisorische Brücke wie andere über einen Fußgängerüberweg. Zeery hatte uns erzählt, dass sein indianischer Freund in jüngeren Jahren auf Wolkenkratzerbaustellen gearbeitet hatte. Er musste also vollkommen schwindelfrei sein.

Das Seil diente als Geländer. Watonga befestigte es auch auf der unsrigen Uferseite im Fels. »Nichts liegen lassen!«, rief er.

Wir packten unsere Werkzeuge zusammen und schulterten die Rucksäcke.

Watonga deutete auf die Baumstämme. »Wer macht den Anfang?«

Wir zuckten mit den Schultern und sahen uns unschlüssig an. Bis Lea entschlossen die Brücke betrat. Beide Hände am Seil, tasteten sich ihre Füße Schritt für Schritt über das grobe, rindige Holz. Zuerst langsam und zaghaft, dann immer mutiger.

Ich folgte ihr. Mit jedem Yard, den ich mich der Flussmitte näherte, schwoll das ohrenbetäubende Rauschen des reißenden Wassers an.

Tief unter mir tobte es schäumend über Felsklippen und an den Steilwänden entlang.

Einer nach dem anderen überquerte so den Fluss. Joseph Watonga als Letzter. Er brachte das Seil mit. »Bäume gibt's genug in dieser Gegend!« Er schrie, um das Tosen des Wassers zu übertönen. »Aber so ein Seil sollte man nicht zurücklassen – wir werden es noch brauchen!« Lächelnd blickte er sich nach der Brücke um. »War sicher das erste Mal, dass ihr auf einer selbst gebauten Brücke einen Fluss überquert habt!«, rief er an Phil und mich gewandt.

Wir widersprachen ihm nicht.

»Die Arbeit hat sich gelohnt – in knapp zwei Wochen werden wir die Brücke wieder benutzen.« Er winkte uns hinter sich her. »Auf nach ›Devil's Playground‹!«

»Spielplatz des Teufels?«, rief Lucy erstaunt. »Klingt nach Hölle.«

»So haben die Trapper den indianischen Namen des Waldes übersetzt, in den ich euch jetzt hineinführe«, erklärte Watonga. »Ein riesiger Talkessel mit ein paar Dutzend Seen, einer Menge Schluchten und Bachläufen. Nach Norden und Westen hin ist er durch die Steilhänge der Wind River Range eingeschlossen. Der Fluss hier bildet die Südostgrenze.«

»Dann ist unsere Brücke ja der einzige Weg hinein«, sagte Lea.

»Und hinaus!«, rief Watonga. »Kommt!« Er marschierte auf den felsigen Hang zu, über den wir in das Waldgebiet hinaufsteigen mussten. Glücklicherweise war er nicht ganz so steil wie der, den wir ein paar Stunden zuvor zum Fluss hinabgeklettert waren.

»Wenn wir oben angekommen sind, sollten wir möglichst eng zusammenbleiben und ruhig ein bisschen Lärm machen!«, rief Watonga. »In dieser Gegend gibt es nämlich nicht nur Elche, sondern auch Grizzlys und Schwarzbären …«

»Sie steigen in den Hang.« Lisandro presste das Fernglas gegen die Augen. Julio konnte die acht Menschen im Hang jenseits des Gebirgsflusses kaum noch mit bloßem Auge erkennen. Er blickte auf die Uhr. Fast fünf Stunden waren vergangen, seit die Gruppe den Bergkamm verlassen hatte und in das Flusstal hinabgestiegen war.

Das Tal war von hier oben aus nur an manchen Stellen einsehbar. Julio und Lisandro hatten nicht beobachten können, wie die Männer und Frauen den Fluss überquerten.

Lisandro reichte seinem Bruder das Fernglas. »Wenn der Letzte zwischen den Bäumen verschwunden ist, steigen wir hinunter.« Er holte eine Dose Fisch aus seinem Rucksack und öffnete sie.

Julio beobachtete die kleinen Flecken im Hang jenseits des Flusses. Auf den Serpentinen eines Pfades bewegten sie sich hinauf.

Sein Bruder hatte ihm erklärt, dass dort drüben ein alter Indianerpfad verlief, der heute nur noch von den seltenen Wanderern in dieser Gegend oder von Bergziegen und Schwarzbären benutzt wurde.

Oberhalb des Hanges wuchsen mächtige Nadelbäume – Douglasien und Fichten. Julio setzte das Fernglas ab und blickte auf seine Karte. Jenseits des Flusses breitete sich ein großes Waldgebiet aus. Er sah zahlreiche blaue Flecken auf der Karte – Seen.

Er blickte wieder auf den Wald jenseits des Flusstales. Wie ein grünbraunes Meer mit hohen Wellenbergen breitete er sich aus. Bis zu den steilen Hängen der Bergmassive zog er sich hin, deren schneebedeckte Gipfel hinter ihm in den Himmel ragten.

Julio setzte wieder das Fernglas an die Augen. Die Kette der kleinen Flecken im Hang hatte jetzt den Waldrand erreicht. Er blickte seinen Bruder an und nickte.

»Sie sind oben?« Lisandro überzeugte sich durch einen Blick durch den Feldstecher. »Gut. Dann lass uns aufbrechen.« Hastig löffelte er seine Fischkonserve aus und warf die leere Dose ins Gras. Sie schnürten ihre Rucksäcke, schnallten sie sich auf den Rücken und verließen ihre Deckung.

Nicht ganz zwei Stunden später standen sie vor der improvisierten Holzbrücke. An den frischen Schnittstellen der Baumstämme erkannten sie, dass die Brücke erst vor Kurzem gebaut worden war. »Nicht schlecht.« Lisandro nickte anerkennend. »Fast ein bisschen schade drum.«

Leichtfüßig liefen sie über die Stämme. Wie Menschen, die das Leben im Hochgebirge von Kindesbeinen an gewohnt sind.

Auf der anderen Seite angekommen, setzten sie ihre Rucksäcke ab. Gemeinsam packten sie den ersten der Stämme und zerrten ihn über die Felskante des jenseitigen Ufers. Er scheuerte ein Stück über die glatte Steilwand und schoss dann schräg in die Fluten hinunter. Dort bohrte er sich in die Wellen, schlug im Wasser auf und wurde von der Strömung mitgerissen.

Mit den anderen beiden Stämmen machten sie es genauso. Als die Wellen unter ihnen die Hölzer hin und her warfen und schließlich flussabwärts spülten, traten Julio und Lisandro vom Abgrund weg.

Lisandro zog das Funkgerät aus seinem Rucksack und funkte Loominal an.

»Sie haben tatsächlich eine Brücke gebaut. Wir haben sie zerstört. Jetzt folgen wir den Spuren. Sie sagen uns, wann wir zuschlagen sollen. Wir warten auf Ihr Kommando, Mister …«

Sieh dich um unter den Kreaturen dieser Erde. Wie viele Tiergattungen gibt es, die noch schwächer und wehrloser sind als das Tier namens Mensch?

Hat er Reißzähne, um Beute zu töten? Hat er Stacheln, Hörner oder Klauen, um sich gegen Feinde zu wehren? Bedeckt ihn ein Fell, das ihn vor Kälte und Wasser schützt?

Nichts davon.

Stattdessen ist er nackt und bewegt sich nur langsam fort.

Seine Augen sind kurzsichtig, sein Geruchssinn verkümmert und seine Instinkte schwach und unzuverlässig.

Wahrhaftig – ein lächerliches Tier!

Wie kommt es dann, dass er trotzdem allen anderen Tieren dieser Erde überlegen ist?

Weil etwa dreizehnhundert Gramm graue Masse unter seiner Schädeldecke schwimmen, die mit nichts anderem auf diesem Planeten vergleichbar sind. Hundertfach gleichen sie die Mängel dieses lächerlichen Tieres aus.

Dreizehnhundert Gramm graue Masse voller Ideen. Dreizehnhundert Gramm graue Masse voller Neugierde. Dreizehnhundert Gramm graue Masse erfüllt von dem Willen, unbedingt und um jeden Preis zu leben.

Gefesselt an dein kleines Dasein zwischen Büro, Fernsehsessel, Bett und Sportstadion dämmert der größte Teil dieser grauen Masse unter deiner Schädeldecke vor sich hin. Nutzlos und langsam verrottend. Und je länger er vor sich hindämmert, desto größer wird er. Und gähnende Langeweile greift nach deinem Leben und frisst es auf.

Komm mit in die Wildnis jenseits der Städte und Highways. Komm mit an die reißenden Flüsse, in die unendlichen Wälder, auf die zerklüfteten Felshänge der Berge. Komm mit und fühle Hunger und Kälte und Erschöpfung und Einsamkeit – bis dieser unbesiegbare Drache in deinem Kopf wieder erwacht.

Oder wie der Weise sagt: »Nur wer in die Flöte hineinbläst, hört ihren Klang, und nur wer zur Musik tanzt, fühlt ihren Rhythmus.«

Joseph Watonga, Survival-Trainer, in seinem Buch »Überleben«

6

Bridger-Teton National Forest, Wyoming, 17. September 1999

Joseph Watonga packte den Hasen an den Löffeln. Das Tier strampelte mit Vorder- und Hinterläufen. Es hatte keine Chance. Watonga zog ihm einen Ast über den Schädel und der zappelnde Körper erschlaffte.

Es war der sechste Tag in den Wäldern am Fuß der Wind River Range. Zwei Tagesmärsche weit waren wir in »Devil's Playground« vorgedrungen.

Durch Talsenken und über Bergkämme, vorbei an Felstürmen und Seen und durch den allgegenwärtigen Wald.

Dann, am Abend des vierten Tages der Tour, hatten wir unser Lager am Ufer eines Sees aufgeschlagen – einer von vielen in dieser einsamen Gegend.

»Ich glaube, du bist dran«, sagte Watonga zu Phil und reichte ihm den Hasen.

In den Tagen zuvor hatte wir gelernt, wie man Fische ausnimmt, häutet, filetiert und räuchert. Jetzt brachte Watonga uns bei, größere Beutetiere zu fangen und zu schlachten. Am Abend hatten wir Schlingen ausgelegt. Der Hase hatte Pech gehabt.

Phil machte seine Sache gut. Ich kann das beurteilen. Zwei Stunden später saßen wir um ein Feuer am Seeufer und brieten das Fleisch. Der Hase schmeckte gar nicht schlecht. Nur Phil rührte keinen Bissen an.

»Du solltest was essen, Partner«, grinste ich. »Die nächste Pizzeria ist ein paar Stündchen entfernt.«

»Mahlzeit«, knurrte er und hielt sich an geräucherte Fischfilets. Auch das hatte Watonga uns beigebracht – Räuchertipis zu bauen und Fisch zu räuchern.

Ein dumpfes Brummen erfüllte plötzlich die Luft und schwoll langsam an. Wir blickten in den blauen Herbsthimmel über dem See. »Was ist das?«, murmelte Lea.

»Ein Helikopter«, sagte Charley. Er hatte recht. Das Geräusch wurde lauter, Rotorengehämmer dröhnte über unsere Köpfe hinweg, ein Hubschrauber tauchte kurz über uns auf und verschwand gleich wieder hinter den Baumwipfeln. Der Rotorenlärm entfernte sich.

»Was hat der hier zu suchen?«, sagte Frank mehr zu sich selbst.

»Ranger oder Bergrettung.« Cliff zuckte mit den Schultern. »Schätze, wir sind nicht die Einzigen, die in dieser abgelegenen Gegend unterwegs sind.«

»Schon möglich«, knurrte Watonga.

»Oder es ist meine Schwester.« Lucy kicherte. »Sie hat mit dem Gedanken gespielt, sich die Gegend mal von oben anzuschauen, in der ich mich herumtreibe.«

Nach dem Essen holte Watonga seine Karte aus dem Rucksack. »Jetzt wird's ernst«, orakelte Charley.

Watonga setzte sich mit gekreuzten Beinen ins Ufergras und breitete die Karte vor sich aus. Wir wussten alle, was jetzt kommen würde.

Jeder hatte das Programm für diese Survival-Tour gelesen, bevor er sich angemeldet hatte. Watonga pflegte seinen Teilnehmern eine Erfahrung besonderer Art zu ermöglichen – die Erfahrung, sich zwei, drei Tage lang mutterseelenallein durchzuschlagen.

»Die Sache ist freiwillig«, brummte Watonga, während er seine Karte betrachtete. »Nur wer sich fit genug fühlt, sollte mitmachen. Und wenn jemand nicht allein gehen will, muss er's sagen. Ihr könnt euch auch in Zweiergruppen auf den Weg machen.«

Jeder holte seine eigene Karte aus dem Gepäck. Um unseren Scout herum ließen wir uns im Gras nieder und entfalteten die Karten. »Habt ihr den Bear Lake?«

Wir nickten. Bear Lake – so hieß der See, an dem wir seit zwei Tagen lagerten.

»Der alte Pfad führt von hier aus ein Stück nach Nordwesten bis zum Elk Lake. Vom Elk Lake verläuft er nördlich an den kleinen Seen vorbei bis zum Devil's Lake kurz vor den Südosthängen der Schneegipfel.«

»Alles klar«, sagte Cliff. Wir anderen nickten.

»Das sind etwa vierzig Meilen«, schätzte Charley.

»Genau zweiundvierzig«, bestätigte Watonga. »Ein paar Steigungen dazwischen, nicht zu unterschätzen. Aber alles in allem in drei bis dreieinhalb Tagen zu schaffen.« Er blickte von seiner Karte auf und sah uns an. »Ich schlage vor, wir brechen im Abstand von vier Stunden auf.« Er schaute in den Himmel. Die Herbstsonne stand über dem See. »Es ist jetzt etwa zwölf Uhr. Der Erste bricht in einer Stunde auf, der Zweite – oder die zweite Gruppe – gegen fünf. Morgen früh, nach Sonnenaufgang, der nächste und so weiter. Ich gehe als Letzter.«

Er faltete seine Karte zusammen. »Der Pfad ist gut zu finden. Ich habe ihn im Frühling erst abgelaufen. Nach der Schneeschmelze. Es kann überhaupt nichts passieren.«

Er schaute Phil und mich an. »Zwei Tage durch Manhattan zu laufen ist unvergleichlich gefährlicher. Wie man sich bei Unwetter verhält, oder wenn man Old Ephraim begegnet, hab ich euch gezeigt.«

Er machte eine Pause. Seine dunklen Augen wanderten von einem zum anderen. »Wer macht den Anfang?«

»Ich!« Lucy streckte den Arm hoch, als säße sie im Klassenraum einer Highschool. Sie schnitt eine verwegene Miene. »Aber ich gehe nicht allein.«

»Dann begleite ich dich«, sagte Frank Cipolla …

Der See blieb hinter ihnen zurück und verschwand hinter den dunklen Wipfeln der Douglasien. Jefferson McCure drehte sich um. Eine kleine Rauchsäule stieg aus den Bäumen in den Himmel. Ein Lagerfeuer.

»Setzen Sie mich ab!« Er musste brüllen, um das ohrenbetäubende Gehämmer der Rotoren zu übertönen. »Schnell! Irgendwo hier muss ich raus!«

»Sie sind ein Witzbold!«, rief der Pilot. »Soll ich vielleicht auf 'ner Baumspitze landen? Oder wollen Sie springen?«

Ratlos starrte Jefferson McCure auf die über seinen Schenkeln ausgebreitete Karte.

Er hatte die Maschine der kleinen Rocky-Mountains-Linie telefonisch von Denver aus gechartert. Zwei Tage nach Leas Abflug. Über einen Landeplatz in der dicht bewaldeten Wildnis hatte er sich keine Gedanken gemacht.

Seitdem er seine Frau vor einer Woche auf dem Flughafen zum letzten Mal gesehen hatte, machte er sich über so gut wie nichts mehr Gedanken. Lea beschlagnahmte sein Hirn bis in die letzten Windungen. Und die Angst, sie zu verlieren.

Natürlich hatte er ihren Schreibtisch durchstöbert. Natürlich hatte er nach verdächtiger Post gesucht. Nach Briefen von einem Mann. Der Verdacht, Lea könnte einen Liebhaber haben, hatte sich zur fixen Idee ausgewachsen.

Jeff hatte keine Liebesbriefe gefunden. Aber Joseph Watongas Briefe hatte er gefunden. Und in ihnen die Routenplanung für diese verrückte Outdoor-Tour.

Ein weiterer See tauchte unter ihnen auf. Kleiner als der Bear Lake, an dessen Ufer er das Feuer gesehen hatte. »Da!« McCure deutete auf die Wasseroberfläche. »Vielleicht am Seeufer!«

Der Pilot stieß einen Fluch aus. Aber er zog die Maschine nach links, ließ sie ein Stück sacken und drehte eine Runde über dem See.

»Bullshit!«, schrie er. »Landen kann ich hier nicht! Der Uferstreifen ist zu schmal! Aber ich könnte über der Schilffläche dort stehen bleiben! Sie müssten dann ins seichte Wasser springen! Aber auf eigene Verantwortung!«

Jeff blickte auf das unter ihnen vorbeiziehende Ufer. Ein schmaler Streifen zwischen Wald und Schilf, vielleicht acht oder zehn Schritte breit. Hohes Gras und Gestrüpp wucherten darauf. Zwischen den Schilfrohren sah er die Reflexe der Mittagssonne im Wasser funkeln.

Er schluckte. Jeff war weder besonders durchtrainiert noch besonders mutig. Er zögerte.

»Was ist jetzt?«, schrie der Pilot. »Ich kann nicht ewig über dem Tümpel kreisen!«

Das Bild seiner Frau erschien vor McCures innerem Auge. Ein schönes Gesicht.

Lea, ich will dich nicht verlieren …

»Also gut, über dem Schilf!«

»Sie sollten vorher den Rucksack abwerfen!« Der Pilot zog die Maschine nach oben. »Nicht dass Ihre frischen Unterhosen nass werden!«

Knapp über den Baumwipfeln drehte er die Maschine. Jeff drehte sich um, zog seinen Rucksack aus dem Passagierraum auf seinen Schoß und öffnete das Schott. Ein Stoß, und der Rucksack fiel aus der Kanzel. Die Maschine machte einen Ruck nach links.

Das Gepäck schlug im Geäst eines Baumes ein und verschwand darin.

Jeff konnte nicht sehen, ob der Rucksack unter dem Baum auf den Boden geprallt oder in den Zweigen hängen geblieben war.

Der Pilot hob die Maschine an, steuerte sie nach rechts und flog in einer weiten Kurve über den See. Über dem Schilf blieb er stehen. »Noch mal!«, brüllte er. »Auf eigene Verantwortung!«

Jeff nickte.

Langsam ließ der Pilot den Helikopter absacken. Bis die Spitzen des Schilfrohrs fast die Kufen berührten. »Weiter runter geh ich nicht!«

Jeff schnallte sich ab. Umständlich kletterte er vom Co-Pilotensitz aus auf die Kufen. Die Maschine neigte sich nach rechts. Erschrocken ließ er los. Er fiel seitlich ins knöchelhohe Wasser zwischen den Schilfrohren. Aber er fiel weich.

Während er sich aufrappelte, grüßte der Pilot mit hochgerecktem Daumen. Die Maschine drehte nach links ab, stieg über die Baumwipfel und verschwand aus Jeffs Blickfeld.

Der Rotorenlärm entfernte sich rasch. Bald war es still. So still, dass Jeff seinen eigenen Herzschlag zu hören meinte.

Hastig watete er aus dem Wasser. Dabei flogen seine Blicke ängstlich am Waldrand entlang. Der Pilot hatte Jeff erzählt, dass Grizzlys in dieser Gegend lebten. Er fürchtete Grizzlys mehr als den drohenden Bankrott seiner Firma. Und fast so sehr wie den Verlust seiner Frau.

Sein Rucksack lag im Gras unter einer Douglasie. Mit zitternden Fingern öffnete er ihn. Dabei hielt er ständig inne und lauschte in die Stille hinein. Das Plätschern des Wassers, als ein Fisch hochsprang, ließ ihn zusammenzucken.

Er zog einen kurzläufigen .38er aus dem Rucksack und steckte ihn in seinen Hosenbund. Die Anspannung wich ein wenig von ihm.

Er packte den Rucksack und warf ihn sich über die Schulter. Am Seeufer suchte er einen Platz, auf dem Sonnenlicht lag. Dort breitete er seine nassen Kleider aus. Er suchte Reisig zusammen, schichtete es auf und setzte es mit Spiritus in Brand. Seine nassen Schuhe stellte er neben das Feuer. Vielleicht würden sie bis zum Abend trocknen.

Dann versenkte er sich in seine Karte. Der See, an dem er das Feuer gesehen hatte, war der Bear Lake. Das hatte ihm der Pilot gesagt.

Jeff war früher viel in den Bergen unterwegs gewesen. Früher, als er noch nicht zu hoffen wagte, dass Lea ihn heiraten würde. Jedenfalls konnte er Karten lesen, und es gelang ihm, seinen Standort zu bestimmen.

Der Bear Lake lag etwa fünf Meilen von diesem See entfernt. Zwei, drei Stunden Fußmarsch, schätzte Jeff.

Er hüllte sich in seine Jacke.

Die Sonne war kräftig, aber der Wind, der von den Bergen blies, war kühl. So kam es ihm jedenfalls vor. Grübelnd starrte er auf das Wasser des kleinen Sees. Alte Zeiten tauchten aus dem Chaos seiner Erinnerungen auf. Zeiten, in denen er Lea schon einmal heimlich in die Wildnis gefolgt war.

Ich werde alles versuchen, um dich zu halten, Lea, dachte er. *Vielleicht ist alles ein schrecklicher Fehler gewesen, vielleicht hätte ich dich nie zwingen sollen, mich zu heiraten. Aber ich liebe dich doch* so *– wenn du das bloß erst begreifen würdest – dann würde alles gut werden …*

Stundenlang saß er grübelnd am Seeufer. Die Sonne stand schon tief, als er endlich in seine klammen Kleider stieg. Er machte sich auf den Weg, ohne klare Vorstellung von dem, was ihn erwartete. Ein Rivale? Eine eiskalte Lea? Oder eine Frau, die sich von seiner Hartnäckigkeit beeindrucken ließ und endlich, endlich anfing, ihn zu lieben?

Der Unterschlupf bestand aus zwei im Abstand von eineinhalb Yards in den Boden gebohrten Astgabeln, einer von Gabel zu Gabel reichenden Firststange aus Birkenholz und zahlreichen entlaubten Ästen, die, einigermaßen gerade, den Waldboden mit der Firststange verbanden.

Darüber hatte Loominal eine Plastikplane gespannt und diese mit einer Schicht aus dicht belaubten Zweigen bedeckt. Das Versteck befand sich zwischen einem Holunderbusch und einem niedrigen, verkrüppelten Faulbaum. So war der Unterschlupf zusätzlich getarnt, wirkte von Weiten wie ein Busch unter vielen in diesem undurchdringlichen Unterholz.

Loominal hatte sich sein Versteck von dem zweihundert Yards entfernten Pfad zur Sicherheit angeschaut, um sich davon zu überzeugen, dass es perfekt war.

Was nicht perfekt war, konnte einen Mann wie Loominal nicht befriedigen.

Der Pfad verlief etwas unterhalb des sanften Hanges, auf dem er den Unterschlupf errichtet hatte. Auf diesem Pfad würden sie kommen, irgendwann, da war er sicher.

Er hatte es den Unterlagen entnommen, die Watonga ihm geschickt hatte. Und er kannte Watongas Gewohnheiten. Immerhin war er schon zweimal mit ihm auf Survival-Touren unterwegs gewesen.

Er wusste auch, dass Watonga seinen Leuten freistellte, allein oder zu zweit in die Wildnis zu ziehen. Die meisten gingen allein. Er war gespannt.

Das Warten war das Schlimmste. Das Warten, die Notwendigkeit ununterbrochener Konzentration und die Ameisen. Sie krabbelten ihm in die Stiefel, die Hosenbeine hinauf und unter das Hemd. Loominal musste seine ganze Selbstbeherrschung aufbieten, um einigermaßen still in seinem Versteck auszuharren.

Er hatte einen kleinen Plastikbeutel an einem Ast aufgehängt. Jede Ameise, die er tötete, warf er hinein. Bei Gelegenheit würde er sie rösten und essen. In so einer Wildnis durfte man nicht wählerisch sein.

Seit gestern Nachmittag erwartete er den ersten einsamen Wanderer.

Ein, zwei Tage verbrachte Watonga immer mit der ganzen Gruppe in einem Basislager. Um seinen Teilnehmern noch diverse Kniffe zu zeigen, die für das Überleben in menschenleerer Wildnis unverzichtbar waren: die Unterscheidung von essbaren und giftigen Pflanzen, Fallen stellen, Tiere ausnehmen, Fleisch konservieren und so weiter. Loominal kannte das. Aus seinen Touren mit Watonga und aus Büchern.

Er selbst beherrschte die wesentlichen Überlebenstechniken seit Längerem. Watonga hatte ihm den letzten Schliff gegeben. Wenn er sich nicht in jeder Hinsicht vollkommen sicher gefühlt hätte, wäre er nicht so verrückt gewesen, die Entscheidung in dieser Wildnis zu suchen. Und die Jagd auf acht Menschen zu wagen.

Sechs von ihnen konnte er einschätzen. Lea war die Schwächste von allen. Auch Frank Cipolla hielt er für relativ harmlos. Lucy war eine Frau, aber Loominal machte nicht den Fehler, sie zu unterschätzen. Sie war ihm zumindest ebenbürtig, was Intelligenz, Mut und Kondition betraf.

Cliff hielt er für einen texanischen Hohlkopf. Zu heißblütig und zu verbohrt, um eine Situation nüchtern einschätzen zu können. Allerdings – man musste davon ausgehen, dass er eine Waffe bei sich trug.

Wirklich gefährlich war Charley. Einmal in der Klemme, konnte der alte Kämpfer über sich hinauswachsen und Kräfte mobilisieren, denen selbst Loominal nichts entgegensetzen konnte. Charley würde man nur aus dem Hinterhalt erledigen können. Ihn und Watonga – den Gefährlichsten von allen …

Die beiden FBI-Urlauber konnte er nicht genau einschätzen. Aber er neigte zu der Auffassung, dass sie hier – fern ihres gewohnten Terrains aus Straßenschluchten, Hinterhöfen und Wolkenkratzern – den Kopf verlieren würden. Devil's Playground hatte nichts gemein mit dem vertrauten Asphalt und Beton von Manhattan. Diese Welt war nicht ihre Welt. Loominal fürchtete die beiden Männer nicht.

Es gab keinen Grund, überhaupt *irgendetwas* zu fürchten. Alles war gut geplant, und die Voraussetzungen waren hervorragend. Auch wenn die beiden Indios unberechenbar blieben. Aber bessere Leute für einen Einsatz im Gebirge hätte er nicht kriegen können.

Mit solchen Gedanken beschäftigte Loominal sich, während er unter seinem gut getarnten Laubdach lag und wartete. Wer von den fünfen den Erpresserbrief geschrieben hatte, das fragte er sich schon seit Tagen nicht mehr. Einer von ihnen wollte ihn erpressen, drohte damit, sein

Leben zu zerstören. Da er nicht wusste, wer von den fünfen es war, mussten alle sterben. So einfach war das. Eine logische Schlussfolgerung, eine Rechnung, weiter nichts.

Loominal war Mediziner. Die Naturwissenschaft hatte sein Denken geprägt – beobachte, messe, wiege, beschreibe das Problem und entscheide dich für eine Lösung. Wenn er sich einmal für eine Lösung entschieden hatte, zog er sie durch, ohne sie immer wieder zu hinterfragen. Tabula rasa lautete seine Entscheidung – alle mussten aus dem Weg.

Er hörte Stimmen. Seine Rechte zuckte zu seinem offenen Rucksack und griff nach dem Feldstecher. Er schob ihn vorsichtig durch den Vorhang aus Kiefernnadeln, mit dem er seinen Unterschlupf verschlossen hatte.

Etwas Blaues tauchte zwischen den Stämmen auf. Es gehörte zu einem blonden Mann. Frank – natürlich. Und wer war das hinter ihm? Loominal sah einen Rotschopf und ein graues Hemd. Lucy.

Er wunderte sich, dass sich die Frau aus Louisiana nicht allein auf den Weg gemacht hatte. Aber die Erklärung lag eigentlich auf der Hand – sie wollte Frank. Loominal hatte allerdings damit gerechnet, dass Lucy sich an den blonden FBI-Mann heranmachen würde. Aber der hatte wahrscheinlich nicht angebissen.

Plaudernd näherte sich das Paar. Zweihundert Yards entfernt von ihm marschierte es auf dem alten Indianerpfad vorbei.

Loominal wartete, bis die beiden zwischen Stämmen und Nadelgeäst des dichten Waldes verschwunden waren und ihre Stimmen verklangen. Dann erst griff er zum Funkgerät.

»Es geht los. Die Ersten sind unterwegs. Ein Mann und eine Frau. Ich schätze, sie werden nicht vor Sonnenuntergang in eurer Nähe sein. Greift zuerst die Frau an. Sie ist gefährlicher. Die Nächsten kommen erst in drei oder vier Stunden. Ich melde mich dann …«

»Dann werde ich mir mal ein bisschen die Füße vertreten.« Phil schnallte sich seinen Rucksack um. »Immer nordöstlich den Broadway hinunter bis zum Elk Lake«, wandte er sich noch einmal an Watonga. »Und dann halb rechts den Schneegipfeln entgegen – das habe ich doch richtig verstanden?«

Watonga nickte lächelnd.

»Wenn du nicht weiter weißt, fragst du einen Waschbären«, grinste Charley.

»Und bleib höflich, wenn dir ein Grizzly über den Weg läuft.« Ich klopfte meinem Partner zum Abschied auf die Schulter. »Hab gehört, die Burschen sind sensibel.«

Die einsame Wanderung war nicht halb so gefährlich wie ein alltäglicher Einsatz in Manhattan. Trotzdem war mir ein bisschen mulmig zumute. Und meinem Partner auch. Das merkte ich an seinem etwas ratlosen Grinsen. Er sah sich in der Runde um.

Lea hob grüßend die Hand, Charley reckte den Daumen hoch, und Watonga wies mit ausgestrecktem Arm auf den Wald.

»Also – bis die Tage dann.« Phil winkte, drehte sich um und stapfte in den Wald hinein. Es war etwa halb fünf Uhr nachmittags.

Charley und Cliff hatten sich den Nachmittag über zwei Angeln gebastelt. Aus jungen Haselnussästen. Als Schwimmer benutzten sie Hagebutten und Vogelfedern, als Köder Würmer, die sie ausgegraben hatten. Nylonschnüre und Angelhaken hatten sie in ihrer Ausrüstung.

Lea und ich sahen ihnen beim Angeln zu. Watonga behauptete, dass es in den Seen hier oben nur so wimmelte von Forellen und kleinen Barschen. Und tatsächlich – Charley und der Texaner zogen innerhalb von anderthalb Stunden zwei Barsche und drei Forellen aus dem Wasser.

Watonga hatte ein Feuer gemacht und Steine in die Glut gelegt. Wir nahmen die Fische aus und brieten sie auf den heißen Steinen. Sie schmeckten unglaublich gut.

»Du schleppst etwas mit dir herum, Lea«, sagte Watonga, während wir aßen und tranken.

Sie war genauso überrascht wie ich und die beiden anderen Männer. Charley ließ seinen Fisch sinken und blickte unsicher zwischen Lea und Watonga hin und her. Cliff sah einen Moment erstaunt auf, dann aß er weiter, als hätte er nichts gehört.

»Wie kommst du darauf?« Ihre vibrierende Stimme verriet, was sie verbergen wollte. Watonga hatte ins Schwarze getroffen.

»Ich sehe deinen Gang, ich sehe deine hochgezogenen Schultern, ich höre den dunklen Klang deiner Stimme«, sagte Watonga, ohne sie anzublicken. »Und deine Augen sagen es mir.«

»Was sagen sie dir?« Unsicher blickte Lea zwischen Charley und mir hin und her.

Watonga warf eine Fischgräte ins Feuer und leckte sich schmatzend die Finger ab. »Du weißt, was sie mir sagen.« Endlich schaute er sie an. »Es geht mich nichts an, du brauchst nicht darüber zu reden«, sagte er. »Aber ein Mensch, der etwas mit sich herumschleppt, stolpert schneller als andere, wird leichter krank, ist vielleicht unaufmerksam und verunglückt eher als einer, der innerlich unbelastet ist.«

Jetzt blickte sogar der Texaner auf. Aufmerksam hing er an den Lippen des Indianers.

»Ich bin nicht dein Seelendoktor«, sagte Watonga. »Du kannst reden, du kannst schweigen – wie du willst. Aber als euer Scout bin ich für deine Sicherheit verantwortlich. Ich mache mir einfach Sorgen um dich.«

Lea widersprach nicht. Sie hörte einfach nur zu.

»Mein Rat – versuch zu vergessen, was du mit dir rumschleppst. Jedenfalls solange du hier mit uns in Devil's Playground unterwegs bist. Die Fragen, die dich quälen, sind schon längst beantwortet. Die Entscheidung, vor der du zu stehen meinst, ist schon längst getroffen. Lass dich auf den Wald ein, auf die Wildnis, auf die Stille – dann wirst du deine innere Stimme reden hören und erfahren, was du zu tun hast.«

Für Watongas Verhältnisse war das eine ziemlich lange Rede gewesen. Aber sie gefiel mir.

Ob sie Lea gefallen hatte, konnte ich nicht sagen – aber es sah ganz so aus, als hätte sie verstanden, was er sagen wollte. Sie stand nämlich auf, murmelte ein knappes »Danke« und ging zum Seeufer. Dort, zwei, dreihundert Schritte vom Feuer entfernt, setzte sie sich ins Gras.

Wir Männer aßen schweigend zu Ende. Irgendwann erhob sich Cliff und begann aus seinen Klamotten zu steigen. »Ist heut' nicht Donnerstag?« Charley nickte. »An dem Tag gehe ich normalerweise in die Sauna. Heute tut's auch ein Bad.« Splitternackt stelzte Cliff in den See und schwamm hinaus.

Charley stand auf und ging zu Lea ans Seeufer. Er setzte sich neben sie.

»Vielleicht will sie allein zum Devil's Lake gehen«, sagte Watonga zu mir. »In diesem Fall wäre ich dir dankbar, wenn du ihr deine Begleitung anbieten würdest.«

»Warum ich?« Ich war verblüfft.

»Die meisten Stadtmenschen können nur geradeaus schauen«, sagte Watonga. »Immer nur auf den Punkt, den sie gerade ansteuern.«

»Könnte stimmen.« Ich wusste nicht, worauf der rätselhafte Mann hinauswollte.

»Wir Indianer sehen die Dinge im äußersten Winkel unseres Blickfeldes genauso deutlich wie die Dinge, die sich im Zentrum unseres Blickes befinden.«

»Verstehe. Aber was willst du mir damit sagen? Und was hat das mit Lea zu tun?«

»Deine Art zu sehen, Jerry, gleicht unserer. Du siehst mehr als das, was vor dir auf dem Weg liegt. Vielleicht hängt das mit deinem Beruf zusammen, vielleicht mit deinem Charakter. Lea braucht einen aufmerksamen Beobachter an ihrer Seite. Der Bauch tut mir weh, wenn ich mir vorstelle, dass sie allein in den Wald geht.« Er lächelte. »Und außerdem – ihr mögt euch doch.«

»Warum bittest du nicht Charley, sie zu begleiten? Er hat mehr Wildniserfahrung als ich.«

»Er hat selbst Probleme«, sagte Watonga. »Hast du das nicht gemerkt? Er gehört zu den Leuten, die an solchen Touren teilnehmen, um ein paar dringende Fragen mit sich selbst zu klären. Genau wie Lea.«

»Du scheinst die Teilnehmer deiner Gruppen genau zu beobachten.«

»Das gehört zu meinem Job«, sagte Watonga. »Ich muss meinen Kopf hinhalten, wenn was schiefgeht.«

Das leuchtete mir ein, obwohl es ein bisschen nach Understatement klang. Wir sahen uns eine Zeit lang an. Watongas Miene kam mir beunruhigend ernst vor.

»Ich hab dich auch beobachtet, Joey.« Ich gab mir einen Ruck und sprach aus, was ich dachte. »Als ich dich im ›Michelangelo‹ kennenlernte, warst du gesprächiger. In den vergangenen Tagen ging es mir mit dir manchmal, wie es dir mit Lea geht. Ich dachte: Der Mann schleppt etwas mit sich herum.«

»Eine gute Freundin von mir ist gestorben.« Er sprach es ohne Umschweife aus. Als wäre er erleichtert, endlich mit jemandem darüber sprechen zu können. »Ich habe es erst am Samstag erfahren. Nicht mal eine Stunde, bevor wir uns am Flughafen von Boulder trafen.«

»Verstehe. Tut mir leid für dich.«

Er winkte ab. »Sie war alt. Uralt. Sie wusste schon seit Wochen, dass ihre Abreise bevorsteht. Doch als ich sie zum letzten Mal in New York City besucht habe, erzählte sie mir einen Traum. Sie sah mich in ihrem Traum mit Geiern kämpfen. Das will mir nicht aus dem Kopf.«

»Anfang des Jahrhunderts besuchte ein gewisser Sigmund Freud New York City«, sagte ich. »Seitdem verdienen eine Menge Leute eine Menge Geld als Seelenklempner in unserer Stadt. Und seitdem wissen wir ungefähr, was wir von Träumen zu halten haben. Sie sind Niederschläge unserer geheimsten Gedanken und Wünsche. Nicht mehr und nicht weniger.«

»Klug gesprochen, G-man.« Watonga lächelte. »Ich lebe zwar die meiste Zeit des Jahres in einer primitiven Holzhütte im Wald auf der anderen Seite der Wind River Range. Aber du musst nicht denken, dass ich dort nur Pilze sammle und Vogelstimmen imitiere. Ich lese viel, und ich weiß, was Freud über Träume geschrieben hat.«

Übergangslos wurde sein Gesicht wieder ernst. »Aber ich weiß auch, wie meine Vorfahren über Träume gedacht haben.« Mehr sagte er nicht. Er stand auf und begann sich auszuziehen.

»Ich werde auch eine Runde schwimmen gehen.« Sein Körper war braungebrannt und sehnig. Es war nicht der Körper eines jungen Mannes. Aber keine Spur von schlaffer Haut und Bauchansatz. An mir vorbei ging er Richtung Ufer.

»Was ich sagen wollte, Jerry …« Er drehte sich nach mir um. »Wenn hier irgendwas aus dem Ruder laufen sollte – ich verlass mich auf dich.«

Meine Antwort schien ihn nicht zu interessieren. Er rannte los und stürzte sich ins Wasser.

Ich blieb allein zurück und schaute nachdenklich in die qualmende Glut.

Ein halber Fisch war übrig geblieben. Er lag auf einem der heißen Steine. Aus toten, weißen Augen starrte er mich an.

Als Phil allein in den Wald marschierte, war mir mulmig zumute gewesen. Jetzt war ich ernsthaft beunruhigt …

Die Dämmerung sank wie ein grauer Seidenschleier zwischen den Wipfeln hindurch aufs Unterholz. Baumstämme, Büsche und Gestrüpp verschwammen mehr und mehr zu einer Wand aus Dunst und Schatten.

Julios Hände schwitzten. Von Zeit zu Zeit löste er sie vom Gewehrschaft und wischte sie an seinen Hosen ab. Aber auch die fühlten sich klamm und feucht an.

Seit zwei Stunden lag er auf der ausgebreiteten Zeltplane im Unterholz. Den Gewehrlauf mit dem aufgeschraubten Schalldämpfer auf den Rucksack gestützt, spähte er in kurzen Abständen durch das Zielfernrohr.

Dessen Nachtsichtoptik zeigte ihm weiter nichts als die grauen Konturen von Geäst und Baumstämmen. Aber Julio wusste, dass der alte Indianerpfad an der Stelle verlief, die er im Visier hatte. Lisandro hatte sich dort hingestellt, während Julio die Deckung gesucht hatte, aus der heraus er am günstigsten schießen konnte.

Sie hatten es ausprobiert. Es konnte gar nichts schiefgehen. Das Paar, das der Mister angekündigt hatte, würde auf diesem Pfad kommen. Und ihm direkt ins Fadenkreuz laufen. Und dann …

Julio schluckte.

Allerdings mussten sie bald kommen. Bevor es dunkel wurde. Julio wurde unruhig. Was, wenn die Leute ihr Lager schon längst aufgeschlagen hatten? Die ganze Nacht müsste man ihnen dann auflauern. Bis in den neuen Tag hinein. Oder ihr Lager suchen und überfallen …

Nein, bis zum Morgen warten – das schied aus. Der Mister hatte ja schon den zweiten Mann angekündigt. Einer der beiden Polizisten hatte das Basislager verlassen und sich auf dem Indianerpfad nach Nordwesten auf den Weg gemacht. Ihr nächstes Opfer.

Julios Augen versuchten das Dämmerlicht zu durchdringen. Und die dunklen Kronen der Douglasien. Irgendwo in der Nähe des Pfades, zwei Steinwürfe vor ihm, war Lisandro in einen Baum geklettert, bis in den Wipfel. Er hoffte, den Mann und die Frau zu entdecken, bevor sie ihr Versteck erreichten.

Julio glaubte nicht, dass Lisandro viel sah von da oben. Der Wald hier, etwa einen halben Tagesmarsch südlich des Elk Lake, war einfach zu dicht. Wie ein Holzdach eine flache Halle, so bedeckten die Kronen der Nadelbäume den undurchdringlichen Wald.

Er konnte seinen Bruder nirgends entdecken. Lisandro schien sich gut getarnt zu haben. Julio gab es auf, die Baumkronen nach ihm abzusuchen.

Wieder spähte er durchs Zielfernrohr. Als er das Gewehr nach Sekunden wieder losließ und sich die Hände an der Hose abwischte, nahm er eine Bewegung zwischen den Büschen und Nadelästen wahr. Eine Bewegung, die zu abrupt war, um von der aufgekommenen Abendbrise verursacht worden zu sein.

Julio griff hastig nach dem Gewehr und drückte das Okular des Zielfernrohrs an sein Auge. Eine Gestalt löste sich aus dem Wald. Das Nachtsichtzielfernrohr lieferte ein scharfes Bild. Julios Mund wurde trocken. Er sah einen blauen Oberkörper, er sah einen Kopf mit hellen Haaren, und dann sah er hinter dem Mann eine zweite Gestalt …

Das waren sie. Das waren der Mann und die Frau, die der Mister angekündigt hatte – wer sollte es sonst sein? Julios Finger krümmte sich um den Abzug …

Verdammter Wald! Gottverdammter Scheißwald!

Jefferson McCure starrte auf seinen Kompass. *Westen – ich bin doch nach Westen gegangen. Warum erreiche ich den verdammten See nicht?*

Hastig entfaltete er die Karte. Mindestens zum zehnten Mal in den vergangenen drei Stunden. Mit einer kleinen Stablampe beleuchtete er sie. Es dämmerte bereits, und das Relief der Karte verschwamm vor Jeffs Augen. Er blickte sich um. Nichts als Wald. Kein Anhaltspunkt, um sich zu orientieren.

»Bullshit …!« Fluchend warf er Rucksack und Karte ins Unterholz. Taschenlampe und Kompass baumelten an einem Lederriemen um seinen Hals. Den Kopf in den Nacken gelegt, schritt er die Bäume ab. Bis er einen fand, der ihm seine Äste wie Leitersprossen entgegenstreckte.

Er brauchte lange, bis er seinen rundlichen, etwa achtzehn Pfund zu schweren Körper in das Geäst hineingezogen hatte. Schnaufend verharrte er ein paar Minuten. Danach ging es leichter. Eine halbe Stunde später konnte er aus dem Wipfel der Douglasie über den Wald blicken.

Jefferson wischte sich den Schweiß aus den Augen. Im Westen lag ein roter Streifen über den fernen Gipfeln des Mount McDougal und des Wyoming Peak. Die Sonne ging unter. Im Nordwesten zog sich die Wind River Range nach Südosten. Die Schneekappen ihrer Gipfel glänzten matt im letzten Licht des Tages. Sie schienen zum Greifen nahe.

Er stieg vom Baum herunter. Mit der Taschenlampe beleuchtete er wieder die Karte und orientierte sich an den Bergen, die er vom Baumwipfel aus gesehen hatte. »Bullshit …!«, zischte er. »Zu weit westlich, viel zu weit westlich …«

Er schulterte den Rucksack und korrigierte seine Marschrichtung. Das Tageslicht wurde immer spärlicher, während er sich durch das Unterholz arbeitete. Die zunehmende Dunkelheit erfüllte ihn mit Unbehagen, ja, Angst.

Über eine Stunde später lichtete sich der Wald unerwartet. Eine dunkle Fläche breitete sich vor Jeff aus. Der See!

Er atmete auf. Ein Feuerschein leuchtete in der Dunkelheit. Klein und gut fünfhundert Yards entfernt. Das Lager! Es lag am gegenüberliegenden Ufer.

Jeffs Herzschlag beschleunigte sich. Lea – ganz nah war sie. Und doch so unerreichbar …

Für einen Moment spielte er mit dem Gedanken, im Schutz der Dunkelheit um den See herumzuschleichen und noch in der Nacht in das Lager einzudringen. Doch die Angst hielt ihn davon ab.

Die Angst vor dem sumpfigen Seeufer. Und die Angst, Lea mit einem anderen zu erwischen. Er wusste nicht, wie er reagieren würde. Der Revolver in seinem Hosenbund zog seine Gedanken magisch an.

Er setzte den Rucksack ab. Das Zelt in der Dunkelheit aufzubauen erschien ihm unmöglich. Also breitete er die Plane im Unterholz aus und zog seinen Schlafsack aus der Hülle …

»Es wird dunkel, Frank.« Lucy schleppte sich erschöpft hinter Cipolla her. »Und ich bin müde wie ein Hund.«

»Hast recht«, sagte Frank. »Man sieht kaum noch den Pfad. Suchen wir uns eine günstige Stelle und schlagen das Nachtlager auf.«

Lucy seufzte auf. Es war ein zufriedenes, zustimmendes Seufzen. Wenn es nach ihr gegangen wäre, hätten sie das Zelt schon vor zwei Stunden aufgebaut. Mitten in dem Farnfeld, etwas abseits des Pfades, wo sie sich geliebt hatten.

Es war nicht schwer gewesen, Frank zu verführen. Sie war einfach stehen geblieben, hatte sich das Hemd ausgezogen und ihm ihre schweren Brüste dargeboten. Ohne zu zögern, hatte er zugegriffen.

Kichernd war sie in den Wald geflüchtet – und Frank hinter ihr her. Im Farnfeld hatte sie sich von ihm fangen und nehmen lassen. Frank war genauso ausgehungert gewesen wie sie.

Sie hatten es nicht zum ersten Mal getan. Fast bei jeder Tour, an der sie gemeinsam teilgenommen hatten, waren sie irgendwann im Bett oder im Gras oder hinter einem Busch gelandet.

Die anderen wussten das. Niemand machte ein Aufhebens deswegen. Warum auch? Es gab schon so viel, was man voneinander wusste. Viel zu viel, dachte Lucy manchmal.

Frank blieb stehen und sah sich um. Er deutete auf einen entwurzelten Baum zweihundert Schritte vor ihnen. Gebüsch und Farn wucherte um den Stamm und den mannshohen Wurzelstock herum. »Sehen wir uns dort mal um«, sagte er.

Der blonde FBI-Mann wäre Lucy lieber gewesen. Sie liebte die Abwechslung. Aber ein Spatz in der Hand war besser als eine Taube auf dem Dach. Und was noch nicht war, konnte ja noch werden.

Jedenfalls hätte sie das Lager gern in diesem Farnfeld aufgeschlagen. Aber Frank hatte zum Aufbruch gedrängt. »Wir haben höchstens noch zwei Stunden Vorsprung«, hatte er gesagt.

Der blonde Mediziner war ehrgeizig. Er wollte nicht überholt werden. *Männer*, dachte Lucy, *müssen sich einander immer was beweisen. Wie kleine Jungs. Oder wollte er einfach nur noch länger mit mir allein sein? Auch kein schlechter Gedanke.* Lucy grinste in sich hinein.

Sie folgte Frank. Noch etwa hundert Yards gingen sie den Pfad entlang. Dann stieg Frank ins Unterholz, um zu dem entwurzelten Baum zu gelangen.

»Ich weiß nicht, ob das so eine gute Idee ist, Frank«, sagte Lucy zweifelnd. »Unter solchen Stämmen nistet sich gern ein Haufen Viehzeug ein. Und die Grube unter dem Wurzelstock …«

Frank stolperte.

»He, Frank!« Sie griff nach seinem Ellbogen, um ihn zu halten. »Kann es sein, dass der Tag dich etwas ermattet hat?« Sie kicherte.

Frank taumelte, schwankte. Dann fiel er um, schlug zwischen Farn und Moos im Unterholz auf. Bäuchlings und mit dem Gesicht nach unten.

»Spinnst du, Frank?«

Lucy stand hinter ihm. »Lass die Scherze! Ich vertrag eine Menge, aber …« Eine steile Falte erschien zwischen ihren Brauen. »Um Himmels willen, Frank!«

Ihre Beine kribbelten. Panik schoss ihr durch die Schenkel in die Kniekehlen und durch den Bauch in Lunge und Hals.

Sie warf sich neben Frank auf die Knie. »Frank …!«

Nicht weit von ihr klackte es merkwürdig, als hätte jemand mit einem Plastikrohr gegen einen Baum geschlagen. Holzsplitter trafen sie im Gesicht. Lucy konnte es nicht einordnen. Und sie merkte es kaum – der reglos auf dem Bauch liegende Gefährte fesselte ihre ganze Aufmerksamkeit.

»Ist dir nicht gut, Frank?« Mit beiden Händen packte sie Franks Schultern, zerrte seinen Körper auf die Seite.

Sie stieß einen Schrei aus, schlug sich die Hände vor den Mund.

Franks Augen sahen aus wie Glaskugeln, und auf seinem Hemd

breitete sich ein feuchter, dunkler Fleck aus. Genau über seinem Herzen …

In knapp fünfzehn Fuß Höhe ragte der Ast aus dem abgestorbenen Baum heraus. Phil befestigte ein Stück Bruchholz an einem Ende der Nylonschnur und schleuderte sie in die lichte Baumkrone. Braune Nadeln rieselten auf ihn herab.

Nach drei Versuchen fiel der Holzprügel über den Ast und rutschte am Stamm entlang wieder nach unten. Die dünne Nylonschnur wurde über den Ast gezogen.

Phil kramte eine Plastiktüte aus einem der Seitenfächer seines Rucksacks und verstaute seinen Proviant darin: Ein paar Müsliriegel, eine angebrochene Packung Schokolade, einen Beutel dehydrierter Erbseneintopf, eine halbe Salami, ein Stück Brot und zwei Dosen Fisch und zwei Bohnenkonserven.

Er verschloss die Tüte sorgfältig und band sie an der Nylonschnur fest. Danach zog er sie den Baum hinauf. Als sie knapp unter dem Ast baumelte, zog er sie ans äußere Ende des Astes, schlang die Schnur ein paar Mal um den Baumstamm und verknotete sie schließlich an einem der unteren Äste.

Zufrieden betrachtete er sein Werk.

»Nun kannst du aufkreuzen, Old Ephraim«, murmelte er. »An meine Vorratskammer kommst du nicht heran.«

Watonga hatte ihnen ein paar Methoden gezeigt, um Proviant über Nacht bärensicher aufzubewahren. In mindestens zwölf Fuß Höhe und mindestens zwei Yards vom Baumstamm entfernt.

Phil konnte sich nicht vorstellen, dass man selbst Konservendosen auf diese Weise sichern musste. Aber der Indianerscout hatte geschworen, dass ein Grizzlygebiss jeden Dosenöffner ausstach.

Auch zur eigenen Sicherheit musste Proviant fern vom Zelt aufbewahrt werden. Bären hätten Nasen wie Bluthunde, hatte Watonga behauptet. Und wehe dem, der neben seiner Salami oder seiner Schokolade schlief.

Phil hatte kein Interesse, einen Bären näher kennenzulernen. Also hielt er sich an Watongas Anweisungen. Er packte seinen Rucksack und stiefelte zwischen den Baumstämmen hindurch ins Unterholz. Dabei zählte er seine Schritte. In Grizzlygebieten mindestens hundert Yards Abstand zwischen Zelt und Proviant, hatte Watonga ihnen eingebläut.

Phil zählte bis hundertfünfzig. Zwischen zwei Kiefern und einem Haselnussstrauch trat er das Gestrüpp nieder und baute sein Zelt auf. Es war dunkel, als er hineinkroch.

Er drehte sich um und blickte zum offenen Zelt hinaus. Bäume, Büsche und Sträucher bildeten eine skurrile Schattenwand. Phil schloss die Augen und lauschte in den nächtlichen Wald.

Die Stille jagte ihm einen Schauer über den Rücken – kein Verkehrslärm, keine Sirenen irgendwelcher Einsatzfahrzeuge, keine Musik aus irgendeinem Pub, keine Stimmen, kein Fluglärm. Nur ein Rascheln hier und da, nur der Schrei eines Käuzchens und das sanfte Rauschen des Windes in den Baumkronen.

»Unglaublich«, flüsterte Phil. Die Erhabenheit des Waldes und seiner märchenhaften Stille ergriff ihn. »Einfach unglaublich.«

Fast eine Stunde hockte er noch im Zelt vor dem offenen Eingang und genoss das Schweigen der Wildnis. Dann zog er den Reißverschluss des Zeltes zu und kroch in seinen Schlafsack.

Die kleine Stablampe zwischen die Zähne geklemmt, kramte er seine SIG Sauer aus dem Rucksack. »Vertraue Allah, aber binde dein Kamel an«, murmelte er. Er legte die Waffe neben seinen Rucksack …

Wie leer gefegt war Lucys Hirn plötzlich. Keinen klaren Gedanken konnte sie fassen. Ihre entsetzten Augen rissen sich von dem toten Gefährten los und wanderten wie von selbst zu dem Baumstamm, neben dem sie eben noch gestanden hatte. Das Loch. Das helle Loch in der abgesplitterten Rinde. Etwas Kleines, Rundes steckte in dem Loch.

Jemand hat auf dich geschossen! Nicht nur auf Frank, auch auf dich!

Sie begriff keine Sekunde zu früh. Der Schock verjagte die Lähmung aus ihren Gliedern, sie warf sich neben dem Toten ins Unterholz. Nur den Bruchteil einer Sekunde später pfiff etwas über sie hinweg. Eine Kugel! Es konnte nur eine Gewehrkugel sein!

Warum höre ich keinen Schuss …?

In heißen Wellen flutete die Panik durch ihren Körper. Über Sträucher, Moos und Farn robbte sie hinter einen Baumstamm.

Ein Schalldämpfer – sie benutzen einen Schalldämpfer …

Lucy bohrte die Stirn in den feuchten Waldboden und versuchte so lautlos wie möglich zu atmen. Ihr Herzschlag flatterte in ihrer Kehle.

Lange verharrte sie so – reglos und eng an den Waldboden gepresst. Sie wusste nicht wie lange. Fast übergangslos war es stockdunkel geworden.

Irgendwann ein Rascheln. Lucy wagte es aufzublicken. Sie starrte in die Finsternis des Waldes. Die Nacht kroch aus allen Büschen, aus dem Boden, aus dem Geäst der Bäume und zwischen den Stämmen hindurch. Sie konnte kaum noch die einzelnen Stämme der Douglasien und Fichten unterscheiden.

Da! Wieder ein Rascheln! Ein Schatten bewegte sich, nicht einmal zwanzig Schritte von ihr entfernt. *Bleib liegen*!, schrie eine Stimme in ihr. *Rühr dich nicht, sei ein toter Baumstamm, ein Stein!*

Doch die Panik war stärker. Lucy sprang auf und rannte los. Tannenzweige peitschten ihr ins Gesicht, sie stolperte über Wurzeln und Baumstrünke. Sie schrie, ohne es zu wollen.

Plötzlich stand er vor ihr. Sie sah nur seinen Schatten.

Mitten in dem Schatten blitzte es auf. Ein Schuss explodierte.

Lucy warf sich zur Seite. Feuer bohrte sich in ihren Oberschenkel …

Die Sterne spiegelten sich auf der Wasseroberfläche des Sees. Vom anderen Ufer drang das monotone Quäken einiger Frösche oder Kröten. Ab und zu sprang ein Fisch hoch. Manchmal löste sich der Schatten eines großen Vogels aus der dunklen Baumwand des Uferwaldes und glitt lautlos über das Wasser. Eine Eule, schätzte ich.

Ich genoss die Nacht, ich genoss den Wald und die Stille.

In dieser Stunde beglückwünschte ich mich zu der Entscheidung, an Zeerys statt diese Survival-Tour mitzumachen. Ich fühlte mich rundum zufrieden. Und nahm mir vor, meinem indianischen Kollegen gelegentlich einen Drink auszugeben.

Meine Gedanken wanderten zu Phil. Vermutlich hatte er sich längst in sein Zelt verkrochen. Bei der Vorstellung, morgen ebenfalls in die Wildnis aufzubrechen, mischte sich Erregung in meine Zufriedenheit. Und bei der Vorstellung, dass ich zusammen mit Lea gehen würde, beschleunigte sich sogar mein Puls.

Eindeutige Zeichen – die Frau hatte es mir angetan, ich war verknallt.

Von Weitem hörte ich ihre Stimme. Sie klang aufgeregt. Ich drehte mich um. Lea saß irgendwo am Waldrand, doch ich konnte nur

Watonga erkennen, und der hockte am Lagerfeuer und tat – nichts. Saß einfach da und blickte in die Glut.

Auch Charleys Stimme war jetzt zu hören. Lea und er schienen ein Problem zu haben. Soll vorkommen – mich ging es nichts an.

Doch zwischendurch wurden die Stimmen so laut, dass ich ein paar Satzfetzen mitbekam. »Ich konnte nicht anders!«, hörte ich Lea rufen. »Ich musste, ich musste …!« Ihre Stimme klang, als würde sie jeden Moment in Tränen ausbrechen. »Er hat mich gezwungen!«

»Niemand kann dir deinen Willen aufzwingen!« Charleys kehliger Bass. »Niemand!«

Danach wurden die Stimmen leiser. Wahrscheinlich war den beiden aufgefallen, dass sie bei dieser Lautstärke mindestens drei Zuhörer hatten. Nur noch Getuschel drang vom Waldrand her.

Ich sah Cliff aus seinem Zelt kriechen und in der Dunkelheit verschwinden. Kurz darauf hörte ich auch seine Stimme vom Waldrand her. Offenbar ging ihn die Auseinandersetzung zwischen Charley und Lea etwas an. *Warum nicht*?, dachte ich. *Unter alten Freunden gibt's auch alte Schwierigkeiten.*

Ich stand auf und schlenderte zum Feuer. Der Mond ging auf. Über den Baumwipfeln stand seine Sichel. Er nahm ab.

»Unsere drei Freunde scheinen mächtig Diskussionsbedarf zu haben.« Watonga gegenüber ließ ich mich am Feuer nieder. »Vielleicht hättest du Lea besser in Ruhe gelassen. Manchmal ist es ein Fehler, den Finger auf offene Wunden zu legen.«

»Vielleicht«, knurrte Joseph Watonga. »Vielleicht auch nicht.« Im Schein der Feuerglut wirkte sein Gesicht dunkel wie Tonerde.

»Hast du eine Ahnung, was los ist?«, wollte ich wissen.

»Nein. Aber ich habe es schon das letzte Mal gespürt, als ich mit diesen Menschen unterwegs war.«

»Was hast du gespürt?«

»Dass sie ein Geheimnis haben.« Watonga sprach mit tiefer, rauer Stimme. »Ein Geheimnis, das sie verbindet.«

»Wer? Lea und Charley?«

Er hob den Kopf und sah mich an.

»Alle …«

Der Schuss zerriss die Stille des Waldes. Als wäre er gegen ein unsichtbares Hindernis geprallt, blieb Julio stehen.

Warum benutzt du nicht den Schalldämpfer?

Seine Schultern hoben und senkten sich rasch, sein Atem flog.

Warum machst du so einen Lärm? Hat dich ein böser Geist erwischt? Niemand darf uns hören, niemand!

Julio rannte weiter. Immer in die Richtung, aus der er den Schuss gehört hatte. Mit dem Gewehrkolben schlug er tief hängende Äste zur Seite und bahnte sich einen Weg durch die Büsche.

Er stieß einen lauten Ruf aus – den Schrei eines Steinkauzes. So hatten sie sich als Kinder an den Hängen der Anden verständigt und später während ihrer Kriegszüge bei den Guerilleros.

»Hierher, Julio!« Lisandros Stimme. Noch höchstens zweihundert Schritte entfernt. »Hier bin ich!«

Julio arbeitete sich langsamer durch das Gestrüpp. Er sah einen Lichtkegel. Lisandro winkte mit der Taschenlampe. Dann konnte Julio ihn zwischen den Bäumen sehen.

Langsam ging er zu ihm. Lisandro leuchtete ihm entgegen.

Schwer atmend blieb Julio schließlich neben ihm stehen. Er stieß ein paar wütende Laute aus und deutete auf das automatische Gewehr in der Rechten seines Bruders. Am Boden sah er einen Schatten, und er hörte diesen Schatten stöhnen. Das Stöhnen einer Frau.

Lisandro reagierte nicht auf die Vorwürfe Julios. Er richtete den Lichtstrahl der Lampe auf den Schatten zu seinen Füßen.

Die Frau hatte dunkelrotes Haar. Wirr hing es ihr ins bleiche Gesicht. Blutige Kratzer zogen sich über ihre Stirn und ihre Wangen. Geblendet kniff sie die Augen zusammen, als der Lichtkegel sie traf.

»Du hast sie nicht erwischt«, zischte Lisandro. »Aber ich habe sie erwischt.« Er beleuchtete ihren rechten Oberschenkel. Blut sickerte aus einer großen Wunde.

Angst und Entsetzen verzerrten ihre Gesichtszüge. Sie flüsterte etwas. Auf Englisch. Julio verstand es nicht. Sie begann, über den Boden zu kriechen. Auf einen Baumstamm zu. Sie hörte nicht auf zu flüstern. Immer die gleichen Worte waren es. *Sie bettelt um ihr Leben,* dachte Julio. *Sie fleht um Gnade …*

An dem Baumstamm zog sie sich hoch. Sie starrte die beiden Männer dabei an. Ihre Augen waren vor Angst geweitet, das blasse Gesicht in Panik und Schmerz verzerrt.

Lisandro ging zu ihr, packte ihren Arm und zog sie hoch.

Sie zog das linke, unverletzte Bein an, trat blitzschnell zu.

Lisandro schrie auf wie ein Coyote, den ein Stein getroffen hatte. Die

Taschenlampe fiel ins Laub, schlagartig wurde es dunkel, und Lisandro krümmte sich. Sie hatte ihn zwischen den Beinen getroffen.

Julio bückte sich. Dem Lichtschimmer entlang tastete sich seine Hand durch Laub und Gestrüpp bis zur Lampe.

Er hörte Lisandros wütende Schreie, er hörte einen Körper dumpf auf einen anderen prallen. Als er die Lampe hochriss, sah er seinen Bruder auf der angeschossenen Frau liegen.

Lisandros Fäuste flogen durch den Lichtkegel. Julio hörte die Schläge, mit denen sie das Gesicht der Frau trafen. Sie ächzte und wimmerte und versuchte Lisandros Fäuste abzuwehren.

Julio leuchtete ins Gesicht seines Bruders. Hass und Wut verzerrten seine Züge. »Weg mit der Lampe!«, brüllte er.

Er sprang auf, seine Finger verkrallten sich im dichten Haar der Frau, und er zerrte sie vom Baum weg, schleuderte sie dann zu Boden. Er fischte sein Gewehr aus dem Laub und begann mit dem Kolben auf die Frau einzuschlagen.

Julio stand wie angewurzelt. Alles kam ihm vor wie ein Traum, ein böser Traum, den er irgendwann einmal geträumt hatte und der plötzlich, nach Jahren, wieder über ihn herfiel. Er wollte schreien, er wollte sich auf seinen Bruder stürzen – aber kein Laut löste sich aus seiner Kehle, und seine Glieder waren wie erstarrt, wie versteinert.

Lisandro ließ den Gewehrkolben auf den Körper der Frau niedersausen.

Auf ihre Brust, auf ihre Schultern, auf die Arme, die sie schützend über ihrem Kopf verschränkte. Er war besinnungslos vor Wut.

Endlich warf er das Gewehr ins Laub. Keuchend stand er über der Frau und starrte auf sie hinab. Sie nahm die Arme weg von ihrem Kopf. Julio sah Blut aus ihrem Mund und ihrer Nase rinnen. Ihre Lippen waren aufgeplatzt. Sie zitterte am ganzen Körper.

Lisandro stieß einen Schrei aus, warf sich auf sie und kniete sich auf ihren Bauch. Er riss ihr das Hemd vom Leib, das T-Shirt und schließlich die Hose. Sie schrie laut und verschränkte die Arme vor ihren entblößten Brüsten.

Erst als Lisandro sich aufrichtete und seine eigene Hose öffnete, begriff Julio, was sein großer Bruder vorhatte. »Uaraaa!« Er brüllte und stieß Lisandro von der Frau weg ins Gestrüpp. Immer noch brüllend riss er das Gewehr hoch. Er zögerte nur einen Moment. Dann drückte er ab …

Der nackte, tote Körper lag schon erschlafft im Dunkel des Unterholzes – aber vor Julios innerem Auge flackerte noch das von Todesangst verzerrte Gesicht der fremden Frau …

Toter vom Copper Mountain endlich identifiziert

Anhand seines Zahnprofils konnte die männliche Leiche, die im vergangenen Monat am Südhang des Copper Mountain gefunden wurde – wir berichteten – endlich identifiziert werden.

Es handelt sich bei dem Toten um den sechsundzwanzigjährigen Chester Hayes aus Portland, Oregon. Dass er bei dem Überfall durch einen Grizzly starb, steht mittlerweile außer Zweifel.

Angehörige des Mannes hatten Ende vergangenen Monats eine Vermisstenanzeige aufgegeben. Dass er zu einer Bergtour in den Cascade Mountains unterwegs gewesen war, wusste die Familie nicht.

Hayes soll nach Angaben seiner Angehörigen allerdings ein erfahrener Wanderer gewesen sein. Sie könnten sich nicht erklären, warum er seinen Proviant nicht bärensicher verstaut hatte.

Einstweilen hat das Seattle City Police Department die Leiche des jungen Mannes beschlagnahmt. Gründe dafür wollte die Pressestelle des Police Department nicht nennen.

Aus dem Umkreis des ermittelnden Chief Detective war aber zu hören, dass der Tote im Zusammenhang mit dem Überfall auf einen Geldtransport in Seattle stehen soll. Wir berichteten …

»Northern Lights«, 23.11.1985

7

Bridger-Teton National Forest, Wyoming, 18. September 1999

Ich hatte unter freiem Himmel geschlafen. Die ersten Strahlen der aufgehenden Sonne weckten mich. Ich kroch aus meinem Schlafsack. Und fühlte mich ausgeschlafen wie selten.

Cliff und Lea saßen bereits um ein Feuer. Es roch nach Kaffee. Watonga konnte ich nirgends entdecken. Dafür Charley. Der schwarze Mann aus Florida schulterte eben seinen Rucksack.

Ich begrüßte meine Gefährten mit einem fröhlichen »Guten Morgen allerseits!« Die Reaktionen waren eher zurückhaltend. Noch immer dicke Luft, vermutete ich. »Schon gefrühstückt?«, fragte ich Charley.

»Ja. Ich breche jetzt auf.« Er schaute zu Lea. Sein Blick hatte etwas Aufforderndes, fast Gebietendes. Sie senkte den Kopf und schlürfte den dampfenden Kaffee aus ihrem Becher.

Ich begriff – Charley wollte, dass Lea ihn begleitete. Aber sie hatte keine Lust. Aus welchen Gründen auch immer.

»Okay«, sagte Charley. »Wir sehen uns.« Er drehte sich um und entfernte sich mit großen Schritten Richtung Wald.

Sicher bin ich neugierig. Wie jeder Polizist. Und wie die meisten Menschen. Aber ich nahm mir vor, mich nicht in die Streitigkeiten einzumischen, die hier ganz offensichtlich ausgetragen wurden.

Zu dem Zeitpunkt hatte ich keine Ahnung, dass ich mich schon mittendrin befand und es keinen Weg zurück mehr gab.

Wir blickten Charley nach, bis er zwischen den Bäumen verschwand.

»Wo ist Joey?«, wollte ich wissen.

Der Texaner deutete auf den See hinaus. Der Indianer schwamm am anderen Ufer entlang.

Ich trank einen Kaffee und aß einen Brei aus Hirse, Haferflocken und Zuckerwasser. Nicht eben der Gipfel der Gaumenlust.

»Ich glaube, ich brate mir noch einen Fisch«, sagte ich nach dem Essen.

»Tu dir keinen Zwang an.« Cliff deutete auf seine Angel, die vor seinem Zelt im Gras lag. »Viel Glück.«

Ich stand auf und schnappte mir die Angel. »Und in drei, vier Stunden mach ich mich auf den Weg in den wilden Spielplatz des Teufels.« Ich ging zum Seeufer zurück und begann Würmer auszugraben.

»Jerry?« Lea war aufgestanden und kam zu mir an den See. Ich sah ihr entgegen. »Ich möchte nicht allein gehen. Darf ich dich begleiten?«

»Bullshit«, knurrte Phil, während er seinen Proviantbeutel betrachtete. Er war voller Ameisen. Große schwarze Ameisen mit roten Rückenschildern. Sie krabbelten über seine Salami und tummelten sich auf dem durchgerissenen Papier der angebrochenen Schokolade.

Proviantstück für Proviantstück holte er aus der Plastiktüte und befreite es von den krabbelnden Eindringlingen. Es waren Hunderte. An dem Stamm des Baumes, an dem er seinen Proviant bärensicher deponiert hatte, entdeckte er eine Ameisenstraße. Sie verlief kerzengerade nach oben und entlang des Astes, an den Phil seinen Proviant gehängt hatte.

»Guten Appetit«, knurrte er und verstaute Schnur und Proviant in seinem Rucksack.

Das Licht der Morgensonne flirrte rötlich durch die Kronen der Nadelbäume. Es war empfindlich kühl, und Phil hatte die alte gefütterte Jeansjacke angezogen.

Eine Jacke aus längst vergangenen Tagen. Er hatte sie extra für die Tour mit Watonga in der hintersten Ecke seines riesigen Kleiderschrankes ausgegraben.

»Besser Ameisen als ein Grizzly«, murmelte er. Er schnallte das gefaltete Zelt unter das Gestell seines Rucksacks und den Rucksack auf seinen Rücken. Die Augen am Waldboden, stieg er über niedrige Sträucher und Büsche, bis er den fast geraden Einschnitt fand, den der alte Shoshonen-Pfad durchs Unterholz zog.

Ein Blick auf die Uhr – kurz nach sieben. Die Sonne schob sich langsam über den Wald. Schimmernde Balken ihrer Strahlen schossen schräg durchs Geäst. Tautropfen hingen zitternd an Blättern und Gräsern. Über kleinen Farnfeldern und Moosflechten stieg der Dunst nach oben.

Phil verlor sich im Zauber der unberührten Natur. Er merkte kaum, wie die Zeit verging. Hin und wieder griff er hinter sich und zog die Wasserflasche aus einem Seitenfach seines Rucksacks.

Viel trinken, hatte Watonga ihnen eingeschärft. »Was bist du doch für ein gelehriger Schüler, Special Agent Decker«, murmelte er grinsend.

Waren es zwei Stunden, oder waren schon drei vergangen, als Phil das Geräusch vernahm? Es näherte sich rasch aus seiner Marschrichtung. Ein Mensch? Ein Tier? Die Schritte waren laut und schnell und klangen, als hätte es jemand sehr eilig.

Phil blieb stehen und lauschte …

Jefferson war hin und her gerissen. Durch den Feldstecher beobachtete er Lea und die drei Männer auf der anderen Seite des Sees. Was sollte er tun? Einfach um den See herumgehen, aus dem Wald treten und sagen: »Hallo, hier bin ich!« Sie würden ihn wahrscheinlich auslachen.

Schon seit drei Stunden lag er im Ufergestrüpp und spähte durch sein

Fernglas zum Lager hinüber. Der Kerl mit den langen grauen Haaren musste Watonga sein, dieser Spinner.

Den breitschultrigen Mann mit dem großen Hut kannte er – Clifford Sheridan. Sie hatten zusammen in Los Angeles studiert. Anfang der achtziger Jahre. Er hatte damals schon zu Leas Clique gehört. Und er war dabei gewesen in jener Nacht, die alles verändert hatte …

Aber wer war der andere Bursche? Der hoch gewachsene, dunkelhaarige Mann in den schwarzen Jeans und dem weißen T-Shirt? Warum wich er nicht von Leas Seite? Was hatte seine Frau mit diesem Typen zu bequatschen?

Lea hatte nie erzählt, dass Fremde mit auf diese Touren gingen. Die Leute, von denen sie bisher gesprochen hatte, kannte Jefferson fast alle aus seiner Studienzeit.

Wer, in drei Teufels Namen, ist dieser Typ?

Die Antwort lag auf der Hand: Er war Leas Geliebter. Was sonst?

Kalte Wut stieg in ihm hoch, während er Lea und den Unbekannten beobachtete. *Du Miststück. Deswegen willst du mich verlassen! Wegen dieses Kerls!*

Er zwang sich zur Ruhe. *Langsam, Jeff, langsam. Du musst es genau wissen, bevor du dich mit ihm beschäftigst. Du brauchst einen Beweis – und du musst Lea allein sprechen …*

Er entschied, sich nicht vor allen im Lager zu zeigen. Irgendwann würde Lea mal in den Wald gehen, um auszutreten oder Ähnliches. Irgendwann würde sie aufbrechen zu dieser bescheuerten Solo-Tour, von der Jeff in Watongas Brief gelesen hatte. Dann würde er sie zur Rede stellen. Und wenn dieser Kerl tatsächlich …

Jeff griff nach dem Revolver in seinem Hosenbund. Er würde ihn benutzen. Bei allen Heiligen, das würde er! Bevor ein anderer Lea bekam, würde er sie erschießen. Und den Typ ebenfalls. Was hatte er schon zu verlieren?

»Lea«, flüsterte er, »bitte sei vernünftig. Du gehörst mir, mir ganz allein …«

Er wischte sich den Schweiß von Stirn und Glatze. Ächzend stand er auf und schnappte sich seinen Rucksack. Wenn er Lea sprechen wollte, musste er in die Nähe des Lagers. Er machte sich auf den Weg.

Anderthalb Stunden brauchte er, bis er sich um den See herum an die beiden noch verbliebenen Zelte herangepirscht hatte. Flach auf dem Bauch liegend, schob er sich an den Waldrand heran. Er bog die Sträucher auseinander, die ihm den Blick auf die beiden Zelte verstellten.

Der Indianer und Clifford standen davor. Sie blickten zwei Menschen hinterher, die mit Rucksäcken am Seeufer entlang auf den Wald zugingen. Eine Frau und ein Mann. Lea und der Fremde. Etwa vierhundert Yards von Jeffs Deckung entfernt verschwanden sie zwischen den Stämmen der Kiefern und Douglasien.

Jefferson McCure musste sich auf die Unterlippe beißen, um nicht laut aufzuschreien …

Das Vieh war riesig. Sicher sechs Fuß Schulterhöhe. Es war ein Exemplar exakt der Gattung, von der Watonga gesagt hatte: »Alle erzählen sich Gruselstorys über Grizzlys. Viel gefährlicher als Grizzlys aber sind Elchbullen. Besonders wenn sie brunftig sind.«

Phil wusste nicht, ob der Elch brunftig war, der da knapp hundert Yards von ihm entfernt zwischen den Bäumen auftauchte. Er wusste nicht mal, ob es ein Bulle war. Das gewaltige Geweih schien ihm aber ganz stark dafür zu sprechen.

Er wusste nur, dass der Elch mit einem Affenzahn über den Pfad galoppierte. Und zwar direkt auf ihn zu.

Der Fluchtimpuls schoss durch Phils Körper wie ein Stromstoß. Er setzte in das Gestrüpp seitlich des Pfades und spurtete los. Mit rudernden Armen schlug er Büsche und Äste beiseite und rannte, so schnell er konnte.

Das Vieh verfolgte ihn. »Ich hab dir nichts getan!«, brüllte Phil. »Hau ab, verdammt noch mal!«

Er schlug Haken, brach durch mannshohe, dichte Sträucher, in der Hoffnung, der Elch würde davor zurückscheuen, und er kletterte über umgestürzte Bäume. Doch der Elch gab die Verfolgung nicht auf. Schnaubend jagte er hinter Phil her, als hätte er sich in den Kopf gesetzt, ihn um jeden Preis auf die Hörner zu nehmen.

Im Laufen schnallte Phil seinen Rucksack ab. Er dachte an seine Dienstwaffe, die in einem der Seitenfächer steckte. Keine Chance, sie jetzt herauszukramen. Zu groß das Risiko, von dem Viech erwischt zu werden, bevor er die Waffe in Anschlag bringen konnte.

Im Laufen schleuderte er den Rucksack ins Gestrüpp. Er sah sich um. Der Elch brach durch einen Busch zwischen zwei Bäumen. »Geh zu deinem Harem, du Mistvieh!«, brüllte Phil. »Verschwinde! Hau ab!«

Der Elch schien kein Englisch zu verstehen. Er schnaubte noch wütender und holte immer mehr auf.

Phil spürte seine Beine kaum noch. Wie von selbst flogen sie über den Waldboden. Es war mehr sein Instinkt als sein Verstand, der die tief hängenden Äste einer Douglasie sechzig Yards rechts von ihm registrierte.

Er hielt auf den Baum zu. Hinter sich hörte er das Stampfen der Elchhufe. Von einem Büffel verfolgt zu werden konnte nicht wesentlich spannender sein.

Endlich erreichte er die Äste der Douglasie. Schwer beladen hingen sie fast bis zum Boden hinab. Phil hechtete hinein, bekam raues Holz zu fassen und zog sich hinauf. Rinden, Nadeln und Astspitzen scheuerten ihm über Arme, Hals und Gesicht. Er spürte es kaum. Alle seine Sinne waren auf die Gefahr durch dieses tobende Elchvieh konzentriert.

Er schaffte es, die Beine hochzuziehen und sich nach dem nächsten Ast auszustrecken. Noch ein Stockwerk hinauf, noch einmal die Beine nachgezogen, und dann saß er auf einem dicken Ast, umgebenen von Nadelzweigen, und klammerte sich am harzigen Stamm des Baumes fest. Er keuchte, als hätte man ihn im letzten Moment aus dem Wasser gezogen.

Etwa zwei Fuß unter seinen Schuhen die Geweihschaufeln des tollwütigen Elchs. Jedenfalls nahm Phil an, dass er tollwütig war. Warum sollte er sonst einen harmlosen Wanderer angreifen?

Phil brach einen Ast ab und schleuderte ihn wütend auf das Tier hinunter. Der Elch stieß seine Geweihschaufeln drohend gegen die Äste und röhrte, dass es Phil durch Mark und Bein ging.

»Du verwechselst mich mit irgendjemandem«, keuchte Phil. »Genau, das ist es – eine Verwechslung.«

Der Elch schien da anderer Meinung zu sein. Eine geschlagene Stunde lang bewachte er den Baum mit seinem vermeintlichen Rivalen. So lange musste Phil auf seinem Ast ausharren.

Dann zog der Elch sein Geweih aus den Ästen und kehrte Phil die Rückseite zu. Er stellte die Ohren auf und äugte in die Richtung, aus der sie gekommen waren. Ganz still stand er, als würde er lauschen oder Witterung aufnehmen.

Jetzt erst sah Phil den roten Streifen auf der linken Hinterflanke des Tieres: Kerzengerade zog er sich durchs Fell über dem Oberschenkel. An manchen Stellen war das Fell rot verfärbt. *Von wegen brunftig,* dachte Phil. *Streifschuss …!*

Der Elchbulle drehte sich um und trottete ins Unterholz. Vorsichtshalber blieb Phil noch auf seinem Ast sitzen. Aufmerksam lauschte er in den Wald hinein. Vor was ist das Vieh geflohen?

Er drückte sich eng an den Stamm der Douglasie. Das Nadellaub gab ihm Deckung genug. Außerdem verlief der Pfad mindestens vierhundert Yards entfernt von seinem rettenden Baum.

Trotzdem sah er sie. Kurz nur, zwischen einigen Baumstämmen, aber er sah sie. Zwei Männer, auffällig klein. Sie trugen Rucksäcke. Und was hatte der eine sich da quer über den Nacken gelegt?

Phil konnte es nicht identifizieren. Zu kurz sah er die Gestalten in großer Entfernung zwischen den Bäumen auftauchen. Wie vorbeihuschende Schatten.

Phil erinnerte sich an Filmaufnahmen von asiatischen Reisbauern. Trugen sie nicht Wasserbeutel an Stangen, die sie sich über Nacken und Schultern legten? Oder Guerilleros im Kongo, wenn sie durch die Sümpfe marschierten – trugen sie ihre Gewehre nicht auf diese Art?

Phil dachte nach. Hatte Watonga nicht von Jägern gesprochen, die im Spätherbst oder im Frühjahr hier im Shoshone National Forest auf die Pirsch gingen? Es war noch einen Monat hin, bis man von Spätherbst reden konnte. Aber vielleicht hatten ein paar ganz Ungeduldige die Jagdsaison auf eigene Faust eröffnet.

Die Wunde in der Flanke des Elchbullen ging ihm nicht aus dem Kopf, und je länger er darüber nachdachte, desto plausibler erschien ihm die nahe liegende Erklärung – die beiden Gestalten, die er von Weitem auf dem Indianerpfad hatte vorbeiziehen sehen, waren Jäger gewesen. Jäger, die den angeschossenen Elch suchten.

Phil ließ noch eine weitere halbe Stunde verstreichen, bevor er aus dem Geäst der Douglasie kletterte. Missmutig sah er auf die Uhr – anderthalb Stunden hatte ihn das Abenteuer gekostet. Charley, der am frühen Morgen vom Lake Bear aufbrechen wollte, würde schon in zweieinhalb Stunden hier sein.

Phil hatte keine Lust, sich einholen zu lassen. Vor allem hatte er Geschmack an der Einsamkeit gefunden. Er suchte seinen Rucksack und ging zurück auf den Indianerpfad …

Loominal presste sich auf den Boden und drückte das Fernglas an die Augen. Lea. Und einer der beiden FBI-Männer. Hatte sich das zarte Pflänzchen also doch nicht allein in den Wald getraut. Ein befriedigtes Lächeln verzog Loominals schmales Gesicht. Er hatte die Frau richtig eingeschätzt.

Sie ging hinter dem Mann. Damals, in jener Nacht, hatte man nichts von Ängstlichkeit und Zurückhaltung gespürt. Loominal erinnerte sich an den Abend in der Hütte zurück. Und daran, wie Lea den Mann becircst hatte.

Später aber …

Er setzte das Fernglas ab und schüttelte den Kopf. Später, nachdem sie diesen fetten Geschäftsmann geheiratet hatte, war sie nicht mehr dieselbe gewesen. Kaum zu glauben, wie Menschen sich verändern können …

Er wartete, bis die beiden unterhalb seines Unterschlupfs auf dem Pfad vorbeigegangen und im Wald verschwunden waren. Dann griff er zu seinem Funkgerät. »Seid ihr schon auf den ersten der FBI-Männer gestoßen?«

»Nein, bis jetzt noch nicht.«

Die Stimme des Indios krächzte aus dem kleinen Lautsprecher des Geräts.

Loominal sah auf die Uhr: kurz vor eins. Lucy und Frank hatten vier Stunden Vorsprung vor dem Mann gehabt. Wenn man berücksichtigte, dass er keine Erfahrung mit Outdoor-Touren hatte, musste man noch ein oder zwei Stunden dazugeben. »Er wird euch innerhalb der nächsten Stunde über den Weg laufen. Ich verlass mich auf euch.«

»Er hat keine Chance, Mister.«

»Ich weiß. Außer Watonga ist jetzt nur noch ein Mann im Basislager. Der wird in ungefähr einer Stunde aufbrechen. Vielleicht auch in zwei. Ihr habt Zeit genug, euch einen nach dem anderen vorzuknöpfen.«

»Okay, Mister …«

»Hütet euch vor dem Schwarzen«, sagte Loominal. »Er ist mutig und stark. Kommt ihm nicht zu nahe. Knallt ihn aus sicherer Entfernung ab.«

»Okay, Mister …«

»Die Frau und der Mann dürften keine Schwierigkeiten machen. Seid trotzdem vorsichtig. Und der Letzte, der Texaner, ist bewaffnet, das ist ziemlich sicher. Lauert ihm aus dem Hinterhalt auf.«

»Okay, Mister. Alles wird so glattgehen wie bei ersten beiden.«

»Davon gehe ich aus.«

»Und der Indianer?«

»Um den kümmere ich mich. Ende.« Loominal steckte das Funkgerät ein. Er wartete noch etwa eine Stunde.

Am frühen Nachmittag zog er ein kleines Stoffbündel aus der Seitentasche seines Rucksacks. Er schlug den Stoff auseinander. Eine kleine

.22er Walther kam zum Vorschein. Er überprüfte das Magazin und steckte die Waffe in seinen Gürtel. Nur für den Notfall hatte er die Pistole mitgenommen.

Er packte seine Sachen zusammen und schulterte den Rucksack. Sein Unterschlupf hatte ihm tagelang gute Dienste geleistet, aber er war gottfroh, ihn endlich verlassen zu können.

Loominal nahm nicht den Pfad. Er schlug sich quer durch den Wald. Das Bild der Landkarte stand ihm exakt vor Augen. Der Kompass und seine ungewöhnliche Orientierungsfähigkeit halfen ihm, schon zwei Stunden später das Ufer des Bear Lake zu erreichen.

Er sah den See von Weitem durch die Bäume schimmern. Vorsichtig pirschte er sich heran. Loominal hatte keine Ahnung, auf welcher Seite des Sees Watonga das Basislager aufgeschlagen hatte. Aber er hatte Glück – er kam auf der Westseite des Sees an den Waldrand. Auf der gegenüberliegenden Seite sah er ein Zelt stehen.

Loominal setzte den Rucksack ab. Durch das Fernglas spähte er hinüber ans andere Ufer. Cliff war eben dabei, seine Zeltplane zusammenzurollen. Joseph Watonga stand neben ihm und sah ihm zu.

Loominal blickte auf die Uhr. Kurz nach vier. In spätestens einer Stunde würde sich Clifford Sheridan auf den Weg in den Wald machen. Und noch einmal drei Stunden später brach um diese Jahreszeit die Dämmerung an.

»Vier Stunden«, flüsterte Loominal. »Vielleicht auch fünf.« Er richtete das Glas auf Watonga. »Viel länger hast du nicht mehr zu leben …«

Phil nahm das Ding zunächst nur flüchtig wahr. Aus den Augenwinkeln. Ein rötlicher Fleck inmitten des Gestrüpps abseits des Pfades. Er ging vorbei und beachtete es nicht weiter. Ein Beerenstrauch vielleicht oder ein paar rote Waldblumen.

Er war schon zwanzig oder dreißig Schritte weiter, als er stehen blieb und sich umdrehte. Waldblumen? Rote Waldblumen? Aufmerksam spähte er in den Wald hinein.

Das Ding war von einem Rot, das er weder einem Beerenstrauch noch Waldblumen zutraute. Überhaupt, rote Waldblumen – Phil hatte noch nie rote Waldblumen gesehen. Und für einen Pilz war es irgendwie zu groß, das Ding.

Je länger er es von Weitem betrachtete, desto weniger wollte es ihm in die Waldflora passen. Nein – das Ding gehörte nicht hierher.

Er verließ den Pfad. Mit weiten Schritten lief er ins Unterholz. Das Ding lag unter einem Busch zwischen zwei Baumstämmen. Phil blieb stehen. Seine Augen wurden schmal. Heiß fuhr ihm der Schreck durch den Brustkorb – das Ding war ein Rucksack!

Langsam näherte er sich. Er kannte den Rucksack – die Farbe, die mit Fell umkleidete, ovale Wasserflasche, die aus der Außentasche ragte. Es war Lucys Rucksack.

Phil starrte ihn an, wie er diesen verfluchten Elch angestarrt hätte, wenn der ihm am Times Square in Manhattan über den Weg laufen würde. *Lucy lässt ihren Rucksack nicht freiwillig zurück,* war sein erster Gedanke. Und der zweite: *Also muss ihr etwas zugestoßen sein!*

Er ließ seinen eigenen Rucksack ins Gestrüpp gleiten und sah sich um. In spiralartig sich erweiternden Kreisen begann er um Lucys Rucksack herumzulaufen. Etwa eine Viertelstunde lang. Hundert Yards von der Fundstelle entfernt, neben einem Farnfeld, entdeckte er Stiefel. Männerstiefel.

»Bitte nicht …«, stöhnte Phil. Er bog die Farnsträucher beiseite.

Frank Cipolla lag auf dem Rücken. Seine Augen starrten glanzlos in die Kronen der Nadelbäume. Der blaue Hemdstoff auf seiner Brust war dunkelrot gefärbt. Er war tot …

Phil schloss die Augen. Er glaubte, den Waldboden unter sich schwanken zu fühlen. Er war auf Schwarzbären gefasst, auf Hagel und Sturm, auf verrückt gewordene Elche, sogar auf einen Grizzly – aber darauf? Niemals. Nicht hier in dieser paradiesischen Wildnis.

Er riss sich zusammen. »Okay«, murmelte er, »es ist, wie es ist. Frank ist tot. Frank ist ermordet worden …«

Es dauerte seine Zeit. Aber dann wachte der FBI-Agent in ihm auf. Er ging neben Franks Leiche in die Knie. Das geronnene Blut roch metallen und faulig. Mit spitzen Fingern knöpfte Phil das ehemals blaue Cordhemd auf. Ein großes Loch klaffte über Franks Herzen. Ein gezielter Schuss. Ein Schuss aus einer großkalibrigen Waffe.

Systematisch durchforstete Phil das Unterholz rechts des alten Indianerpfades. Nach einer halben Stunde stieß er auf Lucys Leiche.

Sie war fast nackt.

»Gott im Himmel …«, flüsterte Phil erschüttert. »Gott im Himmel …«

Er bedeckte Lucys toten Körper mit Zweigen und Blättern. Dann lief er zu seinem Rucksack. In aller Eile zerrte er das Nötigste heraus und stopfte es in Jacken- und Hosentaschen oder befestigte es an seinem

Gürtel. Wasserflasche, Nahrungsriegel, Kompass, Messer, Dienstwaffe, Ersatzmagazin, Stablampe.

Auch rote Boxershorts holte er aus dem Rucksack. Dann versteckte er ihn im dichten Gebüsch unter einem Baum. Den Baum markierte er mit den Boxershorts. Er befestigte sie an einem der unteren Äste. So, dass man sie vom Pfad aus gut sehen konnte.

Phil blickte auf seine Armbanduhr – kurz vor drei. Eine Stunde war er unterwegs gewesen, seit er die vermeintlichen Jäger gesehen hatte. Fast eine Stunde hatte er hier, am Ort der Bluttaten, verbracht. Zwei Stunden Vorsprung.

Wenn diese »Jäger« die Mörder von Lucy und Frank waren, wenn sie weitermorden wollten – dann hatten Jerry und die anderen kaum eine Chance. Zwei Stunden Vorsprung waren einfach zwei Stunden zu viel.

Im Laufschritt machte er sich auf den Rückweg ins Basislager …

»Wo steckt er, verflucht? Wo steckt diese Schmeißfliege?« Lisandro wurde von Minute zu Minute unruhiger. Das automatische Gewehr mit beiden Fäusten umklammernd, stürmte er über den Pfad. Julio hatte Mühe, ihm zu folgen.

Sie hätten dem Polizisten längst begegnen müssen. Er war etwa vier Stunden nach dem Paar aufgebrochen. Der Mister hatte es über Funk durchgegeben. Es konnte nicht sein, dass sie ihn verfehlt hatten. Es konnte einfach nicht sein!

Julios Mund war trocken, seine Zähne taten ihm weh, so fest biss er sie zusammen. Er sah sich schon im Gefängnis, sah sich schon auf dem elektrischen Stuhl. Er wusste, dass es Bundesstaaten in Nordamerika gab, die Mörder auf diese Weise hinrichteten. Er hatte Angst, schreckliche Angst.

Lisandro schien keine Angst zu haben. Die Wut trieb ihn voran. Und der eiserne Wille, die Arbeit zu erledigen, für die er schon fünfundzwanzigtausend Dollar Anzahlung erhalten hatte.

Nein – Lisandro kannte keine Angst. Als der angriffslustige Elchbulle auf sie losgestürmt war, hatte sein großer Bruder das Tier bis auf zehn Schritte an sich herankommen lassen. Dann erst hatte er abgedrückt. Der Streifschuss hatte den Elch in die Flucht geschlagen.

Julio versuchte Haltung zu bewahren – die Haltung, die er beim »Leuchtenden Pfad« gelernt hatte: hart, unberührt, furchtlos. Er wagte es nicht, seinem außer Rand und Band geratenen Bruder die Angst zu zeigen, die ihn quälte. Er würde ihn anschreien, er würde ihn vielleicht sogar schlagen.

Julio verfluchte den Tag, an dem der Mister zu ihnen auf den Berg gekommen war und die vielen Dollars zurückgelassen hatte.

Er stieß ein paar gelallte Worte aus. Lisandro blieb stehen. Er drehte sich um. Seine braunen Augen waren schmal, in seinem knochigen Gesicht zuckten die Muskeln. Er schien ungeheuer wütend zu sein. Auch auf ihn, da machte sich Julio nichts vor. Lisandro hatte kein Wort darüber verloren, aber er hatte ihm noch lange nicht verziehen, dass er ihn von der Frau weggestoßen hatte.

»Du hast recht«, knurrte Lisandro. »Ich muss ihm Bescheid sagen.« Er setzte den Rucksack ab und zog das Funkgerät heraus. »Ich muss dem Mister Bescheid sagen …« Er hockte sich mitten auf den Pfad, fummelte an dem Gerät herum und zog die Antenne heraus. Dann presste er es ans Ohr.

Julio hörte es rauschen. Auch die undeutliche Stimme des Amerikaners hörte er. »Problem, Mister – der Mann taucht nicht auf, der Mann, der als Zweiter das Lager verlassen hat.« Lisandro sprach hastig, seine Stimme klang heiser. Julio hörte die Stimme des anderen aus dem Funkgerät schnarren.

»Okay, Mister. Alles okay, Mister …« Lisandro nahm das Gerät vom Ohr und schob die Antenne ein. »Wir sollen uns keine Gedanken machen, sagt der Mister.« Seine Augen flackerten, während er Julio anschaute. Auf seiner Stirn glänzte ein feiner Schweißfilm. »Er sagt, der FBI-Mann sei ein Stadtmensch. Er glaubt, dass er sich verlaufen hat oder dass ihn ein Grizzly gefressen hat.«

Julio schluckte. Ein Stadtmensch? Verlaufen? Er versuchte es zu glauben.

»Wir sollen weitermachen.«

Eine Bewegung auf dem Pfad ließ Julio zusammenzucken. Er riss das Gewehr hoch.

Zweihundert Schritte entfernt von ihnen stand ein Mann. Ein schwarzer Mann in Armeehosen und Armeejacke. Wie ein Soldat sah er aus. Er schien genauso erschrocken zu sein wie Julio.

Julio hatte das Gewehr auf ihn gerichtet. Lisandro warf sich schreiend ins Gestrüpp und legte seine automatische Waffe auf den Mann an …

Der Wald war kühl und schattig. Das Laufen fiel nicht schwer. Ich spürte meinen Rucksack kaum. Eine Stunde lang folgten wir schweigend dem alten Indianerpfad. Ich merkte, dass Lea bedrückt war, aber ich wollte ihr nicht durch lästige Fragen auf die Nerven gehen.

»Was treibst du so in Manhattan, Jerry?«, brach sie schließlich das Schweigen.

»Ich arbeite beim FBI.«

»Das weiß ich doch.« Ich hörte ihrer Stimme an, dass sie lächelte. »Ich meine, was treibst du, wenn du nicht arbeitest?«

»Schlafen, Kaffee trinken, zum FBI fahren und vom FBI nach Hause fahren.« Ich drehte mich zu ihr um. Sie machte eine ungläubige Miene. »Und natürlich esse ich zwischendurch eine Kleinigkeit, trinke ein Bier und überleg mir, wie ich meinen Urlaub verbringe.«

»Dann besteht dein Leben ja nur aus Arbeit!« Es klang ganz so, als würde sie mein Geständnis erschüttern.

Ich blieb stehen, ließ meinen Rucksack ins Unterholz plumpsen und setzte mich drauf. Ein paar Frauen fielen mir ein, ein paar Bars, die ich gern zusammen mit Phil besuchte, und ein paar Filme, die ich in den letzten Monaten gesehen hatte. »Fast nur aus Arbeit«, sagte ich. »Fast, nicht ganz.«

»Das ist ja schrecklich!« Lea stellte ihren Rucksack neben meinen und ließ sich darauf nieder.

»Schrecklich? Was soll daran schrecklich sein? Ich finde das toll, ich liebe meine Arbeit. Wenn ich in der Wall Street Aktien verkaufen müsste, wenn ich eine U-Bahn fahren müsste, wenn ich als Pressesprecher des Präsidenten die neusten Skandale schönreden müsste – dann fände ich es auch schrecklich, so viel zu arbeiten. Aber ich liebe meine Arbeit. Ich bin sogar am glücklichsten, wenn ich arbeiten kann.«

»Ist das wahr?« Sie staunte mich an.

»Ja, das ist wahr.«

»Ich kann es kaum glauben.« Sie schüttelte den Kopf und lächelte dabei.

»Es ist schön, dich hin und wieder lächeln zu sehen«, sagte ich. »Du scheinst wenig Grund dazu zu haben.«

»Das stimmt.« Ihre Stimme wurde sofort wieder kühl und ernst.

»Was hast du zu verbergen?«

»Mehr als ich dir sagen kann.« Ihre Stimme wurde brüchig. »Viel mehr …«

Eine Zeit lang schwiegen wir, saßen einfach nur da. Ich zog meine Wasserflasche hervor. Wir tranken abwechselnd.

»Was ist mit dir und Charley?« Ich sprach die Frage aus, sie brauchte ja nicht zu antworten, wenn sie nicht wollte.

Lea sah mich an. Ihre Lippen öffneten sich leicht. Als wollte sie etwas sagen und wüsste nicht, wie anfangen. Dann sagte sie es doch. »Küss mich, Jerry.«

Licht schien plötzlich durch den Wald zu fluten. Wir lagen uns in den Armen, vergaßen Ort und Zeit. Ihre Lippen waren warm und weich. Ihr Körper drängte sich an meinen, als wollte sie sich in mich verkriechen. Und sie klammerte sich an mich, als wollte sie mich nie wieder loslassen.

Wir küssten uns bis zur Atemlosigkeit. Meine Hände verirrten sich unter ihr Hemd, wie heißer Samt fühlte sich ihre Haut an …

Ich kann mich nicht mehr erinnern, ob es Stunden waren, die wir versunken in Zärtlichkeiten auf jenem alten Indianerpfad verbrachten, oder nur Minuten. Die Zeit war stehen geblieben. Es war einer dieser seltenen Augenblicke, die man festhalten möchte. Ich glaube, es war Glück.

Später schulterten wir wieder unsere Rucksäcke. Ein paar Schritte weit hielten wir uns an den Händen, als wir weitergingen. Aber der Pfad war zu schmal, um nebeneinander zu laufen. Wir ließen uns los.

Der Mann tauchte so unerwartet vor mir auf, dass ich erst stehen blieb, als ich die Waffe in seiner Hand sah. Ein gedrungener, fast dicklicher Bursche mit rundem Gesicht und einer Glatze.

Ich hatte ihn nie zuvor gesehen. Aber er starrte mich aus wutverzerrtem Gesicht an, als wäre ich schon sein Leben lang sein Feind.

»Verfluchtes Schwein!«, zischte er.

Lea schien ihn zu kennen. »Jeff!«, schrie sie, schob sich an mir vorbei und stellte sich vor mich. Als wollte sie mich beschützen. »Was tust du hier, um Gottes willen?«

Erst gegen fünf verabschiedete sich Cliff von Watonga und stapfte in den Wald. Loominal beobachtete es durch den Feldstecher. »Na also«, murmelte er.

Er zog sein Funkgerät aus dem Rucksack und versuchte, die Indios zu erreichen. Sie meldeten sich nicht. Wahrscheinlich waren sie mit dem FBI-Mann beschäftigt. Oder mit einem der anderen.

Loominal zerbrach sich nicht weiter den Kopf darüber. Sie würden ihren Job erledigen und vielleicht selbst dabei über die Klinge springen. Er rechnete damit. Er hoffte sogar, dass wenigstens einer von ihnen auf der Strecke blieb. Dann brauchte er nur noch einen Zeugen aus dem Weg zu räumen, wenn alles vorbei war.

Er steckte das Funkgerät in seinen Rucksack zurück und machte sich auf den Weg. Eine Stunde würde er brauchen, bis er den See umrundet hatte und auf Schussweite an Watonga, den alten Fuchs, herangekommen war.

Sein Plan war einfach: Nimm der Herde den Hirten, dann nimmst du ihr das Leben. War Watonga erst einmal tot, hatten die anderen keine Chance mehr. Wer den Indios entkam, würde orientierungslos durch die Wildnis von Devil's Playground irren. Eine leichte Beute für jeden einigermaßen geschickten Jäger.

Im Schutz des Waldes schlich Loominal um den See herum. Anderthalb Stunden später hatte er sich so weit an Joseph Watonga herangepirscht, dass er das Wasser klatschen hörte, als der Indianer nackt in den See sprang.

Vom Waldrand aus beobachtete Loominal ihn. Sein Zelt stand etwa zweihundertfünfzig Yards von seinem Versteck entfernt.

Aus seinem Rucksack zog Loominal eine längliche Lederhülle. Er zog die Einzelteile eines Präzisionsbogens heraus – Griff, Bogenarme, Rollen, Sehne, Stabilisator.

Er breitete die Teile vor sich im Moos aus. Sorgfältig schraubte er sie zusammen. Fünf Pfeile hatte er mitgenommen. Nacheinander hielt er sie prüfend gegen das Licht der Abendsonne, das über ihm durch die Wipfel der Douglasien fiel. Alle hatten den Transport unbeschadet überstanden.

Loominal setzte das Fernglas an die Augen. Watonga schwamm mitten in dem einsamen See. »Genieße es, Joey«, murmelte er. »Ein bisschen Zeit hast du ja noch …«

Er legte das Fernglas ins Moos und brachte die Rollen an den Bogenarmen an. Ohne Hast verband er sie mit dem Spannseil. Dann erst wickelte er die Sehne von der Kunststoffspindel auf und spannte sie ein …

Im Laufen löste er die Tragriemen seines Rucksacks. Seine Armeestiefel stampften über den schmalen Pfad. Baumstämme flogen rechts und links an ihm vorbei, Sträucher, Büsche, Bruchholz, Äste. Charley rannte um sein Leben.

Gleichzeitig analysierte sein Hirn das Bild, das noch auf seinen Netzhäuten flackerte: zwei Männer im Gestrüpp neben dem Pfad, kleine Männer, dunkle Haut, blauschwarzes, dichtes Haar – Indios. Südamerikanische Indios, wie man sie in den Einkaufspassagen von Miami und Orlando mit Panflöten und Trommeln sah.

Das Funkgerät – sie waren nicht die einzigen Fremden in der Gegend. Wozu sonst das Funkgerät? Waffen – der eine hatte ein Jagdgewehr auf ihn angelegt, der andere ein automatisches Gewehr.

Ein Schuss explodierte hinter ihm. Und noch einer. Das automatische Gewehr. Irgendwo abseits des Pfades schlugen Geschosse ein.

Sie sind hinter dir her!

Sein Hirn fand keine Erklärung dafür. Egal – das Wesentliche war klar: Sie jagten ihn.

Er ruderte mit den Armen, holte alles aus seinem Körper heraus, spurtete über den sich windenden Pfad. *Wie lange hältst du das Tempo durch? Fünf Minuten? Zehn Minuten? Wie lange halten sie das Tempo durch …?*

Seine Augen flogen über das Unterholz rechts und links des Pfades.

Lauf in den Wald – such Deckung zwischen den Bäumen – sie haben Waffen – aber du hast Vorsprung – du bist Offizier der U.S. Air Force …

Er machte einen Satz, übersprang einen umgestürzten Baum, rannte schräg in den Wald hinein.

Sie kamen aus der Richtung des Elk Lake …

Schmerzhaft rammte sich die Erkenntnis in sein Hirn. *Die anderen sind ihnen begegnet – Phil, Lucy und Frank – sie haben sie gejagt wie mich – wie Tiere …*

Er verbot sich den Gedanken an die Gefährten. Er schob ihn weg. In großen Sätzen jagte er durch das Gestrüpp, setzte über weitere umgestürzte Baumstämme, sprang über Erdspalten.

Der Atem brannte in seinen Lungen, seine Muskeln schmerzten, aber noch gehorchten seine Muskeln. Weiter, über Büsche und Wurzeln, durch Bachläufe und Farnfelder, weiter, weiter …

Du hältst nicht mehr lange durch, Charley, nicht mehr lange – such eine Deckung …

Das Gelände stieg an. Er zwang sich, den felsigen Hang hinaufzulaufen. Jeder Atemzug ein Stöhnen. Ein Felsturm ragte aus dem Wald, überall Geröll und große Gesteinsbrocken zwischen den mächtigen Stämmen der Nadelbäume.

Immer steiler wurde der Hang. Auf allen vieren kroch er zwischen die Felsen. Moos zwischen den Steinen, Ginster, der aus den Felsspalten wucherte, Hartlaubsträucher, Dornengestrüpp …

Verkriech dich – mach Pause – erst mal verschnaufen – erst mal die Lage peilen …

Zwischen Steinen, Grasbüscheln und Moos drückte er sich flach auf den Boden. Er legte die Stirn auf die Hände. Warmer Schweiß klebte in seinem Gesicht.

Sein Körper bebte. Charley hatte keine Kontrolle mehr über seinen Atem. Wie ein noch nicht eingerittenes Pferd den Rodeoreiter, riss er seinen Körper hin und her, warf ihn auf und ab. *Ruhig, Charley, ruhig! Du bist stark, du bist Offizier der Army, du schaffst* es …

Plötzlich sah er seinen Jungen vor seinem geistigen Auge. Paul …

Du bist ein Arschloch, Dad. Wenn du dich umbringst, bist du ein Arschloch …

Die Liebe zu seinem Sohn brannte plötzlich in seiner Brust. Sie hatten sich oft gesehen nach seinem abgeblasenen Selbstmordversuch. Paul wollte zu ihm ziehen. Paul, der einzige Mensch, der ihn wirklich liebte. Und der Einzige, den er liebte. Abgesehen von Lea. Aber das war eine andere Geschichte …

Als würde er hier neben ihm im Gestrüpp liegen, so deutlich meinte Charley Pauls Gesicht zu sehen. Und die Tränen auf seiner schwarzen Haut …

Mich einfach allein lassen! Versprich mir, dass du es nie mehr versuchen wirst, nicht, solange ich lebe …

»Versprochen, Paul«, keuchte Charley. »Versprochen, ich werde nicht sterben. Ich werde neu anfangen. Mit dir zusammen!«

Sein Atem beruhigte sich. Sein Herz fiel aus dem rasenden Galopp wieder in einen trabenden Schritt. Sein Körper hörte auf zu zucken.

Charley musste grinsen. Vor ein paar Wochen noch hatte er mit dem Leben abgeschlossen, hatte alles geregelt, sogar den Bestatter ausgesucht. Der Lauf seines Armeerevolvers hatte schon seine Lippen berührt. Und jetzt wollte er nur noch eins: leben, leben, leben …

Sein Grinsen ging in krächzendes Gelächter über. Tränen liefen ihm über das Gesicht. Er lachte und weinte zugleich. »Du bist ein Arschloch, Charley! Ein Arschloch im Quadrat bist du!«

Irgendwann erlebt man alles zum ersten Mal.

Ich bin noch nie von einem Mann bedroht worden, den ich mit seiner Frau betrogen hatte. Nein, das war mir noch nie passiert. Bis zu diesem Tag.

»Hinsetzen«, befahl er und fuchtelte mit seinem Revolver herum. Wir taten, was er verlangte. Noch immer deckte Lea mich mit ihrem Körper. »Weg von ihm!«, herrschte er sie an. Sie schüttelte stumm den Kopf.

Ganz langsam nur begriff ich, dass Lea mit ihm verheiratet war. Ich hatte keine Ahnung davon gehabt. Sie hatte nie von Familie, von einem Partner oder einem Freund gesprochen. Ich war davon ausgegangen, dass Lea Single war.

»Weg von ihm!«, schrie er. Seine Augenlider zuckten nervös, sein Blick erschien mir fiebrig, seine Gesichtshaut hatte sich gerötet, Schweiß stand auf seiner Stirnglatze. Ich machte mir klar, dass ich es mit einem völlig unberechenbaren Menschen zu tun hatte, mit einem Mann, der im Begriff war, durchzudrehen.

»Nein«, sagte Lea ruhig. Das beunruhigte mich noch mehr, denn ihre Weigerung, aus der Schusslinie zu gehen, konnte nur eines bedeuten: Sie traute ihrem Mann zu, dass er schoss. »Was willst du von mir, Jeff?«

»Ich bring ihn um …« Seine Stimme war nur noch ein Krächzen. Die Waffe in seiner Hand zitterte. »Ich bringe jeden um, der dich mir wegnimmt …« Er setzte sich auf seinen Rucksack und stützte die Ellbogen auf seinen Knien auf. Seine Hand hörte auf zu zittern.

»Niemand kann mich dir wegnehmen, Jeff.« Sie sprach so eindringlich und ruhig, wie ich sie noch nie gehört hatte. »Nur ich selbst kann das.«

»Liebst du ihn?« Sein hasserfüllter Blick bohrte sich in meine Augen. Die linkische Art, mit der er die Waffe hielt, zeigte mir, dass ich keinen routinierten Schützen vor mir hatte. Auch das beruhigte mich nicht. Es verschlimmerte die Sache sogar. Denn er konnte versehentlich abdrücken, ein Schuss konnte sich lösen, wenn er wieder zu zittern anfing.

Lea antwortete nicht. Jeff McCure machte eine weinerliche Miene. »Du liebst ihn«, flüsterte er. »Ich werde ihn töten …«

»Bitte«, flehte Lea, »bitte sei vernünftig, Jeff!«

»Ich will dich nicht verlieren, Lea«, flüsterte er. »Ich kann ohne dich nicht leben …« Sein Gesicht verzog sich, er fing tatsächlich an zu heulen. Hielt den Revolver mit beiden Händen umklammert, schluchzte vor sich hin und erzählte von Liebe, Schmerz und Schicksal.

Es war grandios, es war absurd, es war unvergleichlich verrückt. Und gefährlich noch dazu.

Lea versuchte immer wieder, ihn zu unterbrechen, doch er monologisierte eine halbe Stunde und länger über seine Liebe zu ihr und wie sehr er sie brauchte.

Lass ihn reden, dachte ich. *Vielleicht kommt er zur Vernunft, wenn er sich seinen Schmerz von der Seele gesprochen hat.*

Irrtum. Irgendwann verstummte er und wischte sich die Tränen mit dem Handrücken aus dem Gesicht. Ohne die Waffe loszulassen. Ich zuckte zusammen.

»Ich will jetzt wissen, ob du ihn liebst«, krächzte er.

»Und wenn?«, fragte Lea.

»Dann erschieße ich ihn.«

»Lassen Sie uns miteinander reden wie vernünftige Männer, McCure«, mischte ich mich ein. »Mein Name ist Cotton, Jerry Cotton. Ich arbeite für den FBI. Glauben Sie mir, es ist nicht meine Art, irgendjemandem die Frau wegzunehmen …«

»Sie hat dir nicht erzählt, dass sie verheiratet ist?«, zischte er.

Lea in den Rücken zu fallen war das Letzte, was ich wollte. Fieberhaft suchte ich nach einem Weg aus der Zwickmühle. »Ich hab das Gefühl, Sie und Lea haben einiges zu klären. Aber mit einer Waffe in der Hand funktioniert das nicht.«

»Sie hat's dir nicht erzählt, stimmt's?«

»Ich habe dir gesagt, dass ich dich verlassen werde, Jeff.« Lea sprach mit fester Stimme. Verärgerung schwang nun darin. »Innerlich bin ich schon lange nicht mehr mit dir verheiratet.«

»Zwölf Jahre«, krächzte er.

»Im Grunde war ich nie mit dir verheiratet!«

»Sie hat dir noch ein paar andere Dinge nicht erzählt …« Wie ein Wahnsinniger blitzte er mich an. Die Sache drohte aus dem Ruder zu laufen. Alles in mir sträubte sich dagegen, Zeuge und Akteur eines Ehedramas zu sein.

»Du hast mich gezwungen! Niemals hätte ich mich von dir zwingen lassen dürfen!« Nun verlor auch noch Lea die Beherrschung. Sie schrie ihn an. »Das war Erpressung! Erpressung war das! Dafür würdest du genauso vor dem Richter landen wie …«

Als würde sie sich plötzlich meiner Gegenwart erinnern, verstummte sie.

»Wie? Na los, sag's ihm! Los, sag's ihm!« Er stand auf, fuchtelte mit seinem verdammten Revolver herum und kam Schritt für Schritt näher. »Vor dem Richter landen – wie wer?«

Ein höhnisches Grinsen flog über sein Gesicht. Seine Gefühle wechselten von einem Moment zum anderen. Es war klar, dass er unter ungeheurem Druck stand. Das machte ihn gefährlich. Lebensgefährlich. Ein kalter Schauer lief mir den Rücken hinab.

»Ich erzähl's dir, Cotton«, flüsterte er. »Ich erzähl dir, was für ein Miststück unser Baby hier ist. Eine Mörderin – das ist sie. Jawohl, eine eiskalte, skrupellose Mörderin!«

»Jeff!«, rief Lea. »Hör auf ...!«

»Jawohl, eine Mörderin!« McCures Stimme überschlug sich. »Alle sind sie Mörder, die ganze feine Gesellschaft, mit der du dich hier im Wald herumtreibst, Cotton!« Er lachte meckernd. »Es ist zum Piepen! Ein Bulle tigert mit einer Gesellschaft von Mördern durch den Wald! Ich könnte mich kaputtlachen ...« Übergangslos wurde sein Gesicht wieder ernst. »... wenn es nicht meine Frau wäre, die du dir da an Land ziehen willst.« Er hob die Waffe und zielte auf uns.

»Hör ihm nicht zu, Jerry!« Leas Stimme zitterte. »Du merkst doch, dass er wahnsinnig ist. Hör ihm einfach nicht zu!«

Mit meinem Blick hielt ich McCures Augen fest. Behutsam tastete ich nach meinem Rucksack. Er stand hinter mir. Meine SIG Sauer steckte im unteren Außenfach. Ich musste es wagen. Es war gefährlich, aber ich neige nun mal dazu, meine Haut so teuer wie möglich zu verkaufen.

»Also, hör zu, Cotton! Ich erzähle dir die Räubergeschichte. Es war im Jahr '85, im Oktober. Damals waren sie noch Studenten, die feinen Leute, die heute mit ihren Doktortiteln und Lehrstühlen herumprotzen. Sie hatten sich angewöhnt, Touren in den Bergen zu machen. Du weißt ja, Cotton – Studenten und Outdoor-Trecking ...« Er stieß ein gehässiges Lachen aus. »Da ging immer 'ne Menge Marihuana mit auf Reisen. Und Schnaps. Und da wurde mehr gebumst, als dass man Berg und Tal und den schönen Wiesengrund durchwanderte. Outdoor-Fucking, nicht wahr, Lea?«

»Du Schwein«, schrie sie. »Du widerliches Schwein!«

Er lachte sie aus.

Sie drehte sich zu mir um. Die plötzliche Blässe in ihrem Gesicht und die Angst in ihren Augen erschreckten mich. »Hör ihm nicht zu, Jerry! Er lügt, er lügt ...!«

Endlich ertastete ich das harte Metall meiner Waffe unter dem dünnen Kunststoff des Rucksacks. Unendlich langsam näherten sich meine Finger dem Reißverschluss der Außentasche.

»Lea hat damals mit diesem Nigger rumgemacht, mit Newman, dem Mistkerl. Aber ich wollte sie haben, jawohl – ich liebte sie und wollte sie haben. Mehr als irgendwas anderes in meinem Leben! Also stieg ich ihr hinterher, bis in die Cascade Mountains, wo sie sich mit ihren feinen Freunden in einer Berghütte verkrochen hatte, um in Ruhe Gras zu rauchen und sich von ihrem Nigger ficken zu lassen!«

Blitzschnell sprang Lea auf und stürzte sich auf ihn. »Du Schwein!«

Er stieß sie mit dem Fuß zurück. Sie stürzte auf den Waldboden.

Quälend langsam öffnete sich der Reißverschluss über meiner Waffe.

»Mich haben sie nicht mitgenommen, verstehst du, Cotton?«, keuchte McCure. »War schon damals ein verflucht arrogantes Pack. Jedenfalls komm ich eines Abends zu dieser Berghütte. Und guck durchs Fenster. Und was sehe ich da? Ein Fremder sitzt mitten unter ihnen, meine Lea neben ihm. Sie gibt ihm Whisky zu trinken, sie macht ihm schöne Augen, sie küsst ihn und gibt ihm noch mehr zu trinken, und dieser Nigger Newman guckt zu, und alle gucken zu und feixen sich einen!«

Lea lag auf dem Waldboden und vergrub das Gesicht in ihren Händen. Sie schluchzte, und ihr Körper bebte.

Meine Finger tasteten den Kolben meiner SIG.

»Ein harmloser Wanderer, sollte man meinen.« McCure erzählte weiter. »Und das haben sie zu Anfang auch gedacht, die feinen Ladys und Gentlemen. Aber dann hat einer von ihnen gesehen, was der harmlose Wanderer in seinem Rucksack mit sich herumschleppte. Und dann hat die feine akademische Gesellschaft ihr wahres Gesicht gezeigt …«

Lea weinte immer heftiger. McCure trat einen Schritt näher an mich heran. Er senkte die Stimme.

Behutsam zog ich meine Waffe aus dem Rucksack.

»Und jetzt spitz die Ohren, Cotton – jetzt erzähl ich dir, was in dem Rucksack war und was diese feine Gesellschaft mit dem Mann angestellt hat. Als er nämlich nicht mehr gerade stehen konnte vor lauter Whisky …«

Der Schuss explodierte vollkommen unerwartet, und McCure hatte plötzlich kein Gesicht mehr.

Ich riss meine Waffe aus dem Rucksack, warf mich flach auf den

Boden. McCures Pistole schlug dumpf im Waldboden auf, dann fiel McCure um und blieb reglos liegen.

Hinter mir stand der Texaner. In seiner Rechten lag ein großer Revolver, ein .45er Magnum …

Er sah sie durch den Wald schleichen. Die Waffen in den Fäusten, huschten sie von Baum zu Baum, von Busch zu Busch.

»Verschwindet, ihr Bastarde!«, murmelte Charley. »Verzieht euch! Zur Hölle mit euch, wo ihr hergekommen seid!« Er biss sich vor Nervosität in den Handballen.

Bis auf fast zweihundert Schritte näherten sie sich seinem Versteck. Vor dem Felshang blieben sie stehen. Charley sah sie gestikulieren.

»Kommt doch hoch, ihr Ratten!«, flüsterte er. »Einen von euch nehme ich mit, das schwöre ich …« Wut stieg in ihm hoch. Seine Faust schloss sich um einen Stein.

Sie drehten sich um und stapften zurück zum Indianerpfad. Völlig unerwartet.

»Das gibt es nicht«, murmelte Charley. »Sie verziehen sich. Die verdammten Teufel verziehen sich …« Er ließ den Stein wieder sinken, ließ ihn auch los. Seine grenzenlose Erleichterung machte sich in hemmungslosem Gekicher Luft.

»Ich dachte, die löchern mich mit ihren verfluchten Wummen. Ich dachte, du bist ein toter Mann, Charley Newman!«

Sein hysterisches Gekicher wurde ihm bewusst. »Reiß dich zusammen, Charley! Du bist hier nicht bei der Army!« Immer noch kichernd schob er sich aus seiner Deckung. »Das hier ist ein Ernstfall, Charley!«

Er sah die beiden Gestalten im Unterholz verschwinden. Sie hielten sich Richtung Bear Lake. Schlagartig fiel die Hysterie von Charley ab.

Sie gehen zum Basislager, dachte er.

Die anderen fielen ihm ein – Jerry, Cliff und Lea …

»Lea …«, flüsterte er. »Lea, dir darf nichts zustoßen!«

Unschlüssig ließ er ein paar Minuten verstreichen.

Wie warne ich euch? Sie sind schwer bewaffnet – ich habe nur ein Messer …

Er beeilte sich, kletterte den Felshang hinunter …

Lisandro knirschte mit den Zähnen. Feindselig starrte er das Funkgerät an. Es funktionierte nicht mehr. Bei der Verfolgung des schwarzhäutigen Mannes hatte es sich vom Gürtel gelöst und war auf einen Stein gefallen.

»Egal!« Er schleuderte das Gerät gegen einen Baum. »Wir gehen jetzt weiter zu ihrem Lager!«

Julio protestierte.

»Was glaubst du, was der schwarze Kerl tun wird, he?«, fuhr Lisandro seinen Bruder an. »Glaubst du, der hat noch Lust auf Waldspaziergänge? Der wird sich so lange in seinem Loch versteckt halten, bis Hunger und Durst ihn heraustreiben. Und dann wird er versuchen, zurück ins Basislager zu kommen. Ja, das wird er tun. Und wer erwartet ihn dort, he? Wir, Julio, wir!« Er schlug mit der flachen Hand auf seine automatische Waffe.

Julio gab auf. Er sah ein, dass Lisandro recht hatte. Das Lager war die einzige Chance des Schwarzen in dieser Wildnis.

Sie nahmen seinen Rucksack mit und versteckten ihn zwei Meilen weiter unter einem entwurzelten Baum.

»Wir schleichen jetzt den Pfad hinunter. Sie werden uns zwangsläufig in die Arme laufen. Einer nach dem anderen«, sagte Lisandro. »Und wenn es vorher dunkel wird, lagern wir am Pfad und halten abwechselnd Wache.«

»Was jetzt?« Clifford Sheridan blickte auf seine Armbanduhr. »Gleich sieben. In spätestens zwei Stunden wird's dunkel. Ich glaub, die Tour ist gestorben. Was machen wir?«

Lea hockte etwas abseits und lehnte mit dem Rücken an einem Baum. Sie weinte. McCures Leiche lag noch immer mit dem Gesicht nach unten auf dem Pfad.

Tausend Gedanken gingen mir durch den Kopf. War etwas dran an dem, was der durchgedrehte Mann erzählt hatte? Warum hatte der Texaner ohne Vorwarnung auf ihn geschossen? Etwa um zu verhindern, dass McCure noch mehr ausplauderte?

Misstrauisch musterte ich Cliff. »Was habt ihr damals mit dem Kerl angestellt, von dem McCure erzählte?«

Der Texaner winkte ab. »Gott, Jerry! Du wirst doch nicht ein Wort von diesem irrsinnigen Geschwafel glauben! Hast du nicht gemerkt, dass er verrückt war?«

»Du hast ihn niedergeknallt – ohne jegliche Warnung!«

Er lief rot an. Eine Zornesader schwoll an seiner Schläfe. »Wenn ich nicht rechtzeitig hier aufgekreuzt wäre, wenn ich nicht gut gezielt hätte – der hätte euch ein paar Löcher in den Pelz gebrannt! Du solltest mir dankbar sein!«

Ich nickte langsam. »Ja. Du hast verdammt gut gezielt.«

»Was willst du damit sagen, Cotton?«

Ich zuckte mit den Schultern. Watongas Worte gingen mir durch den Kopf. *Sie haben ein Geheimnis, das sie verbindet …*

»Lass gut sein, Sheridan.« Ich winkte ab. »Aber irgendwas ist hier faul.«

»Wenn du den Bullen spielen willst, dann geh nach Manhattan«, blaffte er. Er war gereizt.

Ich stieß ein bitteres Lachen aus. »Nicht nötig.« Mit einer Kopfbewegung deutete ich auf den toten McCure. »Manhattan ist schon zu mir gekommen.«

»Leck mich am Arsch!« Der Texaner sprang auf und schnappte sich seinen Rucksack. »Denk doch, was du willst, Cotton! Jedenfalls gehe ich davon aus, dass die Show hier zu Ende ist. Jemand muss zurück ins Basislager und Watonga Bescheid sagen. Der soll die Polizei rufen. Als Urlauber seid Decker und du ja wohl kaum für den Fall zuständig. Ich werde versuchen, deinen Partner und die anderen einzuholen, um ihnen zu sagen, was hier los ist. Also geht ihr ins Lager, Lea und du. – So long.«

Der Texaner warf noch einen finsteren Blick zu Lea hinüber. Dann stapfte er davon.

Bei der ersten Biegung des Pfades verschluckte ihn der Wald.

Lea stand auf. Mit hängenden Schultern und schleppenden Schritten kam sie heran. Neben ihrem toten Mann blieb sie stehen. Angewidert starrte sie ihn an.

»Warum konntest du mich nicht wenigstens diese zwei Wochen in Ruhe lassen?«, flüsterte sie. »Warum nicht?«

Sie bückte sich nach dem .38er, der neben dem Toten lag, hob ihn auf und steckte ihn in ihre Jackentasche. Dann wandte sie sich ab.

»Du hast ihn gehasst, nicht wahr?«, fragte ich.

Statt zu antworten, zog sie ihren Rucksack aus dem Gestrüpp und schnallte ihn sich auf den Rücken. Stumm ging sie an mir vorbei.

»Warum hast du ihn dann geheiratet?«

Sie blieb stehen und drehte sich um. Ihr Gesicht wirkte abgehärmt und war aschgrau. »Ich kann nicht darüber reden«, sagte sie leise. »Nicht mit dir, Jerry.«

»Weil ich Polizist bin?«

Sie nickte und ging weiter.

Ich rannte ihr nach, packte ihren Arm und zog sie herum.

»Verdammt noch mal! Ich will wissen, was hier gespielt wird!«

Traurig sah sie mich an. »Jeff hat gesehen, wie wir – wie wir den betrunkenen Mann damals in den Wald geschleppt haben. Ein Grizzly hat ihn getötet. Jeff hat mir gedroht, zur Polizei zu gehen, wenn ich ihn nicht heirate. Deswegen hasste ich ihn.«

»Und was war in dem Rucksack des Mannes?«

Sie befreite sich mit einem hastigen, fast aggressiven Ruck von meinem Griff.

»Was war in dem Rucksack, Lea?«

»Nichts.«

»McCure hätte dich doch niemals mit einem Bärenunfall erpressen können!«, schrie ich. »Das kannst du erzählen, wem du willst! Was war in dem Rucksack? Geld? Habt ihr den Mann umgebracht?«

Sie antwortete nicht, sondern drehte sich um und ging den Pfad zurück zum Basislager. Ich sah ihr nach, bis die Wand aus Baumstämmen und Geäst sie verschluckte.

Grübelnd stand ich vor McCures Leiche. Wenn der Mann die Wahrheit gesagt hatte, dann hatten sie alle Dreck am Stecken – Cliff, Lucy, Frank, sogar Charley. Und auch dieser Arzt aus L.A., der seine Teilnahme abgesagt hatte.

Je länger ich über alles nachdachte, desto klarer sah ich. Der Tote zu meinen Füßen war Zeuge eines Verbrechens geworden. Anders hätte er Lea nicht erpressen können.

Der Spaß an der Wildnis war mir vergangen. Nach McCures Tod musste die Tour sowieso abgebrochen werden. Ich checkte den Vorsprung ab, den Phil hatte. Acht Stunden sicher, wahrscheinlich zwölf. Trotzdem. Ich würde versuchen, ihn einzuholen. Und ich wollte die Wahrheit herausfinden …

Die Dämmerung setzte ein. Charley huschte von Deckung zu Deckung. Es war völlig unsinnig, was er tat – das wusste er. Aber er musste es riskieren – er musste einen Weg finden, die anderen zu warnen, und wenn der Preis dafür noch so hoch sein würde.

Er hastete über den Pfad. Immer wieder blieb er stehen und lauschte. Die beiden Indios konnten nicht mehr allzu weit entfernt sein. Seine Augen wanderten von Baumstamm zu Baumstamm. Wenn sie ihm hier irgendwo auflauerten, war es aus. Trotzdem – weiter.

Das Tageslicht wurde immer schwächer. Es wurde dunkler und dunkler. Bäume und Büsche verschwammen zu einer grauen Wand.

Ein Rascheln ließ ihn zusammenzucken. Er sprang ins Unterholz. Zwei Schritte neben dem Pfad ging er hinter einem Hartlaubstrauch in Deckung. Schritte. Jemand näherte sich. Aus der Richtung, aus der er gekommen war. Hatten sie ihn vorziehen lassen, um ihn von hinten anzugreifen?

Ein Schatten tauchte zwischen den Bäumen auf. Er näherte sich rasch. Charley duckte sich und hielt den Atem an. Als die Schritte auf seiner Höhe waren, schnellte er aus seiner Deckung, warf sich auf den Schatten.

Seine Hände bekamen Haare und Jackenstoff zu fassen. Die Wucht des Aufpralls stieß den anderen ins Unterholz. Charley kam auf ihm zu liegen. Eine Faust bohrte sich in seinen Solarplexus. Der Schmerz raubte ihm den Atem. Ein schwarzer Schleier trübte seinen Blick. Etwas Kaltes, Hartes drückte gegen seine Stirn.

Charley stöhnte, schnappte nach Luft und riss die Augen auf. Er sah ein Gesicht, das er kannte – Phils Gesicht.

»Du Idiot!«, keuchte Charley. »Warum sagst du nicht, wer du bist?«

»Du hast nicht deutlich genug gefragt.« Phil nahm die Mündung seiner Pistole von Charleys Kopf.

Ächzend rappelten sie sich auf. Phil packte ihn bei den Schultern und sah ihn an. Sein Blick hatte etwas Gehetztes. Als wäre ein Grizzly hinter ihm her.

»Ich hab schlimme Neuigkeiten, Charley«, sagte er leise. »Lucy und Frank – sie sind tot …«

Wütend rammte Loominal das Funkgerät in seinen Rucksack. Sie meldeten sich nicht! Die verdammten Indios meldeten sich nicht! Irgendetwas war schiefgegangen!

Er presste die Faust an die Stirn und dachte nach. Entweder sie hatten keine Zeit, ans Funkgerät zu gehen, weil sie in Kämpfe verwickelt waren, oder sie meldeten sich nicht, weil – weil sie tot waren.

Wie auch immer – es gab keinen Weg zurück. Die Sache musste zu Ende gebracht werden. Wenn die Indios den Kürzeren gezogen hatten, würden hier bald ein paar Leute auftauchen. Loominal war bereit, sie zu empfangen.

Er griff nach dem gespannten Bogen und nach den Pfeilen. Vorsichtig pirschte er sich an den Waldrand heran. Es war schon dunkel.

Durch das Gestrüpp hindurch sah er ein Feuer am Seeufer flackern. An einem der Baumstämme vor dem breiten Uferstreifen richtete er sich auf. Er spähte zu dem Feuer. Die Gestalt eines Mannes hockte reglos davor. Watonga.

Loominal schätzte die Entfernung. Etwa hundertfünfzig Yards. An sich kein Problem für ihn, aber nicht sicher genug.

Er huschte von Baum zu Baum. Bis die Entfernung zum Feuer und zu Watonga auf knapp neunzig Yards geschrumpft war.

Dann legte er einen Pfeil an die Bogensehne …

Das Feuer brannte langsam herunter. Funken schwirrten mit dem Rauch in den schon dunklen Himmel. Joseph Watonga liebte es, am Feuer zu sitzen und nichts zu tun und nichts zu denken.

Alle waren sie weg. Wie ein gigantisches Lebewesen hatte der Wald seinen Rachen geöffnet und sie verschluckt. Nun würden sie die Stille und Einsamkeit erleben, die ein Mensch braucht, um den wesentlichen Wahrheiten des Lebens zu begegnen: der befreienden Sinnlosigkeit der Natur und der lächerlichen Gewichtslosigkeit des eigenen Lebens.

Die Hitze des Feuers ließ sein Gesicht glühen. Watonga lächelte. Unzählbare Stunden hatte er allein vor irgendwelchen Lagerfeuern verbracht. Doch immer wieder faszinierte es ihn, zu beobachten, wie die Glut ein Stück Holz fraß. Vorgestern noch gehörte so ein Ast zu einem lebendigen Lebewesen, einem Baum, gestern wurde er abgeschlagen, und heute lag er in den Flammen, löste sich langsam auf und stieg als Hitze und Rauch in die Luft. Und übrig blieb – Asche. Nichts.

Watonga lachte in sich hinein. Das Leben war verdammt einfach. So einfach, dass man es kaum ertrug.

Er lauschte in den Wald hinein. Die Nadelbäume rauschten leise im sanften Abendwind. Von fern rief ein Käuzchen. Sonst kein Rascheln, kein Tierlaut, nichts. Der Wald beunruhigte ihn. Schon den ganzen Tag. Watonga verbrachte die meisten Wochen des Jahres im Wald. Er lebte dort. Der Wald war sein Freund. Aber heute kam der Wald ihm feindlich vor. Schon den ganzen Tag über.

Vielleicht lag es an diesem Ort. An dem See. Immer wenn Watonga über die Wasseroberfläche blickte, fiel ihm Lindas Traum ein. Nun gut, nicht zu ändern.

Hunger meldete sich in seinen Eingeweiden. Watonga hatte Lust auf Fisch. Er legte noch zwei Äste ins Feuer und schob einen großen Stein in die Glut. Danach stand er auf und blickte sich um. Irgendwo lagen die Angeln im Gras.

Ein leises Sirren erfüllte für den Bruchteil einer Sekunde die Luft. Der Pfeil traf ihn, bevor er aufblicken konnte. Ein scharfer Schmerz zuckte durch seine rechte Körperhälfte. Instinktiv ließ sich Watonga fallen.

Er blickte an sich hinab. Eine Handbreit unter seinem rechten Rippenbogen steckte er – glatter, brauner Schaft, rote Steuerfeder aus Kunststoff.

Watonga zwang sich, gegen den Schmerz anzuatmen – flach und hechelnd. Gleichzeitig hob er den Kopf. Aus schmalen Augen versuchte er die Dunkelheit zu durchdringen.

Ein Schatten trat aus dem Waldrand. Watonga sah die Umrisse des großen Bogens und die Haltung des Mannes, der den Bogen hielt. Er würde einen zweiten Pfeil abschießen.

Watonga holte tief Luft, griff gleichzeitig nach dem Pfeilschaft und stieß einen gellenden Schrei aus. Und während er schrie, knickte er den Pfeil ab, der aus seinem Bauch ragte.

Er warf das Pfeilende weg, rollte sich herum. Halb kniend, halb kriechend rutschte er durchs Gras, auf das Seeufer zu.

Ein zweiter Pfeil sirrte an ihm vorbei, klatschte in das dunkle Wasser des Sees.

Watongas Hände griffen in den Uferschlamm. Er stieß sich ab und warf sich bäuchlings in den See. Er schrie, während er kraulte, weil ihm jede Bewegung furchtbare Schmerzen bereitete, so als würden seine Eingeweide zerfetzt.

Der zweite Pfeil traf ihn im Hals. Wie ein Feuerbrand breitete sich der Schmerz in seinem Nacken, seinen Schultern und seinem Hinterkopf aus.

Watonga tauchte unter, schluckte Wasser, tauchte prustend wieder auf. Der Schmerz drang in sein Hirn, füllte seinen Schädel aus und rannte gegen sein Bewusstsein an.

Watonga warf den Kopf in den Nacken und schnappte nach Luft.

Das Glitzern der wenigen Sterne am mondlosen Nachthimmel über ihm verschwamm. Das Wasser schlug über ihm zusammen. Er versank …

Loominal rannte ans Seeufer. In der Rechten den vierten Pfeil und den Bogen, in der Linken seine Stablampe. Er knipste sie an. Der Lichtkegel glitt über den See. An einer Stelle zerplatzten Luftblasen an der Wasseroberfläche. Loominal drehte am Leuchtkopf der Lampe, der Lichtkreis auf dem Wasser wurde kleiner und konzentrierte sich auf die Stelle, an der die Luftblasen platzten.

Aus schmalen Augen beobachtete Loominal die Stelle. Er wartete eine Minute, er wartete zwei Minuten. Dann nickte er grimmig. Er vermutete, dass zwei der drei Pfeile den Indianer getroffen hatten. Die Rothaut war abgesoffen, da war er sicher.

Er ging zu Watongas Zelt. Dort durchstöberte er dessen Rucksack. Er nahm das Funkgerät an sich und den großen Armeerevolver des Indianerscouts. Das Funkgerät warf er ins Wasser. Den Revolver steckte er in seinen Hosenbund.

Zurück im Wald schraubte er den Bogen auseinander und verpackte ihn sorgfältig. Er hatte es nicht eilig. Warum auch? Sie würden hierher kommen, alle. Hierher, zu ihm …

Du wünscht dir dein Leben als einen ruhig und behäbig dahinströmenden Fluss. Kein Damm hält ihn auf. Kein Abgrund zwingt ihn, als Wasserfall in die Tiefe zu stürzen. Kein Berg nötigt ihn, sich zu krümmen. Keine Enge jagt ihn über Klippen. Kein Unwetter peitscht ihn auf.

Du Träumer! Nur künstlich errichtete Kanäle fließen so kerzengerade, ungehindert und langweilig dahin!

Das wirkliche Leben aber ist wie das wilde Wasser eines reißenden Gebirgsflusses – unruhig, gefährlich, unberechenbar. Du fürchtest dich davor? Das ist gut. Furcht ist das erste Prinzip des Überlebens. Sich fürchten heißt: Die Hindernisse, Abgründe, Engen und Unwetter wahrzunehmen und zu würdigen.

Aber wehe, die Furcht wird zur alles beherrschenden Angst! Dann bist du verloren.

Fürchte dich – aber behalte einen klaren Kopf.

Fürchte dich – aber sieh nicht weg.

Fürchte dich – aber blicke den Schwierigkeiten ins Auge.

Die alles beherrschende Angst wird den Abgrund »Untergang« nennen.

Die alles beherrschende Angst wird ein Unwetter »Vernichtung« nennen.

Die alles beherrschende Angst wird ein Hindernis »Scheitern« nennen. Du aber beherrsche die Angst und nenne die Dinge beim Namen: Abgrund, Unwetter, Hindernis. Ganz normale Schwierigkeiten. Sieh ihnen ins Auge, weiche nicht aus, dann werden sie die ungeheure Kraft des Lebens in dir wachsen lassen.

Oder wie der Weise sagt: »Wer seinen Feind besiegt, ist kräftig. Wer eine Stadt besiegt, ist mächtig. Aber wer sich selbst besiegt, ist stark.«

Joseph Watonga, Survival-Trainer, in seinem Buch »Überleben«

8

Bridger-Teton National Forest, Wyoming, die lange Nacht vom 18. auf den 19. September 1999

Mein Rucksack fiel ins Gestrüpp. Es hatte keinen Sinn mehr weiterzugehen. Viel zu dunkel. Ich sah kaum noch die Hand vor Augen. Geschweige denn den Pfad.

Ich ging vor meinem Rucksack in die Hocke. Die Taschenlampe steckte irgendwo zwischen der Wäsche und dem Proviant. Ich zog den Reißverschluss auf und kramte nach ihr. Und ärgerte mich, weil ich sie nicht griffbereit in einer der Außentaschen verstaut hatte.

Ein Schuss zerriss die Stille des nächtlichen Waldes, ließ mich zusammenzucken. Ich verharrte in meiner Haltung, rührte mich nicht. Konzentriert lauschte ich in die Dunkelheit.

Irgendwo tief im Wald rannte jemand durchs Unterholz. Ich hörte Rascheln, das Knacken von Ästen und Zweigen. Und dann wieder ein Schuss. Und gleich darauf noch einer, und viele nacheinander. Ein ganzes Magazin wurde dort draußen im nächtlichen Wald leer geschossen.

Wer, zum Teufel, ballerte dort durch die Nacht? Der Texaner? Nur er besaß eine Waffe. Oder Phil? Aber der war schon vor mehr als vierundzwanzig Stunden zum Elk Lake aufgebrochen. Irgendwo fünfzehn oder zwanzig Meilen weiter nördlich würde er in seinem Zelt liegen und von einer Pizza im »Mezzogiorno« träumen. Oder von einer Frau.

Wieder Rascheln. Und gleich der nächste Schuss. Diesmal sah ich sogar das Mündungsfeuer in der Dunkelheit aufblitzen. Schwer zu sagen, wie weit entfernt – vielleicht fünfhundert Yards, vielleicht weniger.

Ich vergaß die Taschenlampe, öffnete das Seitenfach, wo ich meine SIG verstaut hatte. Ich zog sie heraus. Schwer lag die Waffe in meiner Hand.

Ich kramte das Ersatzmagazin aus dem Rucksackfach und steckte es in meine Jackentasche.

Die Schritte und das Knacken von Zweigen waren jetzt sehr nahe. Dann wieder Mündungsfeuer. Diesmal glaubte ich, die Umrisse eines Menschen dahinter zu sehen. Sogar das Geschoss hörte ich ganz in meiner Nähe durch die Luft pfeifen und in einen Baumstamm einschlagen.

Ich warf mich flach ins Gestrüpp. Schusslärm hatte ich diesmal nicht gehört. Irgendwo in der Dunkelheit lauerte jemand, der einen Schalldämpfer benutzte. Also handelte es sich um zwei Waffen, mit denen geschossen wurde. Eine mit und eine ohne Schalldämpfer.

Und der Kerl mit der Schalldämpferwaffe hatte auf mich geschossen. Ich wusste nicht, um wen es sich handelte. Ich wusste nicht, warum er auf mich schoss. Ich wusste nur, dass mein Leben auf dem Spiel stand.

Ich rollte mich tiefer ins Gestrüpp, robbte zwischen die Büsche und suchte Deckung hinter einem breiten, dunklen Schatten – ein Baumstamm.

Dort blieb ich liegen, rührte mich nicht. Atemlos starrte ich in die Dunkelheit. Minutenlang. Mündungsfeuer blitzte auf, wieder kein Schusslärm, aber ich hörte den Einschlag im Holz des Baumstammes, hinter dem ich lag.

Ich hob die SIG Sauer und zielte dorthin, wo ich das Mündungsfeuer gesehen hatte.

Viermal zog ich durch.

Die Antwort war vernichtend. Feuer aus einem automatischen Gewehr. Ich presste mich flach auf den Waldboden.

Das Feuer wollte gar kein Ende nehmen. Schritte preschten durch das Unterholz. Als würde jemand einen Sturmangriff laufen.

Ich robbte vom Baumstamm weg, sprang auf, rannte in die Dunkelheit. Die Schatten der Baumstämme flogen an mir vorbei. Ich stolperte über eine Wurzel, schlug lang hin – und verlor meine Waffe.

Meine Hand tastete durch Laub, Moos und Gestrüpp – nichts!

Ich zerbiss einen Fluch zwischen den Zähnen und zwang mich zur Ruhe. Die Schritte näherten sich. Immer noch schoss da einer wild um sich in die Dunkelheit.

Ich rollte mich unter einen umgestürzten Baumstamm, schlidderte einen kleinen Abhang hinunter und blieb dort liegen. Atemlos drückte ich mein Gesicht ins modrige Laub.

Die Schritte hasteten an mir vorbei, entfernten sich.

Ich hob den Kopf. Was tun? Meine SIG suchen? In dem Gestrüpp, in der Dunkelheit? Aussichtslos.

Dann ein Schrei. Ein Hilferuf. Nicht besonders nah – aber nah genug, um ihn zu hören. Phil? Charley? Cliff? Was, um alles in der Welt, spielte sich in diesem verfluchten Wald ab?

Das Messer – seine klammen Finger ertasteten es in der Scheide an seinem nassen Gürtel. Sie schlossen sich um dem Holzgriff. Er atmete tief durch.

Weg mit dir, verdammter Schmerz! Weg …!

Er zog das Messer aus der Scheide. Mit der Linken griff er an seine rechte Schulter. Dort ragte die Spitze des Pfeils aus seinem Hals. Behutsam tastete er die scharfkantige Spitze ab. Er packte sie, hob das Messer, schnitt knapp über der Haut seines Halses in den Pfeil. Er war aus Holz. Wenigstens das.

Jeder Schnitt ins Holz bewegte den Pfeil in seiner Halsmuskulatur. Schart atmete Watonga gegen den Schmerz an. Immer wieder zog er das scharfe Messer durch das runde Holz. Bis er die Spitze abbrechen konnte.

Dann fasste er den hinteren Schaft des Pfeils. Er biss die Zähne zusammen, atmete tief ein. Bloß nicht schreien, bloß nicht schreien. Mit einer kurzen, blitzschnellen Bewegung riss er den Pfeilschaft nach hinten weg aus seinem Fleisch.

Ein roter Schleier fiel auf seine Hirnhaut. Übelkeit stieg in ihm hoch. Er stieß die Luft aus. Nur für einen Augenblick drohte sein Bewusstsein ins Nichts zu stürzen – dann konnte er wieder klar denken.

Er richtete sich auf. Das Blut sickerte aus seiner Halswunde, es pulsierte aber nicht heraus. Also war die Schlagader unverletzt geblieben.

Vorsichtig drehte er den Kopf. Es tat höllisch weh, aber er konnte es ertragen. Kein Nerv durchtrennt. Er konnte atmen, er konnte schlucken – weder Luftröhre noch Speiseröhre verletzt.

Vorsichtig tastete er nach dem abgebrochenen Pfeil, der knapp unter dem rechten Rippenbogen aus seinem nassen Hemd ragte. Der Schmerz füllte seinen Bauchraum aus. Aber noch konnte er ihn aushalten.

Watonga spielte mit dem Gedanken, auch diesen Pfeil herauszuziehen. Doch er ließ es bleiben. Die Gefahr, ein wichtiges Blutgefäß zu verletzen, war zu groß.

Langsam richtete er sich auf. Der Schmerz war allgegenwärtig. Er presste die Handfläche gegen die raue Rinde eines Baumes und stützte sich daran ab, bis er aufrecht stand. Augen und Mund weit geöffnet, atmete er durch, ganz tief, bis der Boden unter ihm aufhörte zu schwanken.

Seine Kleidung klebte nass und schwer an seiner Haut. Er streifte die Schuhe ab. Er öffnete den Gurt seiner Hose und zog sie aus. Dann sah er sich um. Dunkelheit überall. Die Bäume standen wie verschwimmende schwarze Säulen in einem finsteren Saal. Aber Watonga wusste, wo der See lag. Keine fünfzig Schritte hinter ihm.

Er war ans Ufer getaucht. Wie er das geschafft hatte, würde er niemandem erklären können. Er hatte überleben wollen, das war alles.

Und er wusste, in welcher Richtung der Pfad lag. Dort wollte er hin. Dort musste er hin. Seine innere Stimme befahl ihm das so klar und dringend, dass es keinen Zweifel gab. Er musste dorthin.

Watonga stieß sich vom Baum ab und stapfte ins Unterholz. Erst langsam und taumelnd, dann immer sicherer und rascher …

Er rannte sich das Leben aus dem Leib. Der Wald war ein tödliches Labyrinth. Die vorbeifliegenden Baumstämme, die Zweige, die ihm ins Gesicht klatschten, das Dornengestrüpp, das in die Haut seiner Beine ritzte – alles griff nach ihm, alles stellte sich ihm in den Weg. Feinde, nichts als Feinde um ihn herum. Überall lauerten sie. Überall fielen sie ihn an.

Wer ist das, wer will mir ans Leben …?

Panik peitschte Clifford Sheridan durch die Nacht.

Und dann die Schritte hinter ihm. Immer näher kamen sie. Schüsse explodierten rechts und links von ihm. Er ließ seine eigene Waffe fallen.

Leer geschossen.

Die Hölle – so muss die Hölle sein …

Er keuchte, er rannte, er schlug Zweige und Büsche zur Seite. Bilder sprangen ihn an. Tausend Bilder aus der Dunkelheit: Die kleinen Männer, die plötzlich vor ihm auf dem Pfad standen, Watongas in Stein gemeißeltes Indianergesicht …

Bilder aus Austin: Seine Frau und seine Kinder um den Frühstückstisch, der Pastor der Southern Baptists auf der Kanzel.

Bilder aus alten Zeiten: Der Typ in der Berghütte, sein Rucksack, das viele Geld darin, Loominal und er selbst, wie sie den Typ in den Wald schleiften und Honig vor das Zelt kippten …

Bilder, Bilder, Bilder …

Sie zwängten sich in sein Hirn, sie würgten ihn, sie legten sich bleischwer auf seine Muskeln. *Ich kann nicht mehr, ich kann nicht mehr …*

Die Schritte – immer näher kamen sie. Wieder ein Schuss. Cliff brach durch ein nicht enden wollendes Gebüsch. *Hilf mir, Jesus! Hilf mir!*

Die nächsten beiden dicht aufeinander folgenden Schüsse und der Schmerz in Rücken und Kopf fielen fast zusammen. Cliffords Körper wurde bretthart. Er lief noch zwei, drei Schritte. Wie ein Hahn, den man geköpft hatte, und der trotzdem des letzten Impulses seiner Nerven willen gehorchte – laufen, laufen, immer nur weglaufen …

Zwei, drei Schritte – dann trat sein Fuß ins Leere. Er schlidderte einen Abhang hinab. Als er endlich still lag, saugten sich seine Kleider mit kaltem Wasser voll. Er lag in einem Bach.

Später – Sekunden, Minuten, oder noch später – hörte er eine Stimme. Er verstand nicht, was sie sagte. Aber er erkannte sie.

»Jerry«, flüsterte er. »Hast du eine Waffe dabei …?«

»Nein«, kam es aus der Dunkelheit.

»Dann verschwinde! Lauf, so schnell du kannst …«

Sie kam kaum voran. Alle halbe Stunde sank sie auf den Waldboden nieder und weinte. Raffte sich auf und ging weiter, um wieder stehen zu bleiben, sich wieder fallen zu lassen und wieder zu weinen. Und es war schon dunkel – so dunkel.

Warum sollte sie sich beeilen? Warum den See erreichen? Alles war so sinnlos. So sinnlos wie ihr ganzes verkorkstes Leben.

Sie hockte auf dem Pfad und weinte. Beweinte die Fehler, die unwiderruflichen Fehler. Sie hatte den Mann umgarnt, hatte mit ihm geflirtet, hatte ihm eine Nacht mit ihr versprochen. Und ihm Whisky aufgedrängt. Whisky und Gras und wieder Whisky. Bis er zusammenklappte. Und sie ihn in den Wald schleppen konnten.

Alles für hundertfünfundzwanzigtausend Dollar. Jeder von ihnen war nach dieser Nacht um hundertfünfundzwanzigtausend Dollar reicher gewesen. Alle sechs.

Licht flammte auf. Lea schloss geblendet die Augen. »Lea?« Eine Männerstimme. »Du lebst noch?« Sie kannte die Stimme.

»Burt?« Sie stand auf und schirmte die Augen mit den Händen ab. »Burt – du?«

»Da staunst du, nicht wahr?« Sie hörte, wie er den Rucksack abstreifte. Sehen konnte sie nichts. Es war zu dunkel, und das Licht der Stablampe blendete sie.

»Nimm das Licht weg, bitte!«

Er tat ihr den Gefallen und legte die Lampe neben seinen Rucksack.

»Ich verstehe nicht, Burt – was machst du hier?«

»Wo sind die anderen?«

»Im Wald. Zwei Stunden von hier. Wie kommst du hierher?« Wie aus dem Nichts war er aufgetaucht. Lea war vollkommen verwirrt.

»Zwei Stunden?«, sagte er. »Das sind gut vier Meilen, oder?«

»Vielleicht. Warum bist du hier?« Ihre Augen hatten sich an die Dunkelheit gewöhnt. Sie sah die Umrisse seines Körpers. Sogar seinen Schnurrbart konnte sie erkennen.

Und das längliche Ding in seiner Hand.

Eine Waffe.

»Was …? Ich verstehe nicht. Was hast du vor?«

»Ich werde dich töten, Lea.«

»Bitte?« Unfähig, sich zu bewegen, stand sie da. »Was hast du gesagt?«

»Du hast richtig gehört, Lea. Ich werde dich töten.« Er richtete die Waffe auf sie. »Und da die anderen weit weg sind, kann es ruhig ein bisschen knallen dabei.«

Sie hob abwehrend die Hände. Noch immer begriff sie nicht.

»Aber – Burt, warum denn? Um Gottes willen, wir sind doch alte Freunde!«

»Ich weiß nicht mehr, wer mein Freund ist und wer nicht, also bin ich es am besten selbst.«

Lea sah, wie er den Hahn seiner Waffe spannte. Die Waffe kam ihr bekannt vor.

»Irgendeiner von euch will achthunderttausend Bucks von mir. Irgendeiner von euch hat mir gedroht, die alte Geschichte an die Öffentlichkeit zu bringen. Und du hast sicher gehört, dass ich mit einem Fuß in der Regierung stehe. Alte Geschichten in der Öffentlichkeit sind das Letzte, was ich mir leisten kann.«

»Aber Burt ...« Die Erkenntnis, dass er es ernst meinte, traf sie wie ein Faustschlag. »Das – das würde ich niemals tun! Ich – ich würde mir doch selbst schaden ...!«

»Weiß ich, ob ihr euch nicht alle gegen mich verschworen habt? Ich hab das Geld in seinem Rucksack gefunden. Ich kam auf den Gedanken, dass es schade wäre, es einem Hohlkopf zu überlassen. Ich hatte die Idee, den Grizzly auf ihn zu hetzen. Wenn ihr das alle vor Gericht beschwören würdet, wenn ihr einhellig aussagen würdet, dass ich euch unter Druck gesetzt habe – ich hätte keine Chance.«

»Jemand erpresst dich? Tatsächlich?«

»Tu nicht so scheinheilig.«

»Es ist Jeff.«

»Wie kommst du darauf?«

»Es ist Jeff. Er hat uns beobachtet damals. Wenn er nicht auch mich erpresst hätte – ich hätte ihn niemals geheiratet!«

Auf einmal wusste sie, wem die Waffe in seiner Hand gehörte: Watonga.

Es war Watongas Revolver!

»Du lügst!«

»Nein, Burt! Ich sage die Wahrheit.« Sie sah, wie er die Waffe sinken ließ. Nicht weit. Aber er ließ sie sinken. »Jeff war hier. Er ist mir gefolgt, wie damals. Cliff hat ihn getötet.« Sie spürte das kalte Metall des Revolvers ihres Mannes auf ihrer Bauchhaut. Er steckte zwischen Hosenbund und T-Shirt unter ihrer Jacke.

»Das ist nicht wahr!«, fauchte Loominal. »Das ist ein primitiver Trick. Du redest um dein jämmerliches Leben!«

Seine Stimme zitterte plötzlich. Lea sah, wie er die Waffe wieder hob.

»Ich glaube dir kein Wort. Du wirst sterben!«

Getroffen. Der Mann war vornüber gekippt. Julio blickte sich um. Kein Geräusch mehr von Lisandro. Keine Schritte mehr zu hören. Wo steckte er? Hatte er einen von den anderen erwischt? Julio tastete sich durch die Dunkelheit. Er bog das Gebüsch auseinander. Dahinter musste der Mann liegen. Zuerst waren sie keinem von ihnen begegnet und dann allen auf einmal.

Aber bald war es vorbei. Der Dritte war tot. Und Lisandro hatte sicher die anderen beiden erwischt. Ganz sicher.

Eine Erdspalte gähnte vor seinen Füßen. Tief unter Julio plätscherte Wasser. Seine Augen versuchten die Dunkelheit zu durchdringen. Lag da nicht ein Körper in der Sohle des Bachlaufs?

Julio ging in die Knie und lauschte. Nichts zu hören. Nur das leise Plätschern des Wassers. Der Schatten dort unten regte sich nicht. Er hatte den Mann tödlich getroffen.

Er stützte die Rechte in das Gestrüpp der Böschung und ließ sich hinabgleiten. Da lag er. Julio stach ihm den Gewehrlauf in die Rippen. Keine Reaktion. Tot. Julio wandte sich ab, um wieder die Böschung hinaufzuklettern.

Die Dunkelheit bewegte sich plötzlich. Blitzschnell. Er hörte nur das Rascheln von Kleidern.

Wie ein lebendig gewordener Baum ragte der Mann plötzlich vor ihm auf. Etwas traf ihn hart am Kopf.

Seine Gedanken zerfielen in tausend Splitter. Er stürzte in bodenlose Nacht …

Es wurde ruhig. Keine Schüsse waren mehr zu hören. Auch keine Schritte mehr aus der Dunkelheit des Waldes. Die Stille war beängstigend.

»Sie haben einen von uns erwischt«, flüsterte Charley. »Oder einer von uns hat einen von ihnen erwischt.«

Phil schwieg. Er dachte an Jerry.

Schulter an Schulter kauerten sie in einem Erdloch.

»Cliff schleppt immer eine Waffe mit auf die Touren«, flüsterte Charley.

»Kann er auch schießen?«, flüsterte Phil.

»Keine Ahnung.«

Sie schwiegen und lauschten in die Dunkelheit. Nichts schien sich mehr zu rühren im Wald.

»Was sind das für Scheißkerle?«, flüsterte Charley. »Was wollen die von uns?«
Phil zuckte müde mit den Schultern. Er fühlte sich wie einer, der bei strahlend blauem Sommerhimmel mal eben in den Park gehen wollte und sich plötzlich bei 30 Grad unter Null auf einer treibenden Eisscholle wiederfand.
Aber – verdammt – er war G-man! Wie oft hatte er schon in solchen Situationen gesteckt? Er war geschockt, weil alles so überraschend gekommen war, doch jetzt erwachte allmählich wieder sein Kampfgeist.
»Kannst du schießen?«, fragte Phil leise.
»Willst du mich verarschen?«, flüsterte Charley. »Ich bin Offizier der U.S. Air Force ...«
»Der Präsident ist Oberkommandierender der Streitkräfte – hast du je gehört, dass er regelmäßig Schießübungen macht?«
Charleys Gesicht war nicht mehr als ein schwarzer Fleck in der Dunkelheit, aber Phil spürte seinen fragenden Blick.
»Was ich wissen will, Charley – was treibst du bei der Army?«
»Ich war Chefarzt des Militärkrankenhauses von Cape Canaveral.«
»Und hast vor jeder Operation Schießübungen gemacht.«
»Quatsch«, knurrte Charley. »Idiot ...«
»Na also, mehr wollte ich nicht wissen.«
»Was weißt du denn jetzt, Klugscheißer?«, zischte Charley.
»Wer von uns beiden der bessere Schütze ist«, sagte Phil.
»Und was folgerst du daraus?«
»Falls da oben noch einer von diesen Indios herumschleicht, werde ich ihn ausschalten. Mit ein, zwei, höchstens drei Kugeln. Aber dazu muss ich Mündungsfeuer sehen. Du wirst also dafür sorgen, dass er das Feuer eröffnet.«
»Herzlichen Glückwunsch«, knurrte Charley.
Phil kramte seine Taschenlampe aus der Jackentasche und drückte sie dem anderen in die Hand. »Los geht's.«
Sie krochen aus der Deckung. Charley entfernte sich. Ein paar Minuten später sah Phil die Taschenlampe aufleuchten. Und gleich darauf ein Feuerstoß aus der Dunkelheit. Das Mündungsfeuer blitzte etwa zweihundertfünfzig Yards von Phil entfernt auf.
Er schlich lautlos durch das Unterholz, seine SIG Sauer mit beiden Fäusten umklammert. Wieder der Schein der Taschenlampe, wieder

ein Feuerstoß. Das war keine Faustfeuerwaffe, das war das trockene Bellen eines automatischen Gewehres.

Phil wandte sich um. Der Lichtkegel der Lampe sickerte durch das Unterholz. Sie ging gar nicht mehr aus.

Heiß durchfuhr Phil der Schrecken. War Charley getroffen?

Wieder das Bellen des automatischen Gewehres. Phil duckte sich. Das Mündungsfeuer war nur noch sechzig bis achtzig Yards entfernt.

Er legte an und drückte ab. Dreimal.

Dann lauschte er. Nichts mehr. Kein Gegenfeuer.

Er fand Charley neben dem Indio knien. »Schade«, sagte er. »Nun kann er uns nicht mehr erzählen, was er gegen uns hatte …«

Ein Schatten flog aus dem Wald. So schnell, dass Lea ihn erst wahrnahm, als er gegen Loominal prallte und ihn auf den Waldboden riss.

Loominals Lampe fiel ins Gestrüpp. Lea hörte ihn schreien, ein Schuss peitschte durch die Nacht.

Die Umrisse zweier Körper wälzten sich durch das Unterholz. Ein tiefes, raues Brüllen jagte ihr einen kalten Schauer über den Rücken – Watongas Stimme.

Ihre Erstarrung löste sich. Sie rannte zu der Stelle, an der die Lampe zwischen den Zweigen eines Strauches leuchtete. Die Sohlen ihrer Stiefel schienen am Waldboden zu kleben. Wie in einem Albtraum kam sie sich vor – in einem dieser scheußlichen Träume, in denen sie zu fliehen versuchte, doch ihre Beine sich einfach nicht bewegen wollten.

Ächzen und Gebrüll aus der Dunkelheit neben dem Pfad. Äste brachen unter dem Gewicht der miteinander ringenden Körper.

Lea warf sich auf die Knie und griff in den Strauch, zwischen dessen Zweigen die Lampe leuchtete. Ihre Finger zitterten, endlich ertastete sie den Kunststoff der Stablampe. Sie riss die Lampe aus dem Gestrüpp, sprang auf und richtete den Lichtstrahl in den Wald.

Zehn, zwölf Schritte entfernt rangen Watonga und Loominal miteinander.

Lea griff unter ihre Jacke, riss Jeffs .38er aus dem Hosenbund.

Es war Jahre her, dass sie einen Revolver in der Hand gehalten hatte. Sie wusste noch, dass man den Hahn spannen musste.

Lampe und Waffe vor sich ausgestreckt, starrte sie auf die kämpfenden Männer. Sie sah eine Hand durch den Lichtkegel zucken. Metall reflektierte das Licht – ein großer Revolver. Noch immer hielt Loominal ihn fest umklammert. Der Lauf richtete sich auf Watongas Kopf.

»Schieß!«, brüllte Watonga. »Schieß einfach!«

»Ich kann nicht!«, heulte sie. »Ich treffe dich …!«

»Schieß einfach!«

Sie hob die Waffe. Der Lichtkegel zitterte auf Loominals schmerzverzerrtem Gesicht. Watonga lag unter ihm auf dem Rücken, umklammerte dessen Handgelenk. Trotzdem berührte der Lauf des Revolvers bereits seine Stirn. »Schieß doch!« Der Indianer brüllte wie ein Tier. »Schieß, Lea! Schieß einfach! Ich will es!«

Sie tat es nicht, sie konnte nicht. Und dann …

Lea sah eine Klinge durch den Lichtstrahl sausen, dann blitzte Mündungsfeuer auf, ein Schuss krachte, Hitze schlug in ihrem Brustkorb ein, Feuer brannte in ihren Lungen.

Sie umklammerte Waffe und Lampe. Wieder und wieder sauste die Klinge durch den Lichtkegel. Loominals Augen und Mund waren weit aufgerissen.

Gnadenlos fuhr die Klinge in seinen Körper, wieder und wieder.

Leas Hände kribbelten. Der Revolver prallte vor ihren Stiefelspitzen auf den Waldboden. Dann die Lampe. Es wurde dunkel. Ihre Knie gaben nach. Sie brach zusammen. Jeder Atemzug schien das Feuer in ihrer Brust anzufachen.

Rascheln neben ihr.

Starke Arme griffen nach ihr. Licht. Watonga leuchtete auf ihre Brust. Ernst sah er sie an. Seine Kleider fühlten sich nass an. Sein Hemd war ein einziger roter Lappen, sein Hals blutig.

»Mein Mann hat ihn erpresst«, keuchte sie.

»Ich hab alles gehört«, sagte Watonga.

Er hatte Loominal das Messer in den Leib gerammt, und der Revolver war von seinem Kopf weggerissen worden.

Gleichzeitig hatte sich der Schuss gelöst – und die Kugel hatte Lea getroffen.

»Ich weiß nicht, warum ich's getan hab – ich weiß es nicht …«, krächzte sie. »Burt wollte es, Charley wollte es, alle wollten es. Ich sollte ihn in Sicherheit wiegen, ich sollte ihn betrunken machen …« Ihre Stimme brach.

Watonga neigte sein Ohr an ihre Lippen.

»Er hatte achthunderttausend Dollar in seinem Rucksack – wir hatten im Radio von dem Überfall auf den Geldtransport gehört – wir haben ihn in den Wald geschleppt – sein Zelt aufgebaut – Lebensmittel verstreut. Wir wussten, dass ein Grizzly in der Nähe war – wir wollten, dass er ihn tötete – wie ein Unfall sollte es …«

Ihre Stimme war nur noch ein Hauch. Watongas blutige Hand fuhr ihr über die Stirn. »Ist gut, Lea, es ist gut …« Er streichelte sie. Lea spürte die Tränen über ihre Wangen laufen. Das Feuer fraß sie von innen auf.

»Wir haben einen Menschen – getötet – hundertfünfundzwanzigtausend Dollar für jeden – fünfzigtausend Dollar hat Cliff für die Geldwäsche ausgegeben – Ich habe einen Menschen getötet – für hundertfünfundzwanzigtausend Dollar – ich hasse mich …«

Ihre Stimme erstarb.

Watonga hielt sie fest und streichelte sie. Er spürte kalten Schweiß durch ihre Kleider dringen. »Armes Mädchen«, flüsterte er. »Armes, armes Mädchen …«

Er hob ihren bebenden Körper hoch und drückte sein Ohr an ihre blutende Brust. Und dann an ihre Wange. »Keine Angst, ich bin bei dir. Ich halt dich fest, bis es vorbei ist …«

Sein Oberkörper schaukelte hin und her.

Er begann zu summen. Krächzend drangen die Töne aus seinem Mund. Er öffnete die Lippen. Seine Stimme wurde fester. Und lauter. Worte lösten sich aus seiner Kehle. Rätselhafte Worte. Worte seiner Muttersprache.

Joseph Watonga sang. Sang ein Sterbelied der Shoshonen …

Die Schüsse verstummten. Ich kroch aus der Erdspalte. Oben zwischen den Büschen blieb ich stehen und blickte zurück. Zwei reglose Körper ließ ich zurück. Cliff und den Indio. Den Indio hatte ich mit einem Faustschlag ins Reich der Träume geschickt. Ich hatte ihm das Hemd zerrissen und ihn mit den Stofffetzen gefesselt. Er würde sich selbst nicht befreien können.

Ich taumelte durch die Büsche. Es war stockdunkel. Ein Lichtstrahl wanderte durch den Wald. Ich duckte mich.

»Jerry! Cliff!«

Phils Stimme.

Ich sprang auf. »Hier! Hier bin ich!«

Erschöpft taumelte ich auf das Licht zu. Zwei Gestalten schälten sich aus der Dunkelheit. Charley und Phil. Phil lebte, und ich verspürte eine unendliche Erleichterung.

»Abscheuliche Dinge sind passiert, Jerry.« Phils Stimme klang rau und tiefer als sonst.

»Ich weiß, Phil ...«

Zu dritt machten wir uns auf den Weg ins Basislager. Kaum einer sprach ein Wort. Stundenlang waren wir unterwegs.

Das milchige Licht des neuen Tages senkte sich aus den Bäumen, als wir die beiden Gestalten vor uns auf dem Pfad sahen. Watonga sah aus, als hätte er in Blut gebadet.

Auf seinen gekreuzten Beinen lag Lea. Er wiegte ihren reglosen Körper, als wollte er ein Kind in den Schlaf schaukeln. Charley begriff als Erster, dass sie tot war. Er schrie auf, als hätte ihm jemand einen Pfahl in den Bauch gerammt.

Dann rannte er los, warf sich vor Watonga auf den Boden und zog die Tote von dessen Schoß. Leas Leiche in den Armen, stand er auf, warf den Kopf in den Nacken und schrie.

Phil und ich standen da und beobachteten aus der Ferne die schaurige Szene.

Endlich verstummte Charley. Er drückte Lea an sich und wandte sich ab. Schwankend trottete er den Pfad hinunter Richtung See.

Der aus dem Unterholz steigende Dunst verschluckte ihn schließlich. Und das Dämmerlicht des Morgengrauens.

ENDE